MW01715620

Clive … i dans l … -rière dans la publicité et se lance … s ses premiers romans, *Mayday* et *Iceberg*, il donne naissance à son héros récurrent Dirk Pitt. Clive Cussler a également acquis une solide réputation de chasseur d'épaves, il est d'ailleurs président de l'Agence nationale maritime et sous-marine (NUMA). Cette activité inspire nombre de ses romans, dont *Renflouez le Titanic !*, qui lui a valu un grand succès.

Né en 1968 dans le Vermont, Jack Du Brul est l'auteur de nombreux thrillers vendus à plusieurs millions d'exemplaires à travers le monde, tels que *La Forge de Vulcain* (2005) et *Le Tribut de l'or noir* (2006).

Paru dans Le Livre de Poche :

ATLANTIDE
CYCLOPE
DRAGON
ICEBERG
L'INCROYABLE SECRET
MAYDAY !
ODYSSÉE
ONDE DE CHOC
L'OR DES INCAS
PANIQUE À LA MAISON BLANCHE
LA POURSUITE
QUART MORTEL
RAZ DE MARÉE
RENFLOUEZ LE TITANIC !
SAHARA
TRÉSOR
VIXEN 03
VORTEX

En collaboration avec Dirk Cussler :
LE TRÉSOR DU KHAN
VENT MORTEL

En collaboration avec Craig Dirgo :
BOUDDHA
CHASSEURS D'ÉPAVES (2 vol.)
PIERRE SACRÉE

En collaboration avec Jack Du Brul :
RIVAGE MORTEL

En collaboration avec Paul Kemprecos :
À LA RECHERCHE DE LA CITÉ PERDUE
GLACE DE FEU
MORT BLANCHE
LE NAVIGATEUR
L'OR BLEU
SERPENT
TEMPÊTE SOLAIRE

CLIVE CUSSLER

JACK DU BRUL

Croisière fatale

ROMAN TRADUIT DE L'ANGLAIS (ÉTATS-UNIS)
PAR FRANÇOIS ET ALBERT VIDONNE

GRASSET

Titre original :

PLAGUE SHIP
Publié par G.P. Putnam's Sons, en 2008.

© Sandecker, RLLLP, 2008, pour le texte original,
publié avec l'accord de Peter Lampack Agency, Inc.
© Éditions Grasset & Fasquelle, 2011, pour la traduction française.
ISBN : 978-2-253-16268-1 – 1re publication LGF

« Le transfert de richesses le plus important de toute l'histoire de l'humanité eut sans doute lieu lorsque la peste ravagea l'Europe, décimant un tiers de sa population. Les campagnes s'en trouvèrent renforcées, permettant une amélioration du niveau de vie non seulement pour les propriétaires, mais également pour ceux qui cultivaient leurs terres. Cet événement favorisa comme nul autre l'émergence de la Renaissance et permit finalement à l'Europe de dominer le monde. »

La natalité nous tuera : comment la surpopulation va détruire la civilisation.

Dr Lydell Cooper, Raptor Press, 1977.

Prologue

Mer de Barents
Nord de la Norvège
Le 29 avril 1943

Une pâle lune d'équinoxe semblait suspendue au-dessus de l'horizon, et ses lueurs projetaient d'aveuglants reflets sur la mer glaciale. L'hiver n'avait pas encore cédé la place au printemps et cette année-là, le soleil ne s'était pas encore levé. Il demeurait caché derrière la courbure terrestre, comme une vague promesse de lumière rampant le long de la ligne d'horizon où le ciel s'unissait à la mer, tandis que la planète tournait sur son axe incliné. Il faudrait encore un mois avant qu'il se montre pour de bon ; mais une fois là, il ne disparaîtrait plus avant l'automne. Ainsi va le cycle des jours et des nuits au-dessus du cercle arctique.

En raison de sa latitude septentrionale extrême, la mer de Barents devrait être prise par les glaces et impraticable pendant la majeure partie de l'année, mais ses eaux bénéficient d'un courant chaud qui remonte des tropiques avec le Gulf Stream. C'est ce puissant courant qui rend l'Ecosse et le nord de la Norvège habitables et la mer de Barents navigable, libre de toute glace, pendant les hivers les plus rigoureux. C'était donc le passage idéal pour convoyer de l'armement des usines américaines jusqu'à l'Union soviétique en guerre. Mais comme beaucoup d'autres routes maritimes telles que la Manche ou le détroit de Gibraltar, la mer de Barents s'était transformée en goulet d'étranglement, terrain de chasse privilégié des meutes de la *Kriegsmarine* et des *Schnellboots*, vedettes lance-torpilles d'attaque rapide basées sur les côtes.

L'emplacement et la disposition des U-Boote, loin d'être laissés au hasard, étaient le fruit d'une réflexion digne d'un maître d'échecs mûrissant l'avance de ses pièces. Le moindre renseignement obtenu était utilisé pour déterminer la puissance, la vitesse et la destination des bâtiments qui naviguaient dans l'Atlantique Nord, afin que des sous-marins soient positionnés, prêts à l'attaque.

A partir de bases installées en Norvège et au Danemark, des patrouilles aériennes parcouraient les mers à la recherche de navires marchands dont ils envoyaient la position au quartier général de la flotte pour que les U-Boote puissent se dissimuler à proximité et les attaquer. Pendant les premières années de guerre, les sous-marins jouissaient d'une suprématie quasi totale, et un tonnage se chiffrant par millions avait sans pitié été envoyé par le fond. Les convois étaient accompagnés d'imposantes escortes de croiseurs et de contre-torpilleurs, mais les Alliés n'avaient d'autre choix que risquer de perdre quelques navires pour que les autres aient une chance de passer. Les hommes de la marine marchande ainsi soumis au jeu de la chance et du hasard subissaient des pertes comparables à celles des unités combattantes.

Jusqu'à cette nuit-là…

Le quadrimoteur Focke-Wulf FW 200 *Kondor* était un avion imposant, avec une longueur approchant les vingt-trois mètres cinquante et une envergure de presque trente-trois mètres. Conçu avant la guerre comme avion de ligne pour la Lufthansa, il prit rapidement du service dans l'armée, à la fois comme appareil de transport et comme patrouilleur. Son rayon d'action de presque quatre mille kilomètres permettait au *Kondor* de voler pendant des heures et de pourchasser les navires alliés très loin des côtes.

Utilisés tout au long de l'année 1941 dans des missions d'attaque, avec quatre bombes de deux cent trente kilos sous les ailes, les FW 200 avaient subi de lourdes pertes et se contentaient désormais de missions de reconnaissance à haute altitude, hors de portée des défenses antiaériennes alliées.

Franz Lichtermann, le pilote de l'appareil, supportait mal les heures monotones passées à fouiller cette mer sans repères. Il aurait aimé faire partie d'un escadron de combat, livrer une vraie guerre, au lieu de rôder à des milliers de mètres au-dessus de ce néant glacé dans l'espoir de repérer des navires que d'autres se chargeraient d'envoyer par le fond. De retour à la base, Lichtermann se conformait rigoureusement à l'étiquette militaire et en attendait autant de ses hommes. Mais en mission de patrouille, alors que les minutes s'étiraient interminablement, il tolérait un peu plus de familiarité entre les membres de son équipage.

— Voilà qui devrait nous aider un peu, commenta-t-il à l'interphone avec un mouvement de tête en direction de la lune aveuglante.

— A moins que les reflets nous cachent le sillage d'un convoi, tempéra Max Ebelhardt, aussi pessimiste qu'à l'accoutumée.

— Avec une mer aussi calme, on repérerait n'importe quel bâtiment qui se serait arrêté pour attendre les ordres.

— Est-ce qu'on sait seulement s'il y a quelqu'un là-dessous ?

C'était le plus jeune membre de l'équipage, Ernst Kessler, qui venait de poser la question. Kessler, assis à l'arrière de la gondole ventrale qui longeait une partie du fuselage de l'appareil, était le mitrailleur arrière du *Kondor*. De la position qu'il occupait, tassé au-dessus du canon de sa mitrailleuse MG-15 et protégé par sa verrière de Plexiglas, son champ de vision se limitait aux étendues que le *Kondor* venait de survoler.

— D'après le commandant d'escadron, un U-Boot de retour de patrouille est rentré à la base il y a deux jours ; il a repéré au moins une centaine de navires au-dessus des îles Féroé, annonça Lichtermann à son équipage. Ils se dirigeaient vers le nord. Ils sont forcément dans les parages.

— Ou alors le commandant de l'U-Boot voulait sauver la face après avoir manqué ses cibles, maugréa Ebelhardt en faisant la grimace après une gorgée d'ersatz de café tiède.

— Si seulement on pouvait les repérer et les couler nous-mêmes, soupira Ernst Kessler.

Le visage doux, Ernst Kessler était un jeune homme de dix-huit ans à peine ; avant sa mobilisation, il caressait l'espoir de devenir médecin. Né en Bavière dans un milieu rural pauvre, ses chances d'accéder à une éducation supérieure étaient presque nulles, ce qui ne l'empêchait pas de passer son temps libre le nez enfoui dans des livres de médecine.

— Ce n'est pas ainsi que se comporte un guerrier allemand, l'admonesta Lichtermann, non sans une certaine douceur.

Il éprouvait un réel soulagement à la pensée qu'ils avaient jusque-là évité toute attaque ennemie. Il n'était pas persuadé que Kessler aurait le cran d'ouvrir le feu avec sa mitrailleuse, mais le jeune homme était le seul membre d'équipage capable de demeurer à son poste à l'arrière de l'appareil, le regard fixé sur la mer, heure après heure, sans souffrir de violentes nausées.

Lichtermann ressentit une pointe d'amertume en songeant aux hommes qui mouraient sur le front de l'Est, alors que les chars et les avions envoyés aux Russes retardaient la chute, inévitable, de Moscou. Il n'aurait pas demandé mieux que de couler quelques navires, lui aussi.

Une autre heure fastidieuse s'écoula ; les hommes scrutaient la nuit dans l'espoir de découvrir le convoi. Ebelhardt attira l'attention de Lichtermann d'une légère tape sur l'épaule et lui montra du doigt son plan de vol. En principe, le mitrailleur installé à l'avant de la gondole ventrale était le navigateur en titre, mais Ebelhardt se chargeait de calculer le temps de vol et l'itinéraire, et son geste indiquait à Lichtermann qu'il était temps de changer de direction pour explorer une nouvelle étendue d'eau.

Lichtermann, sans quitter l'horizon des yeux, actionna le palonnier et le fuselage de l'appareil vira à tribord, tandis que la lune semblait basculer à travers le ciel.

Ernst Kessler se flattait de posséder la vue la plus perçante de tout l'équipage. Enfant, il disséquait les animaux morts qu'il trouvait autour de la ferme familiale pour comprendre leur anatomie, et comparait ses observations avec les livres dont il disposait. Il savait que sa vision précise et ses mains sûres feraient de lui un très bon médecin, mais après tout, ses sens aiguisés le rendaient tout aussi apte à repérer l'ennemi.

Sa position à l'arrière aurait dû lui dénier ce privilège, mais ce fut pourtant lui qui le vit le premier. Au moment où le *Kondor* virait sur l'aile, un éclat inhabituel attira son attention, loin des reflets de la lune.

— Capitaine ! cria-t-il dans l'interphone. A trois cents sur tribord !

— Qu'est-ce que vous avez vu ?

L'excitation primitive de la chasse transparaissait déjà dans la voix de Lichtermann.

— Je n'en suis pas sûr, capitaine, on aurait dit une sorte de lueur.

Lichtermann et Ebelhardt plissèrent les yeux pour distinguer quelque chose dans la direction indiquée par le jeune Kessler, sans succès.

— Vous en êtes certain ? demanda le pilote.

— Oui, capitaine, répondit Kessler, s'efforçant de prendre un ton assuré. Lorsque nous avons viré, l'angle de vision a changé, et je suis sûr d'avoir vu quelque chose.

— Le convoi ? demanda Ebelhardt d'un ton brusque.

— Je ne sais pas, dut admettre Kessler.

— Josef, monte la radio, ordonna Lichtermann, rappelant ainsi au mitrailleur avant son rôle subalterne.

Le pilote augmenta la puissance des moteurs radiaux BMW et fit à nouveau virer l'appareil. Le vrombissement s'accentua et les hélices fendirent l'air de plus belle.

Ebelhardt, une paire de jumelles vissée sur les yeux, scrutait la mer obscure. A presque quatre cents kilomètres à l'heure, le patrouilleur pouvait repérer le convoi à n'importe quel moment, mais les secondes passèrent, puis une minute s'écoula et Ebelhardt finit par baisser ses jumelles.

— C'était sans doute une vague, commenta-t-il sans actionner l'interphone, de telle sorte que seul Lichtermann l'entendit.

— Vérifions quand même, répliqua Lichtermann. La nuit, Kessler y voit aussi clair qu'un foutu chat.

Les Alliés avaient fait un travail remarquable en recouvrant leurs cargos et leurs tankers de camouflages qui les empêchaient d'être repérés depuis la surface, mais la nuit, rien ne pouvait masquer le passage d'un convoi, car le sillage des navires formait un panache blanc sur les eaux sombres.

— Que le diable m'emporte, articula silencieusement Ebelhardt en montrant un point sur la mer à travers la verrière.

Au début, ils ne virent qu'une large tache grise sur l'eau sombre, mais au fur et à mesure que l'appareil approchait, le gris s'éclaircit et laissa apparaître des dizaines de lignes blanches parallèles, aussi nettes que des marques de craie sur un tableau noir. C'étaient les sillages d'une armada de navires qui faisaient route vers l'est, aussi vite qu'ils le pouvaient. De l'altitude où se trouvait le *Kondor*, les bâtiments paraissaient aussi lourds et lents qu'un troupeau d'éléphants.

L'appareil s'approcha encore jusqu'à ce que l'éclat de la lune permette à l'équipage de distinguer les cargos et les tankers, plus lents, et les fins sillages des contre-torpilleurs disposés comme des sentinelles de chaque côté du convoi. Sous le regard des hommes du *Kondor*, l'un des contre-torpilleurs remontait la file de navires sur tribord, crachant des panaches de fumée par ses deux cheminées. Lorsqu'il aurait atteint la tête du groupe, il ralentirait pour laisser passer les cargos et les tankers ; c'est ce que les Alliés appelaient la tactique de la « course à l'indienne ». Une fois revenu en queue du long cortège, le contre-torpilleur accélérerait à nouveau, et le processus se répéterait à l'infini. Cette tactique permettait de limiter le nombre de navires de combat chargés de protéger les convois.

— Ils doivent être au moins deux cents, estima Ebelhardt.

— Assez pour que les Rouges aient de quoi se battre pendant encore des mois, approuva le pilote. Josef, la radio, ça donne quoi ?

— Je n'ai que des parasites.

Le problème des parasites était fréquent, aussi loin au nord du cercle arctique. Des particules chargées d'électricité, entrées en contact avec les champs magnétiques terrestres, retombaient au sol vers les pôles et semaient la pagaille dans les tubes à vide des radios.

— Nous allons marquer notre position, décida Lichtermann, et nous transmettrons notre rapport par radio dès que nous approcherons de la base. Bravo, Ernst ! Sans vous, nous serions rentrés bredouilles.

— Merci, monsieur, répondit Ernst d'une voix où perçait un sentiment de fierté.

— Il me faut un compte précis de l'importance du convoi, et une estimation approximative de sa vitesse.

— Attention de ne pas trop approcher, avertit Ebelhardt, ces contre-torpilleurs pourraient bien ouvrir le feu.

L'homme savait par expérience ce qu'était le combat, et s'il jouait désormais le rôle de second à bord, c'était à cause d'un éclat de shrapnell dans la cuisse, souvenir de la défense antiaérienne londonienne. Il reconnut la lueur qui brillait dans le regard de Lichtermann et l'excitation dans sa voix.

— Et n'oublions pas les CAM, ajouta-t-il.

— Fais-moi confiance, répondit le pilote non sans bravade, et il approcha l'imposant appareil de la flotte qui semblait presque immobile trois mille mètres plus bas. Je ne vais pas aller trop près, et puis nous sommes trop loin des côtes pour qu'ils lancent un chasseur à notre poursuite.

Les CAM, ou Catapult Aircraft Merchantmen, étaient la réplique alliée aux reconnaissances aériennes allemandes. Un long rail était installé sur la proue d'un cargo, ce qui permettait, à l'aide d'un système de catapulte actionné par fusée, de lancer un chasseur Hawker Sea Hurricane à l'attaque des *Kondor*, plus lents, ou même d'U-Boote naviguant en surface. L'inconvénient des CAM, c'était qu'à leur retour les avions ne pouvaient se poser sur leur navire de départ. Les Hurricanes devaient se trouver assez près des côtes anglaises ou d'un territoire ami pour que le pilote puisse atterrir. Sinon, il fallait amerrir et le pilote devait être récupéré en mer.

Le convoi dont les panaches de fumée s'étiraient sous le FW 200 se trouvait à plus de mille six cents kilomètres du territoire allié le plus proche, et même avec une lune aussi claire, il aurait été impensable de récupérer le pilote dans l'obscurité. Les Hurricanes ne décolleraient pas cette nuit. Le *Kondor* n'avait rien à craindre de cette masse de navires alliés, à moins de se mettre lui-même à portée de tir des contre-torpilleurs et du rideau de feu des canons antiaériens.

Ernst Kessler comptait les rangées de bâtiments lorsque des lumières clignotantes apparurent soudain sur le pont de deux des contre-torpilleurs.

— Capitaine, s'écria-t-il, le convoi ouvre le feu !

Lichtermann distinguait à peine les deux bâtiments sous l'aile du *Kondor*.

— Du calme, mon garçon. Ce ne sont que des signaux. Ces navires observent un silence radio absolu, et c'est ainsi qu'ils communiquent.

— Désolé, capitaine.

— Ne vous inquiétez pas. Soyez aussi précis que possible dans votre décompte.

Après avoir décrit un cercle paresseux autour du convoi, le *Kondor* longeait son flanc nord lorsque Dietz, de service à la mitrailleuse de la tourelle dorsale, cria :

— Ils sont sur nous !

Lichtermann n'avait pas la moindre idée de ce que Dietz voulait dire, et il réagit avec un temps de retard. Une série de salves de mitrailleuses de 7,7 mm parfaitement ajustées vint balayer le haut de la carlingue du *Kondor*, à partir de la base du stabilisateur vertical et sur toute la longueur de l'appareil. Dietz fut tué avant de pouvoir ouvrir le feu. Les balles pénétrèrent dans le cockpit et, au milieu du crépitement rageur des projectiles qui ricochaient sur les surfaces métalliques et des sifflements de l'air dans les déchirures du fuselage, Lichtermann entendit son copilote pousser un grognement de douleur. Il se retourna et vit que le blouson de vol d'Ebelhardt était maculé de sang.

Lichtermann écrasa le palonnier et appuya sur le manche pour s'éloigner au plus vite des appareils alliés qui venaient de surgir de nulle part.

Ce fut une manœuvre malheureuse…

Lancé seulement quelques semaines plus tôt, le MV *Empire MacAlpine* était une addition très récente au convoi. Construit à l'origine pour transporter des céréales, ce navire de huit mille tonneaux venait de passer cinq mois dans les chantiers navals de Burntisland, en Ecosse, où sa superstructure avait été équipée d'une petite passerelle de contrôle, de cent quarante mètres de piste et d'un hangar abritant quatre bombardiers-torpilleurs Fairley Swordfish. Le navire pouvait d'ailleurs transporter presque autant de céréales qu'avant sa conversion. L'Amirauté considérait le CAM comme un dispositif provisoire en attendant qu'une solution plus sûre soit mise en œuvre. Les MAC (Merchant Aircraft Carriers) comme le *MacAlpine* céderaient la place lorsque l'Angleterre disposerait de porte-avions d'escorte américains de la classe Essex.

Un peu plus tôt, alors que le FW 200 rôdait au-dessus du convoi, deux Swordfish avaient été catapultés du *MacAlpine*, assez loin du reste de la flotte, de telle sorte que lorsqu'ils prirent de l'altitude pour attaquer le *Kondor*, plus imposant et plus rapide, ils échappèrent à la vigilance de Lichtermann et de ses hommes. Les Fairley étaient des biplans, et leur vitesse maximale atteignait à peine la moitié de celle du *Kondor*. Ils étaient équipés chacun d'une mitrailleuse Vickers, installée au-dessus du capot du moteur radial, et d'une Lewis montée sur affût mobile, tirant vers l'arrière.

Le second Swordfish attendait, mille mètres sous le *Kondor*, presque invisible dans l'obscurité. Lorsque l'appareil allemand s'écarta de son premier attaquant, le deuxième bombardier-torpilleur, délesté de toute charge inutile, était prêt à l'attaque.

Un torrent de feu jaillit de la mitrailleuse Vickers pour frapper de plein fouet le *Kondor*, tandis que le second mitrailleur se penchait hors de l'ouverture du cockpit arrière pour aligner le canon de la Lewis sur les deux moteurs BMW fixés à l'aile bâbord du Focke-Wulf.

Des trous de la taille d'une pièce de monnaie apparurent tout autour d'Ernst Kessler, l'aluminium virant au rouge l'espace d'un instant. Il ne s'écoula que quelques secondes entre le cri de Dietz et le tir de barrage qui balaya le dessous du *Kondor*, et Kessler n'eut pas le temps de se laisser paralyser par la peur. Le jeune homme connaissait son devoir. Déglutissant avec peine en raison du plongeon de l'avion, il pressa la détente de sa mitrailleuse MG-15 pendant que le FW continuait à descendre en dépassant les Swordfish beaucoup plus lents. Il ajustait son tir, tandis que les balles illuminaient le ciel. Il aperçut un petit cercle de feu qui luisait dans l'obscurité. C'était le pot d'échappement du Fairley qui tressautait autour de son moteur ; ce fut là qu'il concentra son tir, alors même que son propre appareil subissait l'assaut du biplan.

Les lignes en arc de cercle des balles traçantes convergeaient vers le cercle lumineux et soudain, le museau de l'appareil anglais sembla devenir le centre d'un véritable feu d'artifice. Des étincelles et des langues de feu enveloppèrent le Swordfish et déchiquetèrent le métal et le tissu du fuselage. L'hélice vola en éclats, et le moteur radial explosa comme une grenade à fragmentation. Du carburant enflammé et de l'huile bouillante se déversèrent sur le pilote et le mitrailleur. Le plongeon contrôlé du Swordfish, calqué jusqu'alors sur celui du *Kondor*, se mua en une inexorable chute à pic.

Le Fairley vira sur l'aile et entama une descente en spirale de plus en plus rapide, aussi incandescent qu'une étoile filante. Lichtermann se mit en devoir de stabiliser le *Kondor*. L'épave en flammes du Fairley poursuivait sa chute. L'avion changea de forme. Les ailes s'étaient arrachées du fuselage, et l'appareil mortellement atteint échappait à tout contrôle. Il tomba comme une pierre, et les flammes disparurent bientôt lorsque l'avion s'enfonça dans les eaux glacées.

Lorsque Kessler éloigna le regard et vit les quinze mètres de bord de fuite de l'aile tribord, la peur, qu'il avait occultée jusqu'alors, s'empara de lui avec une force brutale. Une traînée de fumée s'échappait des deux moteurs de neuf cylindres et, à en juger par le bruit, les groupes moteur étaient en piteux état.

— Capitaine ! hurla-t-il dans le micro.

— Fermez-la, Kessler, aboya Lichtermann. Radio, venez par ici et donnez-moi un coup de main. Ebelhardt est mort.

— Capitaine, à bâbord, les moteurs ! insista Kessler.

— Je sais, bon Dieu, je sais ! Fermez-la.

Le premier attaquant était déjà loin derrière, ayant à coup sûr viré pour rejoindre le convoi. Kessler ne pouvait que contempler, horrifié, la fumée qui jaillissait dans le sillage du *Kondor*. Lichtermann coupa le moteur le plus proche du fuselage dans l'espoir d'éteindre les flammes. Il laissa l'hélice tourner un moment avant d'actionner à nouveau le démarreur. Le moteur toussa, puis prit feu ; des flammes apparurent autour du capot, noircissant l'aluminium de la nacelle.

Lorsqu'il sentit la légère poussée de puissance, Lichtermann prit le risque de couper l'autre moteur, le plus éloigné, avant de le remettre en marche. Seule une volute de fumée s'en échappa. Lichtermann baissa alors les gaz afin qu'il puisse tenir aussi longtemps que possible, puis il coupa le premier moteur, de crainte que le feu ne s'étende jusqu'au réservoir de carburant. Avec les deux moteurs tribord en état de marche et un troisième opérant à mi-régime, un retour à la base était envisageable.

Les minutes s'écoulaient dans une tension palpable. Le jeune Kessler résista à l'envie de demander des indications précises sur leur situation. Il savait que Lichtermann l'informerait dès que possible. Lorsqu'il entendit un nouveau son, comme le jaillissement précipité d'un liquide, Kessler se redressa et se cogna sur un montant de la structure de la gondole. La verrière de Plexiglas qui protégeait sa position fut soudain aspergée de gouttelettes. Il lui fallut un moment pour comprendre que Lichtermann, après avoir calculé la charge de carburant du *Kondor* et la distance qui les séparait de leur base de Narvik, débarrassait l'appareil du surplus afin de l'alléger au maximum. Le tuyau de vidange était situé juste derrière sa propre position de mitrailleur ventral.

— Comment ça va, là-dessous, Kessler ? demanda Lichtermann, la vidange faite.

— Euh… ça va, capitaine, balbutia Kessler. Mais d'où venaient ces avions ?

— Je ne les ai même pas vus, admit le pilote.

— C'étaient des biplans. Enfin, celui que j'ai abattu…

— Sans doute des Swordfish. On dirait que les Alliés ont un nouveau tour dans leur manche. Ces avions n'ont pas décollé d'un CAM. Avec leur système de catapultage par fusée, leurs ailes auraient été arrachées en moins d'une seconde. Les Anglais doivent avoir un nouveau porte-avions.

— Mais on n'a vu aucun avion décoller !

— Ils nous ont peut-être repérés au radar. Dans ce cas, ils ont fait décoller leurs avions avant qu'on puisse les voir.

— On peut informer la base par radio ?

— Josef y travaille. Pour l'instant, on n'a que de la friture. Nous serons au-dessus des côtes d'ici trente minutes ; la réception devrait être meilleure.

— Que voulez-vous que je fasse, monsieur ?

— Restez à votre poste et gardez les yeux bien ouverts, au cas où d'autres Swordfish se présenteraient. Nous avançons à moins de cent nœuds, et on pourrait bien en voir rappliquer un par-derrière.

— Et le lieutenant Ebelhardt ? Le caporal Dietz ?

— Votre père ne serait pas pasteur, ou quelque chose comme ça ?

— Mon grand-père, monsieur. C'est le pasteur de l'église luthérienne du village.

— La prochaine fois que vous lui écrirez, demandez-lui une prière. Ebelhardt et Dietz sont morts, tous les deux.

Le silence s'installa. Kessler continua à scruter l'obscurité à la recherche d'un appareil ennemi, tout en espérant n'en voir aucun. Il essayait de ne pas penser aux deux Anglais qu'il venait de tuer. C'était la guerre, et ces hommes avaient pris le *Kondor* en embuscade, alors pourquoi ressentait-il cet insidieux sentiment de culpabilité qui lui vrillait les nerfs ? Pourquoi ses mains tremblaient-elles, et pourquoi son estomac était-il si noué ? Il aurait préféré que Lichtermann ne parle pas de son grand-père. Il ne savait que trop bien ce qu'aurait dit le vieux et grave pasteur. Il détestait le gouvernement et cette folle guerre dans laquelle il s'était engagé, et qui avait fait de son plus jeune petit-fils un meurtrier.

Kessler savait que jamais plus il ne pourrait regarder son grand-père en face.

— J'aperçois la côte, annonça Lichtermann quarante minutes plus tard. Nous allons réussir à regagner Narvik.

Le *Kondor* était descendu à mille mètres lorsqu'il atteignit la côte nord de la Norvège. C'était un paysage nu et laid, où les vagues bordées d'écume se brisaient sur des falaises et des îles informes. Seuls quelques villages, où les habitants tiraient leur maigre revenu de la mer, s'accrochaient aux criques et aux rochers.

Ernst Kessler se sentit l'esprit apaisé. A l'idée de survoler la terre ferme, il se sentait un peu plus en sécurité. Bien sûr, ils ne survivraient pas à une chute sur cette terre rocailleuse, mais mourir là, où l'on pourrait retrouver leurs corps et leur donner une sépulture convenable, lui paraissait préférable au néant de la mer indifférente où reposaient désormais les deux pilotes britanniques abattus.

C'est l'instant que choisit le destin pour abattre sa dernière carte. Le moteur extérieur bâbord, qui ronronnait jusqu'alors à mi-puissance et parvenait à conserver au lourd appareil de reconnaissance sa stabilité, se bloqua sans le moindre signe avant-coureur. Le disque tournoyant que formait l'hélice et qui assurait au *Kondor* une assiette stable se transforma en une sculpture figée de métal bruni qui freinait et déséquilibrait l'avion avec une force colossale.

Dans le poste de pilotage, Lichtermann écrasa le palonnier pour empêcher le *Kondor* de chuter en vrille. La poussée de l'aile tribord et la force inverse de l'aile bâbord rendaient ingouvernable l'appareil, que rien ne semblait plus pouvoir empêcher de piquer du nez.

Kessler se sentit plaqué contre l'affût de sa mitrailleuse, et un ruban de munitions s'enroula autour de lui comme un serpent avant de s'écraser contre son visage. Sa vision devint floue et du sang jaillit de ses narines. Le ruban revint sur lui et lui aurait frappé la tempe s'il n'était parvenu à plonger en avant et à plaquer les munitions alignées dans leur gaine de laiton contre une cloison.

Lichtermann réussit à maintenir l'avion stable pendant quelques secondes de plus, mais il savait que ses efforts étaient vains. Le *Kondor* était trop déséquilibré. Pour avoir la moindre chance de le poser, il fallait compenser ces forces antagonistes qui le poussaient et le tiraient en même temps. Il étendit une main gantée pour presser l'interrupteur des moteurs de tribord, qui ralentirent rapidement, puis s'arrêtèrent. L'hélice immobile continuait à provoquer un important mouvement de tirage à bâbord, mais Lichtermann parvenait encore à le compenser, d'autant que l'avion commençait à se comporter comme une sorte de planeur géant.

— Kessler, montez par ici et attachez-vous. Nous allons nous écraser.

L'avion survola une montagne qui dominait un fjord prolongé par un petit glacier, d'une blancheur aveuglante sur les roches noires déchiquetées.

Kessler se débarrassa de son harnais d'épaule ; il se penchait pour quitter sa position devant la mitrailleuse lorsque quelque chose, en contrebas, attira son regard. Dans le prolongement du sillon creusé par le fjord se trouvait une construction bâtie en partie sur le glacier. Peut-être l'ouvrage était-il si ancien que la glace avait commencé à l'ensevelir. Il était difficile d'évaluer ses dimensions d'un seul regard, mais il paraissait imposant, évoquant les entrepôts que construisaient autrefois les Vikings.

— Capitaine ! s'écria Kessler. Derrière nous… sur le bord du fjord. Un bâtiment. Je crois qu'on pourrait se poser sur la glace.

Lichtermann n'avait rien vu, mais il savait que le regard de Kessler était tourné vers l'arrière et qu'il bénéficiait d'une vue dégagée du fjord. Vers l'avant, le terrain était déchiqueté, avec des monticules formés par la glace, aussi tranchants que des dagues. Le train d'atterrissage se briserait à l'instant même du contact avec la surface, et les rocs déchireraient le fuselage comme une feuille de papier.

— Vous en êtes sûr ?

— Oui, capitaine. Je l'ai vu grâce au clair de lune. Il y a bien un bâtiment, c'est certain.

Sans aucune puissance moteur, Lichtermann n'avait pas droit à l'erreur. Il était convaincu que s'il tentait de se poser sur le sol rocheux, lui et ses hommes n'y survivraient pas. Un atterrissage sur la glace ne serait pas une partie de plaisir, mais ils auraient au moins une petite chance de s'en sortir.

Il s'arc-bouta sur le manche, luttant contre l'inertie du *Kondor*. Le virage fit perdre toute portance à la surface des ailes. L'altimètre se mit à dégringoler. Lichtermann n'y pouvait rien. Les lois de la physique décidaient pour lui.

Le gros appareil fendit le ciel, reprenant le cap au nord. La montagne qui masquait jusqu'alors le glacier au regard du pilote surgit devant le *Kondor*. Lichtermann remercia en silence le clair de lune lorsqu'il aperçut au bas de la montagne une étendue d'un blanc virginal, une tache glacée de plus d'un kilomètre et demi. Il ne vit aucune trace du bâtiment dont parlait Kessler, mais c'était pour l'instant sans importance. Se concentrer sur le glacier, c'était cela l'urgence.

S'élevant lentement de l'eau avant de paraître retomber d'une faille de la montagne, un mur de glace presque vertical apparut, si épais qu'il semblait bleu dans la lueur incertaine de la lune. Quelques petits icebergs parsemaient l'étendue du fjord.

Le *Kondor* plongeait rapidement. L'altitude était à peine suffisante pour que Lichtermann puisse opérer un dernier virage et s'aligner sur le glacier.

L'avion descendit sous le sommet de la montagne. Les rocs, comme sculptés par les éléments et le froid, étaient si proches qu'il aurait suffi d'étendre un bras au bout des ailes pour les atteindre. La glace, si lisse vue à trois cents mètres d'altitude, se révélait bien plus dure à mesure que l'avion descendait, comme formée de petites vagues qui semblaient avoir été saisies en plein mouvement par le gel. Lichtermann ne sortit pas le train d'atterrissage. Si l'un des supports était arraché au moment du contact avec le sol, l'avion ferait la roue et se retrouverait disloqué.

— Tenez bon, dit-il, la gorge si sèche qu'il parvenait à peine à articuler les mots d'une voix rauque.

Ernst avait quitté son poste de mitrailleur pour s'attacher sur le siège du radio. Josef était avec Lichtermann dans le poste de pilotage. Les cadrans brillaient d'une lueur laiteuse. Aucun hublot ne se trouvait à proximité, et l'intérieur de l'avion était plongé dans une obscurité totale. Lorsqu'il entendit l'avertissement laconique de Lichtermann, Kessler se recroquevilla, protégea sa nuque des deux mains et bloqua ses genoux entre ses coudes, ainsi qu'il l'avait appris à l'entraînement.

Des prières s'échappaient confusément de ses lèvres.

Le *Kondor* heurta le glacier en oblique, s'éleva de quatre mètres avant de s'écraser contre la glace dans un froissement de tôles. Kessler fut projeté contre son harnais, mais il n'osa pas quitter la position fœtale qu'il avait adoptée. L'avion heurta l'obstacle avec une brutale secousse qui fit voler tous les manuels de radio hors de leur étagère. L'aile frappa le sol gelé et l'appareil se mit à tournoyer sur lui-même, projetant des débris morcelés autour de lui.

Kessler se demandait s'il valait mieux pour lui rester seul au fond de la carlingue, ignorant de ce qui se passait au-dehors, ou bien rejoindre le cockpit et voir le *Kondor* se disloquer.

Il y eut un choc sous l'endroit où Kessler se tenait recroquevillé, et une bourrasque d'air froid fusa à l'intérieur de la carlingue. La verrière qui protégeait le poste du mitrailleur avant venait d'imploser. Des morceaux de glace arrachés au glacier tourbillonnèrent dans la carlingue ; pendant tout ce temps, l'avion ne semblait même pas ralentir.

C'est alors qu'un son retentit, plus fort que tous les autres, une explosion de métal déchiré, suivie de l'odeur entêtante du carburant d'aviation. Kessler comprit ce qui venait de se passer. L'une des ailes avait creusé la glace et avait été arrachée. Lichtermann s'était débarrassé de la plus grande partie du carburant, mais il en restait assez pour que l'avion s'embrase.

Celui-ci poursuivit sa dégringolade le long de la pente douce du glacier, poussé par son élan. Enfin, il commença à ralentir. L'arrachage de l'aile bâbord le plaçait en position perpendiculaire par rapport à sa trajectoire initiale. Une grande partie de sa carlingue rabotant la surface, la force de la friction prenait le pas sur celle de la gravité.

Kessler laissa échapper un soupir. Dans quelques instants, l'appareil s'immobiliserait. Le capitaine Lichtermann avait réussi. La tension mortelle qui l'étreignait depuis l'avertissement du pilote se relâcha. Il s'apprêtait à se redresser enfin lorsque l'aile tribord se planta dans la glace avant d'être déchirée à sa base.

Le *Kondor* roula par-dessus l'aile démembrée et se retourna sur le dos en un mouvement d'une violence telle que Kessler faillit être éjecté de son harnais. Son cou fut brutalement rejeté en arrière et une douleur cinglante le traversa de la tête aux pieds.

Le jeune aviateur resta suspendu à son harnais, hébété, pendant plusieurs longues secondes, puis il s'aperçut qu'il n'entendait plus le raclement de l'aluminium sur la glace. Le *Kondor* s'était enfin immobilisé.

Luttant contre la nausée, il défit avec soin les courroies de son harnais et se laissa glisser jusqu'à la surface du plafond. Il sentit quelque chose de mou sous ses pieds. Toujours dans l'obscurité, il se déplaça pour prendre appui sur un des montants du fuselage. Il tendit la main, puis la retira brusquement. Il venait de toucher un cadavre, et ses doigts étaient couverts d'un liquide épais et collant. Du sang.

— Capitaine Lichtermann ? appela-t-il. Josef ?

Il n'eut d'autre réponse que le sifflement du vent froid qui balayait l'avion immobile.

Kessler fouilla un petit placard sous la radio et y découvrit une lampe électrique. Le faisceau lumineux éclaira le corps de Max Ebelhardt, le copilote, tué dès les premiers instants de l'attaque. Il appela encore Josef et Lichtermann et braqua le rayon de la lampe sur le cockpit renversé. Il aperçut les deux hommes encore attachés à leurs sièges, les bras pendants, aussi inertes que des poupées de chiffon.

Aucun des deux ne bougea, même lorsque Kessler parvint à ramper jusqu'à eux pour poser la main sur l'épaule du pilote. La tête de Lichtermann était rejetée en arrière, ses yeux bleus figés. Son visage était d'un rouge sombre, rempli du sang qui affluait vers son crâne. La chair était encore tiède, mais la peau avait déjà perdu de son élasticité. Kessler braqua sa lampe sur Josef Vogel. Mort, lui aussi. Sa tête s'était écrasée contre un montant métallique sur lequel le jeune homme aperçut une traînée de sang. Quant à Lichtermann, il s'était probablement rompu le cou lorsque l'avion s'était retourné.

Kessler reprit conscience de l'odeur insistante du carburant et tituba jusqu'à la porte principale, à l'arrière de l'avion. Le choc avait déformé l'encadrement, et il dut donner de violents coups d'épaule contre le métal pour parvenir enfin à l'ouvrir. Il tomba de l'avion et vint s'écraser sur la glace. Des débris d'ailes et de fuselage étaient disséminés le long du glacier, creusé de profonds sillons.

La menace d'un incendie était-elle imminente ? Combien de temps lui faudrait-il attendre avant de pouvoir regagner sans danger l'épave du patrouilleur ? Kessler l'ignorait, mais avec ce vent glacial, il ne pourrait demeurer dehors très longtemps. La meilleure solution consistait à trouver cette mystérieuse construction aperçue avant le crash. Il attendrait là-bas jusqu'à ce que tout danger d'incendie soit écarté, puis il reviendrait. Avec un peu de chance, la radio aurait survécu. Sinon, un petit canot gonflable était rangé vers la queue de l'appareil. Il lui faudrait des jours pour atteindre un village, mais en naviguant au plus près du rivage, il avait une chance de réussir.

Son plan l'aidait à écarter de son esprit l'horreur des heures précédentes. Il lui fallait se concentrer sur sa propre survie. Une fois en sécurité à Narvik, il pourrait se permettre de songer à ses camarades morts. Il ne s'était jamais senti très proche d'aucun d'eux, préférant ses rêves d'études à leur camaraderie bruyante, mais ils faisaient partie d'un même équipage.

La douleur martelait son crâne, et son cou était si raide qu'il ne tournait la tête qu'avec difficulté. Il tenta de se repérer par rapport à la montagne qui masquait une grande partie du fjord étroit, et se mit à marcher avec peine le long du glacier. Il est difficile d'évaluer les distances sur la glace, et la traversée qu'il estimait à deux ou trois kilomètres se transforma en une marche de plusieurs heures qui lui laissa les pieds insensibilisés par le froid ; il était trempé par de brutales rafales de pluie, et l'eau gelait sur ses vêtements.

Il songeait à faire demi-tour et à courir le risque de regagner l'avion lorsqu'il aperçut les contours d'un bâtiment en partie enfoui sous la glace. La vision se précisa tandis qu'il approchait, et les tremblements qui le parcoururent n'étaient plus seulement dus au froid. Il ne s'agissait pas d'un bâtiment.

Lorsque Kessler fit halte, la proue d'un énorme vaisseau, construit avec du bois épais gainé de cuivre et piégé par les glaces, le dominait de toute sa hauteur. Kessler n'ignorait pas la lenteur des mouvements des glaciers, et pour être enfoui aussi profondément, ce navire devait être là depuis des milliers d'années. Le jeune homme n'avait jamais rien vu de semblable. Une idée venait de traverser son esprit, mais c'était impossible… Et pourtant, il avait vu des images de ce bateau. Des illustrations de la Bible que son grand-père lui lisait lorsqu'il était enfant. Kessler préférait les récits de l'Ancien Testament aux prêches du Nouveau, et il se souvenait même des dimensions du navire – cent coudées de long, cinquante coudées de large, et trente coudées de haut.

« … Ils entrèrent dans l'arche auprès de Noé, deux à deux, de toute chair ayant souffle de vie. »

Chapitre 1

Bandar Abbas, Iran
De nos jours

Le cargo fatigué mouillait au large du port de Bandar Abbas depuis assez longtemps pour susciter la méfiance des militaires iraniens. Un patrouilleur armé, envoyé de la base navale toute proche, fendait les flots d'azur à la rencontre du navire, long de plus de cent cinquante mètres.

Le *Norego*, puisque tel était son nom, naviguait sous pavillon panaméen. D'après son apparence, il avait accompli une longue carrière de cargo polyvalent avant d'être converti en porte-conteneurs. Cinq mâts de charge s'élançaient comme des troncs nus de son pont, trois vers la proue et deux vers la poupe. Des piles et des piles de conteneurs bariolés les cernaient et s'élevaient jusqu'au vitrage de la passerelle. Néanmoins, le bâtiment flottait haut sur l'eau, et l'on distinguait plus de trois mètres de peinture antirouille rouge sous sa ligne de flottaison à pleine charge. Sa coque, uniformément bleue, mais qui semblait ne pas avoir été repeinte depuis un moment, était bien mal assortie à la teinte verdâtre de sa superstructure. Les doubles cheminées étaient tellement noircies par la suie que leur couleur d'origine était indiscernable. De minces volutes de fumée s'en échappaient, et restaient suspendues au-dessus du navire comme un voile mortuaire.

Un échafaudage de montants métalliques était abaissé sur la plage arrière et des hommes en bleus de travail maculés de graisse s'affairaient sur les paliers de gouvernail du cargo.

Le patrouilleur approchait, et Muhammad Ghami, le gradé qui faisait office de commandant, porta un mégaphone à ses lèvres.

— Ohé, le *Norego* ! Nous allons nous rendre à votre bord, cria-t-il en farsi, puis en anglais.

Un instant plus tard, un homme presque obèse, dans une chemise d'officier tachée de sueur, apparut à la coupée. Il adressa un signe de tête à un subordonné, et une échelle descendit vers le patrouilleur.

Ghami aperçut les galons de capitaine sur les épaules de l'homme et se demanda comment un officier de ce rang pouvait se laisser aller à un tel point. La bedaine du maître du *Norego* débordait de trente bons centimètres de son pantalon. Sous sa casquette blanche, ses cheveux noirs et gras étaient striés de fils gris, et son visage était recouvert d'une barbe de plusieurs jours. L'Iranien ne put s'empêcher de se demander où les propriétaires du navire avaient pu dénicher pareil capitaine.

L'un des hommes de Ghami était installé derrière la mitrailleuse calibre .50 du patrouilleur. Ghami fit un signe à un autre marin, qui arrima la coque rigide du patrouilleur gonflable à l'échelle. Un troisième se tenait debout en silence, AK-47 à l'épaule. Ghami vérifia que le rabat de son holster était attaché, puis gravit l'échelle, un marin à sa suite. Tout en grimpant, il observa le commandant qui tentait en vain de lisser ses cheveux et de défroisser sa chemise sale.

Ghami mit pied sur le pont et nota au passage que des plaques avaient sauté ici et là et que les autres n'avaient certainement pas vu de peinture depuis quelques décennies ; la rouille recouvrait presque toutes les surfaces, à l'exception des conteneurs qui étaient sans doute à bord depuis trop peu de temps pour avoir pu pâtir de la négligence de l'équipage. Le bastingage avait par endroits été remplacé par des chaînes, et la corrosion attaquait si profondément la superstructure du bâtiment qu'elle semblait à la limite de l'effondrement.

Masquant son dégoût, Ghami adressa un salut crispé au commandant, qui gratta son ample panse et amorça un vague mouvement du bras vers la visière de sa casquette.

— Capitaine, je suis l'enseigne Muhammad Ghami, de la marine iranienne. Voici le matelot Khatahani.

— Bienvenue à bord du *Norego*. Je suis le capitaine Ernesto Esteban.

Son accent espagnol était si prononcé que Ghami devait se concentrer sur chaque mot pour en saisir le sens. Esteban le dépassait de quelques centimètres, mais son surpoids lui affaissait les épaules et lui arquait le dos à tel point que les deux hommes paraissaient de la même taille. Ses yeux étaient sombres et humides, et lorsqu'il sourit en serrant la main du marin iranien, ses lèvres découvrirent des dents jaunes et irrégulières. Son haleine évoquait le lait caillé.

— Vous avez des problèmes de gouvernail ? lui demanda Ghami.

Esteban lâcha un juron en espagnol.

— Les paliers sont grippés. C'est la quatrième fois ce mois-ci. Ces fichus propriétaires, ajouta-t-il en crachant sur le pont, refusent de me laisser faire les réparations dans un chantier naval, alors ce sont mes hommes qui doivent s'en occuper. Nous devrions appareiller ce soir, ou demain matin.

— Quel est votre fret ? Et votre destination ?

Le commandant frappa l'un des conteneurs du plat de la main.

— Ils sont vides. Le *Norego* n'est plus bon qu'à cela.

— Je ne comprends pas.

— Nous transportons des conteneurs vides de Dubaï à Hong Kong. Des navires arrivent à Dubaï avec des conteneurs pleins, qui sont débarqués puis empilés à quai. Nous les ramenons à Hong Kong, où ils seront à nouveau chargés.

Voilà pourquoi le navire flotte si haut sur l'eau, songea Ghami. Les conteneurs vides ne pèsent que quelques tonnes.

— Et que transporterez-vous à votre retour ici ?

— A peine de quoi couvrir nos frais, répondit Esteban avec amertume. Aucune compagnie ne nous assurerait pour autre chose que des conteneurs vides.

— Il me faut votre manifeste d'équipage, votre manifeste de cargaison et les documents d'immatriculation du navire.

— Y a-t-il un problème ? demanda Esteban.

— Nous verrons cela lorsque j'aurai examiné vos documents, répliqua Ghami avec assez de menace dans la voix pour s'assurer de la docilité d'Esteban. Votre bâtiment se trouve dans les eaux iraniennes, et je suis parfaitement habilité à en inspecter chaque centimètre carré si cela me semble justifié.

— No problem, señor, dit Esteban d'une voix mielleuse. Et si nous quittions cette chaleur pour aller dans mon bureau ? ajouta-t-il avec un sourire qui ressemblait à une grimace.

Le port de Bandar Abbas est niché sur la courbe la plus prononcée du détroit d'Ormuz, cette étroite porte d'entrée dans le golfe Persique. En été, les températures sont souvent supérieures à quarante-cinq degrés pendant la journée et il n'y avait pour ainsi dire pas de vent ce jour-là. Les parties métalliques du pont étaient si brûlantes sous les pieds des marins qu'on aurait pu y faire cuire des œufs.

— Je vous suis, dit Ghami.

L'intérieur du *Norego* semblait aussi dévasté que le reste du bâtiment. Le linoléum au sol partait en lambeaux, les murs de métal nu étaient constellés de particules de peinture écaillée et les néons fixés au plafond bourdonnaient de façon inquiétante. Certains clignotaient sans raison visible avant de plonger les coursives dans une obscurité lugubre.

Esteban précéda Ghami et Khatahani le long d'une étroite échelle de descente munie d'une rampe en cordage, puis d'un autre couloir assez court. Il ouvrit la porte de son bureau et leur fit signe d'entrer. Par une porte ouverte au fond de la pièce, on apercevait la cabine du capitaine. Le lit était défait, et les draps qui jonchaient le sol étaient tachés. Un unique meuble à tiroir était vissé au mur, surmonté d'un miroir fendu en diagonale sur toute sa largeur.

Le bureau était une pièce rectangulaire équipée d'un seul hublot, si taché de sel que seule une lueur trouble filtrait de l'extérieur. Des clowns aux yeux tristes et aux couleurs criardes ornaient les murs. Une autre porte donnait sur une minuscule salle de bains, plus crasseuse que les toilettes publiques des taudis les plus mal famés de Téhéran. Une odeur de tabac froid semblait tout recouvrir, jusqu'au palais de Ghami. Fumeur invétéré, l'officier iranien se sentait pourtant proche de la nausée.

Esteban enfonça les fils dénudés d'une lampe de bureau dans une prise, lâcha un juron lorsqu'une gerbe d'étincelles jaillit, et parut enfin satisfait quand l'ampoule s'alluma. Il s'enfonça dans son fauteuil avec un grognement et indiqua des sièges aux deux inspecteurs. Avant de s'asseoir, Ghami sortit un stylo de la poche de sa chemise pour faire tomber du siège la carcasse desséchée d'un cafard.

Esteban fouilla un moment son bureau avant d'en extraire une bouteille d'alcool. Il jeta un coup d'œil aux deux musulmans, puis la remit dans son tiroir.

— Très bien, voilà le manifeste, marmonna-t-il en espagnol en tendant un classeur aux deux Iraniens. Comme je vous l'ai dit, nous transportons des conteneurs vides vers Hong Kong.

Il sortit un autre classeur du tiroir.

— Mon manifeste d'équipage. Une belle bande de flemmards et d'ingrats, si vous voulez mon avis. Alors s'il vous venait l'envie d'en arrêter quelques-uns, ne vous gênez pas pour moi… Et voici les documents d'immatriculation du *Norego*.

Ghami parcourut la liste des membres de l'équipage, notant au passage leur nationalité et vérifiant leurs papiers d'identité. Les marins formaient un melting-pot de Chinois, de Mexicains et d'habitants des Caraïbes, ce qui semblait bien correspondre à ce qu'il avait observé près du gouvernail. Quant au capitaine, il venait de Guadalajara, au Mexique ; il travaillait pour la compagnie Trans-Ocean Shipping and Freight depuis onze ans et commandait le *Norego* depuis six ans. Ghami constata avec surprise qu'Esteban, qui paraissait proche de la soixantaine, n'avait que quarante-deux ans.

Rien ne paraissait suspect, mais Ghami voulait en avoir le cœur net.

— Les documents indiquent que vous transportez huit cent soixante-dix conteneurs…

— C'est à peu près ça.

— Ils sont entreposés dans vos cales ?

— Ceux qui ne sont pas sur le pont, en effet, admit Esteban.

— Je ne veux pas vous faire offense, mais un bâtiment tel que le vôtre n'est pas idéalement conçu pour transporter des conteneurs. Il y a sans doute assez de place dans vos cales pour transporter des marchandises de contrebande. Je souhaite examiner les six cales de votre navire.

— Tant que mon gouvernail n'est pas réparé, j'ai tout le temps, répondit Esteban d'un air dégagé. Ne vous gênez pas pour fouiller le navire de fond en comble. Je n'ai rien à cacher.

La porte s'ouvrit soudain. Un marin chinois portant un bleu de travail et des tongs en bois débita une longue tirade en cantonais à l'adresse d'Esteban. Celui-ci poussa un juron et jaillit de son siège. Ses mouvements vifs suscitèrent la méfiance des deux Iraniens. Ghami se leva, une main posée sur son holster. Esteban l'ignora et traversa la pièce aussi vite que le lui permettaient ses quelques dizaines de kilos en trop. Au moment où il atteignait la porte de la salle de bains, la plomberie émit un gargouillement humide et rauque. Esteban referma la porte et ils n'entendirent plus que le bruit de l'eau qui semblait jaillir comme un geyser en éclaboussant le plafond. Une nouvelle odeur, plus infecte encore que la précédente, envahit la pièce.

— Désolé, dit Esteban. Seng essayait de réparer le système d'évacuation des eaux usées. Je crois que ce n'est pas encore tout à fait au point.

— S'ils cachent quelque chose, murmura Khatahani en farsi à son supérieur, je ne suis pas sûr d'avoir envie de le trouver.

— Tu n'as pas tort, reconnut Ghami. Dans tout le Golfe, pas un contrebandier ne se fierait à ce gros rustaud et à son équipage de bras cassés.

Les propos de Ghami n'étaient nullement facétieux, car la contrebande le long du golfe Persique était une digne tradition, respectable et consacrée par l'usage.

— Capitaine, reprit-il en s'adressant à Esteban, je constate que votre équipage se consacre à l'entretien de votre navire. Vos documents de bord paraissent en règle, et je ne vais pas vous déranger plus longtemps.

— Vraiment ? demanda Esteban en haussant un sourcil broussailleux. Je suis tout à fait disponible pour une visite guidée.

— Ce ne sera pas nécessaire, répondit Ghami en se levant.

— A votre aise.

Esteban les fit sortir du bureau et les raccompagna le long des coursives mal éclairées. L'éclat du soleil de l'après-midi était particulièrement brutal après un séjour dans les espaces sombres et confinés de l'intérieur du

Norego. Au large, derrière le cargo, un supertanker de plus de trois cent cinquante mètres fendait les flots vers le nord, où ses soutes seraient remplies de brut.

Ghami serra la main d'Esteban en arrivant à la passerelle de débarquement.

— Si votre problème de gouvernail n'est pas résolu d'ici à demain matin, vous devrez en avertir les autorités du port de Bandar Abbas. Ils devront peut-être vous éloigner des voies de navigation et vous remorquer jusqu'au port.

— Nous allons bien réussir à remettre ce rafiot en état, répondit Esteban. Il est fatigué, mais il respire encore !

Ghami lui lança un regard dubitatif. Il regagna son bord avec Khatahani et fit un signe de tête à ses hommes, qui larguèrent les amarres. Le patrouilleur s'éloigna du cargo, laissant derrière lui un sillage net et blanc sur la mer sombre.

Debout près du bastingage, Esteban esquissa un geste de la main en direction des Iraniens, pour le cas où l'un d'eux se retournerait, mais ils semblaient surtout pressés de s'éloigner du *Norego*. Le capitaine gratta son ample bedaine et regarda s'estomper la silhouette de l'embarcation. Lorsqu'elle se réduisit à une petite tache lointaine, un autre homme émergea de la superstructure du navire. Il était plus âgé qu'Esteban, et un ruban de cheveux auburn clairsemés formait une sorte de couronne autour de son crâne presque chauve. Ses yeux marron étaient vifs et son allure souple ; l'homme prenait visiblement soin de son corps et de sa forme physique, mais un embonpoint certain commençait à se manifester au niveau de la taille.

— Il est temps de changer le micro de ton bureau, annonça-t-il sans préambule, on aurait cru entendre des personnages de dessin animé gonflés à l'hélium !

Le capitaine prit le temps d'extraire des tampons de gaze de derrière ses molaires. Les joues flasques disparurent aussitôt. Il enleva alors ses lentilles de contact marron pour laisser apparaître des yeux d'un bleu éclatant. Lorsqu'il retira sa casquette et la perruque graisseuse qui lui recouvrait le crâne, le vieux loup de mer dans la débine disparut alors pour laisser la place à un homme solide au charme rude. Ses cheveux naturellement blonds étaient coiffés en brosse assez longue. La barbe de trois jours était bien la sienne et il lui tardait de la raser, mais il faudrait pour cela attendre d'avoir quitté les eaux iraniennes, au cas où il devrait à nouveau endosser le rôle d'Ernesto Esteban, maître du *Norego*.

— Le roi du déguisement, à votre service ! lança en souriant Juan Rodriguez Cabrillo.

— J'ai constaté que tu avais dû recourir au bouton d'urgence.

Divers interrupteurs, que Juan Cabrillo pouvait utiliser dans certaines situations critiques, étaient dissimulés sous le bureau du capitaine. L'un d'eux avertissait Eddie Seng, toujours prêt à jouer le rôle du technicien maladroit, et activait une pompe dans le système de plomberie installé sous les toilettes factices de la salle de bains. La pompe faisait jaillir des gerbes dignes d'un volcan et les produits chimiques ajoutés à l'eau complétaient l'illusion en produisant une puanteur délétère.

— Notre enseigne iranien voulait faire son petit numéro de Sherlock Holmes, et j'ai dû l'en dissuader, expliqua Cabrillo à Max Hanley, vice-président de la Corporation, dont il était lui-même le président.

— Tu penses qu'ils vont revenir ?

— Si nous sommes encore là demain matin, c'est plus que probable.

— Alors on va faire ce qu'il faut pour éviter ça, répliqua Hanley, une lueur malicieuse dans le regard.

Les deux hommes entrèrent à l'intérieur du navire et se dirigèrent vers une sorte d'office rempli de balais, de lavettes et de produits d'entretien dont personne ne s'était visiblement jamais servi. Juan se mit à actionner les poignées d'un bac d'évacuation d'eau avec autant de concentration que s'il composait le code d'un coffre-fort. On entendit un déclic et le mur du fond de l'office s'ouvrit sur une salle dont le sol était recouvert de riches tapis. Le linoléum de mauvaise qualité, les cloisons métalliques à l'aspect tristement utilitaire, tout cela avait disparu. Les murs étaient lambrissés de sombres panneaux d'acajou et les lustres au plafond dispensaient une lumière chaleureuse.

Tout comme le déguisement dont s'était affublé Cabrillo pour duper la marine iranienne, l'apparence du *Norego* était trompeuse. Ce n'était d'ailleurs pas son véritable nom. En intervertissant les lettres métalliques aimantées sur la proue et sur la poupe, son équipage avait métamorphosé l'*Oregon* en *Norego*.

Conçu au départ comme navire de transport de bois de construction, le bâtiment avait écumé le Pacifique pendant presque deux décennies, convoyant le bois du Canada et des USA vers le Japon et d'autres pays d'Asie. Les ravages du temps commençaient à se faire sentir sur ce bâtiment de onze mille tonnes qui avait jusque-là admirablement servi ses propriétaires.

L'*Oregon* était en fin de carrière. La corrosion attaquait sa coque, et ses moteurs n'étaient plus aussi efficaces qu'au temps de sa jeunesse. Les propriétaires passèrent alors des annonces dans des publications maritimes ; ils pensaient le vendre au prix de la ferraille, à quelques dollars la tonne.

A l'époque, Juan travaillait à la création de la Corporation, et il lui fallait un navire. Il s'était rendu dans de nombreux ports de tous les pays à la recherche de la perle rare. En tombant sur des photographies du transporteur, il comprit qu'il venait de trouver ce dont il avait besoin. Il avait dû surenchérir sur trois chantiers de démolition navale, mais il était finalement parvenu à acheter l'*Oregon* pour un prix moindre que celui d'un navire plus récent. Peu lui importaient les qualités techniques du transporteur. Ce qu'il recherchait avant tout, c'était l'anonymat.

L'*Oregon* passa alors presque six mois en cale sèche à Vladivostok pour y subir une métamorphose aussi complète qu'inédite. Il conserva son apparence extérieure, mais l'intérieur fut refait de fond en comble. Ses vieux moteurs diesels furent remplacés par des unités de propulsion ultramodernes. Grâce à une technique appelée « magnétohydrodynamisme », les moteurs utilisaient des aimants à refroidissement intensif capables de débarrasser les électrons libres naturellement présents dans la mer de toute trace d'eau, afin de produire de l'électricité en quantité quasi illimitée. Cette puissance était transmise à quatre réacteurs hydrauliques qui repoussaient l'eau, avec une force prodigieuse, dans deux tubes de propulsion à poussée vectorielle. Cette technologie n'avait été jusqu'alors testée que sur quelques navires, et depuis qu'un incendie avait ravagé un paquebot équipé de moteurs magnétohydrodynamiques, le *Dauphin d'émeraude*, elle restait reléguée dans les profondeurs des laboratoires et chez les collectionneurs de modèles réduits.

Compte tenu de la vitesse potentielle du bâtiment, il s'était révélé indispensable d'en renforcer la coque et d'en raidir la structure. Des ailerons de stabilisation furent ajoutés, et sa proue modifiée afin de lui permettre de faire office de brise-glace, bien qu'à un niveau plus modeste que les navires spécialisés. Des centaines de kilomètres de fils électriques furent déployés à son bord pour y installer un ensemble de dispositifs, du radar de technologie militaire au sonar, en passant par des dizaines de caméras de télévision en circuit fermé. L'ensemble du système était contrôlé par un ordinateur Sun Microsystems surpuissant.

Vint ensuite l'armement : deux tubes lance-torpilles et un canon de 120 mm équipé d'un dispositif de visée provenant d'un char de combat Abrams MI-A1, sans oublier trois mitrailleuses General Electric 20 mm de type Gatling et des lanceurs verticaux pour missiles antinavires mer-mer, le tout complété par quelques mitrailleuses calibre .30 pour l'autodéfense. Toutes ces armes étaient habilement dissimulées derrière des plaques de coque rétractables, comme celles dont étaient équipés les K-Boote allemands pendant la Première Guerre mondiale. Quant aux mitrailleuses calibre .30, elles étaient cachées dans des barils de pétrole rouillés, fixés de façon permanente à la surface du pont. Il suffisait d'appuyer sur un bouton dans la salle des opérations pour que les couvercles des barils s'ouvrent et que les mitrailleuses surgissent, actionnées à distance depuis l'intérieur du navire.

Cabrillo avait d'autres surprises en réserve. La cale située à l'arrière de la coque fut convertie en hangar pour un hélicoptère Robinson R44 pouvant transporter quatre passagers. L'appareil était hissé jusqu'au pont grâce à un élévateur hydraulique. Au niveau de la ligne de flottaison se trouvaient des ouvertures masquées d'où pouvaient partir différentes sortes d'embarcations, comme des Zodiac, et même un bateau d'assaut semblable à ceux employés par les Navy Seals[1] américains. Le long de la quille, deux imposants panneaux donnaient sur un espace appelé « *moon pool* », ou « bassin de lune », base de départ de deux mini-sous-marins.

Pour les quartiers de l'équipage, aucune dépense ne fut jugée excessive. Les cabines étaient aussi luxueuses que les chambres d'un hôtel quatre étoiles. L'*Oregon* possédait sans doute la cuisine la mieux équipée qui ait jamais vogué, avec une équipe de cuisiniers formés à la meilleure école. Les ballasts qui longeaient ses flancs étaient conçus pour donner, en cas de besoin, l'impression que le navire naviguait à pleine charge. L'un d'eux était bordé, à l'intérieur, de plaques de marbre de Carrare et servait de piscine olympique à l'équipage.

Les ouvriers qui avaient effectué la refonte complète du navire étaient persuadés qu'ils travaillaient pour la marine russe, désireuse de se doter d'une nouvelle flotte de navires-espions. Cabrillo s'était efforcé d'accréditer cette fable, aidé en cela par le commandant de la base où était installée la cale sèche, un amiral

1. Forces spéciales de nageurs de combat de l'US Navy *(NdT)*.

russe très sensible aux gratifications financières que Juan connaissait depuis des années.

L'argent indispensable pour lancer la Corporation et payer la conversion de l'*Oregon* provenait d'un compte en banque domicilié aux îles Caïmans ; l'ancien titulaire était un tueur à gages dont Cabrillo s'était « occupé » pour le compte de son employeur précédent, la CIA. En théorie, l'argent aurait dû revenir aux fonds secrets de l'agence, mais celle-ci approuvait tacitement la création de la Corporation, et le supérieur immédiat de Juan, Langston Overholt IV, ferma les yeux.

Cabrillo envisageait de quitter la CIA depuis un moment. Il y avait songé lors de l'invasion du Koweit par Saddam Hussein, invasion à laquelle les hommes de Langley ne s'attendaient nullement. La CIA était impliquée depuis si longtemps dans la guerre froide, qu'après la chute du mur de Berlin et l'effondrement de l'Union soviétique, elle n'était pas du tout préparée à une recrudescence imminente de conflits. La culture de l'agence et son état d'esprit étaient trop figés pour lui permettre d'anticiper les dangers à venir. Lorsque le Pakistan effectua ses premiers essais nucléaires, la CIA l'apprit par les médias. Cabrillo sentait bien que la rigidité de l'agence l'aveuglait et qu'elle était incapable de voir comment le monde se recomposait après la longue domination des deux superpuissances.

Overholt n'autorisa jamais officiellement Juan à fonder son entreprise paramilitaire secrète, la Corporation, mais il comprenait lui aussi que les règles du jeu avaient changé. Sur un plan purement technique, Juan Cabrillo était un mercenaire, tout comme ses hommes, mais il n'oubliait jamais qui l'avait aidé à voler de ses propres ailes. Il était impossible de remonter jusqu'à la source – américaine – des fonds nécessaires à l'opération, mais c'était bien pour le compte d'Overholt que l'*Oregon* mouillait à quelques miles de la côte iranienne.

Cabrillo et Hanley se dirigèrent vers une salle de conférences située au plus profond du navire. La réunion que présidait Juan lorsqu'un radar auxiliaire avait repéré le patrouilleur iranien, le forçant à endosser son personnage d'Ernesto Esteban, n'était pas encore terminée.

Eddie Seng était debout devant un écran plat de télévision, un pointeur laser à la main. Loin du plombier incompétent incarné pour leurrer les Iraniens, Seng était un vétéran de la CIA, tout comme Cabrillo. En raison de son étonnante capacité à préparer et accomplir méticuleusement ses missions, Eddie était le responsable des opérations à terre de la Corporation, toujours attentif au moindre détail. C'était grâce à ses impressionnantes facultés de concentration qu'il avait pu passer une bonne partie de sa carrière en Chine, sous couverture, et damer le pion à la police secrète la plus impitoyable du monde.

Les autres responsables de haut niveau de la Corporation étaient assis autour d'une vaste table, à l'exception du Dr Julia Huxley. Julia dirigeait le service médical du bord, et elle assistait rarement aux briefings, à moins de devoir ensuite se rendre en mission à terre.

— Ainsi, votre haleine a réussi à faire fuir la marine iranienne ? demanda Linda Ross à Juan lorsqu'il s'installa à côté d'elle.

— Oh, je suis désolé !

Cabrillo fouilla dans sa poche et en sortit une pastille de menthe pour masquer l'odeur du fromage de Limburger avalé avant l'arrivée des patrouilleurs iraniens.

— Je crois plutôt que c'est mon anglais qui les a découragés, ajouta-t-il avec le même accent épais dont il s'était servi avec Ghami.

Linda était la vice-présidente, nouvellement promue, des opérations. Avec ses cheveux blond vénitien, sa longue frange qu'elle écartait en permanence de ses yeux verts et les taches de rousseur qui lui parsemaient le nez et les joues, Linda avait la grâce d'un lutin. Sa voix haut perchée, presque enfantine, y contribuait largement, mais lorsqu'elle prenait la parole, tous l'écoutaient religieusement. Elle avait servi comme officier de renseignements sur un croiseur de la classe Aegis et au sein du Comité des chefs d'états-majors interarmées.

En face d'eux se trouvaient Eric Stone, le meilleur manœuvrier de l'*Oregon*, et son complice Mark Murphy, responsable de l'arsenal dissimulé dans les recoins du navire.

Un peu plus loin se trouvaient Hali Kasim, l'officier responsable des communications, et Franklin Lincoln, un ancien Seal à la carrure massive, qui commandait l'effectif d'anciens des Forces spéciales en poste sur l'*Oregon* ou, ainsi qu'il les surnommait, ses « chiens armés ».

— Alors, te voici de retour, Président ? demanda une voix provenant d'un téléphone amplifié. C'était Langston Overholt, en communication sécurisée depuis Langley.

En tant que fondateur de la Corporation, Juan en était le président en titre et un seul membre de l'équipage, Maurice, chef steward d'âge mûr, l'appelait « capitaine ».

— Il fallait empêcher les gens du coin de se montrer trop curieux, répondit Cabrillo.

— Ils ne sont pas trop méfiants ?

— Non, Lang. Nous ne sommes qu'à quelques miles de la base navale de Bandar Abbas, mais le trafic maritime est toujours important par ici, et les Iraniens y sont habitués. Ils ont jeté un œil au navire, un autre à ma modeste personne, et ils en ont conclu que nous ne représentions aucune menace.

— Nous disposons d'une fenêtre de tir très étroite, avertit Overholt, et si tu penses qu'il faut retarder l'opération, je comprendrai.

— Non, Lang. Nous sommes sur place, les torpilles-fusées aussi, et les négociations avec les Russes sur la limitation des exportations d'armes commencent dans deux semaines. C'est maintenant ou jamais.

La prolifération nucléaire demeurait la principale menace contre la sécurité mondiale, mais l'exportation d'armements vers des pays à la stabilité douteuse constituait aussi un profond motif d'inquiétude pour Washington. La Chine et la Russie décrochaient des milliards de dollars de contrats pour des systèmes de missiles, des avions de combat ou des chars. Téhéran venait même d'acquérir cinq sous-marins de la classe Kilo.

— Il vous faut la preuve que la Russie fournit des torpilles VA-111 *Shkval* aux Iraniens, et nous allons nous en assurer dès cette nuit.

Les *Shkval* étaient sans doute les torpilles les plus modernes jamais construites. Elles fendaient la mer dans une sorte de cocon d'air en supercavitation, ce qui leur permettait d'atteindre des vitesses supérieures à deux cents nœuds. Leur portée était d'un peu moins de sept mille mètres et elles avaient la réputation d'être difficiles à diriger, en raison de leur vitesse élevée. Il s'agissait donc plutôt d'une arme de dernier recours, par exemple pour un sous-marin en difficulté cherchant à détruire son attaquant.

— Les Iraniens prétendent avoir développé leur propre version du *Shkval* sans l'aide de Moscou, intervint Max Hanley. Si nous parvenons à prouver que les Russes leur ont vendu cette technologie, contrairement à ce qu'ils affirment, cela nous donnera un argument de poids pour les forcer à réduire leurs ventes d'armes.

— A moins que tout cela nous pète à la figure si jamais vous vous faites prendre, coupa Overholt d'une voix irritée. Je ne suis pas sûr que ce soit une si bonne idée.

— Ne t'inquiète pas, Langston, répondit Cabrillo en croisant les doigts derrière sa nuque. (Il détecta un petit morceau de la colle utilisée pour faire tenir sa perruque et s'en débarrassa d'une chiquenaude.) Combien de missions avons-nous menées à bien pour votre compte, sans le moindre accroc ? Les Iraniens ne comprendront même pas ce qui leur arrive, et nous serons à cinq cents miles du Golfe lorsqu'ils s'apercevront que nous avons visité leur base sous-marine. Quand ils comprendront, ils s'intéresseront aux navires de la flotte américaine occupés à écumer les eaux du Golfe pour empêcher les trafics, pas à un rafiot panaméen à bout de souffle, avec des problèmes de gouvernail.

— A propos, monsieur Overholt, lança Eddie depuis l'autre bout de la salle, je suppose que nos forces navales seront assez éloignées de Bandar Abbas pour que toute accusation d'intervention américaine puisse être démentie ?

— Il n'y a aucun bâtiment américain à moins de cent miles du port, affirma Overholt. Il a fallu ruser pour endormir la méfiance des galonnés de la Cinquième Flotte, mais nous sommes tranquilles de ce côté-là.

— Alors, passons à l'action, dit Cabrillo après s'être éclairci la voix. D'ici douze heures, nous t'apporterons les preuves dont tu as besoin pour te retourner contre les Russes. Nous sommes tous conscients des risques, mais si cela peut les dissuader de vendre des armes à n'importe quel mollah aux poches bien garnies, alors nous devons agir.

— Tu as raison, je le sais bien, soupira Overholt. Mais sois prudent, Juan, je peux compter sur toi ?

— Pas de problème, mon ami.

— Tu veux que je reste en ligne ?

— Tu sais où déposer l'argent quand ce sera terminé, répondit Cabrillo. A moins que tu veuilles connaître tous les détails de l'opération, tu peux raccrocher.

— Entendu.

La communication s'interrompit brusquement.

Juan s'adressa à tous les officiers rassemblés.

— Très bien, nous avons passé assez de temps là-dessus. Avant de clore la séance, y a-t-il des points de dernière minute à éclaircir ?

— Les conteneurs sont sur le pont, dit Max. Faut-il les replier à la tombée de la nuit ou attendre que nous ayons levé l'ancre après votre retour ? Et pour la peinture et le dispositif de camouflage ?

Les piles de conteneurs disséminées sur le pont de l'*Oregon* étaient autant de trompe-l'œil destinés à masquer la véritable nature du navire. Ils pouvaient être repliés pour être rangés à plat dans l'une des cales. La peinture bleue qui recouvrait la coque et celle, de couleur verte, de ses œuvres mortes, étaient faites d'un pigment non toxique et il suffisait d'utiliser les canons anti-incendie du bord, installés sur la superstructure, pour les faire disparaître.

Sous la peinture, la coque était un patchwork de couleurs mal assorties qui semblaient avoir été appliquées par plusieurs générations de propriétaires. Malgré les apparences, ce revêtement était un composé qui absorbait les ondes radar, comme celui utilisé pour les avions furtifs.

Des plaques métalliques étaient également disposées autour de certains secteurs sensibles du bâtiment pour en déformer les contours à volonté. Le carénage installé sur la proue, et qui donnait à l'*Oregon* une allure plus élancée, était amovible. Les deux cheminées disparaissaient pour laisser place à une cheminée unique, plus grande et de forme ovale, qui faisait aussi office de blindage de protection pour les dômes radar, pour l'instant démontés et rangés au centre du navire dans les quartiers de l'équipage. Pour modifier encore davantage l'apparence du navire, les ballasts se remplissaient et le bâtiment s'enfonçait dans l'eau comme s'il transportait une importante cargaison.

Il fallait en tout et pour tout quatre heures pour que l'équipage au complet achève la transformation, mais une fois le travail terminé, le *Norego* disparaîtrait et l'*Oregon* pourrait voguer innocemment sur les eaux du golfe Persique. Comble d'ironie, il battrait alors pavillon iranien, conformément à son immatriculation officielle.

Juan réfléchit un instant avant de répondre, pesant le pour et le contre.

— Eric, comment est la lune ce soir ?

— Un seul quartier, répondit le navigateur et météorologue *de facto*. Et on annonce des nuages après minuit.

— Alors laissons tout en place jusqu'à minuit, ordonna Cabrillo. Nous devrions être de retour pour deux heures du matin. Cela nous donnera deux heures d'avance pour le travail de conversion, et s'il y a un pépin, nous pourrons tout remettre en place en temps voulu. Autre chose ?

Les membres de l'équipe secouèrent la tête et se préparaient à quitter la pièce dans un froissement de papier général.

— Rendez-vous au *moon pool* à vingt-trois heures précises pour une dernière vérification du matériel. Nous lancerons les mini-sous-marins à vingt-trois heures quarante-cinq au plus tard ; si nous sommes en retard, nous aurons des problèmes avec la marée. Je veux que ce soit parfaitement clair pour tous les responsables, et en particulier ceux des opérations à terre, ajouta-t-il se tournant ostensiblement vers Eddie Seng et Franklin Lincoln. Nous ne pouvons nous permettre aucune bourde. Notre plan tient la route. Suivons-le et tout se passera bien. La situation dans cette région du monde est déjà assez compliquée sans que des mercenaires dans notre genre aillent se faire prendre en train de voler des torpilles-fusées !

— Tout le monde sait que j'ai quitté Detroit pour échapper à des amis qui ne me voulaient pas que du bien, répliqua Lincoln d'un air bonhomme.

— Quitter l'enfer pour atterrir dans une prison iranienne… grimaça Eddie.

— C'est vraiment tomber de Charybde en Scylla…

Chapitre 2

Après toutes ses années de service pour la CIA, Juan Cabrillo était habitué à dormir très peu pendant de longues périodes. Mais ce ne fut qu'après avoir fondé la Corporation et acheté l'*Oregon* qu'il commença à acquérir ce don qu'ont les marins de s'endormir sur commande. Après la conférence, il regagna sa cabine, une suite opulente que l'on se serait plutôt attendu à voir dans un immeuble de Manhattan ; il se débarrassa de son accoutrement de « capitaine Esteban » et se mit au lit. Malgré la pensée des dangers auxquels ils allaient se trouver confrontés une fois à terre, il s'endormit au bout de quelques minutes.

Sans avoir besoin de réveil, il ouvrit les yeux une heure avant le rendez-vous fixé au *moon pool*.

Aucun rêve n'était venu troubler son sommeil.

Il se dirigea à grands pas vers la salle de bains, s'assit sur un tabouret d'acajou pour ôter sa jambe artificielle et sautilla jusque sous la douche. Grâce à l'exceptionnel système d'approvisionnement électrique de l'*Oregon*, une eau brûlante jaillit du pommeau au bout de quelques secondes. Juan se tint debout sous le jet presque bouillant, la tête penchée, tandis que l'eau ruisselait sur son corps, là où s'étaient accumulées au fil des années des dizaines de cicatrices. Il se souvenait avec une parfaite clarté des circonstances qui lui avaient valu chacune de ses marques, mais il ne pensait que rarement au bloc de chair arrondi que formait son moignon.

Pour la plupart des gens, la perte d'un membre représente un moment marquant de leur vie, et pendant les longs mois de rééducation, c'est ainsi que Juan l'avait vécu. Mais depuis, il y pensait à peine. Son corps était entraîné à accepter la prothèse et son esprit à l'ignorer. Comme il l'avait dit au Dr Huxley au début de sa thérapie : « J'ai peut-être un handicap, mais je refuse de me considérer comme un infirme. »

Sa prothèse était conçue comme un véritable membre, recouvert d'une sorte de gomme couleur chair assortie à sa propre carnation ; les orteils avaient même des ongles et des poils afin de parfaire la ressemblance avec son pied valide. Après s'être séché, il rasa sa barbe de trois jours qui le démangeait, puis se dirigea vers son armoire pour en extraire une jambe artificielle d'une tout autre nature.

L'*Oregon* disposait à son bord d'un service bien particulier, surnommé la Boutique Magique. Il était dirigé par Kevin Nixon, un maître reconnu des effets spéciaux hollywoodiens. Dans le plus grand secret, Nixon avait conçu ce que Juan appelait sa « jambe de combat ». Contrairement à l'autre, celle-ci semblait tout droit sortie d'un film de la série *Terminator*. Faite de titane et de fibre de carbone, la « jambe de combat » version 3.0 rassemblait un véritable arsenal. Un pistolet Kel-Tek .380 était dissimulé dans le mollet, près d'un couteau de lancer. La jambe contenait également un garrot en fil d'acier, un fusil calibre .50 tirant par le talon et des compartiments de rangement pour divers équipements.

Juan fixa l'ensemble sur son moignon et attacha les courroies de maintien ; ce rituel l'aidait à se préparer mentalement pour la mission qui l'attendait.

Deux raisons l'avaient poussé à fonder la Corporation. La première était d'ordre financier. De ce point de vue, la réussite dépassait ses rêves les plus fous. Avec l'argent gagné depuis leur engagement, tous les membres de l'équipe auraient pu aisément prendre leur retraite, et Cabrillo lui-même aurait pu s'offrir une petite île des Caraïbes s'il l'avait souhaité. Mais c'est la seconde raison qui le poussait à poursuivre son entreprise, là où tout autre que lui aurait jugé normal de remiser ses armes au râtelier. Le besoin d'une force de sécurité telle que la Corporation était si criant qu'en toute conscience, il n'aurait pu abandonner sa tâche.

Au cours des seules dernières années, lui et les membres de l'équipage de l'*Oregon* étaient parvenus à neutraliser un réseau de piraterie qui attaquait des navires transportant des émigrants chinois clandestins pour les employer ensuite comme main-d'œuvre captive dans une mine d'or. La Corporation avait par ailleurs mis un terme aux activités d'éco-terroristes qui cherchaient à diriger vers les Etats-Unis un ouragan chargé de poison.

Chaque fois qu'une mission se terminait, au moins deux ou trois autres dangers potentiels semblaient justifier un appel aux capacités exceptionnelles de la Corporation. Le mal rampait tout autour du globe, et les démocraties mondiales ne pouvaient en venir à bout, paralysées par ces mêmes qualités morales qui faisaient leur grandeur. L'équipe rassemblée par Cabrillo était soumise à ses critères moraux, mais son action n'était pas entravée par les manœuvres de politiciens plus soucieux de réélection que d'action concrète.

Maurice, le chef steward, frappa à la porte et entra d'un pas tranquille alors que Juan finissait de s'habiller.

— Votre petit déjeuner, capitaine, annonça-t-il avec son accent anglais empreint d'une pointe de mélancolie.

Maurice était un vétéran de la Royal Navy, contraint à la retraite en raison de son âge. Mince comme un fil, le crâne surmonté d'une tignasse d'un blanc immaculé, il se tenait droit comme un piquet et demeurait toujours imperturbable, quelles que soient les circonstances. Juan lui-même ne dédaignait pas une certaine élégance vestimentaire, mais rien ne pouvait se comparer aux costumes sombres et aux chemises de coton blanc, d'une fraîcheur irréprochable, que Maurice portait par tous les temps. Depuis son arrivée à bord, plusieurs années auparavant, personne ne l'avait jamais vu frissonner ou transpirer.

— Posez-le là, répondit Juan en sortant de la chambre attenante à son bureau.

Les murs de la pièce étaient lambrissés de riches boiseries, avec un plafond à caissons et des vitrines où étaient exposées quelques-unes des curiosités accumulées au fil des années. Un tableau spectaculaire, représentant l'*Oregon* luttant contre une tempête déchaînée, ornait l'un des murs de la pièce, dont il constituait le principal élément de décoration.

Maurice disposa le plateau sur le bureau et fronça les sourcils d'un air désapprobateur ; la cabine était en effet équipée d'une table qui eût sans doute mieux convenu au petit déjeuner du capitaine. Il souleva la cloche en argent et un parfum d'omelette, de kippers et de café torréfié à point remplit la pièce. Maurice savait que Cabrillo versait toujours quelques gouttes de crème dans son premier café du matin, et le petit pot était déjà prêt à côté de la tasse lorsque le capitaine s'installa dans son fauteuil.

— Et que devient notre idylle virtuelle entre Stone et cette Brésilienne ? demanda Juan avant d'engloutir une énorme bouchée d'omelette.

Maurice était au centre de tous les potins du bord, et les cyber-romances d'Eric Stone comptaient parmi ses sujets de prédilection.

— Monsieur Stone commence à se demander si lui et cette personne n'auraient pas davantage de points communs qu'il ne l'imaginait, murmura Maurice d'un air entendu.

Juan était en train d'ouvrir un antique coffre-fort posé sur le sol derrière son bureau.

— Il me semble que c'est plutôt bon signe, commenta-t-il.

— Je faisais allusion au sexe de la personne, capitaine. Monsieur Murphy m'a montré des photos qu'elle, ou il, lui a envoyées. Il semblerait que ces images aient été, comment dire…, trafiquées par ordinateur afin de corriger certains détails anatomiques.

— Pauvre Eric, gloussa Juan. Il n'a vraiment pas de chance, même sur Internet !

Il ouvrit la lourde porte ornée du logo et du nom d'une compagnie ferroviaire du Sud-Ouest américain depuis longtemps disparue. Presque toutes les armes de poing du bord étaient rangées dans l'armurerie, à côté du stand de tir, mais Juan préférait garder les siennes dans son bureau. En plus d'un arsenal de mitraillettes, de fusils d'assaut, de pistolets et de revolvers, il conservait dans son coffre des piles de billets de banque en devises diverses, l'équivalent d'un millier de dollars en pièces d'or frappées dans quatre pays différents, et plusieurs petites bourses contenant des diamants bruts. Une pierre de quarante carats, disposée à l'écart des autres, lui avait été offerte par le président nouvellement élu du Zimbabwe en récompense des efforts de la Corporation pour le sortir de la prison où il croupissait pour des motifs politiques.

— Le Dr Huxley semble avoir confirmé les soupçons de M. Murphy en procédant à une analyse du visage et en comparant les données individuelles de cette personne avec les normes sexuées de référence.

Juan écoutait Maurice tout en vérifiant son pistolet semi-automatique, la seule arme qu'il comptait emporter. Contrairement au reste de l'équipage, il ne tenait pas à être armé jusqu'aux dents.

Il avala le reste de son café et une autre bouchée d'omelette. L'adrénaline commençait à irriguer ses veines et à lui nouer l'estomac, aussi décida-t-il d'éviter les kippers.

— Que compte faire Eric ? demanda-t-il en se relevant.

— De toute évidence, il va retarder ses vacances à Rio tant que le voile n'aurait pas été levé. M. Murphy lui conseille de s'adresser à un détective privé.

— A mon avis, se moqua Juan, il devrait plutôt laisser tomber Internet et rencontrer des femmes de la manière la plus classique qui soit, face à face, après quelques verres de trop dans un bar.

— Je suis tout à fait d'accord avec vous. On ne saurait surestimer les qualités sociales de quelques cocktails pour mettre de l'huile dans les rouages, si je puis me permettre, approuva Maurice en nettoyant le bureau de Juan avant de soulever le plateau jusqu'à son épaule, une serviette immaculée délicatement posée sur son autre bras. Je vous reverrai à votre retour, ajouta-t-il, façon pour lui de souhaiter bonne chance à Juan sans se départir de sa réserve.

— A moins que je sois le premier à vous voir, répondit Juan comme à son habitude.

Ils quittèrent la cabine ensemble, Maurice obliquant sur la droite pour regagner la cuisine du bord, et Juan sur la gauche, vers l'ascenseur qui l'amena trois ponts plus bas. Les portes s'ouvrirent sur une pièce immense, éclairée par des rangées de projecteurs, et baignant dans une puissante odeur d'eau de mer. Le plus grand des deux submersibles de l'*Oregon*, un Nomad 1000 de presque vingt mètres, était maintenu en l'air par une grue. Le sous-marin au museau arrondi pouvait transporter six personnes, pilote et copilote compris. Des lampes au xénon blindées et un bras manipulateur dont l'extrémité était assez puissante pour déchirer de l'acier entouraient les trois hublots de sa proue. Le Nomad était capable de plonger à plus de trois cents mètres, dix fois plus profond que son petit frère le Discovery 1000, suspendu au-dessus de lui dans un ber. Il était en outre équipé d'une chambre de plongée qui permettait à des nageurs de quitter le submersible sous la surface.

Sous l'appareil, des hommes d'équipage venaient de retirer une grille du pont, révélant un trou béant qui plongeait jusqu'à la quille de l'*Oregon*. Les portes donnant sur l'extérieur étaient encore fermées, mais des pompes remplissaient déjà d'eau l'espace, aussi vaste qu'une piscine, en prévision du lancement.

Linc, Eddie et Max enfilaient leurs combinaisons de plongée par-dessus leurs maillots de bain. Le reste de l'équipement subaquatique se trouvait déjà à bord du submersible. Linda observait Max d'un air amusé, les bras croisés sur la poitrine. Hanley avait servi à deux reprises au Vietnam comme commandant de Swift Boat, mais sa silhouette n'était plus aussi fringante que par le passé, et il éprouvait quelque difficulté à faire rentrer son abdomen à l'intérieur de sa combinaison. Le plus souvent, il ne participait pas aux expéditions à terre, mais il était le meilleur ingénieur naval de la Corporation, et son savoir-faire pouvait s'avérer précieux.

— Eh bien, mon vieux, l'interpella Juan en lui tapotant le ventre. Il me semble que c'était moins difficile il y a quelques années !

— Les années n'ont rien à voir là-dedans, grogna Hanley. Ce sont plutôt les sucreries.

Juan Cabrillo s'installa sur un banc et enfila sa combinaison par-dessus ses vêtements.

— Linda, où en sont les contrôles de prélancement ?

— Nous sommes parés.

— Et le ber ?

— En position et sécurisé, répondit Hanley avec un ton d'orgueil possessif.

C'est lui qui avait conçu l'engin et supervisé sa fabrication dans les ateliers d'usinage de l'*Oregon*.

Juan prit le micro-casque que lui tendait un ingénieur et appela le centre opérationnel.

— Kasim, ici le Président. Comment ça se passe ?

— D'après les radars, c'est l'habituel va-et-vient de tankers. Un porte-conteneurs est amarré au quai principal du port de Bandar Abbas depuis deux heures environ. Sinon, rien, à part une poignée de felouques et de boutres…

— Rien à signaler du côté de la base navale ?

— Tout est tranquille. J'ai scanné différentes fréquences et à part le bla-bla habituel entre navires, il ne se passe pas grand-chose.

— Doué pour les langues comme vous l'êtes, j'espère que vous faites des progrès ?

C'était une plaisanterie récurrente entre les deux hommes. Les parents de Kasim étaient libanais, mais il ne parlait ni l'arabe levantin ni l'arabe classique, contrairement à Juan, qui maîtrisait couramment quatre langues.

— Désolé, patron, mais je laisse les algorithmes de traduction de l'ordinateur faire le boulot à ma place !

— Eric, Murph, prêts ?

Lorsque Cabrillo envoyait une équipe à terre, il ne pouvait choisir meilleur duo que Stone et Murphy pour manœuvrer l'*Oregon* et gérer le système d'armement.

— Oui, Président, répondirent-ils à l'unisson.

— Parés, préparés, prêts à vous lancer, scanda Murph.

Juan poussa un grognement. Le dernier hobby de Murph était le slam, et malgré les protestations de l'équipage, il était persuadé d'être passé maître dans l'art de manier la poésie urbaine.

— Tenez-vous prêts pour un contrôle des communications une fois que nous serons à bord.

— Bien reçu, répondit Hali Kasim.

Linc et Eddie rassemblèrent les sacs étanches qui contenaient leur matériel et leur armement, grimpèrent au sommet du mini-submersible, puis s'engouffrèrent par la petite écoutille pour s'enfoncer dans la coque, suivis par Max et Cabrillo, qui donna une petite tape superstitieuse sur l'épais kiosque métallique avant de descendre. Il leur faudrait une heure avant d'atteindre la côte, aussi s'installèrent-ils sur les sièges qui longeaient la coque plutôt que dans l'étroite chambre de plongée. Les quatre hommes s'équiperaient pendant le voyage.

Linda Ross se fraya un passage entre Juan et Max pour gagner le poste de pilotage, un siège bas entouré de panneaux entiers de boutons, d'interrupteurs et d'écrans de surveillance qui éclairaient son visage d'une lueur verte irréelle.

— *Oregon*, vous me recevez ?

— Cinq sur cinq.

Leur système de communication utilisait un dispositif de cryptage à 132 bits et naviguait entre les fréquences tous les dixièmes de seconde, ce qui permettait de déjouer toute tentative d'interception et de décryptage.

Les hommes de l'arrière du submersible procédèrent eux aussi aux derniers contrôles. Leurs casques de plongée étaient équipés d'émetteurs-récepteurs à ultrasons intégrés pour une communication optimale.

— OK, procédez au lancement, ordonna Linda.

Les lumières du *moon pool* s'estompèrent afin de demeurer indétectables sous la surface, et les ouvertures pratiquées dans la quille s'ouvrirent lentement. Le mécanisme qui permettait d'amener le sous-marin s'enclencha. Le Nomad fit une embardée, puis entama sa descente. L'eau tiède du Golfe clapota contre les hublots, et le submersible s'enfonça jusqu'à son point de flottabilité. Les systèmes d'attache se relâchèrent et le Nomad dansa à la surface de l'eau.

Linda activa les pompes et l'eau remplit lentement les ballasts ; elle éloigna alors le Nomad de la coque de l'*Oregon*. C'était un exercice qu'elle connaissait par cœur pour l'avoir pratiqué des dizaines de fois, mais ses gestes étaient toujours aussi soigneux et mesurés. Elle surveillait de près la jauge de profondeur et les données envoyées par le télémètre installé au sommet du sous-marin, afin de vérifier qu'ils s'écartaient bien de la quille du bâtiment.

— Le Nomad est libre, annonça-t-elle lorsqu'ils se trouvèrent à six mètres sous la coque du navire.

— Fermeture des portes. *Oregon*, terminé.

Linda fit encore descendre l'engin d'une douzaine de mètres, puis mit le cap sur la base de Bandar Abbas. Elle maintint une vitesse réduite afin que le son des hélices n'attire pas l'attention d'un sonar de la zone, même si le trafic du détroit d'Ormuz rendait quasi impossible la détection du silencieux submersible parmi les multiples signaux acoustiques.

Une détection visuelle était plus plausible, en raison de la faible profondeur, aussi n'alluma-t-elle aucun éclairage extérieur. Il lui faudrait se contenter du système LIDAR, qui projetait un faisceau laser sur le terrain situé devant le submersible et utilisait la réflexion obtenue pour en dresser les contours. Linda allait ainsi pouvoir diriger le Nomad vers la base en suivant la représentation en trois dimensions de leur environnement transmise par ordinateur. Le LIDAR était assez précis pour détecter des objets aussi petits qu'une boîte de soda.

— Ici le cockpit, c'est le pilote qui vous parle, lança-t-elle par-dessus son épaule. Nous allons nous déplacer à une profondeur de quinze mètres et à une vitesse de trois nœuds. Nous devrions arriver à destination dans environ soixante minutes. Vous pourrez alors utiliser les systèmes électroniques prévus pour la mission… et n'oubliez pas de réclamer les miles gratuits de votre programme de fidélité.

— Pilote, mes cacahuètes sont rances ! lança Linc.

— Je voudrais un oreiller et une couverture, ajouta Eddie.

— Et un double whisky, quand vous aurez une minute ! renchérit Max en se joignant au chœur.

A entendre les plaisanteries qui fusèrent pendant une demi-heure, personne n'aurait pu croire que l'équipage s'apprêtait à infiltrer la base navale la plus sécurisée d'Iran. Bien sûr, tous étaient conscients des risques, mais ils étaient trop professionnels pour les laisser affecter leur sang-froid.

Le calme revint enfin. Les deux hommes des opérations à terre complétèrent leur matériel de plongée et chacun vérifia à plusieurs reprises l'équipement de l'autre. Une fois parés, Juan et Linc se frayèrent un passage vers le sas exigu. Une écoutille, installée au sommet de l'oppressante chambre de plongée, s'ouvrait à partir du cockpit ou de la chambre elle-même, mais seulement lorsque la pression était égale à l'intérieur et à l'extérieur. Pour gagner du temps, Juan actionna la commande qui permettait de remplir lentement l'espace d'eau de mer. L'eau qui montait le long de leurs corps était proche de la température sanguine et exerçait une pression sensible sur la combinaison de Juan, qui dut en aplanir les plis pour éviter les démangeaisons. Les deux hommes exerçaient les muscles de leurs mâchoires pour pouvoir supporter la pression de l'eau sur leurs oreilles internes.

Lorsque l'eau arriva près de leur nuque, Cabrillo actionna à nouveau la commande, préférant attendre le dernier moment pour enfiler son casque de plongée.

— Comment ça se passe, là-derrière ? demanda Linda d'une voix qui paraissait lointaine et métallique.

— Pourquoi est-ce que je dois toujours me retrouver dans ce placard à balais avec le membre de l'équipage le plus gras ? s'écria Juan d'un ton théâtral.

— Parce que le ventre de Max est trop gros pour qu'il puisse y entrer avec Linc. Quant à Eddie, il serait écrasé comme une limace, répondit Linda.

— Vous devriez vous réjouir que je ne respire pas à fond, plaisanta Linc de sa voix de baryton.

— Président, le LIDAR vient de détecter les portes de la base sous-marine. A environ quarante-cinq mètres.

— Très bien, Linda. Dirigez-nous en bas et à droite de l'entrée de la cale sèche.

— Bien reçu.

Un instant plus tard, le Nomad eut une légère secousse lorsque Linda le déposa sur le fond sableux.

— Extinction de tous les équipements non indispensables. Prêts quand vous voulez.

— Qu'en dites-vous, mon grand ? demanda Juan à Lincoln.

— C'est parti.

Juan mit son casque et s'assura que les anneaux de fermeture à vis, destinés à rendre la combinaison parfaitement étanche, étaient bien en place et qu'il recevait assez d'air des bouteilles. Il attendit que Linc lui fasse signe et rouvrit la valve d'arrivée d'eau, qui atteignit bientôt le sommet du sas. Il coupa l'éclairage et abaissa un interrupteur à bascule pour ouvrir la porte.

L'écoutille s'ouvrit vers le haut, libérant un peu d'air au passage. Les bulles étaient d'un blanc argenté dans la pénombre, mais avec le clapot des vagues contre l'entrée de la base, elles ne seraient pas repérables de l'extérieur.

Juan se hissa hors de la chambre de plongée et resta un instant sur le pont supérieur du submersible. Il n'y avait aucun éclairage, et l'eau était noire comme de l'encre. Cabrillo avait grandi dans le sud de la Californie, et il s'était toujours senti attiré par la mer, aussi loin que remontaient ses souvenirs. Dès l'adolescence, il était passé du masque et tuba à la plongée avec bouteilles, et du body-board au surf. Il était aussi à l'aise en mer qu'un poisson, et était vite devenu un nageur émérite. L'obscurité ne faisait que renforcer le sentiment de calme qu'il éprouvait à chaque plongée.

Lincoln émergea du Nomad peu de temps après lui. Juan ferma l'écoutille, et ils attendirent que Max et Eddie passent à leur tour par le sas et les rejoignent. Lorsqu'ils furent rassemblés hors du submersible, Juan prit le risque d'allumer une torche étanche, et posa la main au-dessus du rayon lumineux pour qu'il reste invisible de la surface.

La base sous-marine iranienne avait été construite en excavant une tranchée de presque deux cents mètres de long et trente mètres de large à partir de l'océan et dans la direction du désert, à l'est. Les Iraniens avaient alors bâti sur cette tranchée une sorte de coupole en béton armé, épaisse de deux mètres cinquante et capable de supporter l'impact direct d'une bombe. Cette construction datait d'avant l'invasion de l'Irak par la coalition américaine, et les Iraniens se doutaient que certaines armes récentes de l'arsenal US pouvaient anéantir ce type de structure en une seule frappe. Au sud et au nord de la cale sèche se trouvaient les principaux quais de la base ; les bâtiments administratifs, les ateliers et les casernements s'étendaient jusqu'à plus de trois kilomètres à l'intérieur des terres.

Côté mer, deux portes massives s'ouvraient vers l'extérieur grâce à un système hydraulique. De grandes poches gonflables bouchaient hermétiquement l'espace entre le bas des portes et le seuil de béton, évitant ainsi que l'eau ne rentre à l'intérieur du bâtiment. A moins de recourir à des explosifs ou de passer plusieurs heures à les découper au chalumeau oxyacétylénique, les portes étaient inattaquables.

De quelques coups de palmes, Juan s'éloigna des portes et guida son équipe dans l'obscur royaume marin qui les entourait. De temps en temps, il braquait le rayon de sa torche sur la digue incrustée d'anatifes qui protégeait la base des ravages de l'océan. Quinze mètres plus loin, le faisceau lumineux révéla ce que Juan cherchait depuis un moment déjà. Un conduit de plus d'un mètre de large était ouvert dans le mur, un trou sombre qui servait à purger la cale sèche. Tout en veillant à masquer la lumière, Juan inspecta la grille de métal encastrée dans le béton pour empêcher les intrus de remonter le long du conduit. Le métal n'était que légèrement rouillé, et le béton maintenait la grille fermement en place. Il fallut à Juan plus d'une minute d'inspection méticuleuse pour détecter enfin les fils fixés en haut et en bas des six tiges de métal.

Pour empêcher toute effraction, les Iraniens auraient pu équiper la grille de détecteurs de mouvement, mais avec les poissons curieux qui peuplent le golfe Persique, les alarmes auraient probablement sonné en permanence. La méthode la plus simple consistait donc à électrifier le passage ; si le courant était interrompu, les gardes sauraient que quelqu'un avait tenté d'enlever ou de couper la grille.

D'un geste, Juan montra les fils à Linc, le meilleur spécialiste en infiltration de la Corporation. Lincoln, qui travaillait principalement au toucher, maintint le courant en installant des dérivations sur trois des tiges d'acier de la grille à l'aide de pinces crocodile et de fil électrique. Il sortit ensuite de son sac de plongée deux tubes souples. Il en déboucha un et appliqua une substance semblable à du mastic aux deux extrémités des tiges, puis il remit une couche de pâte du second tube sur la première.

Les deux composés, inertes séparément, formaient une fois réunis un acide caustique. En moins d'une minute, le métal était assez attaqué pour que Lincoln puisse le détacher ; grâce à son installation à base de fil électrique et de pinces, le circuit fonctionnait toujours et l'alarme demeurait silencieuse. Il posa les tiges arrachées sur le sable, en veillant à ne pas toucher les extrémités encore enduites de substance corrosive, puis il écarta les autres de la grille pour que Max, Eddie et Juan puissent se glisser dans l'ouverture. Il les suivit avec prudence dans le conduit.

Ils étaient maintenant à l'abri de toute surveillance. Juan augmenta la puissance de sa torche de plongée ; le faisceau épousait les formes arrondies du passage, qui paraissait s'allonger au fur et à mesure qu'ils avançaient.

Une ombre rapide bondit soudain dans sa direction. Il se débattit à l'aveuglette en voyant une forme filer avec vivacité devant lui. Il aperçut la nageoire dorsale et la queue effilée d'un bébé requin qui disparut derrière lui.

— Je suis heureux de faire sa connaissance maintenant plutôt que dans deux ou trois ans, plaisanta Eddie.

Juan attendit une seconde que son rythme cardiaque s'apaise, puis il poursuivit son avancée dans l'étroit conduit. Il ne s'était pas attendu à éprouver une telle nervosité ; ce n'était pas de bon augure.

Le conduit donnait sur une sorte de grand sas. Il aurait été fermé si la cale sèche avait été vide, mais la Corporation surveillait les installations depuis deux jours, et rien n'indiquait que les Iraniens avaient évacué l'eau de la cale depuis l'entrée de leur dernière acquisition, un sous-marin diesel-électrique de la classe Kilo.

Les quatre hommes se faufilèrent par une valve papillon à l'intérieur de la monstrueuse pompe destinée à assécher l'abri des sous-marins. Les pales de l'hélice à pas inversé en ferrobronze brillant étaient fixées au moyeu par des boulons.

Ce n'était pas une surprise pour Juan qui s'était muni d'un petit chalumeau pour le cas où les pales auraient été soudées. Il sortit une clé à molette d'un étui fixé à sa cuisse et commença à attaquer les boulons. Il devait travailler à un angle gênant, et les écrous avaient été mis en place avec un outil pneumatique, aussi dut-il fournir un effort intense pour dégripper chacun des douze boulons. L'un d'eux, en particulier, était si dur que des gerbes de couleur semblaient exploser à chaque instant derrière les paupières presque closes de Juan. Lorsqu'il céda enfin, la clé à molette fit un bond de côté et Juan s'entailla la main sur la pale dont la forme évoquait celle d'un cimeterre. Un petit nuage de sang se répandit sous le faisceau de la lampe.

— Tu essaies de faire revenir ton requin ? le taquina Max.

— Tant que ton gros derrière reste entre lui et moi, je suis tranquille !

— Mon derrière n'est pas gros, juste un peu rembourré…

Juan finit de défaire les boulons et posa les pales de quarante-cinq centimètres. Pour pouvoir passer, il dut ôter ses bouteilles d'air et se glisser sous le moyeu de la pompe. Une fois parvenu de l'autre côté, il attendit que ses compagnons le rejoignent et remettent eux aussi leurs bouteilles.

Le conduit se prolongeait encore sur quatre mètres avant de décrire un angle à quatre-vingt-dix degrés. Juan éteignit sa torche. Après avoir attendu un instant pour que sa vision s'adapte à la pénombre, il distingua une pâle lueur diluée qui venait de derrière la courbe. Il nagea avec prudence dans sa direction, et lorsqu'il atteignit le virage, il avança la tête pour jeter un coup d'œil.

Ils avaient atteint la cale sèche. La lueur provenait d'une installation électrique fixée sur le vaste plafond. Juan comprit, à la faiblesse de l'éclairage, que si des patrouilles étaient sans doute assurées, aucun travail technique n'était effectué sur le sous-marin lui-même. Comme prévu, ils n'auraient donc que quelques hommes à maîtriser.

Juan nagea jusqu'à la sortie du conduit et plongea pour s'aplatir le long du sol de béton, suivi par Max, Linc et Eddie. Ils s'approchèrent des portes, d'où ils avaient peu de risques d'être repérés. Juan vérifia la profondeur sur son ordinateur de plongée et maintint ses hommes à trois mètres pendant une minute, afin de permettre aux petites bulles d'azote accumulées dans leur système sanguin de se dissoudre.

Avec la patience de crocodiles émergeant d'une rivière pour se saisir d'une proie, les quatre hommes remontèrent à fleur d'eau et attachèrent de petits périscopes à leurs casques. Capables d'intensifier la lumière au point de permettre aux plongeurs de voir comme en plein jour, les lentilles de troisième génération de ces dispositifs étaient si puissantes qu'ils durent les régler au minimum pour examiner, protégés des regards sous la surface, les moindres recoins de la cale sèche.

Celle-ci était assez vaste afin que deux bâtiments puissent y être installés en parallèle pour les opérations de maintenance, et presque toute la longueur du bâtiment était flanquée, sur chaque côté, de jetées de béton surélevées, jonchées de barils de lubrifiant, de monceaux d'outils et de matériaux divers recouverts de bâches. On apercevait aussi des voiturettes de golf destinées à faciliter le déplacement des personnels, ainsi qu'un trio de chariots élévateurs. A l'autre bout de la cale, une plateforme, surélevée elle aussi, s'étendait sur toute la largeur. Une partie vitrée devait servir de bureau et de salle de surveillance. Dessous, à chaque extrémité, étaient aménagés des espaces de stockage sécurisés. Une grue montée sur rails permettait d'atteindre n'importe quelle partie du quai.

La silhouette sombre et inquiétante d'un sous-marin d'attaque de deux mille deux cents tonnes se détachait, amarrée d'un côté du quai par d'épais cordages d'abaca. Les bâtiments de la classe Kilo étaient autrefois les plus redoutés de l'arsenal soviétique. En mode électrique, le Kilo était l'un des chasseurs les plus discrets jamais construits, capable de déjouer la surveillance de navires équipés de systèmes sonars passifs ultrasophistiqués. Il disposait de six tubes lance-torpilles et de six semaines d'autonomie.

La présence de ces submersibles dans la région était vécue comme une provocation, car l'Iran était l'héritière d'une tradition de piratage des navires marchands du golfe Persique. Les Américains et leurs alliés s'étaient efforcés par tous les moyens diplomatiques de dissuader la Russie de les vendre à la marine iranienne, mais les deux parties demeurèrent inflexibles. La plupart de ces sous-marins, longs de soixante-sept mètres, étaient basés à Chah Bahar, un port de la mer d'Oman, et non confinés dans le Golfe, mais les renseignements collectés par Overholt indiquaient que seul le submersible amarré à Bandar Abbas était équipé des nouvelles torpilles-fusées.

Si la Corporation parvenait à prouver que les Russes avaient vendu une telle technologie aux Iraniens, ceux-ci devraient renoncer, bien malgré eux, à tout nouveau projet d'acquisition de submersibles.

— Alors, qu'est-ce que vous voyez ? demanda Juan après quelques minutes d'observation.

— J'en compte six, répondit Linc.

— Je confirme, ajouta Eddie.

— Max ?

— Vous êtes sûrs que ce n'est pas un garde, là-bas à gauche, en train de piquer un roupillon sur ce qui ressemble à un tas dc linge ?

Les trois hommes réexaminèrent l'endroit que leur désignait Max. Ils retinrent leur souffle lorsqu'une silhouette qu'ils avaient jusque-là prise pour une ombre se redressa, jeta un regard autour d'elle et se gratta sous le bras avant de s'étendre à nouveau.

— Excellente vue, mon ami, dit Juan. Promis, je ne dirai plus rien quand je te verrai mettre des lunettes pour lire un rapport. Donc, nous avons quatre gardes sur la plate-forme d'observation à l'étage, deux vers la porte de sortie du personnel, sans oublier notre Belle au bois dormant. Linc, Eddie, ceux de l'étage sont pour vous. Max, prolonge un peu la sieste de celui-ci, je m'occupe des deux derniers. Si nous voulons respecter notre limite fixée à trois heures du matin, nous devons être à bord du Nomad dans une heure, alors activons un peu, d'accord ?

Les quatre hommes s'enfoncèrent à nouveau sous la surface et longèrent la cale sèche. Max s'arrêta près de l'endroit où se trouvait le garde endormi, juste sous le bord du quai de béton, protégé par l'ombre noire de la coque du sous-marin. Eddie et Linc nagèrent le long du côté gauche du quai pour émerger sous deux escaliers entrecroisés qui s'élevaient jusqu'au balcon du second étage. Juan, quant à lui, sortit de l'eau abrité derrière une pile de caisses, à une centaine de mètres d'un hall bien éclairé où deux gardes de faction devant des portes closes semblaient s'ennuyer ferme.

Il se débarrassa en silence de son matériel de plongée et de sa combinaison, sous laquelle il avait revêtu un uniforme de capitaine de la marine syrienne, cravate et décorations comprises. Ses chaussons de plongée en caoutchouc constituaient la seule fausse note de l'ensemble, mais il n'y pouvait rien. Il attacha sa ceinture et couvrit ses cheveux blonds d'une casquette. Il attendit encore une minute que ses hommes soient en position avant de contourner les caisses et de s'avancer vers les gardes.

Il n'était plus qu'à six mètres lorsque l'un d'eux s'aperçut de sa présence. L'homme se redressa d'un bond, stupéfait, et regarda autour de lui un moment avant de se souvenir que son AK-47 était posé sur le sol près de la table qu'il partageait avec son collègue. Juan avançait toujours lorsque l'homme saisit son arme à tâtons et la pointa sur sa poitrine, en avertissant d'un grognement l'autre garde. Celui-ci se leva immédiatement et empoigna son fusil d'assaut dont la bretelle s'emmêla autour de sa main.

— Que signifie cette attitude ? interrogea Juan en arabe, avec un accent parfait. Capitaine Hanzi Hourani, de la marine syrienne. Je suis l'invité du commandant de la base, l'amiral Ramazani.

Les deux hommes écarquillèrent les yeux.

— Qui êtes-vous ?

— Capitaine Hourani, répéta Juan d'un ton irrité. Vous avez pourtant dû me voir aller et venir dans ce bâtiment au moins une dizaine de fois depuis la semaine dernière ! Vous ne pouvez ignorer que je suis ici pour assister à la démonstration de l'efficacité de ces torpilles, qui chasseront une fois pour toutes les infidèles hors de nos eaux.

Juan savait que l'homme, dont la langue usuelle était le farsi, ne saisissait que quelques mots de son débit rapide en arabe, mais son attitude importait plus que les mots. Ces hommes devaient croire que sa présence ici était normale, malgré l'heure tardive. Un talkie-walkie était posé sur la table, à côté d'un cendrier débordant de mégots, de restes de plats surgelés et d'un tas de journaux froissés. S'ils appelaient la sécurité de la base, sa supercherie serait vite éventée.

— J'ai perdu toute notion du temps en visitant le sous-marin, poursuivit Juan, avant de laisser apparaître un sourire gêné. Et puis non, ce n'est pas vrai. Je me suis endormi dans la cabine du capitaine. J'ai rêvé que c'était moi qui ordonnais la première frappe contre les impérialistes américains.

Une lueur de méfiance était encore présente dans le regard du garde, mais le fait qu'un supérieur avoue avoir succombé à une telle faiblesse le rassura. Il traduisit les propos de Juan à son collègue.

L'autre ne sembla guère impressionné. Il aboya quelque chose au premier garde, en faisant de grands gestes avec le canon de son arme, et demanda en arabe à vérifier l'identité de Juan.

Celui-ci sortit un portefeuille de sa poche et le présenta au plus âgé des deux. Pendant que le garde y jetait un coup d'œil, il prit un paquet de cigarettes dans sa poche de poitrine et en alluma une. C'étaient des Dunhill, une marque bien supérieure aux cigarettes locales bon marché que fumaient les deux hommes. Il vit tout de suite que les gardes avaient remarqué son paquet. Le plus âgé avait toujours le portefeuille en main et se retournait déjà pour prendre le talkie-walkie lorsque Juan lui offrit une cigarette.

L'homme hésita un instant, et Juan approcha encore le paquet.

— Je pensais que vous seriez contents de fumer une cigarette correcte. Cela vous aiderait à supporter les hurlements de vos supérieurs, qui savent parfaitement que j'ai le droit de me déplacer à ma guise dans cette zone, insinua Juan en soufflant un filet de fumée.

Les deux gardes, penauds, prirent chacun une cigarette. Juan leur offrit du feu. Ils eurent juste le temps d'échanger un regard après avoir inhalé la première bouffée : la fumée du tabac mêlée à un narcotique neutralisa instantanément leur système nerveux. Ils s'écroulèrent sur le sol sans un mot.

Juan écrasa du pied sa propre cigarette.

— D'habitude, mes enfants, dit-il en éteignant les Dunhill des deux gardes et en ramassant les mégots pour les mettre dans sa poche de pantalon, ces cigarettes sont mortelles. Dans votre cas, elles se contenteront de vous endormir pendant quelques heures. Je n'aimerais pas être à votre place quand vos supérieurs constateront votre abandon de poste…

La Corporation évitait autant que possible de recourir à des méthodes létales pendant ses opérations. Depuis les premières phases de préparation, Juan s'était assuré que les gardes ne perdraient pas la vie dans l'exercice de leurs fonctions, juste parce que les Russes vendaient des armes à l'Iran.

Juan avait cependant du sang sur les mains, tout comme les membres de son équipe, mais ils ne tuaient qu'en cas de nécessité absolue.

Juan s'apprêtait à s'éloigner lorsque la porte s'ouvrit soudain pour livrer passage à un technicien en blouse blanche flanqué de deux soldats. Les trois hommes virent aussitôt les deux gardes inconscients sur le sol et l'uniforme inhabituel de Juan. L'un des soldats leva son fusil d'assaut et hurla une sommation.

— Je vais chercher de l'aide, dit le second soldat avant de tourner les talons et de disparaître dans l'obscurité.

Juan n'eut pas besoin de traduire. D'ici une minute ou deux, les trois mille marins et membres du personnel de la base allaient se ruer vers la cale sèche comme une bande de fous furieux.

Chapitre 3

Au moment où le second soldat se précipitait vers la porte, une petite tache lumineuse couleur rubis apparut sur l'arme de son collègue, suivie un instant plus tard d'une balle tirée avec un silencieux. Le projectile lui arracha son AK-47 tandis que le sang jaillissait de sa main estropiée.

Juan n'hésita pas une seconde. Linc et Eddie venaient d'immobiliser l'homme depuis la plate-forme surélevée, et ils tenaient également le technicien sous la menace de leurs fusils d'assaut Type 95 « bullpup » à silencieux. Juan fit volte-face et courut à la poursuite de l'autre soldat. Il accélérait à chaque pas, aiguillonné par sa ténacité et son incapacité naturelle à renoncer. Le soldat disparaissait déjà dans les profondeurs sombres de la base, et sans son uniforme kaki, Juan l'aurait perdu de vue. En huit foulées, il réduisit les deux secondes d'avance du soldat à zéro ; trois pas plus tard, il plongeait sur lui et le saisissait par les genoux. Un joueur de rugby professionnel aurait pu être fier d'un tel plaquage.

Les deux hommes roulèrent au sol. Juan était protégé par le corps de son adversaire, mais celui-ci, moins chanceux, se cogna la tête sur l'asphalte. Dans sa glissade sur le sol, son visage s'ouvrit jusqu'à la chair.

Juan lança un rapide regard circulaire. Deux entrepôts plongés dans la pénombre se trouvaient proches de là et, au loin, il aperçut une construction de quatre étages avec quelques fenêtres éclairées. Presque sûr de ne pas avoir été repéré, il passa des menottes souples autour des poignets du soldat inconscient, le hissa sur son épaule et revint à petites foulées vers l'abri des sous-marins.

Lorsqu'il referma la porte derrière lui, il constata qu'Eddie, après avoir menotté et bâillonné le technicien, le traînait vers un coin isolé du hall où étaient déjà étendus les deux gardes drogués. Il déposa son fardeau près d'eux.

— Voilà qui devrait raccourcir mon espérance de vie de quelques mois, haleta-t-il.

— Vous pensez que quelqu'un vous a vu ? demanda Seng.

— Si une alarme se met à hurler, vous aurez la réponse. Aucun problème là-haut, avec les autres ?

— L'un d'eux a voulu se servir de son arme. Linc a pu stopper l'hémorragie, et si le gars est hospitalisé d'ici deux ou trois heures, il s'en sortira. Nous portions nos masques, et je criais en mandarin, comme prévu. Et s'ils s'y connaissent un peu en armes, ils ont dû remarquer les fusils chinois Type 95.

— Et comme nos munitions sont de fabrication tchèque, ils auront de quoi réfléchir.

Max arriva d'un pas nonchalant, un sourire narquois sur les lèvres.

— Tu n'as pas pu t'empêcher de rendre ça plus difficile que ça ne l'était déjà, je me trompe ?

— Allons, Max, si nous ne corsions pas un peu les choses, vous ne pourriez plus exiger les émoluments extravagants auxquels la Corporation vous a habitués !

— La prochaine fois, j'aimerais autant gagner un tout petit peu moins et être sûr de m'en sortir vivant !

— Et le garde, il en est où ?

— Sa sieste se prolongera jusqu'à demain. Et maintenant, si tu n'y vois pas d'inconvénient, allons nous occuper de ces torpilles.

Dans la première des deux salles installées sous la plate-forme se trouvait un stock de torpilles russes conventionnelles TEST-71, identiques à celles dont était équipé l'*Oregon*. C'est dans la deuxième qu'ils découvrirent, après que Linc eut fait sauter le verrou d'un tir de fusil d'assaut, la plus récente et la plus dangereuse des armes iraniennes. L'endroit était encombré d'établis, d'ordinateurs et de toutes sortes d'équipements électroniques. Au centre étaient posées deux masses empaquetées qui évoquaient des cadavres dans une morgue. Max s'approcha de l'une d'elles et écarta la bâche. A première vue, la torpille installée sur un chariot mécanique ressemblait aux TEST-71, mais sans hélice. Max examina l'engin, long de sept mètres soixante, et porta une attention particulière à sa partie avant, à la forme très spécifique. C'était là que se formait une bulle d'air qui enveloppait la torpille et lui permettait de fendre l'eau sans être ralentie par la force de la friction.

— Qu'en penses-tu ? demanda Juan à son second.

— C'est exactement ce que j'ai vu sur les photos du *Shkval* russe. Sur ce genre d'engins, la forme doit se prêter à la fonction, et très peu de formes peuvent convenir à l'effet de supercavitation. Cette torpille et le *Shkval* russe sont identiques.

— Peut-on en conclure que les Russes aident les Iraniens ?

— Sans aucun doute, affirma Max. Nous en aurons la preuve ultime après étude de la conception de la fusée, mais en ce qui me concerne, je suis formel : on les a pris la main dans le sac.

— Parfait. Eddie et toi, rassemblez tout ce que vous pouvez.

Eddie était déjà fort affairé avec un terminal informatique d'où il extrayait l'ensemble des informations grâce à un disque dur amovible. Linc parcourait des classeurs et des registres, à la recherche du moindre élément digne d'intérêt.

— Prêt, mon grand ? demanda Juan en se tournant vers Lincoln.

— Paré.

Max posa la main sur le coude de Juan au moment où celui-ci s'apprêtait à quitter les lieux.

— Une ou deux ?

Juan tourna les yeux vers les torpilles.

— Tant qu'à prendre des risques, autant emporter les deux.

— Tu sais qu'elles sont sans doute armées et ravitaillées en carburant ?

— Eh bien, nous y ferons très attention ! répondit Juan en souriant.

Pendant que Linc fouillait la plate-forme supérieure pour trouver le mécanisme des portes, Juan gravit une échelle soudée au mur, puis suivit une passerelle jusqu'à la cabine de contrôle de la grue. Familiarisé avec ces engins grâce aux années passées en mer, il n'éprouva aucune difficulté à la faire démarrer et à l'amener à grand bruit jusqu'à l'extrémité du quai, en longeant le bâtiment. Une pensée diabolique lui traversa l'esprit, et il abaissa le crochet, qui pesait presque une tonne. La grue allait assez vite pour imposer au câble un angle de deux ou trois degrés en arrière. Juan ralentit, puis guida le mouvement de retour vers les ailerons de plongée du kiosque du Kilo, dernière acquisition et orgueil de la marine iranienne.

Faute d'élan, le crochet ne put arracher les ailerons, mais avec une déchirure béante dans son délicat système de guidage, le submersible devrait rester en cale sèche au moins deux mois.

Lorsque Juan stoppa la grue, Eddie et Max venaient de sortir du laboratoire avec l'une des torpilles installée sur son chariot. Juan abaissa le crochet, et les deux hommes attachèrent les élingues que les Iraniens avaient eu la prévenance de laisser en place. Une fois la torpille solidement arrimée, Max adressa un signe de la main à Juan tandis qu'Eddie allait récupérer son équipement de plongée.

Juan souleva la torpille du chariot et dirigea la flèche de la grue vers la surface, en s'assurant qu'elle reste éloignée du submersible. A cinq ou six mètres des portes de sortie, il abaissa son chargement dans l'eau, puis attendit que l'épais câble d'acier donne du mou. Au moment où l'arme touchait le fond, il lâcha les commandes. Eddie suivait à pied le long du quai avec ses bouteilles, son casque et son régulateur de plongée. Il s'équipa et sauta. Juan attendit, aux aguets, et au bout d'une minute, le pouce levé d'Eddie apparut à la surface.

Juan libéra le crochet et se prépara à effectuer le trajet en sens inverse, vers le bout du quai où Max préparait la seconde torpille. Alors que la grue avançait sur son chemin de roulement, Juan observait Linc, toujours dans la même salle sous la plate-forme. Il était penché sur un ordinateur et ses efforts n'avaient visiblement pas été vains, car les lumières s'éteignirent peu à peu jusqu'à ce qu'il n'en reste qu'une seule, au-dessus de Max. Juan regarda par-dessus son épaule. Au loin, il vit s'ouvrir l'une des portes massives. C'était le signal qu'attendait Linda pour diriger le Nomad vers l'abri. Le système LIDAR repérerait la première torpille sur le fond et Linda, comme convenu, attendrait alors les ordres de Juan concernant la seconde.

Une fois la deuxième torpille arrimée à la grue, Max rejoignit Linc et les deux hommes emmenèrent le reste de leur matériel de plongée, sans oublier le gilet stabilisateur et la combinaison de Juan, jusqu'au bord de la cale sèche. Ils se préparèrent au départ pendant que Juan positionnait la grue pour faire descendre la torpille.

Lorsque celle-ci eut disparu sous la surface et que l'élingue fut relâchée, il coupa le contact, fouilla un instant sous le tableau de bord et arracha une poignée de fils électriques dans une gerbe d'étincelles.

Les Iraniens allaient découvrir le vol dont ils venaient d'être victimes, et le moins que Juan pouvait faire était de leur compliquer au maximum la tâche. Linc allait installer une petite charge explosive, déclenchée par un capteur de mouvements, pour désactiver le système informatique de contrôle des portes et de l'éclairage. Les explosifs et le détonateur étaient de fabrication chinoise, ce qui rendrait toute expertise encore plus difficile.

Juan se souvint alors qu'il avait négligé un détail. Il sortit son pistolet de son holster et il le lança à l'eau. C'était un QSZ-92, l'arme de service la plus récente de l'Armée populaire de libération chinoise. Les Iraniens fouilleraient sans aucun doute l'abri et la cale de fond en comble pour découvrir qui avait infiltré leur base ; Juan ignorait les conclusions qu'ils tireraient de leurs indices, mais l'idée de les faire tourner en bourrique l'amusait.

Plutôt que de perdre un temps précieux à descendre de la grue, Juan s'élança sur l'énorme poutre en I qui enjambait la largeur du bâtiment. Lorsqu'il atteignit le tambour, il passa avec précaution ses mains autour du câble de métal tressé et se laissa glisser pour lâcher prise à trois mètres au-dessus de la surface de l'eau.

Max l'attendait avec son équipement ; il l'aida à enfiler ses bouteilles et à ajuster son casque.

— Linda, vous me recevez ? demanda Juan en nageant sur place.

Son casque était conçu pour s'adapter à la combinaison de plongée que Linc portait roulée entre ses bras, et il ne pourrait donc plus l'utiliser une fois sous l'eau.

— Parfaitement, Président. Beau plongeon, à propos. D'après l'impact, je le noterais à 9,2 !

— Simple plongeon renversé périlleux double, répondit Juan, pince-sans-rire. Plus sérieusement, nous avons deux poissons, et je crois que nous devrions commencer les opérations de rapatriement tant que nous pouvons passer dans le sas.

— Affirmatif.

Les deux hommes sentirent des remous sous leurs pieds lorsque Linda commença à faire avancer le Nomad.

Avec son casque mal adapté, Juan dut se laisser guider par Linc jusqu'au sas, où il pénétra le premier. Linc fit ensuite passer son imposante carcasse par l'étroite ouverture, le bras levé pour refermer l'écoutille. Lorsqu'un voyant passa au vert sur la cloison, il enclencha le système d'évacuation d'eau.

Juan ôta fébrilement son casque dès que le niveau de l'eau descendit sous son menton. L'air était frais, vif et rafraîchissant après une heure passée dans l'atmosphère chargée de produits chimiques de la base. Malgré l'étroitesse du sas, il parvint à se défaire de ses bouteilles sans infliger trop de contusions à Linc, et une fois l'eau évacuée, il était prêt à rejoindre Linda dans le cockpit.

— Bienvenue à bord, lui lança-t-elle avec un sourire impertinent. Tout s'est bien passé ?

— Du gâteau, répondit Juan, distrait, en se glissant dans le fauteuil inclinable, toujours vêtu de son uniforme trempé de la marine syrienne.

Entre Linda et lui, un écran de surveillance affichait des images de télévision en circuit fermé du fond, sous le Nomad.

Grâce à la caméra à faible luminosité installée sous le mini-sous-marin, Linda constata que l'engin était en léger porte-à-faux par rapport à la première torpille. Elle modifia sa position et l'un des groupes de bras manipulateurs installés par Max se plaça exactement au-dessus de la torpille de trois tonnes. Elle appuya sur un bouton, et les pinces d'acier au tungstène se refermèrent autour de l'engin pour l'arrimer fermement au ventre du Nomad.

Juan vida l'un des ballasts pour que le Nomad recouvre une assiette neutre. Linda fit glisser le submersible de côté à l'aide des propulseurs latéraux, un coin des lèvres pincé entre ses dents.

Elle marmonna un juron lorsque le submersible fit une embardée et dépassa la deuxième torpille.

— C'est la marée montante, expliqua-t-elle en faisant reculer le Nomad pour le placer au-dessus de sa cible.

Une lumière sur le panneau de contrôle du sas vira du rouge au vert. Eddie et Max étaient de retour à bord.

Pour la seconde fois, le Nomad dériva au-dessus de l'engin, ce qui força Linda à augmenter la puissance pour lutter contre la marée montante qui s'engouffrait dans l'abri. Les remous et les contre-courants faisaient danser le petit submersible. Juan savait qu'en cas de besoin, Linda n'hésiterait pas à lui demander de l'aide. Il la laissa donc travailler, et à la troisième tentative, elle parvint à immobiliser le submersible au-dessus de la torpille. Elle referma les pinces sur la forme tubulaire et évacua encore de l'eau des ballasts.

— La troisième tentative est toujours la bonne, commenta-t-elle avec un sourire satisfait.

Juan étendit le bras manipulateur dont les agiles doigts métalliques rassemblèrent les quatre élingues utilisées pour déplacer les torpilles ; il les fit passer dans une sorte de corbeille placée sous le « menton » du Nomad. Dès que le bras se retrouva dans sa position habituelle, Linda actionna avec force le joystick pour faire virer le Nomad dans la cale sèche. Les signaux émis par le système LIDAR lui permirent de louvoyer entre les portes entrouvertes pour atteindre les eaux du port.

Juan vérifia la charge de la batterie, la vitesse de navigation et la vitesse de défilement du sol sous le submersible. Il tapa quelques chiffres sur le clavier de l'ordinateur de bord pour obtenir des indications sur l'autonomie du Nomad. A l'arrière, les trois autres membres de l'équipe se débarrassaient de leurs combinaisons et enfilaient des vêtements secs.

Avec cette marée plus forte que prévu, le petit sous-marin ne disposerait que d'une heure de réserve au moment où ils rejoindraient l'*Oregon*. La marge de manœuvre était mince, et Juan allait prendre une décision qui la réduirait davantage encore. Il avait un pressentiment quant à la réaction des Iraniens, et tenait à mettre autant de distance que possible entre son navire et le détroit d'Ormuz.

— Nomad à *Oregon*, lança-t-il à la radio.

— Heureux de vous entendre, Président, répondit Kasim. Tout s'est bien passé ?

— Comme une lettre à la poste. Comment se déroule la transformation ?

— Sans problème. Le carénage de proue a disparu, la cheminée a retrouvé sa forme habituelle et nous avons joué au trampoline sur les conteneurs, qui sont pliés et rangés.

— Très bien. Hali, je veux que vous appareilliez d'ici trente minutes à peu près, mais sans dépasser les trois nœuds. Le Nomad en fait quatre. On se retrouvera un peu plus loin le long de la côte.

— Cela risque de nous rapprocher un peu trop des voies de navigation, objecta Kasim. Nous aurons du mal à nous arrêter pour vous récupérer.

— Je sais. Nous effectuerons la récupération sans mettre en panne.

Manœuvrer le Nomad pour qu'il regagne le *moon pool* était déjà une opération dangereuse, mais avec l'*Oregon* en marche, c'était encore plus risqué. Si Juan prenait une telle décision, c'est qu'il s'agissait d'une absolue nécessité.

— Tu es sûr ? demanda Max en avançant la tête à l'intérieur du cockpit.

Juan se retourna et regarda son vieil ami droit dans les yeux.

— J'ai la cheville droite qui me lance.

C'était le code dont Juan se servait lorsqu'il avait une prémonition. Il avait un jour éprouvé cette sensation en acceptant une mission de la NUMA, mission qui lui avait coûté la jambe droite, amputée juste sous le genou. Depuis, les deux hommes avaient appris à croire en l'instinct de Juan.

— C'est toi le patron, répondit Max avec un hochement de tête.

Il fallut encore deux heures pour rejoindre l'*Oregon*, qui s'éloignait lentement de la côte iranienne. Le Nomad passa sous la coque sombre, à douze mètres sous la quille. Les portes du *moon pool* étaient escamotées, plaquées contre la coque, et les lampes sourdes, à l'intérieur du navire, donnaient à l'eau de mer une teinte écarlate. Les passagers du Nomad eurent, l'espace d'un instant, l'impression d'approcher des portes de l'enfer.

Linda ralentit le submersible pour adapter sa vitesse à celle de l'*Oregon*, puis elle le positionna sous l'ouverture. Dans des conditions normales, des plongeurs auraient arrimé des filins de levage sur le Nomad et l'auraient treuillé à bord de l'*Oregon*, mais même à trois nœuds, le courant était trop fort pour que des hommes puissent évoluer en toute sécurité dans l'espace du bassin.

Une fois la vitesse ajustée, Linda enclencha la procédure d'évacuation des ballasts ; les pompes aspiraient l'eau si lentement que le Nomad remontait par paliers à peine perceptibles.

— Je ne voudrais surtout pas vous stresser, lança Kasim à la radio, mais nous allons devoir virer d'ici quatre minutes tout au plus.

Les voies de navigation du détroit d'Ormuz étaient si étroites qu'aucune déviation de cap n'était tolérée.

— Si c'est cela que tu appelles « ne pas nous stresser » ! lança Linda sans quitter ses écrans des yeux.

Elle poursuivit l'évacuation des ballasts, ses doigts effleuraient à peine le joystick et les contrôles des vannes. Elle corrigeait imperceptiblement la position du Nomad, tandis que l'ouverture du bassin se dessinait, de plus en plus large.

— Bon travail, approuva Juan depuis le siège du copilote.

Cinquante centimètres par cinquante centimètres, l'espace se réduisit jusqu'à ce que le Nomad se trouve juste au-dessous de l'*Oregon*. On pouvait entendre le bourdonnement paisible de ses moteurs révolutionnaires et l'eau qui ruisselait dans les tubes de plongée.

Linda ralentit à peine l'allure pour que le Nomad dérive vers l'arrière du bassin, les ailerons arrière et les hélices à moins de trente centimètres de l'ouverture.

— Et voilà, soupira-t-elle en déposant le dernier ballast, une trémie chargée d'une demi-tonne de boules de métal.

Le Nomad se redressa et perça la surface. L'eau du bassin, bien qu'agitée par les trois nœuds de vitesse de l'*Oregon*, demeurait inerte par rapport au submersible.

Celui-ci accéléra vers l'avant. Linda actionna la marche arrière d'urgence tandis que le Nomad traversait le bassin, à peine deux fois plus long que lui. Un barrage gonflable avait été abaissé sur toute la largeur pour parer à ce type de situation. Le Nomad le heurta si doucement qu'il se déforma à peine.

Des pas résonnèrent lorsque des techniciens vinrent fixer des élingues de levage. Sous le submersible, les portes du bassin commençaient à se refermer. Linda laissa échapper un soupir de soulagement en s'assouplissant les poignets pour relâcher la tension.

Conscient du stress que trahissait son regard, Juan lui tapota l'épaule.

— Je n'aurais pas fait mieux.

— Merci, répondit-elle d'un ton fatigué. Je crois que ma baignoire m'appelle.

— Allez-y, l'encouragea Juan, qui se laissa glisser de son siège. Vous l'avez bien mérité.

Lorsque le Nomad fut fixé à son ber et que l'écoutille s'ouvrit, Juan constata que tout l'équipage les attendait. Il était trempé, mais il laissa les autres sortir avant lui. Sans attendre d'en avoir reçu l'ordre, un technicien lui tendit un micro-casque.

— Eric, vous m'entendez ?

— Cinq sur cinq, Président, répondit Eric Stone depuis son poste au centre opérationnel.

— Dès que les portes seront fermées, passez à dix-huit nœuds. Dans combien de temps aurons-nous passé le détroit ?

— Deux heures trente, à peu près. Il faudra encore quinze heures avant d'atteindre les coordonnées de notre lieu de rendez-vous.

Juan aurait préféré pouvoir se débarrasser au plus vite des torpilles et des informations techniques piratées sur l'ordinateur de la base, mais le rendez-vous avec l'USS *Tallahassee*, un sous-marin d'attaque rapide de la classe Los Angeles, avait été soigneusement coordonné afin d'éviter qu'un navire puisse repérer le transfert ou que celui-ci soit détecté par un satellite espion.

— Très bien, merci. Dites à Kasim d'ouvrir bien grandes les oreilles et de capter toute communication militaire en provenance de Bandar Abbas. Je serai dans ma cabine. S'il capte quoi que ce soit, réveillez-moi.

— Pas de problème, patron.

Max supervisait le déchargement des torpilles arrimées sous le Nomad et actionnait lui-même un palan à chaîne pour les installer sur des chariots motorisés. Eddie s'était chargé de mettre le disque dur bourré de renseignements en sécurité dans un caisson étanche.

Juan posa la main sur l'une des torpilles.

— Cinq millions de dollars pièce, plus un million pour les informations recueillies sur l'ordinateur. Pas mal, pour une journée de boulot !

— Tu devrais appeler Overholt pour le mettre au courant. Et puis autant lui éviter une crise cardiaque quand il recevra la facture !

— Je vais déjà prendre une douche, et je l'appellerai ensuite. Tu vas dormir un peu ?

Max consulta sa montre.

— Il est presque trois heures trente. Je crois que je vais aider les autres à tout remettre en ordre. Je m'offrirai peut-être un petit déjeuner au lever du soleil.

— Comme tu veux. Bonne nuit.

La cabine de Juan se trouvait du côté bâbord de l'*Oregon*, mais avec l'angle que formait le navire par rapport au soleil, la lumière passait par le hublot, et la température de la suite était étouffante malgré l'air conditionné. Il se réveilla trempé de sueur, se demandant ce qui avait bien pu le réveiller, puis il entendit la seconde sonnerie du téléphone.

Il jeta un coup d'œil à la grande horloge suspendue en face de son lit, libéra d'un geste brusque ses bras des draps emmêlés et décrocha le combiné.

— Cabrillo.

— Ici Kasim, Président. On a un problème.

Juan se livra à un rapide calcul mental tout en assimilant la nouvelle. L'*Oregon* devait avoir passé le détroit, mais n'était sans doute pas engagé très loin dans le golfe d'Oman. La zone était encore en bonne partie sous contrôle militaire iranien.

— Que se passe-t-il ? demanda-t-il en sortant ses jambes du lit et en se passant la main dans les cheveux.

— Nous avons capté pas mal de conversations à Bandar Abbas, il y a cinq minutes. Depuis, plus rien.

Ce n'était pas une surprise pour Juan. Il avait sans doute fallu un moment pour que le commandant de la base comprenne ce qui s'était passé et trouve le courage d'en informer ses supérieurs à Téhéran. A leur tour, ceux-ci avaient dû ordonner à la base navale de couper ses communications radio et téléphone non sécurisées et de passer par des canaux terrestres réservés.

Au cours de la première guerre du Golfe, les USA avaient plus ou moins volontairement révélé au monde leur capacité à écouter tout ce qui se passait sur la planète. Grâce à ses satellites et à ses stations d'écoute terrestres, la NSA pouvait capter tous les appels téléphoniques, les conversations radio, les transmissions par fax ou toute autre forme de communication, et cela en toute impunité. C'est ainsi que les militaires purent repérer et cibler les installations de commandement, ainsi que les dispositifs de sécurité et de contrôle de Saddam Hussein. En réaction contre cette écrasante supériorité technologique, les pays qui considéraient les Etats-Unis comme une menace – Iran, Syrie, Libye et Corée du Nord, pour ne citer qu'eux – dépensèrent des centaines de millions de dollars pour développer un réseau de lignes terrestres impossibles à pirater sans connexion directe.

Après les appels frénétiques captés par l'*Oregon*, les Iraniens étaient donc passés au système de communication terrestre, privant Juan d'une précieuse source d'informations.

— Qu'est-ce que vous avez pu entendre ?

— Ils ont parlé d'une intrusion dans une cale sèche, d'une explosion d'ampleur réduite ayant endommagé la salle de contrôle, et du vol de deux baleines.

— C'est leur nom de code pour les torpilles-fusées, dit Juan. Je crois que le terme farsi est *hoot*.

— C'est ce qu'indique l'ordinateur. Ensuite, nous avons capté une communication du ministère de la Défense, qui donnait l'ordre de passer à ce qu'ils appelaient « la voix du Prophète ».

— Ce sont leurs lignes de communications militaires, commenta Juan en coinçant le combiné du téléphone entre sa joue et son épaule, tout en continuant à s'habiller. Autre chose ?

— Non, Président, désolé, rien d'autre.

Juan essaya de se mettre à la place des Iraniens pour imaginer la suite.

— Ils vont boucler Bandar Abbas et fouiller tous les navires du port. La marine sera placée en alerte maximum, et ils vont peut-être arraisonner les bâtiments qui naviguent à une distance inférieure à cinquante miles des côtes du golfe d'Oman.

— Ce qui est notre cas, dit Kasim.

— Dites à la timonerie de nous faire sortir de là au plus vite. Je serai au centre opérationnel dans deux minutes. Réunissez le commandement.

Le quart des principaux responsables de l'équipage s'était terminé à peine deux heures plus tôt, mais Juan tenait à ce qu'ils dirigent eux-mêmes la navigation jusqu'à ce que l'*Oregon* soit hors de portée de toute attaque iranienne.

Lors de la conception de l'*Oregon*, Juan s'était assuré qu'un soin tout particulier soit apporté à l'installation du centre opérationnel. C'était le cerveau du navire, le centre nerveux d'où tout pouvait être contrôlé, des moteurs aux extincteurs automatiques d'incendie en passant par les armements et les systèmes de communication. La salle était aussi sophistiquée que l'extérieur du bâtiment était vétuste. Le mur principal était dominé par un immense écran plat capable d'afficher simultanément des dizaines d'images, provenant de la batterie de caméras du bord ou de celles installées sur les submersibles, les drones contrôlés à distance et l'hélicoptère Robinson R44. Les images radar et sonar pouvaient elles aussi se lire sur l'écran.

La barre et le poste de commande des armes étaient situés juste sous l'écran, ainsi que la console de communication de Hali, le poste de contrôle technique de Max Hanley et le sonar principal à affichage en cascade qui projetait un halo dans la pièce peu éclairée. Au centre de la salle se trouvait le poste que Mark Murphy et Eric Stone surnommaient « le fauteuil du capitaine Kirk ». De là, Juan surveillait tout ce qui se passait sur le navire et même au-delà ; il pouvait en cas de besoin prendre le contrôle de n'importe quel autre poste.

Bas de plafond, baigné par les lueurs de dizaines d'écrans informatiques, le centre opérationnel n'était pas sans évoquer les salles de commandement de la NASA.

Max Hanley, visiblement épuisé, était déjà installé à son poste lorsque Juan entra, et Mark Murphy était présent lui aussi. Mark était le seul membre de l'équipage à ne pas être passé par les services de renseignements civils ou militaires, et cela se voyait. Grand et gauche, avec des cheveux presque noirs, longs et mal peignés, il essayait de se laisser pousser la barbe, mais ses efforts le faisaient plutôt ressembler à un bouc anémique. Mark pouvait s'enorgueillir du QI le plus élevé du bord et était titulaire d'un doctorat du Massachusetts Institute of Technology, obtenu alors qu'il n'avait guère plus de vingt ans. Il s'était ensuite consacré au développement de projets pour un des principaux fournisseurs de l'armée, et c'est là qu'il s'était lié avec Eric Stone. Celui-ci était l'un des responsables de l'approvisionnement de la Navy, mais il envisageait déjà de démissionner et de rejoindre la Corporation. Ensemble, les deux hommes avaient travaillé deux mois sur un projet confidentiel de canon à longue portée pour les contre-torpilleurs de la classe Arleigh Burke, et Eric était parvenu à convaincre Murph de l'accompagner dans l'aventure.

En matière de systèmes d'armement de l'*Oregon*, la compétence de Murph était indéniable, mais Juan aurait parfois aimé que le jeune homme cesse de s'habiller exclusivement de noir et d'écouter du rock punk assez fort pour faire trembler la coque du navire. Ce matin-là, il portait un T-shirt orné de lèvres d'un rouge rubis éclatant. Au dos, on pouvait y lire : THE ROCKY HORROR PICTURE SHOW. Son poste de travail croulait sous une bonne dizaine de boîtes de boissons énergisantes, et à son regard vitreux, Juan comprit qu'il carburait à la caféine.

Juan s'installa sur son siège et ajusta l'affichage de son ordinateur sur les commandes placées à portée de sa main. Une tasse de café fumant se matérialisa à côté de lui. Maurice s'était approché si discrètement qu'il ne l'avait même pas entendu.

— Il va falloir que je vous accroche une clochette, Maurice…

— Si je puis me permettre une expression galvaudée, capitaine, il faudra me passer sur le corps.

— En d'autres termes, sur votre cadavre, sourit Juan. Merci, Maurice.

— A votre service, monsieur.

Par-dessus le bord de sa tasse, Juan étudia les écrans qui lui faisaient face, et en particulier l'image radar des eaux avoisinantes. La côte iranienne apparaissait au sommet de l'écran, à l'extrême limite de la portée du radar, tandis qu'autour de l'*Oregon* croisaient d'innombrables navires qui entraient dans le Golfe ou en sortaient. Si l'on en jugeait par la taille des images, la plupart d'entre eux étaient des tankers, et le trafic était aussi dense qu'à Atlanta aux heures de pointe. Loin vers le sud, un groupe de bâtiments était rassemblé autour d'un vaisseau de grande taille. Juan devina qu'il s'agissait d'un porte-avions américain et de ses navires d'escorte.

Il vérifia la vitesse et le cap, ainsi que la profondeur sous l'*Oregon*. Cent vingt mètres de fond, largement assez pour un sous-marin iranien en maraude. Avec les Américains à proximité, cela ne l'inquiétait pas outre mesure, à l'inverse d'une éventuelle attaque par avion ou hélicoptère, dans le cas où les Iraniens auraient compris leur rôle dans la disparition des torpilles. Un rapide coup d'œil aux images des caméras du bord le rassura quant à l'apparence extérieure de l'*Oregon*, avec son unique cheminée et son pont débarrassé des conteneurs. Le nom du navire était bien le sien, même s'il remarqua que le pavillon panaméen flottait toujours à son mât. Sage précaution, car les Iraniens n'auraient besoin d'aucune autorisation pour se rendre à bord d'un bâtiment arborant leur pavillon, ce qui était d'habitude le cas. La caméra installée tout en haut de l'un des mâts de charge montrait un tanker qui venait sans doute de passer à moins d'un mile à l'arrière et un porte-conteneurs qui suivait leur cap à un demi-mile au nord.

— Rien au sonar, Kasim ?

— Non, à part les huit bâtiments à portée de sonar que l'ordinateur a déjà épluchés en long et en large, et d'innocents navires marchands, rien de plus.

Hali Kasim hésita soudain, comme s'il allait ajouter quelque chose. Juan remarqua son froncement de sourcils.

— Dites-moi, même si cela semble sans importance.

— Une minute après l'arrêt des communications provenant de Bandar Abbas, j'ai capté l'écho d'une communication de la base navale de Chah Bahar.

— Rien d'autre depuis ?

— Non, une seule communication, répondit Kasim en secouant la tête.

Juan ne savait trop que penser d'une telle information, aussi décida-t-il de ne pas en tenir compte pour l'instant.

— Des avions, ou des hélicos ?

— Un appareil anti-sous-marins a bien décollé du porte-avions au sud, mais rien à signaler du côté de chez nos amis au nord.

Juan se détendit un peu. Il commençait à se dire qu'après tout, ils allaient pouvoir s'en sortir sans trop de problèmes.

C'est précisément à ce moment que Kasim se mit à crier.

— Contact sonar ! Quatre-vingt-quinze degrés, sept cents mètres ! Torpille vers nous. Bon Dieu, ils étaient en embuscade, portes de proue ouvertes et tubes inondés !

Plus de cinq miles séparaient l'*Oregon* de la torpille, et Juan savait qu'il disposait d'assez de temps pour l'éviter. Sa voix était calme.

— Suivez-la à la trace, Hali. Assurons-nous de savoir où elle va avant de réagir.

— Contact sonar ! s'écria à nouveau Kasim. Deuxième torpille à l'eau. J'ai les extrapolations de trajectoire de l'ordinateur. Le premier poisson fonce sur le porte-conteneurs, le *Saga*. Je l'ai identifié, il a quitté Bandar Abbas vingt minutes avant nous.

La situation se compliquait de minute en minute.

— La force navale qui accompagne le porte-avions vient de nous envoyer un message d'alerte. Ils ont capté les tirs et envoient des avions.

— Ça commence à chauffer, lança Max avec un sourire sardonique.

— Il m'en faut plus, murmura Juan.

— *Allez !!!* hurla Kasim. Ça y est ! Nouveau contact. Ils ont lancé une troisième torpille. On dirait un tir en éventail qui viserait l'*Oregon*, le *Saga* et le tanker derrière nous. C'est l'*Aggie Johnston*, un pétrolier géant de la Petromax Oil.

Avec une seule torpille aux trousses de l'*Oregon*, Juan aurait pu maîtriser la situation. Peut-être même avec deux, s'il avait pu positionner le navire entre la seconde torpille et sa cible, mais avec trois poissons à l'eau, les options disponibles se faisaient rares. *Aggie Johnston* ou *Saga*, l'un des deux navires allait subir une frappe directe. Juan ne pouvait en aucun cas laisser torpiller un pétrolier transportant à son bord deux cent mille tonnes de brut.

— Ils viennent d'en lancer une autre, lâcha Kasim, incrédule. Quatre poissons à l'eau. La distance entre la première torpille et le *Saga* s'est réduite à cinq cent cinquante mètres. La dernière est beaucoup plus lente que les autres.

— Elle prend son temps pour voir si les autres manquent leur cible, dit Max. Et puis elle finira le boulot.

En effet, si l'une des torpilles manquait son but ou n'explosait pas, cette salve de réserve serait positionnée pour détruire la cible. C'était une tactique que Juan Cabrillo connaissait bien. Il n'existait aucun moyen de la contrer. Il commençait à se dire qu'ils auraient de la chance de sortir vivants du golfe d'Oman.

Chapitre 4

A bord du Golden Dawn
Océan Indien

La main de l'agresseur serrait le visage et le nez de Jannike Dahl comme un étau. Elle ne pouvait plus respirer, et ses efforts pour le faire lâcher prise étaient vains. Tout en se tortillant pour échapper à son étreinte, elle parvint à inspirer un peu d'air, juste assez pour tenir à distance les ténèbres qui menaçaient de l'engloutir. Elle se tordit d'un côté, puis de l'autre, mais la main l'enserrait toujours aussi inexorablement.

Elle savait qu'il ne lui restait que quelques secondes avant de sombrer dans l'inconscience. C'était comme une noyade, la mort la plus atroce qu'elle puisse imaginer, mais c'étaient les mains d'un étranger, et non l'eau, qui allaient lui ôter la vie.

Jannike lutta une dernière fois, et tenta un mouvement désespéré pour se libérer.

Elle se réveilla dans un halètement humide ; sa tête et ses épaules se soulevèrent du lit pour retomber aussitôt, comme si le poids des draps et de la couverture était trop lourd pour elle. La canule de plastique transparent qui lui insufflait de l'oxygène par le nez s'était enroulée autour de sa gorge, et l'étouffait tout autant que la crise d'asthme dont elle souffrait.

Encore terrassée par le cauchemar qui accompagnait toujours les crises survenues pendant son sommeil, Janni chercha à tâtons son inhalateur sur la table de chevet ; elle avait vaguement conscience de se trouver au dispensaire du bord. Elle plaça l'embout entre ses lèvres, pressa le bouton à plusieurs reprises et aspira autant de Ventoline que ses poumons gorgés de fluides le lui permettaient.

Le médicament détendit peu à peu ses voies respiratoires contractées, et Janni put aspirer d'autres bouffées, qui finirent par apaiser les symptômes les plus aigus de la crise. Son rythme cardiaque s'emballait toujours à la suite du cauchemar, et ses mouvements désordonnés avaient délogé un embout de la canule, de telle sorte qu'elle ne respirait de l'oxygène que par une seule narine. La jeune femme réajusta le tube de plastique et en sentit aussitôt les effets. Elle jeta un coup d'œil à l'écran de surveillance installé près du lit, constata que le niveau d'oxygène remontait, puis elle lissa ses draps et se cala au fond de son lit.

C'était son troisième jour au dispensaire du bord, le troisième jour de solitude interminable, d'ennui mortel, le troisième jour passé à maudire la faiblesse de ses poumons. Ses amis passaient la voir, mais elle savait qu'aucun ne voulait rester. Elle ne pouvait guère les en blâmer. Ce n'était pas un spectacle réjouissant de la voir suffoquer et téter sans cesse l'embout de son inhalateur. Elle ne s'était même pas senti la force de laisser l'unique infirmière changer ses draps, et elle ne pouvait qu'imaginer l'odeur de son propre corps.

Le rideau qui entourait son lit s'ouvrit d'un coup sec. Le Dr Passman se déplaçait si furtivement que Jannike ne l'entendait jamais entrer dans la pièce. C'était un homme d'une soixantaine d'années, un cardiologue anglais à la retraite qui avait cédé son cabinet suite à son divorce et s'était engagé comme médecin pour la compagnie Golden Cruise Lines ; il tenait surtout à profiter d'une existence paisible et à empêcher son ex-épouse d'empocher la moitié des bénéfices de son ancien cabinet.

— Je vous ai entendue crier, dit-il, davantage intéressé par l'écran que par sa patiente. Tout va bien ?

— J'ai encore eu une crise, répondit Janni avec un faible sourire. La même chose que les trois jours derniers. C'était moins pénible que les dernières fois, ajouta-t-elle avec son mélodieux accent scandinave, je crois que ça commence à aller mieux.

— Je pense que c'est à moi d'en juger, répliqua le médecin en la regardant enfin.

Il paraissait soucieux.

— Vous êtes toute bleue. Ma fille souffre aussi d'asthme chronique, mais pas à ce point.

— J'ai l'habitude, dit Jannike avec un haussement d'épaules. J'ai eu ma première crise à l'âge de cinq ans ; j'en ai donc souffert pendant les trois quarts de ma vie.

— Je voulais vous demander… d'autres membres de votre famille en souffrent-ils également ?

— Je n'ai ni frères ni sœurs, et mes parents n'ont jamais eu d'asthme, mais selon ma mère, ma grand-mère avait des crises lorsqu'elle était petite.

— L'asthme peut être héréditaire, en effet, approuva Passman. J'aurais cru qu'un séjour en mer, loin de la pollution, aurait permis d'atténuer les symptômes.

— C'est ce que j'espérais aussi, répondit Janni. C'est l'une des raisons qui m'ont poussée à prendre un emploi de serveuse sur un navire de croisière. Ça, et le fait de fuir une petite ville où il n'y a rien de mieux à faire que de regarder les chalutiers entrer et sortir du port.

— Vos parents doivent vous manquer.

— Je les ai perdus il y a deux ans, dit Janni tandis qu'une ombre ternissait l'éclat de ses yeux sombres. Un accident de voiture.

— Je suis navré. Mais voilà que vous retrouvez vos couleurs, ajouta Passman, soucieux de changer de sujet. Et on dirait que vous respirez mieux.

— Alors je vais pouvoir quitter le dispensaire ?

— Je crains que non, ma chère. Votre niveau de saturation d'oxygène n'est pas encore suffisant.

— Et si je vous dis que la fête du personnel du bord aura lieu ce soir, cela ne vous fera pas changer d'avis ? demanda Jannike avec une pointe de déception dans la voix.

D'après la pendule suspendue au mur opposé, la fête commencerait quelques heures plus tard.

Depuis que le *Golden Dawn* avait appareillé des Philippines deux semaines plus tôt, c'était la première occasion donnée aux membres du personnel d'hôtellerie et de restauration du bord de relâcher un peu la pression. Cette soirée devait être le clou de la croisière pour les serveurs, les serveuses, les femmes de chambre et les membres de l'équipage qui n'étaient pas de service – et parmi ceux-ci, quelques Norvégiens beaux comme des dieux. Janni savait que certains passagers, parmi les plus jeunes, seraient présents eux aussi. Depuis une semaine, cette soirée constituait l'unique sujet de conversation du personnel.

— Non, je ne changerai pas d'avis, confirma le médecin.

La porte de la petite salle d'hôpital s'ouvrit soudain, et un instant plus tard, Elsa et Karin, les meilleures amies de Janni à bord du *Golden Dawn*, faisaient leur entrée dans un sillage parfumé. Elles étaient toutes deux originaires de Munich et travaillaient pour la compagnie depuis trois ans. Elsa était chef pâtissière, et Karin faisait partie de la même équipe de salle que Jannike. Elles étaient superbement vêtues, prêtes à faire des ravages. Karin portait une robe noire, avec des attaches ultrafines qui mettaient en valeur son ample buste. Elsa avait quant à elle revêtu une robe-débardeur et, si l'on en jugeait par l'aspect parfaitement lisse de l'étoffe moulante, fort peu de choses dessous. Les deux jeunes femmes étaient très maquillées et ne cessaient de glousser.

Elsa s'assit au bord du lit de Janni, sans prêter la moindre attention au médecin.

— Comment te sens-tu ? demanda-t-elle.

— Jalouse.

— Tu ne te sens pas assez bien pour venir à la fête ? l'interrogea Karin avec un regard renfrogné à l'adresse du médecin, comme s'il était personnellement responsable de l'asthme de Janni.

Janni écarta ses cheveux humides de son front.

— Même si j'étais plus en forme, avec vous deux, je n'aurais pas la moindre chance, habillées comme vous l'êtes !

— Tu penses que Michael appréciera ? demanda Karin en faisant une pirouette.

— Il sera prêt à se damner ! la rassura Elsa.

— Vous êtes sûres qu'il viendra ? demanda Janni, prise par l'excitation du moment malgré la douleur qui oppressait sa poitrine.

Michael était l'un des passagers du rang auquel étaient affectées Karin et Janni, un Californien aux yeux bleus et aux cheveux blonds dont la silhouette trahissait toute une vie de sport et d'exercice. Parmi le personnel féminin, il était considéré comme le plus bel homme du bord. Janni savait aussi que Michael et Karin avaient flirté en plusieurs occasions.

— Il me l'a confirmé lui-même, répondit Karin en lissant sa robe.

— Cela ne vous ennuie pas que cet homme soit un Responsiviste ? questionna le médecin.

Karin le foudroya du regard.

— J'ai grandi avec quatre frères et trois sœurs, et je ne trouve pas que ce soit une mauvaise idée de ne pas avoir d'enfants.

— Le Responsivisme ne se réduit pas à la seule question des enfants, fit remarquer Passman.

Le médecin semblait penser qu'elle ignorait tout des croyances du groupe qui affrétait la croisière, et Karin le prit comme une insulte personnelle.

— En effet, il s'agit aussi d'aider l'humanité en instaurant un contrôle des naissances pour des millions de femmes du tiers-monde, et de réduire les risques que fait peser la surpopulation sur notre planète. Lorsque le Dr Lydell Cooper a fondé le mouvement dans les années soixante-dix, nous étions trois milliards d'êtres humains. Aujourd'hui, nous sommes le double, et le chiffre ne cesse d'augmenter. Dix pour cent de tous les êtres humains ayant jamais foulé le sol de cette terre depuis les origines de l'humanité, il y a de cela cent mille ans, sont vivants en ce moment même.

— J'ai lu moi aussi les affiches placardées dans tous les coins de ce navire, répliqua Passman avec un brin de condescendance. Mais ne pensez-vous pas que le Responsivisme va bien au-delà d'une prise de conscience sociale ? Pour rejoindre le mouvement, une femme doit accepter de se faire ligaturer les trompes. Pour moi, il s'agit plutôt d'une… secte.

— Selon Michael, c'est ce que beaucoup de gens prétendent, répondit Karin avec toute l'obstination de sa jeunesse, bien résolue à défendre les croyances de l'élu de son cœur. L'ignorance de certains faits ne vous donne pas le droit de rejeter ses convictions.

— Bien entendu, mais vous comprenez certainement que…

Passman laissa sa phrase en suspens, conscient qu'aucun argument ne parviendrait à convaincre cette jeune femme impétueuse de vingt et quelques années.

— Et puis non, je ne pense pas que vous puissiez le comprendre, poursuivit-il. Je crois que vous devriez laisser Jannike se reposer. Vous aurez l'occasion de lui raconter la fête plus tard.

Il s'éloigna du lit de la jeune femme.

— Ça va aller, *Schnuckiputzi* ? demanda Elsa en posant la main sur la frêle épaule de Janni.

— Très bien. Amusez-vous, et je veux des détails bien croustillants dès demain !

— Nous sommes de gentilles filles, et les gentilles filles ne font pas de bêtises ! s'écria Karin en souriant.

— Alors soyez des coquines !

Les deux Allemandes quittèrent la pièce, mais Karin revint une seconde plus tard et se glissa près de son amie.

— Je crois que je vais le faire, annonça-t-elle, et je voulais que tu le saches.

Janni comprit ce que son amie voulait dire. Elle savait que Michael était plus qu'une passade pour Karin et qu'à part quelques baisers, ils avaient passé des heures à discuter de ses croyances.

— Tu sais, Karin, c'est un grand pas à franchir. Tu ne le connais pas vraiment bien.

— Je n'ai jamais voulu avoir d'enfants, de toute façon, alors que je me fasse ligaturer les trompes maintenant ou dans quelques années, quelle différence ?

— Ne le laisse pas te persuader de faire ça, la supplia Janni avec véhémence.

Karin était une gentille fille, mais sans grande force de caractère.

— Il n'a pas essayé, répondit-elle avec un peu trop d'empressement. J'y pense depuis un moment. Je ne tiens pas à être usée comme ma mère l'était déjà à trente ans. Elle a maintenant quarante-cinq ans et en paraît soixante-dix. Non merci ! D'ailleurs, ajouta-t-elle avec un grand sourire, il ne se passera rien jusqu'à ce que nous arrivions en Grèce.

— Il s'agit d'une décision importante, irréversible, insista Janni. Prends le temps d'y réfléchir, d'accord ?

— C'est promis, répondit Karin d'un ton patient, comme si elle répondait à son père ou à sa mère.

Janni serra son amie contre elle un instant.

— Parfait. Allez, va, et amuse-toi !

— Compte sur moi.

Longtemps après leur départ, les effluves de parfum des deux Allemandes imprégnaient encore l'air de la pièce.

Janni réfléchissait, et les traits de son visage se plissaient sous l'effort. Le navire n'arriverait pas au Pirée avant une semaine, et elle espérait qu'avec l'aide d'Elsa, elle parviendrait à convaincre Karin de renoncer à sa décision. Car pour devenir Responsiviste, il fallait en passer par la stérilisation : vasectomie pour les hommes et ligature des trompes pour les femmes. Leurs croyances ne les autorisaient pas à donner naissance à de nouveaux enfants sur une planète déjà surpeuplée. La procréation était une décision irréversible et, à leurs yeux, irresponsable. Karin était trop jeune pour comprendre les implications d'une telle théorie, même si elle était assez grande pour se laisser séduire par un bel inconnu.

Janni s'assoupit à nouveau pour se réveiller quelques heures plus tard. Elle entendait le grondement sourd des moteurs, mais elle sentait à peine le balancement tranquille de la houle de l'océan Indien. Elle se demanda si Karin et Elsa profitaient bien de la fête.

Elle détestait ce dispensaire. Elle se sentait seule et s'ennuyait. L'espace d'un instant, elle envisagea de prendre ses vêtements sous le lit et d'aller jeter un coup d'œil furtif à la salle de bal, mais elle se sentait trop faible et referma bientôt les yeux.

Elle entendit un fracas soudain, juste avant que l'agresseur ne la saisisse à la gorge en la serrant de plus en plus fort.

Jannike s'éveilla d'un seul coup. La porte de la salle s'ouvrit et un éclat de lumière l'aveugla, juste au moment où elle prenait son inhalateur. Tétanisée par sa crise d'asthme, elle ne put en croire ses yeux. Le Dr Passman entrait en titubant. Pieds nus, il portait un peignoir de bain. Son visage et le devant de son vêtement étaient maculés de sang. Jannike aspira avec frénésie l'embout de son inhalateur et cligna les yeux pour chasser le sommeil.

Passman produisit un croassement obscène, et du sang coula de sa bouche. Janni en eut le souffle coupé. Le médecin fit deux pas hésitants, puis ses genoux chancelèrent. Il tomba à la renverse, et son corps heurta le sol de linoléum avec un bruit humide. Janni vit des ondulations, comme des petites vagues, parcourir son corps, comme si celui-ci se liquéfiait. Quelques secondes plus tard, il baignait dans son sang.

Janni, qui commençait à hyperventiler, agrippa ses draps et aspira l'embout de l'inhalateur. Une autre silhouette apparut alors dans la pièce. Karin, dans sa petite robe noire, secouée par des quintes de toux humides et convulsives qui lui faisaient éructer des gouttelettes de sang vermeil. Janni se mit à hurler, terrifiée par le spectacle.

Karin essaya de parler, mais elle ne put émettre qu'un gargouillis mouillé. Elle étendit les bras dans un geste de supplication, et ses doigts pâles cherchèrent à atteindre Janni. Honteuse de sa réaction, mais incapable de la contrôler, la jeune femme se recroquevilla au bout du lit. Elle n'aurait pu s'approcher de son amie pour rien au monde. Une larme écarlate s'échappa du coin de l'œil de Karin et laissa une épaisse traînée rouge sur sa joue, d'où elle tomba, éclosant comme une rose sur sa poitrine.

Comme Passman quelques secondes avant elle, Karin ne put soudain plus soutenir son propre corps. Elle s'affaissa, sans un geste pour se retenir. Le sang jaillit de toutes les parties de son corps disloqué et Jannike, avant de sombrer dans un état de choc catatonique, eut la certitude qu'elle était en train de perdre la raison.

Chapitre 5

Juan Cabrillo prit quelques précieuses secondes pour consulter les données tactiques sur l'écran installé au mur du centre opérationnel. Trois des quatre torpilles lancées du sous-marin iranien se déployaient en éventail pour se diriger chacune vers leur cible. D'après le sonar, la quatrième avait ralenti sa vitesse, au point que l'ordinateur ne pouvait plus en donner qu'une estimation approximative.

Moins de deux miles séparaient maintenant le porte-conteneurs *Saga* de la première torpille. La seconde devait parcourir un mile et demi de plus pour atteindre l'*Aggie Johnston*. Quant à la troisième, elle fonçait droit sur l'*Oregon* à plus de quarante nœuds.

Juan savait que le navire pouvait encaisser une frappe directe grâce au blindage réactif disposé le long de la coque ; celui-ci exploserait vers l'extérieur et annulerait presque entièrement l'impact des détonations, même si certains systèmes sensibles pourraient subir des avaries. Grâce à sa vitesse et à sa manœuvrabilité, l'*Oregon* était également en mesure d'esquiver son assaillant, mais dans ce cas, la torpille, ayant dépassé son objectif, prendrait le *Saga* comme deuxième cible et scellerait ainsi son destin. Il était tout simplement impossible de protéger à la fois les deux navires marchands et l'*Oregon*, surtout avec cette quatrième torpille dans les parages.

Il se rendit vaguement compte que Kasim envoyait une alerte radio aux deux bâtiments de commerce, mais ceux-ci n'en demeureraient pas moins impuissants. Un navire de la taille de l'*Aggie Johnston* avait un rayon de giration très large et vu sa vitesse, sa distance d'arrêt était de presque cinq miles.

— Deux appareils viennent de décoller du porte-avions, annonça Mark Murphy depuis son poste. Sans doute des avions anti-sous-marins Viking S-3B, avec des torpilles Mark 46 ou Mark 50. Nos Iraniens vont avoir du fil à retordre d'ici dix minutes.

— Cinq minutes de trop en ce qui nous concerne, commenta Eric.

— Hali, la torpille qui nous est destinée, où en est-elle ?

— Cinq mille cinq cents mètres.

— Et celle qui vise le *Saga* ?

— Trois mille mètres.

Juan se redressa sur son siège. Sa décision était prise. Il était temps de lancer les dés et de voir ce qui en résulterait.

— Poste de barre, augmentez la vitesse à quarante nœuds. Nous allons nous placer entre le *Saga* et sa torpille.

— Oui, Président.

— Murphy, ouvrez les sabords des mitrailleuses Gatling et mettez le poisson en joue. Connectez votre ordinateur au sonar principal. Vous aurez peut-être besoin du réticule de visée de la caméra du nid-de-pie.

— Juste une seconde, répondit Mark.

— Monsieur Murphy, répondit Juan d'un ton tranchant, nous n'avons *pas* une seconde.

Murph, captivé par l'écran de l'ordinateur portable qu'il venait de connecter à son système de contrôle des armements, ne l'entendit même pas.

— Allez, mon bébé, apprends, apprends vite ! murmura-t-il anxieux.

— Qu'est-ce qui se passe ? demanda Juan qui se pencha de côté pour compenser le brusque virage de bord de l'*Oregon*.

— J'apprends un nouveau tour au Whopper.

C'est ainsi que Murph et Eric appelaient le superordinateur du bord, en référence à un vieux film de Matthew Broderick où un jeune hacker infiltrait les systèmes informatiques du Strategic Air Command et du Commandement de la Défense aérienne de l'Amérique du Nord, au risque de déclencher une guerre nucléaire.

— Nous n'avons que faire de vos tours, monsieur Murphy. Je veux voir ces mitrailleuses en temps réel, prêtes à faire feu.

Murph se retourna sur son siège pour lancer un regard vers Max, lui aussi affairé sur son propre ordinateur.

— Je ne pense pas que ça va marcher, lança-t-il.

— Essaye encore, répliqua Max, laconique.

— Cela vous ennuierait de me dire ce qui se passe ? leur demanda Juan.

— Oui, oui, oui, OUI ! exulta soudain Murph, qui bondit de son siège et agita les poings au-dessus de sa tête avant de se mettre à taper avec frénésie sur son clavier. Les logarithmes s'enchaînent, le ciblage apparaît en temps réel. Son ordinateur de bord est synchro avec le nôtre. Je le contrôle !

— Vous contrôlez quoi ?

Mark se tourna vers Juan, un sourire sardonique aux lèvres.

— Je crois qu'on va s'amuser comme des petits fous !

Juan blêmit et fit volte-face pour fixer Max du regard. Celui-ci paraissait aussi impassible qu'une statue du Bouddha.

— Ce n'est pas sérieux ! s'exclama Juan, pourtant persuadé que son second ne parlait pas à la légère. Vous savez très bien que la dernière fois que les Russes ont voulu lancer un engin de ce type, ils ont troué la coque du *Koursk* et les cent dix-huit membres de l'équipage sont morts. Et là, on a affaire à une version iranienne, pour l'amour du ciel !

Soucieuse de laisser Kasim se concentrer sur les communications radio, véritable maelström d'échanges entre les navires de commerce, la force navale américaine et les avions anti-sous-marins, Linda s'était chargée de la surveillance de la station sonar.

— Plus que neuf cent cinquante mètres entre le *Saga* et sa torpille, annonça-t-elle.

— Je me contente de te laisser le choix, Président, lança Max à Juan en arborant un large sourire.

— Fiche-moi la paix avec tes « président », on n'est pas là pour s'amuser !

Juan examina à nouveau les données tactiques sur l'écran. Il constata que l'*Oregon* s'apprêtait à se glisser entre la torpille et sa cible. En raison de la densité de l'eau, l'*Oregon* devait se trouver juste en face de l'engin pour avoir une réelle chance de lui barrer la route. Lorsqu'ils seraient en position, moins de quatre cent cinquante mètres les sépareraient de l'arme mortelle qui filait à trois mètres sous la surface.

Les images envoyées par la caméra du nid-de-pie montraient le sillage de la torpille, simples remous dans des eaux par ailleurs tranquilles. L'engin approchait à plus de quarante nœuds.

— Il faut y aller maintenant, avant qu'elle ne plonge vers la quille.

— Je la suis, annonça Murph.

Pour que le navire se trouve juste dans la trajectoire de la torpille, Eric Stone fit glisser l'*Oregon* en position grâce aux propulseurs installés par le travers et à une forte poussée en arrière des moteurs magnétohydrodynamiques.

— Autorisation de faire feu, dit Juan.

Mark pressa quelques touches de son clavier.

Au-dehors, le long du flanc de l'*Oregon*, la plaque blindée qui recouvrait le réduit de la mitrailleuse Gatling s'ouvrit et l'arme à six canons sembla pousser un cri strident tandis qu'un chapelet de douilles vides de trente centimètres de long s'épanouissait en arc. Un panache de fumée et de flammes jaillit de l'*Oregon* alors qu'une rafale de la mitrailleuse de 20 mm partait comme une flèche, en moins d'une seconde, au-dessus de la surface de l'eau. Juste devant la torpille qui fonçait vers le navire. La mer parut soudain s'animer, comme déchiquetée par les centaines de balles en uranium appauvri. Des gouttes d'eau de mer s'élevaient dans les airs alors que les projectiles creusaient l'océan dans un nuage de vapeur.

La torpille de fabrication russe TEST-71, chargée de plus de cent quatre-vingts kilos d'explosifs, rugissait dans l'axe de la mitrailleuse. Grâce au feu continu, l'eau s'écartait du corps de l'engin, que quatre salves atteignirent de plein fouet. L'ogive explosa et le choc envoya déferler une série de vagues tandis qu'à l'épicentre de la conflagration, une colonne d'eau s'élevait à vingt-cinq mètres dans le ciel. La gravité reprit alors ses droits sur l'inertie et la gerbe revint s'écraser à la surface de l'eau.

Depuis l'intérieur de l'*Oregon*, pourtant bien isolé de l'extérieur, tous les membres de l'équipage entendirent les détonations, comme si des coups de tonnerre éclataient au-dessus de leurs têtes.

Juan se tourna aussitôt vers Max.

— Voilà qui nous fait gagner à peu près trente secondes. Maintenant, à toi de me convaincre.

— Leurs torpilles sont toutes filoguidées. Avec leurs câbles coupés, elles devraient se désactiver. Même les Iraniens ne laisseraient pas de pareils poissons nager sans contrôle dans ces eaux.

— Que proposes-tu ?

— A ton avis ? Couler ce fichu sous-marin, bien sûr !

Juan revérifia les données tactiques ; il examina les lumières rouges clignotantes qui représentaient les deux avions Viking américains et celles qui indiquaient les trajectoires des trois torpilles restantes. La torpille de réserve commençait à accélérer en se dirigeant vers l'*Oregon*, alors que celle qui visait le navire modifiait sa trajectoire.

— Tu es sûr que ça va marcher ?

— Bien sûr que non, répondit Max. Il s'agit d'une version iranienne d'une arme russe qui est loin d'être parfaite. Mais mes gars ont bossé toute la nuit pour modifier le tube numéro un afin que nous puissions lancer cette torpille. Murph semble avoir réussi son bricolage de logiciel, alors je pense qu'il faut y aller. Si tout fonctionne comme prévu, nous serons débarrassés de ces engins de mort d'ici peu de temps.

— Murph ?

— Whopper est connecté sur la torpille, Président. Je la contrôle aussi bien que possible, mais avec ce genre d'armement, on est obligé d'y aller au jugé. A deux cents nœuds, difficile de la diriger avec précision.

D'ici quelques secondes, selon le résultat, Juan embrasserait Max et Murph ou les enverrait rôtir en enfer.

— Monsieur Stone, dirigez la proue vers le Kilo. Murphy, ouvrez la porte du tube numéro un. Synchronisez les positions et lancez.

De l'écume jaillit de chaque côté de la proue lorsque Eric fit virer l'*Oregon* de bord.

— Monsieur Stone, deux degrés à tribord, demanda Murphy. Linda, a-t-il changé de position ?

— Non, il a mis en panne et laisse filer les câbles pour guider sa meute, répondit Linda en ôtant le casque qui la reliait au sonar passif.

C'était le dernier renseignement dont Mark avait besoin. Il appuya sur la touche de lancement de son clavier. Avec une explosion d'air comprimé assez puissante pour faire trembler le navire, le tube modifié éjecta la torpille à presque cinquante nœuds par l'ouverture aménagée dans la coque. La vitesse était suffisante pour que sa tête en cône crée tout autour de l'engin une bulle d'air sous haute pression. Au moment où l'ordinateur embarqué détecta une décélération, le système de fusée s'enclencha dans un rugissement assourdissant et les ailerons stabilisateurs se déployèrent aussitôt.

La « baleine » traça son sillon dans l'océan, entourée d'une enveloppe de bulles en supercavitation qui éliminait la force du frottement. La torpille volait littéralement, et elle accéléra jusqu'à atteindre les deux cent trente nœuds. Son sillage formait un véritable chaudron de vapeur bouillonnante.

L'image transmise par la caméra du mât de charge montrait une mer déchirée par une ligne de faille, qui partait de la proue de l'*Oregon* et poursuivait sa route à cent trente mètres par seconde.

— Regardez-la filer ! lança une voix.

— Distance par rapport à la cible ? demanda Juan.

— Deux mille sept cent cinquante mètres, dit Linda. Deux mille cinq cents. Deux mille. Mille huit cents.

— Murphy, prêt pour l'autodestruction, ordonna Juan.

— Vous ne voulez pas couler le Kilo ?

— Et provoquer un incident international encore plus grave que celui auquel nous assistons ? Non merci. Je veux juste leur flanquer un peu la trouille pour qu'ils relâchent les câbles qui les relient à leurs torpilles.

— Distance ?

Juan vérifia l'écart qui séparait les torpilles de leurs cibles respectives, l'*Aggie Johnston*, le *Saga* et l'*Oregon*. Trente secondes plus tard, le *Johnston* risquait de voir sa coque déchirée par la frappe. Juan observait le sillage qui traversait l'écran, si rapide que l'ordinateur devait réactualiser l'image à chaque seconde. Il fallait endommager le Kilo pour qu'il ne puisse lancer un autre tir, mais pas au point de le faire sombrer.

— Quatre-vingt-dix mètres, Président, annonça Linda.

Juan suivait lui-même sur l'écran le compte à rebours.

Moins de cent quatre-vingts mètres séparaient maintenant le *Johnston* de son assaillant. Les trajectoires et les vitesses étaient complexes à interpréter, mais Juan maîtrisait les données du problème.

— Attendez encore, ordonna-t-il.

Si l'ordre d'autodestruction était donné trop tôt, tous les câbles ne seraient peut-être pas rompus. S'il venait trop tard, les cinquante-trois membres de l'équipage du Kilo étaient condamnés.

— Attendez encore, répéta-t-il.

La « baleine » filait à travers l'eau tandis qu'un peu plus loin, une ligne de remous, indistincte, s'approchait dangereusement du flanc exposé du supertanker.

La première torpille était à quarante-cinq mètres de sa cible, la seconde à deux cent quatre-vingts, mais leurs vitesses relatives étant différentes, elles atteindraient leurs objectifs au même moment.

— Maintenant !

Mark appuya sur la touche pour envoyer le signal d'autodestruction à l'ordinateur embarqué de la « baleine ». La tête et le reliquat de carburant solide explosèrent une fraction de seconde plus tard, envoyant un geyser d'eau dans le ciel et creusant dans la mer un trou de quinze mètres de large et d'une profondeur identique. Une énorme onde de choc irradia de l'épicentre de l'explosion, vint heurter la proue de l'*Oregon*, puis le flanc du massif *Johnston*, qui gîta légèrement sur bâbord.

La réverbération du choc acoustique dans la mer rendit aussitôt impossible toute détection des signaux du sonar passif. Juan concentra toute son attention sur les images du supertanker envoyées par la caméra du nid-de-pie. Le navire se redressait pesamment et recouvrait son équilibre. Juan continua à l'observer pendant un moment avant de laisser un sourire éclairer son visage. Aucune torpille n'était venue s'écraser contre la coque du tanker. Le plan de Max était une réussite. Les câbles reliant le sous-marin à ses torpilles étaient rompus, et les têtes désactivées.

— Linda, prévenez-moi dès que vous entendrez quelque chose.

— L'ordinateur réactualise les données. Donnez-moi quelques secondes.

— Président, lança Kasim, le pilote de l'un des Viking S-3B aimerait comprendre ce qui s'est passé…

— Faites-le patienter, répondit Juan, qui observait Linda, aussi immobile qu'une statue, le casque du sonar collé au visage tandis que devant elle, des filaments lumineux flottaient sur l'écran à affichage en cascade du sonar.

Elle se tourna enfin vers lui.

— Aucune trace sonore de propulseurs à haute vitesse : leurs torpilles sont mortes et probablement en train de sombrer. J'entends des bruits de machinerie en provenance du Kilo et des signaux d'alarme à l'intérieur de la coque. Attendez… Oui, ce sont ses pompes… ils évacuent le ballast. On a réussi ! Ils font surface !

Des cris de victoire et des applaudissements retentirent dans le centre opérationnel, et le visage de bouledogue de Max lui-même s'éclaira d'un sourire.

— Bon boulot, tout le monde ! Surtout vous, Murphy, et toi aussi, Max. Dites à ceux qui ont installé la torpille-fusée et modifié le tube qu'ils auront droit à un petit extra sur leurs feuilles de paye.

Chaque membre de l'équipe était déjà intéressé aux bénéfices de la Corporation selon un système d'échelle mobile, mais Juan Cabrillo aimait distribuer des primes, souvent plus généreuses qu'il n'était nécessaire. Cela ne faisait que renforcer la loyauté de tous à son égard, même s'il devait surtout cette loyauté au fait qu'il était tout simplement le meilleur chef que ces hommes eussent jamais connu.

— Regardez ça ! souffla Eric Stone.

Sur l'écran principal, il venait de modifier l'angle d'affichage pour montrer l'endroit d'où le Kilo avait tendu son embuscade. L'eau bouillait et tourbillonnait et, au centre de la perturbation, une masse s'élevait de la mer. Lorsque la coque du sous-marin iranien émergea, l'équipage de l'*Oregon* constata que les panneaux métalliques étaient voilés, comme si l'engin avait heurté de plein fouet une montagne sous-marine. Le nez convexe du Kilo était bosselé de toutes parts, résultat de l'explosion de la torpille à cinquante mètres de distance.

Le bâtiment continua à s'élever, faisant danser les vagues à la surface de l'eau. Lorsqu'il commença à se stabiliser, Eric fit un zoom sur les plaques de coque endommagées, tandis que l'ordinateur de l'*Oregon* compensait les mouvements du navire pour obtenir une image stable. Des bulles d'air apparurent autour du métal déchiré, peu nombreuses mais suffisantes pour indiquer que le Kilo faisait eau. L'écoutille du kiosque et celles des ponts avant et arrière s'ouvrirent soudain et les hommes sortirent un par un du sous-marin en perdition.

— Vous entendez quelque chose, Kasim ? demanda Juan.

— Des appels de détresse. Leurs pompes arrivent à peine à compenser l'inondation. Ils demandent assistance à la base de Chah Bahar. Le capitaine n'a pas encore donné l'ordre d'abandonner le bâtiment, mais il veut que tous les membres d'équipage qui ne sont pas de quart se rassemblent sur le pont, pour le cas où le sous-marin ferait naufrage.

— Est-ce qu'ils ont demandé de l'aide à d'autres navires de la zone ?

— Non, et je pense qu'ils éviteront de le faire.

— Vous avez raison. Ouvrir le feu sans sommation sur un navire marchand, c'est violer au moins une cinquantaine de traités internationaux.

— Et ce que nous avons fait à Bandar Abbas, c'est quoi, à ton avis ? demanda Max, provocateur.

— Un chapardage sans gravité, répliqua Juan, punissable d'une amende et de quelques heures de travaux d'intérêt général.

Juste à ce moment, les deux Viking S-3B du porte-avions américain passèrent comme des flèches au-dessus de l'*Oregon*. Ils volaient à moins de trente mètres d'altitude lorsqu'ils rasèrent ensuite le Kilo sur toute sa longueur. Les hommes du sous-marin se jetèrent à plat ventre sur le pont.

— Président, le pilote du Viking de tête insiste pour vous parler, annonça Hali. Et je reçois par radio une requête officielle de la force navale, qui exige que nous maintenions notre position. Le capitaine de frégate Charles Martin, à bord du *George Washington*, veut vous parler.

— Passez-le-moi, dit Juan en mettant son casque et en ajustant le micro intégré. Ici le capitaine Juan Cabrillo, commandant de l'*Oregon*. Que puis-je faire pour vous, commandant ?

— Capitaine Cabrillo, nous voudrions envoyer des hommes à votre bord pour débriefer votre équipage. Les commandants du *Saga* et de l'*Aggie Johnston* ont déjà accepté. Un hélicoptère se posera sur l'*Oregon* d'ici vingt minutes. Si vous ne disposez pas d'installations pouvant accueillir un hélico, le croiseur lance-missiles *Port Royal* sera là dans deux heures.

— Avec tout le respect que je vous dois, commandant, personne à bord n'a rien vu. J'étais moi-même endormi, et l'homme de quart, qui est borgne, ne s'est rendu compte de rien.

La voix du capitaine Martin prit un ton cassant.

— Capitaine Cabrillo, je n'ai pas besoin de vous rappeler que les forces navales opérant dans ces eaux se réservent le droit d'inspecter tout navire de passage dans le Golfe. Je vous ai peut-être adressé une requête polie, mais il s'agit d'un ordre. Maintenez votre position et préparez-vous à l'arraisonnement.

Juan comprenait fort bien la pression à laquelle la Navy était soumise ; il fallait à tout prix empêcher les terroristes de se servir du Golfe comme voie d'acheminement pour leurs armes et leurs hommes. Cependant, il était hors de question de laisser les militaires inspecter l'*Oregon*. Malheureusement, s'il était facile, dans des ports étrangers, de dissuader des fonctionnaires corrompus de fouiller le navire, il en allait tout autrement avec l'US Navy.

— Un instant, s'il vous plaît, demanda Juan à l'officier. (Il couvrit le combiné de sa main et se tourna vers Hali Kasim :) Contacte tout de suite Overholt. Dis-lui ce qui se passe, et qu'il s'arrange pour nous débarrasser de ces gars-là. Eric, changement de cap à cent cinq degrés, vitesse dix-huit nœuds. Désolé de cette interruption, commandant. Nous ne pouvons accueillir d'hélicoptère, et je crains que vous ne deviez nous envoyer le *Port Royal*.

— Très bien, capitaine Cabrillo. Nous serons prêts à embarquer à votre bord vers onze heures.

— Nous vous laisserons de la lumière, répondit Juan d'une voix traînante avant de couper la communication. Qui veut parier ? Vingt dollars à celui qui donne la bonne réponse.

Toute l'équipe comprit aussitôt à quoi Juan faisait allusion.

— Ils rappelleront dans dix minutes, lança Kasim.

— Cinq, dit Linda.

— Ils vont avoir de quoi s'occuper un moment, coupa Mark Murphy. Il leur faudra une demi-heure pour s'apercevoir que nous avons appareillé.

— Je suis d'accord avec Linda, intervint Eric. Cinq minutes. Nous partagerons les vingt dollars.

Juan se tourna vers Max.

— Et toi, tu paries aussi ?

Max leva la tête et parut se concentrer sur les panneaux du plafond insonorisé, puis il regarda Juan droit dans les yeux.

— Je dirais… tout de suite.

— Bon Dieu, il a raison ! s'écria Kasim. Martin nous rappelle déjà !

— Passez-le-moi, ordonna Juan.

— Capitaine Cabrillo, considérez que ceci est notre dernier avertissement, avertit Martin, la voix tendue, comme s'il parlait entre ses dents serrées. Si vous ne mettez pas en panne immédiatement, j'ordonnerai aux Viking d'ouvrir le feu sur votre navire.

Juan Cabrillo ne douta pas une seconde de la sincérité de l'officier, mais ce petit jeu commençait à le lasser.

— Commandant, un sous-marin iranien vient de tirer à vue sur un supertanker chargé de brut. Je ne vais pas rester ici à attendre qu'ils s'en prennent à nous. J'aurai quitté votre zone d'interdiction avant votre arrivée et vous ne pourrez rien y faire.

— Vous allez… (La voix de l'officier se tut brusquement. Il revint en ligne trente secondes plus tard. Le ton de sa voix avait changé, mais il était difficile de dire ce qui dominait dans son expression. L'admiration ? La crainte ? Le respect ? Un peu de tout cela à la fois ?) Capitaine Cabrillo, vous êtes libre de quitter la zone à votre convenance.

Juan se demanda qui avait été mandaté par Langston pour parler à Martin. Le commandant en chef des opérations navales dans l'océan Indien, ou l'un des membres du Comité des chefs d'états-majors interarmées ? Quoi qu'il en soit, il était bien pratique de disposer d'un peu d'influence à Washington.

— J'étais sûr que vous comprendriez notre point de vue, commandant Martin. Merci et bonne chance. A propos, le sous-marin Kilo iranien fait eau, et si vous avez l'intention d'y jeter un coup d'œil, il vaudrait mieux faire vite. *Oregon*, terminé.

Une main charnue apparut sous le menton de Juan, qui sortit son portefeuille de la poche de son pantalon pour en extraire un billet de vingt dollars, qu'il plaqua contre la paume de Max.

Celui-ci renifla l'argent comme s'il s'agissait d'un cigare de prix.

— Aussi facile que de voler un biberon à un nourrisson…

— Je ne doute pas de ton expérience dans ce domaine, répliqua Juan. Rien de tel qu'une petite bataille navale pour vous mettre en appétit avant un bon petit déjeuner. Monsieur Stone, quelle est l'heure d'arrivée prévue pour notre rendez-vous ?

— Pas avant minuit, répondit Eric.

— Parfait. Je veux que tous les responsables restent de quart ; adaptez vos horaires si nécessaire. Je dois appeler Langston, le remercier pour son aide et lui expliquer pourquoi nous ne livrerons qu'une seule torpille. (Avant de quitter la salle des opérations, il arracha le billet de vingt dollars des mains de Max.) Pour la perte de cette seconde torpille, tu dois encore à la Corporation la somme de quatre millions neuf cent quatre-vingt-dix-neuf mille neuf cent quatre-vingts dollars.

Chapitre 6

Des effluves salins assaillirent les narines du Dr Julia Huxley dès qu'elle ouvrit la porte du réservoir à ballast qui faisait office de piscine du bord. En raison de la configuration particulière de l'*Oregon*, il s'agissait d'une piscine de largeur réduite, mais de longueur olympique, disposant de deux couloirs de nage, flanquée d'une allée étroite carrelée de marbre pâle et recouverte par endroits d'un adhésif antidérapant. L'éclairage était assuré par des ampoules qui donnaient l'illusion de la lumière naturelle du soleil. Les murs étaient eux aussi couverts de plaques de marbre assorties, ce qui n'était pas toujours du goût des équipes de nettoyage, car lorsque les ballasts étaient vidés, elles étaient inévitablement souillées par les algues.

Julia n'était pas une nageuse émérite, mais elle connaissait les quatre nages de base : nage libre pour la vitesse, brasse pour l'endurance, dos pour maîtriser les caprices de la flottabilité du corps en mouvement et brasse papillon pour la puissance. Il faut une force incroyable pour qu'un nageur parvienne à hisser ses bras et son torse hors de l'eau, se courber en arc et se lancer en avant. C'est pourquoi, intriguée, Julia resta un moment au bord de la piscine pour observer le nageur solitaire qui filait en brasse papillon le long de son couloir. Il évoluait comme s'il était né dans l'eau, avec des mouvements longs et fluides, sans la moindre déperdition d'énergie, plongeant et se redressant comme un marsouin tandis que ses bras se libéraient, presque sans éclaboussure, à chaque brasse.

Lorsqu'elle le regarda de plus près, elle remarqua les bracelets lestés attachés à ses poignets. Pour sa part, Julia considérait que cela allait bien au-delà de l'exercice normal et tendait plutôt vers le masochisme. D'ailleurs, elle n'avait elle-même guère fréquenté la salle de sport de l'*Oregon* depuis un moment et laissait au yoga le soin de débarrasser sa silhouette des kilos superflus.

Depuis longtemps, Julia savait à quel point Juan s'était bien adapté à la perte de sa jambe. Jamais il n'avait laissé son handicap l'arrêter, ni même le ralentir. C'était un défi à relever, comme tout ce qu'il entreprenait.

Juan effectua un demi-tour impeccable à l'autre bout de la piscine et s'élança dans sa direction, ses yeux bleus masqués par ses lunettes de natation. Il avait dû l'apercevoir, et savait que sa solitude touchait à sa fin.

Médecin du bord, Julia connaissait le dossier médical de tous les membres de l'équipage, mais elle aurait juré, d'après les performances de Juan, que c'étaient celles d'un homme deux fois plus jeune.

Il atteignit le bord dans une petite gerbe d'écume qui força Julia à reculer pour épargner les mocassins Gucci qu'elle portait avec un pantalon kaki, une chemise bleue en oxford et sa sempiternelle blouse blanche. Juan frappa de la main le rebord du bassin et examina la grande horloge suspendue au mur derrière elle.

— Mon Dieu, je deviens vieux, commenta-t-il.

— Cela ne me semble pas si catastrophique, dit Julia, qui lui lança une serviette tandis que Juan se hissait hors de l'eau en un mouvement fluide.

— Je suis ici depuis trente-cinq minutes. Il y a seulement cinq ans, j'aurais fait quinze longueurs de plus.

— Et il y a seulement cinq ans, je n'avais pas encore de pattes-d'oie ! Vous vous en remettrez, rassurez-vous ! répondit-elle.

Son sourire montrait bien que les fines lignes au coin de sa bouche, simples rides d'expression, ne devaient rien à son âge.

— « Quelle belle chose la jeunesse ! Quel crime de la laisser gâcher par les jeunes. » C'est ce que l'on dit, n'est-ce pas ?

— Monsieur Juan Cabrillo, quelque chose me dit que vous n'avez pas vraiment gâché la vôtre…

Juan gloussa, mais ne prit pas la peine de démentir.

— Je vois que vous n'êtes pas en maillot, vous n'êtes donc pas là pour éliminer l'excellent bœuf Wellington du dîner.

Une expression soucieuse vint assombrir le regard de Julia.

— Nous avons un petit problème. En réalité, c'est Max qui a un problème, mais je crains que cela nous affecte tous.

Julia n'était pas à proprement parler psychologue, mais sa formation médicale et ses manières apaisantes en faisaient *de facto* la conseillère la plus écoutée du bord.

— Je vous écoute.

— Il a reçu ce soir un appel de son ex-femme.

— Il a eu trois épouses, l'interrompit Juan. De laquelle s'agit-il cette fois ?

— Lisa. Numéro deux. Celle de Los Angeles, avec qui il a eu ses enfants. Il ne m'a pas donné tous les détails, mais son ex pense que leur fils a été kidnappé.

Pendant quelques secondes, Juan n'eut pas de réaction. Les anciennes épouses de Max ignoraient tout de ses activités réelles. Comme la plupart des membres de l'équipage, Max Hanley prétendait travailler pour une petite compagnie maritime, et Juan ne voyait pas comment l'enlèvement aurait pu être lié à la Corporation ; il ne pouvait cependant pas écarter totalement cette possibilité. Son entreprise s'était fait des ennemis puissants au fil des années.

— Y a-t-il eu une demande de rançon ? demanda-t-il enfin.

— Non, pas encore. Lisa pense savoir qui est derrière le kidnapping, mais l'enquête de la police de Los Angeles et du FBI n'a rien donné. Elle veut que Max l'aide à récupérer son fils.

Le fils de Max devait avoir vingt-deux ou vingt-trois ans, se souvint Juan. Sa fille, un peu plus âgée, était une jeune avocate spécialisée dans les problèmes liés à l'environnement. Kyle Hanley, quant à lui, n'avait jamais terminé sa première année à l'université et traînait depuis dans les milieux de la contre-culture de LA. Il s'était fait arrêter deux ou trois fois pour détention de stupéfiants, puis il avait participé à un programme de désintoxication et ne semblait pas s'être drogué depuis. Juan avait eu à plusieurs reprises l'occasion de rencontrer Lisa, même si le divorce de Max datait de plusieurs années avant les débuts de la Corporation. Selon Max, c'était au début de leur union une femme merveilleuse et aimante, mais elle était devenue acariâtre et paranoïaque, accusant sans cesse Max d'infidélité alors que c'était elle qui entretenait des liaisons extraconjugales.

Max s'était organisé de son mieux pour assurer l'éducation de ses enfants, et se montrait beaucoup plus généreux que ne l'exigeait le jugement du divorce en termes de pension alimentaire et de frais d'éducation. Sa fille était une jeune femme ambitieuse et brillante ; Kyle, en revanche, faisait partie de ces gens qui croient que tout leur est dû, et toutes les offres de Max pour aider le jeune homme à trouver sa voie étaient systématiquement repoussées.

Juan savait que Max était prêt à tout pour aider son fils, et il comprenait bien pourquoi son second ne s'était pas adressé à lui. Si tel avait été le cas, Juan aurait aussitôt offert l'entière collaboration de la Corporation pour retrouver Kyle, et Max n'était pas homme à solliciter ce genre de faveur.

— Mon Dieu, ce qu'il peut être têtu !

— Il en dit autant de vous, répondit Julia. Il ne voulait même pas envisager de vous en parler, parce qu'il était certain que vous exigeriez qu'il accepte votre aide. Il m'a bien fait comprendre que c'était son problème, pas celui de la Corporation, et qu'il comptait s'en charger lui-même.

Juan n'en attendait pas moins de la part de Max ; il se sentait cependant frustré par l'obstination de son second.

— Que compte-t-il faire ?

— Une fois la torpille transférée, il vous demandera de détourner l'*Oregon* sur Karâchi. De là, il prendra un vol pour Los Angeles. Pour la suite, il ne sait pas encore.

Juan consulta sa montre. L'*Oregon* devait se trouver sur son lieu de rendez-vous deux heures plus tard. Une fois le transfert effectué, ils pourraient rejoindre la ville la plus peuplée du Pakistan en vingt-quatre heures environ. Le jet Gulfstream de la Corporation se trouvait à Monaco, où on le préparait pour sa prochaine mission, et il n'aurait aucune difficulté à rejoindre Karachi à temps. Juan était cependant convaincu qu'un vol commercial serait plus rapide. Bien sûr, il faudrait abandonner au passage armes et autres objets d'une légalité douteuse qui ne franchiraient en aucun cas les contrôles de sécurité de l'aéroport, mais il disposait de contacts bien placés à Los Angeles pour obtenir ce dont il avait besoin.

Juan dressa une liste de questions, mais il attendrait l'occasion d'en discuter avec Max.

L'ordinateur du bord, programmé pour rappeler à Juan le rendez-vous prévu, fit clignoter l'éclairage de la piscine à deux ou trois reprises. Juan enfila un peignoir en tissu éponge, glissa ses pieds dans une paire de tongs et sortit, accompagné de Julia, après avoir vérifié que l'écoutille étanche était bien verrouillée.

— Je vais en discuter avec lui ce soir et m'assurer qu'il change de point de vue.

— C'est pour cela que j'ai préféré vous en parler, dit Julia. Max ne pourra pas s'en sortir tout seul.

Juan n'aurait jamais refusé d'aider son meilleur ami, Julia en était convaincue, mais elle n'en était pas moins soulagée.

— Merci, Julia. Un de ces jours, l'obstination de Max lui jouera des tours, mais pas cette fois-ci.

Quatre-vingt-dix minutes plus tard, un Juan Cabrillo fraîchement douché fit son entrée dans le centre opérationnel. Stone et Murphy étaient installés à leur poste, à la barre et au contrôle des armements. Kasim surveillait les communications, tandis que Linda supervisait le système sonar. Le transfert de la torpille était relativement simple. Lorsque Max entra quelques minutes plus tard, l'atmosphère sembla se rafraîchir de quelques degrés. Il se dirigea sans un mot vers le poste de contrôle technique.

Juan se glissa hors de son siège et s'approcha de lui.

— Je ne veux rien entendre, maugréa Max sans lever les yeux de son écran.

— Nous établirons un itinéraire pour le Pakistan dès que nous aurons effectué le transfert, et je m'arrangerai pour que quelqu'un nous procure des billets d'avion. Demain matin, nous aviserons tous les deux de la marche à suivre. (Max leva les yeux vers Juan, prêt à protester. Juan leva la main.) Notre prochaine mission n'a rien de très complexe, un simple travail d'écoute. Linda et Eddie pourront s'en charger.

— Tu n'as rien à voir là-dedans, Juan.

— Tu plaisantes ! Quelqu'un a kidnappé ton fils. C'est comme si on s'en était pris à l'un des miens. Si c'était le cas, je compterais sur ton aide, alors ne t'imagine pas que je vais laisser tomber.

Max se tut un instant.

— Merci, Juan.

— Pas de problème.

L'affaire était entendue. Juan retourna à son poste de commandement.

— Du nouveau, Linda ?

— Négatif, mais nous avons encore vingt minutes avant l'heure prévue.

— Parfait. Max, tout est prêt de ton côté ?

— La torpille est élinguée sur le pont. Un technicien est prêt à manœuvrer le bras de charge.

— Kasim, pas de communications ? Rien au radar ?

— Non, Président. Nous sommes dans le trou le plus perdu de tout l'océan Indien ; aucun signe de vie depuis à peu près huit heures.

Le rendez-vous était prévu loin des voies de navigation les plus fréquentées, afin d'éviter toute détection par des cargos ou des tankers, et la faune marine étant assez pauvre, la zone ne risquait pas non plus d'attirer des bâtiments de pêche. Quant au timing, il coïncidait avec une faille de la couverture par satellite, ce qui permettait de déjouer toute curiosité mal placée.

Quinze minutes s'écoulèrent avec lenteur.

— Contact, s'écria soudain Linda. J'entends des bruits de machinerie sous notre coque, à cent vingt mètres. Ils purgent leurs ballasts. Confirmé. C'est bien l'USS *Tallahassee* qui fait surface.

— Parfait, dit Juan. Ayez l'œil, à la barre. Si vous abîmez ce sous-marin, il ne vous restera plus qu'à le payer de votre poche.

Quelques minutes passèrent pendant lesquelles le submersible d'attaque de la classe Los Angeles s'éleva des profondeurs de l'océan, avec une lenteur et un silence tels que personne n'aurait pu le repérer à moins de deux miles. Eric Stone venait de diviser son écran pour pouvoir à la fois étudier le retour sonar, les coordonnées GPS de l'*Oregon* et éliminer tout risque de collision sous la coque. Il était de la responsabilité de l'équipage du *Tallahassee* de veiller à ce que la position de leur bâtiment reste stable, mais toute correction devait être contrôlée par Eric Stone.

— Quarante-cinq mètres, annonça Linda. Son ascension ralentit… ralentit encore. Stabilisation à trente mètres.

— Faites-nous dériver pour qu'il fasse surface dans les cinquante mètres, monsieur Stone.

Eric actionna les propulseurs de proue et de poupe pour exercer une poussée latérale sur le navire de onze mille tonnes et le placer exactement au point voulu ; il réactiva ensuite le système de positionnement dynamique afin que l'ordinateur assure la stabilité parfaite de l'*Oregon*.

— Ils remontent. Trois mètres par minute.

— Très bien, sonar. Gardez la connexion.

— Je garde la connexion, répéta Linda.

Juan se leva et se dirigea vers l'ascenseur, au fond du centre opérationnel, où Max le rejoignit une seconde plus tard ; les deux hommes montèrent jusqu'au pont de l'*Oregon*. Dès l'ouverture de l'écoutille, l'air suffocant de la nuit les prit à la gorge.

Le pont délabré était plongé dans une obscurité complète, mais Juan et Max connaissaient si bien leur navire qu'ils atteignirent sans difficulté l'escalier qui menait au pont principal. La lune, réduite à un mince quartier, ne s'était pas encore levée et les étoiles brillaient d'un éclat vif.

A bâbord, au-delà du bastingage, la mer d'un noir d'encre commençait à s'agiter alors que le sous-marin s'élevait vers la surface. Il flottait bas sur l'eau, silencieux et menaçant comme un monstre marin se prélassant à la surface de l'océan.

Juan porta son talkie-walkie à ses lèvres.

— Monsieur Stone, remplissez un peu les ballasts pour nous faire descendre de cinq mètres. Je veux que nos ponts soient un peu mieux alignés.

— Très bien, Président.

Un instant plus tard, les pompes se mirent en marche et l'*Oregon* commença à s'enfoncer plus profond dans l'eau.

— Equipage de pont, abaissez les défenses sur les côtés.

L'ordre de Juan déclencha une frénésie d'activité sur le pont. Les hommes disposèrent d'épais coussins de caoutchouc juste au-dessus de la ligne de flottaison.

Une partie du pont du *Tallahassee*, en avant du kiosque, se souleva dans la lueur rouge diffuse des éclairages de combat. C'était le sabord de chargement des vingt-quatre torpilles ADCAP Mk-48 que le bâtiment transportait généralement à son bord. Le sous-marin n'avait cependant pas embarqué sa pleine charge d'armements, afin de pouvoir accueillir l'arme iranienne qui attendait, fixée à un chariot, sur le pont de l'*Oregon*. Les caissons étanches qui renfermaient les renseignements informatiques pris aux Iraniens étaient attachés à la torpille.

Juan appuya à nouveau sur le bouton de communication de son talkie-walkie.

— Timonier, actionnez les propulseurs pour nous pousser un peu plus loin, puissance vingt-cinq pour cent.

— Vingt-cinq pour cent, compris.

— Monsieur Stone, laissez filer, ordonna Juan qui évaluait d'un œil expert la distance et la vitesse. (Six mètres à peine séparaient les deux bâtiments.) Très bien. Maintenant, dix pour cent du côté opposé.

De l'écume se forma autour des propulseurs qu'Eric actionnait pour stopper enfin l'*Oregon* à trois mètres du *Tallahassee*.

— Maintenez la position, s'il vous plaît, ordonna Juan parmi les grésillements du talkie.

— Belle manœuvre, lança une voix depuis le kiosque du *Tallahassee*.

— Merci. Prêts à réceptionner le paquet ?

— Selon mes informations, il devait y en avoir deux, cria le commandant du sous-marin.

— Changement de programme, dû à une petite échauffourée ce matin dans la mer d'Oman.

— Ça s'est passé comment ?

— Parfaitement bien, croyez-le ou non.

— Tant mieux. Nous sommes prêts. Notre fenêtre satellite se refermera dans quatre minutes et quarante secondes.

Juan se tourna vers le technicien qui attendait près des contrôles du mât de charge. La grue paraissait prête à s'effondrer à n'importe quel moment, mais les apparences étaient trompeuses. Les câbles se tendirent et l'élingue qui enveloppait la torpille se souleva du pont. Des hommes se tenaient autour du mât avec des filins de guidage pour empêcher l'engin de tourner sur lui-même en s'écartant du bastingage. La longue flèche vira sur son axe pour aller suspendre son extrémité au-dessus du submersible, où attendaient des marins.

L'un d'eux guida la manœuvre tandis que les autres installèrent la torpille sur le système de chargement automatique et défirent les attaches de l'élingue. A peine la torpille avait-elle disparu dans la coque que la vaste porte se refermait déjà.

— Ramenez le mât de charge, ordonna Juan avant de se tourner vers Eric. Monsieur Stone, éloignez-nous doucement, puissance vingt pour cent, et videz les ballasts. Préparez le navire à appareiller à grande vitesse, avec le meilleur cap possible pour Karachi.

— Je pensais que nous allions à Monaco, lança Mark Murphy.

Au ton de sa voix, il était clair que Mark était impatient de passer quelques semaines dans l'opulente principauté de la Côte d'Azur. Selon Maurice, il avait même réquisitionné un smoking à la Boutique Magique pour pouvoir jouer les James Bond au légendaire casino de Monte-Carlo.

— Ne vous inquiétez pas, le rassura Juan, vous irez bien à Monaco, mais Max et moi avons d'autres projets.

— Contact radar, coupa soudain la voix de Kasim dans le talkie-walkie. Il vient d'entrer dans le champ, à cent miles, direction plein est.

— Suivez-le, et tenez-moi au courant, répondit-il avant de crier au commandant du sous-marin : Nous venons d'avoir un spot radar à l'est. Plutôt lointain, mais vous préférez peut-être vous éclipser en douceur, façon Houdini ?

— Bien reçu, et merci ! lança le commandant en agitant la main. Nous l'avons nous aussi détecté en chemin. D'après les données sonores du sonar passif, le bâtiment semble abandonné, nous n'avons rien capté, aucune émission radar ou radio, même pas de signal de détresse automatique. Bien entendu, nous ne pouvions pas nous permettre d'enquêter plus avant, mais si le cœur vous en dit… La prime de sauvetage devrait être substantielle.

— C'est une possibilité, en effet ; vous savez quelles sont les dimensions du navire ? répondit Juan, intrigué.

Après tout, rien ne l'empêchait de laisser une équipe à bord de ce bâtiment pendant que l'*Oregon* poursuivait sa route.

— D'après le son des vagues contre sa coque, mon responsable sonar pense qu'il doit être de la même taille que le vôtre, dans les cent soixante-dix mètres.

— Merci du tuyau, capitaine. On ira peut-être jeter un coup d'œil.

— Bonne chance, *Oregon*, lança le commandant du *Tallahassee* avant de disparaître par l'écoutille du kiosque.

Quelques instants plus tard, des gouttelettes apparurent autour des valves de ballast tandis que l'eau s'y engouffrait en expulsant l'air piégé à l'intérieur. De l'écume bouillonna à la poupe lorsque le réacteur envoya sa puissance vers l'unique hélice à sept pales. Les ailerons du gouvernail de plongée arrière s'enfoncèrent sous la surface calme de l'océan et une vague ruissela par-dessus sa proue. Le submersible plongea avec vivacité pour retrouver l'univers qui était le sien, ne laissant derrière lui qu'une ondulation qui s'estompa bientôt.

— Fichue manière de gagner sa vie, marmonna Max d'un air renfrogné.

Le second de Juan Cabrillo n'était pas claustrophobe, mais il supportait mal les espaces confinés.

— Linc a eu l'occasion d'effectuer quelques missions à bord de sous-marins d'attaque rapide, à l'époque où il était dans les Navy Seals. D'après lui, ils sont aussi confortables que bien des hôtels.

— Linc n'a aucun goût. Je vois bien le genre d'hôtels qu'il apprécie. Les chambres que l'on paye par tranches d'une heure, avec un supplément pour les draps propres…

Le vent se mit à souffler alors que l'*Oregon* mettait le cap à l'est. Il ne faudrait que quelques minutes pour que les moteurs magnétohydrodynamiques fonctionnent à plein régime, et quiconque resterait sur le pont aurait alors l'impression d'affronter un ouragan. L'équipage de pont avait fini de remettre en place la flèche du mât de charge, et le chariot était de retour dans la salle des torpilles.

— Qu'est-ce que tu en dis, Max ?

— Qu'est-ce que je dis de quoi ?

— Ce navire abandonné. On s'arrête pour y jeter un coup d'œil ou on fonce sur Karachi ?

Max conduisit Juan à l'abri d'une cage d'escalier pour allumer sa pipe.

— Kyle est porté disparu depuis avant-hier. Mon ex pense savoir avec qui il se trouve – un groupe d'amis qu'elle n'apprécie pas des masses, ce qui me fait croire que la situation n'est peut-être pas aussi grave qu'elle le prétend. Une fois au Pakistan, il nous faudra au moins vingt-quatre heures pour gagner Los Angeles, alors on peut bien se permettre de perdre une heure à fouiller un vaisseau fantôme.

— Tu es sûr ? l'interrogea Juan en clignant les yeux pour éviter les cendres de tabac qui lui fouettaient le visage.

— Désolé, marmonna Max en tapant sa pipe contre le bastingage. Oui, certain.

— Eric, vous m'entendez ? demanda Juan en approchant le talkie-walkie de ses lèvres.

— Cinq sur cinq.

— Nouvelle route. Mettez le cap sur ce navire à la meilleure vitesse possible. Trouvez Gomez et dites-lui de préparer l'hélico. Dites-lui que je veux un drone sur le rail de lancement dès que nous serons en position. Si nécessaire, c'est vous qui le piloterez à distance.

Même si sa propre vie avait été en jeu, Eric aurait été incapable de piloter un avion, mais en vrai aficionado des jeux de simulation, il pouvait sans problème contrôler les drones de l'*Oregon*.

— A quelle heure devrait-on y être ?

— Dans un peu plus de deux heures.

— Si on y est dans deux heures pile, vous aurez droit à une belle prime.

Chapitre 7

Sous la clarté des étoiles qui saupoudraient le ciel nocturne, le navire évoquait une pièce montée, avec ses multiples étages qui semblaient s'élever à l'infini ; l'ensemble révélait un équilibre subtil entre esthétique et fonctionnalité. Pourtant, aux yeux des hommes et des femmes réunis dans le centre opérationnel pour étudier les données transmises par le drone, il avait tout d'un vaisseau fantôme.

Aucune lumière n'apparaissait par les hublots, aucun mouvement n'était visible sur le pont, et l'aileron du module radar demeurait immobile.

La crête des vagues venait battre la longue coque blanche, aussi immuable qu'un iceberg. Les images thermiques relayées par la caméra infrarouge du drone montraient que les moteurs et la cheminée étaient froids. Malgré la température ambiante qui dépassait largement les trente degrés la nuit dans cette partie de l'océan Indien, le matériel de détection restait sensible à la chaleur corporelle, mais aucune présence humaine ne fut décelée.

— Qu'a-t-il bien pu se passer ici ? s'interrogea Linda.

— Gomez, envoyez le drone examiner le pont, ordonna Juan.

George « Gomez » Adams était assis à un poste de travail situé à l'arrière du centre opérationnel ; ses cheveux noirs coiffés en arrière et brillantinés scintillaient dans la faible lueur de son écran d'ordinateur. Il passa un doigt sur sa moustache en trait de crayon et poussa le joystick en avant. Le drone, un simple avion radiocommandé du commerce équipé de puissantes caméras et d'un émetteur-récepteur amélioré, obéit aussitôt et plongea vers le navire de croisière immobilisé dans l'océan à trente miles de l'*Oregon*, qui faisait route vers lui, les moteurs poussés à pleine puissance.

Les regards de l'équipage étaient rivés sur les écrans lorsque le minuscule appareil jaillit du ciel et amorça un virage avant de parcourir toute la longueur du bastingage tribord. Ses caméras fouillèrent toute la surface du pont. Pendant plusieurs longues secondes, chacun se tut, concentré sur ce qu'il voyait. Ce fut Juan qui rompit le premier le silence, après avoir pianoté sur sa console de communication.

— Centre opérationnel à unité médicale. Julia, nous avons besoin de vous. Maintenant !

— Est-ce que c'est bien ce que je pense ? murmura Eric Stone d'une voix étouffée.

— Oui, mon garçon, répondit Juan, lui aussi sous le choc. Le pont est jonché de corps.

Une centaine de cadavres étaient étendus sur le pont, dans des postures qui répondaient aux tortures endurées. Leurs vêtements flottaient sous la brise. Adams zooma sur la partie la plus exposée du pont, autour de la piscine. Tous les invités d'une fête semblaient s'être effondrés là, sur place, des assiettes et des verres étaient disséminés sur le sol. Adams ralentit le drone et concentra l'objectif des caméras sur l'un des passagers, une jeune femme. Elle était étendue dans une mare de son propre sang. Comme tous les autres.

— Quelqu'un a vu le nom du navire ? demanda Mark Murphy.

— Le *Golden Dawn*, répondit Juan, toute idée de prime de sauvetage désormais bannie de son esprit.

Mark se concentra sur son ordinateur pour recueillir le maximum de renseignements sur le navire, tandis que les autres, tétanisés, contemplaient sur l'écran principal le sinistre tableau.

Julia Huxley accourut au centre opérationnel, vêtue d'un pantalon de pyjama et d'un large T-shirt, pieds nus et les cheveux emmêlés. Elle portait à la main la valise de matériel médical d'urgence qu'elle conservait toujours dans sa cabine.

— Quelle est l'urgence ? demanda-t-elle, hors d'haleine.

N'obtenant aucune réponse, Julia leva les yeux vers l'écran, centre de l'attention générale. Même pour une professionnelle confirmée, la vision du carnage sur le pont du navire était insoutenable. Elle blêmit avant de reprendre ses esprits. Elle s'approcha de l'écran et posa un regard critique sur la scène. La faible luminosité et l'instabilité du drone rendaient difficile la perception de certains détails.

— Je ne pense pas qu'il s'agisse d'un cas de trauma, dit-elle. Je dirais plutôt qu'ils semblent avoir été victimes d'un virus hémorragique à action rapide.

— Naturel ? demanda Max.

— Rien dans la nature ne peut expliquer une attaque aussi rapide.

— Ils n'ont même pas eu le temps d'envoyer un signal de détresse, fit remarquer Juan.

— Il faut que j'y aille, dit Julia. Je dois prélever des échantillons. Il y a du matériel anticontamination biologique dans l'entrepôt médical du bord, et nous pouvons installer une station de décontamination sur le pont.

— Oubliez ça, coupa Juan. Il est hors de question que je vous laisse ramener un virus sur ce navire. Nous procéderons à la décontamination sur un Zodiac gonflable relié à une amarre, et nous le coulerons ensuite. Eric, remplacez Gomez aux commandes du drone. Gomez, filez au hangar et finissez de préparer l'hélico. Mark, allez chercher Eddie. Prenez quelques armes de poing dans l'armurerie et retrouvez-nous au hangar. Julia, vous avez besoin d'un coup de main ?

— Un auxiliaire médical m'aidera.

— Parfait. Prenez quelques combinaisons anticontamination biologique en plus, pour le cas où il y aurait des survivants, conclut Juan qui s'était déjà levé, prêt à quitter la pièce. Je veux que nous soyons partis dans vingt minutes.

L'*Oregon* arriva près du *Golden Dawn* une minute avant le délai fixé par Cabrillo. En raison des limites de charge de l'hélicoptère Robinson, deux voyages seraient nécessaires pour transporter hommes et équipements jusqu'au navire de croisière. Eric s'était chargé d'explorer l'extérieur du *Golden Dawn* grâce aux caméras du drone, et avait décidé que le meilleur lieu d'atterrissage était le sommet de la passerelle, un endroit assez vaste et où ne se trouvait aucun corps. L'hélico n'allait d'ailleurs pas se poser directement sur le navire, mais Gomez dut toutefois s'équiper d'une combinaison orange à respiration en circuit fermé, comme tous les autres participants à la mission. Deux auxiliaires de l'équipe de Julia installèrent sur le pont une lance, alimentée par un réservoir rempli d'un puissant désinfectant, afin de traiter l'hélicoptère à son retour sur l'*Oregon*.

Juan ne voulait prendre aucun risque inutile. Les hommes d'équipage qui prendraient le Zodiac en remorque avec le bateau d'assaut des Seals seraient soumis aux mêmes procédures. Quel que soit l'agent responsable de la mort des passagers et de l'équipage du *Golden Dawn*, il n'était pas d'origine naturelle. Juan savait qu'il était confronté à un cas de terrorisme et de meurtre de masse délibéré. Il s'inquiétait bien sûr du virus lui-même, mais s'interrogeait déjà sur l'identité du responsable – ou *des* responsables – de sa propagation.

Il étendit les mains pour que Julia puisse appliquer des bandes de ruban adhésif d'étanchéité à l'endroit où les vastes gants de la combinaison rentraient dans les manches. Elle compléta le dispositif en appliquant d'autres bandes de ruban argenté sur la fermeture Eclair dorsale. La circulation d'air était régulière et les épurateurs au carbone étaient activés. Juan disposait de trois heures avant de devoir quitter la combinaison.

— Ne faites pas de gestes brusques, leur expliqua Julia grâce au système de communication intégré. Prévoyez chaque mouvement à l'avance. Evitez de courir. Ces combinaisons sont votre vie. Si la substance pathogène est volatile, une simple déchirure peut vous exposer à la contamination.

— Que dois-je faire si ma combinaison se déchire ? demanda Mark Murphy d'une voix peu assurée.

Mark avait déjà participé à plusieurs opérations spéciales, mais cette mission sur le *Golden Dawn* le mettait visiblement mal à l'aise. Juan tenait à ce qu'il vérifie les ordinateurs du bord pour savoir ce qui s'était passé au cours des dernières semaines.

— Je vais laisser d'autres bandes d'adhésif collées sur vos combinaisons. En cas de déchirure, appliquez-les aussitôt et appelez-moi. Les combinaisons ont une pression d'air positive, alors si vous faites vite, tout ira bien. Et ne bougez pas, car j'aurai besoin d'examiner ce qui a provoqué la déchirure.

Julia s'occupa ensuite d'Eddie et vérifia chaque centimètre carré du tissu caoutchouté avant de presser l'adhésif sur les coutures. Eddie, Mark et Juan portaient chacun une ceinture avec une arme. Avec les gants protecteurs, il serait difficile d'appuyer sur la gâchette, mais Juan n'envisageait pas une seconde qu'ils puissent se rendre désarmés à bord du *Golden Dawn*.

— Quand vous voulez, Président, lança Gomez depuis la porte ouverte du cockpit de l'hélicoptère. Un amoncellement de matériel était posé sur l'un des sièges arrière de l'agile petit appareil.

Juan tenta de crier en direction d'un technicien, mais ne put se faire entendre à travers sa combinaison de protection. Il fit quelques pas et appuya sur le bouton qui commandait l'élévateur du hangar. Les deux parties de l'écoutille du pont arrière s'ouvrirent tandis que l'ascenseur s'élevait sur ses quatre leviers hydrauliques. Une fois Julia à bord, il ferma la porte arrière de l'hélico et s'installa sur le siège du copilote.

Eddie et Mark s'écartèrent afin de laisser à Gomez assez d'espace pour lancer le moteur. Après avoir fait chauffer celui-ci deux ou trois minutes, Gomez engagea la transmission pour enclencher le rotor principal.

L'hélico rua et trembla, tandis que les pales prenaient de la vitesse, jusqu'à ce qu'il ait généré assez de puissance pour décoller.

Son vol se stabilisa lorsque George le fit grimper à la verticale avant de l'éloigner de l'*Oregon*. Un demi-mile d'océan séparait les deux navires. Sous le Robinson, Juan aperçut le sillage du bateau d'assaut et du petit Zodiac qu'il traînait en remorque. Une vaste porte, prévue pour l'approvisionnement du navire, était installée juste au-dessus de la ligne de flottaison du *Golden Dawn*. C'est là que les hommes du bateau d'assaut amarreraient le Zodiac avant de revenir vers l'*Oregon* pour une douche de désinfectant.

Les lignes du *Golden Dawn* étaient superbes, songea Juan Cabrillo à mesure qu'ils approchaient. Il était un peu moins long que l'*Oregon*, mais beaucoup plus haut, avec ses sept ponts de cabines et de suites. La courbe de la proue était racée, et sa plage arrière avait un arrondi classique en forme de coupe. Son unique cheminée, juste derrière la piscine, était inclinée vers l'arrière pour donner une impression de vitesse, et au dos se dessinait le logo de la Golden Cruise Lines, une cascade de pièces d'or, que Juan eut juste le temps d'apercevoir lorsque le Robinson passa au-dessus de la poupe.

Adams garda l'hélico en vol stationnaire au-dessus de la timonerie. Il se sentait mal à l'aise dans sa combinaison, mais cela n'affectait en rien ses talents de pilote. Il fit descendre l'hélico jusqu'à cinquante centimètres du pont et le maintint dans une position aussi stable que s'il était arrimé au navire.

— Bonne chance, lança-t-il lorsque Juan ouvrit la porte et sauta sur le pont.

Julia ouvrit l'autre porte et lui tendit les caisses de matériel médical. Le remous des pales formait des ondulations sur sa combinaison. Juan posa les caisses sur le pont et rattrapa Julia lorsqu'elle sauta de l'hélicoptère. Il ferma la porte et donna une tape sur le flanc de l'appareil. Adams s'envola aussitôt pour aller chercher Murph et Eddie.

— Je vais tout de suite descendre à l'infirmerie, annonça Julia.

— Non. Nous attendrons ici le retour de George. Je tiens à ce qu'Eddie ne vous lâche pas d'une semelle pendant que vous visiterez le navire.

Juan avait raison, Julia ne pouvait le nier. Il ne se montrait pas protecteur par machisme, mais parce qu'elle était le seul médecin dans un rayon d'un millier de miles. Si quelque chose leur arrivait tant qu'ils étaient dans les parages, ce serait à elle de trouver le remède.

L'hélicoptère revint moins d'une minute plus tard, le dessous de sa carlingue encore trempé après avoir été arrosé de désinfectant. Pour laisser assez de champ à George, Julia et Juan se placèrent sur l'escalier qui descendait jusqu'à la passerelle découverte. Eddie et Mark sautèrent ensemble du Robinson, et George repartit aussitôt. Cette fois-ci, l'hélico allait subir un traitement désinfectant complet et resterait sur le pont, prêt à décoller si l'équipe embarquée à bord du *Golden Dawn* se trouvait en danger.

— Comment ça va, Mark ? demanda Juan.

— J'ai un peu les jetons, je dois dire… Je commence à regretter d'avoir tant joué à ces jeux vidéo où des accidents de laboratoire créent une armée de zombies !

— Vous voulez que je reste quelques minutes avec vous ?

— Ça va aller.

A en juger par le ton de sa voix, Mark aurait volontiers accepté l'offre du Président, et seule sa fierté l'en empêchait. Eric Stone et le reste de l'équipe, au centre opérationnel, écoutaient la communication, et il était hors de question de montrer le moindre signe de faiblesse.

— Très bien. Rappelez-moi d'où vient le *Dawn* ?

— Des Philippines, répondit Murph. D'après la base de données des compagnies maritimes, il a été affrété par un groupe d'entraide quelconque pour une croisière entre Manille et Athènes.

— Vérifiez les journaux de bord et les mémoires informatiques. Regardez s'il y a eu des escales, et si oui, dans quels ports. Recherchez aussi la moindre trace d'un événement inhabituel depuis son appareillage. Tout devrait être consigné quelque part. Julia, vous savez déjà ce que vous cherchez, et où le trouver. Eddie, restez avec elle et aidez-la à prélever ses échantillons.

— Et vous, qu'allez-vous faire ? demanda Eddie Seng.

— Nous avons trois heures de respiration en circuit fermé. Je vais en profiter pour explorer au maximum le navire.

Il essaya l'une des lampes de poche dont ils s'étaient munis et s'assura que la pochette contenant des piles de rechange était bien accrochée au dos de sa combinaison.

Juan descendit les escaliers avec son équipe jusqu'à l'aileron de passerelle. Tout au bout de l'étroite plate-forme suspendue à vingt-cinq mètres au-dessus de l'océan était installé un poste de contrôle, destiné aux manœuvres des pilotes lors de l'entrée dans les ports. La porte qui donnait accès à la passerelle était fermée. Juan la tira vers lui et entra dans la pièce. Avec le système électrique éteint et les batteries de l'éclairage d'urgence vides, l'endroit était plongé dans l'obscurité. Seule la lumière des étoiles et de la lune entrait par les vitrages et baignait la passerelle d'une lueur glauque.

Juan balaya la pièce du faisceau de sa lampe. Il lui fallut moins de deux secondes pour apercevoir le premier corps. Le cadavre portait un uniforme d'officier, un pantalon blanc et une chemise blanche avec des épaulettes sombres. Son visage était invisible, mais même avec l'éclairage incertain d'une lampe de poche, on voyait que la peau de son cou était d'une blancheur blafarde. Julia s'agenouilla et retourna doucement le corps. Le visage était couvert de sang, et le torse en était inondé. Julia se livra à un examen rapide.

Pendant ce temps, Mark Murphy fouillait les lieux à la recherche d'un système électrique de secours. Un moment plus tard, plusieurs lumières s'allumèrent et quelques écrans d'ordinateur revinrent à la vie dans une lueur vacillante. Trois autres cadavres étaient étendus dans la pièce, deux hommes en tenue de travail et une femme vêtue d'une robe de soirée. Juan en conclut que l'officier avait dû l'inviter à visiter la passerelle ; c'est à ce moment-là que l'agent pathogène, quelle que soit sa nature, avait accompli son œuvre.

— Alors, Julia ? demanda Juan tandis que le médecin examinait encore le corps de l'officier.

— Il pourrait s'agir d'une attaque au gaz, mais compte tenu du nombre de victimes sur le pont, je pencherais plutôt pour une nouvelle forme de fièvre hémorragique, plus virulente que tout ce dont j'ai entendu parler jusqu'à présent.

— Un peu comme un super-virus Ebola ?

— Oui, plus rapide et plus mortel encore. Il semblerait que nous ayons un taux de mortalité de cent pour cent, contre quatre-vingt-dix pour cent pour l'Ebola-Zaïre, la plus virulente des trois souches. Le sang n'est pas noir, ce qui tendrait à prouver que le virus n'est pas passé par le système gastro-intestinal. Compte tenu de la manière dont le sang a été évacué par la bouche, je dirais que l'officier l'a presque entièrement expectoré. Idem pour cette femme. Mais il y a d'autres éléments en cause. Les os ont été décalcifiés au point qu'ils se sont presque dissous. Je pense que je pourrais enfoncer ce crâne avec un doigt.

— Bon, très bien, coupa Juan avant que Julia ne lui en fasse la démonstration. A quoi avons-nous affaire, vous avez une idée ?

Julia se releva et se servit d'une lingette désinfectante pour nettoyer ses gants.

— Dans tous les cas, il s'agit d'un virus créé par l'homme.

— Vous en êtes sûre ?

— Tout à fait certaine. Ce virus tue son hôte trop vite pour qu'il puisse s'agir d'un processus naturel. Comme tous les organismes vivants, les virus doivent se reproduire aussi souvent que possible. Ce virus provoque la mort en l'espace de quelques minutes, et il n'a donc que peu de temps pour se trouver un nouvel hôte. Dans le « monde réel », une épidémie de cette sorte disparaîtrait aussi vite qu'elle est apparue. Même Ebola a besoin de deux ou trois semaines pour tuer ses victimes, et c'est pour cela que les familles et les voisins peuvent être contaminés eux aussi. La sélection naturelle aurait éliminé ce virus depuis longtemps… Ce qui veut dire que quelqu'un l'a créé dans un labo et l'a répandu à bord de ce navire.

— Trouvez quelque chose qui nous aide à les coincer, Julia.

— Oui, Président.

Au ton de la voix de Juan, Julia s'était sentie obligée, comme par réflexe, de faire un salut militaire, fait hautement inhabituel parmi les membres de la Corporation.

Juan tourna les talons et franchit une porte qui menait vers l'intérieur du navire.

Le couloir était vide, Dieu merci, de même que les cabines qui le bordaient. A en juger par la robe que portait la jeune femme sur le pont et à la tenue des autres passagers observés par le drone et lors de leur approche en hélicoptère, une fête battait son plein lors du drame. Après avoir inspecté les quartiers des officiers, Juan ouvrit une autre porte qui conduisait vers ce que les compagnies maritimes appellent les « sections hôtelières ». Même s'il n'était pas aussi luxueux que certains paquebots modernes, le *Golden Dawn* était généreusement doté en cuivre poli et en tapis riches et épais aux teintes rose et bleu-vert. Lorsqu'il s'approcha d'un balcon qui donnait sur un atrium au sol de marbre, quatre ponts plus bas, il n'entendit aucun autre son que celui de sa propre respiration. Sans éclairage, l'immense hall évoquait une sombre caverne. Le faisceau de sa lampe illumina un instant les vitrines des boutiques, tout en bas, et Juan crut apercevoir un mouvement.

Il se sentait nerveux et prit une grande inspiration pour se calmer. Des corps étaient étendus sur toute la surface de l'atrium, tous figés dans des attitudes de souffrance extrême. Certains étaient couchés sur les marches d'escalier, comme s'ils s'étaient assis pour attendre l'étreinte de la mort, tandis que lcs autres se laissaient faucher sur place. En descendant le large escalier de l'atrium, Juan aperçut l'endroit où s'était tenu l'orchestre de vingt-six musiciens. Cinq d'entre eux, vêtus de smokings, s'étaient effondrés sur leur instrument, un seul avait tenté de fuir. Il n'avait pu parcourir que trois ou quatre mètres avant de succomber.

Chacun à sa manière, tous ces cadavres racontaient leur histoire : un homme et une femme enlacés dans la mort, une serveuse qui avait eu le temps de poser un plateau de boissons sur une petite table avant de tomber, un groupe de jeunes femmes encore assez proches les unes des autres pour que l'on puisse en déduire qu'elles se faisaient photographier au moment du drame. Aucune trace du photographe, en revanche, si ce n'était le coûteux appareil dont les débris jonchaient le sol. Juan ne put distinguer l'intérieur de l'ascenseur vitré qui desservait les différents ponts, car le verre était couvert de sang.

Juan poursuivit son inspection, impuissant à lutter contre l'horreur. Jamais il n'avait été témoin d'un assassinat perpétré à pareille échelle.

— Comment ça se passe, vous autres ? lança-t-il à la radio.

— Eddie et moi sommes en route vers l'infirmerie du bord, répondit Julia dans le grésillement des interférences.

— Je m'apprête à entrer dans les locaux techniques. Si je ne vous donne pas de nouvelles d'ici trente minutes, qu'Eddie vienne me chercher.

— Compris.

— Murph ?

— Avec le système électrique de secours, l'ordinateur est plus lent que mon tout premier PC avec connexion par modem, répondit Mark. Il va me falloir un moment pour récupérer toutes les informations dont j'ai besoin.

— Continuez. *Oregon*, vous m'entendez ?

— Affirmatif.

Les parasites rendaient les communications difficiles, mais Juan devina que la voix qui lui répondait était celle de Max.

— Rien au radar ?

— Non. Nous sommes seuls, Juan.

— Si quelqu'un se montre, préviens-moi tout de suite.

— Compris.

Une plaque marquée « PERSONNEL AUTORISÉ UNIQUEMENT » était fixée à la porte, munie d'une serrure électronique, qui faisait face à Juan. La coupure du courant l'avait déverrouillée, et il la poussa pour s'engager dans une coursive. A l'inverse des parties du navire réservées aux passagers, décorées de panneaux de bois et équipées d'un éclairage sophistiqué, le passage était sobrement peint en blanc, avec des carreaux de vinyle sur le sol et des boîtiers électriques d'ampoules à incandescence au plafond. Des tuyaux colorés selon un code précis parcouraient toute la longueur des cloisons. Juan dépassa les petits bureaux réservés aux stewards et aux commissaires de bord, ainsi que le grand réfectoire de l'équipage. Il y découvrit encore une demi-douzaine de victimes, écroulées sur les tables ou gisant sur le sol. Juan constata que comme tous les autres, ils avaient expectoré une impressionnante quantité de sang. Leurs derniers instants avaient dû être une véritable torture.

Il passa ensuite devant l'une des étincelantes cuisines du bord, qui ressemblait maintenant à un abattoir, et une blanchisserie de dimensions industrielles équipée de vingt machines à laver aussi imposantes que des bétonneuses. Juan savait que certains groupes ethniques étaient particulièrement bien représentés dans les services des compagnies maritimes, aussi ne fut-il pas surpris de constater que la plupart des employés de la blanchisserie étaient chinois.

Juan poursuivit son exploration du bâtiment ; il finit par trouver ce qu'il cherchait, une lourde porte portant la mention : LOCAUX TECHNIQUES – ENTRÉE INTERDITE À TOUT PERSONNEL NON AUTORISÉ. Au-delà se trouvait un hall de modestes dimensions et une écoutille insonorisée, qu'il franchit pour descendre trois volées de marches jusqu'à une pièce jouxtant la salle des machines. Le rayon de sa lampe éclaira deux générateurs placés l'un à côté de l'autre et un tableau de contrôle informatique. Une massive porte à glissière donnait sur la salle des machines. Deux énormes moteurs, chacun de la taille d'un camion, dominaient l'espace sombre. Juan posa la main sur l'un des blocs-moteurs. Il était froid. Le *Golden Dawn* devait être arrêté depuis au moins douze heures. Au-dessus de sa tête, les conduits d'échappement se rejoignaient dans une sorte de conteneur, qui se terminait en entonnoir jusqu'à la cheminée, tout en haut du navire.

Juan avait eu l'occasion de voir des centaines de salles des machines, mais c'était la première fois qu'il ne ressentait pas cette impression tangible de puissance, d'énergie et d'endurance que dégageaient toujours les moteurs. Il se serait cru dans une crypte.

Par radio, il essaya de contacter Julia, puis Max, et enfin l'*Oregon*, mais le système de communication ne produisit que des parasites. Juan accéléra le pas et parcourut l'ensemble des équipements à la recherche du moindre signe d'activité suspecte. Il franchit une nouvelle écoutille étanche et se retrouva dans la salle de traitement des eaux usées. Plus loin, il découvrit d'autres générateurs, ainsi que le dispositif de dessalement d'eau de mer du *Dawn*. Basé sur la technique de l'osmose inverse, le système de traitement aspirait de l'eau de mer, dont il extrayait la quasi-totalité du sel pour la rendre potable. La machine que Juan avait sous les yeux fournissait de l'eau traitée aux cuisines, à la blanchisserie et à l'ensemble des salles de bains du bord. Selon lui, deux endroits se prêtaient à l'introduction d'un virus mortel, avec l'assurance de contaminer tous les passagers et l'équipage, et celui-ci venait en tête. Quant à l'autre, le système de conditionnement d'air, il s'en occuperait plus tard.

Juan passa une dizaine de minutes à examiner les installations de dessalement. Il ne vit rien, même à l'intérieur des machines, qui mette en évidence une quelconque manipulation, ou un travail de maintenance récent. Les boulons étaient grippés et la graisse avait une consistance graveleuse. Rien n'indiquait qu'un objet étranger, fiole ou ampoule de produit toxique, ait été introduit dans le système.

L'explosion survint tout à coup. Elle semblait provenir de quelque part derrière la salle des machines, et alors que son grondement s'apaisait, une seconde détonation fit soudain tanguer le navire. Juan se releva aussitôt ; il tentait de contacter son équipe par radio lorsque la troisième charge explosa.

Debout sur la machine de dessalement, il se retrouva en moins d'une seconde propulsé au milieu de la salle, le dos irradié de douleur. Il se plaqua au sol en entendant le grondement qui faisait frémir le *Golden Dawn*. L'explosion venait d'un endroit très en avant de la position qu'occupait Juan, mais il sentit le souffle dévaler comme un torrent le long de la salle des machines et presser son corps contre terre. Il se releva en titubant pour ramasser sa lampe, éjectée à plusieurs mètres de lui. Au moment où ses doigts se refermaient sur elle, un sixième sens l'avertit et il se retourna, sentant un mouvement derrière lui. Même sans électricité, les portes étanches, grâce à un système faisant appel à la force de gravité, fonctionnaient parfaitement. Les épaisses plaques métalliques commencèrent à descendre du plafond pour recouvrir les écoutilles ouvertes.

Un nouveau son alerta Juan, qui pivota juste à temps pour voir un mur d'eau blanche jaillir de sous le pont, par les grilles qui donnaient sur le fond de cale, sous la salle des machines.

Une quatrième explosion secoua le *Golden Dawn* et fit trembler sa coque.

Juan se précipita vers la porte dont l'ouverture se rétrécissait inexorablement. Ceux qui avaient empoisonné les passagers et l'équipage avaient disposé à bord des charges d'explosifs, pour saborder le navire et détruire les preuves de leur crime ; le fait était lourd de sens, mais Juan avait d'autres urgences en tête.

L'eau qui montait du fond de cale lui arrivait déjà aux chevilles lorsqu'il parvint, tant bien que mal, à passer sous la première porte. Gêné par sa combinaison, il traversa aussi vite que possible la salle suivante. Le niveau montait toujours. Son souffle, qui mettait à rude épreuve les filtres respiratoires de sa combinaison, lui parvenait aux oreilles dans un sifflement.

La porte suivante n'offrait plus qu'un espace d'une soixantaine de centimètres. Juan accéléra et plongea à plat ventre en glissant dans l'eau qui formait une mousse d'écume sur la visière de sa combinaison. Son casque heurta le bord inférieur de l'écoutille. Il passa sous la plaque de métal en s'aplatissant au maximum, et en se contorsionnant pour éviter toute déchirure de son vêtement protecteur. Le poids du métal se faisait de plus en plus lourd, et il se débattit de toutes ses forces pour faire passer son torse et ses cuisses. Il tenta une roulade pour s'écarter, mais la plaque métallique descendait toujours. Jouant le tout pour le tout, Juan lança sa jambe droite en avant et cala son pied entre le rebord de l'écoutille et le panneau de métal.

Celui-ci pesait au moins une tonne, et son pied artificiel ne put que ralentir d'une seconde la descente, mais cela suffit pour qu'il libère son autre jambe.

Le membre pulvérisé resta coincé sous la porte, laissant déferler un torrent d'eau dans la salle des machines. Quant à Juan, il lui était impossible de libérer sa prothèse de l'étau qui l'enserrait.

Il était désormais piégé dans la salle des machines d'un navire condamné. Et malgré tous ses efforts pour obtenir un contact radio, seuls des parasites lui répondirent.

Chapitre 8

Max n'avait nul besoin des cris frénétiques de Kasim pour comprendre qu'une série d'explosions venait de frapper le *Golden Dawn*. Les gerbes d'eau écumante qui jaillissaient les unes après les autres le long du navire apparaissaient clairement sur l'écran principal du centre opérationnel de l'*Oregon*. On aurait pu croire à des tirs de torpilles, mais c'était impossible, les écrans radar étaient vierges, et le sonar aurait forcément détecté leur lancement.

Lorsque la fumée commença à se dissiper, Eric fit zoomer la caméra sur l'une des parties endommagées du navire. Le trou était assez grand pour qu'un homme puisse y passer, et l'eau s'engouffrait dans la brèche à une vitesse prodigieuse. Avec quatre impacts du même type et autant de compartiments de la coque inondés, le *Golden Dawn* était condamné, d'autant que les pompes de fond de cale n'étaient pas alimentées en énergie. Eric estima que le navire allait sombrer en moins d'une heure.

Max pianota sur sa console de communication.

— George, ramenez vite votre derrière à l'hélico, et filez vers le *Dawn*. Une série d'explosions viennent de se produire, sans doute un sabotage, et notre équipe est dans le pétrin.

— Compris, répondit aussitôt Gomez Adams. Vous voulez que je me pose ?

— Négatif. Restez en vol stationnaire et attendez les ordres. *Oregon* à Cabrillo, poursuivit Max après avoir changé de canal radio. Julia, vous êtes là ? Eddie ?

— Je suis là, répondit soudain une voix dans les haut-parleurs.

C'était Mark Murphy, qui bénéficiait d'une meilleure réception, car il était resté dans la timonerie du *Golden Dawn*.

— Que s'est-il passé ? On aurait dit des explosions…

— C'est bien ça, répondit Max. Quelqu'un essaie de couler le navire, et d'après ce que je peux voir d'ici, il est en train de réussir son coup.

— J'ai à peine commencé les téléchargements !

— Vous pouvez remballer vite fait. Gomez arrive. Dépêchez-vous de sortir.

— Et Juan ? Et les autres ?

— Vous êtes en communication radio avec eux ?

— Non. Je n'ai pas eu Juan depuis vingt minutes, lorsqu'il est descendu à la salle des machines.

Max réprima un juron. C'était le pire endroit où se trouver en cas d'explosion.

— Eddie et Julia ?

— J'ai perdu le contact quelques minutes plus tard. Je vais vous dire une chose, Max. Il va falloir remettre ces fichues radios à niveau dès que nous serons rentrés à bord.

— On verra ça en temps voulu, répliqua Max qui pensait la même chose.

Il étudia l'image relayée par l'écran et constata que le *Dawn* s'enfonçait rapidement. La rangée inférieure de hublots était à moins d'un mètre de l'eau, et le navire gîtait légèrement sur tribord. S'il décidait d'envoyer Murph à la recherche des autres, le spécialiste en armement risquait de se retrouver lui-même piégé. Le *Golden Dawn* s'enfonçait maintenant plus lentement, mais il pouvait basculer en avant à tout moment. Il ne lui restait plus qu'à espérer que les autres réussiraient à sortir par leurs propres moyens.

— Mark, appela-t-il, grimpez dans l'hélico dès que vous le pourrez. Ensuite, vous resterez en stationnaire pour être prêts dès que les autres atteindront le pont supérieur.

— Compris, mais je n'aime pas beaucoup ça.

— Moi non plus, mon gars, moi non plus.

Après un coup d'œil rapide sur un plan du navire placardé contre une cloison, Eddie Seng conduisit Julia sans la moindre erreur de parcours jusqu'au petit hôpital du *Golden Dawn*, au niveau DD, bien en dessous du pont principal. En chemin, Julia put recueillir avec son aide des échantillons du sang et des tissus de certaines des victimes.

— Tu tiens bien le choc, pour quelqu'un qui n'est pas médecin, commenta Julia alors qu'ils s'occupaient de la première victime.

— J'ai vu dans quel état les tortionnaires chinois laissaient leurs prisonniers après leur avoir soutiré ce qu'ils savaient ou étaient censés savoir, répondit Eddie d'un ton impassible. Plus grand-chose ne me choque.

Julia connaissait l'existence des missions secrètes menées par Seng en Chine pour le compte de la CIA.

Il y avait vu des horreurs défiant l'imagination, elle n'en doutait pas une seconde.

Comme elle s'y attendait, ils découvrirent de nombreux corps le long de la coursive qui menait au dispensaire, des hommes et des femmes qui avaient juste eu le temps de partir vers le seul endroit où ils pouvaient espérer une aide. Là aussi, Julia préleva des échantillons. Il était possible qu'une particularité physiologique ait pu donner à ces passagers les quelques minutes dont avaient été privées les autres victimes. Ce serait peut-être un indice important pour déterminer la cause de l'épidémie, car les chances de découvrir des survivants étaient presque nulles.

Lorsqu'ils arrivèrent, la porte de l'hôpital du bord était ouverte. Julia enjamba un homme vêtu d'un smoking, étendu sur le seuil, et pénétra dans la réception, une pièce dépourvue de hublots. Les murs étaient ornés d'affiches de voyages et une plaque indiquait que le docteur Howard Passman était diplômé de l'université de Leeds.

Julia balaya du faisceau de sa lampe la salle d'examen attenante et constata qu'elle était vide. Une porte à l'autre bout de la pièce menait à la salle d'hôpital proprement dite, constituée de simples box entourés de rideaux. Deux autres victimes gisaient dans la pièce, une jeune femme en robe noire moulante et un homme d'âge mûr vêtu d'un peignoir. Comme tous les autres, ils étaient couverts de leur propre sang.

— Tu crois que c'est le médecin du bord ? demanda Eddie.

— C'est probable. Il était sans doute dans sa cabine lorsqu'il a été frappé par le virus, et il s'est précipité ici aussi vite qu'il le pouvait.

— Pas assez vite.

— Personne n'est assez rapide pour ce virus, dit Julia en penchant soudain la tête. Tu as entendu ?

— Avec cette combinaison, je n'entends que ma propre respiration.

— On dirait une pompe, ou quelque chose de ce genre.

Elle tira le rideau qui cachait le lit le plus proche. La couverture et les draps étaient propres et bien lissés.

Elle passa au box suivant. Sur le sol, près du lit, elle aperçut un respirateur à oxygène fonctionnant sur batterie, semblable à ceux utilisés pour les patients souffrant de problèmes respiratoires. Des tubes de plastique transparent s'insinuaient sous les couvertures. Julia projeta le rayon de sa lampe sur le lit. Quelqu'un y était étendu, les draps ramenés sur la tête.

Julia s'élança en avant.

— Un survivant !

Une femme très jeune était là, profondément endormie, les tubes respiratoires enfoncés directement dans les narines. Une chevelure sombre, étalée sur l'oreiller, encadrait un visage pâle aux traits délicats. La jeune femme était excessivement mince, avec de longs bras et des épaules frêles. Sous son T-shirt, on pouvait distinguer ses clavicules saillantes. Bien qu'endormie, on voyait qu'elle était passée par des épreuves cruelles.

Elle battit soudain des paupières, et poussa un cri lorsqu'elle aperçut deux silhouettes habillées comme des cosmonautes penchées au-dessus de son lit.

— Tout va bien, murmura Julia. Je suis médecin. Nous sommes là pour vous secourir.

La voix étouffée de Julia ne suffit pas à apaiser les angoisses de la jeune femme. Ses yeux bleus étaient écarquillés par la peur, et elle recula contre la tête de lit en tirant les draps sur son visage.

— Je m'appelle Julia. Et voici Eddie. Nous allons vous sortir de là. Comment vous appelez-vous ?

— Qui… Qui êtes-vous ?

— Je suis médecin à bord d'un autre navire. Savez-vous ce qui s'est passé ici ?

— Hier soir… il y avait une fête.

La jeune femme se tut soudain, et Julia se dit qu'elle était encore en état de choc. Elle se tourna vers Eddie.

— Il faut lui donner un vêtement anticontamination. Tant qu'elle ne l'aura pas enfilé, on ne pourra pas lui ôter ses tubes d'oxygène.

— Mais pourquoi ? s'étonna Eddie en déchirant l'enveloppe en plastique d'une nouvelle combinaison.

— C'est sans doute grâce à cela qu'elle a survécu. Le virus doit se transmettre par l'air, mais elle respirait l'oxygène du système respiratoire de secours. Et lorsque celui-ci s'est arrêté, elle a utilisé cette unité portative. Comment vous appelez-vous, ma chérie ?

— Jannike. Jannike Dahl. Mes amis m'appellent Janni.

— Je peux vous appeler Janni, moi aussi ? demanda Julia en s'asseyant au bord du lit et en veillant à ce que le faisceau de sa lampe éclaire son visage à travers la visière de sa combinaison.

Janni hocha la tête.

— Très bien, Janni. Mon nom est Julia.

— Vous êtes américaine ?

Juste au moment où Julia s'apprêtait à répondre, un son profond et grave résonna dans la pièce.

— Qu'est-ce que c'est ?

Eddie n'eut même pas le temps de l'informer qu'il s'agissait d'une explosion ; une deuxième détonation, plus proche, retentit dans toute la structure du navire. Jannike hurla et enfouit sa tête sous les couvertures.

— Il faut partir, dit Eddie. Maintenant !

Deux autres déflagrations firent trembler le *Golden Dawn*, l'une d'elles dangereusement proche. Eddie fut projeté au sol et Julia dut faire rempart de son corps pour protéger Jannike. Une lampe accrochée au plafond tomba à terre et l'ampoule éclata avec un bruit sec.

— Reste avec elle, lança Eddie qui se relevait déjà et quittait la pièce en courant.

— Tout va bien se passer, Janni, ne vous inquiétez pas, dit Julia en ôtant les couvertures pour découvrir le visage de la jeune femme aux lèvres tremblantes, dont les joues ruisselaient de larmes.

— Que se passe-t-il ?

— C'est ce que mon ami va découvrir. Vous devez enfiler cette combinaison, ajouta Julia. Il faut y faire très attention, d'accord ?

— Est-ce que je suis malade ?

— Je ne le pense pas.

Julia ne pouvait en être certaine avant d'avoir procédé à des examens, mais ce n'était guère le moment d'en parler à la jeune femme, paralysée par la peur.

— J'ai de l'asthme, lui apprit Janni. C'est la raison pour laquelle j'étais hospitalisée. J'ai eu une mauvaise crise que le médecin ne parvenait pas à contrôler.

— Et c'est passé, maintenant ?

— Je crois. Je ne me suis pas servie de mon inhalateur depuis, murmura Janni d'une voix de plus en plus faible.

— Mais vous avez continué à respirer de l'oxygène ?

— J'ai vu ce qui était arrivé à mon amie Karin et au Dr Passman. Je me suis dit que c'était peut-être quelque chose qu'ils avaient respiré, alors j'ai continué à utiliser l'appareil à oxygène.

— Vous êtes une fille courageuse et pleine de ressources. Cette décision vous a probablement sauvé la vie.

Les propos de Julia contribuèrent à restaurer quelque peu la confiance de Jannike, et son espoir de quitter le navire en vie.

Eddie fit irruption dans la pièce.

— L'explosion a détruit la coursive, à une vingtaine de mètres d'ici. On ne pourra pas sortir par là où nous sommes venus.

— Il y a un autre chemin ?

— Il ne nous reste plus qu'à l'espérer. D'après le bruit, les œuvres vives sont en train d'être inondées.

L'eau s'engouffrait par la porte comme une marée montante et sans la protection de sa combinaison et de son système respiratoire, Juan se serait noyé. Il passa plusieurs minutes à essayer de libérer sa prothèse, puis s'étendit sur le dos et laissa le flot rouler sur lui et envahir la salle des machines. Le niveau de l'eau atteignait déjà plus de quarante centimètres, et s'élevait à chaque seconde.

Le seul réconfort pour Juan était l'idée que les autres pourraient s'échapper plus facilement que lui, car ils ne s'étaient pas aventurés aussi loin dans les profondeurs du *Golden Dawn*.

Au cours de son examen des locaux techniques du bâtiment, il n'avait découvert aucune victime, probablement parce que le navire fonctionnait en mode automatique. Combien de temps cet agent pathogène demeurerait-il présent dans l'air ? Julia aurait peut-être une idée à ce sujet, mais ce virus était à n'en pas douter nouveau, même pour elle, et elle ne pourrait émettre que des suppositions.

L'air conditionné devait être en panne depuis un bon moment déjà, et la poussière et les microbes s'étaient déposés, mais cela suffirait-il ? Juan ne pouvait que l'espérer, car en restant là, dans ce torrent d'eau, il ne faisait que retarder l'inévitable.

Il réussit à dégager son bras droit de sa manche et dirigea sa main, sous le tissu, vers sa jambe droite. Il saisit une poignée d'étoffe au bas de la jambe et la remonta par-dessus son membre artificiel pour accéder aux courroies qui le maintenaient en place. L'habitude aidant, ses doigts défirent les attaches et ouvrirent le système de ventouse qui maintenait la jambe contre son moignon. Il ressentit aussitôt une intense sensation de soulagement, mais le bas de sa combinaison restait coincé sous la porte.

Le plus dur restait à faire. Juan passa le bras par-dessus l'épaule pour augmenter le débit d'arrivée d'air et sentit le vêtement se gonfler aux coutures. Il ne se déplaçait jamais sans ses trois accessoires fétiches : un briquet, même s'il ne fumait qu'occasionnellement un cigare, une boussole, pas plus grosse qu'un bouton de veste, et son couteau pliant. Il sortit ce dernier de sa poche et ouvrit la lame d'une main. Il devait se mettre en position fœtale pour pouvoir atteindre le bas de sa jambe tout en luttant contre la pression de l'eau.

Le couteau était aussi affûté qu'un rasoir et il n'eut aucune peine à couper le tissu de protection. De l'air s'échappa de la déchirure, empêchant un temps l'eau d'entrer, mais très vite, la combinaison commença à se remplir. Juan accéléra ses mouvements, taillada le tissu pour se libérer avant d'être englouti. Il était étendu sur le côté, et l'eau qui se pressait contre son visage le forçait à tourner la tête et à se relever de quelques centimètres pour voir ce qu'il faisait.

Sa position ne lui permettait pas d'être d'une grande efficacité ; il respira à fond et se remit à plat, pressant la lame autour de son mollet pour continuer à découper l'étoffe de la combinaison. Ses poumons réclamaient de l'air, mais il se força à l'oublier et poursuivit sa tâche. Un moment, il tenta de se libérer d'une secousse, mais le plastique refusait de céder. Il fit une nouvelle tentative, infructueuse. Il lui fallait pourtant respirer ; il se redressa pour débarrasser son casque de l'eau qu'il contenait, mais la pression était trop forte.

Les poumons de Juan se convulsèrent et un filet de bulles s'échappa de ses lèvres. C'était comme s'il tentait de réprimer une quinte de toux, et la douleur dans sa poitrine lui rappela que son cerveau exigeait de l'air de toute urgence. Il était au bord de l'étourdissement. Il tira avec force sur la combinaison et l'entendit se déchirer, mais pas assez pour le libérer complètement. L'instinct de survie primait sur toute logique, malgré tous ses efforts pour rester calme. Il se pencha à nouveau et taillada cette fois avec l'énergie du désespoir, puisant dans ses dernières réserves de puissance musculaire.

Soudain, il bascula en arrière. Il avait dû réussir à détacher le pied de la combinaison, ou alors il avait seulement glissé. Il tomba à quatre pattes et se releva aussi haut que possible ; l'eau coulait de la combinaison par la déchirure. Craignant de s'exposer à la contamination, il ne s'autorisa qu'une faible inspiration, à peine suffisante pour dissiper les ombres qui envahissaient déjà son esprit.

Il parvint à se lever, laissant l'eau ruisseler le long de son corps avant de se disperser. Le flot coulait toujours sous la porte, et Juan ne pouvait rester stable sur une jambe, aussi sautilla-t-il jusqu'à un établi, à moins d'un mètre de lui. Il s'y appuya et noua l'extrémité déchirée de la combinaison, en serrant les nœuds aussi fort qu'il le pouvait. Lorsque le vêtement retrouva sa rigidité, il baissa le réglage de débit d'air. Compte tenu de la déchirure, il y aurait sans doute une fuite, mais grâce à la pression positive, rien ne pourrait pénétrer à l'intérieur. Il ne s'était en définitive que très peu exposé, et toujours sous l'eau, aussi n'était-il pas trop inquiet quant aux risques encourus.

Il se souvint soudain qu'il était prisonnier d'un navire en plein naufrage ; il lui était impossible de sortir ou de communiquer avec le reste de son équipe ou avec l'*Oregon*.

Il avança à tâtons dans l'obscurité, les mains en avant, ne se fiant qu'à son sens du toucher pour se repérer. Sans sa jambe artificielle, ses mouvements étaient pénibles et maladroits, mais il finit par trouver un autre établi qu'il avait remarqué plus tôt. Il ouvrit les tiroirs, en fouilla le contenu et finit par trouver ce qu'il cherchait.

La lampe n'était pas aussi puissante que celle qu'il avait perdue, mais sa trouvaille le réconforta. Au moins, il n'était plus aveugle. Il sautilla à travers la salle des machines, entravé par l'eau qui ne cessait de monter et lui arrivait maintenant aux genoux. Il dépassa les deux moteurs diesels, atteignit la porte étanche et tenta de découvrir un système d'ouverture manuelle, mais en vain.

Il sentit les premiers signes de panique surgir dans son esprit, et les réprima, impitoyable. Sans connaître l'étendue des dégâts, comment savoir si le *Golden Dawn* allait se maintenir à flot, et pour combien de temps ? Si le navire restait stable, la salle des machines mettrait deux ou trois heures à se remplir. C'était plus qu'il n'en fallait pour trouver un itinéraire de sortie ou pour qu'Eddie et les autres se portent à son secours.

A peine cette pensée lui avait-elle traversé l'esprit qu'un gémissement prolongé se réverbéra à travers la coque, le son du métal poussé jusqu'à l'extrême limite de sa résistance. Le navire fit une embardée du côté de la proue. L'eau forma une vague gigantesque qui alla s'écraser contre la porte, à l'autre bout de la salle. Elle reflua en force, et Juan dut s'agripper à une table pour éviter d'être écrasé contre une cloison. Il balaya la salle du regard et constata que le rythme de l'inondation était maintenant deux fois plus rapide. L'eau de mer jaillissait de sous les portes en geysers furieux, comme impatiente de se repaître de sa dernière victime.

Les heures de répit sur lesquelles comptait Juan allaient bientôt se réduire à quelques minutes.

Il éclaira les moindres recoins de la pièce à la recherche d'une voie de sortie. Une idée folle commença à germer dans son esprit, et il tourna le faisceau vers l'un des moteurs massifs et vers les conduits qui s'en échappaient. Le rayon s'éleva de plus en plus haut, et le regard de Juan suivait méticuleusement sa progression.

— Voilà qui me donne une idée…

Julia se tourna vers Jannike Dahl, et s'efforça de lui parler d'une voix aussi apaisante que possible.

— Janni, mon cœur, nous allons vous sortir d'ici, mais avant cela, il faut que vous passiez une combinaison de protection, comme celle que nous portons, Eddie et moi.

— Le bateau coule ? demanda la jeune femme.

— Oui, il coule. Il faut que nous partions.

Julia mit en marche le système de ventilation, les filtres à carbone, et ouvrit la fermeture Eclair au dos du vêtement. Elle omit de préciser à Janni que celui-ci était destiné à protéger l'équipage de l'*Oregon* plus qu'elle-même, au cas où elle serait contaminée déjà par le virus. Tout en s'assurant que l'air continuait à circuler dans les tubes reliés à ses narines, Janni glissa ses jambes peu assurées dans la combinaison, dont elle remonta la partie supérieure sur ses épaules étroites. Julia l'aida à faire entrer ses longs cheveux à l'intérieur du casque.

— Prenez une profonde inspiration par le nez, et retenez votre souffle aussi longtemps que possible, lui ordonna-t-elle.

La poitrine de Janni se gonfla tandis qu'elle aspirait l'oxygène. Julia ôta alors la canule qui faisait le tour de l'oreille de la jeune femme et mit de côté l'ensemble des tubes de plastique. Elle assembla les deux pans de la combinaison et remonta la fermeture Eclair. Il lui fallut encore quelques minutes pour colmater les coutures avec du ruban adhésif.

Julia était impressionnée par le comportement d'Eddie Seng. Malgré l'urgence, il ne montrait pas le moindre signe d'impatience. Il était conscient du fait que Janni était au bord de la catatonie, et qu'il fallait la traiter avec une grande douceur, comme une enfant. Janni ne s'en sortait d'ailleurs pas si mal, vu ce qu'elle venait d'endurer.

Au retour de sa rapide exploration, Eddie avait pris le temps de déposer une couverture sur les deux corps qui gisaient près du box de Janni. Celle-ci ne put s'empêcher de regarder les deux silhouettes tandis que Julia l'aidait à sortir de la pièce. Lorsqu'ils arrivèrent dans le couloir, Julia sentit la main de Janni se raidir à la vue des nombreux cadavres, mais la jeune femme parvint à se contrôler. De sa main libre, Julia tenait fermement sa valise à échantillons.

— Cet accès est bloqué, annonça Eddie en montrant la direction qu'ils avaient prise à l'aller. Janni, y a-t-il un autre moyen de rejoindre le pont principal ?

— Pas par ce couloir, répondit Jannike qui le regardait droit dans les yeux pour éviter de voir les corps. Mais les membres de l'équipage utilisent une porte métallique, de l'autre côté, lorsqu'ils doivent travailler au niveau inférieur. Peut-être y a-t-il une sortie ?

— Très bien, répondit Eddie. Ce doit être une écoutille d'accès auxiliaire.

Ils avancèrent le long du couloir, guidés par le rayon de la lampe d'Eddie, et trouvèrent bientôt une grande écoutille ovale encastrée dans la cloison métallique. Eddie la déverrouilla et jeta un coup d'œil à l'intérieur. Il lui fallut un moment pour comprendre à quoi correspondait l'enchevêtrement de tuyaux qu'il avait devant les yeux.

— La station de pompage de la piscine principale, annonça-t-il enfin. L'eau est pompée jusqu'ici, filtrée et renvoyée ensuite par le haut.

Le *Golden Dawn* émit un craquement soudain, comme si sa coque éclatait, et fit une embardée qui faillit projeter Jannike sur le sol. Julia l'aida à garder l'équilibre tout en échangeant un regard avec Eddie. Le temps leur était compté.

Eddie franchit l'écoutille et chercha une voie de sortie. Une autre ouverture, entourée d'un cercle de fer, était aménagée sur le sol. Il posa un genou à terre et souleva l'écoutille qui s'ouvrit dans un grincement de charnières. Une échelle descendait dans l'obscurité. Il commença à l'emprunter, mais l'espace était étroit et la combinaison gênait sa progression. Il se retrouva dans un local technique dont les cloisons étaient recouvertes d'armoires électriques. Une porte ouverte donnait sur une coursive plongée dans les ténèbres.

— Venez, descendez.

Eddie était plutôt plus petit que la moyenne, mais il put sans peine encercler la taille de la jeune femme de ses mains, malgré la combinaison qui la faisait ressembler à un bonhomme de neige.

Julia descendit une seconde plus tard, et ils quittèrent ensemble la pièce.

— Vous reconnaissez cet endroit ? demanda Eddie à Janni.

— Je n'en suis pas sûre, répondit-elle après un instant. De nombreuses zones du navire sont interdites au personnel hôtelier, et je ne suis pas à bord depuis bien longtemps.

— Ça ne fait rien, dit Eddie d'un ton rassurant, car

il sentait que la jeune femme éprouvait une grande frustration à se sentir si peu utile.

Sachant que le *Golden Dawn* s'inclinait vers sa proue, Eddie les dirigea vers l'arrière. La légère tension dans les muscles de ses cuisses indiquait qu'ils avançaient en pente. L'angle de montée était faible, mais plus il y aurait de compartiments inondés, plus la côte serait raide.

Sa combinaison l'empêcha de sentir le souffle qui déferlait derrière lui. Ce ne fut que lorsqu'il sentit le sol trembler sous ses pieds qu'il se retourna. Un mur d'eau de mer dévalait le long de la coursive à la hauteur de ses cuisses, une masse verte presque solide qui les heurta avant qu'il ait pu crier pour avertir les deux femmes. Pris dans le tourbillon, le trio fut emporté par la crête de la vague, secoué dans tous les sens jusqu'à ce que le raz-de-marée s'apaise enfin. La vague les déposa sens dessus dessous sur le sol, tandis que l'eau continuait à ruisseler autour d'eux.

Eddie fut le premier debout, et il aida Janni à se relever.

— Ça va ?

— Oui, je crois…

— Doc, ça va aussi ?

— Juste un peu cabossée ! Qu'est-ce qui s'est passé ?

— Une cloison a dû céder près de la proue et une vague s'est engouffrée dans la brèche. Il nous reste quand même un peu de temps.

A mesure de leur progression, Eddie vérifiait toutes les inscriptions sur les portes, dans l'espoir de trouver un escalier, mais la chance n'était pas de la partie. Ils découvrirent des entrepôts et des salles de stockage à sec. Une poutre en I qui traversait le plafond permettait à l'équipage de déplacer de lourdes charges, à l'aide de treuils, jusqu'à l'ascenseur le plus proche. Il songea que cela pourrait fournir une solution de rechange si les escaliers demeuraient introuvables. Il pourrait sans trop de mal se hisser le long d'un puits d'ascenseur, et Julia aussi, sans doute, mais il doutait que Jannike en ait la force. Malgré la combinaison, elle pourrait peut-être s'accrocher à son dos lors de l'ascension. Cela restait envisageable.

Il faillit manquer une porte sur sa droite ; il s'arrêta et en éclaira l'inscription : HANGAR – EMBARCATIONS DE LOISIRS.

— Bingo !

— Qu'est-ce que c'est ?

— Notre billet de sortie, répondit Eddie en poussant la porte.

A la lumière de la lampe, il distingua une rangée de jet-skis rutilants et deux runabouts à deux places, tous suspendus à des bers fabriqués sur mesure. Une grande ouverture pratiquée au plafond permettait de hisser les embarcations et un escalier circulaire conduisait au niveau supérieur. Il grimpa les marches, Julia et Jannike sur ses talons.

Ils se retrouvèrent à l'endroit où les passagers du *Golden Dawn* venaient louer des embarcations lorsque le navire était à quai. La cloison extérieure révélait une porte aussi vaste que celle d'un garage. Une rampe hydraulique, dirigée vers l'ouverture, y était repliée. Lorsqu'elle était déployée, une fois la porte ouverte, les passagers disposaient alors d'un véritable petit appontement. Eddie tapa du bout de sa lampe sur la porte, qui rendit un son mat. Il essaya un peu plus haut et obtint finalement le son creux qu'il espérait.

— Le navire s'est enfoncé de telle sorte que l'eau arrive à environ cinquante centimètres du haut de la porte, expliqua-t-il à Julia et Jannike. Lorsque j'ouvrirai, cette salle sera inondée.

— Est-ce que nous parviendrons à sortir ? demanda anxieusement Jannike.

— Aucun problème, la rassura Eddie en souriant. Une fois la pression extérieure et la pression intérieure équilibrées, nous pourrons sortir à la nage. Et la cerise sur le gâteau, c'est que nos combinaisons nous permettront de flotter !

— Je vais retourner au niveau inférieur et fermer la porte par laquelle nous sommes entrés, dit Julia.

Le médecin de l'*Oregon* avait compris que pour assurer le succès du plan d'Eddie, le hangar devait rester isolé du reste du navire ; sinon, rien ne pourrait plus arrêter l'inondation.

— Bonne idée, merci, répondit Eddie.

Il fit signe à Jannike de s'éloigner de la porte et de s'accrocher à un montant métallique pour se préparer au choc, lorsque l'eau s'engouffrerait dans le hangar.

La porte était actionnée par un petit treuil, mais une manivelle de secours pouvait la monter ou l'abaisser en cas de défaillance du système électrique. Lorsque Julia remonta et vint se placer près de Jannike, Eddie se pencha et empoigna la manivelle. Dès la première pression, la porte se souleva d'un demi-centimètre et une pellicule d'eau presque solide s'insinua aussitôt dans le hangar. Eddie s'était écarté de l'ouverture, mais il sentit le flot balayer le bas de sa combinaison tandis qu'il continuait à remonter la porte.

L'eau jaillit dans un grondement, avec la puissance d'une cascade.

La porte était ouverte d'un quart lorsque le mécanisme de la manivelle se grippa. Eddie tira plus fort, sans résultat. Il examina la porte et comprit alors ce qui s'était produit. La force de l'eau contre le bas de la porte avait déformé le métal et fait sortir les roulettes de guidage de leurs rails. Sous les yeux d'Eddie, la porte continua à se tordre et s'enfonça par le milieu, comme poussée par la main d'un géant.

Il hurla un avertissement à l'adresse de Julia et de Jannike, mais sa voix se perdit dans le rugissement de l'eau. La porte finit par céder. Elle s'arracha de ses montants et alla voler au milieu du hangar comme une simple feuille de papier. L'océan, libre de toute entrave, déferla dans le hangar.

Julia et Jannike, heureusement éloignées de l'ouverture, ne subirent pas de plein fouet le choc de l'assaut, mais le hangar se remplit presque aussitôt, et elles furent malmenées par la violence du reflux. Sans la présence de Julia, Jannike aurait été emportée dans la tourmente.

Lorsque le flot se calma enfin, Eddie put lâcher le montant auquel il s'était agrippé. Il se mit aussitôt à dériver en flottant jusqu'au toit. Il se retourna, le visage vers le haut, et arriva au plafond en y plaquant les genoux et les mains, sans lâcher sa lampe. Il ajusta l'arrivée d'air de la combinaison afin de réduire à la fois la pression et sa propre flottabilité. Sinon, il risquait de se trouver immobilisé, coincé contre la paroi.

A l'aide de sa torche, il put repérer Julia et sa jeune compagne, accrochées à une rampe métallique, les pieds vers le haut, les jambes de leurs combinaisons gonflées comme des ballons. Il nagea vers elles et tapota l'épaule de Julia pour lui faire signe de lâcher prise et de se laisser flotter. Il fit de même pour Jannike et réduisit le débit de son arrivée d'air. Il allait se diriger vers l'ouverture lorsqu'il sentit Julia le retenir. Elle lui tapa sur l'épaule et appuya sa visière transparente contre la sienne.

— J'ai perdu ma valise d'échantillons, cria-t-elle. Il faut que je la retrouve.

Eddie baissa les yeux vers le tourbillon de débris qui envahissait le hangar : des serviettes, des gilets de sauvetage, des ordinateurs portables, des flacons d'écran solaire, des bouteilles d'eau, des glacières... Il faudrait peut-être des heures pour récupérer la valise, et si elle avait été aspirée hors du navire, elle sombrait sans doute déjà vers le fond, à quelque trois mille mètres de la coque.

— Pas le temps, marmonna-t-il, le dos tourné.

— Eddie, nous en avons besoin !

Sans répondre, Eddie la prit par la main et la guida vers l'ouverture.

Le torrent d'eau qui venait de submerger le hangar avait déplacé le centre de gravité du *Golden Dawn*, qui gîtait plus lourdement que jamais. La pression exercée sur sa coque menaçait de la faire céder, et le métal qui cerclait le bas de la quille commençait à se déchirer. A travers l'océan, le glas sonnait pour le navire, obsédant comme le chant d'une baleine ou un hymne funèbre.

Julia et Eddie remorquèrent Jannike jusqu'à l'ouverture. Dès qu'ils eurent quitté le navire, Eddie augmenta l'arrivée d'air de sa combinaison et remonta à la surface.

L'*Oregon* semblait tout entier illuminé. Des projecteurs trouaient les ténèbres et balayaient le pont et la ligne de flottaison du *Golden Dawn*. Le Zodiac amarré près de la porte du hangar se balançait, le cordage tendu et la proue submergée par la force d'attraction du *Golden Dawn*. Au moment où Eddie, une fois grimpé à bord, décrochait l'amarre du piton fixé à la coque du *Dawn*, le faisceau de l'un des projecteurs de l'*Oregon* les dépassa, puis revint en arrière et les inonda d'un flot de lumière. Julia et Jannike agitèrent les bras avec frénésie. Le projecteur clignota pour les avertir qu'ils avaient été localisés.

L'hélico, arrivant de l'autre bout du navire, plongea vers eux. George Adams le maintint en vol stationnaire assez longtemps pour constater qu'ils étaient sains et saufs, puis s'éloigna pour leur épargner la pression écrasante de la rotation des pales.

Eddie se pencha sur le flanc du Zodiac et hissa Julia et Jannike à bord. Quelques secondes plus tard, le moteur était en marche et l'embarcation bondissait sur les vagues pour s'approcher de l'*Oregon*. La porte du hangar à bateaux, au centre du navire, était ouverte et des hommes d'équipage en tenue de protection les attendaient, leurs lances d'incendie prêtes pour l'opération de désinfection.

Eddie mit en panne tout près de la coque. La radio de sa combinaison, rendue muette par une immersion prolongée, ne lui servirait à rien, mais chacun à bord de l'*Oregon* savait ce qu'on attendait de lui. Des hommes lancèrent des tampons abrasifs vers le Zodiac et actionnèrent les puissantes lances. Eddie et Julia frottèrent avec ardeur la combinaison de Jannike avant de se désinfecter mutuellement.

Lorsque Julia fut convaincue que tout risque d'infection était éliminé, elle arracha le ruban adhésif qui recouvrait la fermeture et se libéra du précieux, mais oppressant vêtement. L'air ambiant, pourtant chaud et humide, lui parut d'une fraîcheur délicieuse.

— Mon Dieu, comme c'est bon !

— Mille fois d'accord avec toi, approuva Eddie qui ôta à son tour sa combinaison pour l'abandonner au fond du Zodiac.

Il guida ensuite Jannike, toujours vêtue de son vêtement protecteur, sur la rampe utilisée pour le lancement du canot d'assaut des Seals. Julia prit alors la relève. Elle allait l'emmener à l'infirmerie du bord, où la jeune femme subirait une batterie de tests en chambre stérile afin de déterminer si elle était ou non porteuse d'une infection. Alors seulement, Jannike pourrait se mêler à l'équipage de l'*Oregon*.

Max Hanley arriva juste au moment où Eddie se préparait à couler le Zodiac. Lorsqu'il vit son visage, Eddie comprit que tous n'avaient pas eu autant de chance que Julia et lui.

— Que s'est-il passé ?

— Mark est sain et sauf à bord du Robinson, mais nous avons perdu tout contact avec le Président.

— Bon Dieu ! J'y retourne. Il doit être quelque part dans les locaux techniques.

— Regardez vous-même ! lança Max avec un geste en direction du *Golden Dawn* en train de sombrer. On n'a pas le temps.

— Mais Max, c'est le Président, bordel !

— Vous croyez que je l'ignore ? s'écria Max, qui maîtrisait son émotion à grand-peine.

Le *Golden Dawn*, séparé d'eux par un mince bras de mer, vivait ses derniers instants. Sous le pont principal, la rangée de hublots disparaissait déjà sous la surface. Avec sa quille brisée, son centre s'enfonçait plus rapidement que sa proue et sa poupe. Les deux hommes contemplèrent le spectacle en silence tandis que le navire disparaissait peu à peu.

L'air piégé à l'intérieur de la coque commença à s'échapper en une série d'explosions. Soumis à une énorme pression, les hublots éclatèrent et les portes s'arrachèrent de leurs gonds. La mer se rua par-dessus le bastingage et monta à l'assaut des ponts supérieurs dans des geysers d'écume.

Lorsque l'océan atteignit la passerelle, il pulvérisa les hublots. Des débris commencèrent à flotter autour du navire – surtout des transats, mais l'un des canots de sauvetage s'était également décroché de son bossoir et dérivait, coque en l'air.

Max se frotta les yeux lorsque la passerelle disparut sous les eaux ; seuls les mâts de communication du *Dawn* et sa cheminée étaient encore visibles. Le souffle de l'air soulevait les vagues tandis que l'océan prenait possession de sa proie.

Eric Stone contrôlait les projecteurs de recherche depuis le centre opérationnel. Il garda le plus puissant d'entre eux braqué sur la cheminée du *Dawn*, où il soulignait les contours des pièces d'or du logo de la compagnie. La mer bouillonnait comme dans un chaudron tandis que l'hélico tournoyait autour du navire en détresse.

Max murmura le nom de Juan et se signa. Une explosion d'air comprimé éructa soudain de la cheminée, éjectant au passage, comme un boulet de canon, un objet de couleur jaune qui s'éleva de plusieurs mètres et s'agita comme un oiseau secoué par une tempête.

— Nom de D… grogna Max, incrédule.

L'objet jaune était une combinaison anticontamination, et les mouvements étaient ceux des bras et des jambes de Juan. Sa trajectoire le fit voler par-dessus le bastingage, de la cheminée jusqu'à la surface où il alla s'écraser. Il demeura groggy pendant quelques secondes, puis nagea pour s'éloigner du navire en perdition. Il se dirigea alors vers le canot de sauvetage renversé, suivi par le projecteur d'Eric, se hissa sur la coque, et s'agenouilla face à l'*Oregon*, auquel il adressa une longue et théâtrale révérence.

La corne de l'*Oregon* lui rendit aussitôt son salut.

Chapitre 9

Julia Huxley était si concentrée qu'elle n'entendit même pas Mark Murphy et Eric Stone entrer en coup de vent dans le laboratoire installé à côté du dispensaire. Son esprit était tout entier absorbé par le monde minuscule révélé par son puissant microscope, et elle ne leva la tête de son écran que lorsque Murph s'éclaircit la gorge pour attirer son attention. Un froncement de sourcils trahit un instant son irritation, vite dissipée à la vue des sourires des deux hommes.

Derrière eux, sa patiente se reposait en chambre stérile, isolée du reste du navire par une enceinte vitrée ; l'air en était extrait par des purificateurs sophistiqués, puis chauffé à une température de plus de cinq cents degrés avant d'être évacué du bord. Juan, toujours vêtu de sa combinaison jaune, était affalé sur un siège près du lit de Janni. Tant que Julia ne saurait pas avec certitude si son bref contact avec l'eau de la salle des machines l'avait infecté, elle devait le traiter comme s'il était porteur de l'agent pathogène responsable de la mort des passagers et de l'équipage du *Golden Dawn*. Le microscope et les échantillons potentiellement infectieux étaient eux aussi isolés, et elle ne pouvait effectuer ses recherches qu'en endossant une encombrante combinaison ou en se fiant aux résultats transmis à son ordinateur.

— De quoi s'agit-il ? demanda-t-elle.

— On a étudié toutes les données, répondit Murph, hors d'haleine. Ni le Président ni la fille ne peuvent être infectés.

Cette fois, Julia n'essaya même pas de masquer son agacement.

— Qu'est-ce que tu racontes ?

Murph et Eric aperçurent soudain Jannike pour la toute première fois.

— Wahoo !!! s'écria Eric en observant la jeune femme endormie dans la chambre d'isolation, ses cheveux noirs étalés en éventail autour de son pâle visage ovale. Mais c'est une vraie beauté !

— Oublie ça, Stoney, s'empressa de répondre Murphy. J'étais là quand elle a été secourue, et je suis prioritaire.

— Tu n'as même pas quitté la passerelle ! J'ai autant de droits que toi !

— Messieurs, coupa sèchement Julia. Merci de bien vouloir laisser votre libido et vos frustrations au vestiaire. Donnez-moi plutôt les raisons de votre présence ici.

— Oh, désolé, docteur ! répondit Murph d'un air contrit, non sans avoir jeté un dernier coup d'œil vers Jannike. Eric et moi avons reconstitué les scénarios possibles, et nous sommes certains que ni le Président ni elle ne peuvent avoir été infectés. En ce qui concerne le Président, nous le savons depuis vingt minutes, mais pour cette jeune femme, nous venons d'avoir les résultats.

— Dois-je te rappeler qu'il s'agit de science, de biologie, dans le cas présent, et non d'un quelconque logiciel capable de pondre je ne sais quel charabia mathématique ?

Les deux hommes parurent peinés.

— Tu es mieux placée que quiconque pour savoir que les sciences sont des mathématiques. La biologie n'est rien d'autre que l'application de la chimie organique ; la chimie, c'est de la physique appliquée, où l'on se sert des forces nucléaires de faible et de forte puissance pour créer des atomes. Et qu'est-ce que la physique, sinon des mathématiques transposées dans le monde réel ?

Il parlait avec tant d'enthousiasme naïf que Julia songea alors que sa jeune patiente n'avait rien à craindre de lui. Eric n'était certes pas laid, mais un tel énergumène ne trouverait jamais le courage de faire le premier pas et d'adresser la parole à Janni. Quant à Mark Murphy, derrière sa barbe en broussaille et son allure de skateur néo-punk se cachait un bien inoffensif mordu d'informatique.

— As-tu décelé des traces de virus ou autres produits toxiques dans tes échantillons ? demanda Murph.

— Non, dut admettre Julia.

— Et tu n'en trouveras pas, parce qu'aucun d'eux n'était infecté. Le seul moyen de tuer tous les occupants d'un navire sans provoquer une panique de masse et de telle sorte que tous meurent à peu près en même temps, c'est l'empoisonnement par la nourriture. Un agent pathogène transmis par l'air respiré n'aurait pas atteint les gens qui se trouvaient sur les ponts. Un empoisonnement de l'eau est encore moins probable, car tout le monde ne boit pas au même moment, sauf le matin en se brossant les dents.

— Ceux qui avaient un système immunitaire plus faible seraient morts plus tôt, intervint Eric, et nous avons constaté que tous les passagers portaient des tenues de soirée.

— Idem si un poison avait été appliqué sur le bastingage ou les poignées des portes, conclut Murph. Le criminel n'aurait pas pu être certain de tuer tout le monde.

— Alors, vous pensez que l'agent pathogène a été transmis par l'alimentation ? demanda Julia, incapable de déceler la moindre faille dans le raisonnement des deux hommes.

— Forcément. Juan n'a rien mangé à bord, et la jeune femme non plus, j'en suis sûr, approuva Murph en penchant la tête vers la paroi de verre qui séparait le labo de la chambre d'isolation.

— Pour plus de certitude, nous avons envisagé un scénario dans lequel un pathogène transporté par l'air aurait été piégé dans la salle des machines. Même si l'air était saturé, le volume d'eau infiltré lorsque le Président a déchiré sa combinaison aurait fait diminuer la charge virale ou la toxicité, de telle sorte qu'elle serait passée de quelques unités par million à quelques unités par centaines de milliards.

— D'ailleurs, coupa Murph, l'exposition du Président date maintenant de cinq heures. D'après ce qu'Eddie m'a rapporté de ton interrogatoire de la jeune femme à bord du *Golden Dawn*, ses amies lui ont rendu visite une heure ou deux avant leur mort. Donc, le Président et cette adorable jeune personne se portent à merveille.

Julia en était arrivée à la même conclusion en ce qui concernait Juan, mais le cas de Jannike ne lui paraissait pas aussi limpide qu'Eric et Murph semblaient le croire. Un diagnostic se base sur des recherches méticuleuses, et sur des vérifications et contre-vérifications, précises et répétées, de résultats de laboratoire. Aucun virus n'avait été découvert dans le sang, la salive, le liquide cérébro-spinal ou les urines de Janni, mais il pouvait fort bien se cacher dans ses reins, son foie ou dans tout autre tissu que Julia n'avait pas encore vérifié, attendant son heure pour anéantir le système immunitaire de la jeune femme avant de passer à ses nouvelles victimes potentielles, l'équipage de l'*Oregon*.

— Je suis navrée, messieurs, répliqua Julia, mais cela ne me suffit pas. Je pense que vous avez raison en ce qui concerne Juan, mais Jannike restera en isolation jusqu'à ce que je sois certaine à cent pour cent qu'elle n'est pas infectée.

— C'est toi le médecin, mais c'est une perte de temps. Elle n'est pas infectée.

— C'est de *mon* temps qu'il s'agit, Mark, répondit Julia.

Elle se rassit sur son tabouret de laboratoire à roulettes et se propulsa à travers la pièce jusqu'à un interphone fixé au mur.

— Juan, vous m'entendez ?

A l'intérieur de la salle d'isolation, Juan sursauta sur son siège. Plutôt que de ruminer sur la possibilité que son corps abrite une infection mortelle, il s'était tout simplement endormi. Il se leva, adressa un signe à Julia et salua d'un geste Eric et Murph. Les batteries de rechange lui permettaient de maintenir encore sa combinaison en état de fonctionnement.

— Vous n'êtes plus en quarantaine, lui annonça Julia. Vous pouvez passer dans le sas pour une douche de décontamination. Laissez votre combinaison sur place, je m'en débarrasserai moi-même.

Il fallut près de quinze minutes pour installer le sas et pour que Juan subisse une vigoureuse douche de désinfectant et d'antiviraux avant de pouvoir entrer dans le laboratoire.

— Mon Dieu, quel parfum ! ironisa Julia en fronçant le nez.

— Passez donc autant de temps que moi à transpirer dans une de ces combinaisons, et on verra à quoi ressemblera votre parfum !

Julia avait pris la précaution de faire chercher dans la cabine de Juan l'une de ses jambes artificielles. Elle la lui passa, et il l'installa aussitôt sur son moignon, juste en dessous du genou droit. Il s'exerça un instant à effectuer quelques flexions avant de rabattre le bas du pantalon.

— Et voilà, une bonne douche et une bouteille de scotch, rien de tel pour vous remettre d'aplomb ! s'exclama-t-il avant de se tourner vers Eric et Murph, debout près de l'entrée du labo. Vous avez réussi à obtenir quelque chose, Murph ?

Sans recours possible à la radio de sa combinaison, endommagée pendant l'inondation de la salle des machines, le Président n'avait pu se tenir au courant du développement des opérations.

— J'ai pu récupérer à peu près trente pour cent des données informatiques du *Dawn*, répondit Murph en levant la main pour anticiper la question suivante. Je n'ai pas encore pu tout étudier. Eric et moi étions en train de voir avec le docteur Huxley si vous et cette merveilleuse créature aviez été infectés.

Juan hocha la tête, non sans penser que Murph et Eric auraient dû avoir d'autres priorités en tête que sa propre personne et leur nouvelle invitée.

— Maintenant, votre job numéro un, c'est de passer tous les journaux de bord informatiques au peigne fin, sans rien négliger, même les détails les plus insignifiants.

— Je vous ai vu parler à notre patiente un peu plus tôt... comment va-t-elle ?

— Elle est fatiguée et effrayée, répondit Juan, et elle n'a aucune idée de ce qui s'est passé. Je n'ai pas voulu insister, elle est encore très fragile. Elle m'a tout de même dit une chose qui m'a paru pertinente. Le *Dawn* était affrété par des gens qui se font appeler les « Responsivistes ».

— Comment ? Qu'est-ce que c'est que cette histoire de Responsivistes ? s'écria Max Hanley, qui faisait au même moment irruption dans le labo avec la discrétion d'un éléphant dans un magasin de porcelaine. Tout le monde à bord dit que tu es sorti de quarantaine ? Comment te sens-tu ?

Juan était toujours surpris de constater la rapidité avec laquelle les nouvelles se répandaient à bord, même – il consulta rapidement sa montre – à quatre heures et demie du matin.

— Heureux d'être en vie !

— Quel spectacle ! lança Max en souriant. Je n'avais jamais vu une chose pareille ! Tu as jailli de cette cheminée comme un bouchon de champagne !

— J'ai réussi à grimper jusqu'au sommet, expliqua Juan, mais là, je me suis retrouvé coincé. Je ne pouvais plus faire un geste, et l'eau montait de plus en plus vite. Plutôt que de dégonfler ma combinaison, je l'ai gonflée à bloc pour boucher la cheminée. L'air poussé par l'inondation de la salle des machines s'est occupé du reste !

— Un fameux rodéo !

— Je suis monté haut ?

— Au moins six mètres, et tu étais encore à cinq mètres quand tu es passé par-dessus le bastingage, lui apprit Max avant de revenir à sa préoccupation première. Tu parlais des Responsivistes ?

— Oui, mademoiselle Dahl a mentionné le fait qu'ils affrétaient le *Dawn* pour une croisière des Philippines jusqu'à Athènes.

— Le Pirée, si je puis me permettre, coupa Eric. Athènes est à l'intérieur des terres, et c'est la ville du Pirée qui est le port d'Athènes.

— Tu pensais vraiment qu'on n'était pas au courant ? lui lança Murph en le gratifiant d'une bourrade sur l'épaule.

Julia ne put réprimer un sourire, confortée dans sa certitude qu'aucun des deux soupirants ne pousserait très loin la romance avec Jannike.

— J'ai parlé à mon ex, reprit Max. Il ne s'agit pas d'un enlèvement au sens strict du terme. Elle voulait juste me mettre la pression. Kyle a toujours été influençable – tu sais, le genre à vouloir imiter ses amis. Au lycée, il n'a pas vraiment bien choisi ses fréquentations, et c'est pour cela qu'il s'est fait arrêter pour détention de drogue. Le responsable de sa désintoxication m'a assuré qu'il n'était pas dépendant ; il a juste un problème d'estime de soi. Bref, il a rencontré ces gars lors d'une manifestation quelconque et au bout de quelques jours, il se prétendait Responsiviste. Il est même allé jusqu'à consulter un urologue pour une petite opération… Il est maintenant en Grèce. Apparemment, ils possèdent un genre de complexe là-bas, dans la péninsule du Péloponnèse.

— Il a subi une vasectomie ? s'écria Julia. Il n'a que vingt-deux ans ! Je connais peu de médecins qui pratiqueraient une telle opération sur des patients de moins de trente ans, à moins qu'ils n'aient déjà des enfants.

— Kyle a vingt-trois ans, et les Responsivistes ont leurs propres médecins, qui passent leurs journées à ça.

— Je n'avais jamais entendu parler de ces Responsivistes avant que Jannike ne les mentionne, fit remarquer Juan.

— A dire vrai, je ne sais pas grand-chose à leur sujet, reconnut Max. Je ne sais que ce que Lisa m'en a dit.

— Vous devriez lire les magazines people pour vous tenir au courant des potins de Hollywood, intervint Julia. Vous connaissez Donna Sky, au moins ?

— La comédienne ? demanda Mark.

— En effet, et la mieux payée de toute l'histoire du cinéma. C'est une Responsiviste. Comme beaucoup de gens dans ce milieu. C'est la dernière mode à Hollywood !

— C'est une église, une secte ou quelque chose de ce genre ?

— Personne ne le sait exactement, du moins à l'extérieur, poursuivit Julia. Le mouvement a été fondé dans les années soixante-dix par un généticien du nom de Lydell Cooper. Il a contribué à découvrir des traitements peu onéreux contre la malaria et la variole. Selon certains, son travail aurait permis de sauver des millions de vies. Mais en voyant la population du monde s'accroître dans des proportions incroyables, il a commencé à voir les choses autrement. Eradiquer les maladies avait contribué, pensait-il, à affaiblir le système naturel de régulation de la population humaine. Les femmes ne mettaient pas plus d'enfants au monde, mais ces enfants étaient plus nombreux à survivre, de même que la progéniture de ces mêmes enfants. Sans maladie, prétendait-il, l'humanité était vouée à l'extinction.

« Il a écrit un livre à ce sujet, et s'est mis à militer pour un système de planning familial à l'échelle planétaire. Avec ses « disciples », il a fondé un groupe, les Responsivistes, « ceux qui sont responsables ». Le groupe en question est donc devenu le « mouvement responsiviste », qui a vite attiré des personnalités importantes de tous les horizons possibles, politiciens, stars du sport ou du show-business. Cooper est mort depuis une dizaine d'années, mais le mouvement a pris de l'ampleur sous la direction d'un couple, mari et femme. Leur nom m'échappe, cela me reviendra peut-être…

— Et quelles sont les activités de ce mouvement ? demanda Juan.

— Ils tiennent des centres de planning familial partout dans le monde, ils fournissent aux gens des préservatifs gratuits, organisent des avortements et pratiquent des opérations, vasectomies et ligatures des trompes, sur des patients des deux sexes. Comme vous pouvez l'imaginer, ils sont à couteaux tirés avec l'Eglise catholique et tout ce qui se situe à droite de l'échiquier politique.

Juan parcourut la pièce du regard.

— Dernière question : qu'ont bien pu faire les Responsivistes pour que quelqu'un se charge d'en éliminer un navire entier, sans parler du malheureux équipage ?

Personne ne put fournir la moindre réponse.

Chapitre 10

Le travail des hélicoptères des paparazzis était entravé par la tente d'un blanc immaculé installée sur les pelouses impeccables de la propriété de Beverly Hills. La tente était bien deux fois plus grande que la piscine d'un bleu d'azur toute proche, pourtant de dimensions olympiques. Lorsqu'un hélico Bell JetRanger de la police du comté de Los Angeles apparut, les deux appareils loués par les journalistes s'éclipsèrent avant que leurs numéros d'immatriculation puissent être relevés, première étape avant les poursuites pour avoir survolé une zone interdite. Les pilotes tenaient avant tout à éviter l'arrestation, malgré toutes les gratifications et les beaux discours des paparazzis.

Les invités traités avec les plus grands égards sous la tente étaient habitués à de telles intrusions et s'en souciaient fort peu. Le bruit des appareils se dissipa, et le brouhaha des conversations retrouva son volume sonore habituel. L'orchestre, installé sur une estrade d'un côté de la tente, se remit à jouer, tandis que des starlettes bronzées, vêtues des minuscules bikinis de rigueur dans toutes les fêtes hollywoodiennes dignes de ce nom, revenaient s'ébattre au bord de la piscine.

La bâtisse qui dominait le vaste jardin était une fausse villa méditerranéenne couvrant plus de trois mille cinq cents mètres carrés de surface habitable, sans compter le pavillon réservé aux invités. Le garage souterrain pouvait accueillir une vingtaine d'automobiles. Pour parvenir à satisfaire les désirs des nouveaux propriétaires, il avait fallu regrouper deux domaines de plusieurs millions de dollars chacun, et des équipes d'ouvriers s'étaient relayées jour et nuit pendant trois ans pour terminer le complexe, soustrait aux regards par un mur d'enceinte. Dans une ville pourtant habituée aux étalages de richesse, les travaux avaient suscité dès le départ une foule de rumeurs et de potins.

Thomas et Heidi Severance étaient les propriétaires de la villa et de ses dépendances. Ce n'étaient ni des comédiens ni des nababs du cinéma, même si Thom s'était consacré pendant deux ou trois ans à un travail de cadre pour un studio. Ils étaient les gardiens et les héritiers du domaine de feu le Dr Lydell Cooper, fondateur du mouvement responsiviste en pleine expansion, et dont ils assuraient désormais la direction. L'argent dépensé pour construire la villa, quartier général du mouvement en Californie, provenait de dons du monde entier, mais l'élite hollywoodienne, qui rejoignait les Responsivistes en rangs serrés, en avait fourni une part non négligeable.

Thom Severance avait été parmi les premiers à reconnaître la valeur du sensationnel ouvrage du Dr Cooper, *La natalité nous tuera : comment la surpopulation va détruire la civilisation*, et il s'était rapproché de l'auteur afin de l'aider à faire connaître son message. Tout naturellement, Thom trouva son âme sœur en la personne d'Heidi, la fille de Cooper. Ils se marièrent après s'être fréquentés pendant deux mois, et c'est leur énergie sans bornes qui fit du Responsivisme un phénomène d'ampleur mondiale. Ils poursuivirent l'œuvre de Cooper après sa mort, conformément à ses vœux. Leur charisme permit d'attirer de nombreuses personnalités de l'industrie du spectacle, et lorsque l'actrice Donna Sky fit savoir au monde qu'elle était une Responsiviste depuis des années, la popularité du mouvement explosa littéralement.

Thomas mesurait un bon mètre quatre-vingts, et ses traits, magnifiés par l'art de la chirurgie plastique, lui donnaient l'aura d'un chef. Il était âgé de cinquante-trois ans, mais ses cheveux d'un blond roux étaient encore fournis et son regard n'avait rien perdu de son pouvoir de fascination. Sa veste en lin crème était coupée un peu large, mais loin de nuire à l'attrait de son corps sculpté par l'exercice, elle mettait en valeur sa musculature. Lorsqu'il souriait, ce qui lui arrivait souvent, ses dents blanches offraient un contraste saisissant avec son teint hâlé.

Heidi se tenait à ses côtés. Elle n'avait que deux ans de moins que Thomas, mais en paraissait à peine quarante. Elle incarnait la beauté californienne, avec ses cheveux blonds, ses yeux bleus au regard vibrant et sa silhouette d'athlète professionnelle. Son cou, long et gracieux, était son atout maître, et elle savait le faire admirer en portant des tops décolletés et des colliers ornés de diamants de la plus belle eau.

Heidi et Thomas étaient, chacun à leur manière, très séduisants. Ensemble, ils formaient un couple fascinant, qui n'éprouvait aucune difficulté à capter l'attention générale, en particulier ce jour-là, où une réception était organisée pour célébrer l'inauguration du nouveau quartier général.

— Félicitations, Thom, lança un metteur en scène célèbre, qui se glissa près d'eux pour embrasser les joues bronzées d'Heidi avec une familiarité de bon ton. Et à toi aussi, Heidi ! Vous pouvez être fiers de vous. Le Dr Cooper le serait, ajouta-t-il avec une nuance de respect dans la voix. Pour les générations futures, ce lieu restera comme une digue qui aura su tenir en échec les vagues déferlantes de la surpopulation.

— Le flambeau de l'espoir pour l'humanité, répondit Heidi. Mon père m'avait avertie qu'au début, le combat serait rude. Mais notre message est bien entendu, les gens commencent à comprendre les enjeux, et ils verront bientôt que le mode de vie que nous prônons est celui de la responsabilité.

— J'ai lu dans *Générations* un article sur la baisse du taux de natalité dans les villages autour de notre nouvelle clinique en Sierra Leone, poursuivit le metteur en scène, citant le magazine biannuel du mouvement.

Thomas Severance hocha la tête.

— En effet, loin des régions où les missionnaires chrétiens et musulmans ont pu corrompre les populations avec leurs mensonges, nous avons de bons résultats, meilleurs que ceux que nous espérions. Nous arrivons à faire comprendre aux villageois qu'en empêchant de nouvelles naissances, nous les aidons à améliorer leur niveau de vie, bien mieux que les platitudes et les aumônes des églises.

— Est-ce que nous leur expliquons aussi que nos

vies subissent l'influence des interférences entre les branes[1] ? Et comment combattre ce phénomène ?

— L'existence d'une présence extraterrestre dans une dimension parallèle de notre univers est encore un sujet sensible, répondit Thomas. La philosophie qui nous guide a besoin de temps pour être expliquée. Pour l'instant, il faut nous contenter de réduire le taux de natalité dans cette région du monde.

Le metteur en scène parut approuver la réponse de Thomas, et salua le couple en levant son verre avant de s'éloigner et de se perdre dans la foule. D'autres convives, qui tournaient depuis un moment autour du couple, s'approchèrent des Severance pour les féliciter.

— C'est un homme de bien, murmura Heidi à l'oreille de son mari.

— Son dernier film lui a rapporté plus de deux cents millions, mais ses contributions des derniers mois ont baissé de cinq pour cent.

— J'en parlerai à Tamara.

Tamara était la dernière conquête du metteur en scène, et maintenant son épouse. Elle faisait également partie des protégées d'Heidi.

Thomas, occupé à extraire un téléphone mobile de la poche de sa veste, ne parut pas l'entendre. Il l'ouvrit, prononça son nom, et écouta son interlocuteur pendant

1. Extrapolation à partir de la théorie des cordes. Selon la théorie des cordes, l'univers occuperait l'une des innombrables « vallées » d'un vaste paysage de solutions possibles, et ce qui nous apparaît comme une particule ponctuelle est en fait une minuscule corde. En outre, cette théorie prédit l'existence d'objets en forme de membranes, nommés branes, susceptibles d'avoir diverses dimensions. Quand les cordes ont des extrémités, ces dernières sont situées sur une brane.

une minute sans que son visage trahisse la moindre émotion.

— Merci, dit-il enfin, puis il referma le clapet du téléphone.

Il se tourna vers Heidi, dont les yeux brillants et le sourire étaient plus éclatants que le diamant de onze carats qui étincelait à son cou.

— Un cargo vient d'annoncer qu'il avait repéré l'épave d'un navire flottant dans l'océan Indien.

— Oh, mon Dieu !

— Des sauveteurs l'ont formellement identifié. Il s'agit du *Golden Dawn*.

Heidi Severance porta une main à sa gorge ; ses joues s'empourprèrent.

— Ils n'ont découvert aucun survivant.

Un sourire s'épanouit sur le visage d'Heidi.

— C'est merveilleux, tout simplement merveilleux, murmura-t-elle à Thomas, comme extasiée.

Son mari paraissait quant à lui soulagé d'un grand poids.

— Encore quelques semaines, ma chérie, et l'œuvre pour laquelle nous avons travaillé, ton père et nous, verra enfin le jour. Le monde renaîtra, et cette fois, rien ne viendra entraver nos projets.

— Il renaîtra à notre image, ajouta Heidi en lui prenant la main.

Pas une seconde, elle ne pensa aux sept cent quatre-vingt-trois hommes, femmes et enfants qui avaient péri à bord du *Golden Dawn*, et parmi eux de nombreux membres de leur organisation. Par comparaison avec les morts à venir, un tel chiffre semblait infinitésimal.

Chapitre 11

Moins de douze heures après avoir signalé le naufrage du *Golden Dawn*, Cabrillo et son équipe, sans avoir établi de plan précis ni dévoilé la moindre information quant à leur incursion à bord, savaient déjà quelle direction ils entendaient prendre. Une chose était sûre : il fallait aller jusqu'au bout et découvrir ce qui se tramait.

La Corporation était sans conteste une entreprise à but lucratif, mais elle était guidée par le sens moral de Juan Cabrillo comme par une boussole. Certaines missions étaient refusées, quelles qu'en soient les perspectives financières. Et parfois l'opportunité se présentait de faire œuvre utile sans gratification pécuniaire à la clé. Dans le cas présent, comme en d'autres occasions par le passé, Juan décida de laisser à son équipe la possibilité de quitter l'*Oregon* jusqu'à ce que la mission en cours soit terminée. S'il n'hésitait jamais à prendre des risques importants lorsque la cause lui paraissait en valoir la peine, il ne se sentait pas le droit d'en exiger autant de ses hommes.

Cette fois encore, personne à bord n'accepta son offre. Tous étaient prêts à le suivre jusqu'aux portes de l'enfer. Juan était fier de la merveille qu'était l'*Oregon*, mais ce n'était rien comparé à ce qu'il ressentait pour son équipage.

Ces hommes et ces femmes étaient peut-être des mercenaires, mais jamais auparavant Juan n'avait eu l'occasion de travailler avec des gens d'une telle abnégation. Bien qu'ils aient tous amassé de coquettes sommes au fil des ans, une sorte d'accord tacite les liait : ils étaient prêts à braver tous les dangers pour les mêmes causes que celles qui les motivaient à l'époque où ils travaillaient pour leurs agences gouvernementales respectives. Ils pensaient et agissaient de la sorte parce que le monde devenait chaque jour plus dangereux ; si personne ne se levait pour agir, eux le feraient.

L'*Oregon* filait à bonne vitesse vers le nord après avoir franchi le détroit de Bab el-Mandeb, ou Porte des Larmes, qui séparait le Yémen de Djibouti. Ils naviguaient en mer Rouge, et Cabrillo savait que les nombreux services rendus à la compagnie égyptienne Atlas Marine Services, gestionnaire du canal de Suez, lui permettraient de rejoindre le lendemain matin l'unique convoi maritime en partance vers le nord.

Il faudrait onze heures pour franchir les cent un miles qui séparaient Suez de Port-Saïd, mais une fois arrivés là-bas, il leur suffirait d'une journée pour atteindre leur destination finale.

Des centaines de bâtiments croisaient dans la zone du canal, et les voies de navigation de la mer Rouge étaient saturées. Afin de ne pas susciter la méfiance des autres navires, Juan décida de poster un homme de quart sur la passerelle, même si l'*Oregon* était en réalité piloté depuis le centre opérationnel, sous le pont.

Juan venait de rejoindre lui aussi la passerelle où il surveillait les préparatifs en vue de l'arrivée, au matin, d'un pilote du canal. Des tempêtes de sable faisaient rage vers l'ouest, sur l'Afrique. Le soleil qui perçait les nuages aux teintes ocre baignait l'*Oregon* d'une lueur irréelle. La température se maintenait aux alentours de vingt-six degrés et ne baisserait guère, même lorsque le soleil achèverait sa course à l'horizon.

— Quelle vue ! commenta Julia Huxley en émergeant par une porte secrète de la salle des cartes aménagée à l'arrière de l'abri de navigation.

Le ciel rougeâtre faisait briller son visage comme celui d'une Indienne des Plaines tandis qu'elle observait la tempête lointaine. La douceur de la lumière masquait son épuisement.

— Comment va notre patiente ? demanda Juan.

— Elle devrait se remettre, répondit Julia. Si elle ne présente toujours pas de symptômes demain matin, je la ferai sortir de quarantaine. Et vous, comment ça va ?

— Tout va bien, il me suffisait d'une bonne douche et d'un peu de repos. En savez-vous un peu plus sur ce qu'elle a vécu à bord du *Dawn* ?

— Linda rédige un rapport sur tout ce que nous avons obtenu jusqu'à présent, non seulement mes propres notes, mais aussi les informations rassemblées par Mark et Eddie. Elle m'a dit que ce serait terminé d'ici une demi-heure.

Juan consulta sa montre.

— Je n'attendais rien de définitif avant quelques heures.

— Murph et Stone semblent particulièrement motivés…

— Laissez-moi deviner : ils veulent impressionner Jannike par leurs talents de limiers ?

Julia hocha la tête.

— Je les ai surnommés les « Hardly Boys[1] ».

Juan mit un instant à comprendre le jeu de mots, puis émit un gloussement.

— Cela pourrait s'appliquer à pas mal de monde.

Lorsque Julia souriait, son nez se fronçait comme celui d'une petite fille.

— J'étais sûre que cela vous amuserait.

Un antique interphone accroché à une cloison se mit à hurler comme un perroquet asthmatique.

— Président, ici Linda.

Juan écrasa le bouton de l'appareil du talon de la main.

— Je vous écoute, Linda.

— Tout est prêt dans la salle de conférences. Eric et Murph sont arrivés. Il ne manque que vous, Max et Julia.

— Julia est avec moi, répondit Juan. La dernière fois que j'ai vu Max, il était dans sa cabine, en train de s'engueuler avec son ex.

— Je vais demander à Eric d'aller le chercher. Sinon, c'est quand vous voulez…

— J'arrive dans une minute, conclut Juan avant de se tourner vers le médecin. Allez-y, Julia, je vous rejoins.

---

1. Référence aux Hardy Boys (*Les Frères Hardy* en français), une série policière pour la jeunesse écrite par Franklin W. Dixon, un pseudonyme collectif, et publiée entre 1926 et 1979 aux Etats-Unis. Elle racontait les enquêtes de Frank et Joe Hardy, deux frères détectives privés. « Hardly » se traduisant par « à peine », « Hardly Boys » est donc un jeu de mots ironique et peu flatteur (« À peine des garçons » ou « Pas des vrais garçons »). *(NdT.)*

Julia enfonça ses mains menues dans les poches de sa blouse et entra dans la cabine d'ascenseur pour rejoindre le centre opérationnel, chemin le plus court pour accéder à la salle de conférences.

Juan sortit sur l'aileron de passerelle, où le vent fit bouffer sa chemise de coton. Une longue inspiration lui fit sentir au fond de sa gorge le parfum du désert lointain. Depuis son enfance, il était attiré par la mer, mais le désert exerçait sur lui une fascination presque aussi puissante. Tout comme l'océan, le désert était un univers à la fois inhospitalier et indifférent, et pourtant, depuis des temps immémoriaux, l'homme s'y aventurait, mû par l'esprit d'aventure ou l'appât du gain.

Né à une autre époque et dans un autre lieu, Juan se serait volontiers vu conduire des caravanes à travers le Sahara ou l'immense Rub al-Khali saoudien, appelé aussi le « Grand Quart Vide ». Ce qui l'attirait avant tout, c'était le mystère de ce qui se dissimulait derrière la prochaine vague, ou la prochaine dune.

Il ignorait encore où le mèneraient ses réflexions sur le drame du *Golden Dawn*, mais l'assassinat de centaines de personnes était un crime qu'il n'avait pas l'intention de laisser impuni. Son équipe travaillait sans relâche à rassembler des renseignements, et d'ici quelques minutes, un plan d'action commencerait à se dessiner. Une fois la stratégie définie, elle devrait être mise en œuvre avec une précision militaire. Lui et ses hommes excellaient dans ce domaine. Debout près du bastingage, les mains serrées sur le métal brûlant, Juan pouvait profiter de ces quelques instants pour laisser parler ses émotions. Plus tard, il les contrôlerait, les dirigerait et les utiliserait pour aller de l'avant, mais pour l'heure, il laissait la tempête faire rage, et n'éprouvait que fureur et colère dévastatrice à l'idée de toutes ces morts absurdes.

L'injustice du sort subi par ces innocents était comme un cancer qui lui rongeait les tripes. Seul remède, l'anéantissement de ces assassins. Qui ils étaient, Juan l'ignorait encore, leur image se perdait dans le feu de sa rage, mais l'enquête de la Corporation se chargerait de calmer les flammes et dc débusquer la proie.

Les articulations des doigts de Juan craquèrent, et il relâcha son étreinte sur le bastingage. Le métal avait tracé des sillons en travers de ses paumes ; il secoua ses mains quelque peu endolories et inspira longuement. Le spectacle commence, songea-t-il.

La salle de conférences baignait dans des effluves d'épices. L'Afrique était toute proche, et Maurice avait préparé un repas éthiopien. Sur la table étaient disposées une pile d'*injeras*, sorte de pains non levés semblables à des crêpes, et des dizaines de sauces, froides ou chaudes. Il y avait des plats de poulet, de bœuf, de mouton, des lentilles, des pois chiches et des préparations épicées à base de yaourt. Traditionnellement, le convive déchire une portion d'*injera*, la recouvre d'un aliment et la roule comme un cigare avant de la déguster en quelques bouchées rapides. C'est un exercice parfois salissant, et Juan suspectait Maurice d'avoir organisé ce repas pour le seul plaisir de voir Linda Ross, réputée pour sa gourmandise, s'empiffrer sans retenue.

Vétéran de la Royal Navy, Maurice était un chaud partisan de la tradition qui consiste à servir des grogs à bord des navires ; dans le cas présent, il l'avait remplacé par un vin de miel éthiopien connu sous le nom de *tej*, dont la saveur douce calmait le feu des épices les plus redoutables.

Le brain-trust de Juan Cabrillo était installé au grand complet autour de la table. Juan savait que plus bas, dans l'armurerie du bord, une réunion semblable se tenait sous la direction de Franklin Lincoln avec les membres de l'équipe des opérations spéciales. Juan était loin d'être affamé, aussi se contenta-t-il de remplir son verre de vin et d'en savourer une gorgée. Il laissa les autres remplir leurs assiettes avant de se pencher en avant sur son siège et de commencer officiellement la réunion.

— Comme vous le savez, nous sommes confrontés à deux problèmes distincts, mais qui sont peut-être liés. En premier lieu, nous devons faire sortir le fils de Max du complexe responsiviste où il se trouve, en Grèce. Linc est en train d'établir avec ses « chiens armés » un plan tactique d'assaut. Mais une fois Kyle exfiltré, que faudra-t-il faire ?

— Devrons-nous le déconditionner ? demanda Julia.

— C'est bien possible, compte tenu de ce que nous savons, répondit Mark.

— Alors, il s'agit bien d'une secte ?

Le ton de la voix de Max était sombre, et exprimait toute la peine qu'il ressentait à savoir son fils entre les griffes d'une telle organisation.

— Ils en affichent tous les critères, répondit Eric. Ils ont des leaders charismatiques. Les membres sont encouragés à cesser toute relation avec leurs familles et leurs amis. Ils doivent respecter un certain code de conduite établi par le fondateur, et lorsque certains veulent s'écarter du chemin tracé par le groupe, les autres membres les en empêchent.

— Les en empêchent… physiquement ? s'enquit Juan.

Eric hocha la tête.

— Selon certaines informations, des gens ayant cessé de pratiquer ont été enlevés chez eux et conduits dans des centres prévus pour… leur rééducation.

— Nous connaissons l'existence de leur complexe grec, dit Juan en jetant un regard circulaire autour de la table. Et leur ancien quartier général en Californie a été remplacé par cette villa dont Murph m'a montré les images cet après-midi. Que possèdent-ils d'autre ?

— Plus de cinquante cliniques dans certains des pays les plus pauvres du tiers-monde – Sierra Leone, Togo, Albanie, Haïti, Cambodge, Indonésie, Philippines – et plusieurs en Chine, où ils reçoivent un important soutien de la part des autorités, ce qui n'est pas pour nous surprendre.

— C'est un cas intéressant, commenta Mark Murphy, la bouche encore à moitié pleine. Les Chinois vouent aux sectes une haine féroce. Ils s'acharnent en permanence sur les pratiquants du Falun Gong, qu'ils considèrent comme une menace contre le parti unique et le gouvernement centralisé, mais ils tolèrent les Responsivistes en raison de leurs positions sur le contrôle des naissances.

— Pékin sait qu'ils peuvent représenter une menace, mais ils sont prêts à prendre le risque, car les Responsivistes donnent une sorte de légitimité, une caution occidentale à leur politique draconienne, qui se résume en un slogan : « Une famille, un enfant », intervint Eddie.

Eddie connaissait assez la Chine pour que personne ne songe à mettre en doute son analyse.

— Pour en revenir à Kyle, poursuivit Juan, soucieux d'avancer, avons-nous pris contact avec un déconditionneur ?

— Oui, répondit Linda Ross. Techniquement parlant, ce que nous allons faire s'appelle un kidnapping. Nous devons le faire sortir de Grèce aussi vite que possible pour éviter tout problème avec la police grecque. Nous retrouverons ce conseiller à Rome. Chuck « Tiny » Gunderson s'occupera de transférer notre jet Gulfstream de la Côte d'Azur vers l'aéroport d'Athènes, d'où Kyle s'envolera pour l'Italie. Le psy en question s'appelle Adam Jenner. Il s'est spécialisé dans le traitement des anciens Responsivistes, qu'il aide à retrouver une vie normale. D'après ce que nous savons, c'est le meilleur au monde dans son domaine.

— A-t-il fait lui-même partie du mouvement ? demanda Juan.

— Non, mais il s'est donné pour but de l'abattre. Au cours des dix dernières années, il a aidé plus de deux cents personnes à lui échapper.

— Et avant cela ?

— Il était psychothérapeute à Los Angeles. A propos, c'est sans doute accessoire, mais ses honoraires se montent à cinquante mille dollars, plus les frais, mais avec la garantie que Kyle sera libéré de toute emprise mentale du mouvement au terme du processus.

— J'ose l'espérer, maugréa Max.

— Si un psy peut gagner sa vie en déconditionnant des adeptes du mouvement, coupa Eddie, je suppose que ceux-ci doivent être nombreux ?

— D'après leur site officiel, ils seraient plus de cent mille, répartis dans le monde entier, précisa Linda, mais selon le site de Jenner, ce chiffre doit être divisé par deux, ce qui reste tout de même considérable. Et comme les stars d'Hollywood s'empressent de prendre le train en marche et que pas mal de gens les suivent, leur recrutement se porte plutôt bien.

— Au cas où je doive le rencontrer, quelle couverture avez-vous utilisée lorsque vous avez contacté Jenner ? demanda Juan.

— J'ai noté tout cela, dit Linda en montrant un classeur. Max est un promoteur immobilier de Los Angeles qui souhaite le retour de son fils. Et nous sommes l'entreprise de sécurité à laquelle il a fait appel pour organiser ce retour. L'assistante de Jenner semblait perplexe quand je lui ai raconté notre histoire, mais j'ai l'impression qu'ils ont déjà été confrontés à des cas semblables.

— Très bien. Dès que nous avons mis la main sur Kyle, nous l'emmenons à l'aéroport ; Gunderson s'envole avec lui pour Rome, et nous transmettons le relais à Jenner, résuma Juan. A propos, son passeport sera contrôlé, il nous en faudra un nouveau.

— Enfin, Président ! s'écria Linda comme si elle avait été personnellement insultée. Max a déjà reçu par mail la photo de Kyle. Nous allons la bricoler pour qu'elle ressemble à une photo officielle, et nous établirons un passeport.

Juan adressa un signe à Linda pour qu'elle essuie la sauce qui lui tachait le menton.

— Voilà pour le problème numéro un. Passons au numéro deux. Que s'est-il passé sur le *Golden Dawn* et pourquoi ? Que savons-nous exactement ?

Linda consulta ses informations en pianotant sur le clavier de son ordinateur portable.

— Le *Golden Dawn* et ses frères, le *Golden Sky* et le *Golden Sun*, appartiennent à la Golden Cruise Lines, une compagnie danoise créée au milieu des années quatre-vingt. Ils organisent les mêmes croisières que leurs concurrents – la Méditerranée, les Caraïbes, les mers du Sud – ainsi que des croisières spécialement affrétées pour des événements ou des groupes particuliers. La compagnie a été contactée il y a quatre mois pour transporter quatre cent vingt-sept Responsivistes des Philippines jusqu'en Grèce. Le *Golden Dawn* était le seul navire disponible.

— Cela fait beaucoup de monde pour s'occuper d'une clinique ou d'un centre de planning familial, commenta Juan.

— C'est bien ce que j'ai pensé, approuva Linda. Je continue à collecter des infos à ce sujet. Le site des Responsivistes ne dit rien sur cette croisière ni sur les activités d'un groupe d'une telle importance aux Philippines.

— Parfait, continuez…

— Ils ont quitté Manille le 17, et d'après les journaux de bord qu'a pu consulter Murph, il ne s'est produit aucun incident. Une croisière sans histoires…

— Jusqu'au moment où ils ont tué tout le monde, fit observer Max d'un ton acide.

Eric leva les yeux vers le numéro deux de la Corporation.

— Non, pas tout le monde. J'ai à nouveau visionné les images recueillies par notre drone. Il manquait l'un des canots de sauvetage du *Dawn*. Désolé, mais je ne l'avais pas remarqué hier soir, conclut-il en se tournant vers Juan.

Celui-ci ne fit aucun commentaire.

— Les journaux de bord informatiques du *Golden Dawn* indiquent que le canot a été mis à la mer environ huit heures avant notre arrivée, confirma Mark.

— Les tueurs – ou le tueur – étaient donc à bord pendant toute la traversée ?

— C'est probable. Stone et moi avons piraté le système informatique de la Golden Cruise. Nous avons récupéré le manifeste des passagers et celui de l'équipage, mais nous n'avons plus les corps pour vérifier qui était à bord au moment du naufrage, et il est donc impossible de réduire notre liste de suspects. Nous savons seulement qu'il n'y a eu aucun changement dans la composition de l'équipage après négociation du contrat, et aucun changement de dernière minute dans la liste des passagers. Les gens qui étaient censés être à bord étaient bel et bien à bord.

— Mais qui a bien pu tuer tout ce monde, bon Dieu ? lança Max.

— Si je devais jouer aux devinettes, je dirais qu'il peut s'agir des Responsivistes eux-mêmes, mais ce n'est pas une secte suicidaire comme le Temple du Peuple de Jim Jones ou la secte Aum Shinri Kyo. Certains prétendent que Lydell Cooper a fait don de sa vie en un acte de foi ultime, mais le mouvement ne prône pas le suicide. Selon eux, puisqu'ils sont nés et bien vivants, leur responsabilité morale consiste à faire connaître leur message, et non à se supprimer. L'autre possibilité, c'est que quelqu'un soit parvenu à infiltrer le mouvement.

— Des suspects ?

— En raison de leurs positions sur le contrôle des naissances et l'avortement, ils se livrent depuis des années à une bataille sans merci avec le Vatican, et avec bon nombre d'organisations chrétiennes conservatrices.

— Il existe des cinglés prêts à flinguer des médecins pratiquant des avortements, dit Juan en secouant la tête, mais pour tuer tous les passagers et l'équipage d'un navire, il faut une équipe bien organisée et des moyens. Je ne crois pas à un scénario dans lequel une poignée de bonnes sœurs ou de prêtres infiltreraient le mouvement pour tuer quelques centaines de ses membres.

— Quant à moi, je serais prêt à parier sur un groupe de fanatiques, suggéra Mark. Une contre-secte fondée pour lutter contre les Responsivistes, et peut-être composée d'anciens membres du mouvement ? Vous savez, mis à part leurs idées sur la natalité, ces gars ont de drôles de théories.

Juan l'ignora.

— Pourquoi des Responsivistes voudraient-ils en tuer d'autres ? Vous avez des hypothèses à proposer ?

— Je parlais sérieusement, intervint à nouveau Mark. Lorsque vous faites partie du mouvement depuis un moment, et que vous avez fait votre B.A. dans un quelconque pays du tiers-monde, ils vous laissent entrevoir les grands secrets du Responsivisme, et vous expliquent comment cette connaissance assurera votre salut.

— Allez, vas-y, explique, dit Juan, en partie pour lui faire plaisir, et aussi parce que Mark, certes fantaisiste, disposait d'une intelligence de tout premier plan.

— Vous avez déjà entendu parler de la théorie des branes ? C'est une hypothèse liée à la théorie des cordes, qui permet d'unifier les quatre forces fondamentales de l'univers, prouesse qu'Einstein n'est jamais parvenu à réaliser. Pour résumer, selon ce système, notre univers à quatre dimensions est en réalité une membrane unique, mais il en existe d'autres dans des ordres supérieurs du cosmos, si proches du nôtre que l'énergie et la matière au point zéro peuvent passer de l'un à l'autre et que les forces gravitationnelles de notre univers peuvent se répandre vers ces autres membranes. Bien sûr, toutes ces recherches sont assez pointues.

— Je le crois volontiers, commenta Juan.

— Bref, la théorie des branes a fini par susciter l'intérêt de certains spécialistes de la physique théorique vers le milieu des années quatre-vingt et Cooper s'est lui aussi penché sur la question. Il a même franchi un pas de plus. Selon lui, les particules quantiques ne sont pas les seules à entrer dans notre univers et à en sortir. Il pensait qu'une intelligence d'une autre brane exerçait une influence sur les habitants de notre dimension. Cette intelligence, disait-il, façonne nos vies de diverses manières que nous ne pouvons percevoir, et c'est la cause de toutes nos souffrances. Juste avant sa mort, Cooper a commencé à enseigner des techniques visant à limiter cette influence, à nous protéger contre ce pouvoir venu d'ailleurs.

— Et des gens ont gobé ça ? demanda Max, de plus en plus inquiet quant au sort de son fils.

— Oh oui ! Essayez de voir les choses de leur point de vue pendant une seconde. Si un « croyant » n'a pas de chance, s'il est déprimé, par exemple, ce n'est pas sa faute. Sa vie est bousillée par ces membranes intradimensionnelles. C'est une influence extraterrestre qui vous empêche d'obtenir une promotion dans votre travail ou de sortir avec la fille de vos rêves. C'est une force cosmique qui vous empêche d'aller de l'avant, et non votre propre inaptitude. Si vous croyez cela, vous n'avez plus besoin d'assumer vos responsabilités.

Et vous savez comme moi que c'est une attitude qui est bien dans l'air du temps. Le Responsivisme vous donne une excuse toute prête pour vos choix de vie erronés.

— Je vois bien l'intérêt que cela peut présenter à une époque où les gens poursuivent les enseignes de fast-food en justice parce qu'ils sont obèses, dit Juan. Mais quel rapport avec le massacre des passagers et de l'équipage d'un navire ?

— Je ne prétends pas avoir étudié tout cela à fond, dit Mark d'un ton penaud, mais si tout cela était vrai, vous voyez… Et si un extraterrestre d'une brane combattait avec un autre, piégé dans notre univers, et que nous soyons pris entre deux feux, comme de simples pions sur un échiquier ?

Juan Cabrillo ferma les yeux et poussa un grognement. Apparemment, l'esprit fantaisiste de Mark reprenait le dessus.

— Je ne manquerai pas de prendre tout cela en considération, mais dans l'immédiat, restons-en à nos ennemis terrestres, si vous le voulez bien.

— Cela paraissait plus crédible quand on en parlait hier soir, tu ne trouves pas ? glissa Mark à Eric.

— C'est parce que nous n'avions pas dormi depuis vingt heures. Et puis nous avions descendu une trentaine de cannettes de Red Bull chacun !

Eddie Seng lança d'une chiquenaude un morceau de pain dans sa bouche.

— Serait-il possible que ce groupe de passagers ait été choisi parce qu'ils avaient l'intention de quitter le mouvement ? Dans ce cas, les dirigeants auraient pu vouloir faire un exemple. Eric disait tout à l'heure qu'ils ne reculaient pas devant des enlèvements. Peut-être sont-ils passés au stade suivant : le meurtre ?

Max lui lança un regard effaré, le visage rongé d'inquiétude.

— C'est une possibilité, répondit Linda avant de remarquer l'évidente émotion de Max. Désolée, Max, mais il faut tout envisager. Et puis votre fils est un nouveau converti, il n'a pas l'intention de les quitter.

— Tu es certain de vouloir assister à toute cette réunion ? demanda Juan Cabrillo à son meilleur ami.

— Bon Dieu, oui ! aboya Max. C'est de mon fils que nous parlons, et je ne peux pas m'empêcher de penser que je l'ai laissé tomber. Si j'avais été un meilleur père, il ne se serait pas fourvoyé dans des dérives aussi dangereuses.

Pendant quelques secondes, personne ne sut comment réagir. A la surprise générale, ce fut Eric qui rompit le silence. Il était tellement versé dans les domaines techniques que l'on en oubliait parfois son côté humain.

— Max, j'ai grandi avec un père abusif. C'était un ivrogne ; il nous battait, ma mère et moi, dès qu'il avait assez d'argent pour s'offrir une bouteille de vodka. C'est à peu près la pire situation qu'on puisse imaginer et pourtant, je m'en suis sorti. Le foyer parental n'est qu'un des éléments qui contribuent à nous façonner tels que nous sommes. Si vous aviez été plus présent pour votre fils, cela aurait peut-être changé les choses, ou peut-être pas. Impossible de le savoir, alors ce n'est pas la peine de spéculer. Si Kyle est ce qu'il est, c'est aussi en raison de ses choix. Vous n'étiez pas toujours là non plus pour votre fille, et elle a très bien réussi comme comptable.

— Avocate, corrigea Max d'un air absent. Et elle ne doit sa réussite qu'à elle-même.

— Si vous ne vous sentez pas responsable du succès de votre fille, alors cessez de vous attribuer les échecs de votre fils.

Max laissa planer un silence avant de répondre.

— Quel âge avez-vous ?

— Vingt-sept ans, répondit Eric, visiblement mal à l'aise.

— Eh bien, fils, votre sagesse est celle d'un homme bien plus âgé. Merci.

Eric lui répondit par un sourire.

Les lèvres de Juan articulèrent les mots « Bien joué » et la réunion put poursuivre son cours.

— Existe-t-il un moyen de vérifier la théorie d'Eddie ?

— On peut essayer de pirater le système informatique des Responsivistes, suggéra Mark. On en tirera peut-être quelque chose, mais il serait étonnant qu'on y trouve une liste de tous les membres, précisant qui s'est montré gentil et qui a été vilain.

— Il faut tenter le coup, ordonna Juan. Comparez le manifeste des passagers du *Golden Dawn* avec leurs données. Il existe sûrement un critère qui distingue ces gens des autres membres. S'ils n'étaient pas sur le point de quitter le mouvement, c'est qu'il y a autre chose. Je veux savoir pourquoi ils étaient si nombreux en même temps aux Philippines. La réponse à cette question est probablement notre seul indice.

Juan se leva pour marquer la fin de la réunion.

— Nous atteindrons le canal de Suez demain matin à cinq heures. Rappelez à vos hommes que nous aurons un pilote à bord jusqu'à notre départ de Port-Saïd ; il est essentiel de rester en mode « camouflage complet ». Max, assure-toi que l'appareil fumigène relié à la cheminée est alimenté jusqu'à la gueule, et fais vérifier les ponts – rien ne doit nous trahir. Une fois en Méditerranée, nous disposerons de vingt-quatre heures pour mettre au point avec Linc notre plan d'action, et de douze heures de plus pour tout mettre en place. Ensuite, nous nous occuperons de récupérer Kyle Hanley. Dans quarante-huit heures, il sera à Rome avec le déconditionneur, et nous serons en route vers la Côte d'Azur pour notre mission d'écoute.

A ce stade, jamais Juan Cabrillo n'aurait pu se douter de la tournure qu'allaient prendre les événements.

Chapitre 12

Juan enfonça un peu plus l'oreillette de sa radio et tapota son micro-gorge pour avertir les autres qu'il était en position. Le complexe responsiviste s'étendait sous ses yeux, ensemble chaotique de bâtiments ceint d'un mur de béton blanchi à la chaux. Derrière le domaine se trouvait une plage rocheuse où une unique jetée de bois s'avançait d'une trentaine de mètres dans les eaux du golfe de Corinthe. La marée commençait juste à monter, et Juan percevait l'odeur de l'eau de mer, transportée par une douce brise.

Les bâtiments étaient bas, comme s'ils s'accrochaient au sol, et rappelèrent à Juan les œuvres architecturales de Frank Lloyd Wright. Les minces toitures étaient couvertes de tuiles ondulées en terre cuite rouge. A l'intérieur de la propriété, les pelouses semblaient brûlées par la sécheresse, et les feuilles des quelques oliviers noueux étaient desséchées. Il était trois heures trente du matin, et le seul éclairage provenait de projecteurs installés au sommet de poteaux disposés selon un plan précis.

Juan concentra son attention sur le mur. Formé d'une double épaisseur de blocs de béton, il était haut d'un peu plus de trois mètres et s'étendait sur presque deux cent cinquante mètres de chaque côté. Comme souvent dans cette région du monde, le sommet du mur était hérissé de tessons de verre destinés à décourager les intrus. La veille, Juan et Linda s'étaient rendus dans les locaux de l'unique entreprise de sécurité de la ville de Corinthe, où ils s'étaient fait passer pour un couple d'Américains, nouveaux propriétaires d'une villa en bord de mer et désireux d'y installer un système d'alarme. Le patron s'était vanté d'avoir équipé le domaine des Responsivistes, exhibant avec fierté un autographe de Donna Sky sur une photo de vingt centimètres sur vingt-cinq comme preuve indubitable de sa bonne foi.

Une fois en position, Juan s'était tout d'abord intéressé au fil de détente qui parcourait la longueur du mur. Il passa ensuite aux caméras ; il en dénombra treize, placées à l'extérieur des bâtiments. Il y en avait sans doute d'autres à l'intérieur.

Un portail électrique coupait l'allée de pierre, et une porte de dimensions plus réduites, à l'arrière du domaine, donnait sur la plage et la jetée. Deux clôtures grillagées prolongeaient, côté rivage, les murs du complexe, pour empêcher d'éventuels promeneurs de pénétrer sur la propriété.

Si les dispositifs de sécurité n'étaient pas spécialement voyants, ils donnaient cependant à l'ensemble une allure inhospitalière – sauf de l'extérieur, nota Juan. L'endroit ne semblait pas conçu pour dissuader les gens d'entrer, mais plutôt pour les empêcher de sortir.

Il passa à nouveau en revue le terrain entre les diverses constructions. Trois Jeep étaient garées devant le bâtiment principal. Un scan thermique lui indiqua que leurs moteurs étaient froids. Aucun garde ne patrouillait les allées qui quadrillaient la propriété, aucun chien n'était visible, et les caméras montées sur les avant-toits et sur les poteaux d'éclairage demeuraient immobiles. Il devait y avoir un poste de sécurité à l'intérieur, avec du personnel, et probablement un garde de faction devant des écrans de contrôle. C'est pourquoi Juan Cabrillo avait chargé les membres de l'équipe de surveillance de tout observer en détail, à partir du moment où ils seraient transportés par hélico de l'*Oregon* jusqu'à Athènes.

Il avait suffi d'une demi-heure à Linc et Eddie, installés de l'autre côté de la route dans une oliveraie qui dominait le complexe, pour dresser un plan des angles morts des caméras et transmettre l'information au navire. Selon leur estimation, environ quarante-cinq Responsivistes se trouvaient sur place ; les bâtiments auraient d'ailleurs pu en abriter le double dans de relativement bonnes conditions de confort.

Une fois la stratégie planifiée et les aspects tactiques de l'opération mis au point, l'équipe avait passé la journée précédente à mettre le dispositif en place – réserver des voitures de location, effectuer une reconnaissance des itinéraires de fuite les mieux adaptés, et trouver un endroit où George Adam pourrait faire atterrir l'hélico et transférer Kyle sur le tarmac de l'aéroport international Elefthérios Venizelos, à Athènes. Grâce à Chuck Gunderson, le jet Gulfstream de la Corporation était déjà prêt à s'envoler pour Rome. Les formalités avaient été expédiées, et une limousine les attendrait à l'arrivée.

Pour le cas où les choses ne se passeraient pas aussi bien que prévu, des tactiques alternatives avaient été établies, prêtes à être mises en œuvre sans délai. Les détails étaient minutieusement réglés ; Eric Stone, à bord de l'*Oregon*, après avoir étudié les horaires des marées, avait pu déterminer le moment précis où ils se lanceraient à l'assaut.

Juan jouerait bien entendu un rôle clé dans l'enlèvement de Kyle, mais c'était Eddie Seng, responsable des opérations à terre, qui dirigerait le commando de quatre personnes, et il était de sa responsabilité de s'assurer que tout le monde soit prêt à temps.

— Dans une minute exactement, l'entendit-il murmurer à la radio. Top chrono.

Juan appuya sur la touche « TRANSMISSION » pour accuser réception. Afin de s'assurer que ses deux Glock 19 ne lui feraient pas défaut à la dernière seconde, il testa une dernière fois les étuis à dégainage rapide qui reposaient contre ses hanches. Son arme de poing préférée était en général le Five-seveN automatique de la Fabrique nationale de Herstal, car ses petites munitions de 5.7 mm venaient à bout de quasiment n'importe quel gilet pare-balles, mais cette fois-ci, il ne s'agissait pas de tuer. Les hommes de l'armurerie de l'*Oregon* n'avaient chargé qu'à moitié les cartouches des Glock et les balles de plomb avaient été remplacées par des balles de plastique balistique. Celles-ci n'étaient mortelles qu'à très courte portée, mais au-delà de cinq mètres, un seul tir suffisait tout de même à mettre un homme hors d'état de nuire.

Les secondes s'égrenaient lentement et, comme par un signe du destin, des nuages glissèrent sur le quartier de lune. La nuit était d'encre. Juan entendait faiblement le battement des pales de l'hélico alors que Gomez Adams se mettait lui aussi en position.

— Prêt ? demanda Juan à Mark Murphy, accroupi près de lui dans un fossé au bord de la route.

— Deux missions en trois jours, murmura Mark, à croire que vous m'en voulez…

— Allons ! Au contraire, considérez-vous plutôt comme notre hacker de combat !

Juan jeta un regard sur sa manche, sur laquelle un minuscule écran d'ordinateur souple était installé. La résolution de l'image, basée sur la technique de l'encre électronique, était d'une clarté parfaite. La photographie affichée montrait le complexe responsiviste vu d'une altitude de trois cents mètres. Linda Ross, dans une camionnette garée un peu plus loin sur la route, était aux commandes d'un drone. Lorsque la caméra de l'engin effectuait un zoom, Juan bénéficiait d'une vue précise du complexe et surtout, il était en mesure de repérer toute présence humaine à l'extérieur des bâtiments. Les batteries et l'ordinateur lui-même étaient cousus au dos de son gilet de combat.

— Allons-y, annonça Eddie à la radio.

Juan tapa sur l'épaule de Murph, et ils traversèrent ensemble la route au pas de course, leurs bottines à semelles souples silencieuses sur le macadam.

Lorsqu'ils atteignirent le mur, Juan se retourna et joignit ses mains en coupe ; Mark y posa un pied, puis, d'un mouvement vif, se hissa sur ses épaules.

Mark faillit commettre l'erreur de s'appuyer sur le sommet du mur, mais il se retint juste à temps avant de se blesser les mains sur les tessons. Il s'arrêta un instant pour laisser Juan Cabrillo retrouver son équilibre. S'il n'avait pas été déjà informé de son existence, Mark n'aurait sans doute même pas remarqué le fil de détente monofilament, presque invisible, qui longeait le mur sur sa longueur à un peu plus d'un centimètre du bord, et soutenu par des dizaines de minuscules isolateurs. Il suffisait d'une pression à peine supérieure à cinq kilos pour couper le fil et déclencher l'alarme. Il tira un voltmètre d'un étui de ceinture pour évaluer le courant qui le parcourait et y fixa deux pinces crocodile, laissant environ un mètre de ligne pendre de l'autre côté du mur. Son dispositif de dérivation en place, il coupa le fil de détente et ferma instinctivement les yeux pour le cas où il aurait commis une erreur. Aucun cri, aucune sonnerie, aucune lumière dans les bâtiments… Tout allait bien.

D'un autre étui, il sortit un rouleau de tissu en fibre de carbone, qu'il déploya et étendit sur les tessons de verre. Il se hissa aussitôt au sommet du mur. Tout son poids pesait sur la bande de béton, mais les éclats de verre affûtés ne purent traverser le tissu technique de dernière génération. Il se laissa tomber au sol, à l'intérieur du complexe. Un instant plus tard, Juan grimpa à son tour, passa par-dessus le mur et se réceptionna avec souplesse à ses côtés.

— Lorsque nous serons de retour à bord, vous allez devoir suivre un régime, plaisanta Juan, qui ne semblait toutefois guère abattu d'avoir dû faire la courte échelle à Mark. Nous sommes à l'intérieur, susurra-t-il dans son micro.

A l'autre bout du complexe, à un endroit où un angle mort permettait d'échapper à la surveillance des caméras, Eddie Seng et Franklin Lincoln pénétraient à leur tour dans la propriété. Linc était le meilleur spécialiste des systèmes de sécurité de la Corporation, mais la décision de laisser Eddie couper le fil de détente avait été prise pour des raisons pratiques. Eddie maîtrisait fort bien les arts martiaux, mais il lui aurait été impossible de soulever les cent dix kilos de Linc et de le hisser au sommet du mur.

— Nous aussi. Restons en stand-by.

Dos courbé et tête baissée, Juan s'éloigna du mur avec Murph, avançant en zigzag selon un schéma qui permettait d'éviter les objectifs des caméras. A une extrémité du bâtiment principal, plusieurs antennes satellites et une frêle tour de radiotransmission étaient installées sur le toit. C'était la destination des deux hommes, et il leur fallut ramper et louvoyer pendant sept minutes pour y parvenir enfin.

Juan Cabrillo ôta ses lunettes, mit ses mains en visière sur ses tempes et approcha son visage d'une fenêtre à double vitrage. Un reflet de lumière provenait du mur du fond, sans doute l'écran de veille d'un ordinateur. Le raid de reconnaissance avait établi que cette pièce était le bureau du directeur du complexe.

Juan remarqua un minuscule module d'alarme fixé au châssis de la fenêtre, prêt à tomber à la moindre tentative d'ouverture. Il sortit un petit appareil de sa poche et le braqua vers le module ; un témoin lumineux rouge s'alluma. Il parcourut ensuite les bords de la fenêtre avec l'appareil pour vérifier si des fils électriques étaient installés entre les deux vitres. Le témoin lumineux resta éteint. Si c'était là le haut niveau de protection tant vanté par le patron de l'entreprise de sécurité, les cambrioleurs de la région avaient un bel avenir devant eux !

Juan appliqua ensuite deux petites ventouses sur le verre, qu'il découpa à l'aide d'un diamant de vitrier. Un son semblable à celui d'un soupir se fit entendre lorsque l'air, entre les deux panneaux, se trouva relâché.

Juan tendit le diamant à Murph et se servit des ventouses pour ôter le premier panneau de verre. Il procéda de même pour le second, qu'il déposa sur le sol du bureau.

Il se pencha par-dessus le rebord et roula dans la pièce. Lorsque Mark l'eut rejoint, Juan abaissa le store.

— Nous voici dans le bureau.

— Bien reçu.

— A vous de jouer, dit Juan en désignant l'ordinateur d'un geste.

Juan le laissa travailler, et se servit d'une petite lampe-torche pour examiner le bureau, tout en veillant à se tenir à l'écart de la fenêtre, au cas où le store n'en couvrirait pas entièrement les contours. Selon les informations obtenues sur le site des Responsivistes, le directeur du complexe était un Californien du nom de Gil Martell. Une investigation rapide avait révélé qu'avant de rejoindre le mouvement, Martell vendait des voitures de luxe à Beverly Hills. Son nom était apparu à plusieurs reprises dans une enquête sur un réseau de trafiquants d'automobiles volées. Il avait été mis en examen, mais plusieurs témoins clés s'étaient enfuis au Mexique, et les charges avaient été abandonnées.

Le mobilier était conforme à l'idée que s'en était faite Juan Cabrillo – un bureau, une commode à tiroirs, un canapé le long d'un mur, avec une table basse à proximité. C'était du mobilier de prix. Le tapis oriental, sous la table basse, était un kilim ancien, tissé à plat, qui aurait sans doute pu atteindre un prix considérable dans une vente aux enchères. Les photographies encadrées qui ornaient les murs du bureau révélaient surtout l'excellente opinion que Martell avait de sa petite personne. Si certains des personnages avec qui il posait étaient inconnus, Juan put en reconnaître d'autres. Plusieurs images le montraient en compagnie de Donna Sky. Même sur ces clichés pris sur le vif, la beauté de la star était indéniable. Avec ses cheveux sombres, ses yeux en amande et les pommettes les mieux dessinées de toute l'industrie du cinéma, elle était la quintessence du glamour hollywoodien.

Juan Cabrillo se demanda quel malheur ou quelle faiblesse, dans la vie de la comédienne, pouvait expliquer l'emprise qu'exerçait sur elle le mouvement responsiviste.

Une photographie en particulier attira son attention. C'était un cliché plus ancien, qui représentait Martell en compagnie d'un autre homme, à bord d'un bateau de plaisance. Il était ainsi dédicacé : « Gardez la foi. Lydell Cooper. » Il devait dater probablement de peu de temps avant la disparition en mer de Cooper et de son ketch. Juan avait lu le rapport des gardes-côtes. Apparemment, le bateau avait chaviré à la suite d'une tempête surgie de nulle part. Cinq autres bateaux avaient eux aussi été pris par surprise, et trois hommes s'étaient noyés.

Si Juan avait dû définir le « prophète scientifique » d'un seul mot, il aurait employé l'adjectif « terne ». Cet homme ne semblait posséder aucun trait de caractère distinctif. Il avait entre soixante-cinq et soixante-dix ans, était un peu ventripotent, avec un crâne d'œuf, des lunettes et une calvitie avancée. Ses yeux étaient marron, et sa barbe et sa moustache grises n'ajoutaient ni ne retiraient rien à son apparence, comme s'il s'était senti obligé de se conformer à l'image que l'on se fait d'un scientifique à la retraite. Juan ne voyait en lui rien qui puisse pousser des milliers de gens à rejoindre sa croisade – aucun charme, aucun charisme, rien de ce qui attire les foules.

— J'ai trouvé ! s'écria Murph avant de prendre un air penaud, conscient d'avoir parlé beaucoup trop fort. Désolé. Je suis entré dans leur système. Du gâteau…

Juan traversa la pièce.

— Vous avez trouvé la chambre de Kyle ?

— Tout est clairement indiqué, avec des renvois. Il se trouve dans le bâtiment C, le plus récent, tout près de l'endroit où sont entrés Eddie et Linc. Kyle Hanley occupe la chambre 117, mais il n'y est pas seul. Son compagnon de chambre s'appelle, voyons… Jeff Ponsetto.

— Bien vu, le complimenta Juan avant de relayer l'information vers Eddie Seng et Franklin Lincoln. Téléchargez tout ce que vous pouvez à partir de cet ordinateur.

La voix de Linda Ross lui parvint alors sur le réseau de communication tactique.

— Président, surveillez votre écran de contrôle. Vous allez avoir de la compagnie.

Juan jeta un coup d'œil vers sa manche. Deux hommes, vêtus de blouses semblables à celles portées par les techniciens de maintenance, traversaient le complexe. Ils portaient des boîtes à outils et semblaient se diriger vers le bâtiment principal, celui où ils se trouvaient. Si le personnel de maintenance avait reçu un appel d'urgence, ils auraient sans doute entendu des voix. Quelle que soit l'explication, Juan Cabrillo n'aimait pas la tournure que prenaient les événements.

— Murph, oubliez le téléchargement. Allons-y !

Avant de sortir, Juan fixa un mouchard électronique sous la lampe de bureau. Il serait sans doute vite découvert, mais il permettrait tout de même de savoir ce qui se passerait dans le bureau de Gil Martell pendant quelques minutes. Juan s'arrêta un instant près de la fenêtre et vérifia à nouveau son écran. Les techniciens s'approchaient maintenant de l'entrée principale, ce qui laissait à Juan et Murph assez de temps pour disparaître.

Juan ouvrit lentement le store et enjamba le châssis de la fenêtre. Il tenait son Glock à la main, sans se souvenir du moment où il l'avait dégainé.

Ils se faufilèrent vers le bâtiment C en suivant les indications de la carte. L'herbe était sèche, et craquait à chacun de leurs pas. Semblable aux autres constructions du complexe, le bâtiment disposait d'un seul étage, avec des murs blanchis à la chaux et une toiture de tuiles ondulées.

Linc et Eddie les attendaient, adossés contre le mur du bâtiment C, hors du champ de la caméra installée au-dessus de la porte d'entrée. Un clavier de sécurité à code était fixé à droite de la porte ; le couvercle du boîtier était démonté et pendait au bout d'un enchevêtrement de fils électriques. Linc avait déjà installé son dispositif de dérivation. L'ancien Navy Seal était le meilleur crocheteur de serrures de la Corporation, et il maniait ses outils avec la précision délicate d'un chirurgien. Avec un crochet et une tringle de torsion, il donna un coup sec vers la gauche, et la porte s'ouvrit aussitôt.

— Quatorze secondes, murmura Eddie.

— Le maestro a encore frappé ! chuchota Linc d'un air faussement modeste avant de pénétrer dans un grand couloir qui longeait tout le bâtiment.

De chaque côté se trouvaient des dizaines de portes identiques. Le corridor était éclairé par la lueur voilée de lampes à fluorescence fixées au plafond. Le sol était recouvert d'une moquette comme on en trouve dans d'innombrables collectivités, guère plus douce aux pieds que la dalle de béton sur laquelle était construit le bâtiment. Les quatre hommes se mirent en marche, jetant au passage un coup d'œil dans une pièce équipée d'une douzaine de machines à laver semblables à celles des laveries automatiques. Juan ne vit aucune machine à sécher le linge, et en conclut que des séchoirs devaient se trouver derrière le bâtiment. Le Responsivisme consistait en partie à réduire l'impact des activités humaines sur la nature, et l'absence de sèche-linge paraissait donc logique, tout comme l'était la présence de panneaux solaires sur le toit de l'une des constructions.

Ils trouvèrent rapidement la chambre 117. Linc se dressa de toute sa hauteur pour ôter le couvercle du plafonnier le plus proche et en extraire le néon. Ils mirent leurs lunettes de vision nocturne, et Juan tourna la poignée de porte. La pièce qui se présentait à eux ressemblait à n'importe quelle chambre de résidence universitaire, avec ses deux lits métalliques, ses deux bureaux et ses deux commodes assorties. La salle de bains attenante, de petites dimensions, était carrelée, avec une évacuation d'eau au sol pour la douche. Dans la lueur verdâtre des lunettes de vision nocturne, les formes paraissaient floues, mais on ne pouvait se méprendre sur les silhouettes qui reposaient sur les lits, ni sur leurs ronflements.

Eddie sortit une petite boîte en plastique de la poche de cuisse de son pantalon de treillis. A l'intérieur se trouvaient quatre seringues hypodermiques. Le cocktail narcotique contenu dans le canon pouvait neutraliser un homme dans la force de l'âge en moins de vingt secondes. Kyle ayant rejoint les Responsivistes de son plein gré, il tenterait probablement de résister. Adam Jenner, le déconditionneur, avait recommandé à Linda Ross de droguer le jeune homme, mais le conseil était inutile, car c'était l'intention de Juan dès le départ.

Eddie passa une seringue à Juan et s'approcha de l'un des lits. Le dormeur reposait sur le ventre, visage tourné contre le mur. D'un mouvement souple, Eddie Seng plaqua une main sur sa bouche et enfonça l'aiguille dans son cou, le pouce pressant le piston avec une parfaire régularité. Juan Cabrillo répéta l'opération avec l'autre occupant de la pièce. Sa victime se réveilla sur le coup et tenta d'écarter son bras, les yeux écarquillés par la panique. Le Président força sans difficulté l'homme à rester étendu, même lorsqu'il se mit à battre frénétiquement des jambes.

Juan procéda à un compte à rebours, en commençant à vingt. Lorsqu'il arriva à dix, les gestes saccadés de l'homme se ralentirent. A trois, il était totalement immobile. Juan pointa sa lampe vers son visage. Il savait que Kyle Hanley ressemblait plutôt à sa mère, mais le visage présentait trop d'affinités avec celui de Max pour qu'il puisse se tromper. C'était Kyle, sans le moindre doute.

— Je l'ai.

Par mesure de précaution, Linc passa des menottes souples autour des poignets et des chevilles du jeune homme avant de le hisser sur ses épaules.

— Ça va aller, mon grand ? demanda Juan.

Linc sourit dans l'obscurité.

— J'ai dû trimbaler votre derrière sur quinze kilomètres il y a trois ans au Cambodge, alors ce n'est pas ce gringalet qui va me faire peur ! Il doit peser soixante kilos tout mouillé.

Juan vérifia l'écran sur sa manche. Tout semblait tranquille, mais il contacta Linda Ross par radio pour s'en assurer.

— Les techniciens de maintenance sont encore dans le bâtiment principal. Une lumière s'est allumée dans le complexe, elle venait de votre bâtiment, mais elle s'est éteinte au bout d'une minute huit secondes.

— Un besoin pressant, sans doute…

— C'est ce que j'ai pensé aussi. Tenez-vous prêts pour évacuation.

— Bien reçu, répondit Juan avant de se tourner vers ses hommes. On peut y aller.

Une alarme se mit alors à hurler juste au moment où ils sortaient dans le couloir. On aurait cru entendre une alerte incendie, avec un son strident qui perçait les tympans comme un stylet. Il était impossible de communiquer dans ce vacarme, mais l'équipe de Cabrillo était formée de professionnels endurcis, qui savaient ce qu'on attendait d'eux.

Eddie s'enfonça le premier dans le couloir, suivi de près par Linc et Mark. Juan fermait la marche, un peu en arrière. Les quatre hommes accélérèrent l'allure, oubliant tout souci de discrétion. Ce n'était plus une opération d'enlèvement, mais une course vers le mur d'enceinte où Linc et Eddie avaient installé, conformément aux instructions, une mine-ventouse prête à exploser pour ouvrir une brèche. Linda Ross était assez proche pour capter le moindre signal sonore. Elle ordonnerait à George, par radio, d'arriver au plus vite avec l'hélico pour une évacuation expresse. L'engin se poserait sur la route et toute l'équipe serait à bord avant que les gardes comprennent ce qui s'était passé.

Une porte s'ouvrit près de Juan Cabrillo, et un homme à l'air endormi, vêtu d'un pyjama, sortit dans le couloir. Avec le coude, Juan lui frappa la mâchoire ; il s'affaissa en un tas inerte sur le sol. Plus loin, un autre dormeur sortit lui aussi la tête de sa chambre. Linc, qui ne semblait pas le moins du monde gêné par le poids mort de Kyle sur ses épaules, fit un pas de côté et d'un geste du bras, écarta l'intrus, dont la tête heurta l'encadrement métallique de la porte. Les yeux du malheureux roulèrent dans leurs orbites ; au bout d'une seconde, seul le blanc resta visible. Il tomba comme une bûche au moment où Juan le dépassait.

Eddie s'arrêta instinctivement au moment d'atteindre la sortie. Juan consulta son écran de manche, mais Linda Ross était sans doute occupée avec Adams, car les images relayées par le drone ne montraient que l'océan, au nord. Il entendait sa voix haut perchée dans son oreillette, mais le bruit de l'alarme était trop puissant pour qu'il puisse comprendre ce qu'elle disait.

Il haussa les épaules, ouvrit la porte et sortit seul, son Glock à la main. A l'exception de l'alarme qui résonnait à travers le complexe, tout paraissait aussi paisible qu'avant. Aucun garde, aucun mouvement. Aucune autre lumière ne s'était allumée.

Une fois dehors, Juan, enfin éloigné de l'éprouvant vacarme qui régnait dans le bâtiment, pressa ses mains contre ses oreilles et essaya de comprendre ce que disait Linda.

— … artir d'ici tout de suite. Il y a des gardes à l'autre bout. Gomez arrive. Faites vite !

Juan s'apprêtait à mettre ses lunettes de vison nocturne lorsque trois hommes en uniforme gris apparurent au coin d'un bâtiment tout proche. Il lui fallut une seconde de trop pour vérifier s'ils étaient armés. L'un d'eux ouvrit le feu et tira une rafale de mitraillette compacte, projetant un arc de balles qui firent jaillir des débris de plâtre en atteignant le bâtiment. Juan Cabrillo se jeta à plat ventre et fit feu à son tour. D'un tir parfaitement ajusté, il atteignit l'homme de plein fouet, mais celui-ci se contenta de tituber en arrière.

— Restez à l'intérieur ! hurla Juan, qui rampa vers le couloir et bloqua la porte avec son pied. Ils ont des automatiques, ajouta-t-il en criant pour couvrir l'alarme, et des gilets en Kevlar. Nos balles en plastique ne les ralentissent même pas.

— Autant amener des fléchettes pour un duel au revolver ! se lamenta Eddie.

Un nouveau tir d'arme automatique vint balayer la façade. La structure du bâtiment parut presque en trembler sur ses bases.

Linc coinça une chaise pour empêcher toute ouverture de la porte de l'extérieur, puis leva les bras pour atteindre l'alarme, qu'il arracha du mur, la réduisant ainsi au silence.

— Ou une sarbacane pour un duel d'artillerie…

Chapitre 13

Il ne fallut qu'une seconde à Juan pour trouver une solution.

— Il y a une fenêtre dans la chambre de Kyle. L'arrière du bâtiment est plus proche du mur d'enceinte.

Il les conduisit à nouveau le long du couloir, montrant ostensiblement son arme aux quelques pensionnaires qui mettaient le nez dehors. La vue du Glock suffit à les convaincre de rester dans leurs chambres. Le camarade de Kyle était toujours plongé dans son sommeil plombé, inconscient du tapage. Juan s'élança et tira plusieurs salves vers la baie vitrée à l'autre bout de la pièce. Les balles de plastique avaient assez d'impact pour morceler le verre et permettre à Juan de s'élancer d'un bond à travers la baie. Des éclats tombèrent en cascade autour de lui alors qu'il roulait sur la pelouse desséchée, et quelques-uns lui infligèrent des coupures légères sur les mains et la nuque.

Grâce aux lampes allumées un peu partout dans le bâtiment, Juan distinguait clairement le mur de béton, à une quinzaine de mètres de là. Les gardes concentraient leurs tirs sur l'entrée et n'avaient pas encore commencé à encercler le bâtiment. Il entendit du verre crisser derrière lui lorsque Murph, Eddie et Linc franchirent ce qui restait de la baie vitrée.

La réaction de Juan ne leur avait permis de gagner, au mieux, que quelques secondes.

Eddie avait installé ses explosifs à mi-hauteur du mur, choix dicté plus par l'emplacement des caméras que par des considérations tactiques. Pour y parvenir, ils allaient devoir franchir un peu moins de cent mètres en terrain découvert, cibles faciles pour les gardes responsivistes.

— Linda, il me faut un rapport de situation, demanda Juan, conscient des limites du minuscule écran à encre électronique de sa manche.

— C'est vous qui venez de passer par une fenêtre ?

— Oui. On en est où ?

— Il y a trois gardes près de l'entrée du bâtiment de Kyle, et une bonne douzaine en train de se déployer dans tout le complexe. Tous lourdement armés, et deux d'entre eux ont des quads. George arrive. Vous devriez entendre l'hélico.

Juan entendit en effet le battement des pales du Robinson dans l'air du soir.

— Dites à Max de se mettre en route lui aussi. On devra peut-être passer au plan C.

— Je suis en ligne, Juan, annonça Max à la radio. On part maintenant. Vous avez Kyle ?

— Oui. Il va bien, mais il faut qu'on sorte d'ici en vitesse.

— Ne t'inquiète pas, la cavalerie arrive.

— C'est ce qu'ils disaient à Little Big Horn en voyant débarquer Custer… On a vu ce que ça a donné.

Le bruit de l'hélico atteignit son paroxysme. Juste avant que l'engin arrive au-dessus du mur, Juan hocha la tête en direction d'Eddie. Les deux hommes n'avaient pas besoin de parler. Le plan A définitivement compromis, ils passaient sans heurts au plan B. Eddie tenait le détonateur à la main. Il attendit un instant, tandis qu'un garde en quad tout terrain approchait de l'emplacement de la bombe, puis il actionna la mise à feu.

Une portion du mur explosa dans un nuage tourbillonnant de poussière blanche et de feu. Le garde fut projeté hors de son véhicule et envoyé à plusieurs mètres de là avant d'atterrir au sol en roulant comme un pantin désarticulé. Le quad gisait sur le flanc, et deux de ses roues tournaient dans le vide. Des débris de béton tombaient comme de la grêle sur tout le complexe, et un champignon de poussière et de flammes s'éleva vers le ciel.

Toute l'équipe leva le camp. Linc suivait sans difficulté, malgré le poids de Kyle sur ses épaules. Lorsqu'ils atteignirent le coin du bâtiment, Juan s'avança pour jeter un coup d'œil. L'un des gardes qui avaient ouvert le feu parmi les premiers était étendu à terre, le visage couvert de sang, le cuir chevelu lacéré par un éclat de béton. Un autre s'occupait de lui tandis que le troisième tentait de débloquer la porte.

Juan visa et tira les quatre balles restantes de son Glock. Conscient qu'un impact au torse avec des munitions en plastique ne les neutraliserait aucunement, et par ailleurs réticent à l'idée de les tuer, il visa assez bas avant de tirer deux balles sur chacun des gardes valides. Les projectiles ne risquaient pas de les émasculer, mais ils auraient les testicules enflés pendant des semaines. Fous de douleur, les deux hommes se baissèrent en hurlant, les mains serrées sur le bas-ventre.

— Désolé, les gars… dit Juan en les débarrassant de leurs armes.

Les gardes étaient équipés de minimitraillettes Uzi, des armes de combat rapproché redoutables, mais inefficaces dès que la distance de tir augmentait. Il en lança une à Eddie et l'autre à Linc, meilleur tireur avec un homme sur les épaules que Murph ne le serait jamais, même avec un fusil vissé sur un stand de tir.

Le Robinson R44 noir rugit soudain au-dessus de leurs têtes, si bas que ses patins d'atterrissage faillirent faire dégringoler des tuiles du toit. George Adams faisait pirouetter l'engin au-dessus du complexe. Le maelström de débris masquait les silhouettes de Juan et de ses hommes, tout en neutralisant provisoirement les gardes.

Parmi l'assourdissante pulsation des pales de l'hélico qui soulevait une bourrasque d'air et de débris, personne ne sut d'où vint la rafale de mitraillette qui retentit soudain. Une mosaïque d'impacts apparut sur le pare-brise du Robinson et sur la vitre latérale du copilote. Des fragments de métal brûlant s'arrachèrent du revêtement tandis que les balles déchiraient le fuselage. George cabra l'appareil et le fit louvoyer pour esquiver les rafales avec l'adresse d'un champion de boxe sur un ring, mais les tirs se poursuivirent et bientôt, un panache de fumée noire jaillit du compartiment moteur.

Juan jongla frénétiquement avec les fréquences de sa radio et se mit à crier :

— Fiche le camp de là, George ! Vite, vite, vite ! C'est un ordre !

— Pas le choix, désolé, répondit George de sa voix traînante.

L'hélico virevolta comme une libellule et passa par-dessus le mur, avec dans son sillage un filet de fumée noire comme de l'encre.

— Et maintenant ? demanda Murph.

Soixante-dix mètres de terrain à découvert s'étendaient devant eux et les Responsivistes commençaient à se réorganiser. L'équipe de la Corporation était à couvert dans un fossé d'écoulement peu profond, mais pas pour longtemps. Déjà, les gardes formaient des équipes de patrouille, et les faisceaux de leurs lampes fouillaient la nuit.

— Où êtes-vous, Linda ? demanda Juan.

— A l'extérieur du mur, pas loin de l'endroit où vous l'avez fait exploser. Vous pouvez me rejoindre ?

— Négatif. Trop de gardes et trop de distance à découvert. Franchement, cet endroit ressemble plus à une caserne qu'à un repaire de doux illuminés.

— C'est sans doute le moment d'opérer une diversion…

— Et une bonne, je compte sur toi !

Juan entendit à la radio un bruit de moteur qui s'éloignait, mais Linda ne lui répondit pas.

Trente secondes plus tard, le portail principal du complexe fut arraché de ses gonds et l'arrière de la camionnette de location apparut, le pare-chocs à moitié arraché pendant de guingois. Une bonne douzaine de gardes se trouvaient dans l'enceinte du complexe ; tous se retournèrent aussitôt. Certains se mirent à courir vers le portail pour contrer cette nouvelle menace, sans remarquer les ombres qui se levaient de leur abri à couvert et qui se précipitaient vers la brèche ouverte dans le mur.

Des tirs balayèrent la camionnette de Linda, et une quarantaine de trous apparurent dans la carrosserie avant qu'elle puisse enclencher la première. Les pneus soulevèrent des gerbes de gravillons, puis reprirent leur adhérence sur le goudron, et elle parvint à s'éloigner du tir de barrage.

Tout en courant vers la brèche, Juan appela Linc et Eddie.

— On passe au plan C. Je vous retrouve tout de suite.

— Où allez-vous ? haleta Mark.

Juan ne put s'empêcher de songer qu'une fois l'opération terminée, il allait devoir traîner de force Mark Murphy dans la salle de sport de l'*Oregon*.

— Ils ont eu un des pneus de Linda, et il y a des Jeep devant le bâtiment principal. Ils rattraperont la camionnette avant que nous ayons pu faire un kilomètre. Je vais les retarder pour que vous puissiez arriver jusqu'au pont.

— Ce serait plutôt mon boulot, objecta Eddie.

— Négatif. Votre boulot, c'est de veiller sur le fils de Max. Bonne chance.

Il s'éloigna du tas de débris fumants qu'était le mur à l'endroit de l'explosion. Le quad était toujours sur le flanc. Juan se retourna pour voir ses hommes franchir la brèche, puis agrippa le guidon. Il actionna la poignée des gaz et les roues tournèrent aussitôt ; il préférait se fier à la puissance de l'engin qu'à sa propre force musculaire pour rétablir l'équilibre du véhicule de près de trois cents kilos, qui rebondit vivement sur ses pneus ; il lança la jambe par-dessus la selle, et accéléra à fond avant même d'être assis.

Le moteur de 750 cm3 rugissait tandis que Juan traversait la pelouse à pleins gaz. Un détachement de gardes courut vers les Jeep découvertes, tandis que ceux qui étaient les plus proches du mur se précipitaient à la poursuite de l'équipe de Juan.

Celui-ci conservait l'avantage de ses lunettes de vision nocturne, mais le complexe commençait à s'éclairer de toutes parts.

Les projecteurs installés au sommet des mâts dispensaient une lueur aveuglante. Juan ne disposait que d'une minute, peut-être moins, avant que les Responsivistes s'aperçoivent que c'était un de leurs ennemis qui pilotait le quad. Il sillonnait le terrain à toute allure comme s'il était en train de poursuivre les intrus. Il repéra un homme qui se mettait à couvert derrière un arbre desséché, près du coin du mur d'enceinte. Il fonça vers lui, arracha ses lunettes, puis s'arrêta, veillant à rester dans l'ombre pour ne pas révéler son visage. Ne sachant pas quelle langue parlait le garde, il lui adressa un signe de la main pour qu'il s'installe derrière lui sur le gros quad.

L'homme n'hésita pas une seconde. Il courut vers Juan, grimpa derrière lui et lui saisit l'épaule d'une main, l'autre tenant une mitraillette.

— Ce n'est pas ton jour de chance, mon ami, murmura Juan et il mit les gaz.

— J'ai récupéré tout le monde, annonça Linda Ross à la radio. Nous sommes sur la route principale.

Juan Cabrillo jeta un coup d'œil sur les Jeep, et il constata que la première était déjà prête à s'élancer. En plus du chauffeur et d'un garde installé sur le siège passager, il y avait deux hommes armés à l'arrière, cramponnés à l'arceau de sécurité. Juan savait que Linda et ses hommes tiendraient bon, mais ils étaient presque désarmés dans une camionnette dont un pneu était crevé et qui ne dépasserait jamais les quatre-vingts kilomètres à l'heure. Le désastre était inévitable, surtout lorsqu'une seconde Jeep foncerait elle aussi à leur poursuite.

Il était temps d'égaliser un peu les chances.

Le garde installé derrière lui sur le quad lui tapa sur l'épaule, et lui fit comprendre qu'ils devraient se diriger vers l'arrière du bâtiment de Kyle. Juan parut obtempérer. Il sentait le regard du garde qui l'observait, aussi attendit-il la toute dernière seconde pour faire une embardée vers la droite. Les pneus arrachèrent des mottes de terre du sol, et si Juan n'avait pas jeté tout son poids dans la direction opposée, le quad se serait probablement renversé. L'engin finit enfin par se retrouver sur ses quatre roues, juste en face de la brèche, et Juan roula alors pleins gaz. Il arracha la mini-Uzi des mains du garde et la coinça dans sa propre ceinture. Le garde fut désarçonné pendant quelques secondes, mais il retrouva vite ses esprits. Il passa son bras noueux autour du cou de Juan et écrasa son larynx et sa trachée avec une force démoniaque.

Juan, haletant, au bord de l'étranglement, se servait de toute la force de ses poumons pour aspirer de petites bouffées d'air, tout en continuant à accélérer jusqu'à la brèche. Celle-ci formait une ouverture d'environ deux mètres de diamètre, avec à sa base un amoncellement de blocs de béton et de débris de mortier. Le quad roulait à soixante kilomètres à l'heure et il ne lui restait plus qu'une quinzaine de mètres à franchir lorsque des balles vinrent frapper le mur. Les gardes responsivistes avaient vu l'engin rouler à pleine vitesse et en avaient conclu que les deux hommes à son bord étaient les envahisseurs du complexe. Des éclats de béton et des gerbes de poussière giclaient du mur tandis que les rafales dirigées vers le quad se succédaient.

Juan sentait la chaleur des balles qui sifflaient autour d'eux. L'une d'elles érafla même sa jambe artificielle, mais il l'ignora et concentra toute son attention sur la brèche. Ses poumons étaient convulsés par le manque d'oxygène, et le garde resserrait encore son étreinte.

— *Allez-y, bande de salopards ! Et essayez de viser juste, pour une fois !* fulmina Juan alors que sa vision périphérique s'estompait pour laisser place aux ténèbres, comme s'il contemplait un tunnel noir et sans fin.

— *Vite, il faut passer !*

Juan se rendait compte que c'était peut-être là sa dernière pensée consciente.

Il sentit soudain une puissante secousse, comme si on l'avait frappé à la colonne vertébrale. L'emprise mortelle des mains du garde se relâcha. Il émit une sorte de gargouillis et s'affaissa sur le dos de Juan. Les Responsivistes avaient abattu l'un des leurs. L'homme tomba du quad alors que Juan atteignait le sol couvert de débris près de la brèche. Les pneus s'accrochaient sans difficulté à la surface meuble des gravats. Juan franchit la pente, s'élança dans la brèche en baissant la tête et jaillit de l'autre côté, se levant d'instinct de la selle pour amortir le choc.

Le gros Kawasaki rebondit sur ses suspensions avec une ruade qui faillit envoyer Juan valser par-dessus le guidon. Son oreillette radio sortit de son oreille et vint pendre sur sa poitrine au bout de son fil. Dès que le quad se stabilisa, il tourna le guidon pour s'engager sur la route de la côte vers Corinthe, à vingt kilomètres de là.

Le quad commençait à rouler en tressautant sur l'asphalte lorsque la première Jeep franchit à toute allure le portail démoli pour s'élancer sur la route dans l'autre sens, derrière Linda et les autres ; les fugitifs ne pouvaient guère compter que sur huit ou neuf cents mètres d'avance. Ce n'était pas suffisant, loin de là. Juan appuya sur un bouton pour désengager le mode 4 × 4 et donner au quad plus de vitesse. Il accéléra le long de la route, mais resta à couvert du mur d'enceinte.

Il n'était qu'à vingt mètres du portail lorsque la seconde Jeep en jaillit pour se lancer elle aussi à la poursuite de Linda. Il n'y avait que trois hommes à bord : le chauffeur, un garde à ses côtés et un autre debout à l'arrière, armé d'un AK-47.

La confusion générale donnait l'avantage à Juan, qui fit demi-tour et rattrapa la Jeep avant que ses occupants aient pu se rendre compte de sa présence. Il se hissa sur les repose-pieds et grimpa sur la selle. Il ralentit légèrement de telle sorte que sa vitesse ne dépasse celle de la Jeep que de quelques kilomètres à l'heure, et encastra l'avant du quad dans le pare-chocs arrière du véhicule des gardes.

L'impact l'éjecta du Kawasaki, et son épaule heurta le garde debout à l'arrière de la Jeep. Le visage de l'homme s'écrasa contre l'arceau de sécurité et fut projeté en arrière avec une telle puissance que Juan crut un instant que sa tête allait toucher ses talons. Le choc n'était sans doute pas mortel, mais l'homme était hors d'état de combattre. Juan parvint à retrouver assez d'équilibre pour lancer en avant sa jambe artificielle, qui décrivit un arc de cercle avant de heurter la tempe du garde assis sur le siège passager. En l'absence de portières, il n'y avait rien à quoi l'homme puisse se raccrocher, et il dégringola de la Jeep pour finir sur la route en une roulade spectaculaire.

Avant même que Juan prenne conscience de ce qui venait de se passer, il braquait déjà le canon de l'Uzi sur la tête du chauffeur.

— Saute ou meurs. Tu as le choix.

Le chauffeur ne fit ni l'un ni l'autre. Il écrasa de toutes ses forces la pédale de frein. Les pneus avant s'aplatirent et les roues arrière se soulevèrent presque du sol. Juan heurta le pare-brise, qui se plaqua contre le capot, et s'envola en avant, si vite qu'il n'eut même pas le temps de se retenir à la grille de calandre.

Dès que Juan Cabrillo eut disparu de son champ de vision, le chauffeur relâcha le frein et enfonça la pédale d'accélérateur, certain que l'homme qui venait de les attaquer gisait inconscient sur la route.

Chapitre 14

La proue de l'*Oregon* fendait avec aisance les eaux sombres de la mer Ionienne. Après avoir contourné la péninsule du Péloponnèse, le navire se trouvait maintenant à l'ouest de Corinthe et se dirigeait vers le sud pour rejoindre la position prévue. Le trafic maritime était calme. Seuls apparaissaient sur l'écran radar deux ou trois bateaux de pêche côtière, qui lançaient sans doute leurs chaluts pour prendre les calmars qui se nourrissaient la nuit à la surface.

Eric Stone assurait un double quart. Assis au poste de navigation, il surveillait l'un des écrans de Mark pour contrôler le drone toujours en vol au-dessus du complexe responsiviste. Lorsqu'ils approcheraient de la côte, les manœuvres deviendraient plus délicates et le navire exigerait toute son attention. Il repasserait alors les commandes du drone à Adams, qui effectuait ses manœuvres d'approche à bord du Robinson.

— *Oregon*, ici Adams. Je vous ai en visuel.

— Bien reçu, Adams. Commencez la décélération, ordonna Max depuis le siège du capitaine. Cinq nœuds, s'il vous plaît, monsieur Stone.

Eric pianota un instant sur son clavier pour ralentir le débit de l'eau à l'intérieur des tubes de propulsion de l'*Oregon*, avant de pouvoir inverser les pompes et décélérer. Il fallait cependant conserver un peu de vitesse pour éviter le roulis provoqué par la houle et faciliter l'atterrissage de Gomez.

Max fit tourner son siège pour faire face à l'officier de sécurité et de maintenance qui se trouvait à son poste au fond de la salle.

— Les équipes d'incendie sont prêtes ?

— Prêtes et équipées, monsieur, répondit aussitôt l'officier. Les canons à eau n'attendent plus que vos ordres.

— Parfait. Hali, dites à George que nous sommes prêts dès qu'il le sera. Julia, Adams n'est plus qu'à deux minutes.

La balle qui avait atteint Adams lui avait seulement éraflé le mollet, mais Max Hanley se sentait aussi coupable que si toute l'équipe avait été décimée. Il avait beau retourner dans son esprit les données du problème, le résultat était là : c'était à cause de lui que Juan et les autres s'étaient mis dans le pétrin. Et maintenant, la mission, qui aurait dû être facile, se transformait en fiasco. Jusqu'à présent, seul Gomez Adams était blessé, mais le réseau tactique de Kasim ne parvenait plus à localiser Juan. Linda avait pu récupérer Linc, Eddie et Kyle, mais selon Linda, une Jeep lourdement armée leur donnait la chasse.

Pour la centième fois depuis le début de leurs aventures au sein de la Corporation, Max maudit leur décision de ne pas recourir aux armes létales. Dans le cas présent, personne ne s'était attendu à devoir affronter des gardes armés. Max n'avait pas encore eu le loisir de réfléchir à ce qu'impliquait la présence d'autant d'armes dans les locaux d'une secte. S'il se fiait à tout ce qu'il avait lu ou entendu depuis l'appel de son ex-épouse, les Responsivistes n'étaient pas des gens violents. Au contraire, ils évitaient à tout prix les démonstrations de brutalité.

Quant au rapport entre ces événements et le meurtre de masse perpétré à bord du *Golden Dawn*, Max était incapable de le saisir. Les Responsivistes étaient-ils en guerre avec une autre secte ? Et laquelle ? Une secte dont personne n'avait jamais entendu parler, un groupe qui cherchait à tuer des centaines de personnes, simplement parce que les Responsivistes prônaient le contrôle des naissances ?

Tout cela semblait absurde aux yeux de Max. Tout comme le fait que son fils se retrouve impliqué dans un groupe comme celui-là. Il aurait tant voulu pouvoir se dire qu'il n'y était pour rien. Un homme d'une moindre trempe aurait pu s'en convaincre. Mais Max connaissait ses responsabilités, et il n'était pas dans sa nature de les fuir.

Dans l'immédiat, Max Hanley choisit de mettre son sentiment de culpabilité de côté et de se concentrer sur le grand écran, où une fenêtre venait de s'ouvrir, montrant l'aire d'atterrissage de l'hélico de l'*Oregon*, au-dessus de l'écoutille de chargement la plus proche de la poupe. A la seule lueur de la lune, et alors que George faisait virer le Robinson au-dessus du bastingage de poupe, les dégâts infligés à l'appareil semblaient considérables. De la fumée s'échappait du compartiment moteur en vagues épaisses vite transformées en un long ruban noir par la rotation des pales.

Le courage de George Adams n'avait jamais été mis en cause par quiconque, et la situation présente montrait bien pourquoi. Il avait préféré parcourir vingt miles de mer déserte plutôt que de choisir la solution la plus sûre et atterrir dans un champ. Bien sûr, cela n'aurait pas manqué de poser des problèmes avec les autorités grecques, et le plan C de Juan précisait bien que chacun devait se retrouver dès que possible à bord de l'*Oregon* et dans les eaux internationales.

Adams laissa un instant l'hélico en stationnaire au-dessus du pont avant de le poser. Juste avant que les patins touchent le sol, un flot de fumée jaillit du pot d'échappement. Le moteur venait de se gripper, et l'appareil tomba lourdement sur l'aire d'atterrissage, avec assez de force pour briser un support de patin. Max observa Adams qui éteignait les unes après les autres toutes les commandes du Robinson, impassible, avant de se libérer de son harnais. Au moment où l'ascenseur du hangar entama sa descente, il regarda droit vers l'objectif de la caméra et lui adressa un insolent sourire en coin.

En voilà un de retour, songea Max. Encore six…

*

Avec un pneu arrière à plat, la camionnette de location était presque incontrôlable. Tout en roulant vers la nouvelle Route Nationale, le grand axe routier du nord du Péloponnèse, Linda devait se battre pour négocier les virages ; aucune menace n'apparaissait encore dans les rétroviseurs, mais elle savait que sa chance n'allait pas durer. Pendant que Linc préparait des cordes, Eddie fouillait l'arrière à la recherche d'objets susceptibles de ralentir leurs poursuivants. Pour contrôler le drone, Linda s'était servie d'un ordinateur portable qui ne serait pas d'un grand secours, mais elle avait aussi équipé le véhicule d'une chaise de bureau à roulettes et d'un petit bureau qu'Eddie pourrait le moment venu jeter sous les roues de leurs ennemis. Il avait aussi rassemblé toutes les armes et les munitions. Il y avait là trois pistolets et six magasins de munitions de plastique, suffisantes pour traverser un pare-brise, mais qui rebondiraient probablement sur les pneus comme des balles en caoutchouc.

Ils traversèrent à toute allure des villages minuscules, avec quelques immeubles recouverts de stuc, des maisons, des tavernes aux terrasses ombragées sous les treilles de vigne, et parfois une chèvre attachée à un poteau. Malgré les villas de vacances bâties par des étrangers le long de la côte, dès que l'on se trouvait à quelques kilomètres à l'intérieur des terres, la vie dans cette région du monde semblait ne pas avoir changé depuis des siècles.

Un reflet dans le rétroviseur attira soudain l'attention de Linda. A cette heure de la nuit, il n'y avait pas la moindre circulation, et elle comprit aussitôt qu'il devait s'agir de l'une des Jeep qu'elle avait repérées à l'arrière du complexe responsiviste.

— Nous allons avoir de la compagnie, annonça-t-elle, et elle appuya un peu plus fort sur l'accélérateur.

— Laissons-nous rattraper, lança Eddie du fond de la camionnette.

Il tenait un pistolet d'une main tandis que l'autre reposait sur la poignée de la porte arrière.

La Jeep roulait sans doute à plus de cent trente kilomètres à l'heure, et elle dévora en quelques secondes la distance qui les séparait. Un coup d'œil jeté à la vitre arrière permit à Eddie de constater que les poursuivants allaient se positionner à hauteur de la camionnette plutôt que derrière.

— Eddie ! s'écria Linda.

— Je la vois.

Lorsque la Jeep se trouva à dix mètres, Eddie ouvrit la porte arrière et tira autant de balles qu'il le pouvait en un minimum de temps. Les premiers projectiles rebondirent sur le capot et la calandre, mais les suivantes atteignirent le pare-brise, où elles creusèrent des trous bien nets, forçant le chauffeur à faire un écart et à freiner. La Jeep parut près de verser sur le côté, mais au dernier moment, le conducteur braqua dans le sens opposé ; les roues de gauche retombèrent sur la route, et il se remit aussitôt à la poursuite de la camionnette.

— Linc, baisse-toi ! Attention, Linda ! s'écria Eddie en voyant le garde installé du côté passager de la Jeep se lever et viser par-dessus le pare-brise avec un fusil d'assaut.

Le crépitement de l'arme et le gémissement des balles qui traversaient l'acier retentirent à la même seconde. Les vitres arrière de la camionnette explosèrent, noyant Eddie sous une pluie d'éclats scintillants. Aux points d'impact, le métal se craquelait sous l'effet de la chaleur, et une balle rebondit à l'intérieur de l'habitacle avant de venir se loger dans le dossier de Linda.

Eddie leva son deuxième pistolet et fit feu à l'aveugle à travers l'encadrement vitré de la porte arrière. Pendant ce temps, Linc faisait rempart de son corps pour protéger Kyle Hanley, toujours inconscient.

— J'ignore comment tu as réussi un coup pareil, lança Linda, penchée contre le volant, les yeux fixés sur le rétroviseur extérieur. Tu as atteint le tireur en pleine poitrine !

— Je l'ai tué ? demanda Eddie tout en rechargeant ses deux armes.

— Je ne sais pas. L'un de ceux qui sont à l'arrière reprend son arme. Accrochez-vous !

Linda tourna le volant pour se placer dans la trajectoire de la Jeep et écrasa la pédale de frein. Les deux véhicules se heurtèrent dans un fracas écœurant et, pendant un instant, l'arrière de la camionnette chevaucha le pare-chocs avant de la Jeep avant de retomber dans une lourde secousse sur la route. Le garde inanimé fut éjecté, tandis que les deux qui se trouvaient à l'arrière se heurtèrent la tête contre l'arceau de sécurité.

Linda accéléra à nouveau et put prendre une centaine de mètres d'avance avant que la Jeep se lance à nouveau à leur poursuite.

— *Oregon*, quelle distance nous reste-t-il à parcourir ?

— Je vous ai en visuel avec le drone, répondit aussitôt Eric Stone. Il vous reste dix kilomètres.

Linda étouffa un juron.

— Et pour tout arranger, il y a deux autres Jeep derrière la première. L'une est à quatre cents mètres, l'autre un peu plus loin.

La première Jeep les rattrapait déjà, mais plutôt que de venir se coller à la camionnette, son conducteur préféra rester en retrait ; le garde armé du fusil d'assaut commença à tirer sur les pneus. Linda parvint à esquiver les tirs, mais ce n'était plus qu'une question de temps.

— Personne n'aurait une idée géniale, là-derrière ?

— Je crains que non, dut admettre Eddie, dont le visage s'éclaira soudain. Eric, lança-t-il à la radio, écrase le drone sur la Jeep !

— Quoi ?

— Le drone. Utilise-le comme un missile de croisière. Il faut atteindre l'habitacle. Il doit avoir assez de carburant pour exploser à l'impact.

— Si nous perdons le drone, comment retrouver le Président ? protesta Eric.

— Tu as eu de ses nouvelles depuis cinq minutes ?

La question resta comme suspendue pendant un moment.

— Alors, vas-y, fonce ! conclut Eddie.

— Bien reçu.

*

Juan Cabrillo avait à peine heurté la route devant la Jeep que le conducteur accélérait déjà, et il n'eut qu'une fraction de seconde pour s'aplatir et lever les bras au moment où le pare-chocs passait au-dessus de lui. Il l'agrippa fermement, tandis que la Jeep prenait de la vitesse et le traînait le long de la route. Il se souleva davantage pour éviter le douloureux frottement de l'asphalte sur son postérieur, alors que des lambeaux de caoutchouc s'arrachaient de ses bottines.

Il demeura ainsi suspendu pendant deux ou trois secondes, le temps de reprendre son souffle. Il avait perdu la mini-Uzi, mais gardait toujours son Glock sur la hanche. Il affermit sa prise de la main gauche et se servit de la droite pour attraper son oreillette et la mettre en place, juste à temps pour capter le dernier échange entre Eddie et Eric.

— Non, oubliez le drone, ordonna-t-il.

— Juan ! s'écria Max, au comble du soulagement. Comment ça va ?

— Oh, on s'accroche comme on peut ! Donnez-moi trente secondes et la camionnette sera tirée d'affaire.

— C'est à peu près tout le temps qu'il nous reste, l'avertit Linda.

— Faites-moi confiance.

Juan tendit les muscles de ses épaules et se hissa encore plus haut, pour se trouver en travers du pare-chocs, mais hors du champ de vision du chauffeur. Il s'accrocha à la grille de calandre et de sa main gauche sortit le Glock de son étui. De sa main droite, il tira de toutes ses forces pour se hisser par-dessus le capot.

Il fit feu en se redressant, atteignant le chauffeur à la poitrine à deux reprises. A cette portée, les balles en plastique auraient été mortelles si l'homme n'avait été pourvu d'un gilet en Kevlar. Les deux projectiles le frappèrent avec une énergie cinétique dévastatrice et chassèrent la moindre molécule d'air de ses poumons.

Juan rampa en travers du capot et attrapa le volant que le chauffeur, dont le visage était d'une pâleur mortelle et qui peinait à aspirer un peu d'air, avait lâché. Il tentait de maintenir la Jeep au milieu de la route, mais sa tâche était d'autant plus délicate que le pied du chauffeur continuait de peser sur la pédale d'accélérateur.

Juan n'avait plus le choix ; il passa le bras par-dessus le pare-brise et tira sur la jambe du conducteur. Du sang gicla sur l'homme lui-même, sur le tableau de bord et sur Juan, mais le résultat ne se fit pas attendre. Le pied du garde relâcha sa pression et la Jeep commença à ralentir. Lorsqu'ils ne roulèrent plus qu'à trente-cinq kilomètres à l'heure, Juan braqua son

Glock entre les yeux du chauffeur, écarquillés par la douleur.

— Dehors.

Le chauffeur sauta de la Jeep, tomba sur le macadam, mains serrées contre sa cuisse ensanglantée et s'immobilisa enfin, la peau arrachée et les membres brisés.

Juan bondit par-dessus le pare-brise baissé, s'installa au volant et accéléra pour rattraper la première Jeep. Son rétroviseur lui révélait l'image de groupes de phares dont les faisceaux dansaient au gré des cahots. Il en conclut à juste titre qu'il s'agissait d'un autre contingent de gardes responsivistes. Leur ténacité et leur rage à les poursuivre éveillèrent en lui de nombreuses inquiétudes, mais il serait temps d'y songer lorsque son équipe et lui seraient déjà loin.

Les hommes qui arrosaient la camionnette de rafales n'avaient aucune raison de suspecter la Jeep de Juan, et ils ne se méfièrent pas lorsqu'ils le virent arriver en trombe derrière eux. Ils passèrent à toute allure sous un panneau indiquant la bretelle d'entrée sur la nouvelle Route Nationale et le pont qui enjambait le canal de Corinthe. Juan avait un plan, mais c'était le timing qui l'inquiétait, plus que l'exécution elle-même. Il fallait que tout se passe à la perfection. La bretelle se dessinait déjà sur la droite. La troisième Jeep était à cinquante mètres en arrière, et les balles continuaient à claquer contre les flancs de la camionnette de Linda.

— Linda, dit Juan en surveillant à la fois la Jeep devant lui et celle qui le suivait, écrasez l'accélérateur sans vous soucier des pneus…

La camionnette commença alors à prendre de l'avance sur la Jeep, mais le chauffeur de celle-ci accéléra à son tour et rattrapa son retard. Juan remonta jusqu'au pare-chocs du véhicule des gardes et le heurta. L'impact n'avait rien de très brutal, mais ce n'était pas nécessaire. La technique consistait à frapper de telle sorte que l'arrière de la « cible » soit déstabilisé et provoque un tête-à-queue.

Juan Cabrillo, qui commençait à se sentir dans la peau d'un pilote de stock-car, heurta à nouveau la Jeep, juste au moment où le chauffeur corrigeait sa trajectoire après le premier impact. Cette fois était la bonne, et il dut braquer à gauche, avant de décrire une large courbe en travers de la route. Les deux pneus de gauche décollèrent et la Jeep entama une interminable série de tonneaux.

Elle finit par s'immobiliser sur le toit, en plein milieu de l'unique voie de la bretelle, dont elle bloqua l'accès. Les arrières de Linda étaient maintenant assurés, et elle put continuer sa route jusqu'au pont. Juan, pendant ce temps, surveillait toujours son rétroviseur. La troisième Jeep ralentit à l'approche de la bretelle, mais les gardes durent vite s'apercevoir que leur proie principale, la camionnette de Linda, leur échappait, car ils se lancèrent aussitôt aux trousses de Juan, qui fonçait vers le cœur de la ville de Corinthe.

*

Les hommes rassemblés dans le centre opérationnel pour voir les images transmises par le drone n'en crurent pas leurs yeux, jusqu'au moment où Eric put atteindre Juan par radio.

— Président, c'est vous qui êtes dans la seconde Jeep ?

— Affirmatif.

— Belle leçon de pilotage !

— Merci. Comment ça se passe ?

— Linda et son équipe sont hors de danger. Aucun autre véhicule n'a quitté le complexe responsiviste, et votre petite démonstration n'a pas encore attiré l'attention des autorités. Nous entrerons dans le canal dans deux minutes environ. George revient du hangar et il va reprendre les commandes du drone.

— Et mon parcours dans la ville ?

— Le dernier balayage n'a rien montré d'inquiétant. Dès que Linda aura atteint le pont, la couverture aérienne du drone sera à votre service.

— Très bien. A bientôt.

Vêtu de sa combinaison de vol, la cuisse barrée par un bandage, George « Gomez » Adams s'installa devant un ordinateur, la jambe bien étendue.

— Comment ça va ? lui demanda Max, d'un ton encore plus bougon qu'à l'accoutumée, comme pour masquer son sentiment de culpabilité.

— Une cicatrice de plus, ça impressionnera les dames ! Julia ne m'a infligé que huit points de suture. Ce qui m'inquiète le plus, c'est le Robinson. On peut dire qu'ils l'ont transformé en passoire ! Onze trous pour le seul cockpit ! C'est bon, Stoney, je suis prêt.

Eric rendit les contrôles du drone à George et put se concentrer sur les manœuvres d'entrée de l'*Oregon* dans le canal de Corinthe.

L'idée de ce canal remonte aux Romains, mais le creusement d'un tel ouvrage à travers cet isthme étroit dépassait les capacités techniques de l'époque. Maîtres ingénieurs, ils parvinrent cependant à construire une route, que les Grecs baptisèrent *diolkos*. Les marchandises étaient déchargées des bateaux d'un côté, puis hissées, ainsi que les bateaux eux-mêmes, sur des chariots tirés par des esclaves jusqu'à l'autre bout de la route. Les navires étaient alors remis à flot et les marchandises réembarquées. Ce ne fut qu'à la fin du dix-neuvième siècle que les nouvelles technologies permirent de procéder à l'excavation du canal, économisant ainsi aux navires marchands un détour de cent soixante miles autour du Péloponnèse. Après une infructueuse tentative française, une compagnie grecque reprit et termina l'ouvrage en 1893.

Long de 6 343 mètres et large de 21 mètres au niveau de la mer, le canal ne se distinguait guère des autres constructions du même type, si ce n'était par une caractéristique bien particulière. Il avait été creusé dans une roche dure qui dominait les navires d'une hauteur de soixante-quinze mètres, comme si l'étroit passage avait été taillé à la hache. Les touristes adoraient se poster sur l'un des ponts qui enjambaient l'ouvrage pour observer les bateaux de passage.

Sans les lumières qui signalaient la toute petite ville de Poseidonia, on aurait pu croire que le navire se dirigeait tout droit vers une falaise. Le canal était si étroit qu'il était difficile à repérer, simple balafre claire sur la roche sombre. Des lumières de phares traversaient à l'occasion le pont principal, mille six cents mètres plus loin.

— Vous êtes sûr de ce que vous faites, monsieur Stone ? demanda Max.

— Avec la marée haute, nous aurons un mètre vingt de dégagement de chaque côté des ailerons de passerelle. On passera, c'est certain, en y laissant peut-être un peu de peinture et quelques éraflures.

— Bon, très bien. Je ne vais pas regarder ça sur écran si je peux l'avoir en live ! Je serai sur la passerelle.

— Parfait, mais je préférerais que vous n'en sortiez pas, l'avertit Eric, la voix un peu hésitante. Vous comprenez, juste au cas où…

— Vous allez très bien vous en sortir, mon garçon.

Max Hanley prit l'ascenseur et émergea un instant plus tard dans la timonerie. Il jeta un coup d'œil aux hommes d'équipage qui travaillaient sous la direction de Mike Trono et Jerry Pulaski, deux des meilleurs « chiens armés » de Linc. D'autres marins s'activaient vers la proue.

A l'approche du canal, l'*Oregon* filait à presque vingt nœuds. L'ouvrage était surtout utilisé par des bateaux de plaisance ou d'excursion, et les navires plus importants devaient être remorqués, en raison de l'étroitesse du passage, et la vitesse limitée à quelques nœuds. Malgré sa totale confiance dans les talents de navigateur d'Eric Stone, Max ne parvenait pas à oublier la tension qui lui nouait les muscles des épaules. Tout comme Juan Cabrillo, il adorait l'*Oregon*, et frémissait à l'idée de voir la moindre éraflure défigurer le navire.

Ils dépassèrent un long brise-lames sur tribord, et l'alerte de collision retentit dans tous les compartiments du navire. L'équipage savait à quoi s'attendre, et toutes les précautions nécessaires étaient prises.

De petits ponts reliant les routes côtières enjambaient les deux extrémités du canal. Contrairement aux ponts à hautes armatures qui dominaient les navires, ces ouvrages à deux voies étaient construits juste au-dessus du niveau de la mer. Ils pouvaient être abaissés jusqu'à toucher le fond du canal lorsque des navires devaient passer. Quand la voie était libre, ils étaient remontés et les voitures pouvaient à nouveau traverser.

Avec sa proue renforcée conçue pour pouvoir briser la glace, l'*Oregon* se lança vers le premier pont du canal, qu'il heurta et chevaucha dans un hurlement métallique assourdissant. Le poids du navire ne démolit pourtant pas la structure de l'ouvrage ; il en détruisit les montants, et le pont lui-même coula sous la coque du navire. L'*Oregon* retomba ensuite dans un gigantesque éclaboussement qui provoqua une houle dangereuse.

Max leva les yeux. Il eut l'impression que les parois rocheuses grimpaient jusqu'au ciel, et l'*Oregon* semblait réduit à une taille minuscule. Plus loin, les autres ponts routiers et ferroviaires paraissaient aussi frêles et délicats que les constructions de Meccano de sa jeunesse.

L'*Oregon* continua à avancer le long du canal. Eric parvenait à le maintenir centré, en se servant des propulseurs transversaux avec tant de délicatesse que les ailerons de passerelle ne touchèrent pas une seule fois les parois rocheuses. Max prit le risque de marcher jusqu'à l'extrémité d'un aileron. C'était imprudent et dangereux. Si Eric commettait la moindre erreur de pilotage, la collision risquait d'arracher la plate-forme de la superstructure. Mais Max tenait à toucher la pierre de ses mains. Son contact était frais et rugueux. A cette profondeur, le canal demeurait dans l'ombre toute la journée, et jamais le soleil ne réchauffait la roche.

Satisfait, Max revint en hâte vers la passerelle, juste au moment où l'*Oregon* se soulevait légèrement. Le bastingage heurta la paroi du canal. Eric fit une correction de trajectoire infinitésimale, afin de ne pas venir frapper l'autre côté, et le navire se recentra à nouveau.

— La camionnette de Linda approche du pont de la nouvelle Route Nationale, annonça George Adams à l'interphone. Je vois aussi le Président, il a encore pas mal d'avance sur la Jeep qui le poursuit.

— Je descends, dit Max en se dirigeant aussitôt vers l'ascenseur.

*

Le pneu à plat acheva de se lacérer à quatre cents mètres du pont, et la camionnette parcourut dans un crissement la distance sur la jante, envoyant des gerbes d'étincelles comme un soleil de feu d'artifice. Lorsqu'ils atteignirent le centre du pont, Linda aurait été incapable de dire ce qui la réjouissait le plus : le fait d'être hors de danger, ou la fin de son supplice sonore.

Franklin Lincoln ouvrit en grand la porte latérale dès que le véhicule s'immobilisa. L'*Oregon* approchait. Il fit passer trois épaisses cordes d'escalade en nylon par-dessus la rambarde. Les cordes étaient fixées aux sièges et à un montant métallique de l'arrière de la camionnette. Elles se déroulèrent en tombant, leur extrémité pendant à trois mètres de la surface du canal.

Linda sauta de son siège et revêtit sa tenue de rappel – harnais, casque et gants – pendant que, soixante mètres plus bas, de l'écume se formait à la poupe de l'*Oregon* qui venait d'enclencher les propulseurs en marche arrière pour ralentir. Grâce à la puissance de ses moteurs, le navire perdit presque aussitôt de la vitesse.

Linc avait déjà mis son harnais. Avec l'aide d'Eddie, il y avait également sanglé Kyle, toujours inconscient. Ils s'attachèrent aux cordes et attendirent le signal du navire.

A bord de l'*Oregon*, les marins, à la proue, attrapèrent les cordes et les guidèrent vers l'arrière, tandis que le navire avançait. Ils s'assurèrent qu'elles ne s'emmêlaient pas dans la superstructure, les antennes de communication ou tout autre objet susceptible de s'y accrocher. Dès qu'ils atteignirent le pont arrière, Max ordonna à ses hommes de quitter les lieux.

Insensible au vertige, Linda passa par-dessus la rambarde et commença à descendre, avec Eddie d'un côté et Linc, en tandem avec Kyle, de l'autre. Ils longèrent à la verticale les poutrelles et les montants du pont et se retrouvèrent soudain à soixante mètres au-dessus du navire.

Avec un cri de joie, Linda se laissa glisser à toute vitesse le long du cordage. Eddie et Linc la suivirent, tombant presque en chute libre avant de freiner leur descente à l'aide de leurs harnais de rappel. Ils atterrirent presque au même moment, et s'immobilisèrent pour que les marins décrochent leurs cordes, qui furent rapidement amarrées sur des bollards en fonte fixés au pont du navire.

— Et maintenant, passons à la partie la plus drôle du boulot, haleta Linda, hors d'haleine après la montée d'adrénaline de la descente.

Eric Stone, qui surveillait la manœuvre depuis un écran du système de télévision en circuit fermé, n'attendit aucun ordre. Il poussa le levier d'accélération légèrement pour glisser l'*Oregon* un peu plus en avant. Les cordes se tendirent aussitôt, puis tremblèrent pendant une seconde : la poussée du navire fit rouler la camionnette de location par-dessus la rambarde du pont. Le véhicule dégringola comme une pierre, puis alla s'écraser dans l'eau où elle s'enfonça. Le navire allait remorquer l'épave un peu plus loin dans la mer Egée, puis couper les amarres et la laisser définitivement couler.

Le véhicule avait été loué par des hommes d'équipage déguisés qui s'étaient servis de faux documents d'identité. Il n'existait donc aucune possibilité de remonter jusqu'à la Corporation. Il ne manquait plus qu'une seule personne à bord pour que la mission soit un succès complet, malgré les imprévus.

*

Juan Cabrillo fonçait en direction du canal de Corinthe, dépassant à toute allure les villages et les petites fermes. Au clair de lune, les rangées de cyprès aux formes coniques ressemblaient à ces sentinelles gardant les champs au bord des routes.

Juan avait beau prendre les virages les plus téméraires et soumettre la transmission de la Jeep à la torture, il lui était impossible de semer ses poursuivants. Privés de l'espoir de retrouver leur condisciple kidnappé, ils voulaient du sang. Ils roulaient sur les deux voies de la route, dérapaient sur le gravier des accotements, et aucun risque ne semblait les effrayer. Ils tentèrent quelques tirs contre Juan, mais à la vitesse à laquelle ils roulaient, ils n'avaient aucune chance de l'atteindre, aussi cessèrent-ils bientôt, sans doute pour économiser leurs munitions.

Lancé à près de cent trente kilomètres à l'heure, Juan regretta de ne pas avoir relevé le pare-brise. Pour ne rien arranger, le vent s'était levé ; des nuages de poussière et de sable balayaient la route, aussi épais que de la fumée, et lui brûlaient les yeux. Il dépassa en trombe le site de l'ancienne Isthmia. Contrairement à la plupart des ruines grecques, celle-ci n'offrait rien au regard ; il n'y avait sur le petit monticule aucun temple, aucune colonne. Seule une pancarte signalait l'endroit, ainsi qu'un minuscule bâtiment abritant un musée. Mais l'attention de Juan Cabrillo fut surtout attirée par un panneau de signalisation indiquant la ville moderne d'Isthmia à deux kilomètres. Si l'*Oregon* ne se mettait pas très vite en position, la situation deviendrait problématique. L'aiguille de la jauge ne semblait se maintenir au-delà de la zone rouge que par la seule puissance de sa volonté.

Il entendit son nom dans l'oreillette et ajusta le volume.

— Ici Juan.

— Ici Gomez, Président. Linda et les autres sont à bord, sains et saufs. Je vous ai en visuel avec le drone. Eric est en train de faire ses calculs. Je crois que vous devriez ralentir un peu.

— Vous voyez la Jeep qui est derrière moi ?

— Oui, je la vois, répondit le pilote d'hélicoptère de sa voix traînante. Mais si nous ratons notre coup, vous allez finir comme une mouche du mauvais côté de la tapette, si vous voyez ce que je veux dire.

— Merci de cette explication si imagée, répondit Juan.

La route entamait sa descente vers la côte. Pour ne pas gaspiller de carburant, Juan appuya sur l'embrayage et laissa l'élan et la gravité prendre le relais du moteur. Il conduisait, un œil sur le rétroviseur extérieur, et quelques secondes après avoir aperçu les phares des Responsivistes, il relâcha l'embrayage.

Le moteur eut soudain des ratés. Il repartit aussitôt, puis toussa à nouveau. Juan se souvint d'un vieux « truc » des pilotes de stock-car et louvoya rapidement sur la route pour rassembler le reste de carburant dans le réservoir. Cela sembla fonctionner, car le moteur se remit à ronronner régulièrement.

— Président, Eric a terminé ses calculs, annonça Gomez à la radio. Vous êtes à cent soixante-dix mètres du pont, ce qui veut dire que vous êtes trop près. Vous devez rouler à quatre-vingts kilomètres à l'heure si nous voulons que tout se passe bien.

Derrière, la Jeep était à moins de cent mètres, et l'écart se réduisait encore. La route était trop droite pour que Juan puisse tenter la moindre manœuvre et lorsqu'il essaya de louvoyer encore pour encourager ses poursuivants à tirer au jugé, le moteur se remit à crachoter.

— Ça commence à sentir le roussi. Dites à Eric de se magner le train pour venir à ma rencontre.

Il entrait alors dans Isthmia, un pittoresque petit village côtier. Il sentait l'odeur de la mer et les effluves iodés des filets de pêche en train de sécher. La plupart des bâtiments étaient blanchis à la chaux et coiffés des sempiternels toits de tuile rouge. Des antennes paraboliques semblaient y avoir poussé comme des champignons. La grand-rue donnait sur une petite place, et Juan aperçut, plus loin, les poteaux métalliques qui contrôlaient le levage de l'étroit pont qui enjambait le canal.

— Très bien, Président, fit la voix d'Eric dans l'oreillette. Il faut encore ralentir, maintenant. Roulez à exactement cinquante kilomètres à l'heure ou sinon, vous risquez de nous emboutir.

— Vous êtes sûr ?

— Simple calcul de vecteurs. De la physique du niveau d'un élève de terminale, répliqua Eric, comme s'il s'était senti blessé par la question de Juan. Faites-moi confiance.

Un coup de feu retentit derrière Juan. Il n'avait aucune idée de l'endroit où s'était logée la balle, mais il préféra ne pas s'en soucier et se contenta de suivre les instructions d'Eric. Alors qu'il ralentissait, une rafale d'AK-47 en mode automatique crépita. Juan entendit le bruit des balles qui frappaient la carrosserie de la Jeep. L'une d'elles passa au-dessus de son épaule, assez près pour érafler le tissu de sa chemise d'uniforme.

Le pont était à cinquante mètres, et les Responsivistes, derrière lui, à la même distance. Pour garder la vitesse convenue, Juan devait mobiliser toute son attention et tout son sang-froid. La partie la plus primitive de son cerveau lui criait d'écraser l'accélérateur pour sortir de là au plus vite.

Tel un colosse, la proue de l'*Oregon* sembla soudain émerger d'un bâtiment de quatre étages qui masquait le canal aux yeux de Juan. Jamais son navire ne lui avait paru aussi beau.

Et soudain, il se cabra, ses panneaux de coque raclant les parois de pierre comme à son entrée dans le canal. Il se dressa de plus en plus haut, escaladant le pont comme si sa proue découpait un bloc de glace. Dans un fracas métallique déchirant, le système mécanique qui commandait le mouvement du pont céda sous le poids titanesque, et l'*Oregon* replongea dans l'eau sans même ralentir.

Juan continua à s'approcher, au risque d'aller s'écraser contre ses flancs blindés. Ses poursuivants devaient le croire candidat au suicide.

Encore quinze mètres. La panique commença à s'emparer de lui. Eric avait dû commettre une erreur de calcul. Il allait heurter de plein fouet le navire, qui entamait sa sortie du canal. Il en était sûr. Des rafales résonnèrent derrière lui. D'autres leur répondirent, venant du bastingage de l'*Oregon*. Il aperçut les reflets du canon d'une arme sur la coque sombre du navire.

Plus que quelques secondes. Vitesse, calculs, timing. Il avait joué et perdu. Il s'apprêtait à braquer in extremis lorsqu'il vit s'ouvrir, telle une gueule béante, le garage à bateaux de l'*Oregon*, baigné dans la lueur rouge des éclairages de combat.

Le compteur de vitesse toujours bloqué à cinquante kilomètres à l'heure, Juan arriva au bout de la route, sauta les trente centimètres qui séparaient l'*Oregon* de l'extrémité du pont dévasté, et atterrit à l'intérieur du navire. Il écrasa la pédale de frein et vint heurter le filet renforcé conçu pour arrêter les bateaux lors des manœuvres à grande vitesse. Les airbags de la Jeep se déployèrent, protégeant ainsi Juan des effets de la brutale décélération.

Il entendit des freins hurler à l'extérieur. Des pneus s'aplatirent sur le sol, mais trop tard. Dérapant de côté, échappant à tout contrôle, la Jeep des Responsivistes s'encastra dans la coque de l'*Oregon* avec un bruit métallique sourd et chancela sur ses roues alors que le navire continuait à avancer. Il perçut le bruit du métal déchirant le métal, alors que l'*Oregon* écrasait la Jeep contre la paroi du canal, aplatissant le véhicule et ses occupants. Eric donna alors une poussée latérale aux propulseurs et le véhicule tomba à l'eau.

Max Hanley se matérialisa aux côtés de Juan et l'aida à s'extraire de sous l'airbag dégonflé.

— Tu parlais de plan C ?

— Ça a marché, non ?

Ils quittèrent ensemble le garage. La démarche de Juan était encore raide.

— Comment va Kyle ? demanda-t-il à son ami.

— Julia l'a mis sous sédatifs à l'infirmerie du bord.

— On va le remettre sur pied.

— Je sais, répondit Max, qui s'arrêta pour regarder Juan droit dans les yeux. Merci.

— Il n'y a pas de quoi.

Les deux hommes se dirigèrent vers l'infirmerie.

— Vu la manière dont a fonctionné ton plan C, tu devais bien avoir un plan D en réserve ? Il faudra que tu m'expliques ça…

— Bien sûr, j'avais un plan D ! Mais on n'a pas trouvé assez de Spartiates pour reconstituer la bataille des Thermopyles.

Chapitre 15

Juste au moment où l'aube pointait à l'horizon, un patrouilleur des gardes-côtes grecs s'approcha de l'*Oregon*. Après une course folle de soixante miles depuis le canal de Corinthe, le navire croisait maintenant à quatorze nœuds, vitesse tout à fait crédible pour un bateau en si piteux état. Si l'on se fiait à la fumée chargée de suie qui s'échappait de sa cheminée, ses moteurs devaient consommer autant d'huile que de carburant. A la radio, le capitaine du patrouilleur de douze mètres n'avait pas paru convaincu que ce rafiot couvert de rouille, si éloigné de la scène des incidents du canal, puisse y être mêlé d'une quelconque façon.

— Non, capitaine, mentit Juan Cabrillo, imperturbable, nous ne nous sommes approchés de Corinthe à aucun moment. Nous faisions route vers le Pirée lorsque notre agent nous a contactés par radio pour nous avertir que notre contrat de transport d'huile d'olive vers l'Egypte était annulé. Nous comptons nous rendre à Istanbul. Et puis franchement, je ne crois pas que ce navire pourrait franchir le canal. Il est un peu trop large des hanches, vous ne trouvez pas ? D'ailleurs, si nous avions heurté un pont, notre proue aurait été endommagée. Ce n'est pas le cas, vous pouvez le constater vous-même. Mais vous êtes les bienvenus à bord si vous voulez procéder à une inspection.

— Cela ne sera pas nécessaire, répondit le capitaine des gardes-côtes. L'incident a eu lieu à une centaine de kilomètres d'ici. A en juger par l'aspect de votre navire, il vous faudrait huit heures pour parcourir une telle distance.

— Avec le vent dans le dos, renchérit Juan.

— Si vous remarquez des bâtiments endommagés ou au comportement suspect, je vous remercie de bien vouloir prévenir les autorités.

— Entendu, capitaine, et bonne chasse ! *Atlantis*, terminé.

Depuis l'aileron de passerelle, Juan adressa un signe de la main au petit patrouilleur et rentra en poussant un long soupir. Il suspendit le micro de la radio, dont le fil traînait par terre, sur son crochet.

— Vous avez dû les inviter à procéder à une inspection ? demanda Eddie depuis son siège à la barre, où il faisait semblant de piloter le navire.

— Aucune chance qu'ils acceptent. Les Grecs veulent pouvoir clamer haut et fort qu'ils ont trouvé les responsables des incidents de Corinthe. Ils ne vont pas perdre de temps avec un bâtiment qui n'a de toute évidence aucun rapport avec l'affaire.

— Que se passera-t-il lorsqu'ils auront fait la synthèse de tous les témoignages visuels ? Ils en concluront inévitablement que nous sommes le seul navire qui corresponde à la description des témoins.

— Nous serons déjà loin dans les eaux internationales, lui répondit Juan, et ils rechercheront l'*Atlantis*. Dès que nous serons hors de vue d'autres bâtiments, je veux que l'équipage remette le nom de l'*Oregon* à la proue et à la poupe. Et puis, on ne sait jamais, conclut-il après avoir marqué une pause, il y a des gens qui ont une mémoire étonnante pour les détails… nous éviterons la Grèce pendant un moment.

— Sage précaution.

— L'équipe du premier quart devrait être là d'ici une seconde. Pourquoi ne pas descendre vous reposer un peu ? Vous l'avez bien mérité. Je veux votre rapport sur l'opération à seize heures sur mon bureau.

— Une lecture intéressante en perspective, commenta Eddie. Je ne me serais jamais attendu à une situation aussi explosive, même dans mes pires cauchemars.

— Moi non plus, reconnut Juan. Ce mouvement ne se résume pas à ce que l'on peut voir sur leur site ni à ce que le déconditionneur en a dit à Linda. Lorsque l'on atteint un tel niveau de paranoïa, c'est qu'on a quelque chose à cacher.

— Ce qui nous amène à la question suivante : quoi ?

— Si nous avons de la chance, peut-être que personne ne remarquera le mouchard que j'ai laissé là-bas ?

Eddie secoua la tête d'un air dubitatif.

— La première chose que fera leur responsable de la sécurité, c'est de passer chaque centimètre carré du complexe au peigne fin pour trouver d'éventuels dispositifs d'écoute.

— Vous avez raison, je sais. Mais si on ne peut pas compter sur un mouchard électronique, alors j'enverrai un espion, en chair et en os.

— Je suis volontaire.

— Vous n'avez pas précisément le profil d'une âme perdue à la recherche du sens de la vie, et prêt à suivre les divagations d'une bande de cinglés.

— Mark Murphy ? suggéra Eddie.

— Il conviendrait parfaitement, mais il n'a pas l'étoffe pour un job sous couverture de cette nature. Eric Stone serait un bon candidat aussi, mais on se retrouverait confrontés au même problème. Non. Je pensais à Linda. En tant que femme, elle susciterait moins de méfiance. Et puis elle a déjà travaillé dans les services de renseignements, et comme on a pu le constater au moins une dizaine de fois, elle sait garder la tête froide.

— Vous avez déjà un plan d'action ?

— Laissez-moi un peu de temps, vous voulez bien ? répondit Juan avec un sourire las. J'y réfléchis tranquillement. On se verra tous les trois avant le dîner et on établira une stratégie.

— Tant que tout ça ne se transforme pas en plan C, plaisanta Eddie.

Cabrillo leva les mains en un geste de feinte exaspération.

— Pourquoi est-ce que tout le monde s'acharne sur moi avec ça ? Le plan a très bien fonctionné !

— C'est ce qu'on disait aussi des machines de Rube Goldberg...

— Déguerpissez ! sourit Juan en congédiant Eddie d'un mouvement de la main.

Avant de rejoindre sa cabine où il espérait bien profiter d'une dizaine d'heures de sommeil ininterrompu, Juan prit l'ascenseur pour descendre au centre opérationnel. Hali Kasim était penché sur son bureau, jonché de feuilles de papier, qui semblait avoir été ravagé par une tornade. Un casque d'écoute aplatissait ses cheveux bouclés. Contrairement à certaines personnes, dont le visage devient impénétrable lorsqu'elles réfléchissent profondément, Hali présentait des traits sereins, signe chez lui d'une activité cérébrale intense.

Il tressaillit lorsqu'il sentit la présence de Juan près de lui. Il ôta son casque et se massa les oreilles.

— Des résultats ? demanda Juan.

Peu après être passé voir Julia Huxley et Kyle à son retour à bord, il avait demandé à Kasim de surveiller le mouchard installé dans le bureau de Gil Martell.

— Ça me rappelle cette légende qui prétendait que l'on entendait des voix humaines dans le bruit blanc d'une télévision réglée sur une station en dehors du temps d'antenne, répondit Kasim en tendant les écouteurs à Juan.

Le casque était chaud et un peu humide lorsque Juan le coiffa. Kasim appuya sur une touche de son ordinateur. Juan entendit des parasites, mais il distinguait aussi autre chose. Parler de mots aurait été exagéré. Cela ressemblait plutôt à des tonalités graves derrière les crépitements électroniques.

Juan retira le casque.

— Vous avez essayé de « nettoyer » l'enregistrement ?

— Il a été nettoyé. Deux fois.

— Vous pouvez le passer sur les haut-parleurs, et le remettre au début ?

Kasim pianota encore un instant sur les touches, et la lecture commença. Le mouchard étant activé par un signal sonore, il ne s'était mis en marche que lorsque quelqu'un était entré dans le bureau de Martell.

— Oh non, non, non, non, ce n'est pas vrai ! (La voix, celle de Gil Martell, trahissait sa panique, mais réussissait à conserver un certain charme californien. On entendit ensuite des bruits d'ouverture et de fermeture de tiroirs ; Martell vérifiait sans doute si quelque chose avait été dérobé. Une chaise craqua.) Allons, ressaisissons-nous. Quelle heure est-il en Californie ? Et puis quelle importance ? (Une sonnerie de téléphone retentit et, après une longue pause, Martell commença à parler.) Thom ? Gil Martell à l'appareil.

L'interlocuteur de Martell était donc Thomas Severance, qui dirigeait le mouvement responsiviste avec sa femme Heidi.

— Quelqu'un s'est introduit dans le complexe il y a un quart d'heure. Ça ressemble à une opération d'évacuation. L'un de nos membres a été kidnappé dans sa chambre… Comment ? Ah, Kyle Hanley… Non, non, pas encore. Il n'était pas là depuis longtemps… D'après les gars de la sécurité, ils étaient une douzaine. Tous armés. Ils ont pris les Jeep pour les poursuivre, on a une chance de récupérer le gamin, mais enfin, je voulais tout de même vous prévenir. (Il y eut une longue pause pendant laquelle Martell se contenta d'écouter son supérieur.) Je vais les appeler tout de suite. On a distribué pas mal d'argent aux autorités locales, ils ne chercheront pas à en savoir trop. Ils peuvent toujours prétendre que les flics locaux ont coincé des trafiquants d'armes, ou des types d'al-Qaïda… Pardon, vous pouvez répéter ? La communication est vraiment mauvaise… Oh, oui ! Ils sont d'abord entrés dans mon bureau, et ensuite… Attendez ! (La voix de Martell monta d'un ton, comme s'il était sur la défensive.) Mais vous n'avez pas besoin d'envoyer Zelimir Kovac ! On peut s'en occuper nous-mêmes… Des mouchards ? Eh bien, je suppose que la police a probablement… Ah, des mouchards électroniques ? Nom de D… ! Oh, désolé…

Juan Cabrillo entendit à nouveau les bruits de tiroirs ; de toute évidence, Martell cherchait quelque chose. Puis il ne resta que le son des parasites. Il venait sans doute d'allumer un appareil de brouillage.

Hali Kasim arrêta la lecture de l'enregistrement.

— Je peux continuer à travailler dessus, mais je ne sais vraiment pas ce que je pourrais en tirer.

— Tout ce que vous trouverez parmi ces parasites nous sera utile, dit Juan en se frottant les yeux.

— Vous devriez aller dormir, suggéra Kasim.

La remarque était superflue ; Juan tenait à peine sur ses jambes.

— Quelqu'un s'occupe de dénicher des infos sur ce Zelimir Kovac ?

— J'ai fait une recherche sur Google, mais sans résultats. Lorsqu'Eric sera de quart, il se chargera de découvrir de qui il s'agit.

— Où est-il en ce moment ?

— Il est en train de faire le beau à l'infirmerie. Mark ronfle dans sa cabine, alors il en profite pour apporter le petit déjeuner à notre invitée.

Juan avait oublié Jannike Dahl. Elle n'avait pas de famille proche, il le savait, mais il devait sûrement y avoir des gens, des amis, chez elle, sans doute persuadés qu'elle avait péri avec les passagers et l'équipage du *Golden Dawn*. Malheureusement, ils allaient devoir attendre. Il n'était pas très sûr des raisons qui le poussaient à retarder l'annonce publique de son sauvetage, mais le sixième sens qui l'avait si souvent servi au fil des années lui soufflait de garder secrète la survie de la jeune femme.

Les responsables de l'attaque du *Golden Dawn* étaient persuadés d'avoir liquidé tout le monde. Le fait de savoir quelque chose qu'ils ignoraient lui donnait un avantage, même si Juan ne savait pas encore lequel. Pour l'instant, Janni était en sécurité à bord de l'*Oregon*.

Juan se détourna de Kasim.

— Timonier, quelle est l'heure d'arrivée prévue à Héraklion ?

— Nous y serons vers dix-sept heures.

Juan et son équipe avaient décidé de se dérouter vers la capitale crétoise, où Chuck Gunderson les attendrait avec le Gulfstream de la Corporation pour emmener Max, Eddie et Kyle à Rome. D'ici à Héraklion, Juan avait encore le temps de décider s'il fallait ou non garder Jannike à bord. Il s'installa à son poste de travail et envoya des instructions à Kevin Nixon, à la Boutique Magique, pour qu'il prépare un passeport, au cas où… Il se dit qu'il devrait en parler à Julia Huxley avant de prendre sa décision. Si Janni restait à bord, elle pourrait peut-être découvrir ce qui, dans la constitution de la jeune femme, l'avait aidée à survivre, et si Mark et Eric se trompaient ou non en parlant d'empoisonnement par la nourriture.

Dix minutes plus tard, Juan Cabrillo était étendu en travers de son lit, si profondément endormi que pour la première fois depuis longtemps, il n'eut même pas besoin de son protège-dents pour les empêcher de grincer.

Chapitre 16

Zelimir Kovac aimait tuer.

Il n'avait découvert ce penchant qu'à sa mobilisation dans l'armée, lorsque la guerre civile avait éclaté dans sa Yougoslavie natale. Avant cela, Kovac travaillait dans le bâtiment. Il avait également été boxeur amateur poids lourd. Mais c'est dans l'armée qu'il avait découvert sa véritable vocation. Pendant cinq glorieuses années, lui et son unité – des hommes qui tous partageaient la même passion – avaient écumé le pays, tuant Croates, Bosniaques et Kosovars par centaines.

Au moment de l'intervention de l'OTAN en 1999, Kovac avait entendu des rumeurs de procès pour crimes contre l'humanité. Il était sûr d'être bien placé sur la liste des hommes recherchés, aussi déserta-t-il. Il partit d'abord pour la Bulgarie avant de rejoindre la Grèce.

Il était bâti comme un colosse et mesurait plus de deux mètres ; il n'eut aucune difficulté à se faire embaucher comme homme de main dans les milieux interlopes d'Athènes. Sa ruse et son absence de scrupules furent vite récompensées par des promotions au sein du crime organisé. Il réussit à parfaire sa réputation en éliminant tout un gang de dealers albanais qui cherchaient à se faire une place dans le trafic d'héroïne.

Au cours de ses premières années à Athènes, il commença à lire en anglais pour apprendre la langue. Peu lui importaient ses lectures ; il s'attaqua à des biographies de gens dont il n'avait jamais entendu parler, à des histoires de lieux qui ne l'intéressaient aucunement et à des romans dont l'intrigue l'indifférait. Ces livres étaient écrits en anglais, et c'est tout ce qui comptait.

Jusqu'au jour où il découvrit un livre écorné chez un bouquiniste. Le titre l'intrigua : *La natalité nous tuera : comment la surpopulation va détruire la civilisation*, par le Dr Lydell Cooper. Il crut qu'il s'agissait d'une histoire de sexe et l'acheta.

Il y découvrit une explication rationnelle de tout ce en quoi il avait cru pendant ses années de guerre. Il y avait trop de monde sur la planète et, à moins d'y remédier, notre univers était condamné. Bien entendu, Cooper ne stigmatisait aucun groupe ethnique en particulier, mais Kovac lut le livre à travers le prisme de ses propres préjugés racistes, persuadé que Lydell pensait aux races « inférieures », celles qu'il avait lui-même massacrées si longtemps.

« En l'absence de prédateurs naturels, rien ne vient limiter notre natalité galopante, et la structure de notre ADN étant ce qu'elle est, elle nous encourage à procréer. Notre propre volonté ne suffira pas à nous arrêter. Seul le modeste virus peut encore nous contrer, et pourtant, chaque jour, nous nous rapprochons de l'éradication de cette menace. »

Pour Kovac, cela signifiait que l'humanité avait besoin de prédateurs capables d'éradiquer les faibles pour que les forts puissent prospérer. Ce n'était pas le point de vue de Cooper. Le scientifique ne défendait en aucun cas la violence, mais c'était sans importance aux yeux de Kovac. Il venait de découvrir une cause en laquelle il pouvait croire et s'investir. L'homme avait besoin de prédateurs, et Kovac était prêt à agir.

Lorsqu'il découvrit que les Responsivistes avaient installé un complexe près de Corinthe, il comprit que le livre de Cooper était pour lui un signe du destin.

Le jour où Kovac se présenta pour proposer ses services, Thomas Severance en personne était présent. Les deux hommes discutèrent pendant des heures, évoquèrent des points précis de l'œuvre de Cooper et de l'organisation née de ses écrits. Severance fit comprendre à Kovac la véritable nature de la philosophie qui soustendait le Responsivisme, mais sans jamais tenter d'adoucir la brutalité des vues du Serbe.

— Nous ne sommes pas violents, Zelimir, lui avait expliqué Severance, mais certains ne nous comprennent pas, et ne veulent à aucun prix que le message de notre grand fondateur puisse être largement divulgué. Personne n'a encore essayé de nous nuire – du moins physiquement –, mais je sais que cela arrivera, parce que ces gens n'accepteront pas qu'on leur dise qu'ils sont eux-mêmes une partie du problème. Ils vont se déchaîner contre nous, et nous aurons besoin de votre protection. Telle sera votre mission.

Ainsi, Zelimir Kovac allait pouvoir poursuivre son œuvre en tant qu'homme de main, mais cette fois pour les Responsivistes et pour lui-même, et non au service de trafiquants de drogue ou de tyrans.

*

Lorsque Kovac entra dans la pièce, Gil Martell était assis à son bureau, toujours élégant, avec ses cheveux couleur bronze peignés en arrière et ses dents blanches étincelantes, mais il ne put maintenir la pose que quelques secondes, et son sourire s'estompa.

Le fait d'avoir lié connaissance avec Thomas Severance avait été une aubaine pour Martell. Il avait ainsi pu partir de Los Angeles avant la conclusion de l'enquête sur les vols de voitures dont il était le bénéficiaire plus que la victime. Il possédait maintenant, non loin du complexe, une immense villa qui donnait sur la mer. Il avait à sa disposition un nombre illimité de femmes consentantes, choisies parmi les Responsivistes qui séjournaient en Grèce le temps d'une retraite spirituelle. Effectivement convaincu que la planète souffrait de surpopulation, il ne croyait pourtant pas un traître mot de ces fariboles sur les branes ou l'existence d'extraterrestres. Mais en bon vendeur, il pouvait feindre la foi avec assez de talent pour tromper le plus fidèle des dévots.

Quant au plan ourdi par Thom et Heidi, le sort d'une poignée de riches oisifs à bord d'un navire de croisière lui importait peu.

Ce n'était qu'au contact de Kovac que sa cuirasse se fissurait. Le grand Serbe était un psychopathe, ni plus ni moins. Même s'il ignorait son passé, Martell supposait qu'il était impliqué dans le nettoyage ethnique de la Yougoslavie des années quatre-vingt-dix. Si l'exfiltration de Kyle Hanley était un désastre, Martell se sentait assez fort pour gérer les retombées de l'affaire. Il n'avait pas besoin que Kovac passe son temps à le surveiller et rapporte la moindre bribe d'information à Thom et Heidi. Il aurait sans doute dû deviner qu'un mouchard avait été installé dans son bureau, mais après tout, il n'avait rien révélé de compromettant avant de mettre le brouilleur en marche. Rien qui justifie que Thom fasse appel à Kovac, son chien fidèle.

Avant qu'il ait pu prononcer un mot, le Serbe mit un doigt sur ses lèvres charnues pour lui imposer le silence, puis il s'approcha du bureau, éteignit le brouilleur et sortit un petit appareil électronique de la poche intérieure de son blouson de cuir noir. Il s'en servit pour balayer l'ensemble de la pièce, ses petits yeux constamment rivés sur le témoin lumineux. Enfin satisfait, il remit son appareil dans sa poche.

— Il n'y avait donc pas d'autre…

Le poids du regard de Kovac sembla clouer Martell sur son siège.

Le Serbe retourna la lampe de bureau et décolla le minuscule appareil d'écoute du socle. Il ne connaissait pas la marque, mais remarqua la sophistication du dispositif. Compte tenu de la taille du mouchard, il savait que dans un rayon d'un ou deux kilomètres, un émetteur-récepteur amplifiait le signal et le relayait vers un satellite. Inutile de perdre son temps à le chercher.

— Transmission terminée, dit-il dans le micro, tout en veillant à masquer son accent.

Il écrasa alors le mouchard entre ses ongles épais et se tourna ensuite vers Martell.

— Maintenant, vous pouvez parler.

— Il n'y en avait pas d'autres ?

Kovac ne prit même pas la peine de répondre à une question aussi stupide.

— Je vais devoir vérifier chaque endroit où ils sont allés, répondit-il. Dites aux gardes de me dresser un plan des zones qu'ils ont réussi à infiltrer.

— Bien sûr. Mais je peux vous assurer qu'ils ne sont entrés que dans mon bureau et dans le bâtiment où se trouvent les chambres.

La bêtise crasse de Martell commençait à lui provoquer des élancements dans la tête, et Kovac dut faire un effort pour se calmer. Lorsqu'il reprit la parole, il s'exprima avec un fort accent, mais dans un anglais parfaitement clair.

— Ils ont forcément franchi le mur d'enceinte et traversé le complexe avant d'arriver jusqu'ici. Ils ont pu laisser des mouchards sur leur passage, les jeter dans des buissons, les suspendre dans des arbres, ou même les laisser sur le mur.

— Oh, je vois, je n'avais pas compris…

Kovac gratifia Martell d'un regard éloquent.

— Y avait-il quoi que ce soit sur le bureau qui puisse avoir un rapport avec la mission à venir ?

— Non. Rien. Tout est dans mon coffre-fort. C'est la première chose que j'ai vérifiée après avoir parlé à Thom.

— Donnez-moi tous ces documents.

Martell envisagea une seconde de défier le Serbe et d'appeler Severance, mais il savait que Thom se fiait pleinement à Kovac pour les questions de sécurité et que ses protestations ne serviraient à rien. Et puis moins il était mêlé à leurs histoires, mieux cela vaudrait. L'intrusion dans le complexe était peut-être un signe, un encouragement à réaliser ses gains au plus vite, tant que c'était encore possible. Sa retraite grecque lui avait déjà permis d'amasser près d'un million de dollars. Ce n'était pas suffisant pour vivre jusqu'à la fin de ses jours, mais cela lui laissait le temps de voir venir.

Il se leva de son bureau et se dirigea vers le canapé. Kovac ne fit pas un geste pour l'aider pendant qu'il déplaçait les meubles installés sur le tapis oriental, qu'il roula pour révéler une trappe recouvrant un coffre-fort de taille moyenne encastré dans le sol.

— Les sièges et la table n'avaient pas bougé lorsque je suis entré. Je suis donc sûr que rien n'a été déplacé, expliqua-t-il à Kovac. Et regardez, le sceau de cire sur la serrure est intact.

Kovac ne jugea pas indispensable d'expliquer à Martell qu'une équipe de professionnels aurait su comment remettre le mobilier en place et même faire un double du sceau de cire, s'ils en avaient eu le temps. Mais il n'était guère inquiet à ce sujet ; le coffre-fort n'était pas leur objectif. Il avait jeté un coup d'œil à la fiche de Kyle Hanley et, selon lui, la famille du jeune homme s'était assuré les services d'une équipe spécialisée dans la libération d'otages pour récupérer leur fils. Sans doute allaient-ils faire appel à un déconditionneur. Probablement Adam Jenner.

A la seule pensée de ce nom, ses poings se serrèrent.

— Et voilà, annonça Martell en sortant une caisse métallique sécurisée du coffre-fort. D'après la mémoire intégrée, il n'a pas été ouvert depuis quatre jours, c'est-à-dire depuis que j'ai reçu les dernières mises à jour de Thom.

Un enfant aurait pu reprogrammer la caisse avec un câble USB et un ordinateur portable, mais, encore une fois, Kovac se garda de tout commentaire.

— Ouvrez-la.

Martell tapa les chiffres du code. Le boîtier émit un bip et le couvercle se souleva légèrement. A l'intérieur se trouvait un épais classeur en papier Kraft. Kovac tendit la main pour que Martell le lui remette et parcourut les pages des yeux. Il s'agissait d'une liste de noms, de navires, d'escales, d'horaires, avec de courtes biographies des hommes d'équipage. Des informations à première vue inoffensives pour quiconque ne connaissait pas leur signification réelle. Les dates mentionnées se situaient dans un avenir assez proche.

— Fermez le coffre, dit Kovac d'un air indifférent tout en feuilletant les pages du classeur.

Martell obéit. Il rangea la caisse sécurisée dans le coffre et referma la trappe.

— Je remettrai le sceau de cire plus tard.

Kovac lui lança un regard furieux.

— Je vais le faire tout de suite, corrigea Martell d'un ton faussement enjoué.

Il gardait toujours la cire dans son bureau ; quant au sceau, c'était l'anneau de fin d'étude de la classe préparatoire à l'université, qu'il portait alors qu'il n'était jamais parvenu à décrocher le diplôme correspondant. Quelques minutes plus tard, le kilim était en place, déroulé, et le canapé, les sièges et la table basse avaient retrouvé leur disposition antérieure.

— Kyle Hanley savait-il quoi que ce soit à ce sujet ? demanda Kovac en levant le classeur comme s'il s'agissait d'un livre sacré.

— Non. Je l'ai précisé à Thom, d'ailleurs. Hanley n'était pas là depuis très longtemps. Il a vu les machines, mais il n'était pas au courant du plan.

Le visage de Kovac prit une expression de méfiance lorsqu'il entendit la réponse désinvolte de Martell. Gil Martell prit sa décision. Dès le départ de Kovac, il irait chez lui, ferait ses valises et prendrait le premier avion pour Zurich, où était domicilié son compte numéroté.

— Il est possible qu'il ait entendu des rumeurs, précisa-t-il.

— Quel genre de rumeurs, Martell ?

Martell n'aima pas beaucoup la manière dont Kovac venait de prononcer son nom. Il déglutit avec peine.

— Oh, quelques-uns de ces gamins parlaient d'une Retraite Marine, comme ceux qui avaient embarqué à bord du *Golden Dawn*. A les entendre, il devait s'agir d'une sorte de grande fête.

Pour la première fois, le vernis glacé de l'attitude de Kovac parut se craqueler.

— Est-ce que vous avez la moindre idée de ce qui s'est passé à bord du *Golden Dawn* ?

— Non. Je ne laisse personne ici regarder les nouvelles à la télévision ou surfer sur le Net. Et je ne le fais pas non plus. Pourquoi, que s'est-il passé ?

Kovac se souvint des propos de Thom Severance lorsque celui-ci l'avait appelé de Californie le matin même. *Prenez les décisions que vous jugerez bonnes.* Il en comprenait maintenant toutes les implications.

— Monsieur Severance n'a guère confiance en vous.

— Comment osez-vous ? Il m'a confié la responsabilité de ce complexe et de la formation de nos adeptes, fulmina Martell. Il a confiance en moi autant qu'en vous.

— Non, monsieur Martell, ce n'est pas le cas. Vous savez, j'étais il y a deux jours à bord du *Golden Dawn*. Je participais à une expérimentation. C'était magnifique. Tous les occupants de ce navire sont morts dans des conditions que je n'aurais jamais pu imaginer, même dans mes pires cauchemars.

— Ils sont *quoi* ? hurla Martell, écœuré par la nouvelle et par la manière quasi religieuse dont Kovac l'avait annoncée, comme s'il parlait d'une œuvre d'art.

— Ils sont morts. Tous. Et j'ai sabordé le navire. J'ai dû sécuriser la passerelle avant de disséminer le virus, pour que personne ne puisse prévenir qui que ce soit. Il s'est répandu comme une traînée de poudre. Il n'a pas dû mettre plus d'une heure à accomplir son œuvre. Jeunes et vieux, aucune différence. Leurs corps ne pouvaient pas le combattre.

Gil Martell battit en retraite derrière son bureau, comme derrière un rempart contre l'horreur. Il tendit la main pour décrocher le téléphone.

— Tout cela est impossible. Je vais appeler Thom.

— Mais je vous en prie, ne vous gênez pas.

La main de Martell resta suspendue au-dessus du combiné. S'il appelait Thom, celui-ci prendrait soin de vérifier tout ce que venait de dire ce voyou désaxé. Deux pensées lui traversèrent l'esprit. La première, c'est qu'il était mouillé jusqu'au cou. La seconde n'était pas plus rassurante. Kovac n'allait pas le laisser sortir vivant de ce bureau.

— Que vous a dit Thomas Severance de cette opération ?

Il faut continuer à le faire parler, songea Martell en proie au désespoir. Il appuya sur un bouton placé sous son bureau, et qui communiquait avec le poste de travail de sa secrétaire, juste à côté. Kovac n'oserait tout de même pas le supprimer devant un témoin.

— Eh bien, selon lui, notre équipe de scientifiques, aux Philippines, a créé un virus qui provoque une sévère inflammation des voies reproductives, chez la femme et chez l'homme. Selon lui, trois personnes infectées sur dix deviendront stériles et ne pourront donc plus contribuer à la surpopulation de la planète, même en ayant recours à des techniques *in vitro*. Le plan consiste à répandre le virus sur quelques navires de croisière, où les gens sont en quelque sorte piégés, afin qu'ils soient tous infectés.

— Ce n'est qu'une partie du plan, dit Kovac.

— Quelle est la vérité, alors ? (Mais où est donc cette fichue secrétaire ?)

— Tout ce que vous avez dit au sujet des effets du virus est vrai, mais il y a quelque chose que vous ignorez, répondit Kovac avec un sourire triomphant. Le virus, voyez-vous, reste hautement contagieux pendant environ quatre mois après l'infection de son hôte, même en l'absence de tout symptôme. A partir de quelques navires, l'infection se répandra dans le monde entier, jusqu'à ce que chaque femme, chaque homme, chaque enfant ait été exposé. Ce chiffre de trois sur dix est modeste ; en réalité, c'est cinq personnes infectées sur dix qui ne seront plus en mesure de se reproduire. Le but n'est pas d'empêcher quelques milliers de passagers, mais bien la moitié de la population humaine, d'avoir des enfants.

Gil Martell s'affaissa sur son siège. Sa bouche forma des mots, mais aucun son ne franchit ses lèvres. Ces trois dernières minutes lui avaient donné le coup de grâce. Le *Golden Dawn*. Il connaissait une centaine de passagers, peut-être deux. Et maintenant, cette histoire démentielle. Ce monstre capable de lui annoncer froidement qu'il travaillait depuis deux ans à un plan visant à stériliser trois milliards d'individus.

Il n'allait pas pleurer sur la stérilisation d'un ou deux milliers de passagers. Cela était bien affligeant, mais la vie continuait tout de même, et au moins, quelques orphelinats crouleraient sous les demandes d'adoption.

Mais il aurait dû comprendre que les choses ne s'arrêteraient pas là. Il se souvint de ce qu'écrivait le Dr Cooper dans son essai.

« Le transfert de richesses le plus important de toute l'histoire de l'humanité eut sans doute lieu lorsque la peste ravagea l'Europe, décimant un tiers de sa population. Les campagnes s'en trouvèrent renforcées, permettant une amélioration du niveau de vie non seulement pour les propriétaires, mais également pour ceux qui cultivaient leurs terres. Cet événement favorisa comme nul autre l'émergence de la Renaissance et permit finalement à l'Europe de dominer le monde. »

— Nous avons entendu la parole de Lydell Cooper, et nous l'avons transformée en actes, reprit Kovac.

Sa voix faisait résonner l'horreur, comme un écho, dans le gouffre béant de la conscience de Martell. Pendant un moment, celui-ci se crut en sécurité derrière le bureau, mais c'était sans compter sur la force du Serbe. Kovac poussa le bureau contre Gil, le plaquant contre le mur, toujours assis sur son siège. Martell ouvrit la bouche pour appeler sa secrétaire. Kovac n'était pas des plus rapides, et l'Américain réussit à émettre un croassement rauque avant que Kovac ne le réduise au silence d'un coup porté sur la pomme d'Adam. Les yeux de l'Américain semblèrent jaillir de leurs orbites tandis qu'il luttait pour reprendre son souffle.

Kovac parcourut la pièce du regard. Il ne vit d'abord rien qui puisse l'aider à faire passer la mort de Martell pour un suicide, puis il aperçut les photographies accrochées au mur. Il passa les visages en revue, et sut aussitôt lequel servirait le mieux ses desseins. Pendant que Martell se débattait encore pour respirer, il traversa la pièce pour se diriger vers une photographie de Donna Sky.

La comédienne était trop maigre à son goût, mais on pouvait fort bien imaginer Martell amoureux d'elle. Il arracha l'image du mur et retira le cliché du cadre avant de briser le verre sur le bord du bureau.

D'une main puissante, il colla Martell contre son siège. De l'autre, il choisit le plus acéré des éclats de verre. Il relâcha sa pression sur la tête de Martell et lui saisit un bras, tout en s'assurant de ne pas presser trop fort, afin de ne laisser aucune marque sur la peau bronzée.

Le verre pénétra la chair qui n'opposa qu'une résistance spongieuse ; un sang sombre coula de la blessure et inonda le bureau puis le sol. Gil Martell agita ses membres, se débattit, mais il n'était pas de taille à lutter contre le Serbe. Il ne put émettre qu'un son indistinct et inaudible. Ses mouvements perdirent toute coordination, puis se ralentirent. Ce qu'il lui restait de force semblait se déverser par sa blessure. Il s'immobilisa soudain.

Kovac remit alors le bureau en place. Il souleva le corps de Martell et renversa le siège. Il installa le cadavre en travers et lui baissa la tête afin que l'hématome sur la pomme d'Adam coïncide avec le panneau de bois du dossier. Le coroner supposerait que la tête de Martell était tombée en avant au moment de sa mort, due à la perte d'une grande quantité de sang. Il suffisait maintenant de disposer la photographie de Donna Sky pour suggérer que c'était la dernière vision de Martell avant sa mort.

La secrétaire de l'Américain entra dans le bâtiment au moment où Kovac refermait la porte du bureau derrière lui. Elle tenait une tasse de café et un volumineux sac à main. Elle devait avoir une bonne cinquantaine d'années, ses cheveux étaient teints de façon approximative, et sa silhouette était affligée d'une vingtaine de kilos superflus.

— Eh bien, monsieur Kovac, bonjour, comment allez-vous aujourd'hui ? lança-t-elle d'un ton vif.

— Monsieur Martell est déjà dans son bureau, répondit Kovac, incapable de se souvenir du nom de la secrétaire. Comme vous pouvez l'imaginer, il est bouleversé par ce qui s'est passé hier soir.

— C'est terrible, n'est-ce pas ?

— Oui, vraiment, approuva Kovac en hochant la tête d'un air sombre. Il a demandé à n'être dérangé sous aucun prétexte aujourd'hui.

— Vous pensez pouvoir découvrir qui nous a attaqués et récupérer ce malheureux garçon ?

— C'est pour cela que monsieur Severance m'a demandé de venir ici.

Patricia, se rappela-t-il soudain. Elle s'appelle Patricia Ogdenburg. Il jeta un coup d'œil rapide sur l'écran de son téléphone. C'était Thom Severance, pour un appel sécurisé. Ils s'étaient déjà parlé le matin même, il devait donc s'agir d'une urgence. Kovac remit le mobile dans sa poche.

Patricia le regardait droit dans les yeux.

— Pardonnez-moi d'être aussi franche, mais je dois vous dire que vous intimidez beaucoup de gens, ici. A mon avis vous êtes aussi dur que vous le paraissez, poursuivit-elle en l'absence de réponse, mais je pense aussi que vous êtes un homme bienveillant et attentionné. Vous avez le sens des responsabilités, et je trouve que votre présence ici est un vrai réconfort. Tellement de gens ignorants ne se doutent même pas de tout le bien que nous faisons ! Je suis heureuse que vous soyez venu nous protéger. Que Dieu vous bénisse, Zelimir Kovac. Mais vous rougissez ! Je crois que je vous ai mis mal à l'aise.

— Vous êtes très gentille, lui répondit Kovac, qui essayait d'imaginer la solitude qui avait poussé cette femme – tout comme lui – vers les Responsivistes.

— Eh bien, si un compliment peut vous faire rougir, alors je suis certaine d'avoir raison !

Si tu savais à quel point tu te trompes, songea Kovac en s'éloignant du bâtiment sans un regard en arrière.

Chapitre 17

L'hôtel était situé non loin du Colisée, dans un immeuble historique de cinq étages. La suite occupait presque un quart du niveau le plus élevé et à l'extérieur, un balcon de fer forgé en bordait les murs.

Lorsque Max poussa le fauteuil roulant de Kyle dans la somptueuse entrée, le jeune homme se trouvait toujours dans un état d'hébétude, mais ses marmonnements laissaient prévoir un réveil imminent.

— Bonjour, dit une voix, depuis les profondeurs de la suite.

— Bonjour, répondit Max. Docteur Jenner ?

— En effet.

Jenner s'avança dans l'entrée. Il portait un costume anthracite aux fines rayures et un pull de soie blanche. Max remarqua qu'il portait également de fins gants de cuir et que ses mains semblaient recourbées d'une manière peu naturelle.

Il fut incapable de donner un âge au psychiatre. Il ne montrait aucun signe de calvitie, et n'arborait que quelques mèches poivre et sel. Son visage bronzé paraissait avoir été l'objet de soins cosmétiques. Quant aux quelques rides présentes autour des yeux et de la bouche, elles avaient sans doute été gommées par une opération de chirurgie esthétique. Compte tenu des tarifs du psychiatre, il pouvait se permettre les meilleurs praticiens du monde, mais son visage trahissait cette expression étonnée, comme tétanisée, qu'ont les personnes ayant subi une intervention de qualité médiocre.

Ce n'était qu'une incongruité de peu d'importance, mais Max n'en fut pas moins surpris. Il tendit la main au psychiatre.

— Max Hanley.

Jenner leva ses mains gantées.

— Vous m'excuserez si je ne vous serre pas la main. J'ai subi de graves brûlures dans un accident de voiture lorsque j'étais plus jeune.

— Bien entendu. Je vous présente Eddie Seng. Il travaille pour l'entreprise qui s'est portée au secours de mon fils. Et voici Kyle.

— Ravi de faire votre connaissance, docteur, dit Eddie. Je suis navré que nous n'ayons pu vous donner le nom de l'hôtel avant votre arrivée à Rome. Question de sécurité.

— Je comprends tout à fait.

Jenner conduisit le groupe dans l'une des chambres de la suite. Ils installèrent Kyle, vêtu d'une blouse, sur l'immense lit à baldaquin dont ils refermèrent les lourdes tentures. Max passa le dos de sa main le long de la mâchoire de son fils. Son regard exprimait un océan d'amour et de culpabilité.

— Nous allons bien nous en occuper, le rassura Jenner.

Les trois hommes revinrent vers le salon, et ouvrirent les portes-fenêtres qui donnaient sur le balcon. Le bruit de la circulation de la capitale italienne leur parvint, atténué, depuis la rue. Par-dessus le toit de l'immeuble qui leur faisait face, ils aperçurent les arches et les murs de travertin du Colisée.

— J'espère que tout s'est déroulé sans trop de problèmes, dit Jenner.

Il parlait avec un léger accent, un peu comme s'il avait été élevé par des parents non anglophones.

— Non, malheureusement, répondit Max.

— Vraiment ? Que s'est-il passé ?

Ses yeux, songea Max. Il y avait quelque chose de particulier dans son regard. Derrière ses élégantes lunettes, ses yeux noisette paraissaient étranges. Max pouvait habituellement regarder quelqu'un en face et savoir aussitôt de quel genre de personne il s'agissait, mais il ne put rien apprendre du regard de Jenner.

— Les Responsivistes emploient maintenant des gardes armés, intervint Eddie lorsqu'il constata que Max ne répondait pas.

Jenner s'installa sur le luxueux canapé et poussa un soupir.

— Je craignais cela depuis un moment déjà. Depuis quelques années, la paranoïa de Thom et Heidi Severance va grandissante. Il était inévitable qu'ils se mettent à stocker des armes. Je suis vraiment navré. J'aurais dû vous faire part de mes soupçons.

Eddie écarta les excuses de Jenner d'un geste de la main.

— Aucun de mes hommes n'a été blessé, c'est donc sans importance.

— Vous êtes trop modeste, monsieur Seng. Je sais ce que c'est que le combat, et je comprends ce que vous avez dû traverser.

Le Vietnam, pensa Max. Jenner devait avoir à peu près le même âge que lui. Le mystère s'éclaircissait, tant mieux…

— Alors, comment comptez-vous procéder ? demanda-t-il.

— Normalement, nous faisons intervenir les amis et la famille du patient, afin que le patient sache qu'il dispose de tout le soutien dont il a besoin pour rompre avec les Responsivistes. Mais dans le cas présent, j'aurai besoin d'être seul avec Kyle pour les premières séances. Cela va être un choc pour lui, quand il se réveillera et se rendra compte de ce qui s'est passé, poursuivit Jenner avec un sourire contraint. Et d'après mon expérience, le choc se transforme parfois très vite en colère.

— Kyle n'est pas violent, je vous rassure, dit Max. Il ne se met pas facilement en colère, contrairement à son père !

— En général, je prescris d'ailleurs un sédatif pour que mes patients restent calmes jusqu'à ce que les effets du choc se dissipent.

L'une de ses mains gantées fit un geste vers une table basse, où une sacoche de médecin trônait à côté d'une composition de fleurs fraîchement cueillies.

— Combien de personnes avez-vous aidées, docteur ?

— Je vous en prie, appelez-moi Adam. Eh bien, plus de deux cents.

— Toujours avec succès ?

— J'aimerais pouvoir répondre par l'affirmative, mais ce n'est malheureusement pas le cas. Les gens se laissent attirer par ce qu'ils considèrent comme positif dans l'œuvre des Responsivistes, mais lorsqu'ils en font partie depuis un moment, le groupe exerce sur eux un contrôle de plus en plus étroit, en particulier en les coupant de ceux qu'ils aiment. Quand cela arrive, il est parfois difficile de les aider à retrouver leur vraie vie.

— Mais pourquoi les gens se laissent-ils faire ? demanda Eddie.

Il connaissait déjà la réponse. Il avait vécu cela à Chinatown dans son enfance ; la pression était forte pour rejoindre un gang, et lorsque c'était fait, ils ne vous lâchaient plus.

— La solitude, la sensation d'être déconnecté du monde. Les Responsivistes leur procurent le sentiment d'appartenir à quelque chose qui les dépasse, quelque chose d'important, qui donne du sens à leur vie. Ce sont un peu les mêmes symptômes que ceux qui conduisent d'autres gens vers les drogues ou l'alcool, et le processus de désintoxication est similaire. Il y a des réussites, et aussi des échecs.

— Selon sa mère, Kyle n'a rejoint les Responsivistes que depuis quelques mois. Cela ne devrait pas être trop difficile.

— Le temps passé avec eux ne signifie pas grand-chose, objecta Jenner. Ce qui compte, c'est de savoir jusqu'à quel point il les a laissés pervertir son esprit. J'ai eu un jour affaire à une femme qui ne se rendait à des réunions responsivistes que depuis deux semaines lorsque son mari a commencé à s'inquiéter ; il m'a alors contacté. Elle a fini par le quitter, et elle est aujourd'hui secrétaire du directeur de leur retraite grecque, là où vous avez trouvé votre fils. Pattie Ogdenburg. C'est curieux, on se souvient des noms associés à un échec, mais jamais de ceux associés à un succès.

Max et Eddie hochèrent la tête à l'unisson. Succès et échec, ils avaient eu plus d'une fois l'occasion de connaître et de partager l'un comme l'autre.

— Une chose m'intrigue, dit Eddie. Comment une femme comme Donna Sky, exemple même de la réussite, peut-elle se laisser entraîner dans un mouvement de ce type ?

— Comme les autres. Elle est reconnue, elle a reçu des prix, elle est très entourée, mais cela ne signifie pas qu'elle soit moins seule que d'autres. Souvent, les célébrités sont coupées de la réalité et influençables. Dans le monde réel, c'est une femme adulée par ses fans, mais au sein de l'organisation, elle est seulement Donna, même si sa notoriété permet de recruter sans cesse de nouveaux membres.

— Je ne comprendrai jamais rien à tout cela, grommela Max.

— Et c'est pourquoi vous avez fait appel à mes services, répliqua Jenner d'un ton enjoué, comme pour alléger l'atmosphère. Il n'est pas nécessaire que vous compreniez. Vous devez seulement être prêt à montrer à votre fils à quel point vous l'aimez.

— Avez-vous déjà entendu parler d'un centre responsiviste aux Philippines ? demanda Eddie.

Jenner réfléchit un instant avant de répondre.

— Pas vraiment, non. Je ne serais pas étonné qu'ils aient des centres de planning familial dans cette région, mais… attendez, vous avez peut-être raison. On a parlé d'une nouvelle retraite là-bas, il me semble qu'ils y avaient acheté un terrain, mais rien n'y a été construit. Ou presque rien.

— Et sur le fait d'affréter un navire de croisière ?

— Vous parlez du *Golden Dawn* ? Quelle horrible tragédie. Je crois que c'est ce qu'ils appellent une Retraite Marine. Ils ont déjà fait cela à plusieurs reprises au cours des deux ou trois dernières années. Ils affrètent la totalité d'un navire, ou bien réservent au moins la moitié des cabines ; ils discutent, organisent des réunions. J'y suis allé une fois, pour voir de quoi il retournait. Il m'a surtout semblé que c'était pour eux un excellent moyen de recruter des veuves solitaires aux revenus confortables. Mais je dois aller voir comment va Kyle, conclut Jenner en se levant.

Une fois le psychiatre sorti de la pièce, Max se dirigea vers un meuble où des bouteilles étaient alignées comme pour une parade. Il se versa un whisky dans un gobelet en verre taillé et adressa un signe à Eddie. Celui-ci déclina l'invitation.

— Ceci n'est pas une mission, lui dit Max en dégustant une gorgée. L'abstinence n'est pas de rigueur.

— Non, merci, je n'y tiens pas. Alors, qu'en pensez-vous ?

— Je pense que nous avons touché le gros lot avec ce gars. Il sait de quoi il parle, c'est certain. Qu'en dites-vous ?

— Je suis d'accord. En dénichant ce type, Linda a fait du bon boulot, et je suis sûr que Kyle est entre de bonnes mains.

— En tout cas, merci pour le baby-sitting, dit Max d'un ton léger, mais avec une émotion perceptible dans la voix.

— Vous en auriez fait autant pour n'importe lequel d'entre nous.

Le téléphone mobile de Max émit un ronronnement. Il le sortit de sa poche. Le nom du Président s'affichait sur l'écran.

— Nous sommes bien arrivés, sains et saufs, annonça-t-il d'emblée.

— Heureux de l'apprendre, répondit Juan Cabrillo. Jenner était là comme prévu ?

— Oui. Eddie et moi étions justement en train de dire à quel point nous étions contents d'avoir trouvé quelqu'un comme lui.

— Parfait.

— Tout se passe bien à bord de l'*Oregon* ?

— Je viens d'avoir Langston au téléphone. Je vais avoir besoin de soins intensifs, parce qu'il m'a littéralement descendu en flammes après notre petite excursion dans le canal de Corinthe… !

— Il était un peu en colère, peut-être ?

— Oh, mon ami, « colère » est un mot bien faible ! Il se sert de ses réseaux pour essayer de convaincre les Grecs qu'il ne s'agissait pas d'une attaque terroriste visant à détruire le canal. Ils sont prêts à en référer à l'OTAN !

Max fit une grimace.

— Qu'est-ce que je t'avais dit, au sujet de ce fichu plan C ?

— Si à l'avenir, une de nos opérations nécessite un plan C, répondit Juan avec un petit rire, je suis prêt à remettre ma démission.

— C'est noté, et Eddie, ici présent, est témoin.

— Comment va Kyle ? demanda Juan, à nouveau sérieux.

— Il devrait sortir de sa torpeur d'ici peu. Alors, on verra.

— Tout le monde à bord vous soutient, Kyle et toi.

— C'est dur, admit Max. Beaucoup plus que je l'imaginais.

— C'est ton fils. Même si vous n'êtes pas vraiment proches, tu l'aimes. Rien ne peut changer ça.

— C'est juste que je me sens en colère.

— Non, Max, tu te sens coupable. Ce sont deux choses différentes, et il va falloir que tu surmontes ça si tu veux pouvoir l'aider. La vie ne nous laisse pas toujours le choix. Il y a des choses que l'on peut changer, et d'autres non. Il faut que tu sois assez malin pour faire la différence et agir en conséquence.

— J'ai l'impression de l'avoir laissé tomber, tu comprends ?

— C'est ce que ressentent tous les parents à un moment ou à un autre. Ainsi vont les choses.

Max prit le temps d'assimiler les propos de Juan et hocha la tête.

— Tu as raison, finit-il par admettre. C'est seulement…

— Dur. Je sais. Max, quand nous sommes en opération, nous planifions tous les détails, nous nous préparons à toutes les éventualités, nous ne nous laissons jamais surprendre et pourtant, il reste des impondérables. Tu as fait ce que tout bon parent aurait fait. Maintenant, tu es là pour Kyle. Tu ne peux pas dire comment les choses se seraient passées si tu avais été plus présent dans son enfance. Il faut agir en tenant compte de la situation telle qu'elle est, d'accord ?

— Tu feras sûrement un père génial, un de ces jours !

— Tu plaisantes ? répondit Juan en riant. Je sais à quel point le monde est pourri. Je ne laisserais pas mon gosse quitter sa chambre avant la trentaine, et même là, je ne le laisserais pas aller plus loin que la clôture du jardin !

— Où êtes-vous actuellement ?

— Par rapport à vous, plein sud. Nous devrions arriver vers la Côte d'Azur demain soir. Nous allons organiser la surveillance des trafiquants d'armes pour que tout soit opérationnel dès le lendemain matin.

— Je devrais être avec vous.

— Ta place est avec Kyle. Ne t'inquiète pas. Prends le temps qu'il te faut. D'accord ?

— D'accord. Eddie veut te dire un mot.

— Président, je parlais à Jenner, et il a mentionné le fait que les Responsivistes avaient déjà affrété des navires dans le passé.

— Et alors ?

— Cela ne servira peut-être à rien, mais je pensais qu'Eric et Mark pourraient comparer et étudier de près tous ces voyages, et voir s'il s'était passé quelque chose d'inhabituel.

— Ce n'est pas une mauvaise idée. Autre chose ?

— D'après Jenner, il existe des rumeurs selon lesquelles les Responsivistes construisent une nouvelle retraite aux Philippines. S'il y avait à peu près quatre cents Responsivistes à bord du *Golden Dawn*, cela signifie peut-être que leurs travaux de construction sont plus avancés que Jenner l'imagine. Cela vaudrait la peine de vérifier.

— Deux points intéressants à creuser, approuva Juan Cabrillo.

Jenner sortit de la chambre, dont il referma la porte derrière lui.

— Kyle se réveille, chuchota-t-il. Je pense que vous devriez nous laisser tous les deux pendant un moment.

— Président, nous devons vous laisser, dit Eddie au téléphone avant de couper la communication.

— Combien de temps ? demanda Max en se levant.

— Laissez-moi votre numéro de mobile et je vous appellerai. Probablement d'ici une heure ou deux. Kyle et moi allons discuter, et ensuite, je lui administrerai un sédatif.

Max, indécis quant à la conduite à tenir, lança un regard vers la porte close de la chambre, puis vers Jenner.

— Faites-moi confiance, monsieur Hanley. Je sais ce que je fais.

— Très bien.

Max inscrivit son numéro sur une feuille de papier à lettres de l'hôtel. Il laissa Eddie le guider hors de la suite, vers le palier richement boisé où se trouvait l'ascenseur. Eddie s'aperçut vite de l'inquiétude qui se lisait sur le visage de Max.

— Allez, venez, je vous offre le dîner.

— Je me sens d'humeur à goûter la cuisine italienne, répondit Max d'un ton volontairement badin.

— Désolé, mon cher. Ce sera chinois ou rien.

Chapitre 18

L'*Oregon* creusait son sillon à un peu plus de vingt nœuds dans les eaux de la Méditerranée, bien en deçà de ses véritables capacités, mais il devait tenir compte de la présence de dizaines d'autres navires dans la zone. Dans la salle à manger apprêtée avec goût, on ne ressentait presque aucune sensation de mouvement. Sans le bourdonnement lointain des moteurs magnéto-hydrodynamiques et des réacteurs hydrauliques, Juan Cabrillo aurait pu se croire installé dans un restaurant trois étoiles d'un quartier chic de Paris.

Le président de la Corporation portait une veste de sport légère sur une chemise sur mesure à col ouvert, des boutons de manchette en forme de petites boussoles et des chaussures italiennes en cuir. En face de lui, Linda Ross arborait un pantalon cargo et un T-shirt noir et, même sans maquillage, l'éclat de sa peau rayonnait à la lueur des chandelles, mettant en valeur les taches de rousseur qui parsemaient son nez et ses joues.

Juan faisait tournoyer la tige de son verre de vin entre ses doigts. Il prit le temps d'en savourer une gorgée.

— Maurice et sa brigade ont pris la peine de préparer un menu spécial ; en pareille circonstance, on ne peut faire moins que de s'habiller.

Linda recouvrit une tranche de pain encore tiède d'une couche de beurre doux.

— J'ai grandi avec mes frères ; j'ai appris à manger vite et chaque fois qu'il y avait de la nourriture à proximité. Sinon, je serais morte de faim…

— Ça n'a pas dû être toujours facile, n'est-ce pas ?

— Vous avez déjà regardé un de ces reportages sur la nature, avec des requins pris d'une frénésie de carnage ou des loups dépeçant un chevreuil ? Tony, le plus âgé de mes frères, allait jusqu'à pousser des grognements en nous voyant arriver à table, répondit Linda en souriant à l'évocation de ce souvenir d'enfance.

— Mes parents insistaient pour que l'on se tienne bien en toutes circonstances, dit Juan. Il était hors de question de mettre ses coudes sur la table.

— Chez nous, il n'existait qu'une seule règle : les couverts servent à manger, et non à se battre.

— Vous êtes sûre d'être prête pour demain ? lui demanda Juan, revenant à des considérations plus sérieuses.

— J'ai travaillé dessus toute la journée. Je ne serais peut-être pas capable d'organiser un congrès responsiviste, mais je peux soutenir sans problème une conversation sérieuse avec n'importe lequel d'entre eux. Je dois avouer que plus j'en apprends sur eux, et plus je trouve leurs idées bizarres. Que quelqu'un puisse sérieusement croire qu'une intelligence extraterrestre contrôle nos vies, cela me dépasse !

— Il faut de tout pour faire un monde, se contenta de répondre Juan. Vous vous doutez qu'après ce que nous leur avons fait, ils ont dû sérieusement revoir leurs procédures de sécurité.

Linda hocha la tête.

— Je m'en doute. Ils ne me laisseront peut-être même pas entrer, mais cela vaut la peine d'essayer.

Juan s'apprêtait à répondre lorsqu'un groupe de quatre personnes apparut à la porte à deux battants de la salle à manger. Julia Huxley, vêtue de sa blouse habituelle, était encadrée par Mark Murphy et Eric Stone. Les deux hommes, portant veste et cravate, s'étaient visiblement mis en frais. Les pans de la chemise de Mark dépassaient cependant de son pantalon ; quant à Eric, si son passé dans la marine lui avait certainement inculqué des notions de maintien, il semblait mal à l'aise dans ses vêtements. A moins qu'il ait été intimidé par la présence du dernier membre du quatuor…

Julia dénoua le foulard qui masquait les yeux de Jannike Dahl pour l'empêcher de voir autre chose du navire que l'infirmerie et la salle à manger. Juan s'était laissé fléchir et avait accepté de la laisser quitter les locaux médicaux du bord, mais il était resté intraitable sur le bandeau. Janni portait une robe empruntée à la Boutique Magique de Kevin Nixon, et Juan n'eut aucun mal à comprendre la rivalité que la jeune femme suscitait entre Mark Murphy et Eric Stone. C'était une très jolie jeune femme aux formes délicates, dont le charme aurait rendu muet le plus blasé des observateurs. La pâleur due à sa longue maladie n'était plus qu'un souvenir, et elle avait retrouvé son teint mat naturel. Ses cheveux d'un noir d'obsidienne descendaient en cascade et venaient recouvrir une épaule nue.

Juan se leva lorsque le groupe approcha.

— Vous êtes superbe, mademoiselle Dahl.

— Je vous remercie, capitaine Cabrillo, répondit Janni, encore désorientée.

— Je vous présente mes excuses pour ce bandeau, mais je ne pouvais vous laisser admirer certaines parties « sensibles » de ce navire, dit Juan avec un sourire, tandis que Murph et Eric se bousculaient pour savoir qui allait tirer le siège de Jannike.

— Vous et votre équipage m'avez sauvé la vie, capitaine, je ne me permettrais pas de m'opposer à vos souhaits. Et je vous suis reconnaissante de m'autoriser à quitter mon lit pour un petit moment.

— Comment vous sentez-vous ? demanda Linda.

— Beaucoup mieux, merci. Le docteur Huxley a réussi à maîtriser mon asthme, et je n'ai plus eu de crises.

Eric, ayant évincé Mark Murphy, eut l'honneur de s'asseoir à la gauche de Jannike. Mark le gratifia d'un regard furieux alors qu'il faisait le tour de la table pour s'installer près de la jeune femme.

— Malheureusement, nous avons eu un petit problème de communication avec le personnel de cuisine, dit Juan. Ils ont cru que vous étiez originaire du Danemark, et non de Norvège, ajouta-t-il avec un regard insistant vers Maurice. Ils voulaient vous préparer une spécialité de votre pays natal, mais je crains que vous deviez vous contenter d'un repas danois.

— Je suis touchée par vos attentions, dit Jannike. Et les cuisines des deux pays sont si proches que je serais incapable de remarquer la moindre différence.

— Vous entendez cela, Maurice ?

— Non, monsieur.

— Je crois que nous aurons du hareng, poursuivit Juan, l'entrée traditionnelle par excellence, suivi de *fiskeboller*, qui sont des quenelles de poisson, si je ne me trompe. Nous mangerons ensuite du filet de porc rôti avec du chou rouge et des pommes de terre rissolées. Et en dessert, des *pandekager*, c'est-à-dire de petites crêpes avec de la crème glacée et du chocolat, ou du riz à l'amande.

Un large sourire éclaira le visage de Jannike.

— C'est mon dessert préféré ! On en mange aussi en Norvège.

— Vous venez d'Oslo ? demanda Linda alors que les serveurs déposaient les plats sur la nappe en lin.

— Je m'y suis installée à la mort de mes parents, mais je suis née dans l'extrême nord du pays, à Honningsvåd, un petit village de pêcheurs.

Cela expliquait son teint mat, songea Juan. Les Lapons, tout comme les Inuits d'Alaska ou les populations autochtones du Groenland, avaient au fil des siècles pris un teint plus sombre qui les protégeait des rayons implacables du soleil réverbéré par la neige et la glace. Jannike avait sans doute du sang indigène dans les veines.

Juan aperçut soudain la silhouette d'Hali Kasim qui se dessinait dans l'encadrement de la porte. Ses cheveux étaient dressés en épis sur les côtés de sa tête et, même de loin, Juan distinguait les cernes couleur prune qui lui bordaient les yeux et la fatigue qui creusait les traits de son visage.

— Vous voudrez bien m'excuser un instant ? demanda-t-il avant de se lever et de se diriger vers son spécialiste en communications. Je vous ai déjà vu avec une meilleure mine, Kasim.

— J'ai déjà été plus en forme, je le reconnais, admit Kasim. Vous vouliez avoir dès que possible les résultats de mon travail sur l'enregistrement sonore du mouchard, une fois dépouillé des parasites. Eh bien, c'est fait. J'ai été jusqu'à me servir de la console de mixage que Mark a toujours dans sa cabine. J'ai fait de mon mieux. Désolé. Les chiffres entre parenthèses représentent le temps écoulé entre les mots.

JE NE… (1 :23) OUI… (3 :57) SUJET DE DONNA SKY… (1 :17) (ACT)IVER EEL LEF… (:24) CLÉ… (1 :12) DEM(AIN)… (3 :38) NE SERA PAS… (:43) UNE MIN(UTE)… (6 :50) REVOIR. (1 :12)

— C'est tout, hein ? fit Juan, qui parvenait mal à cacher sa déception.

— Oui. Il y a un certain nombre de sons impossibles à identifier, pour la signification desquels l'ordinateur ne donnait qu'un taux de certitude de dix pour cent. Pour le nom de Donna Sky, le taux n'était que de quarante pour cent, mais je suis sûr qu'il s'agit bien d'elle.

— Combien de temps a duré la conversation de Martell avec Severance, entre le moment où il a allumé le brouilleur et la fin de la communication ?

— Vingt-deux minutes et six secondes.

Juan parcourut à nouveau la feuille.

— Nous avons quatre éléments qui ressortent de l'enregistrement. *Donna Sky*, une « clé » quelconque, et deux fragments de mots, *eel* et *lef*. Quel taux de certitude donne l'ordinateur pour ces deux-là ?

Après des heures passées à transpirer sur ses données, Kasim n'avait aucun besoin de consulter ses notes. Soixante et un pour cent. Et quatre-vingt-douze pour « clé ».

— *Eel*, *lef*, et « clé », ces trois mots ont été prononcés en l'espace de quarante-cinq secondes, on peut donc supposer qu'ils sont liés. Et si l'on considère qu'ils arrivent une minute dix-sept secondes après la mention de Donna Sky, on peut émettre l'hypothèse que son nom soit lui aussi lié au reste.

Kasim regarda Juan, les yeux grands ouverts.

— J'ai examiné ce bout de papier pendant des heures, et je n'avais pas remarqué ça.

— C'est parce que vous essayez d'établir un sens en vous basant sur les mots, plutôt que sur la durée des pauses.

— J'ai autre chose, ajouta Kasim.

Il sortit de sa poche un enregistreur à microcassettes, et appuya sur le bouton de lecture. Juan n'entendit d'abord que les parasites habituels, qui cessèrent soudain.

— Transmission terminée, dit soudain une voix parfaitement claire.

— Qui diable cela peut-il être ?

— Je l'ai analysée sur ordinateur. L'anglais n'est pas la langue maternelle de ce type. Europe centrale, probablement, et l'homme doit avoir entre trente et cinquante ans.

— Ah, fit Juan, qui se souvenait des bribes de conversation enregistrées avant l'activation du brouilleur. Je parie qu'il s'agit de Zelimir Kovac. Allez, venez.

Ils revinrent vers la table, où Mark Murphy s'empêtrait dans le récit d'une laborieuse plaisanterie. Il parut soulagé de voir apparaître Juan.

— Eric, vous avez pu trouver quelque chose cet après-midi sur ce Zelimir Kovac ?

— Nada, rien du tout. Niet.

— Je pense connaître cet homme, intervint Jannike. Il était à bord du *Golden Dawn*. C'était apparemment une personnalité importante du Responsivisme.

— Il n'est mentionné nulle part, ni sur leurs sites, ni sur des fiches de paye, précisa Eric, comme si l'on mettait en doute ses capacités d'investigation.

— Mais il était bien là, je peux vous l'assurer, insista Jannike d'un air de défi. Les gens ne s'adressaient jamais à lui, mais ils en parlaient beaucoup. Je crois que c'est un proche du leader du mouvement.

Juan Cabrillo ne s'inquiétait pas trop du fait que l'existence de Kovac leur ait jusqu'à présent échappé. Mais cet homme, à bord du *Golden Dawn* lors de sa dernière traversée, apparaissait maintenant à Athènes. Juan se souvint qu'au moment de la découverte du navire, un des canots de sauvetage manquait à l'appel.

— C'est lui qui les a tués.

— Qu'est-ce que vous venez de dire ? s'exclama Julia, dont la fourchette resta suspendue en l'air.

— Kovac était à bord du *Golden Dawn*, et aujourd'hui, on le retrouve dans la retraite des Responsivistes en Grèce. Il a quitté le navire à bord d'un des canots de sauvetage. Pourquoi est-il parti ? La seule raison possible, c'est qu'il savait que tous ces gens allaient mourir. On peut en conclure que c'est lui qui les a tués. Pouvez-vous le décrire, Janni ?

— Il était grand. Presque deux mètres. Il avait l'air fort, et paraissait toujours sérieux. Je ne l'ai pas vu souvent, mais j'ai remarqué qu'il ne souriait jamais. Pour être franche, il me faisait un peu peur.

— Vous accepteriez d'en faire un portrait avec Eric et Mark ?

— Je ne sais pas dessiner.

— Nous avons un ordinateur qui le fera pour vous. Il suffit que vous nous le décriviez.

— Je ferai tout ce que vous voulez si cela peut vous aider.

Les souvenirs de cette horrible nuit revinrent alors à la mémoire de Jannike, qui se mit à sangloter. Eric l'entoura de son bras, et elle se laissa aller au creux de son épaule. Il n'en profita cependant pas pour adopter une attitude de triomphe vis-à-vis de Mark, et Juan lui en sut gré.

Julia Huxley reposa sa fourchette et se précipita vers la jeune femme.

— Voilà assez d'émotions pour aujourd'hui. Nous allons vous ramener à l'infirmerie.

Elle aida la jeune Norvégienne à se lever. Eric et Mark semblaient prêts à les accompagner.

— Messieurs, les avertit Juan, ce n'est ni le moment ni le lieu.

Les deux hommes se renfoncèrent dans leurs sièges, l'air déconfit.

— Compris, Président, répondirent-ils en chœur, comme deux gosses pris en faute.

Juan aurait volontiers souri en voyant l'expression de Mark et d'Eric, s'il n'avait eu l'esprit préoccupé par ce qu'il venait d'apprendre. Il se rassit et se tourna vers Linda Ross.

— Votre mission est annulée.

— Comment ? Mais pourquoi ?

— Je ne vais pas vous laisser aller désarmée dans ce complexe alors que Kovac s'y trouve.

— Je peux gérer cela, se rebella-t-elle.

— Ce n'est pas négociable, répondit Juan d'un ton sec et sans réplique. Si je ne me trompe, Kovac tue de sang-froid et en masse. Vous n'irez pas. Point final. Hali a peaufiné son examen des enregistrements sonores, et le nom de Donna Sky revient souvent dans la conversation entre Martell et Thomas Severance. Nous savons qu'elle fait partie des notables responsivistes, et elle est peut-être au courant de ce qui se passe. C'est elle qui nous permettra d'avoir accès à leurs plans.

— Si c'est une militante convaincue du mouvement, elle ne nous dira rien.

— C'est une comédienne, pas un agent entraîné. Cinq minutes avec elle, et nous saurons tout ce que nous avons besoin de savoir. Il suffit que nous la trouvions et que nous parvenions à entrer en contact avec elle.

— Elle est arrivée en Allemagne récemment, pour un tournage.

Juan Cabrillo fut surpris de constater que Linda disposait au pied levé de ce genre d'informations. Il leva un sourcil.

— Eh bien oui, je m'intéresse aux potins d'Hollywood, si c'est ce que vous voulez savoir !

Eric Stone se pencha en avant.

— Pour ce qui est de la rencontrer, j'ai peut-être une idée, annonça-t-il. Kevin Nixon a travaillé à Hollywood pendant des années. Il peut sûrement faire jouer ses relations.

Nixon était autrefois spécialiste du maquillage et des effets spéciaux pour le compte d'un des grands studios d'Hollywood. Son travail avait d'ailleurs fait l'objet de plusieurs prix et récompenses. Il avait tourné le dos à sa carrière après le décès de sa sœur au cours de l'attaque terroriste du 11 Septembre. Il avait alors proposé ses services à la CIA, mais Juan Cabrillo s'était arrangé pour le débaucher au profit de la Corporation.

— Bien vu. S'il peut arranger une rencontre avec elle sur un tournage, alors nous avons une chance de savoir enfin ce qui se trame.

— Je ne voudrais pas jouer les avocats du diable, mais il est possible qu'elle ne sache rien.

— J'espère que ce n'est pas le cas, Linda. En tout cas, je n'envoie personne dans leur retraite grecque.

— Puisque l'on parle d'envoyer des gens quelque part, vous voulez que j'aille avec vous aux Philippines ?

— Non, Mark. Merci de me le proposer, mais je prendrai Linc.

— Voilà qui risque de nous laisser quelque peu démunis, vous ne trouvez pas ? fit remarquer Eric.

— C'est vrai, et nous devons laisser à Max le temps dont il a besoin. Mais Eddie sera de retour de Rome le lendemain de notre arrivée à Monaco. Nous aurons donc quatre membres de l'équipe de direction, dont Julia. Linda, vous n'aurez pas besoin de plus d'un jour ou deux. Quant à Linc et moi, nous serons de retour au bout de trois jours. Et puis notre mission de surveillance est assez simple, de l'observation, rien de plus. Bien ! Et maintenant, dégustons notre menu traditionnel danois !

Juan parla assez fort pour que Maurice, qui rôdait près de la porte de la cuisine, puisse l'entendre.

Le chef steward se renfrogna.

Chapitre 19

Eddie était appuyé contre la cloison du fond de l'ascenseur lorsque celui-ci atteignit le hall. Max était à sa droite. Les portes s'ouvrirent, et il se redressa pour sortir. Au même moment, deux étrangers en costume sombre firent irruption dans la cabine.

Eddie releva à peine l'impolitesse des deux hommes. A l'instant où ils le frôlèrent, il sentit l'un d'eux passer la main dans son manteau et soulever le Beretta de son holster d'épaule. Il se retourna pour réagir, mais le canon d'un pistolet muni d'un silencieux vint se loger entre ses yeux. Max fut désarmé tout aussi rapidement. Le tout n'avait pas pris plus de deux secondes.

— Si vous bougez, vous êtes morts, avertit le plus grand des deux hommes avec un accent étranger.

La cabine était de dimensions trop réduites pour qu'Eddie puisse recourir aux arts martiaux, mais il n'allait pas abandonner sans combattre. Ses muscles se tendirent, et l'homme au pistolet dut le sentir. Le pistolet frappa brutalement le ventre de Max, dont les poumons expulsèrent tout l'air qu'ils contenaient.

— Dernier avertissement.

Les portes se refermèrent et l'ascenseur commença à monter.

Tandis que Max se débattait pour reprendre son souffle, le cerveau d'Eddie travaillait à pleine vitesse. Comment expliquer qu'ils aient été suivis aussi rapidement et aussi facilement ? S'agissait-il de Zelimir Kovac, l'homme mentionné sur l'enregistrement du mouchard installé par Juan dans le bureau de Martell ? Il se demandait pourquoi les Responsivistes accordaient tellement d'importance à Kyle, au point de vouloir le récupérer à tout prix. Tout cela semblait absurde.

— Vous ne toucherez plus un cheveu de mon fils, Kovac, réussit enfin à dire Max. Ou il faudra me tuer.

Le Serbe parut surpris de constater que Max connaissait son nom, mais son expression d'étonnement disparut très vite. Il avait sans doute fait le rapport avec le mouchard. Eddie comprit que Kovac était loin d'être stupide, malgré son allure de truand.

— C'est ce qui risque d'arriver, approuva le Serbe.

Pas avant que vous sachiez qui nous sommes, se promit Eddie, *et ce que nous avons déjà appris à votre sujet*.

C'était un atout plutôt mince comme moyen de pression, mais c'était mieux que rien. A la place de Kovac, il tiendrait à savoir jusqu'à quel point le système de sécurité des Responsivistes avait été éventé. Combien de temps Eddie allait-il pouvoir gagner ? Tout dépendait de la façon dont Kovac et son acolyte allaient les interroger. Quant à savoir comment utiliser ce temps, c'était un autre problème. Max et lui étaient abandonnés à eux-mêmes. Personne ne viendrait à leur rescousse, et le personnel de l'hôtel avait été prévenu que les clients de la suite du dernier étage ne devaient être dérangés sous aucun prétexte.

Lorsque l'ascenseur atteignit le cinquième étage, Eddie en était arrivé à la conclusion déprimante que Kovac les avait bel et bien piégés.

Cela signifiait que s'ils voulaient avoir une chance de survie, Max et lui devaient se séparer. Max était autrefois un combattant redoutable et aguerri, et pour ce qui était de la stratégie, Eddie le plaçait au même niveau que le Président lui-même, mais il n'était pas physiquement prêt pour une évasion et, avec le sort de son fils dans la balance, il ne l'était pas non plus sur le plan émotionnel.

Les portes de l'ascenseur s'ouvrirent. Kovac et son silencieux partenaire firent un pas en arrière et, d'un mouvement de leur arme, invitèrent Max et Eddie à les précéder. Les deux hommes de la Corporation échangèrent un regard ; leurs pensées avaient suivi des chemins parallèles et ils en étaient arrivés au même constat. Max plissa légèrement les yeux et hocha la tête de façon à peine perceptible. Les deux hommes se comprirent ; ils allaient devoir se séparer pour tenter de s'échapper, mais Max ne laisserait en aucun cas son fils derrière lui. Eddie lut dans le regard de l'ancien agent des services secrets la permission d'agir, ainsi que l'acceptation des conséquences.

Ils longèrent le couloir jusqu'à l'entrée de la suite, et s'arrêtèrent devant la porte. Eddie envisagea un instant une attaque rapide. Le lieutenant de Kovac était assez proche pour qu'il puisse le tuer d'un seul coup, mais le Serbe était à plusieurs pas de lui.

— Avec votre main gauche, prenez la carte d'accès, ordonna Kovac.

La plupart des droitiers rangent leurs clés ou leurs cartes d'accès dans leur poche droite. Il leur est donc malaisé de les atteindre avec la main gauche. Eddie se tourna de biais vers Kovac.

— Il y a un système de verrouillage spécial sur cette porte. On ne peut pas entrer.

— Je connais ce genre d'appareils. Vous pouvez quand même entrer. Encore un mot, et vous recevrez une balle dans le genou.

Eddie dut se contorsionner pour atteindre sa poche droite de sa main gauche, extraire la carte d'accès et l'insérer dans la fente. La lumière de la serrure passa du rouge au vert et il put tourner la poignée.

— Reculez.

Eddie et Max obéirent. Le complice de Kovac entra dans la suite. Au bout de quelques secondes, on entendit la voix de Jenner.

— Que signifie cette intrusion ?

Jenner répéta sa question, mais l'homme l'ignora.

— La suite est sûre, lança-t-il vingt secondes plus tard. Il n'y a que le déconditionneur et le gamin.

Kovac agita le bout du canon de son arme ; Eddie et Max entrèrent dans la pièce. Le Serbe inspecta le système de verrouillage que Jenner avait installé sur la serrure, et il eut l'intelligence de ne pas laisser la porte se refermer.

— Papa ? s'écria Kyle Hanley en se levant du canapé.

Il ne paraissait pas particulièrement affecté par les drogues qui circulaient dans ses veines depuis vingt-quatre heures.

— Kyle.

— Comment as-tu pu me faire une chose pareille ?

— Parce que je t'aime, répondit Max.

— Silence ! rugit Kovac.

Il s'avança vers Jenner, le dominant de toute sa hauteur. Le psychiatre semblait se rétrécir devant lui, et ses protestations moururent sur ses lèvres.

Lorsque l'assassin serbe reprit la parole, il contenait à peine sa rage.

— Monsieur Severance m'a expressément ordonné de ne pas vous tuer, mais il ne m'a rien dit à propos de ceci… gronda-t-il en frappant violemment le visage de Jenner avec la crosse de son arme.

Jenner commença à s'affaisser sur le sol, du sang s'écoulait de sa blessure. Eddie Seng, profitant au maximum de l'effet de surprise, s'élança en courant.

La porte-fenêtre qui donnait sur l'extérieur était à dix pas, et il en couvrit les trois quarts avant que quiconque puisse réagir. Max fit un pas de côté pour empêcher l'acolyte de Kovac de viser. Kovac, quant à lui, continuait à jouir du spectacle qu'offrait le psychiatre blessé à ses pieds.

Eddie rentra ses épaules à la dernière seconde et heurta à pleine vitesse les délicats meneaux de bois et les antiques panneaux de verre biseauté de la porte vitrée. Des éclats lui déchirèrent la peau pendant que les balles sifflaient et allaient frapper le mur de l'immeuble d'en face, soulevant des nuages de poussière de brique.

Il ralentit à peine en atteignant la balustrade, sauta par-dessus et se retourna en vol, de telle sorte qu'il se retrouva face contre le mur en entamant sa chute. Il attrapa deux des montants en fer forgé. Ses mains rendues glissantes par la sueur, il se laissa glisser. Vingt mètres de vide le séparaient de la circulation qui grouillait en contrebas.

Ses mains s'écrasèrent sur la plate-forme de béton juste au moment où le bout de ses pieds atteignait la balustrade du quatrième étage. Sans la moindre hésitation, il lâcha prise, fit un mouvement en arrière et entama un plongeon vers la rue. Lorsque le balcon du quatrième étage passa devant ses yeux, il en saisit à nouveau deux montants et parvint à ralentir sa chute, juste assez pour contrôler sa descente, en une parfaite démonstration de force, d'équilibre et de témérité.

Il était juste au bord de la balustrade du troisième étage et se concentrait sur son prochain plongeon lorsque Kovac apparut au balcon de la suite. Il s'attendait sans doute à voir le corps d'Eddie Seng écrasé dans la rue, car il ne le repéra qu'au moment où celui-ci s'écartait de la balustrade, deux étages plus bas. Le Serbe ouvrit le feu.

Eddie sentit les projectiles siffler autour de lui tandis qu'il se laissait glisser le long des montants jusqu'à ce que ses mains rencontrent le béton. Il étendit son corps au maximum, mais ses pieds ne parvinrent pas à toucher le balcon suivant. Une douleur lancinante lui déchira les poignets, et il se laissa tomber de quelques centimètres avant de reprendre pied sur la balustrade. Il fit tournoyer ses bras une seconde avant de répéter l'opération. Ce serait un miracle s'il ne se cassait pas les bras ou les poignets avant d'atteindre la rue.

Kovac ne put trouver un angle de tir adéquat, aussi préféra-t-il ranger son arme dans son holster et regagner la suite plutôt que d'être repéré par les passants qui commençaient à se rassembler, attirés par la folle cascade d'Eddie Seng.

L'espace d'une seconde, Eddie envisagea d'enjamber la rambarde et de pénétrer dans la pièce du deuxième étage, mais il ignorait combien d'hommes Kovac avait postés dans l'hôtel. Sa meilleure chance consistait à s'éloigner aussi vite que possible avec le minimum de dégâts. Il verrait ensuite comment retrouver les autres.

Il se recula et glissa une fois de plus le long des montants de la balustrade, s'écorchant douloureusement les paumes de la main. Le balcon du premier était en réalité à un étage et demi du sol, compte tenu de la hauteur de plafond du hall de l'hôtel. Cela représentait une chute de plus de six mètres. Au-dessous d'Eddie, sur sa gauche, un auvent jaune vif dépassait sur le trottoir, protégeant l'entrée de la pluie et du vent. Comme un funambule, il s'avança sur la rambarde et plongea, se positionnant de sorte à atterrir sur le dos.

Tout en glissant sur la surface de tissu incurvée, il réussit à passer une main entre ses jambes et à s'accrocher à la structure métallique de l'auvent. Il roula pardessus le bord en se maintenant aussi fermement que le lui permettaient ses mains endolories, se balança quelques secondes, puis se laissa tomber vers le trottoir. Quelques badauds applaudirent, convaincus d'assister à un spectacle.

Eddie se mit à courir le long du trottoir et se faufila dans la foule du mieux qu'il le put. Le bruit d'un moteur puissant émergea soudain du vacarme de la circulation. Il se retourna et aperçut une moto noire qui s'élançait vers lui. Des passants paniqués s'écartèrent de son chemin. Le pilote de la moto mit pleins gaz. Moins de cinq mètres séparaient Eddie de la grosse Ducati, qui accélérait toujours.

Eddie fit un mouvement de côté pour faire croire qu'il allait entrer dans la librairie proche de l'hôtel, puis il bondit sur sa gauche et atterrit sur le capot d'une voiture en stationnement. Son élan le fit glisser en travers du véhicule. Il retomba de l'autre côté, sur la rue, juste devant un camion Volvo qui profitait d'une accalmie dans les embouteillages pour prendre un peu de vitesse. Le chauffeur ne vit même pas Eddie voler par-dessus la voiture, et son pied ne quitta pas la pédale d'accélérateur. Eddie eut moins d'une seconde pour éviter les énormes pneus ; il se couvrit la tête pour se protéger tandis que l'engin passait au-dessus de lui.

Le camion pila soudain, et ses pneus hurlèrent sur l'asphalte. Eddie entendit à nouveau la moto. Elle avait sans doute rejoint la rue en passant entre deux voitures en stationnement pour se matérialiser juste devant le Volvo.

Eddie rampa pour sortir de sous le camion. Un bus à impériale découvert rempli de touristes, arrivant en sens inverse, venait de s'arrêter pour déposer des passagers. Eddie se trouvait à l'arrière du véhicule, assez loin du chauffeur pour que celui-ci ne puisse le remarquer. Il fit un bond vers le côté du bus, se propulsa en hauteur pour quitter la chaussée, puis lança son autre jambe qu'il bloqua sur le flanc du camion, toujours à l'arrêt à un mètre de distance, gagnant trente centimètres de hauteur supplémentaire. Il répéta l'opération encore et encore, sans se soucier des passagers du bus médusés, et utilisa toute sa force et sa dextérité pour escalader l'espace entre le camion et le bus. Il finit par réussir à se hisser au sommet du Volvo. Il roula sur le toit, hors d'haleine, et s'arrêta pour reprendre son souffle, la vision obscurcie par un trou noir brûlant qui dansait à quelques centimètres de ses yeux.

Il leva la tête. Kovac, de retour sur le balcon, le mettait soigneusement en joue. Il y avait peu de risques qu'un coup de feu attire l'attention des passants, et il prenait son temps. Eddie se remit debout d'un bond et courut le long du toit du camion. Il s'élança sur le bus au moment où celui-ci repartait, vola par-dessus une banquette occupée par des touristes japonais et atterrit dans l'allée centrale. Il se précipita vers l'arrière juste à temps pour voir la Ducati surgir devant le camion Volvo et se lancer à la poursuite du bus.

Eddie avait peut-être réussi à fuir l'hôtel, mais il était loin d'être tiré d'affaire.

Le motocycliste vêtu de cuir noir resta juste derrière le bus, sans même essayer de cacher ses intentions. Eddie ignorait si l'homme disposait d'une radio sous son casque. Si tel était le cas, le pilote de la moto ne tarderait pas à recevoir des renforts. Et si Kovac était informé des détails de l'enlèvement de Kyle Hanley, il avait certainement envoyé une équipe conséquente pour le récupérer.

Le bus arriva sur une artère à quatre voies et prit de la vitesse en approchant du Colisée. Des voitures le dépassaient, des klaxons retentissaient, parfois accompagnés d'un geste obscène. La Ducati suivait toujours le sillage du bus, comme une raie manta derrière une baleine.

Eddie réfléchissait au meilleur moyen de se sortir de ce guêpier. En quittant la suite avec Max, il y avait laissé son téléphone mobile. Une idée folle germa soudain dans son esprit. S'il n'avait été à ce point pris par le temps, il l'aurait abandonnée aussitôt, mais la situation devenait désespérée.

Un escalier en spirale, installé à l'arrière du bus, conduisit Eddie au niveau inférieur. Il constata avec soulagement que les touristes étaient peu nombreux. Il n'y en avait qu'une quinzaine sur la plate-forme, et une poignée seulement au niveau inférieur. Personne ne fit attention à lui pendant qu'il remontait l'allée centrale. Tout en veillant à rester presque accroupi, il s'approcha du chauffeur. Une interprète, assise à l'avant, se limait les ongles avec application entre les moments où elle ânonnait son texte. En voyant Eddie se diriger vers son siège, elle rangea ses feuillets et lui adressa un grand sourire. Elle dut conclure, d'après son apparence, qu'il faisait partie du groupe, et elle lui demanda quelque chose en japonais.

Eddie l'ignora. Le chauffeur portait une chemise blanche, une cravate noire et une casquette qui eût mieux convenu à un pilote d'avion. Eddie constata, soulagé, que sa carrure était plutôt frêle. D'un seul mouvement, il lui attrapa le bras et le hissa hors de son siège. Il se courba tandis que l'homme passait par-dessus son épaule, puis se redressa rapidement et le propulsa au bas des quelques marches qui menaient à la portière d'accès du bus. L'homme heurta la porte la tête la première et s'effondra en un tas informe.

Le gros moteur diesel avait à peine eu le temps de ralentir qu'Eddie se trouvait déjà à la place du chauffeur, le pied sur l'accélérateur. Les passagers, à l'arrière, commencèrent à montrer des signes de panique, et l'interprète se mit à hurler. Les yeux fixés sur les gros rétroviseurs latéraux, Eddie écrasa la pédale de frein.

Des klaxons se mirent à hurler de tous les côtés, et la Ducati jaillit de derrière le bus, évitant de justesse la voiture qui se tenait tout près de son pare-chocs arrière. L'interprète poussa un gémissement dans l'attente du choc. Le pilote de la moto maintenait son engin sur la voie centrale, se faufilant entre les voitures, et Eddie le laissa remonter jusqu'à mi-longueur du bus avant d'accélérer et de virer brutalement sur la gauche. La moto n'avait plus aucune issue. Sur l'autre voie, les véhicules se touchaient presque. Si le motard ne s'était pas avancé aussi loin, il aurait pu ralentir pour se glisser à nouveau derrière le bus à impériale, mais il était trop tard. Il rétrograda et accéléra à fond. La roue avant s'éleva de la chaussée, et le moteur de 1 000 cc monta en régime en hurlant, tandis que le pilote s'aplatissait contre le guidon pour réduire le frottement de l'air et se donner plus de vitesse.

Il n'avait aucune chance de réussir. L'étau se referma sur lui à moins de trois mètres en arrière du siège d'Eddie. La Ducati s'enfonça dans une voiture de la voie de gauche. Le pilote vola par-dessus le guidon et alla s'écraser la tête la première sur la lunette arrière de la voiture suivante. La vitre en verre de sécurité se changea en un kaléidoscope d'éclats brillants. Eddie ne put qu'espérer que son casque lui avait sauvé la vie. La collision provoqua en réaction plusieurs accrochages mineurs qui bloquèrent bientôt toute circulation sur les quatre voies.

Eddie arrêta le bus et actionna le mécanisme d'ouverture de la porte, qui ne s'ouvrit que partiellement, bloquée par le corps du chauffeur inconscient. La montée d'adrénaline qui avait alimenté son énergie pendant ces quelques minutes d'angoisse s'estompait peu à peu ; il songea un instant au Président, et à la manière dont celui-ci concluait invariablement ce genre de péripétie par une plaisanterie. Mais ce n'était pas le style d'Eddie.

— Désolé, se contenta-t-il de dire à l'interprète avant de quitter le bus.

Il jeta un coup d'œil à la scène de l'accident. La route était entièrement bloquée, d'un trottoir à l'autre, par des voitures accidentées. Les conducteurs étaient tous sortis de leurs véhicules, criaient et s'invectivaient à grand renfort de gestes. Il s'apprêtait à prendre une rue sur le côté lorsqu'une berline traversa le monstrueux embouteillage comme un char d'assaut en pleine charge. Deux hommes plongèrent pour l'éviter tandis que leurs voitures allaient s'écraser contre d'autres véhicules. La berline ralentit à peine ; son capot était déchiqueté, et le chauffeur comme le passager demeurèrent un moment invisibles derrière les airbags gonflés.

Eddie comprit qu'ils étaient après lui.

Il remonta en courant à bord du bus, serrant le chauffeur, qui commençait à se relever avec peine, derrière l'oreille pour le forcer à rester au sol. La jolie interprète poussa un hurlement lorsqu'elle le vit bondir pour se retrouver à nouveau derrière le volant, et lui adressa en italien une suite de propos incohérents, sur un rythme si rapide que les mots ne formaient qu'un seul son continu.

Eddie enclencha la marche avant de la boîte automatique et accéléra à fond. Le bus partit avec une embardée qui envoya s'affaler au sol les quelques passagers qui étaient restés debout.

Tenant le volant d'une main, Eddie saisit de l'autre le micro qui pendait près de son épaule droite.

— Tous sur l'impériale, vite ! Maintenant !

Les touristes terrifiés affluèrent vers l'arrière et grimpèrent l'escalier. Eddie gardait un œil sur le rétroviseur ; la berline rouge, une Fiat Bravo, ne se laissait pas distancer. Elle s'élança le long du bus. Eddie distingua trois hommes à l'intérieur. Les mains du passager avant étaient cachées sous le rebord de la vitre, mais il aperçut une arme dans celles de l'homme installé à l'arrière.

Celui-ci passa le canon d'un fusil d'assaut par la vitre et arrosa de balles le flanc du bus. Les vitres explosèrent tandis que le rembourrage des sièges se dispersait comme une nuée de confettis. Eddie vira brusquement pour bloquer la Fiat, la forçant à se laisser distancer une fois de plus. Sur l'impériale, les cris suraigus des passagers frôlaient l'hystérie.

En donnant un coup de volant pour éviter une voie encombrée, Eddie sentit que la force centrifuge menaçait de faire décoller les roues d'un côté du bus, au risque de le faire verser. Il tourna le volant dans l'autre sens et parvint à rétablir la trajectoire ; le bus retomba sur ses suspensions et tangua dangereusement. Après avoir fait le tour du Colisée, la route se redressait en direction du nord-est. La Fiat essaya encore de dépasser le bus, et Eddie donna un nouveau coup de volant. Il entendit avec satisfaction un bruit de tôle froissée.

Il accéléra, et lorsqu'il dépassa les quatre-vingts kilomètres à l'heure, il se dit qu'il avait dû infliger de sérieux dégâts à la Fiat, qui ne semblait plus chercher à le dépasser. C'est alors qu'il entendit le crépitement saccadé d'un fusil automatique. Malgré la taille imposante du bus, il sentit la force de l'impact des balles à travers le châssis. Ses poursuivants tiraient sur le moteur, à l'arrière, dans l'espoir d'immobiliser le véhicule et d'abattre Eddie.

Un peu plus loin devant le bus se dessinait une construction massive, entièrement faite de marbre, qui semblait dominer les alentours de sa présence imposante. Eddie se rappela avoir lu quelque chose au sujet du monument à Victor-Emmanuel II, l'homme qui avait unifié les Etats italiens disparates pour en faire la nation moderne d'aujourd'hui. La route s'écartait ensuite vers la gauche, révélant une énorme statue équestre de Victor-Emmanuel. Le soleil commençait à se coucher, et les touristes et les routards se prélassaient sur les marches de marbre en buvant les boissons proposées par les carrioles des vendeurs ambulants.

Un autre tir balaya l'arrière du bus et au-dehors, les touristes s'éparpillèrent comme des oiseaux effrayés.

Eddie comprit que le temps lui était compté avant qu'un tir ne provoque une panne, ou un accident fatal, ou qu'il se retrouve lancé contre un barrage de police. Des hurlements de sirènes, d'abord distants, se rapprochaient seconde après seconde. Eddie aperçut un panneau qui indiquait VIA DEI FORI IMPERIALI. La route était plutôt large, et bien trop dégagée à son goût. Elle se divisait un peu plus loin, tout près d'une zone de parking remplie d'autocars et de bus semblables à celui qu'il avait lui-même réquisitionné.

Il vira à gauche dans une rue bordée de bâtiments de brique de quatre ou cinq étages. Les devantures des magasins proposaient une infinité de marchandises, des articles en cuir aux produits électroniques en passant par les animaux exotiques. Malheureusement, la chaussée était encore trop large pour qu'Eddie puisse exécuter le plan qu'il avait en tête. Devant le bus, la circulation ralentissait. Eddie fit sonner l'avertisseur et vira soudainement pour monter sur le trottoir. Tout en descendant le long de l'accotement, l'engin fauchait les parcmètres comme des épis de blé et frôlait les voitures dans une cacophonie d'avertisseurs et de cris.

L'autobus emporta les étals extérieurs d'un magasin d'articles touristiques, provoquant une tempête de cartes postales aux couleurs vives. A sa grande frayeur, Eddie crut apercevoir le corps d'une femme, mais ce n'était qu'un mannequin revêtu d'un T-shirt. Le rétroviseur extérieur s'arracha lorsque le bus s'approcha un peu trop près d'un immeuble.

Ils arrivèrent à un carrefour. Les pneus des autres voitures crissèrent tandis qu'Eddie guidait le bus vers une ruelle étroite, qui ressemblait davantage à une tranchée creusée entre des immeubles qu'à une véritable voie de circulation. D'autres automobiles l'empruntaient, mais Eddie n'en vit sortir aucune.

Les hommes de Kovac ouvrirent à nouveau le feu après avoir changé les magasins de munitions de leurs armes. La pédale d'accélérateur céda soudain sous le pied d'Eddie. Il jeta un coup d'œil vers le rétroviseur de gauche, encore intact, et constata que de la fumée s'échappait de l'arrière du bus.

Allez, encore cinquante mètres...

Le moteur toussa et repartit, puis toussa encore, crachotant puis redémarrant, prêt à rendre l'âme. L'espace entre les immeubles se rapprochait tout en semblant se resserrer de plus en plus. Eddie saisit le micro.

— Accrochez-vous, tout le monde !

Il sentait que le moteur vivait ses derniers instants. Il passa au point mort et franchit les dix derniers mètres en roue libre. Derrière lui, il sentit le moteur se gripper dans un déchirement métallique qui eût fendu le cœur d'un ingénieur-né tel que Max Hanley.

Le bus pénétra dans la ruelle sombre, avec un dégagement d'à peine plus de dix centimètres de chaque côté. Le rétroviseur de gauche fut à son tour arraché. Eddie constata que la ruelle se rétrécissait encore, juste un peu plus loin, en raison de la présence d'un immeuble aux dimensions plus vastes que celles de ses voisins. Il écrasa le frein juste avant que le bus heurte le bâtiment, rebondisse et vienne finir son embardée, définitivement hors d'usage, sur l'immeuble d'en face. L'impact provoqua une nouvelle vague de cris sur l'impériale, mais ils se calmèrent rapidement. Eddie en conclut que personne n'était blessé.

Un gros extincteur rouge était fixé juste sous ses jambes. Il le libéra d'un geste et s'en servit pour fracasser le pare-brise. Le verre se fendilla, mais ne céda pas. Il frappa encore, jusqu'à ce qu'un trou apparaisse, assez large pour lui livrer passage. Il sauta sans hésiter et atterrit sur la rue en posant une main sur l'asphalte chaud pour se stabiliser, puis il se mit à courir. Lorsqu'il jeta un coup d'œil en arrière, il aperçut l'épaisse fumée qui se dégageait de l'arrière du bus. Les hommes de Kovac ne pourraient en aucun cas passer par-dessus l'épave de l'autobus. Ils devraient donc contourner l'immeuble, à moins d'être eux-mêmes coincés derrière d'autres voitures engagées dans la ruelle.

Eddie tourna au coin de la rue et put enfin marcher normalement, se mêlant au flux des piétons qui rentraient chez eux après leur journée de travail ou sortaient dîner en famille. Une minute plus tard, comme il s'installait dans un taxi, il entendit des pneus hurler. Alors que le chauffeur démarrait, il vit la Fiat Bravo freiner à l'entrée de la ruelle. Il les avait enfin semés.

Il donna quelques euros au chauffeur et sauta hors du taxi, coincé dans un nouvel embouteillage. Il acheta un téléphone mobile à carte prépayée à un marchand de tabac, puis entra dans un bar bondé où il commanda une bière à la serveuse installée derrière le comptoir. Il composa le numéro de l'hôtel. Le personnel semblait encore en plein émoi après les aventures de l'homme qui avait descendu tous les étages en passant par les balcons, et il lui fallut plusieurs minutes pour expliquer que des hommes armés s'étaient introduits dans sa suite. L'employé de la réception promit d'appeler la *polizia*. Eddie lui donna son numéro de mobile.

Eddie finissait sa bière lorsque son téléphone sonna.

— Monsieur Kwan ?

C'était le nom d'emprunt qu'il avait donné à la réception.

— Lui-même.

— Notre réceptionniste est entré dans votre suite avec la police, expliqua l'employé d'un ton contrit. Il y avait là un homme blessé à la tête, du nom de Jenner. La police souhaiterait que vous reveniez à l'hôtel pour leur donner des renseignements, une déposition, je crois que c'est le terme qu'ils ont employé. Ils se posent beaucoup de questions sur ce qui s'est passé, et également au sujet d'un accident survenu non loin de l'hôtel.

— Bien sûr, je serai heureux de coopérer avec les autorités. Je serai là dans une vingtaine de minutes.

— Merci beaucoup, monsieur Kwan.

— Merci à vous.

Eddie composa un autre numéro.

— Tiny, dit-il sans préambule dès qu'il eut la communication, établis tout de suite un plan de vol pour quitter le pays. J'arrive dès que possible.

Il n'attendit pas la réponse du pilote avant de couper et de composer un nouveau numéro. Tandis qu'il écoutait les sonneries successives, il songea qu'il n'y avait aucune chance pour que Kovac reste à Rome, ou ailleurs en Italie, et se contente d'attendre tranquillement que la police vienne le cueillir.

— Allô ?

— Ici Eddie, Président. Kovac a kidnappé Max.

Il y eut une seconde de silence avant la réponse de Juan Cabrillo.

— Et son fils, Kyle ?

— Je pense que ce petit vaurien était complice.

Chapitre 20

Ne raccrochez pas, répondit Juan.

Il se concentra quelques secondes pour évaluer la situation.

Il était seul dans sa cabine. Son bureau était jonché de papiers et documents de toutes sortes, qu'il avait négligés trop longtemps. Il appuya sur le bouton de l'interphone pour appeler le centre opérationnel.

— Oui, Président, répondit aussitôt le responsable de nuit.

— Où en est-on avec la puce de radiolocation de Max Hanley ?

Tous les membres de la Corporation s'étaient fait greffer dans la jambe une micropuce qui émettait un signal capté par satellite. Alimenté par le système nerveux lui-même, ce dispositif, auquel on pouvait donner une stimulation électrique transdermique supplémentaire selon un procédé semblable à celui utilisé pour un pacemaker, permettait à Juan de toujours savoir où se trouvaient les membres de son équipe.

— Je n'ai aucun signal. Attendez… Voilà. D'après l'ordinateur, son transpondeur a cessé d'émettre il y a onze minutes, alors qu'il se trouvait à un peu plus de trois kilomètres de son hôtel. Celui d'Eddie émet très clairement. Il est en plein cœur de Rome.

— Merci.

Juan relâcha le bouton de l'interphone et reprit le téléphone de son bureau, un appareil moderne, mais identique en apparence à un téléphone en bakélite des années trente.

— Le transpondeur de Max est hors circuit.

— Je m'en doutais, répondit Eddie.

— C'est comme ça qu'ils vous ont suivis jusqu'à Rome, non ? Ils ont dû eux-mêmes mettre une puce à Kyle quand il était en Grèce. Et ils ont pris la précaution de scanner Max, pour le cas où nous aurions fait la même chose.

— Ils l'ont probablement extraite de sa cuisse une fois à bord de leur véhicule.

— Même les meilleures puces ne donnent qu'une localisation approximative, elles ne sont pas aussi puissantes qu'un GPS.

— C'est pour cela que je suis convaincu que Kyle les a aidés, répondit Eddie. Quand ils nous sont tombés dessus dans l'ascenseur de l'hôtel, ils nous ont ramenés à notre suite, Max et moi. Kyle ne me paraissait pas si drogué que cela. Je pense que les effets ont dû se dissiper pendant notre vol de retour de Crète, et qu'il a simulé pendant le reste du voyage. Pendant que nous parlions avec Jenner, il est resté seul quelques minutes dans l'une des chambres. Il était censé être inconscient, mais si ce n'était pas le cas, il a très bien pu appeler Kovac, ou un autre membre du mouvement, et donner le nom de l'hôtel ainsi que le numéro de chambre.

— Alors Kovac l'aurait suivi par radio jusqu'à Rome et Kyle l'aurait guidé jusqu'à l'endroit exact où il se trouvait ?

— C'est la seule explication plausible.

— Ce n'est qu'une hypothèse tirée par les cheveux, Jenner aurait lui aussi pu renseigner les Responsivistes.

— Il aurait pu, reconnut Eddie, mais je peux vous garantir qu'il les hait autant qu'un éducateur spécialisé déteste le crack ! Et vous n'avez pas vu ce que Kovac lui a infligé avec la crosse de son arme. Non, Jenner est bien de notre côté.

— Ce n'était qu'une hypothèse, rien de plus.

— Vous savez, Juan, ils ont pris de sacrés risques pour récupérer le gosse. Tout cela n'a aucun sens si Kyle n'est qu'un jeune adepte parmi d'autres.

— Il est donc impliqué, d'une manière ou d'une autre, dans ce qu'ils préparent.

— Ou alors, il a vu ou appris des choses importantes lorsqu'il se trouvait dans cette retraite en Grèce.

— Auquel cas, ils l'ont repris pour s'assurer une totale sécurité opérationnelle.

— A ce niveau de paranoïa, ils ne laisseront jamais Linda entrer dans le complexe.

— J'ai déjà annulé cette mission. Nous avons appris que Kovac était à bord du *Golden Dawn* et qu'il est probablement responsable de ces meurtres. Linda assistera Kevin Nixon jusqu'à ce qu'il puisse entrer en contact avec Donna Sky.

Eddie réfléchit un moment avant de répondre.

— Je ne suis resté avec Kovac qu'une minute avant de m'échapper, mais je l'ai observé. Ce type ressemble à Boris Karloff, avec un regard de dément. J'ai pensé à quelque chose. Selon Kovac, Severance lui avait ordonné de façon explicite de ne pas tuer Jenner. Je ne comprends pas le raisonnement derrière tout ça ; pourquoi voudraient-ils laisser Jenner derrière eux et récupérer Kyle ?

— Ils ignorent si Kyle a parlé à Jenner pendant le temps que nous avons passé ensemble dans la suite.

— Non. Je veux dire, pourquoi ne pas les tuer tous les deux ? Ils en avaient l'occasion, et cela leur aurait grandement facilité la tâche.

— Pour la même raison. Ils ont besoin de savoir si Kyle a parlé.

— Max est embarqué dans une drôle de galère, vous ne croyez pas ?

— Oui, répondit Juan. En effet.

— Que voulez-vous que je fasse ? demanda Eddie après une longue pause, pendant laquelle les deux hommes soupesèrent les implications de la réponse de Juan.

— Retrouvez l'*Oregon* à Monaco. Vous prendrez la responsabilité de la mission d'écoute des trafiquants.

— Vous allez quand même vous rendre aux Philippines ? s'étonna Eddie.

— Il le faut bien, répondit Juan d'un ton résigné. Si nous voulons récupérer Max, il nous faut un moyen de pression sur Severance.

— Il vous faudra presque une journée pour y aller. Et combien de temps pour trouver quelque chose, s'il y a quelque chose à trouver ? Vous pensez que Max tiendra le coup ?

— Vous ignorez une chose, dont Max ne parle jamais, répondit Juan comme pour se convaincre lui-même. Il a été prisonnier de guerre pendant six mois lors de son second séjour au Vietnam. Ce qu'ils lui ont fait subir défie l'imagination. Il tiendra. Je n'ai aucun doute à ce sujet.

— C'était il y a quarante ans, Juan. Max n'est plus un jeune homme.

— Pour survivre à la torture, il faut plus que de la force physique. Il faut être endurci mentalement. Sur ce plan, Max n'a rien perdu. Il est sans doute plus dur maintenant qu'à l'époque. Et il sait que nous ferons tout pour le tirer de là.

— Comment s'en est-il sorti ? Il a été libéré ?

— Non. Au cours d'une marche forcée, lui et deux de ses camarades ont attaqué leurs gardiens. Ils ont tué quatre Viêt-congs à mains nues et se sont enfoncés dans la jungle. Seul Max a pu arriver jusqu'à un camp américain. Les deux autres sont toujours portés disparus.

*

Juan se tenait sur l'aileron de passerelle de la timonerie, alors que le jour se levait à peine. Le soleil matinal illuminait le spectacle de la principauté de Monaco et de la ville de Monte-Carlo, perchée sur ses falaises rocheuses dominant la Méditerranée. Comptant parmi les dernières monarchies au monde à exercer un pouvoir effectif, le minuscule Etat était dirigé depuis plus de sept siècles par la famille Grimaldi, un record de longévité qui n'était battu que par le Trône du Chrysanthème du Japon.

Monaco était depuis longtemps l'un des terrains de jeux favoris de l'élite mondiale, et son port était rempli de yachts scintillants, dont beaucoup dépassaient les trente mètres de long, et quelques-uns les cent mètres. Juan repéra le *Matriochka*, cible de la mission d'écoute du trafiquant d'armes russe Ivan Kerikov. De hauts immeubles entouraient le port, et de luxueuses villas étaient accrochées aux flancs des collines. Juan savait que les prix de l'immobilier comptaient parmi les plus élevés au monde. Depuis son poste d'observation, il ne pouvait distinguer le fameux casino de Monte-Carlo, dont il conservait par ailleurs quelques fort bons souvenirs.

Il vit un hors-bord quitter l'enceinte du port pour s'élancer à la rencontre de l'*Oregon*, qui mouillait à un mile de la côte. Les autorités avaient été prévenues que le navire avait un moteur en panne et attendait des pièces en provenance d'Allemagne. Il se trouvait dans la limite territoriale de trois miles de Monaco, mais après avoir observé le bâtiment à la jumelle, le capitaine du port avait renoncé à se rendre à bord.

Le hors-bord avala la distance à près de soixante nœuds, fendant la houle légère comme un bateau de course offshore. Juan rejoignit le pont et se posta près de la passerelle d'embarquement. Linc l'y attendait avec deux petits sacs de voyage, les yeux cachés derrière d'élégantes lunettes de soleil.

— Je n'aime pas beaucoup l'idée de quitter le bord maintenant, commenta l'ancien Seal, qui avait déjà fait part plusieurs fois de ses doutes à Juan.

— C'est le meilleur moyen de récupérer Max. J'ai appelé une bonne dizaine de fois le bureau de Thom Severance en Californie. Je leur ai dit qui j'étais et ce que je savais, mais ce salaud ne m'a pas rappelé. Il faut lui forcer la main, et pour cela, il nous faut un moyen de pression.

— Langston Overholt ne peut pas nous aider ?

— Pas sans preuves. Je lui ai parlé pendant une heure hier soir. Le problème, c'est que les Responsivistes ont beaucoup d'argent, et donc beaucoup d'influence à Washington. Lang n'agira que si nous avons des éléments solides prouvant que Severance prépare quelque chose.

— Quelles conneries !

— Je ne vous le fais pas dire…

— Pourquoi est-ce qu'on n'oublie pas les Philippines ? On pourrait aller droit à la source, et nous occuper nous-mêmes de Severance ?

— J'y ai pensé aussi, croyez-moi. Lang m'a explicitement mis en garde à ce sujet. Et puis vous et moi, nous savons que si nous nous faisons prendre en opération sur le territoire américain, nous passerons le restant de nos jours en prison.

— Il suffit de ne pas se faire prendre.

Juan croisa le regard de son ami. Linc était sérieux.

— Si on devait en arriver là, alors je laisserais l'équipage en décider.

Les membres de la Corporation étaient prêts à tout risquer pour récupérer Max Hanley, Juan n'en doutait pas, même si cela signifiait qu'ils n'obtiendraient plus jamais de contrat de Langston Overholt. Le vétéran de la CIA, méfiant, l'avait averti que tel serait le cas si Thom Severance ou sa femme se plaignaient de la moindre tentative de surveillance de leurs activités.

Le luxueux taxi maritime mit en panne le long de la coque de l'*Oregon*. Ses formes élégantes et élancées étaient toutefois largement éclipsées par celles de son pilote, une jeune femme blonde vêtue d'un corsage largement échancré et d'une jupe qui aurait difficilement pu être taillée plus courte. L'hélico se trouvait en pièces détachées dans le hangar du bord, et le bateau-taxi était le moyen le plus sûr et le plus rapide pour se rendre à terre sans attirer l'attention sur l'*Oregon*.

— Capitaine Cabrillo, je suis Donatella, héla la jeune femme, dont la voix couvrait sans trop de difficultés le murmure du moteur à bas régime.

Son accent amena un sourire gourmand sur les lèvres de Linc.

— On ne voit cela qu'à Monaco, chuchota Juan en se penchant vers lui.

— Vous n'imaginez tout de même pas que les riches oisifs du coin accepteraient d'être raccompagnés à leur bord par un vilain pilote moustachu après une soirée au casino ?

La jeune femme maintint la stabilité du hors-bord et tint l'échelle d'embarquement, pendant que les deux hommes descendaient, leurs sacs en cuir à l'épaule. Une fois en bas, à sept mètres du pont de l'*Oregon*, Juan jeta son sac sur le banc arrière et enjamba le plat-bord.

— Merci, dit-il.

Lorsque Linc prit pied à son tour, l'embarcation se mit à danser comme si elle avait été heurtée par une vague. Donatella les gratifia tous les deux d'un large sourire, mais ses yeux s'attardèrent plus longuement sur Linc que sur Juan, tandis qu'elle s'avançait pour atteindre les commandes chromées du hors-bord.

— Président ! Attendez ! lança soudain Eric Stone, penché par-dessus le bastingage de l'*Oregon*.

— Qu'y a-t-il ?

— J'ai du nouveau.

— Cela ne peut pas attendre ? Un hélico doit nous emmener à l'aéroport de Nice.

— Juste une seconde.

Eric enjamba le garde-fou et descendit maladroitement l'échelle en raison de l'ordinateur portable qu'il avait coincé sous son bras. En arrivant à bord du taxi maritime, il remarqua pour la première fois la présence de Donatella et lui adressa à peine un regard, plus préoccupé par les nouvelles dont il était porteur.

Juan hocha la tête en direction de Donatella, qui se glissa vers les commandes, à l'avant du bateau. Il se dirigea vers l'arrière, laissant Linc bavarder avec elle, et poussa les bagages pour qu'Eric puisse s'asseoir avec lui sur le banc. Ils durent élever la voix pour couvrir le bruit du vent et le ronronnement du puissant moteur.

— Qu'avez-vous trouvé ? demanda Juan.

Eric ouvrit son ordinateur.

— J'ai recherché des événements inhabituels sur les navires affrétés par les Responsivistes pour leurs « Retraites Marines ».

— Vous avez quelque chose d'intéressant ?

— Oh oui ! Vous vous souvenez que récemment, on a parlé de crises virales sur des navires de croisière, souvent des norovirus gastro-intestinaux ?

— Oui, surtout au cours des deux dernières années, fit remarquer Juan.

— Ce n'est pas une coïncidence. J'ai d'abord vérifié les manifestes de passagers des compagnies maritimes. Je les ai comparés aux listes des membres du mouvement. Quand j'ai constaté qu'un motif cohérent commençait à se dessiner, je me suis concentré sur les navires où s'étaient déclenchées des pathologies inhabituelles. Et c'est là que j'ai touché le jackpot. Sur les dix-sept maladies auxquelles je me suis intéressé et qui concernent les vingt-quatre derniers mois, seize se sont déclenchées alors que des Responsivistes se trouvaient à bord. La dix-septième n'était pas un norovirus et provenait d'une bactérie *Escherichia coli* retrouvée sur une salade cultivée dans une seule et unique ferme de Californie. Des gens ont également été infectés en Floride, en Géorgie et en Alabama.

— Incroyable…

— Et ce n'est que le début. On ne trouve pas de véritable lien avec des lignes maritimes ou des escales précises. Mais on voit tout de même apparaître certains éléments troublants. En ce qui concerne le premier incident, seule une poignée de passagers a été infectée, des gens âgés, pour la plupart. Dans le second cas, les symptômes sont apparus sur une quarantaine de personnes. Et lorsque l'on arrive au dix-septième cas, qui s'est déclenché il y a deux mois à bord du *Destiny*, presque tout le monde a été infecté. La compagnie a dû envoyer une équipe médicale par hélicoptère, ainsi que des officiers pour rapatrier le navire.

Juan s'adossa au cuir moelleux du siège ; il sentit les vibrations du moteur détendre les muscles noués de son dos. Près du cockpit, Linc était penché vers Donatella, qui semblait ravie de sa compagnie. Son rire résonnait dans l'air matinal.

— Ils perfectionnaient leurs méthodes.

— C'est ce que nous pensons, Mark et moi. Ils ont amélioré leurs résultats à chaque fois, jusqu'au jour où ils ont atteint un taux d'infection de cent pour cent.

— Et le *Golden Dawn* ? Comment ça colle avec tout le reste ?

— Après avoir réussi à infecter un navire tout entier, il leur fallait vérifier que leur toxine était mortelle.

— En tuant des membres de leur propre mouvement ? s'exclama Juan, choqué par cette idée.

— C'étaient peut-être ceux qui avaient créé l'agent pathogène. Pourquoi prendre le risque que l'un ou l'autre d'entre eux change d'avis ?

— Bon Dieu, mais pourquoi ? s'écria Juan.

Les pièces du puzzle étaient devant ses yeux, mais il ne parvenait pas à les assembler. Quel intérêt l'assassinat des passagers d'un navire pouvait-il représenter pour les Responsivistes ? Une seule réponse lui revenait sans cesse, lancinante : aucun.

D'autres organisations terroristes seraient enchantées d'une pareille opportunité, et Juan envisagea même la possibilité que l'une d'elles ait pu payer pour acquérir « clés en main » une méthode aussi meurtrière, mais les Responsivistes, grâce à leurs adeptes hollywoodiens, n'avaient guère de soucis financiers.

Ils défendaient le contrôle des naissances. Pensaient-ils sérieusement que tuer quinze ou vingt mille retraités occupés à flamber l'héritage de leurs enfants dans des croisières exotiques allait résoudre le problème de la surpopulation ? S'ils étaient fous à ce point, alors ils auraient visé encore plus haut.

Le puzzle, toujours aussi énigmatique, obsédait Juan.

— Nous sommes passés à côté de quelque chose.

Le hors-bord ralentit en pénétrant à l'intérieur du port et se dirigea vers un embarcadère proche d'un élégant restaurant. Un serveur attendait à proximité, prêt à accueillir pour le petit déjeuner les fêtards pressés de dissiper les effets de leur gueule de bois.

— Passés à côté de quoi ? s'exclama Eric. Ces cinglés veulent infecter les passagers de navires de croisière avec une toxine mortelle à cent pour cent, que vous faut-il de plus ?

— Elle ne l'est pas, objecta Juan. Si c'était le cas, Jannike Dahl ne serait pas en vie.

— Elle était sous oxygène, lui rappela Eric.

— Même avec des canules dans les narines, elle respirait tout de même de l'air traité par le système de ventilation du navire.

— L'infection n'était sans doute pas transmise par l'air. C'était probablement l'eau, ou la nourriture. Elle n'a peut-être ni mangé ni bu.

— Allons, Eric, vous n'êtes pas si bête. Ils devaient atteindre tout le monde en même temps, sinon quelqu'un aurait donné l'alerte par radio. Il est impossible de faire en sorte que tout le monde boive ou mange exactement en même temps, ce qui est en contradiction avec votre idée d'empoisonnement par la nourriture.

— C'est vrai, admit Eric d'un air chagriné. Trop de Red Bull et pas assez de sommeil !

— Et si l'attaque virale à bord du *Golden Dawn* était une erreur, si elle ne faisait pas partie de leur plan d'escalade graduée ?

— Que voulez-vous dire ?

— Je ne sais pas. Juste une pensée qui m'est venue. Ils étaient presque parvenus à un taux d'infection de cent pour cent il y a deux mois, sur ce navire…

— Le *Destiny*.

— C'est cela, le *Destiny*. Ils n'avaient aucune raison de s'en prendre à un autre navire après cela. Ils savaient que leur système était au point.

— On aurait donc éliminé tout le monde à bord du *Dawn*, passagers et membres d'équipage, dans le seul but de s'assurer leur silence ?

Juan se leva au moment où Donatella finissait de défaire les amarres.

— Je ne sais pas, répéta-t-il. Ecoutez, nous avons affrété un avion qui doit nous conduire à Manille. Je vais appeler Langston et lui en parler. S'il ne peut rien contre Severance, nous pourrons au moins avertir les compagnies maritimes d'une possible menace terroriste.

Overholt transmettrait l'information, Juan Cabrillo en était certain, mais ensuite ? Depuis l'attaque du 11 Septembre, des menaces non précisées apparaissaient régulièrement et, la plupart du temps, demeuraient ignorées.

— Donatella ?

— Oui, capitaine ?

— Puis-je vous demander de ramener notre jeune ami à mon bord ? Vous mettrez cela sur le compte que j'ai ouvert avec votre patron.

— Bien sûr, monsieur. J'en serai enchantée.

— Lui aussi, j'en suis certain, répondit Juan avant de se tourner à nouveau vers Eric. Continuez à travailler là-dessus et prévenez-moi s'il y a du nouveau.

— Compris, patron.

Linc et Juan quittèrent le hors-bord et prirent pied sur l'embarcadère.

— Que vous a-t-elle donné ?

Linc sortit une carte de visite de la poche de son blouson de cuir léger.

— Ça ? Son adresse et son numéro de téléphone personnel.

— Avec tout ce qui se passe en ce moment, vous arrivez encore à draguer ?

— Président, l'expérience m'a appris que dans la vie, tout n'était que reproduction et évolution. Je suis sûr que je vais très vite manquer à cette jeune personne.

— Reproduction et évolution, vraiment ? répondit Juan en secouant la tête. Vous ne valez pas mieux que Murph et Stoney.

— Il existe tout de même une grande différence entre nous : contrairement à eux, j'obtiens des rendez-vous. Eux se contentent d'en rêver.

Chapitre 21

Max Hanley se réveilla, submergé par une douleur atroce.

La souffrance irradiait de sa cuisse et de sa tête. Elle arrivait en vagues successives qui venaient heurter le sommet de son crâne comme un ouragan déchaîné. Son premier réflexe fut de se frotter les tempes et de tenter de comprendre la raison des élancements venant de sa jambe. Bien qu'à peine conscient, il savait qu'il lui fallait rester immobile et attendre d'avoir recouvré ses facultés. Il ignorait pourquoi, mais il était sûr que c'était important. Le temps passa ; peut-être cinq minutes, peut-être dix. Il n'avait aucun moyen d'en juger, si ce n'était cette pulsation dans la tête et la douleur de sa jambe, qui croissait et refluait au rythme de son cœur.

Il reprit peu à peu conscience, et constata qu'il se trouvait étendu sur un lit. Il n'y avait ni draps ni oreillers, et le matelas était dur sous ses épaules. Il modifia légèrement sa position, tout en feignant le sommeil. En lui laissant son boxer, ils ne lui avaient du moins pas ôté toute dignité, même s'il sentait la froide caresse de l'acier autour de ses chevilles et de ses poignets.

Tout lui revint en mémoire en l'espace d'une seconde. Zelimir Kovac, la fuite d'Eddie, l'odeur douceâtre et écœurante du chiffon appliqué sur son nez et sa bouche. S'il souffrait de ce mal de tête, c'était à cause de la drogue. Et soudain, cette autre horreur s'imposa à son souvenir, le frappa comme une gifle lancée en plein visage, et il en eut malgré lui le souffle coupé.

Son esprit se retrouva à nouveau dans cette camionnette qui s'éloignait de l'hôtel. Kovac lui avait alors donné une dose de narcotique suffisante pour s'assurer sa docilité. Max était étendu à l'arrière du véhicule. Il avait vaguement conscience de la présence d'autres silhouettes. Kyle ? Adam Jenner ? Impossible de le savoir.

Kovac parcourut son corps à l'aide d'une baguette semblable aux détecteurs de métaux utilisés dans les aéroports. L'apparcil émit une sorte de carillon en passant au-dessus de sa cuisse, et le Serbe découpa le pantalon de Max avec un poignard. Une seconde lui suffit pour découvrir la cicatrice et plonger sans ciller la lame dans les chairs. Max était encore anesthésié par le narcotique, mais il eut l'impression que Kovac lui enfonçait des fils électriques en fusion dans le corps. Il hurla sous le bâillon noué autour de sa bouche et tenta de se débattre, mais quelqu'un pressait ses épaules contre le sol de la camionnette.

Kovac fit tourner le couteau pour ouvrir la blessure, afin de pouvoir y plonger les doigts lorsqu'il retirerait la lame. Le sang jaillissait de la plaie. Max essaya de lutter contre la douleur, tout en sachant qu'il n'avait pas la moindre chance d'y échapper. Sans gants, Kovac continuait à explorer la blessure, indifférent au fait que le sang maculait déjà la manche de sa chemise.

— Ah ! s'exclama-t-il enfin avant de retirer sa main.

Le transpondeur transdermique était à peu près de la taille et de la forme d'une montre numérique. Kovac le souleva pour que Max, les yeux exorbités, puisse le voir. Le Serbe le laissa ensuite tomber sur le sol et l'écrasa à coups de crosse de pistolet jusqu'à ce qu'il n'en reste que quelques débris.

Il enfonça alors l'aiguille d'une seringue hypodermique dans le bras de Max.

— J'aurais pu attendre que cette drogue fasse son effet, mais il faut bien s'amuser un peu, n'est-ce pas ?

Ce furent les derniers mots qu'entendit Max jusqu'à son douloureux réveil.

*

Il n'avait aucune idée de l'endroit où il se trouvait. Il aurait voulu bouger, se masser les tempes, vérifier l'état de sa jambe, mais il était certain d'être surveillé et d'ailleurs, ses entraves ne lui laisseraient aucune liberté de mouvement. Il était éveillé depuis assez longtemps pour entendre ou sentir la moindre présence, même les yeux fermés, mais il était seul dans la pièce. Sans doute des micros étaient-ils disposés quelque part, et des caméras installées sur les murs. Max voulait attendre le plus longtemps possible avant de signaler son réveil à ses ravisseurs, et utiliser ce temps pour dissiper au maximum les effets des narcotiques. Il devait être aussi alerte que possible pour faire face à ce qui l'attendait.

Une heure passa – où étaient-ce seulement dix minutes ? Max n'en était pas sûr. Il perdait toute notion de temps. Il savait que cette dépossession de la maîtrise temporelle, entraînant l'incapacité à gérer son horloge interne, était un outil essentiel des techniques d'interrogatoire. Il se força à éliminer de son esprit toute conscience du passage du temps. A force de se demander si c'était le jour ou la nuit, midi ou minuit, certains prisonniers pouvaient perdre tout repère, et en oubliant volontairement ce besoin, Max privait ses ravisseurs d'un de leurs moyens de torture.

Cela ne lui avait jamais posé de problème au Vietnam. Les cages ou les minuscules cellules dans lesquelles lui et ses compagnons de captivité croupissaient étaient toujours assez délabrées pour laisser passer au moins un rayon de lumière. Cependant, Max considérait qu'une bonne connaissance des techniques d'interrogatoire faisait partie de son travail, et il n'ignorait pas que la dépossession de la maîtrise du temps n'était efficace que si les geôliers savaient la mettre à profit.

Quant aux autres surprises qu'ils allaient peut-être lui réserver, il serait toujours temps d'aviser.

Il entendit le bruit d'une serrure massive qui s'ouvrait non loin de lui. La porte devait sans doute être épaisse, car il n'avait entendu personne approcher. La pièce était une cellule, semblable à celle d'une prison, et non un lieu d'emprisonnement provisoire aménagé pour sa seule détention. Le fait que les Responsivistes disposent d'une telle installation n'était pas de bon augure.

La porte s'entrouvrit dans un grincement de métal rouillé. Les charnières ne devaient pas servir souvent, ou alors la cellule se trouvait dans un lieu au climat humide, peut-être même sous terre. Il ne bougea pas un muscle, et se contenta d'écouter les deux bruits de pas distincts qui s'approchaient du lit. L'un paraissait sensiblement plus lourd que l'autre qui appartenait cependant, de toute évidence, à un homme. Kovac et un complice ?

— Il aurait déjà dû revenir à lui, dit Zelimir Kovac.

— Compte tenu de sa taille, en effet, dit l'autre voix avec un accent américain. Mais tout le monde ne réagit pas de la même manière.

Kovac gifla la joue de Max, qui émit une sorte de vagissement, comme s'il était vaguement conscient du contact de la main de Kovac, mais trop englué dans la torpeur des narcotiques pour s'en soucier vraiment.

— Cela fait quarante-huit heures, maintenant, dit le tueur serbe. S'il ne se réveille pas d'ici une heure, je lui injecterai un stimulant.

— Il risque un arrêt cardiaque.

La tension artérielle de Max était souvent un peu trop élevée. Il ferait en sorte d'être parfaitement réveillé pour le retour des deux hommes.

— Monsieur Severance sera bientôt ici. Nous devons connaître la teneur des conversations entre cet homme et son fils. Ils ont tenu en permanence le gamin sous sédatifs. Qui sait ce qu'il a pu raconter sous l'influence des drogues ?

Ils devaient avoir besoin de ces renseignements très vite, songea Max. Contrairement à une croyance répandue, un interrogatoire bien mené peut prendre des semaines, voire des mois. Le recours à la torture était la seule façon à peu près efficace d'obtenir rapidement des informations.

Max disposait d'une heure pour se faire une idée de ce que Kovac voulait entendre. Car bien sûr, il était hors de question que ce salaud apprenne la vérité.

*

En franchissant la barrière et en pénétrant sur la scène du tournage, Kevin Nixon se sentait nauséeux, l'estomac noué. Sa présence rompait un vœu fait à sa sœur décédée. Compte tenu des circonstances, il espérait son pardon. Une partie du dernier film de Donna Sky devait être tournée dans un vieil entrepôt abandonné après la réunification allemande. Aux yeux de Nixon, le bâtiment évoquait un peu l'*Oregon*, mais dans le cas présent, la rouille était bien réelle. Sur toute la surface du parking étaient disséminés des camions de ravitaillement, six ou sept semi-remorques, des échafaudages, des chariots-grues pour les caméras, et des rails de chemin de fer à écartement étroit utilisés pour les travellings. Des femmes et des hommes s'agitaient sur le plateau car, dans l'industrie du cinéma, le temps était vraiment de l'argent. A en juger par ce qu'il avait sous les yeux, Nixon évalua à cent cinquante mille dollars la somme dépensée au quotidien par les producteurs du film.

Le spectacle de chaos organisé de ce tournage à gros budget lui paraissait familier et étranger à la fois.

Un garde vêtu d'un uniforme, mais sans arme, allait s'approcher de lui lorsqu'une voix le héla du parking.

— C'est toi ? Je n'arrive pas à y croire !

Gwen Russell passa en coup de vent devant le garde et prit Nixon dans ses bras, enfouissant son visage contre sa barbe épaisse après lui avoir embrassé les deux joues.

— Tu as l'air en pleine forme ! dit-elle enfin.

— J'ai fini par admettre qu'aucun régime au monde ne me faisait le moindre effet, alors je me suis décidé pour la dérivation gastrique ; je suis passé sur le billard il y a deux ans.

La lutte de Nixon contre le surpoids, bataille de toute une vie, avait fini par tourner à son avantage. Depuis ses années d'université jusqu'à l'opération, il n'était jamais descendu au-dessous de cent kilos. Il en pesait maintenant quatre-vingt-cinq, bien portés par sa robuste silhouette.

Les chefs de l'*Oregon* lui préparaient des repas spéciaux conformes à son régime postopératoire et, même s'il n'était pas un fan d'exercice, il s'en tenait méticuleusement à sa discipline quotidienne.

— Eh bien, mon grand, on peut dire que ça t'a réussi !

Elle le fit se retourner, glissa son bras sous le sien, et l'emmena vers une rangée de caravanes garées sur un côté du parking.

Gwen avait des cheveux teints en rose vif ; elle portait un cycliste aux couleurs vives et une chemise d'homme en oxford. Une bonne quinzaine de colliers d'or étaient accrochés à son cou et chacune de ses oreilles minuscules arborait une demi-douzaine de piercings. Elle était l'assistante de Kevin Nixon lorsque celui-ci avait été nominé pour un Academy Award et était devenue depuis l'une des maquilleuses les plus prisées.

— On t'a tous perdu de vue depuis quelques années, personne ne savait où tu étais ni ce que tu faisais ! lança-t-elle en un débit rapide. Alors parle, dis-moi ce que tu es devenu !

— Rien d'extraordinaire, tu sais.

— Pff… ! Tu te fiches de moi ! Tu disparais pendant, quoi, huit ans, et tu viens me dire qu'il ne s'est rien passé ? Tu as découvert Dieu, ou quelque chose du genre ? Attends une minute, tu m'as dit que tu voulais parler à Donna. Tu ne vas pas rejoindre ce groupe, là, comment ils s'appellent, les Réactionnaires ?

— Les Responsivistes, corrigea Kevin Nixon.

— Peu importe, lui rétorqua Gwen avec son plus bel accent BCBG. Tu fais partie de ce mouvement ?

— Non, mais je dois en parler avec elle.

Ils arrivèrent près de la caravane de maquillage. Gwen ouvrit grande la porte et déploya le marchepied rétractable. Kevin Nixon fut assailli par une envahissante odeur cireuse de cosmétiques et de pot-pourri. En face d'un long miroir, six sièges étaient alignés devant un comptoir jonché de flacons, de bouteilles de toutes tailles et de toutes formes, d'eye-liners et de brosses de maquillage en nombre suffisant pour balayer un stade de football. Gwen sortit deux bouteilles d'eau minérale d'un petit réfrigérateur, en lança une à Kevin et se laissa tomber sur un siège.

— Allons, raconte, c'était juste après ton oscar ! Et ensuite, pouf, disparu ! Que s'est-il passé ?

— J'ai dû quitter Hollywood. Je ne pouvais plus supporter tout ça.

Kevin n'avait pas l'intention de révéler à Gwen la nature de ses activités depuis qu'il avait quitté l'industrie du cinéma, mais elle s'était toujours montrée amicale à son égard et méritait de connaître les raisons de son départ.

— Tu te souviens, poursuivit-il, j'étais de gauche, comme tout le monde à Hollywood. Je votais systématiquement démocrate, je haïssais tout ce qui évoquait les républicains, je donnais de l'argent à des mouvements écologistes, je conduisais une voiture hybride. Un parfait représentant de l'establishment hollywoodien, en somme.

— Ne me dis pas que tu es devenu conservateur, répliqua Gwen – qui n'avait jamais éprouvé le moindre intérêt pour la politique – sur un ton de feinte horreur.

— Non, ce n'est pas ça. Je replace simplement les événements dans leur contexte. Tout a changé le 11 Septembre. Ma sœur, qui vivait à Boston, devait me rendre visite.

— Ne me dis pas que…

— Son avion était celui qui s'est écrasé sur la tour nord du World Trade Center.

Gwen se pencha pour prendre la main de Kevin.

— Oh, je suis vraiment désolée. Je l'ignorais.

— Je n'ai pas pu me résoudre à en parler à qui que ce soit.

— Et c'est pour cela que tu es parti. A cause du décès de ta sœur.

— Pas directement, répondit Kevin. Enfin, peut-être, je ne sais pas. Je suis revenu travailler trois semaines après ses obsèques, et j'ai essayé de reprendre le cours de ma vie, une vie normale, tu comprends ? Je m'occupais du maquillage pour ce film tourné en costumes d'époque. Je ne te dirai pas qui en était la star, elle est encore plus célèbre aujourd'hui qu'à l'époque. Un jour, elle était assise, et elle parlait de l'attaque avec son agent. Elle a tenu des propos du genre : "Vous savez, ce qui est arrivé à ces gens est terrible, mais ce pays l'a mérité. Je veux dire, regardez comment nous traitons le reste du monde. Il ne faut pas s'étonner qu'ils nous détestent."

« C'était une attitude relativement répandue à ce moment-là, et même encore aujourd'hui. Mais ensuite, elle a ajouté que les gens qui étaient morts – et donc ma sœur elle aussi – étaient aussi responsables de l'attaque que les terroristes.

« Je n'en croyais pas mes oreilles. Ma petite sœur avait vingt-six ans, elle préparait son internat de médecine, et voilà que cette bimbo surpayée vient me dire que ma sœur est en partie responsable de l'attaque du 11 Septembre ! C'est là que j'ai craqué, Gwen. Les gens d'Hollywood sont tellement déconnectés de la réalité, je ne pouvais plus le supporter. Cette comédienne gagne des millions à parader en lingerie fine, ce qui est en soi une offense à la sensibilité des musulmans, et elle se permet de blâmer ma sœur et les autres victimes pour toute cette haine.

« J'ai continué deux ou trois mois à écouter ce que racontaient les gens du milieu du cinéma ; je savais qu'ils pensaient tous à peu près la même chose. Je ne supportais plus leurs rengaines du genre "c'est la faute de l'Amérique". Ce que je n'arrivais pas à digérer, c'est que tous ces gens ne semblaient même pas considérer qu'eux aussi faisaient partie de cette Amérique.

Kevin ne précisa pas à Gwen qu'il était directement allé voir la CIA pour leur proposer ses talents, ni qu'il s'était vu offrir un emploi beaucoup plus motivant et lucratif par la Corporation – probablement parce que Langston avait parlé de lui à Juan avant même que l'agence sache qu'il était intéressé.

Il s'était bien adapté à l'ambiance paramilitaire et quelque peu va-t-en-guerre de la bande de pirates de Juan Cabrillo. Pour la première fois de sa vie, Kevin Nixon avait compris l'attrait que pouvait exercer le métier des armes. Ce n'était pas seulement l'action et l'aventure, car la plupart des journées s'écoulaient de façon paisible. C'était plutôt l'esprit de camaraderie et le sens de la loyauté que partageaient tous ces gens. Ils se confiaient la responsabilité de leur propre vie, celle de se protéger les uns les autres, et cela créait des liens d'une profondeur que Kevin n'aurait jamais crue possible.

Ses activités pour la Corporation ne l'avaient cependant pas changé du tout au tout. Il versait toujours des dons pour des causes progressistes, votait démocrate et sa voiture hybride était soigneusement garée dans un parking longue durée de Los Angeles. Il n'en appréciait que davantage sa liberté.

— Oh, mon Dieu, Kevin, je suis tellement navrée, dit Gwen après un long silence. Il est vrai que je ne fais pas trop attention à ce que racontent les gens.

— Ce n'était pas non plus dans mes habitudes, mais maintenant…

La voix de Kevin se perdit dans un murmure, et il haussa les épaules. Il sentait que Gwen était un peu mal à l'aise. Peut-être avait-il changé plus qu'il ne le croyait.

La porte de la caravane s'ouvrit brusquement. La présence de Donna Sky illuminait toujours la pièce où elle se trouvait. Elle incarnait l'essence même du chic, de la grâce et de l'élégance. Mais ce jour-là, en faisant irruption dans la caravane, les cheveux cachés par une casquette de base-ball, sans maquillage pour masquer son acné, elle ressemblait à n'importe quelle fille entre vingt et trente ans, soucieuse, amère et persuadée d'avoir tous les droits. Ses yeux étaient injectés de sang et bordés de cernes noirs. Depuis l'autre bout de la caravane, Kevin Nixon sentit des effluves d'alcool, souvenirs de beuverie de la veille.

— Qui diable êtes-vous et que fichez-vous ici ? demanda-t-elle à Kevin d'un ton dur. Sa voix si familière était rendue rauque par son apparente gueule de bois. Elle marqua une pause, étudia Kevin, et finit par le reconnaître.

— Vous êtes Kevin Nixon, n'est-ce pas ? C'est vous qui vous êtes occupé de mon maquillage pour *La Malédiction de l'émeraude*.

— Le film qui vous a fait connaître, je m'en souviens, dit Kevin en se levant.

— Ce serait arrivé de toute façon, rétorqua Donna d'un ton suffisant. Débarrasse-moi de ces poches sous les yeux, Gwen ! Je ne vais pas tourner avant deux ou trois heures, mais je ne supporte plus d'avoir cette tête-là.

Kevin faillit lui dire qu'il aurait mieux valu éviter de faire la tournée des night-clubs la veille, mais il eut la sagesse de tenir sa langue.

Gwen lui adressa un regard entendu.

— Bien sûr, ma chérie, je m'en occupe.

— Vous travaillez pour ce film ? demanda Donna à Nixon tandis que Gwen rassemblait ses brosses et son eye-liner.

— Eh bien, non. Je suis venu pour vous parler, si vous n'y voyez pas d'inconvénient.

Donna laissa échapper un soupir d'ennui.

— Allons bon… Et de quoi voulez-vous me parler ?

Kevin lança un regard vers Gwen, qui saisit aussitôt le message.

— Donna, ma chérie, Kevin pourrait s'occuper de vous, et comme ça, vous pourriez discuter tranquillement en privé ?

Nixon adressa un « merci » silencieux à Gwen, qui lui tendit une brosse et s'éloigna. Il attendit qu'elle ait quitté la caravane pour se mettre au travail.

— Je voudrais vous parler de Thom Severance et du mouvement responsiviste.

Donna Sky sembla se raidir.

— Désolée, mais ce sujet est clos.

— C'est important. Il y a des vies en jeu.

— Je ne veux pas parler de cela avec vous, d'accord ? Si vous voulez parler de ma carrière, de ma vie sociale, très bien. Mais je ne veux plus parler du Responsivisme avec qui que ce soit.

— Pourquoi ?

— Je ne veux pas, c'est tout !

Kevin essaya de se rappeler ce que Linda lui avait enseigné au cours des dernières vingt-quatre heures sur les techniques d'interrogatoire.

— Il y a de cela une semaine environ, un navire affrété par les Responsivistes a coulé dans l'océan Indien.

— Je sais. J'ai appris ça en regardant la télévision. Ils disent qu'il a été heurté par une vague. Il y a un nom pour cela…

— Scélérate, suggéra Kevin. On les appelle des vagues scélérates.

— C'est cela. Le navire a été frappé par une vague scélérate.

Kevin sortit un mince ordinateur portable de son sac à dos et le posa sur le comptoir en poussant les accessoires de Gwen. Il ne lui fallut que quelques secondes pour trouver le fichier qu'il cherchait.

La qualité de la vidéo était assez médiocre, car la caméra utilisée par Mark Murphy à bord du *Golden Dawn* ne disposait que de très peu de lumière, mais elle était suffisamment claire pour que l'on puisse distinguer l'expression d'agonie et de souffrance des membres de l'équipage qui gisaient, morts, sur la passerelle. On voyait aussi les litres de sang répandus sur le pont. Kevin laissa la vidéo en lecture pendant cinq minutes.

— Qu'est-ce que c'est ? Un film sur lequel vous travaillez ?

— Ces images ont été prises à bord du *Golden Dawn*. Tous les passagers et tous les membres d'équipage ont été assassinés, empoisonnés avec un produit tellement toxique qu'ils n'ont même pas eu le temps de lancer un SOS par radio.

Kevin passa à une autre scène, prise par la caméra installée au sommet du mât de l'*Oregon*, et qui montrait le *Golden Dawn* en train de sombrer. Le nom du navire était clairement visible au moment où les projecteurs de l'*Oregon* balayaient la proue.

— Qui a pris ces images ? demanda Donna Sky, visiblement embarrassée. Et pourquoi les médias n'en ont-ils pas fait état ?

— Je ne peux pas vous dire qui a pris ces images. Si elles n'ont pas été transmises aux médias, c'est parce qu'il s'agissait d'une attaque terroriste ; les autorités ne veulent pas que les terroristes sachent ce que *nous* savons.

Kevin put constater que l'emploi du « nous » n'avait pas échappé à Donna.

— Vous êtes… Je veux dire, vous travaillez pour…

— Je ne peux pas répondre directement à votre question, mais le fait que je sois en possession de cette vidéo devrait vous donner au moins une indication.

— Et pourquoi me montrez-vous tout cela ? J'ignore tout du terrorisme.

— Votre nom est revenu fréquemment au cours de l'enquête, et les preuves concordent : cette attaque a été menée par des éléments appartenant au mouvement responsiviste.

Kevin parlait aussi doucement que possible ; soit Donna le croyait, soit elle allait appeler la sécurité et le faire expulser du lieu de tournage.

Dans le miroir, le reflet de Donna le contemplait d'un regard figé. Kevin avait construit sa carrière en embellissant des visages, et non en les déchiffrant. Il ignorait totalement ce qu'elle pouvait penser. Il se demanda comment il réagirait si on lui apprenait que le pasteur de sa communauté religieuse était un terroriste.

— Je ne vous crois pas, finit-elle par lâcher. Je pense qu'il s'agit d'un montage destiné à discréditer Thom et Heidi.

Au moins, elle ne m'a pas flanqué une gifle, songea Kevin.

— Pourquoi ferais-je une chose pareille ? lui demanda-t-il. Pour quelles raisons aurais-je trafiqué cette vidéo et parcouru la moitié du globe pour vous la montrer ?

— Comment pourrais-je savoir ce que vous avez en tête ? lança Donna.

— Je vous en prie, essayons de voir les choses logiquement. Si mon but était de discréditer le

Responsivisme, ne croyez-vous pas que j'irais tout de suite remettre ce film à CNN ou Fox News ? Répondez-moi franchement, insista Kevin devant le silence obstiné de Donna.

— Si, sans doute.

— Puisque je ne l'ai pas fait, c'est que je poursuis un autre but, vous êtes bien d'accord ?

— Peut-être.

— Pourquoi ne pas accepter que je puisse dire la vérité ?

— Les Responsivistes ne croient pas en la violence. Aucun membre de notre mouvement n'a pu agir de la sorte. Peut-être un groupe extrémiste antiavortement ?

— Mademoiselle Sky, croyez-moi lorsque je vous affirme que nous avons passé au peigne fin tous les groupes connus, dans le monde entier, pour trouver les responsables. Tout nous ramène aux Responsivistes. Et je ne parle pas des adeptes de base. Nous sommes convaincus que c'est un groupe dissident qui a commis ces atrocités, et il est possible qu'ils préparent d'autres attaques. Nous savons tous les deux que certains poussent leur foi jusqu'à l'extrémisme. Et nous pensons que c'est le cas dans cette affaire. Si vous voulez vraiment aider vos amis, il faut me dire tout ce que vous savez.

— Très bien, répondit docilement Donna.

Ils purent parler pendant presque une heure avant le retour de Gwen, qui devait s'occuper du maquillage de figurants pour les prochaines scènes du film. A la fin de leur conversation, Kevin était convaincu que Donna Sky ignorait tout des agissements meurtriers des Responsivistes. Il comprit aussi que Donna était une jeune femme triste et seule, prisonnière de ses propres succès. C'était précisément pour cette raison que les Responsivistes l'avaient recrutée. Il espérait qu'elle serait capable un jour de trouver en elle la force de vivre sa propre vie. Il en doutait, mais il l'espérait.

— Merci d'avoir accepté de me parler, lui dit-il en rangeant son ordinateur.

— Je ne crois pas vous avoir beaucoup aidé.

— Si, vraiment. Merci beaucoup.

Donna contemplait son reflet dans le miroir. Elle avait retrouvé ce charme qui captivait tant les spectateurs de ses films. Les ravages dus aux excès de la nuit précédente avaient disparu. Kevin avait su artistement restaurer sur son visage ce mélange unique d'innocence et de sex-appeal. Mais la tristesse de son regard n'appartenait qu'à elle.

Chapitre 22

Il avait fallu à Franklin Lincoln et Juan Cabrillo un peu de moins de quatorze heures pour se rendre aux Philippines. Le trajet de la capitale, Manille, jusqu'à Tubigon, sur l'île de Bohol, au milieu d'un archipel de plus de sept mille autres îles, s'était révélé presque aussi long. La distance ne dépassait pourtant pas cinq cents kilomètres à vol d'oiseau.

Aucun transport par route n'était garanti sur Bohol, et les deux hommes durent d'abord prendre un vol pour l'île de Cebu, louer une Jeep sans âge mais robuste, et attendre le ferry pour traverser le détroit de Bohol. Ainsi que Linc le fit remarquer à Juan, le ferry était si vieux que l'on se serait attendu à ce que ses flancs soient bordés d'antiques roues à rayons en guise de ballons d'accostage. Le bâtiment était surchargé à bâbord, ce qui ne l'empêchait nullement de gîter fortement sur tribord. Ils abandonnèrent toute idée de sommeil lorsqu'ils entendirent les cris perçants – et sentirent la puanteur – des cochons atteints de mal de mer qui constituaient la cargaison du semi-remorque garé à côté de leur Jeep.

A deux reprises au cours de la traversée, les moteurs se turent inexplicablement. La première fois, l'incident ne dura que quelques minutes. La seconde panne dura plus d'une heure, pendant laquelle les hommes d'équipage bricolèrent de leur mieux sous le regard d'un ingénieur vociférant.

Pour Juan, les péripéties du voyage étaient un dérivatif bienvenu, grâce auxquelles il pouvait cesser un moment de ruminer sur le sort de Max. Mais lorsque les moteurs se remirent en marche, ses pensées revinrent aussitôt vers son ami. Par une amère ironie de l'histoire, le père de Max était mort aux Philippines pendant la Seconde Guerre mondiale, alors qu'il défendait l'île de Corregidor, quelques mois après l'entrée en guerre des Etats-Unis.

Max ferait tout pour protéger son fils et la Corporation, Juan n'en doutait pas. Il espérait seulement trouver un moyen de pression qui lui permette d'obtenir sa liberté. Il ne se berçait pas d'illusions, conscient que Kovac était capable du pire pour obtenir des informations. Et si Max ne tenait pas le coup et commençait à parler, sa vie n'aurait plus la moindre valeur pour le Serbe.

Cette sombre pensée défilait en boucle dans l'esprit de Juan.

Au moment où les lumières de Tubigon apparaissaient enfin, son téléphone satellite carillonna dans sa poche.

— Cabrillo.

— Bonjour Juan. C'est Linda.

— Des nouvelles ?

— Pas de la part de Severance, si c'est ce que vous aviez en tête.

— Bon Dieu… Oui, c'est bien à cela que je pensais.

Dix appels au chef des Responsivistes, et toujours aucun résultat. Juan s'était fait passer pour le patron de l'entreprise de sécurité à laquelle Max était censé s'être adressé pour libérer son fils. Il avait parlé à la réceptionniste assez longuement pour savoir qu'elle lisait des romans sentimentaux pendant sa pause déjeuner. Elle s'était excusée à chaque fois, lui expliquant que Thom Severance n'était pas disponible, et l'avait transféré vers sa messagerie vocale. Juan avait alors proposé une récompense, quelle que soit la somme exigée par Severance, en échange du retour de Max. En l'absence de réponse, il était ensuite passé aux menaces. Son dernier appel était un avertissement : si Max n'était pas libéré sain et sauf, il n'hésiterait pas à s'attaquer à la famille de Thom.

La menace était vaine, en raison du veto de Langston, mais Severance l'ignorait… et ne semblait malheureusement guère s'en soucier.

— Sinon, quoi de neuf ? demanda Cabrillo.

— Kevin en a terminé avec Donna Sky. Elle ne sait rien.

— Il en est sûr ?

— Ils ont parlé pendant une heure, répondit Linda de sa voix haut perchée de lutin. C'est juste une comédienne qui fait partie d'une secte de cinglés. Elle est trop en vue pour être mêlée à quelque chose de louche. Et si l'on en croit les magazines people, elle ne doit pas quitter le lieu de tournage de son nouveau film pendant les quatre prochains mois, au grand chagrin de son amant du moment, qui fait une tournée en Australie avec son groupe – d'ailleurs très médiocre, selon Mark Murphy.

— J'apprécierais peut-être leur musique, si Mark la déteste à ce point, commenta Juan. Si ce n'est pas d'elle que Gil Martell parlait lors de sa conversation téléphonique avec Thom Severance, alors de qui s'agit-il ? Vous pouvez demander à Kasim d'étudier à nouveau ces enregistrements ?

— Il a piqué une colère de tous les diables quand je lui ai dit qu'il s'était peut-être trompé, et il s'est déjà porté volontaire pour tout reprendre à zéro.

— Dites-lui qu'il aura droit à une ration supplémentaire de grog. Autre chose ?

— Eddie est rentré de Rome ; quant à notre écoute du yacht des trafiquants, la qualité audio est impeccable, mais nous n'avons rien obtenu de très pertinent jusqu'ici.

— Très bien, répondit Juan, qui avait oublié jusqu'à l'existence de cette mission. Tenez-moi au courant. Linc et moi sommes à trois heures environ du lieu où les Responsivistes ont installé leur retraite. Nous vous informerons de la suite des événements.

— Bien reçu, Président, et bonne chasse. *Oregon* terminé.

Juan rempocha son téléphone.

— Alors, la piste Donna Sky est un cul-de-sac ? demanda Linc dans l'obscurité de la Jeep.

— Oui. Elle ne sait rien.

— Il y avait peu de chances que cela marche. Les femmes de ce genre ne peuvent même pas bouger le petit doigt sans que les paparazzis s'en mêlent.

— C'est à peu près ce que me disait Linda, répondit Juan d'un air sombre. J'aurais dû m'en douter.

— Président, depuis le début, on se raccroche à des chimères. Ce n'est pas la peine de faire cette tête-là maintenant. Voyons jusqu'où on peut aller avec les renseignements dont nous disposons. Impasse ou non, il faut tout vérifier.

— Je sais, c'est juste que…

— … Max risque sa peau, compléta Linc. Et que vous vous inquiétez.

— C'est un euphémisme, admit Juan avec un sourire contraint.

— Ecoutez, nous sommes en train de suivre notre meilleure piste. Quatre cents Responsivistes ont séjourné dans le coin pendant je ne sais combien de temps, et maintenant, ils sont tous morts, sans doute parce que quelqu'un a voulu éviter qu'ils ne parlent de leurs activités. Nous allons découvrir de quoi il s'agit et ensuite, nous récupérerons Max et son fils.

Juan appréciait les encouragements de Linc, mais ils ne le réconfortaient guère. Le soulagement ne viendrait que lorsque Max serait de retour à bord de l'*Oregon*, et Severance et Kovac mis définitivement hors d'état de nuire.

Le ferry fit son entrée au port en cognant contre les pilotis de bois ; c'était l'une des plus pitoyables démonstrations de navigation auxquelles Juan ait jamais assisté. Dix minutes plus tard, une fois le navire amarré et la rampe d'accès abaissée, Linc démarra la Jeep et descendit sur le quai. Ils ouvrirent aussitôt les vitres pour dissiper les relents de porcherie qui s'étaient infiltrés dans le véhicule.

— Je ne sais pas si le moment est bien choisi, mais tant pis, dit Juan en posant sa jambe sur le tableau de bord.

Il retroussa la jambe de son pantalon. La prothèse qu'il portait formait un gros bloc de plastique couleur chair. Il libéra la jambe, délaça sa chaussure, qu'il ôta avec la chaussette. Un trou minuscule était creusé tout en bas du pied artificiel. Il sortit une clé Allen de sa poche, l'inséra dans le trou et tourna dans le sens inverse des aiguilles d'une montre, déclenchant un mécanisme intégré qui permettait d'ouvrir le mollet. Deux pistolets Kel-Tec étaient dissimulés là, dans ce qu'il appelait familièrement sa jambe de contrebandier.

En dépit de ses dimensions réduites, le Kel-Tec tirait des balles de calibre .380. Pour cette mission, l'armurier de l'*Oregon* avait creusé chacune des sept balles que contenait le magasin et rempli l'espace vacant de mercure. Lorsque le projectile s'enfonçait dans les chairs, il se trouvait brusquement ralenti, et à cause de l'élan, le mercure jaillissait hors de la balle et déchirait les tissus tout comme un explosif en charge formée déchire le blindage d'un char. N'importe quel tir centré était mortel, et même un tir oblique à l'épaule ou à la hanche pouvait sectionner un membre. Juan tendit l'une des deux petites armes à Linc et glissa l'autre dans le creux de son dos.

Un petit bloc de plastic et deux crayons détonateurs, réglés à cinq minutes, étaient également rangés dans la jambe de contrebandier de Juan Cabrillo. Au fil des années, il s'était aperçu que lorsque sa prothèse déclenchait l'alarme des détecteurs de métaux des aéroports et qu'il remontait le bas de son pantalon pour en montrer la raison, on lui faisait toujours signe de passer avec un sourire d'excuse. Dans le cas présent, et même s'ils n'avaient jusque-là rencontré aucun chien renifleur, il s'était préparé à cette éventualité en se munissant d'un flacon de pilules à la nitroglycérine – et d'une explication toute prête évoquant une maladie cardiaque.

La route qui quittait la ville pour rejoindre les collines n'avait sans doute pas vu la moindre trace de goudron depuis des décennies. Les Responsivistes s'étaient établis de l'autre côté de l'île, et il fallut deux heures à Juan et Linc pour atteindre la zone. Pendant le trajet, le soleil était monté haut dans le ciel, révélant la forêt ombrophile tropicale et la jungle qui cernaient la route, la transformant en un véritable tunnel d'émeraude. Les quelques villages qu'ils dépassèrent se composaient de huttes recouvertes de chaume grossier et d'un occasionnel appentis de tôle ondulée. Mise à part la parenthèse de l'occupation japonaise pendant la Seconde Guerre mondiale, la vie n'avait pas changé depuis plus de mille ans dans cette région des îles.

A une petite dizaine de kilomètres de leur destination, Linc s'arrêta sur le bord de la route, et fit pénétrer la Jeep dans un fourré assez épais pour la dissimuler aux regards. Ne sachant pas si les Responsivistes disposaient de gardes, ils ne tenaient pas à prendre des risques inutiles. Les deux hommes passèrent quelques minutes à peaufiner le camouflage du véhicule et à effacer les traces laissées sur le sol humide. Même en sachant où elle était dissimulée, personne n'aurait pu la voir depuis la route. Juan fit un petit tas de pierres pour signaler l'endroit.

Leurs sacs bourrés de matériel sur le dos, ils pénétrèrent dans la jungle et se mirent en marche. Le soleil sembla disparaître, remplacé par une lueur verdâtre qui parvenait à peine à transpercer la haute voûte des arbres. La couleur rappela à Juan celle du *moon pool*, la nuit, lorsque les projecteurs étaient allumés derrière leur écran de verre.

En dépit de sa stature, Linc se déplaçait dans la jungle avec la grâce nonchalante d'un félin prédateur, trouvant sans efforts les ouvertures les plus invisibles au milieu de l'épaisse végétation, qu'il laissait totalement intacte. Ses pieds semblaient à peine effleurer le sol. Ses gestes étaient si furtifs qu'ils échappaient même à la vigilance des insectes et des oiseaux, dont la symphonie ne connut pas la moindre variation de volume ou d'intensité sur son passage.

Juan marchait dans son sillage, et se retournait fréquemment pour vérifier qu'ils n'étaient pas suivis. L'air était si humide qu'il avait l'impression d'emplir ses poumons de liquide à chaque inspiration. La sueur trempait le bord de sa casquette de base-ball et ruisselait le long de son dos. Il la sentait, froide et glissante, à l'endroit où son moignon se plaquait contre sa prothèse.

Après deux heures de marche silencieuse, Linc leva la main, puis s'aplatit sur le sol. Juan l'imita et rampa pour s'approcher de lui. Ils avaient atteint le bord de la jungle. Au-delà, une prairie s'étendait sur quatre cents mètres avant de disparaître dans la mer dans un alignement de pentes quasi verticales et de falaises érodées.

Le soleil était derrière eux, et Juan n'avait donc pas à se soucier des reflets projetés par ses jumelles tandis qu'il surveillait les environs. Les Responsivistes avaient construit un unique bâtiment métallique non loin des falaises. Il était aussi vaste qu'un entrepôt, avec un toit en pente douce adapté aux quatre mètres de précipitations annuelles de la région. Des panneaux dépolis installés sur la toiture filtraient les rayons du soleil, en l'absence de toute fenêtre. Les murs étaient de métal nu recouvert de peinture rouge antirouille, et une unique porte donnait sur un parking assez grand pour abriter une cinquantaine de véhicules.

A trente mètres environ de l'entrepôt se trouvaient quatre rangées de dalles de béton rectangulaires. Juan compta quarante de ces dalles nues par rangée.

Linc lui tapa sur l'épaule, puis dessina un rectangle sur la poussière avant de désigner l'entrepôt d'un geste de la main. Il traça alors un second rectangle et tendit un doigt vers le champ de dalles de béton. Jusque-là, Juan le suivait. Linc dessina ensuite un rectangle beaucoup plus grand autour de ce qui représentait l'ensemble du complexe, puis il montra le champ qui s'ouvrait à leurs regards.

Juan étudia le terrain avec ses jumelles et remarqua une légère variation de la couleur de l'herbe, formant une ligne droite qui tournait soudain à quatre-vingt-dix degrés. Il dirigea son regard vers Linc. Le vétéran de la Navy plaça le bord de sa main sur la ligne qu'il venait de tracer, indiquant par ce geste que, selon lui, une clôture avait dû par le passé parcourir tout le périmètre du champ. Il se servit ensuite de ses doigts pour relever le coin de ses yeux.

Juan manifesta son accord en hochant la tête. Ce complexe était autrefois tenu par les Japonais, qui en avaient sans doute fait un camp de prisonniers. La clôture avait disparu depuis des lustres, et des blocs de cellules, il ne restait plus que les dalles de béton. Il se demanda si c'était en raison de la présence de fondations existantes pour leur bâtiment que les Responsivistes avaient jeté leur dévolu sur cet endroit.

Les deux hommes examinèrent encore l'installation pendant deux heures, se repassant les jumelles lorsque leurs yeux fatiguaient. Ils n'observèrent aucun mouvement, sauf lorsqu'une brise se levait de l'océan et faisait onduler l'herbe de la prairie, haute d'une cinquantaine de centimètres.

Juan se leva et poussa un juron.

— Et voilà. Il n'y a personne.

Sa voix paraissait anormalement forte après ces heures de silence.

— Comment pouvez-vous en être aussi sûr ?

— Ecoutez.

Le ton de Juan trahissait la colère qu'il nourrissait contre lui-même. Linc pencha la tête.

— Rien, sinon le bruit de l'océan contre les falaises.

— Exactement. Vous voyez ces supports métalliques sur le toit ? Il fait plus de trente degrés ici. A l'intérieur de ce bâtiment, la température approche sans doute les cinquante. Ces supports devaient servir à fixer des systèmes de conditionnement d'air assez imposants. Ils les ont emportés quand ils ont fichu le camp. A moins que ce bâtiment soit rempli d'eau jusqu'au toit, un détachement de gardes ne tiendrait pas le coup ici plus d'une heure ; ils ont dû abandonner l'endroit depuis des semaines.

Juan tendit la main pour aider Linc à se relever. Si les muscles de son dos ne le mettaient pas au supplice, il le devait à ses séances de musculation répétées à bord de l'*Oregon*.

Il était à peu près sûr de ses déductions, mais les deux hommes s'approchèrent toutefois du bâtiment avec prudence, se tenant éloignés de la porte. Les murs de métal étaient tellement chauds que Juan s'y brûla le bout des doigts.

Armes à la main, ils s'approchèrent de la porte. Juan déposa son sac sur le sol et en sortit un tuyau en caoutchouc. Il en entoura la poignée de porte, en tendit une extrémité à Linc et garda l'autre. Ils se tenaient chacun d'un côté de l'ouverture. Juan tira sur le tuyau. La friction du caoutchouc contre la poignée métallique la fit tourner et la porte s'ouvrit. Si un dispositif explosif y avait été installé, l'astuce de Juan leur aurait permis d'éviter le souffle de l'explosion.

— Même pas fermé à clé, commenta Linc.

Juan jeta un coup d'œil à l'intérieur.

— Pour quoi faire ? Regardez.

En dépit de la lueur nacrée qui irradiait des panneaux dépolis du toit, l'entrepôt était sombre, mais on y voyait assez clair pour constater qu'il était parfaitement vide. Aucune colonne ne venait soutenir les armatures du plafond et rompre la monotonie du lieu. A part les dimensions de la porte, l'édifice ressemblait en tous points à un hangar à avions. Le sol était peint d'un gris uniforme, d'une propreté impeccable. Lorsque Juan entra, il sentit un léger parfum de désinfectant.

— On dirait que les femmes de ménage nous ont coiffés au poteau, plaisanta Linc.

Juan savait au plus profond de lui qu'ils ne trouveraient rien qui soit susceptible d'incriminer Severance, et ils ne disposeraient donc d'aucun moyen de pression pour récupérer Max. Les Responsivistes avaient nettoyé toute trace de leur présence. Les conduits du système d'air conditionné avaient disparu, ainsi que toute trace d'installation électrique ou de plomberie.

— Une fichue perte de temps, grommela-t-il, dégoûté.

Linc était courbé vers le sol, qu'il semblait examiner attentivement.

— Cette dalle est passablement usée, fit-il remarquer en se relevant. Elle a dû être coulée par les Japonais lorsqu'ils ont construit le reste de leur camp de prisonniers.

— Mais pourquoi diable avaient-ils besoin d'un bâtiment aussi vaste ? se demanda Juan à voix haute. Le relief est trop accentué pour une piste d'atterrissage, ce n'était donc pas un hangar.

— Je n'en sais rien. Peut-être juste un entrepôt de stockage ?

— Ou une usine, suggéra Juan. Je parie qu'ils se servaient des prisonniers comme main-d'œuvre captive. C'est ce qu'ils ont fait dans tous les pays qu'ils ont occupés.

Linc posa un doigt sur le bout de son large nez.

— Il se pourrait bien que vous ayez raison.

Juan attrapa son téléphone satellite et composa le numéro de l'*Oregon*. Sachant que Kasim travaillait encore au décryptage de l'enregistrement audio du mouchard, il demanda au marin de service au centre de communication de lui passer Eric Stone.

— Alors, quoi de neuf, Président ? demanda Eric depuis sa cabine.

— Rendez-moi un service et renseignez-vous sur l'occupation japonaise de l'île de Bohol, aux Philippines, pendant la Seconde Guerre mondiale. Je voudrais savoir s'ils y avaient installé une prison ou une usine.

— Euh… tout de suite ?

— Oui, si l'assaut final contre l'honneur de mademoiselle Jannike Dahl peut encore attendre un moment.

— Très bien. Juste une minute. J'ai quelque chose. Une prison pour les « criminels indigènes » y a été ouverte en mars 1943. Elle a été fermée le jour même du retour de MacArthur, le 20 octobre 1944.

L'installation était supervisée par une certaine « Unité 731 ». Vous voulez que je vérifie ça ?

— Non, répondit Juan. Je sais déjà de quoi il s'agit.

— Cet endroit était une usine de mort, annonça-t-il à Linc en coupant la communication. Elle était dirigée par l'Unité 731.

— Jamais entendu parler.

— Ce n'est pas surprenant. Contrairement aux Allemands, qui ont demandé pardon pour l'Holocauste, les Japonais n'ont jamais vraiment reconnu leurs crimes de guerre, et en particulier ceux de l'Unité 731.

— Qu'ont-ils fait ?

— Ils avaient des usines et des laboratoires dans toute la Chine pendant l'occupation ; ils étaient chargés des recherches sur la guerre biologique. Selon certaines estimations, l'Unité 731 et d'autres du même genre ont tué plus de gens que les camps de concentration d'Hitler. Ils se livraient sur leurs prisonniers à des expériences en leur inoculant tous les virus connus. Ils ont déclenché des épidémies de peste bubonique, de typhus et d'anthrax dans plusieurs villes chinoises. Ils ont parfois utilisé des avions pour répandre des puces infectées, ou alors ils les emprisonnaient dans des bombes. Ils aimaient aussi beaucoup prendre le contrôle du système de distribution d'eau d'une ville pour ensuite le contaminer délibérément.

— Et ils s'en sont tirés après la guerre ?

— Oui, pendant des années. Une autre partie de leurs activités consistait à étudier l'effet des explosifs ou d'autres armes sur le corps humain. Ils abattaient, faisaient exploser ou incinéraient des centaines de prisonniers à la fois. Imaginez n'importe quelle torture, parmi les plus effroyables, et vous pouvez être sûr que l'Unité 731 l'a expérimentée sur des prisonniers. Je me souviens en particulier d'une de leurs expériences, où ils pendaient les gens par les pieds, juste pour voir combien de temps il leur fallait pour mourir.

Le visage de Linc blêmit légèrement sous sa peau d'ébène.

— Et cet endroit était l'un de leurs laboratoires ? demanda-t-il en jetant un coup d'œil circulaire.

Juan hocha la tête.

— Les prisonniers philippins y faisaient office de cobayes, répondit-il.

— Vous pensez la même chose que moi ?

— Que Severance aurait choisi cet endroit pour des raisons bien précises ?

— S'il a fait répandre une toxine à bord du *Golden Dawn* après que ses adeptes eurent travaillé dans un ancien labo japonais de fabrication de virus, cela peut difficilement être une coïncidence. C'est juste une idée, mais est-il possible qu'ils aient contracté une infection laissée par les Japs ?

— Non, cela n'aurait pas pu tuer tout l'équipage en même temps, répondit Juan. J'y ai pourtant pensé dès qu'Eric m'a parlé de l'Unité 731. Non, mais je pense qu'ils ont dû créer ce virus ici.

— Vous croyez que c'est une bonne idée de se balader dans le coin sans combinaison anticontamination ? demanda Linc.

— Tout va bien se passer, le rassura Juan.

— Si on me proposait un masque chirurgical et des gants de caoutchouc, je ne dirais pas non, maugréa Linc.

— Essayez donc une des techniques de yoga de Linda, respirez par les yeux !

A l'aide de leurs lampes, et en partant chacun d'un coin opposé, les deux hommes commencèrent à examiner le moindre recoin de l'entrepôt. Il n'y avait aucun débris sur le sol.

— Nous ne trouverons rien ici, dut reconnaître Juan.

— Pas si vite, objecta Linc, qui étudiait un des murs du bâtiment.

Il tapa sur un montant d'acier qui grimpait jusqu'au toit, et qui rendit un son grêle. Il plaça ensuite sa main sur le revêtement métallique du mur, qui était chaud, sans être brûlant. En soi, cela ne prouvait rien, car les rayons du soleil n'atteignaient peut-être pas cet endroit directement, mais c'était un signe encourageant.

— Vous avez quelque chose ? lui demanda Juan.

— Une idée saugrenue. Mais voyons cela…

Il se retourna et se dirigea vers la porte en comptant ses pas.

— Quatre-vingt-dix-huit, quatre-vingt-dix-neuf, cent, murmura-t-il en atteignant l'autre mur. Un peu plus de quatre-vingt-dix centimètres par pas, ce qui nous donne une longueur de quatre-vingt-dix mètres environ.

— Excellente nouvelle, répondit Juan sans enthousiasme.

— Homme de peu de foi !

Linc conduisit Juan à l'extérieur et répéta l'opération, comptant à nouveau chaque pas.

— Quatre-vingt-dix-huit, quatre-vingt-dix-neuf, cent, cent un.

— Vous avez dû faire des pas plus courts sans vous en rendre compte, objecta Juan d'un ton morne.

— Touchez donc le mur, lui suggéra Linc, sachant très bien ce que Juan allait y découvrir.

Juan retira ses doigts d'un geste vif. Le métal était brûlant. Il adressa un regard interrogateur à Linc.

— Les montants que nous avons vus de l'autre côté de ce mur ne sont pas là pour soutenir la toiture. Le métal est trop fin.

— Vous êtes sûr ?

— Entraînement Seal, mon ami ! Pour que nous puissions faire exploser correctement des bâtiments, ils nous expliquaient comment ils étaient construits. Il y a un faux mur là-dedans, et derrière, un vide d'un mètre.

— Mais pour quoi faire ?

— C'est ce que nous allons découvrir.

Ils rentrèrent dans l'entrepôt étouffant. Linc sortit de son sac un couteau pliant à la finition mate. Il l'ouvrit et l'enfonça dans la paroi de métal, coupant l'acier aussi facilement que du papier. Il se baissa pour continuer sa découpe presque jusqu'au sol, puis scia en travers de la déchirure, avec un bruit qui fit grincer les dents de Juan.

— Emerson CQC-7a, annonça-t-il en levant fièrement son couteau, sur la lame duquel ne subsistait aucune trace. J'ai lu quelque chose au sujet de ces couteaux il y a quelques années, mais je ne croyais pas à tout leur battage publicitaire. Maintenant si…

Il donna un coup de pied dans le métal déchiré, puis écarta les morceaux de la paroi et pénétra dans l'espace secret. Le rayon de sa lampe révéla…

— Rien. Vide. Comme tout cet endroit, commenta Linc, visiblement déçu.

— Bon Dieu !

Ensemble, Linc et Juan parcoururent l'espace étroit sur toute la largeur du bâtiment, projetant le faisceau de leurs lampes sur chaque centimètre carré de surface. La chaleur était infernale, comme s'ils se tenaient à côté d'un creuset de métal bouillant dans une aciérie.

La lampe de Linc était braquée vers le sol lorsque quelque chose attira son attention. Il s'immobilisa, et passa doucement les doigts sur le béton peint. Lorsqu'il releva la tête pour regarder Juan, un sourire éclairait son visage.

— Qu'avez-vous trouvé ?

— Ce béton est récent. Pas tout le sol, mais seulement cette partie.

Juan put le constater lui aussi. Une étendue de béton de trois mètres de long, sur la largeur du passage secret, était beaucoup plus douce au toucher que le reste du sol et ne révélait aucun signe d'usure.

— Qu'en pensez-vous ?

— L'emplacement idéal pour un escalier vers un sous-sol. Les dimensions correspondent très bien.

— Voyons cela.

Juan fouilla son sac à la recherche de son pain de plastic C-4, qu'il modela pour diriger sa puissance de détonation vers le bas ; il y inséra un crayon détonateur. Un coup d'œil rapide lui permit de s'assurer que Linc était prêt. Il appuya sur le détonateur.

Ils se précipitèrent hors du passage et traversèrent l'entrepôt surchauffé, leurs poumons aspirant l'air brûlant tandis que leurs pas résonnaient sur le sol. Linc jaillit de la porte, Juan sur ses talons, et ils coururent encore cinquante mètres avant de ralentir et de se retourner.

Une détonation étouffée envoya voler les panneaux dépolis du toit et remplit l'entrepôt d'un nuage bouillonnant de poussière de béton qui s'éleva en panache à travers le toit, comme si le bâtiment était en feu.

Juan attendit, anxieux, que le nuage retombe. Il se retourna pour examiner la jungle. Le reflet d'un rayon de soleil sur une surface brillante fut un avertissement suffisant. Il poussa Linc de côté et plongea au sol au moment où deux balles, venant chacune d'une arme différente, fendaient l'air à l'endroit même où ils se tenaient une fraction de seconde plus tôt. Les deux tireurs embusqués passèrent leurs armes en mode automatique et envoyèrent un déluge de feu dévastateur vers le parking où Linc et Juan se trouvaient à découvert.

Les deux hommes étaient en mauvaise posture, et s'ils ne parvenaient pas à se mettre à couvert, ils risquaient d'être abattus dans les prochaines secondes. Sans avoir besoin de se concerter, ils coururent vers l'entrepôt, leurs jambes criblées d'éclats de graviers soulevés par les balles qui labouraient le sol dans leur sillage.

Juan fut le premier à atteindre le lieu de l'explosion. Le béton avait été mis en pièces par le plastic, laissant apparaître un cratère d'où émanait encore une odeur d'explosifs. Mais la charge n'avait pas été assez forte, et le béton était trop épais pour la quantité de plastic dont ils disposaient. En braquant sa lampe vers le fond du cratère, Juan constata que nulle part la dalle de béton n'avait été réellement traversée.

Il sentit sur le bout de sa langue le goût amer de la défaite.

Une constellation de trous percés par les balles apparut sur le mur métallique de l'entrepôt. Juan tournoya, sans même se rendre compte qu'il venait de dégainer son Kel-Tek. Les deux assaillants se tenaient chacun d'un côté de la porte. Il fit feu à trois reprises pour se couvrir, mais les deux tireurs se trouvaient trop loin, compte tenu de la portée de son arme. Aucun des deux ne broncha.

Linc bondit devant lui pour atterrir au fond du cratère. Lorsque ses pieds heurtèrent le béton entamé par l'explosion, un trou s'ouvrit sous lui et il sembla disparaître dans les profondeurs de la terre. Son poids avait suffi à faire céder la dernière épaisseur de la dalle.

Au fur et à mesure que le béton volait en éclats et dégringolait le long d'une volée de marches, Juan s'enfonçait à son tour dans le trou obscur, notant au passage que l'air qui montait des profondeurs portait avec lui la froide puanteur de la mort.

Chapitre 23

Le coup vint frapper l'estomac de Max, le forçant à se plier en deux autant que le lui permettaient les cordes qui le retenaient à son siège. Zelimir Kovac ne se servait que d'une fraction de sa force prodigieuse, mais Max eut l'impression que ses entrailles s'étaient transformées en gelée. Il poussa un grognement de douleur, tandis que du sang et de la salive s'écoulaient de sa bouche blessée.

C'était le quatrième coup, et il l'avait pris par surprise. Les yeux bandés, Max ne pouvait se fier qu'au rythme naturel de son bourreau, mais celui-ci veillait à n'en adopter aucun. Ses assauts brutaux ne semblaient se conformer à aucune tactique. Dix minutes s'étaient écoulées depuis le début de l'interrogatoire, et le Serbe n'avait pas encore posé la moindre question.

Le ruban adhésif qui couvrait ses yeux fut brusquement arraché, emportant avec lui une partie de ses sourcils broussailleux. Ce fut comme un jet d'acide en plein visage, et il ne put retenir le hurlement qui jaillit de ses lèvres.

Il regarda autour de lui, battant des paupières pour en chasser des larmes de douleur. La pièce était nue et fonctionnelle, avec des murs en parpaings et un sol de béton. Détail inquiétant, une bonde d'écoulement était aménagée par terre, juste aux pieds de Max, et un tuyau était relié à un robinet près de la porte métallique. Celle-ci était ouverte et Max constata qu'au-delà, le couloir présentait les mêmes murs de parpaings et la même peinture blanche miteuse.

Kovac se tenait debout devant Max, vêtu d'un pantalon de costume et d'un T-shirt sans manches. Le coton du vêtement était souillé de la sueur du Serbe et du sang de Max. Deux gardes étaient adossés au mur, le visage impassible. Kovac tendit la main vers l'un d'eux. Le garde lui tendit une liasse de papiers.

— D'après votre fils, commença Kovac, votre nom est Max Hanley, et vous travaillez dans la marine marchande en tant qu'ingénieur naval. Est-ce exact ?

— Allez au diable, gronda Max d'un ton menaçant.

Kovac serra un paquet de nerfs à la base du cou de Max, envoyant des torrents de douleur irradier chaque atome de son corps. Il maintint la pression, et pressa même plus fort.

— Cette information est-elle exacte ?

— Oui, bon Dieu, lâcha Max entre ses dents serrées.

Kovac desserra son emprise et envoya un direct au visage de Max, avec assez de puissance pour lui faire tourner la tête.

— Voilà pour votre mensonge. Vous aviez un transpondeur transdermique greffé dans la cuisse. C'est assez inhabituel dans la marine marchande.

— C'est la compagnie à laquelle je me suis adressé pour récupérer Kyle, marmonna Max. Cela faisait partie de leur dispositif de sécurité.

Kovac lança un nouveau coup de poing, qui faillit déchausser une dent de Max.

— Bien essayé, mais la cicatrice avait au moins six mois.

Kovac ne se trompait pas de beaucoup. Julia Huxley lui avait implanté son nouveau transpondeur sept mois plus tôt.

— Non, ce n'est pas le cas, je le jure, mentit Max. C'est comme ça que je cicatrise, rapidement, en laissant beaucoup de marques. Regardez mes mains.

Kovac baissa les yeux. Les mains de Max formaient un patchwork croisé de vieilles cicatrices et d'estafilades. Pour le Serbe, cela ne signifiait rien. Il se pencha en avant. Son visage n'était qu'à quelques centimètres de celui de Max Hanley.

— Dans ma vie, j'ai infligé plus de balafres et de cicatrices que n'importe quel médecin, et je sais comment elles évoluent. Cet implant a six mois ou plus. Dites-moi qui vous êtes et pourquoi vous étiez équipé d'un transpondeur.

Pour toute réponse, Max projeta son crâne à moitié chauve contre le nez de Kovac. Les attaches qui le maintenaient prisonnier de son siège l'empêchèrent de le briser, mais il vit avec satisfaction un jet de sang s'écouler d'une narine du Serbe.

Le regard dont Kovac le gratifia exprimait une rage animale. Max savait avant même de frapper le Serbe qu'il allait recevoir en retour la raclée de sa vie, et il sentit soudain qu'il était allé trop loin.

Les coups se mirent à pleuvoir en rafales. Sans méthode, sans but précis. C'était une réaction explosive, l'instinct de la partie la plus primitive du cerveau lorsqu'elle perçoit une menace. Max fut frappé au visage, à la poitrine, à l'estomac, aux épaules, dans le bas-ventre, en un interminable déluge de coups de poing et de pied, si rapides qu'il crut un instant que plusieurs personnes le frappaient. Mais alors même que ses yeux se révulsaient pour ne plus montrer que le blanc, il se rendit compte que la punition lui était infligée par Kovac seul.

Max s'était effondré sur le siège depuis déjà plus de deux minutes, inerte, le visage transformé en une bouillie sanglante, lorsque l'un des deux gardes s'avança pour retenir le boucher serbe. Kovac toisa l'homme d'un regard meurtrier qui le fit reculer, mais l'interruption avait suffi à faire retomber sa rage.

La poitrine soulevée par l'effort et la poussée d'adrénaline, il posa un regard méprisant sur la silhouette inconsciente de Max. Il fit claquer les jointures de ses poignets et craquer les articulations de ses doigts en envoyant des gouttes de leurs sangs mêlés sur le sol. Enfin, il inclina le buste et souleva la paupière droite de Max, ne révélant qu'une orbite blanche striée de sang.

Kovac se tourna vers les gardes.

— Revenez le voir d'ici deux ou trois heures. S'il ne se décide pas la prochaine fois, nous ferons venir son fils de Corinthe et nous verrons combien de temps il supporte de le voir passé à tabac avant de nous dire ce que nous voulons savoir.

Il sortit de la pièce à grandes enjambées. Les deux gardes attendirent un moment, puis le suivirent en fermant la porte derrière eux. Ils ne se retournèrent pas et ne prêtèrent aucune attention au mouvement qui suivit leur départ, car après tout, ils n'avaient pas la moindre raison de se méfier.

Max les regarda partir entre ses paupières presque closes, puis se mit aussitôt en mouvement. Tout au long de la terrible séance, il s'était forcé à bouger le plus possible dans tous les sens afin de détendre ses liens. Kovac, tout à sa furie meurtrière, n'y avait prêté aucune attention, et les gardes avaient sans doute pensé que ses mouvements saccadés étaient dus à la violence des coups. De la part de Max, il s'agissait d'une tactique délibérée.

Il parvint à se pencher suffisamment pour attraper l'une des feuilles de papier que Kovac avait lâchées lorsqu'il avait reçu ce coup sur le nez. Maladroitement, son siège attaché toujours derrière le dos, Max se projeta en avant vers la porte. Il lui fallait essayer quelque chose, car même s'il survivait à une autre séance de tabassage, il leur dirait tout ce qu'ils voulaient savoir pour protéger Kyle, quelles qu'en soient les conséquences.

Il réussit à viser juste. La feuille de papier glissa entre la porte et le chambranle juste avant la fermeture de la serrure, empêchant le pêne de se loger dans la gâche.

Max se laissa retomber sur son siège. Jamais, de toute sa vie, il n'avait subi un tel passage à tabac. C'était encore pire qu'avec les Viêt-congs, qui pourtant se relayaient pour que les coups continuent de pleuvoir sans interruption pendant une heure ou plus. Il passa la langue à l'intérieur de sa bouche, où deux dents ne tenaient quasiment plus. C'était déjà un miracle qu'il ne se soit pas brisé le nez ou que les coups n'aient pas provoqué une fibrillation, puis un arrêt cardiaque.

A l'endroit où ils avaient extrait le transpondeur, la douleur était relativement sourde, par rapport au reste de son corps. Sa poitrine formait une mer marbrée de chair meurtrie, et il ne pouvait qu'imaginer à quoi ressemblait maintenant son visage.

Oh, et puis je n'étais pas vraiment un Apollon, songea-t-il avec un sourire amer qui rouvrit l'une des coupures de ses lèvres.

Il s'autorisa dix minutes pour reprendre des forces. S'il avait attendu plus longtemps, les crampes auraient fini par l'immobiliser. Au milieu de toute cette douleur, une lueur d'espoir demeurait – ils n'avaient pas emmené Kyle dans cette cellule. Son fils était en Grèce, et même aux mains des Responsivistes, il n'était pas en danger immédiat. Son esprit et son cœur se raccrochaient à cette pensée qui l'aidait à ne pas perdre courage.

Selon sa propre estimation, six minutes s'étaient écoulées lorsqu'il commença à se libérer de ses liens. Il avait réussi à leur donner assez de jeu pour libérer les poignets, et il put se servir de ses mains pour ôter les cordes qui lui entravaient la poitrine. Il termina par les jambes et parvint à se lever. Il chercha à tâtons le dossier du siège pour ne pas tomber.

— Ce n'est pas encore la grande forme, marmonna-t-il.

Il attendit un instant que sa vision s'éclaircisse, puis ouvrit la lourde porte aussi doucement que possible. Le couloir était vide. Les éclairages industriels fixés au plafond jetaient des nappes de lumière entrecoupées de zones d'ombre, donnant aux murs de parpaings pourtant récents un air de délabrement.

Max froissa le morceau de papier et l'enfonça dans la gâche de la serrure pour éviter qu'elle ne se referme. Presque accroupi, car la douleur dans ses muscles lui interdisait de se relever tout à fait, il s'avança le long du couloir, tout en veillant à ne pas laisser derrière lui une traînée de sang révélatrice.

A la première intersection, il entendit un murmure de voix sur sa gauche ; il tourna à droite, jetant un coup d'œil derrière lui toutes les quatre ou cinq secondes. De temps à autre, il passait devant une porte dépourvue de toute indication. Il pressait son oreille contre le métal froid, puis, n'entendant rien, poursuivait son chemin.

S'il en jugeait par l'humidité de l'air et par l'absence de fenêtres, il se trouvait probablement dans un sous-sol. Il en était certain, même s'il n'en avait aucune preuve directe.

Il bifurqua à deux reprises au cours de son exploration du monotone labyrinthe, avant d'arriver près d'une porte derrière laquelle il perçut un bruit aigu de machine. Il appuya sur la poignée, qui tourna sans difficulté. Il entrouvrit la porte, et le niveau sonore s'accentua. Il ne vit aucune lumière, et en conclut que la pièce était déserte. Il entra furtivement et ferma la porte derrière lui. A tâtons, il finit par trouver un interrupteur.

La lumière révéla un espace immense et profond aménagé en dessous du niveau du sol. Il s'agissait de la salle de contrôle de la centrale énergétique du bâtiment ou du complexe dans lequel Max se trouvait. Derrière d'épaisses parois de verre isolant étaient installées quatre turbines rivetées au sol, reliées à un enchevêtrement de tuyaux d'alimentation et de conduits d'échappement. Chacune des turbines était couplée avec un générateur électrique. Ces assemblages présentaient des dimensions à peine supérieures à celles d'une motrice de chemin de fer. Une seule fonctionnait, mais la pièce résonnait de crépitements et de bourdonnements évocateurs d'une puissance imposante.

Soit cet endroit est immense, songea Max, car cette installation était capable de produire assez d'énergie pour plusieurs milliers de personnes, soit cette faramineuse quantité d'électricité est destinée à un autre usage.

Max nota cette apparente incongruité et regagna le couloir.

Aucune caméra n'était visible, et compte tenu de l'absence de gardes, on pouvait en conclure que Kovac se sentait ici en parfaite sécurité. C'était un autre fait intéressant à garder à l'esprit, se dit Max qui continuait à chercher la sortie du labyrinthe.

Il arriva enfin devant une porte marquée ESCALIER, mais lorsqu'il l'ouvrit, il s'aperçut que les marches ne menaient que vers les niveaux inférieurs.

— Au point où j'en suis, après tout, murmura-t-il en entamant la descente.

Les escaliers en ciseaux zigzaguaient sur quatre étages avant de s'arrêter sur un palier mal éclairé. L'unique porte donnait sur un tunnel encore plus sombre, perpendiculaire à la cage d'escalier. Contrairement aux autres parties de l'édifice, le tunnel, parfaitement circulaire, était grossièrement creusé dans la roche naturelle, et il pouvait à peine y tenir debout. Il distinguait les marques irrégulières laissées par quelque machine – foreuse ou excavatrice – sur la pierre sombre. Il n'y avait aucune lumière, et Max n'avait aucune possibilité de savoir à quoi servait ce tunnel ni quelle était sa longueur. Les seuls indices étaient d'épais fils de cuivre qui partaient d'isolateurs en céramique et parcouraient le haut du tunnel. Il devait y en avoir une centaine. Ses connaissances en ingénierie lui permirent de comprendre que ces fils pouvaient tout à fait supporter la charge électrique des générateurs installés à l'étage supérieur.

Il envisagea un moment de suivre les fils, dans l'espoir qu'ils le mèneraient vers une sortie, mais compte tenu de l'inertie de l'air ambiant, le passage ne conduirait pas directement vers l'extérieur. Et bien sûr, il n'avait pas oublié qu'il se trouvait sans doute à quinze mètres sous terre, sinon plus.

Max se mit en devoir de remonter les escaliers. Son corps protestait à chaque pas, l'effort lui coupait le souffle, comme si un étau lui écrasait la poitrine. Même s'il n'avait aucune côte brisée, il était prêt à parier que plusieurs d'entre elles étaient au moins fêlées.

Il haletait en arrivant au palier supérieur, et dut se forcer à maintenir ses coudes contre sa cage thoracique pour atténuer la douleur.

Il pressa l'oreille contre la porte, et entendit des voix étouffées. Elles s'éloignèrent peu à peu, mais il crut un moment entendre une personne dire à une autre : *Sky d'ici deux jours, il nous faudra donc*... Il attendit encore un instant avant d'ouvrir la porte. Le couloir était désert. Il n'entendit même pas d'écho de pas.

Evoluant aussi silencieusement que possible, il se remit à la recherche d'une sortie. Il venait de parcourir la moitié d'un long corridor lorsqu'il entendit plusieurs personnes approcher. Leurs mouvements étaient vifs et sûrs – peut-être Kovac et ses sbires en route vers sa cellule pour une seconde séance, bien qu'il ne se soit écoulé qu'une demi-heure depuis qu'ils l'avaient quitté. Incapable de courir même en cas d'absolue nécessité, Max n'avait pas d'autre choix que d'ouvrir l'une des portes de métal qui bordaient le couloir et d'entrer dans la pièce.

Il referma la porte en continuant d'appuyer sur la poignée pour éviter que le pêne s'engage dans la gâche et resta dans cette position pendant que les pas approchaient. Ce ne fut qu'après les avoir entendus s'éloigner à nouveau qu'il regarda par-dessus son épaule pour examiner la pièce obscure. A la lueur d'une unique petite lampe branchée sur une prise, il distingua six lits de camp disposés en rang, ainsi que les silhouettes des dormeurs. L'un d'eux devait avoir le sommeil léger, car il grogna soudain et se redressa tout droit sur son lit en fixant l'obscurité d'un regard vide.

— Steve ?

— Oui, c'est moi, répondit aussitôt Max. Tu peux te rendormir.

L'homme, d'apparence juvénile, retomba sur son lit et s'enroula dans sa couverture en tournant le dos à Max. Sa respiration s'apaisa en un instant.

Celle de Max était loin d'être aussi calme. Il crut que son cœur allait jaillir d'entre ses côtes, même s'il appréciait la poussée d'adrénaline envoyée dans ses veines au moment de se voir démasqué. Il s'accorda un instant avant de quitter le petit dortoir.

Il lui fallut presque une heure pour trouver enfin un escalier qui se dirigeait vers le haut, ce qui confirmait du même coup le soupçon qu'il avait de se trouver dans une installation souterraine. Il estimait que l'ensemble du complexe s'étendait sur plus de neuf mille mètres carrés. Quant à sa fonction réelle, il ne pouvait que se perdre en conjectures.

Il monta de deux niveaux avant de se retrouver devant une nouvelle porte. Il attendit, l'oreille contre le métal. Des sons lui parvinrent, qu'il ne put identifier. Il entrouvrit à peine la porte et jeta un coup d'œil furtif par la mince fente. Il aperçut un coin de ce qui ressemblait à un garage. Le plafond à tréteaux s'élevait à plus de six mètres, et une rampe d'accès menait à deux portes de dimensions industrielles, flanquées d'autres portes métalliques épaisses, prévues pour résister à une explosion, et qui pouvaient être hermétiquement rabattues. Il aurait fallu une bombe atomique pour en venir à bout. Max entendit quelque part une musique, émise sans doute par un poste de radio.

Il ne vit personne, aussi franchit-il rapidement la porte pour trouver abri sous un établi de bois couvert d'outils graisseux. Juste au moment où la porte se refermait doucement, il s'aperçut avec horreur qu'elle était équipée d'un système de fermeture électronique sophistiqué, activé à la fois par un lecteur d'empreintes palmaires et par un clavier numérique. Il ne fallait plus songer à retourner à sa cellule et essayer de négocier pour éviter un autre passage à tabac.

Le garage était peu éclairé, mais à l'autre bout, il aperçut un espace plus lumineux, où deux mécaniciens travaillaient sur un pick-up à quatre roues motrices. Il distingua la lueur bleue d'un chalumeau oxyacétylénique et sentit l'odeur caractéristique du métal chauffé. D'autres véhicules se trouvaient également dans le garage, deux camions et plusieurs quads, semblables à celui dont Juan s'était servi pour échapper aux Responsivistes en Grèce.

Le temps filait vite et Max aurait donné beaucoup pour avoir Juan à ses côtés. Cabrillo possédait une capacité innée à imaginer et exécuter un plan aussitôt après avoir jaugé la situation. Max était plutôt un fonceur et préférait s'attaquer aux obstacles de toutes ses forces, avec une détermination brutale.

Kovac ne tarderait pas à regagner sa cellule pour l'interroger, et Max devait absolument mettre au plus vite le maximum de distance entre lui et le Serbe.

Tout en évoluant avec prudence, il remarqua que les grandes portes de garage étaient la seule sortie possible, et il n'était pas sûr que le son de la radio suffirait à masquer le bruit de ferraille de leur ouverture. Il ne restait qu'une solution.

La force brutale.

La clé anglaise qu'il empoigna mesurait bien quarante-cinq centimètres de long et devait peser près de cinq kilos. Il la souleva avec soin, comme un chirurgien choisissant un scalpel. Il connaissait bien ses talents à manier un outil de ce genre. Adolescent, il s'était battu pour la première fois de sa vie lorsqu'un junkie avait voulu cambrioler la station-service de son oncle. Max avait fait voler huit des dents du voyou grâce à un instrument rigoureusement identique à celui qu'il avait aujourd'hui entre les mains.

Il traversa le garage avec d'infinies précautions, se mettant à couvert autant que les lieux le lui permettaient et se déplaçant avec lenteur, conscient que la vision périphérique humaine est très habile à percevoir les mouvements. Les bruits de ses déplacements étaient couverts par la radio.

L'un des mécaniciens portait un masque de soudeur sur le visage, aussi Max se concentra-t-il sur le second, un gaillard dégingandé d'une trentaine d'années avec une barbe en broussaille et des cheveux gras noués en catogan. Penché sur le moteur, il était occupé à manipuler des pièces mécaniques et ne sentit la présence de

Max que lorsque celui-ci abattit sa clé anglaise d'un swing bien calculé.

Le coup le fit tomber comme s'il avait été frappé par une hache d'armes. La bosse qu'il garderait en souvenir lui durerait sans doute des semaines.

Max se retourna. Le soudeur, ayant perçu le mouvement, se redressait et s'apprêtait à ôter son masque. Max s'avança ; tel un batteur de base-ball, il fit tournoyer la clé anglaise, et juste au bon moment, la laissa s'échapper de ses mains. L'outil en acier cémenté fit voler en éclats la visière de plastique, ce qui évita cependant au soudeur de se faire arracher la chair du visage ; la puissance du coup envoya l'homme rouler et s'effondrer sur un poste à souder roulant qui se trouvait à proximité. Le chalumeau, relié à ses tuyaux de caoutchouc, tomba aux pieds de Max, et sa flamme bleue le fit reculer d'un bond lorsqu'il sentit la chaleur sur ses pieds nus.

Un troisième mécanicien, jusque-là caché de l'autre côté du véhicule, apparut soudain au coin du pare-chocs, attiré par le vacarme. Il contempla le soudeur inconscient effondré sur le poste de soudure avant de se tourner vers Max.

Max vit l'homme passer de la confusion la plus totale à la compréhension, puis à la colère, mais avant qu'il ait pu décider de la ligne de conduite à suivre – fuir ou se battre –, Max souleva le chalumeau incandescent et le lui lança par en dessous d'un mouvement souple. Obéissant à son premier réflexe, le mécano le saisit au vol.

Un bref contact fut suffisant pour que la langue d'oxygène et d'acétylène en feu, chauffée à plus de trois mille degrés, carbonise les chairs du malheureux, alors que l'embout pointait directement sur sa poitrine. Un trou ardent s'ouvrit aussitôt sur son bleu de travail ; la peau et les muscles s'écartèrent en grésillant pour révéler la blancheur de sa cage thoracique. Les os eux-mêmes noircirent avant que la commotion lui fasse lâcher le chalumeau.

Pendant les quelques secondes dont son cerveau eut besoin pour comprendre que son cœur s'était arrêté de battre, son expression demeura inchangée. Il s'écroula lentement sur le sol de béton. L'odeur souleva le cœur de Max. Il n'avait pas eu l'intention de tuer le mécanicien, mais c'était trop tard, et il devait assumer son acte. Il lui fallait sauver son fils, et malheureusement, cet homme s'était mis en travers de son chemin.

Le soudeur était celui dont la taille était la plus proche de la sienne, et Max décida de prendre le temps de le dépouiller de son bleu de travail. Il dut emprunter les chaussures du troisième mécano, car les autres étaient beaucoup trop petites pour lui. Il les prit sans lever le regard plus loin que les pieds du cadavre.

Armé de cisailles, il s'approcha des deux véhicules, dont il ouvrit le capot, et coupa les câbles qui dépassaient des batteries tels des tentacules. Il se dirigea ensuite vers les quads, et aperçut une cafetière électrique posée sur un établi. A côté des filtres, des mugs et d'un récipient qui contenait du lait en poudre, il repéra une boîte de sucre. Il l'attrapa et, plutôt que de perdre son temps à saboter le système électronique des Kawasaki, il se contenta d'en dévisser les bouchons de carburant et de verser le sucre dans les réservoirs. Les engins tomberaient en panne avant d'avoir parcouru quatre cents mètres, et il faudrait des heures pour en nettoyer le système d'alimentation et les cylindres.

Une minute plus tard, Max, chevauchant le seul quad intact, appuyait sur le bouton qui commandait l'ouverture des portes. Il faisait nuit, et une pluie battue par le vent s'engouffra à l'intérieur du garage. Pour Max, ces conditions météo étaient idéales. Il ne prit pas la peine de refermer la porte. Kovac saurait qu'il s'était échappé et comment…

Plissant les yeux pour se protéger de la pluie, Max Hanley tourna la poignée d'accélérateur et s'enfonça dans l'inconnu.

Chapitre 24

Les ordres donnés par Kovac aux cinq hommes chargés de surveiller l'installation des Responsivistes aux Philippines après son démantèlement étaient parfaitement clairs. Ils ne devaient intervenir que si quelqu'un cherchait à pénétrer dans la partie souterraine de l'entrepôt. Au cours des dernières semaines d'observation, seul un couple de Philippins était venu sur les lieux, juché sur la selle d'une motocyclette passablement épuisée. Ils n'étaient restés que quelques minutes, à la recherche de quelque chose à piller. Lorsqu'ils s'étaient aperçus que tout avait déjà disparu, ils étaient repartis dans un nuage de fumée bleue.

Lorsque les gardes virent les deux hommes approcher, leur attention fut aussitôt en éveil, et lorsque les échos d'une détonation déferlèrent sur la prairie, ils comprirent que leur méfiance était fondée.

*

Au milieu du vacarme provoqué par l'écroulement des éclats de béton, Juan plongea dans le trou foré par Linc, et retomba bien campé sur ses pieds dans un escalier aux marches raides. L'air ambiant formait un mur impénétrable de poussière qui le força à descendre les marches en courant, sans la moindre visibilité. Un morceau de béton de la taille de sa tête lui heurta l'épaule en biais, mais le choc fut suffisant pour le déstabiliser. Il manqua les dernières marches et dégringola tout étourdi sur le palier, tandis que d'autres débris pleuvaient tout autour de lui.

Une main puissante agrippa le col de sa chemise saharienne et l'éloigna de l'avalanche pour l'emmener à l'écart.

— Merci, haleta Juan pendant que Linc l'aidait à se remettre sur pied.

Couverts de poussière, leurs visages et leurs vêtements avaient pris une teinte uniformément grise.

L'échafaudage qui soutenait jusque-là la dalle céda brusquement, et des tonnes de béton et de bois s'écrasèrent sur l'escalier, bouchant complètement l'accès au palier, qui croulait maintenant sous les débris. L'obscurité était totale.

Linc tira une torche de son sac. Son faisceau était aussi clair que celui d'un phare de voiture au xénon, mais il ne révéla que des nuages de poussière.

— Cela ne vous rappelle pas quelque chose ? demanda Linc avec un petit sourire.

— A Zurich, la fois où nous avons fait jouer les filles de l'air à ce banquier ? lui répondit Juan entre deux quintes de toux.

— Que pensez-vous de notre comité d'accueil ?

— Je m'en veux surtout de m'être imaginé que tout allait bien se passer.

— Amen, mon frère. Il va nous falloir au moins deux heures pour sortir de là.

— Dès que nous aurons pratiqué la plus petite ouverture, ils nous tireront comme des lapins, objecta

Juan en mettant le cran de sûreté de son arme et en la glissant au creux de son dos. Nous sommes en état d'infériorité par les armes, et probablement par le nombre. Je me vois mal déblayer tout ça pour me jeter dans une embuscade.

— Quoi d'autre ? Attendre qu'ils partent ?

— Cela ne marchera pas. Nous n'avons qu'un bidon d'eau et quelques barres protéinées. Ils peuvent nous assiéger jusqu'à la fin des temps, dit Juan.

— Alors il n'y a plus qu'à appeler la cavalerie. Eddie peut rassembler une force d'assaut en moins de quarante-huit heures.

— Je n'ai aucun signal, constata Juan en éteignant son téléphone pour économiser la batterie.

— Très bien, si aucune de mes suggestions ne vous convient, vous avez une autre idée en tête ?

Juan prit la torche des mains de Linc et éclaira le tunnel en pente douce creusé dans le roc des décennies plus tôt.

— Nous allons voir où cela nous mène.

— Et s'ils nous suivent ?

— Il faudra s'en apercevoir assez tôt pour leur préparer un petit traquenard.

— Alors pourquoi ne pas les attendre ici ?

— Si c'était moi leur chef, je lancerais quelques grenades avant d'envoyer mes hommes. Nous serions transformés en chair à pâté avant d'avoir pu tirer un seul coup de feu. Si nous nous contentons de nous mettre hors de portée de leurs grenades, nous resterons quand même trop exposés dans ce tunnel. Il vaut mieux aller plus loin et trouver une position défendable. D'un autre côté, s'ils se décident à nous poursuivre, c'est sans doute parce qu'il existe une sortie.

Linc réfléchit aux options présentées par Juan, et d'un geste du bras, il lui fit comprendre qu'il était prêt à s'engager dans l'exploration du tunnel.

L'un des côtés du passage était fait d'une unique masse de roche, toute en longueur, tandis que l'autre semblait avoir été creusée par des outils mécaniques. Lincoln et Cabrillo pouvaient y avancer de front, avec un espace d'au moins trente centimètres au-dessus de leurs têtes.

— C'est une faille naturelle que les Japonais ont agrandie pendant leur occupation, commenta Juan en examinant la pierre.

— Sans doute le résultat d'un tremblement de terre, opina Linc. Ils ont construit leur usine, ou leur installation, quelle qu'en soit la nature, à l'endroit où la faille atteignait la surface.

Juan indiqua d'un geste des traces d'éclaboussures sèches sur le sol. Les traînées indiquaient clairement qu'il s'agissait de sang – en grande quantité.

— Exécution par balles.

— Et il y a eu plus d'une victime…

Juan écarta le rayon de la lampe du sinistre tableau. Ses lèvres formaient une ligne dure et mince.

La température chutait et l'humidité augmentait au fur et à mesure qu'ils s'enfonçaient sous terre. Ce n'était pas le froid qui faisait frissonner Juan, mais bien la pensée des horreurs autrefois perpétrées dans ce lieu.

Le tunnel n'était pas rectiligne, mais semblait partir très légèrement en biais. Au bout de vingt-cinq minutes et plus de trois kilomètres, le sol perdit de son inclinaison, et ils découvrirent une première pièce latérale. L'entrée en était bloquée par un petit éboulement, et à cet endroit, le plafond était dans un tel état que les pierres qui le formaient pouvaient s'effondrer à tout moment. Cette caverne provenait elle aussi d'un bouleversement géologique dont les Japonais avaient su tirer parti pour l'aménager et l'agrandir. La pièce était circulaire, et haute d'un peu moins de cinq mètres. Elle était vide, à l'exception de quelques boulons fixés aux murs, reliquats probables d'une installation électrique.

— Les services administratifs ? s'interrogea Linc à haute voix.

— Possible. C'est la pièce la plus proche de la surface.

Les deux hommes trouvèrent deux autres pièces de dimensions plus réduites avant d'en découvrir une quatrième, dans laquelle les Japonais avaient laissé du matériel. Une douzaine de couchettes étaient boulonnées au sol et plusieurs meubles de rangement en métal pressé, à l'apparence fragile, étaient disposés le long d'un mur. Juan fouilla les tiroirs pendant que Linc examinait les cadres de lit.

— C'est assez surprenant qu'ils aient donné des lits à leurs prisonniers.

— Tous ces tiroirs sont vides, constata Juan en tournant son regard vers Linc. Ils avaient besoin de ces lits parce qu'il leur fallait limiter les mouvements de leurs victimes. Quelqu'un à qui on a inoculé le typhus, le choléra ou tout autre virus se débat forcément.

Linc écarta brusquement ses mains du lit métallique, comme s'il venait d'être brûlé.

Ils découvrirent quatre autres pièces du même genre, certaines assez vastes pour abriter une quarantaine de lits. Ils trouvèrent également une petite entrée de grotte, dont la hauteur ne dépassait pas le niveau de la taille. Juan passa la tête et les épaules dans l'ouverture et constata que la grotte, à l'intérieur, s'enfonçait sous le sol. Tout au bout du faisceau de sa lampe, il aperçut, par terre, toutes sortes de débris difficilement identifiables. L'endroit avait servi de décharge, et parmi les restes de déchets, on pouvait distinguer des os humains. Ils s'étaient disjoints au fil des années, et il était hasardeux d'en estimer le nombre. Cinq cents au bas mot…

— Cet endroit est un véritable abattoir, dit-il en se reculant. Une usine de mort.

— Qu'ils ont fait fonctionner pendant dix-huit mois.

— Je pense que l'installation de plain-pied ne servait qu'à masquer l'existence des laboratoires secrets en sous-sol, où ils se livraient à leurs diaboliques expérimentations. Mais ils n'utilisaient ces souterrains que parce qu'ils pouvaient les isoler en urgence en cas d'épidémie incontrôlée.

— Efficace et impitoyable, commenta Linc. Les Japonais auraient pu en remontrer aux nazis dans certains domaines.

— Je suis certain qu'ils l'ont fait, dit Juan, encore perturbé par ce qu'il venait de voir. L'histoire de l'Unité 731 remonte à 1931, deux ans avant l'accession d'Hitler au pouvoir. Juste avant la fin de la guerre, les transferts d'informations et de technologies se faisaient en sens inverse. L'Allemagne nazie a fourni aux Japonais des réacteurs et des moteurs de fusées pour leurs avions-suicides, ainsi que du matériel nucléaire.

Linc se préparait à émettre un commentaire, mais il préféra garder le silence.

Isolés par la distance et par la roche, ils n'entendirent pas l'explosion à l'entrée du souterrain. Ou plutôt, ils ne ressentirent qu'un déplacement d'air, une secousse, comme celle causée par le passage d'un camion sur une route. Les Responsivistes venaient de forcer un passage à travers les éboulis et se lançaient maintenant à leur poursuite.

— Ils connaissent probablement bien les tunnels. Ils ne mettront pas longtemps à arriver, dit Juan d'un air sombre. Nous disposons peut-être d'une trentaine de minutes pour trouver une sortie, ou un endroit que nous pourrons défendre avec deux pistolets et onze cartouches.

La dernière pièce « médicale » n'était pas aussi vide que les précédentes. De minces matelas étaient posés sur les lits, et les meubles étaient remplis de récipients contenant des produits chimiques. Les étiquettes étaient imprimées en allemand. Juan les montra d'un geste à Linc, comme pour appuyer ses propos précédents.

Linc examina les étiquettes, puis les lut à haute voix en anglais.

— Chlore. Alcool distillé. Eau oxygénée. Dioxyde de soufre. Acide chlorhydrique.

— J'ai une idée, lança Juan, qui avait totalement oublié que Linc parlait allemand. Trouvez-moi du bicarbonate de soude.

— Le moment est peut-être mal choisi pour se préoccuper de vos maux d'estomac, répondit Linc en parcourant bouteilles et flacons du regard.

— Ce sont mes cours de chimie du lycée qui me reviennent. Je ne me souviens pas des expériences inoffensives, mais mon prof adorait nous montrer comment fabriquer des armes chimiques.

— Charmant !

— C'était un genre de hippie sur le retour. Il pensait qu'un jour ou l'autre, nous allions devoir nous défendre lorsque le gouvernement chercherait à s'emparer des biens de la population, expliqua Juan. (Linc lui lança un regard perplexe et lui tendit un récipient en verre.) Eh bien quoi ? J'ai grandi en Californie, ne l'oubliez pas !

Il lui demanda ensuite un autre produit.

— Que comptez-vous faire avec ça ? demanda Linc.

— Une guerre chimique.

Juan et Linc se mirent d'accord pour tendre leur embuscade dans l'une des plus petites pièces qu'ils avaient visitées. Linc rassembla des couvertures et des matelas, auxquels il donna la forme de deux hommes blottis derrière le lit le plus éloigné. Juan prépara un mécanisme piégé à l'aide d'un rouleau de fil électrique tiré du sac de Linc, des produits chimiques et de son bidon d'eau. Dans la lumière incertaine de la lampe, les mannequins suffiraient à duper les Responsivistes. Il disposa le téléphone de Linc, en mode talkie-walkie, entre les deux silhouettes inertes.

Ils se réfugièrent ensuite dans une autre pièce, du côté opposé et un peu plus avant dans le tunnel.

La pensée de ce qui était arrivé aux victimes qui se trouvaient à bord du *Golden Dawn* suffit à ôter tout scrupule à Juan. Les minutes s'étiraient et la trotteuse de sa montre avançait avec une telle lenteur que l'on aurait pu penser que la pile était presque morte. Ce n'était cependant pas la première fois que Lincoln et Cabrillo tendaient une embuscade, et ils demeurèrent parfaitement immobiles, les yeux grands ouverts, même s'ils ne voyaient pour l'instant rien de ce qui se passait dans les profondeurs du tunnel. Ils étaient adossés à la paroi de pierre, la tête baissée, l'ouie en alerte, à l'affût du moindre son.

Au bout de seulement vingt minutes, ils les entendirent. Juan distingua deux, puis trois bruits de pas, au fur et à mesure de l'avance des Responsivistes. Aucune lumière. Juan en conclut que les gardes étaient équipés d'une lampe à infrarouge et de lunettes de vision nocturne.

Les gardes ralentirent bien avant d'approcher de la pièce où se trouvaient Juan et Linc, comme s'ils s'attendaient à un traquenard. Juan ne pouvait les voir, mais le son lui donnait de précieuses indications sur leur progression.

Le choc du métal contre la pierre résonna soudain, aussitôt suivi d'une voix.

— Je vous vois d'ici. Rendez-vous et il ne vous sera fait aucun mal.

Le son que Juan venait d'entendre était celui d'une arme contre la roche. Le garde avait appuyé son fusil d'assaut contre la pierre pour mieux mettre en joue les mannequins au fond de la pièce.

Tout en veillant à rester derrière le dos de Linc pour étouffer sa voix, Juan pressa un bouton sur son téléphone.

— Allez au diable !

Le volume du téléphone de Linc, dans la pièce aux mannequins, était réglé au maximum, et la voix de Juan, relayée vers le mobile de Linc, devait être assez puissante pour résonner comme une provocation à l'adresse des Responsivistes. Deux fusils tirèrent en même temps, et au milieu des éclairs et des crépitements, Juan vit trois hommes. Ce n'étaient pas des amateurs. Deux se tenaient juste à l'extérieur de la pièce, tandis que le troisième restait en arrière pour surveiller le tunnel en cas d'attaque latérale.

Lorsque les rafales se turent, Juan attendit pour voir la conduite qu'adopteraient les gardes. Ils avaient tiré assez de balles pour les tuer au moins dix fois s'ils s'étaient trouvés à la place des mannequins. Le troisième homme alluma une torche, et ils ôtèrent tous leurs lunettes, dont les optiques étaient sans doute saturées par les éclats lumineux de leur tir de barrage. Les deux tireurs franchirent avec précaution le seuil de la pièce ; le troisième demeura aux aguets dans l'éventualité d'un piège.

Juan ne le déçut pas sur ce point.

Le fil de détente qu'il avait installé était placé près du cadre du lit, là où Linc et lui étaient censés avoir été abattus, et le garde qui avançait en tête était si pressé de constater leur mort qu'il ne l'aperçut même pas.

Le fil était relié aux récipients de chlore et de bicarbonate de soude, qui tombèrent lorsque le garde les frôla. Le verre se brisa et leur contenu se mélangea à une flaque d'eau provenant du bidon, à laquelle Juan avait ajouté un autre produit chimique en le répandant sur le sol.

Juan et Linc firent feu dès qu'ils entendirent le fracas du verre brisé. Le troisième garde réagit lui aussi au bruit, mais il n'avait pas la moindre chance d'échapper au guet-apens. Une première balle le frappa sous le bras et déchira ses organes internes tandis que la seconde s'enfonçait dans la trachée-artère. Son corps tomba sur le sol en tournoyant, sa lampe toujours dans une main et son arme dans l'autre. Le rayon de sa torche vint se poser près de l'entrée de la pièce, où des vrilles de fumée se dégageaient d'un nuage d'un vert malsain.

A l'intérieur de la pièce, la réaction chimique avait donné naissance à une petite mare d'acide chlorhydrique et d'acides hypochloreux mélangés. Il ne fallut que deux secondes pour que les gardes se rendent compte que quelque chose allait de travers, mais le mélange brûlait déjà leur gorge et leurs poumons. Les émanations attaquaient les tissus délicats de leurs voies respiratoires et transformaient le moindre souffle en une torture atroce.

L'irritation les fit tousser, les forçant à inhaler encore plus de produit. Lorsqu'ils parvinrent, titubants, à quitter la pièce, ils étaient déjà pris de convulsions et éructaient du plus profond de leurs poumons un mélange de glaires et de sang.

Leur exposition aux produits toxiques avait été brève, mais les deux malheureux, en l'absence d'une assistance médicale immédiate, n'étaient déjà plus que des morts en sursis. L'un d'eux le comprit sans doute, car avant que Juan Cabrillo ait pu réagir, il dégoupilla une grenade.

Juan ne disposait que d'une fraction de seconde pour prendre une décision. La voûte au-dessus de leurs têtes était déjà instable, et il n'y avait qu'une seule et unique chose à faire. Il attrapa Linc par le bras et se mit à courir, sans même prendre le temps d'allumer sa torche. Il courait au jugé, se guidant de ses doigts sur les parois rocheuses du tunnel. Il sentait derrière la silhouette imposante de Linc. Ils avaient tous deux compté les secondes, et plongèrent au sol à l'instant même où la grenade explosait.

Des éclats volèrent tout autour d'eux, et l'onde de choc propagea un mur de lumière et de son aussi dévastateur qu'un rouleau compresseur. Ils se remettaient péniblement debout lorsqu'un nouveau fracas emplit l'espace du tunnel. Le rugissement devint assourdissant ; des plaques de roche délogées par l'explosion s'abattaient sur le sol en une monstrueuse avalanche qui menaçait de les ensevelir. De la poussière et des morceaux de pierre tombaient en cascade sur leur tête et leurs épaules au fur et à mesure que le plafond cédait. Juan alluma sa lampe juste au moment où un bloc rocheux de la taille d'un moteur de camion s'enfonçait dans le sol devant lui. Il l'enjamba comme un coureur de haies et continua à courir. Au-dessus de sa tête, de nouvelles fissures apparaissaient sans cesse, des lignes brisées qui bifurquaient et se divisaient comme des éclairs noirs, tandis que derrière eux, le vacarme allait crescendo.

Puis tout s'apaisa peu à peu, le rugissement se tut progressivement. On n'entendait plus que quelques pierres qui roulaient et s'entrechoquaient. Juan ralentit l'allure. Sa poitrine se soulevait en aspirant des bouffées d'air saturées de poussière minérale. Il dirigea le rayon de sa torche vers le tunnel derrière eux. Du sol au plafond, tout l'espace était bouché par les décombres.

— Ça va ? haleta-t-il.

Linc posa la main à l'arrière de sa jambe, où un éclat de pierre l'avait frappé. Il ne vit pas de sang sur ses doigts.

— Tout va bien. Et vous ?

— J'irai encore mieux quand on sera sortis de toute cette poussière. Venez.

— Il faut voir le bon côté des choses, commenta Linc alors qu'ils se remettaient en marche. Au moins, ils ne risquent plus de nous poursuivre.

— Eh bien, je vois que rien ne peut entamer votre optimisme !

Ils passèrent encore deux heures à explorer le reste des installations souterraines. Ils y découvrirent des lits pour cent quatre-vingts prisonniers, des pièces qui avaient autrefois servi de laboratoires, et ce que Linc devina être une chambre atmosphérique.

— Probablement pour étudier les effets de la décompression explosive, remarqua-t-il.

Ils arrivèrent enfin au bout du long tunnel. Il ne se resserrait pas naturellement ni n'allait se perdre vers l'extérieur. Une partie de la voûte s'était effondrée ; Linc et Juan conclurent d'un commun accord qu'une explosion en était la cause. Juan prit une inspiration et remarqua la présence persistante d'une faible odeur d'explosif.

— Cet éboulement a été provoqué récemment.

— Au moment du départ des Responsivistes ?

Juan hocha la tête, refusant de céder à la déception. Il se mit à escalader la montagne de pierres disjointes. Ses pieds délogeaient des débris au fur et à mesure qu'il approchait du sommet. Il s'aplatit sur le ventre et éclaira de sa lampe la ligne où la pile de pierres rejoignait la voûte du tunnel. Il appela Linc pour que celui-ci le rejoigne.

— Dans ce que nous avons vu, il n'y avait rien qui puisse incriminer les Responsivistes. Nous n'avons vu que ce qu'avaient laissé les Japonais derrière eux.

— Donc, ce que cachent les Responsivistes est quelque part devant nous.

— Cela paraît logique, dit Juan. Et s'ils ont pris le risque de se lancer à notre poursuite, c'est que la sortie est derrière ces décombres, je serais prêt à le parier.

— Alors, qu'attendons-nous ?

Toute l'eau disponible avait été utilisée pour improviser le guet-apens chimique, et au bout d'une heure de travail harassant, la langue de Juan était devenue une masse collante et enflée, comme si quelque reptile écailleux s'était enroulé à l'intérieur de sa bouche. Ses doigts à vif saignaient d'avoir manipulé les roches déchiquetées, et sa position à l'étroit sur le tas de pierres lui causait de terribles douleurs musculaires. A ses côtés, Linc œuvrait avec l'efficacité d'une infatigable machine. Rien ne semblait l'arrêter, mais Juan savait que les réserves de forces de son compagnon, aussi impressionnantes fussent-elles, n'étaient pas inépuisables.

Morceau par morceau, ils creusèrent leur chemin dans le tas de pierres. Ils se déplaçaient avec précaution afin que leurs efforts ne provoquent pas la chute d'autres parties de la voûte. Ils échangeaient leurs positions toutes les trente minutes. La carrure de Linc était telle qu'ils devaient creuser un passage presque deux fois plus large que pour Juan.

C'était au tour de Juan de déblayer la voie, et il cherchait une prise sur un roc particulièrement massif, qu'il ne parvenait pas à déloger en dépit de tous ses efforts. On aurait pu croire qu'il était scellé sur place. Il déplaça d'autres pierres plus petites, de la taille d'un poing, espérant s'en servir comme levier, et tira de toutes ses forces. Le rocher ne bougea pas d'un millimètre.

Au-dessus de lui, la voûte, aussi instable que la partie du souterrain que les Responsivistes avaient pulvérisée avec leur grenade, était parcourue de craquelures et de fissures. Les mineurs américains appelaient ce type de voûte des « grappes de raisins », et Juan savait que des roches pouvaient en tomber à n'importe quel moment sans le moindre avertissement. Jamais jusqu'à cet instant il n'avait ressenti les affres de la claustrophobie, mais il commençait à sentir les doigts glacés de la panique s'insinuer dans les replis de son cerveau.

— Quel est le problème ? haleta Linc derrière lui.

Juan dut se passer la langue autour de la bouche et assouplir ses mâchoires pour pouvoir répondre.

— Il y a une pierre que je n'arrive pas à déplacer.

— Laissez-moi essayer.

Ils durent se contorsionner pour échanger leurs positions. Il bloqua ses bottes contre la roche, son dos contre les jambes étendues de Juan, et concentra toute sa puissance. Dans une salle de sport, il était capable de pousser plus de quatre cent cinquante kilos en presse oblique. La pierre était deux fois moins lourde, mais elle était solidement coincée, et Linc en était déjà aux premiers stades de la déshydratation. Juan percevait l'intensité de l'effort sur chaque fibre et chaque tendon du corps de Linc, qui laissa finalement échapper un grognement lorsque la pierre se dégagea de son socle de roche meuble.

— Et voilà le travail, annonça-t-il en reprenant son souffle.

— Bien joué !

Linc put se faufiler en avant. Juan le suivit, et s'aperçut qu'au fur et à mesure qu'ils avançaient, ils disposaient de plus d'espace au-dessus de leurs têtes. Ils avaient déjà franchi la partie la plus élevée de l'éboulement et redescendaient la pente de l'autre côté. Très vite, Juan et Linc purent ramper sur les mains et les genoux, puis se mettre debout, et enfin retrouver le sol plat du tunnel. Lorsque Juan braqua sa lampe en arrière sur le tas de pierres, le passage qu'ils venaient de franchir près de la voûte lui sembla incroyablement petit.

Ils se reposèrent quelques minutes, lampe éteinte pour économiser les piles.

— Vous sentez ça ? demanda Juan.

— Si vous faites allusion à un bon demi bien frais, je crois que nous souffrons des mêmes hallucinations.

— Non. Je sens l'eau de mer.

Juan se releva et alluma la torche.

Ils descendirent le long du tunnel sur une centaine de mètres et arrivèrent dans une grotte marine naturelle, haute d'au moins quinze mètres et quatre fois plus large. Les Japonais avaient construit une jetée de béton sur l'un des côtés de ce lagon souterrain. Des rails à écartement étroit y étaient installés, probablement pour manœuvrer une grue mobile autrefois disposée sur le quai pour décharger les cargaisons.

— Ils amenaient des navires jusqu'ici ? s'interrogea Linc.

— Je ne pense pas, répondit Juan. A l'arrivée du ferry, j'ai remarqué que la marée était à son plus haut point. C'était il y a sept heures, elle doit donc être basse maintenant. Je crois que la base était ravitaillée par des sous-marins.

Il éteignit la lampe et ensemble, ils plongèrent leur regard dans les eaux sombres afin de voir si des rayons de soleil parvenaient à pénétrer dans la grotte. Il y avait un endroit, à l'opposé de la jetée, qui brillait très faiblement, et où les eaux ne paraissaient certes pas bleues, mais tout juste un peu moins noires.

— Qu'en pensez-vous ? demanda Juan en rallumant la lampe.

— Le soleil est à son zénith. Pour qu'il fasse aussi sombre, l'issue doit être au moins à quatre cents mètres d'ici.

Il ne crut pas utile de préciser que la distance était trop longue pour être franchie en apnée. Les deux hommes en étaient tout à fait conscients.

— Très bien. Examinons les lieux et voyons si nous trouvons quelque chose qui puisse nous être utile.

Il n'y avait, mise à part la grotte principale, qu'une seule grotte annexe. A l'intérieur, ils découvrirent un petit filet d'eau douce qui s'écoulait d'une minuscule crevasse haut perchée sur la paroi. L'eau avait creusé au fil du temps une sorte de réceptacle naturel sur le sol avant d'aller doucement se répandre dans l'océan.

Juan, tout en éclairant les contours de la grotte, fit signe à Linc de prendre le temps d'étancher sa soif. Une rangée d'étranges tablettes de pierre était disposée contre l'une des parois. Toute envie de boire disparut de son esprit lorsqu'il les examina. Hautes d'un mètre vingt environ, larges d'une soixantaine de centimètres et épaisses de moins de trois centimètres, elles étaient faites de terre cuite. C'étaient moins les tablettes elles-mêmes qui captivèrent l'attention de Juan que l'écriture. On s'était visiblement servi d'un poinçon ou d'une baguette pour les graver avant de les passer au feu et, malgré leur âge vénérable, elles ne trahissaient aucun signe d'usure.

Il aperçut soudain les fils. De fines lignes qui reliaient le dos de chaque tablette à la suivante. Juan braqua sa lampe sur l'espace entre les tablettes ellesmêmes et la paroi. Des blocs de plastique étaient collés au dos des quatre antiques manuscrits de pierre et reliés entre eux. Il suivit les fils et comprit qu'ils se dirigeaient vers le tunnel principal. Les charges auraient dû exploser au moment où les Responsivistes avaient provoqué l'effondrement de la voûte du tunnel, mais sans doute un fil s'était-il rompu avant que le signal atteigne la grotte. A en juger par la quantité de plastique, il n'aurait dû subsister des tablettes aucune trace, si ce n'est un peu de poussière.

Linc venait de rincer la crasse de son visage. L'eau avait creusé de petites rigoles à travers la poussière incrustée sur son cou.

— Qu'avez-vous trouvé ? demanda-t-il.

— Des tablettes cunéiformes reliées entre elles avec assez de Semtex pour les envoyer en orbite.

Linc examina les explosifs et haussa les épaules. Les deux hommes connaissaient ce genre de produit et n'avaient aucune intention d'y toucher. Si le Semtex n'avait pas explosé en temps voulu, ils n'allaient certainement pas lui donner une chance de le faire maintenant.

— Cunéi… quoi ?

— Cunéiforme. Il s'agit sans doute du plus vieux langage écrit au monde. C'était l'écriture des Sumériens, et elle remonte à cinq mille ans.

— Et qu'est-ce que viennent faire ici ces foutues tablettes ?

— Je n'en ai pas la moindre idée, répondit Juan en tirant son téléphone mobile de sa poche pour les photographier. Je sais seulement que les écritures cunéiformes les plus récentes paraissent plus abstraites, avec des triangles et des pointes. Celles-ci évoquent plus des pictogrammes.

— Ce qui veut dire quoi, au juste ?

— Cela signifie que ces tablettes datent du tout début du langage écrit. Elles datent peut-être de cinq mille cinq cents ans ou plus, et sont en parfait état. La plupart des exemplaires connus proviennent de fragments aussi petits qu'un timbre-poste, que l'on a ensuite dû rassembler.

— Ecoutez, tout cela est passionnant, mais cela ne nous avance pas à grand-chose. Vous devriez boire un peu vous aussi, je terminerai l'inspection des lieux.

Juan Cabrillo avait eu dans sa vie l'occasion de boire des bouteilles valant des centaines de dollars, mais la première lampée de cette eau de source lui fit l'effet d'un nectar auquel rien ne pouvait se comparer.

Il avala gorgée après gorgée à l'aide de sa paume. Il sentit le fluide parcourir son corps, recharger ses muscles et dissiper le brouillard de fatigue qui obscurcissait son esprit. Il sentait presque son estomac clapoter lorsque Linc termina son inspection.

— Il semblerait que nous ayons trouvé le petit nid d'amour des Responsivistes, annonça ce dernier en brandissant un paquet où ne restaient que deux préservatifs, une couverture en laine et un sac-poubelle rempli d'une demi-douzaine de bouteilles de vin vides.

— J'espérais que vous trouveriez une bouteille d'air comprimé, des palmes et des masques de plongée.

— Je n'ai pas eu cette chance. Je crois que nous allons devoir nager et espérer que l'un de nous parviendra au bout.

— Retournons à la grotte principale. J'ai du mal à réfléchir sainement avec tous ces explosifs à proximité.

Juan envisagea un moment de gonfler le sac-poubelle. Ils le prendraient en remorque et ils pourraient ainsi aspirer chacun un peu d'air à mi-parcours. Malheureusement, en raison de sa flottabilité, le sac frotterait contre la voûte du tunnel immergé et crèverait aussitôt après leur départ. S'ils trouvaient un contre-poids qui lui donne une flottabilité neutre, le sac serait si lourd que leur progression en serait ralentie. Il fallait trouver mieux.

Linc lui tendit une barre protéinée, et pendant quelques minutes, ils mâchèrent en silence, tout en se creusant la cervelle pour trouver une solution. Juan avait à nouveau éteint la lampe. La faible lueur qui provenait de l'autre bout de la grotte semblait presque les narguer, évocatrice à la fois de liberté et de frustration. Ils étaient si proches, et pourtant le dernier obstacle semblait insurmontable. Soudain, une idée surgit dans l'esprit de Juan, comme venue de nulle part, si simple et tentante qu'il se demanda pourquoi il n'y avait pas pensé plus tôt.

— Est-ce que par le plus grand des hasards, vous vous souviendriez du mot allemand pour « chlorate de soude » ? C'est un sel toxique utilisé comme pesticide.

— « *Natrium Chlor* ». J'en ai vu un ou deux flacons dans la pièce qui servait de dispensaire.

— Et vous avez encore le second crayon détonateur ?

— Oui.

— Nous allons fabriquer une bougie à oxygène. En attendant mon retour, je veux que vous grattiez la limaille sur les rails de chemin de fer. Nous la mélangerons au chlorate et nous y mettrons le feu. La réaction doit produire de l'oxyde de fer, du chlorure de sodium et de l'oxygène pur. L'oxygène déplacera l'eau de mer et formera une bulle qui nous permettra de respirer.

— Votre prof de lycée vous a appris encore d'autres sortilèges vaudous du même genre ?

— Celui-là, c'est Max qui me l'a enseigné. A bord de l'*Oregon*, nous avons des générateurs d'oxygène que l'on utilise pour équiper le navire en cas d'exposition au feu ou aux produits chimiques. Il m'a expliqué comment fonctionne le système.

Juan allait avoir besoin de la lampe. Avant de se mettre en route, il accompagna donc Linc jusqu'aux rails où il raclerait la limaille à l'aide de son couteau. Il fallut quarante minutes à Juan pour parcourir à nouveau la partie partiellement effondrée du tunnel, atteindre le dispensaire et revenir à la grotte marine. Pendant ce temps, Linc avait réussi à gratter sur les vieux rails assez de limaille pour satisfaire à leurs besoins.

A la lumière de la torche, dont la lueur commençait à diminuer, Juan mélangea la limaille et le produit chimique dans une des bouteilles vides, qu'il enveloppa du reste de son ruban adhésif, pendant que Linc coupait en deux le détonateur afin de réduire sa charge explosive. Lorsqu'ils eurent terminé, Juan inséra le détonateur dans le goulot de la bouteille et enveloppa le générateur d'oxygène ainsi improvisé dans le sac-poubelle.

— Je crois que vous avez bien mérité un coffret du « Petit Chimiste » pour Noël, plaisanta Linc.

Juan ôta ses bottes, son pantalon et sa chemise au bord du quai.

— Je reviens dans cinq minutes, annonça-t-il à Linc avant de se plonger dans l'eau tiède, qui se troubla au contact de la poussière dont son corps était encore couvert. Tenant d'une main le sac et la lampe, il s'élança en une souple brasse indienne jusqu'à l'autre côté de la grotte, où Linc et lui espéraient trouver une voie de sortie.

Juan plongea alors, jambes et bras serrés, en laissant le sac flotter à la surface. La lueur de la lampe étanche donnait à l'eau une teinte turquoise. Le sel marin lui piquait les yeux, mais c'était une douleur à laquelle il s'était habitué au fil des années. Il ne vit tout d'abord que des roches déchiquetées couvertes d'algues et de moules, mais à cinq mètres de fond, il découvrit un tunnel béant qui s'ouvrait juste devant lui. Son diamètre atteignait bien quinze mètres, largement assez pour le passage d'un sous-marin de l'époque de la Seconde Guerre mondiale. Il éteignit la lampe et distingua la lueur du soleil.

Il revint à la surface et serra entre ses doigts l'ouverture du sac. Il commença par prendre des inspirations profondes et emplit ses poumons autant qu'il le pouvait. Lorsqu'il ressentit les premiers signes d'étourdissement, il se poussa d'un bond hors de l'eau afin de dégager sa poitrine et prendre une nouvelle inspiration encore plus profonde, puis il se laissa retomber. Il suivit alors le rayon de sa lampe vers le bas et pénétra par l'ouverture du tunnel. L'action des marées, à l'origine de la création de ce système sous-marin, conservait les parois latérales vierges de toute vie marine. Il comptait les secondes en nageant. Une minute plus tard, il constata que la lumière du soleil était nettement plus vive. Il continua à s'enfoncer dans le tunnel, l'esprit aussi clair et le corps aussi détendu que possible. A une minute trente, il braqua le faisceau de la lampe vers la voûte au-dessus de lui. A trois mètres de là, un espace concave apparaissait dans la roche, une sorte de dépression naturelle d'un mètre cinquante de large, et profonde d'une trentaine de centimètres.

Le sac contenait juste assez d'air pour pouvoir se maintenir pressé contre la voûte. Juan tâta à travers le plastique pour trouver le crayon minuteur et activa le détonateur. Il se retourna et s'éloigna à la nage avec la même allure mesurée qu'à l'aller. Il était sous l'eau depuis trois minutes lorsqu'il émergea de la gueule du tunnel et s'élança vers la surface.

— Tout va bien ? demanda Linc.

— Je vais peut-être devoir me passer de cigare pendant un moment, sinon oui, ça va.

— J'arrive.

Juan entendit Linc plonger. Un instant plus tard, il était à ses côtés, avec leurs bottes passées autour du cou et leurs vêtements noués autour de la taille.

— J'ai enveloppé votre téléphone dans deux préservatifs, lui annonça-t-il. Il est dans la poche de votre pantalon.

— Merci, je l'avais complètement oublié.

— Et c'est la raison pour laquelle vous allez m'octroyer une augmentation quand nous serons de retour à bord de l'*Oregon*. Bref, pour parler clairement, si votre petite expérimentation à la Frankenstein ne fonctionne pas comme prévu et si on ne trouve aucune poche d'oxygène, on continue quand même ?

Le parcours était trop long pour être franchi en apnée, même par les meilleurs nageurs. Lorsque Juan répondit, il savait qu'il prononçait une sentence de mort.

— Vous avez tout compris.

Le détonateur était trop loin et trop petit pour qu'ils puissent sentir le choc de l'explosion dans l'eau, aussi Juan attendit-il dix minutes avant de demander à Linc s'il était prêt. Ils commencèrent par hyperventiler, chacun connaissant assez bien son corps pour éviter toute sensation d'euphorie due à un apport trop important d'oxygène.

Ils plongèrent ensemble pour gagner le tunnel sous-marin, dont la vision parut inquiétante à Juan, sans qu'il en comprenne la raison. On eût dit une bouche massive qui, avec la marée descendante, semblait vouloir l'engloutir tout entier. La lampe faiblissait, aussi l'éteignit-il. Ils nagèrent en se dirigeant vers la lueur distante qui leur parvenait. Au bout d'une minute et demie, Juan ralluma la torche et examina les alentours pour trouver la poche d'oxygène. La voûte formait un amas de roches informes. La bulle d'air devait se signaler par un reflet argenté, comme du mercure en suspension, mais le rayon de la lampe ne révélait que de la pierre brute. Juan avait ralenti son allure, et il ne disposait plus que de quelques secondes pour décider s'il fallait continuer les recherches ou se lancer dans une course effrénée, mais sans espoir, vers la sortie.

Il fit tournoyer le faisceau de la torche et comprit qu'ils avaient dérivé vers la droite. Il vira à gauche, suivi de Linc, mais la bulle demeurait invisible.

Le goût de la défaite était aussi amer que celui du sel qui s'accrochait à ses lèvres. Son générateur d'oxygène n'avait tout simplement pas fonctionné ; Linc et lui allaient mourir. Il se préparait à nager avec ardeur vers la lointaine sortie lorsqu'il sentit Linc lui poser la main sur sa cheville, puis lui indiquer un point, un peu plus loin sur leur gauche. Lorsque Juan put l'éclairer, le point se mit à briller comme un miroir. Ils s'approchèrent, expulsant l'air de leurs poumons avant de remonter précautionneusement pour éviter de se cogner la tête.

Peu leur importait que l'oxygène soit chaud en raison de la réaction exothermique due à l'explosion ou qu'il dégageât une odeur répugnante.

— Beau travail, Président.

Ils disposaient d'assez d'oxygène pour s'autoriser une pause de trois minutes. Les deux hommes emplirent leurs poumons avec avidité avant d'entamer la dernière partie de leur évasion.

— Le dernier arrivé à la sortie paye une tournée de bière, lança Juan en prenant une dernière inspiration avant de plonger dans le tunnel.

Une seconde plus tard, il sentit les remous de l'eau tandis que Linc nageait dans son sillage. Au bout d'une minute, la sortie ne paraissait pas plus proche. Même si la marée jouait en leur faveur, leur progression était beaucoup trop lente. Lorsqu'il avait une vingtaine d'années, Juan pouvait nager quatre minutes en apnée, mais la vie ne l'avait pas toujours ménagé depuis. Son record actuel était de trois minutes et quinze secondes, et il savait que le corps massif de Linc brûlait l'oxygène encore plus vite que le sien.

Ils poursuivirent cependant leur chemin, creusant l'eau cristalline aussi rapidement que possible. A deux minutes trente, l'embouchure de la grotte était plus claire, mais semblait toujours hors de portée. Juan sentait cette palpitation à la base de sa gorge, signe que son corps réclamait désespérément de l'air. Quinze secondes plus tard, sans le moindre signe avant-coureur, ses poumons eurent une réaction spasmodique, et un peu d'air s'échappa de ses lèvres. Il restait vingt mètres à parcourir avant d'atteindre le but. Avec un effort de volonté, il tendit les muscles de la gorge pour réprimer son besoin de respirer.

Son cerveau brûlait ses dernières réserves d'air et ses pensées commençaient à dériver. Il cédait au désespoir et ses mouvements se mirent à perdre leur coordination, comme s'il ne savait plus nager, ou était incapable de contrôler ses membres. Il s'était déjà trouvé proche de la noyade par le passé, et il en reconnaissait les symptômes, mais il n'y pouvait rien. Le vaste océan l'attendait, l'attirait, mais il ne pouvait l'atteindre.

Juan s'arrêta de nager et sentit l'eau brûler ses poumons.

Et aussitôt, il se mit à accélérer. Linc s'était aperçu que le Président était en danger et l'avait attrapé par le dos de son T-shirt. L'ancien Seal avait tout autant besoin d'air que Juan, mais ses jambes battaient l'eau comme de véritables pistons, et chacun des arcs que formaient ses bras lorsqu'il nageait les propulsait en avant. Jamais Juan n'avait assisté à pareille démonstration de détermination. Linc nageait sans relâche, sans se soucier du fait que lui aussi était au bord de la noyade.

L'eau devint soudain plus claire, et ils purent enfin émerger du tunnel. Mû par sa seule ténacité, Linc les poussa tous deux vers la surface. Haletant, Juan cracha et toussa des litres d'eau à pleins poumons. Ils s'accrochaient aux rochers comme des naufragés, tandis que l'eau clapotait doucement autour d'eux. Aucun des deux ne put parler pendant plusieurs minutes, et lorsqu'ils en furent enfin capables, aucun mot n'aurait pu exprimer ce qu'ils ressentaient.

Avant de rejoindre la Jeep, il leur faudrait une heure d'escalade sur des pentes escarpées, et deux heures pour contourner l'ancienne installation japonaise. Avant même d'atteindre le sommet de la colline, Juan avait déjà relégué leur supplice dans l'oubli du passé. Son esprit se concentrait sur les images stockées sur son téléphone mobile. Pourquoi et comment, il l'ignorait, mais il était convaincu que ces tablettes renfermaient la preuve dont il avait besoin pour faire jaillir la vérité au grand jour.

Chapitre 25

Hali Kasim trouva Eddie Seng dans la salle de sport de l'*Oregon*. Eddie portait le pantalon ample d'un GI d'arts martiaux, mais sans le haut. La sueur ruisselait sur ses flancs musclés tandis qu'il travaillait une série de mouvements de karaté, poussant un grognement à chaque prise. Lorsqu'il remarqua l'expression du visage de Kasim, il termina son exercice par un mouvement en arrondi qui aurait pu arracher la tête d'un champion de basket de la NBA.

Il attrapa une serviette blanche pour se sécher le torse et le cou.

— J'avais tout faux, lança Kasim sans préambule. Après l'entretien de Kevin avec Donna Sky, je me suis remis au travail sur ce fichu enregistrement, en programmant de nouveaux paramètres sur ordinateur. Gil Martell n'a jamais parlé de Donna Sky. Il a en fait utilisé les termes *Dawn* et *Sky*. J'ai vérifié, et puis je me suis rappelé qu'il existait un navire similaire au *Golden Dawn*, le *Golden Sky*. Eric et Murph ont creusé un peu là-dessus. Au moment même où je te parle, les Responsivistes y tiennent un de leurs séminaires, une de leurs « Retraites Marines ».

— Et où se trouve ce navire ?

— En Méditerranée orientale. Il doit accoster à Istanbul cet après-midi, et repartir ensuite pour la Grèce. J'ai déjà essayé d'appeler Juan, ajouta-t-il avant qu'Eddie ait eu le temps de poser la question. Pas de réponse.

Juan Cabrillo injoignable et Max toujours aux mains de Zelimir Kovac, Eddie devenait *de facto* le commandant de l'*Oregon*, et c'est à lui que revenait le devoir de prendre les décisions.

— Y a-t-il eu des rapports concernant des cas de maladie à bord ?

— Rien aux actualités et rien sur les canaux de communication internes de la compagnie maritime, expliqua Kasim, qui remarqua une lueur d'hésitation dans le regard d'Eddie. Si cela peut aider, Linda, Eric et Mark se sont portés volontaires. Ils sont en train de se préparer.

— Si ce navire est l'objet d'une attaque chimique ou biologique, ils seront aussi vulnérables que n'importe quel passager, lui rappela Eddie.

— On ne peut pas laisser passer une telle opportunité. Si nous pouvons mettre la main sur certains de ces gens, nous disposerons d'une mine de renseignements inestimable, conclut Kasim.

Dans toutes les décisions d'ordre militaire, l'évaluation comparée des risques et des avantages possibles est toujours délicate, car des vies en dépendent.

— Ils pourraient se rendre à terre avec le canot gonflable. Le jet attend à Nice. Tiny pourrait concocter un plan de vol en urgence et ainsi, notre équipe serait déjà en Turquie pour l'arrivée du *Golden Sky*. Il est peu probable que les Responsivistes attaquent pendant que le navire est à quai. On pourrait au moins se glisser à bord et jeter un coup d'œil.

— Très bien, admit Eddie, qui s'arrêta soudain alors que Kasim s'apprêtait à repartir. Mais ils ne doivent à aucun prix rester à bord une fois que le navire aura quitté Istanbul.

— Je ferai en sorte qu'ils le comprennent. Qui souhaites-tu envoyer pour cette mission ?

— Mark et Linda. Eric est un navigateur hors pair et il est extrêmement doué pour toutes sortes de recherches, mais le passé de Mark dans l'armement lui donne un atout supplémentaire pour découvrir d'éventuels systèmes de dispersion d'agents chimiques ou biologiques.

— Bien raisonné.

— A propos, poursuivit Eddie pour couper court aux élans de Kasim, où en est-on de cette mission d'écoute ?

Une heure avant le coucher du soleil, le *Matriochka*, le luxueux yacht d'Ivan Kerikov, avait quitté le port de Monte-Carlo avec à son bord Ibn al-Asim et sa suite. Al-Asim était un financier saoudien en pleine ascension qui avait commencé à financer des madrasas et des groupes terroristes marginaux, sans doute en vue d'opérer un rapprochement avec al-Qaïda. La CIA s'intéressait de près à ses activités et en particulier à sa rencontre avec le trafiquant d'armes russe, car il existait peut-être une chance de l'arrêter, et d'obtenir ainsi des informations sur les pontes du terrorisme international.

Tant que le yacht était resté à quai, aucune discussion importante n'avait eu lieu. Les après-midi des hommes étaient bien occupés, grâce à la compagnie féminine fournie par Kerikov. Mais lorsque le *Matriochka* se glissa hors du port pour s'enfoncer dans les eaux méditerranéennes, tout le monde à bord de l'*Oregon* comprit que les véritables négociations allaient se tenir loin des regards indiscrets.

Ses feux de route éteints, l'*Oregon* avait suivi le *Matriochka*, veillant à rester bas sur l'horizon de sorte que seul le sommet de son plus haut mât apparaisse au-dessus de la courbure terrestre. Les Russes parcoururent vingt miles avant de stopper les moteurs de l'immense yacht et de mettre en panne. Certains d'avoir la mer pour eux seuls, Kerikov et al-Asim s'étaient installés sur le pont arrière pour déguster un repas en plein air et entamer leurs discussions.

A l'aide du GPS et des propulseurs de l'*Oregon*, Eric avait programmé l'ordinateur de bord pour que le navire garde une position constante par rapport à la dérive du *Matriochka*. Pendant ce temps, un système électronique sophistiqué installé au sommet du mât surveillait le yacht en permanence. Eric pouvait tout savoir et tout entendre, grâce aux récepteurs paraboliques de dernière génération, aux caméras haute résolution capables de retransmettre les mouvements des lèvres et à un laser à rayon concentré qui pouvait capter la moindre vibration venant d'une conversation, même derrière une vitre.

— Aux dernières nouvelles, al-Asim et le Russe parlaient des missiles SA-7 Grail.

— Ces missiles ne valent pas un clou, affirma Eddie. Ils n'ont jamais pu atteindre un de nos jets avec ça. Mais bien sûr, un avion civil pourrait être beaucoup plus vulnérable.

— Kerikov a été très clair : il ne voulait pas savoir ce qu'al-Asim avait l'intention d'en faire, mais le Saoudien a effectivement fait allusion à des avions de ligne.

— Autre chose ? demanda-t-il.

— Al-Asim s'est également renseigné sur la possibilité d'acheter des armes nucléaires. Kerikov lui a répondu qu'il n'y avait pas accès, mais que dans le cas contraire, il serait disposé à en vendre.

— Charmant, dit Eddie avec une grimace de dégoût.

— Le Russe était prêt à proposer une autre arme, qu'il appelle le Poing de Staline, mais selon lui, il y a trop de problèmes techniques pour que ce soit réalisable. Lorsque al-Asim a insisté pour en savoir plus, le Russe lui a dit de faire comme s'il n'en avait jamais mentionné l'existence. Et c'est à ce moment-là qu'ils se sont mis à parler du Grail.

— Tu as déjà entendu parler de ce Poing de Staline ?

— Non. Et Mark non plus.

— Langston Overholt en saurait peut-être plus. Je lui demanderai lorsque nous lui transmettrons les données brutes de la surveillance du *Matriochka*. C'est son problème, après tout. Si tu as des nouvelles de Juan, ou si Thom Severance nous appelle, préviens-moi immédiatement.

— Tu penses que ça ira, pour Max ?

— Cela vaudrait mieux pour Severance, crois-moi !

*

Zelimir Kovac observa l'hélicoptère qui émergeait du ciel plombé, point jaune brillant au milieu des nuages gris. Extérieurement, rien ne trahissait sa colère ; pourtant, il n'était pas parvenu à retrouver l'Américain en fuite, et cet échec lui restait en travers de la gorge. Il n'était pas le genre d'homme à s'excuser, mais à cet instant précis, il s'y préparait pourtant, tandis que l'hélico grossissait, envoyant gicler dans les airs l'eau des flaques qui s'étaient accumulées après les orages récents.

En plus du pilote, un troisième homme accompagnait Severance. Kovac n'en tint aucun compte et concentra toute son attention sur son supérieur. Dans tous les domaines auxquels Kovac attachait de l'importance, Severance était un esprit supérieur, et la loyauté du Serbe à l'homme et à sa cause était sans limites. Son sentiment d'échec et de colère contre lui-même provenait de cette dévotion. Kovac s'en voulait d'avoir failli à ses devoirs envers son chef.

Severance ouvrit la portière de l'hélico, son coupe-vent et ses cheveux malmenés par le maelström. Kovac ne réussit pas à répondre à son sourire éclatant, un sourire qu'il ne méritait pas. Il détourna le regard, et reconnut le second passager.

Dans son esprit, la colère céda la place à la confusion.

— Je suis ravi de vous revoir, Zelimir, lui lança Severance par-dessus le hurlement de la turbine.

Il remarqua très vite l'expression de stupéfaction de son chef de la sécurité et émit un petit rire.

— Je crois que c'est bien la dernière personne que vous vous attendiez à voir en ma compagnie, n'est-ce pas ?

— En effet, monsieur, réussit à dire Kovac sans quitter le Dr Adam Jenner des yeux.

La voix de Severance descendit d'une octave, et il prit un ton de confiance et d'intimité pour s'adresser à Kovac.

— Il est temps que vous compreniez tout. Largement temps.

Jenner s'approcha et, d'une main gantée, il toucha son bandage, à l'endroit où Kovac l'avait frappé de la crosse de son arme, à Rome.

— Sans rancune, monsieur Kovac.

Dix minutes plus tard, ils étaient tous trois installés dans la plus luxueuse suite de la base souterraine. C'était là que Thom et son épouse attendraient le chaos planifié par leurs soins. La base abritait des logements pour deux cents des membres les plus influents de l'organisation responsiviste.

Lors de la dernière visite de Severance, les quatre pièces de la suite ne présentaient que des murs de béton nu. Il admira le travail d'aménagement et de décoration qui y avait été réalisé. En dehors de la présence d'écrans plats de télévision à la place des fenêtres, rien n'indiquait qu'ils se trouvaient à quinze mètres sous terre.

— C'est presque aussi beau que notre nouvelle villa de Beverly Hills, remarqua-t-il en passant doucement la main sur un mur recouvert de soie damassée. Heidi va adorer.

Il demanda du café à un majordome qui rayonnait à la seule pensée de se trouver en présence du grand leader du mouvement, puis il s'installa dans l'un des fauteuils à oreilles du bureau. L'écran plat derrière lui montrait la mer s'écrasant sur une côte rocheuse. Les images provenaient en direct des caméras installées non loin de l'entrée de la base.

Jenner se laissa glisser sur un riche sofa, tandis que Kovac restait debout, figé devant Severance.

— Zelimir, asseyez-vous, je vous en prie.

Kovac prit un siège, mais ne sembla guère plus détendu pour autant.

— Vous connaissez cette expression : « Ne vous éloignez pas de vos amis, et encore moins de vos ennemis » ? demanda Severance une fois que le majordome eut servi le café. Nos ennemis les plus acharnés ne sont pas ceux qui tournent nos convictions en ridicule sans même les comprendre, poursuivit-il sans attendre la réponse de Kovac. Ce sont ceux qui étaient des nôtres, mais qui ont perdu la foi. Ils nous causent beaucoup de tort, car ils connaissent des secrets que nous ne voulons pas partager avec le monde extérieur. Lydell Cooper et moi-même en avons longuement discuté.

Kovac hocha la tête et jeta un regard vers Jenner, comme pour dire que cet homme ne méritait pas de se tenir dans une pièce où l'on prononçait le nom du fondateur du Responsivisme. Le psychiatre lui retourna un sourire empreint de bonté, presque paternel.

— Il nous fallait quelqu'un qui fasse figure d'expert du Responsivisme, un homme vers qui les familles se tourneraient lorsqu'elles auraient l'impression d'avoir perdu tout contrôle sur des êtres chers. Quelqu'un qui pourrait aussi approcher, pour se faire une idée de leurs intentions, ceux qui nous ont quittés de leur propre initiative. Et qui pourrait nous en faire part afin que nous puissions prendre… les décisions appropriées.

Lorsque Kovac leva les yeux vers Jenner, son expression était empreinte de respect.

— Je n'aurais jamais imaginé…

— Et vous ne savez pas encore tout, poursuivit Severance. A notre avis, seule une personne pouvait remplir ce rôle de façon adéquate et crédible.

— Qui ? demanda le Serbe.

— Eh bien, moi, mon cher ami, répondit Jenner. Mais avec la chirurgie esthétique, les lentilles de contact et le passage des années – presque vingt ans –, vous ne pouvez pas me reconnaître.

Kovac examina plus attentivement le visage de Jenner, comme si l'intensité de son regard pouvait l'aider à percer le mystère à jour.

— Je ne…

Il ne put poursuivre sa phrase.

— Je suis Lydell Cooper, monsieur Kovac.

— Mais vous êtes mort, lâcha Kovac sans réfléchir.

— Un homme tel que vous ne peut ignorer qu'un homme n'est mort que lorsqu'on retrouve son corps. J'ai navigué une grande partie de ma vie. La tempête qui est censée m'avoir tué n'était rien comparée à d'autres que j'ai essuyées au cours de mon existence.

— Je ne comprends pas.

— Lydell a posé les fondements du Responsivisme, intervint Severance, grâce à ses écrits. Il nous a donné les principes, les bases, le cœur de tout ce en quoi nous croyons.

— Mais je ne suis pas un organisateur, reprit Cooper. C'est un domaine dans lequel Thom et ma fille Heidi me dépassent largement. J'ai horreur de prendre la parole en public, de m'occuper des détails et des mondanités. Pendant qu'ils œuvraient au développement du mouvement, j'ai assumé un autre rôle, celui de protecteur. En prenant le rôle de notre plus grand détracteur, je pouvais garder un œil sur tous ceux qui cherchent à nous nuire.

Kovac sembla retrouver l'usage de la parole.

— Mais tous ces gens que vous avez retournés contre nous, que vous avez « déconditionnés » ?

— Ceux-là seraient de toute façon partis, répliqua Cooper d'un ton désinvolte. D'une certaine manière, j'ai minimisé la portée de leurs critiques. Ils ont quitté notre famille, si je puis dire, mais la plupart d'entre eux n'ont rien révélé d'essentiel.

— Et ce qui s'est passé à Rome ?

— Nous l'avons échappé belle, reconnut Cooper. Nous ignorions que le père de Kyle Hanley disposait de ressources suffisantes pour faire appel à des spécialistes. Dès que j'ai su qu'ils l'envoyaient à Rome pour le déconditionner, j'ai prévenu Thom pour que vous puissiez prendre les dispositions nécessaires, et j'ai rappelé plus tard avec le nom de l'hôtel et le numéro de chambre pour que vous puissiez récupérer le gosse. Nous ignorions ce que Kyle savait, et ce qu'il avait pu dire à son père.

— A ce propos, comment les choses évoluent-elles ? demanda Thom Severance.

Kovac baissa les yeux. Il lui était déjà pénible d'avouer son échec à Severance ; quant à en parler au grand Lydell Cooper en personne, l'homme dont la philosophie avait donné un sens à sa vie, il ne pouvait s'y résoudre.

— Zelimir ?

— Il s'est échappé, monsieur Severance. J'ignore comment, mais il a pu quitter sa cellule et parvenir jusqu'à la surface. Il a tué un mécanicien et blessé deux autres.

— Il est toujours sur l'île ?

— Hier soir, il a volé un quad. La tempête était violente, et la visibilité ne dépassait pas deux ou trois mètres. Il n'a certainement pas vu la falaise. Une équipe de recherche a trouvé le quad à marée basse ce matin. Aucun signe du corps.

— Un homme n'est mort que lorsqu'on retrouve son corps, rappela Cooper d'un ton sentencieux.

— Monsieur, dit Kovac, j'éprouve à votre égard le plus grand respect et la plus grande admiration, mais il est plus que probable que ce Max Hanley ait eu un accident pendant la tempête. Il était physiquement amoindri lorsqu'il s'est échappé, et je doute qu'il ait pu survivre à une nuit dehors, compte tenu des conditions météorologiques.

Soucieux de ne pas semer le doute, le Serbe omit de mentionner l'implant bioélectrique qu'il avait trouvé et les implications de sa découverte. Ses équipes de recherche passaient encore au peigne fin l'île privée de la mer Egée, propriété des Responsivistes, et si elles retrouvaient le fugitif, c'est lui et lui seul qui en serait averti. Kovac soutirerait à Hanley les renseignements dont ils avaient besoin et s'en débarrasserait avant que sa réputation n'ait eu à en souffrir.

— Bien entendu, nous poursuivons les recherches, ajouta-t-il cependant.

— Bien entendu.

Kovac tourna toute son attention vers Lydell Cooper.

— Monsieur, je dois vous dire que cela a été un immense privilège pour moi de travailler à votre service au cours de ces dernières années. Vos enseignements ont changé ma vie à un point que je n'aurais jamais pu imaginer. Je serais extrêmement honoré de vous serrer la main.

— Je vous remercie, Zelimir, mais c'est hélas impossible. En dépit de mon apparence encore jeune, j'ai presque quatre-vingt-trois ans. Lorsque je travaillais encore à mes recherches génétiques, j'ai conçu un produit antirejet basé sur mon propre ADN, ce qui m'a permis de recevoir un nouveau cœur, ainsi que d'autres organes – poumons, reins, yeux – fournis par des amis pleins d'initiative. Grâce à la chirurgie esthétique, je parais plus jeune que je ne le suis. J'ai une hanche, des genoux et des disques intervertébraux artificiels. Je suis un régime équilibré, je ne bois que rarement, et je n'ai jamais fumé. Je pense pouvoir vivre pleinement et garder toute ma vigueur au-delà de cent vingt ans. Malheureusement, ma famille est sujette à l'arthrite, et je ne suis pas parvenu à neutraliser les effets de cette pathologie. Je serais enchanté de vous serrer la main en reconnaissance de vos aimables propos et de votre excellent travail, mais cela m'est tout simplement impossible.

— Je comprends.

Kovac ne semblait voir aucune ironie dans le fait qu'un homme qui prônait la réduction de la population mondiale s'acharne ainsi à prolonger sa propre vie.

— Et ne vous inquiétez pas, ajouta Cooper, il est peu probable que Kyle Hanley ait appris grand-chose pendant son court séjour en Grèce. Et même si son père transmettait le peu qu'il sait aux autorités, ils n'auraient pas le temps de réagir. L'interrogatoire du père n'est qu'un problème accessoire, une simple façon de régler les derniers détails, si je puis dire. Ne vous faites pas de souci à ce sujet.

— Bien, monsieur, répondit Kovac tel un automate.

— Pour ce qui est de notre autre affaire, intervint Thom Severance, nous allons lancer les opérations plus vite que prévu.

— En raison de l'évasion de Kyle Hanley ?

— En partie. Et aussi à cause du… suicide de Gill Martell. Les autorités locales grecques ne nous ont causé aucun problème, mais le gouvernement d'Athènes commence à s'intéresser à nos affaires. Lydell et moi-même avons pensé qu'il valait mieux envoyer nos jeunes recrues dès maintenant. Ils savent tout ce qu'ils ont besoin de savoir, et il est donc inutile de retarder l'opération. Naturellement, nous avons dû payer quelques suppléments pour obtenir les billets à la dernière minute. Mais nous pouvions nous le permettre.

— Nous allons envoyer nos cinquante équipes ?

— Oui. Ou plutôt quarante-neuf. L'une d'elles se trouve déjà à bord du *Golden Sky* pour le test final de l'émetteur. Nous avons donc cinquante navires et cinquante équipes. Il faudra trois ou quatre jours pour que tout le monde soit en position. Certains navires sont en mer alors que d'autres se trouvent de l'autre côté du globe. Nos gens emmèneront le virus, mis au point par Lydell, que nous avons fabriqué aux Philippines. Combien de temps faudra-t-il pour commencer le test ?

Kovac réfléchit un instant.

— Peut-être cet après-midi. Nous devons faire tourner les autres moteurs pour charger les batteries et stabiliser la répartition de l'énergie afin de protéger l'antenne. Le virus d'essai que nous avons donné à notre équipe du *Golden Sky* est un simple rhinovirus à action rapide, et nous saurons d'ici douze heures si le récepteur a bien reçu le signal. Si nous l'envoyons au plus tard ce soir, tout ira bien. Et bien sûr, nous avons une seconde équipe à bord pour installer le virus principal.

— Messieurs, nous vivons un grand moment, dit Cooper. Le couronnement de toute mon œuvre. Bientôt, une nouvelle aube va se lever, où l'humanité brillera comme elle aurait dû le faire depuis longtemps. Disparues, les pesantes multitudes qui pillent nos ressources naturelles sans rien avoir à nous offrir que de nouvelles bouches à nourrir. En l'espace d'une génération, avec la moitié du monde incapable de se reproduire, la population retrouvera un niveau supportable. Plus d'exigences absurdes, plus de besoins inassouvis. Nous abolirons la pauvreté, la faim, et même la menace du réchauffement planétaire.

« Les politiciens du monde entier, confrontés à ces maux, ne savent que parler, et proposent des solutions à court terme pour faire croire à leurs électeurs qu'ils agissent. Nous savons que ce ne sont que des mensonges. Il suffit de lire les journaux ou de regarder les nouvelles pour comprendre que rien ne change. En réalité, la situation empire. L'appropriation de terres ou de ressources en eau provoque déjà des conflits. Et combien de gens ont-ils déjà payé de leur vie la protection des réserves de pétrole déclinantes ?

« Ils nous racontent que nous pouvons tout arranger si les hommes changent leurs habitudes – moins conduire, vivre dans des maisons plus petites, utiliser des ampoules électriques à basse consommation. C'est une plaisanterie. Personne ne veut revenir à un niveau de vie plus bas. Cela va contre nos instincts les plus profonds. Non. La solution ne consiste pas à faire des sacrifices qui de toute façon ne s'attaqueront pas à la racine du mal. La solution, c'est de changer les données elles-mêmes. Nous sommes de plus en plus nombreux à nous disputer des miettes toujours plus maigres. Ce qu'il faut, c'est réduire la population.

« Ils savent tous que la clé du problème est là, sans avoir le courage de le dire, et le monde approche du gouffre. Ainsi que je l'ai écrit, la natalité nous tuera. Le besoin de procréer est sans doute la force primordiale du monde, on ne peut pas prétendre le contraire. Mais la nature dispose de mécanismes naturels de régulation. Les prédateurs maintiennent la population des espèces qui leur servent de proie à un niveau optimal ; les feux de forêt renouvellent les sols ; les inondations et les sécheresses reviennent de manière cyclique. Mais l'homme, avec son vaste cerveau, a toujours trouvé le moyen d'échapper aux efforts de la nature pour contenir son expansion. Nous avons massacré tous les animaux qui nous voyaient comme des proies potentielles. Il n'en reste qu'une poignée dans la nature, et nous avons mis les autres en cage. Seuls les modestes virus pouvaient encore éclaircir nos rangs, aussi avons-nous créé des vaccins et trouvé des moyens de renforcer notre immunité, tout en continuant à nous reproduire à un rythme effréné, comme si les deux tiers de nos enfants allaient disparaître avant leur premier anniversaire.

« Un seul pays a eu le courage d'admettre que sa population augmentait trop vite, mais il n'a pas réussi à enrayer sa croissance. Avec sa politique de l'enfant unique, la Chine a tenté de régler le problème par la loi, mais le pays compte aujourd'hui deux cents millions d'habitants de plus qu'il y a vingt-cinq ans. Si le régime le plus dictatorial du monde n'a pas réussi, alors personne ne le pourra.

« Les gens ne peuvent pas changer, en tout cas pas de manière fondamentale. C'est pourquoi il est de notre devoir d'agir. Bien entendu, nous ne sommes pas des fous ni des assassins. J'aurais pu concevoir un virus capable de tuer sans discernement, mais je n'ai jamais envisagé le meurtre de milliards d'êtres humains. Alors, quelle est la solution ? Le premier virus de la grippe hémorragique sur lequel j'ai travaillé avait comme effet secondaire de stériliser les malades, mais il avait également un taux de mortalité de presque cinquante pour cent. Après avoir abandonné la recherche médicale, j'ai travaillé à améliorer ce virus, je l'ai étudié sur des dizaines de milliers de générations et de mutations, afin d'affaiblir ses propriétés létales tout en maintenant sa caractéristique essentielle par rapport à la stérilité. Lorsque nous le disséminerons sur ces cinquante navires, il infectera presque cent mille personnes. Cela paraît peut-être beaucoup, mais ce n'est qu'une goutte d'eau dans l'océan. Les passagers et les membres d'équipage viennent de toutes les régions du monde et de toutes les origines socio-économiques. A bord d'un navire de croisière, on trouve un microcosme de la société, du magnat de l'industrie au modeste matelot. Je veux agir de façon démocratique. Aucun milieu ne sera épargné. Lorsqu'ils reviendront vers leurs banlieues du Michigan, leurs villages d'Europe de l'Est ou leurs taudis du Bangladesh, ils emporteront le virus avec eux.

« Le virus se transmet d'un individu à un autre, et personne ne présentera le moindre symptôme pendant des mois. Et puis les premiers signes d'infection apparaîtront. On pensera que tous les êtres humains ont contracté une grippe bénigne, mais avec de fortes fièvres. Le taux de mortalité devrait rester inférieur à un pour cent – un coût terrible, mais inévitable, qui frappera les personnes dont le système immunitaire est affaibli. Ce n'est que plus tard, lorsque les gens s'apercevront de l'impossibilité de donner naissance à des enfants et voudront en connaître les raisons, qu'ils apprendront la vérité : la stérilité de la moitié de la population de la planète.

« Lorsque cette dure vérité éclatera au grand jour, il y aura des émeutes, car les populations effrayées chercheront des réponses aux questions que leurs dirigeants n'auront pas osé poser. Mais cela ne durera qu'un temps – quelques semaines ou au pire quelques mois. L'économie mondiale connaîtra des soubresauts pendant la période d'ajustement, mais cet ajustement aura bien lieu, car l'autre force primordiale de l'humanité, c'est justement sa faculté d'adaptation. Et alors, mes amis, nous aurons éradiqué tous ces maux, toutes ces maladies, et nous entrerons dans une période de prospérité telle que le monde n'en a jamais connu.

Une larme coula sans retenue le long de la joue de Zelimir Kovac. Il ne fit aucun geste pour l'essuyer. Thom Severance, qui connaissait pourtant Lydell depuis qu'il était adulte et l'avait entendu parler des milliers de fois, était lui aussi en proie à la plus vive émotion.

Chapitre 26

Ces deux-là, dit Linda Ross en les désignant d'un geste.

Mark Murphy suivit la direction indiquée par la main de Linda et repéra aussitôt le couple. Alors que la plupart des passagers qui quittaient le *Golden Sky* étaient des gens assez âgés, l'homme et la femme repérés par Linda avaient dans la trentaine. Ils tenaient par la main une petite fille qui devait avoir à peu près huit ans, vêtue d'une robe rose qu'elle portait avec des chaussures noires à boucles.

La femme tendit sa carte personnelle de bord, de la taille d'une carte de crédit, à son mari. Celui-ci la glissa dans son portefeuille, qu'il remit aussitôt dans la poche de devant de son pantalon.

— Facile, commenta Mark.

Derrière la troupe des passagers pressés de découvrir Sainte-Sophie, la Mosquée bleue, le palais de Topkapi et de se perdre dans le Grand Bazar, le *Golden Sky* ressemblait étrangement au *Golden Dawn*. De glaçants souvenirs assaillaient Mark chaque fois qu'il levait les yeux. Lorsqu'il s'était porté volontaire pour cette mission, il ne s'était pas rendu compte à quel point ces émotions pesaient encore sur son esprit, et la perspective d'embarquer était loin de l'enthousiasmer.

— Ils se dirigent vers les bus, annonça Linda.

Les passagers montraient au personnel leur carte d'accès journalière avant de monter à bord.

— On y va maintenant ou on les suit en ville ?

— Vivons l'instant présent… On y va.

Ils attendirent que le couple et la fillette prennent un peu d'avance avant de se mêler à la foule. Ils se déplacèrent sans difficulté parmi les passagers dont la plupart marchaient à pas mesurés, et rejoignirent bientôt leur cible.

— Vite, lança brusquement Linda, je crois que notre bus va partir !

Mark accéléra le pas et, en passant, frôla l'homme qui porta aussitôt la main à son portefeuille, rangé bien en sécurité dans sa poche de devant. Cette précaution était suffisante dans la plupart des cas, mais lorsque Linda, conformément au plan dressé avec Mark, passa en coup de vent à côté de lui, l'homme fut rassuré de constater que ces deux Américains pressés ne représentaient aucune menace, et ne crut pas nécessaire de vérifier sa poche une seconde fois.

Bien sûr, il n'avait pas senti la petite main de Linda se faufiler vers son pantalon kaki et en extraire le portefeuille.

Alors que des amateurs se seraient aussitôt éloignés du lieu de leur forfait, Linda et Mark continuèrent à jouer leur rôle de touristes et avancèrent à grandes enjambées vers les bus. Ils patientèrent un moment devant l'un d'eux jusqu'à ce que la jeune famille ait montré ses billets au contrôleur d'un autre bus et grimpé à bord. Alors seulement, Linda et Murph quittèrent la foule pour regagner le parking où les attendait leur voiture de location.

Pendant que Linda restait debout près du hayon arrière ouvert afin de protéger l'intérieur de la voiture des regards indiscrets, Mark se mit au travail sur l'une des cartes d'identification, à l'aide de quelques outils préparés à bord de l'*Oregon*. Il se servit d'un scalpel pour ôter la couche de plastique transparent et découper la photographie. Il inséra celle de Linda et passa la carte dans un laminateur alimenté par piles. Il prit son temps pour bien lisser la carte et en ôter les débris de plastique superflus.

— Et voici pour vous, madame Susan Dudley, dit-il en tendant à Linda la carte encore tiède.

— Tu as l'air parfaitement à ton aise dans ce genre de tâche, remarqua Linda.

— J'avais quinze ans quand je suis entré au Massachusetts Institute of Technology, alors les faux documents, ça me connaît, tu peux me croire.

Linda perçut comme une note de tristesse dans la voix de Mark.

— Cela n'a pas dû être facile, dit-elle.

Mark fit une pause et leva les yeux vers elle.

— Le MIT était peuplé de « super-geeks », mais je sortais tout de même du lot. Attaché-case, cravate, la grande classe… L'administration de l'institut avait assuré mes parents que des conseillers se chargeaient d'aider des étudiants précoces comme moi à passer le cap. Foutaises ! J'étais abandonné à moi-même dans un des endroits au monde où la compétition est la plus rude. C'était encore pire quand j'ai intégré le privé. C'est pourquoi j'ai rejoint Juan et la Corporation.

— Ce n'était pas pour l'argent, alors ? le taquina Linda.

— Je ne veux pas me vanter, mais en rejoignant la Corporation, j'ai subi une réelle perte de salaire. Mais cela en valait la peine. Vous me traitez comme un des vôtres. Lorsque je concevais des systèmes d'armement, ces généraux et autres galonnés passaient leur temps à frimer et nous regardaient comme si nous étions des insectes ou une saleté collée à leur chaussure. C'est vrai, ils aimaient les jouets que nous leur fabriquions, mais ils nous détestaient parce que nous étions capables de les créer. J'avais l'impression d'être revenu au lycée. A la cafétéria, les militaires restaient entre eux et nous, nous errions autour de la salle dans l'espoir qu'on nous remarque enfin. Plutôt pathétique, vraiment.

« A bord de l'*Oregon*, c'est différent. Nous faisons tous partie de la même équipe. Que ce soit toi, Linc ou Juan, vous ne nous mettez jamais sur la touche, même quand on en fait des tonnes avec nos histoires de nerds. Et pour la première fois de ma vie, je ne me sens pas obligé de chercher une table vide lorsque j'arrive au réfectoire. (Mark sembla soudain penser qu'il s'était un peu trop épanché, et il sourit à Linda.) J'espère que tu ne fais pas payer tes séances de thérapie ?

— Tu pourras m'offrir un verre à bord ce soir !

Mark parut d'abord perplexe, mais un petit sourire entendu vint vite éclairer son visage.

— Nous ne quitterons pas le *Golden Sky* avant d'y avoir trouvé quelque chose, n'est-ce pas ?

Linda appuya sa main sur la poitrine d'un air faussement scandalisé.

— M'accuserais-tu de désobéir aux ordres d'Eddie ?

— Oui.

— Surpris ?

— Non.

— Toujours partant ?

— Je suis bien en train de préparer la seconde carte, non ?

— Parfait.

Mark passa les deux cartes dans un appareil électronique relié à un ordinateur portable et réencoda les deux bandes magnétiques. Dix minutes plus tard, lui et Linda étaient au bas de la passerelle d'embarquement du *Golden Sky*. Tout près de là, un chariot élévateur chargeait des palettes à travers une large écoutille tandis que les mouettes criaient et tournoyaient au-dessus du navire.

— Tout va bien, monsieur Dudley ? demanda l'assistant du commissaire de bord lorsque Mark lui annonça qu'ils souhaitaient regagner leur cabine.

— C'est mon genou, répondit Mark. Je me suis déchiré le ligament croisé antérieur en jouant au football à l'université, et de temps à autre, ça continue à m'élancer.

— Vous savez que nous avons un médecin à bord. Il pourra s'occuper de vous.

L'assistant glissa les deux cartes dans un lecteur informatique.

— Voilà qui est curieux.

— Un problème ?

— Non, enfin, oui. L'ordinateur s'est bloqué lorsque j'ai passé vos cartes.

Comme dans tous les systèmes de sécurité des grandes compagnies de navigation, l'insertion de la carte appelait à l'écran un fichier où figurait la photographie du porteur, ainsi que des indications sur son voyage. Mark avait réencodé les cartes de telle sorte que rien n'apparaisse à l'écran. L'assistant du commissaire avait donc le choix entre faire confiance aux deux personnes qui se trouvaient devant lui, ou bien les retenir jusqu'à ce que l'ordinateur fonctionne à nouveau normalement. Le service clientèle étant une des priorités commerciales des compagnies, il était peu probable qu'il prenne le risque de mécontenter des passagers pour un simple problème technique.

L'assistant passa sa propre carte dans l'appareil, et lorsque sa photo apparut à l'écran, il tendit les deux autres cartes à Murph.

— Vos cartes semblent défectueuses. Lorsque vous serez de retour dans votre cabine, pouvez-vous appeler le bureau du commissaire ? Ils vous en prépareront de nouvelles.

— Je n'y manquerai pas, merci.

Mark récupéra les cartes et les mit dans sa poche. Il prit le bras de Linda et monta la passerelle avec elle en boitant.

— Le football universitaire, hein ? lui demanda Linda lorsqu'ils furent certains de ne pas être entendus.

Mark passa la main sur son abdomen d'une fermeté douteuse.

— Je me suis un peu laissé aller depuis…

Ils pénétrèrent à bord au niveau de l'atrium central. Le plafond, couronné par un dôme de verre coloré, dominait quatre niveaux. Deux ascenseurs de verre donnaient accès aux ponts supérieurs, bordés chacun par des panneaux de verre de sécurité surmontés d'une étincelante rampe en laiton. En face des ascenseurs se trouvait un mur de marbre rose. De l'eau s'écoulait sur toute sa surface avant d'être recueillie par une discrète fontaine. De leur poste d'observation, Linda et Murph apercevaient les enseignes des petites boutiques de luxe, un pont plus haut, et les néons qui éclairaient l'entrée du casino. L'ensemble donnait une impression d'opulence teintée de vulgarité.

Ayant planifié leur dispositif à bord de l'*Oregon* et étudié les plans du navire à partir du site Internet de la compagnie maritime, Linda et Mark ne perdirent pas de temps en vaines discussions et se dirigèrent d'un pas décidé vers les toilettes installées derrière la fontaine. Linda tendit à Mark un paquet de vêtements sortis du sac qu'elle portait en bandoulière. Quelques instants plus tard, ils en ressortaient tous deux vêtus de bleus de travail sur lesquels était cousu au niveau du cœur le logo de la compagnie – résultat du travail de la Boutique Magique de Kevin Nixon. Linda s'était presque entièrement démaquillée et Mark portait une casquette de base-ball pour cacher ses cheveux rebelles. L'uniforme de l'équipe de maintenance leur donnait accès à la quasi-totalité du navire.

— Quel sera notre point de rendez-vous si nous sommes séparés ? demanda Linda.

— La table de roulette du casino ?

— Ne joue pas au petit malin !

— La bibliothèque du bord.

— La bibliothèque du bord, répéta Linda comme un perroquet. Nous allons jouer aux détectives amateurs, cela me rappellera ma jeunesse.

— Un de ces jours, il faudra que l'on discute sérieusement de tes lectures d'adolescente…

Le moyen le plus facile de quitter l'espace réservé aux passagers était de passer par les cuisines, aussi empruntèrent-ils l'escalier tout proche, qui les conduisit à la salle à manger principale. Assez vaste pour accueillir trois cents personnes, elle n'était occupée que par une équipe de nettoyage qui passait l'aspirateur sur la moquette.

Ils slalomèrent entre les tables et pénétrèrent dans la cuisine. Un chef leva les yeux de ses casseroles, mais ne manifesta aucun intérêt particulier en les voyant. Linda évita son regard. Contrairement à la salle à manger, les cuisines étaient peuplées d'un personnel nombreux affairé à la préparation du prochain repas. Des vapeurs aromatiques s'échappaient de marmites bouillonnantes tandis que les commis lavaient, découpaient et hachaient les ingrédients nécessaires au fonctionnement de ce véritable laboratoire ouvert vingt-quatre heures sur vingt-quatre.

Au fond de la cuisine, une porte donnait sur un couloir. Mark et Linda trouvèrent un nouvel escalier et descendirent, croisant au passage une troupe de serveuses qui se hâtaient d'aller prendre leur poste. Ils rencontrèrent d'autres gens, mais personne ne sembla surpris de leur présence. En tant que techniciens de maintenance, ils étaient presque invisibles.

Mark aperçut une échelle métallique pliante appuyée contre une cloison et s'en empara pour compléter son déguisement.

Le *Golden Sky* étant à quai et la plupart des passagers à terre, la centrale énergétique du bâtiment fonctionnait en mode minimal, et les locaux d'ingénierie étaient déserts. Linda et Mark passèrent plusieurs heures à étudier chaque tuyau, chaque câble, chaque conduit pour y déceler la moindre trace d'une activité inhabituelle. Contrairement à la visite qu'avait effectuée Mark à bord du *Golden Dawn*, celle-ci était méthodique et tranquille, mais au bout du compte, le résultat se révéla tout aussi décevant.

— Rien, dit-il d'une voix où perçaient la frustration et la colère à l'idée de ne pas avoir prévu une telle situation. Chaque chose est exactement là où elle doit être. Aucune modification n'a été apportée aux systèmes de ventilation ou de distribution d'eau.

— Il existe des moyens plus efficaces de répandre un virus, objecta Linda. Qu'est-ce que nous avons d'autre ?

— A moins de passer chaque recoin de ce navire au vaporisateur, je ne vois pas. Si nous avons pu disposer de tout ce temps sans être dérangés, cela a dû être aussi le cas pour les Responsivistes. En deux heures, je pourrais pratiquer une ouverture dans ces tuyaux et y installer un système de dispersion.

Linda secoua la tête.

— Le risque de se faire prendre est trop important. Ils ont dû penser à quelque chose de plus rapide et de plus simple.

— Je sais, je sais. Je me souviens qu'à bord du *Golden Dawn*, Juan voulait jeter un coup d'œil aux prises d'air du système d'air conditionné. Nous devrions peut-être vérifier.

— Où est-ce que ça se trouve ?

— Tout en haut, devant la cheminée, probablement.

— Un endroit plutôt exposé.

— Il faudra attendre la nuit.

— Alors retournons dans l'espace passagers et changeons-nous.

Ils louvoyèrent un moment avant de quitter le labyrinthe que formaient les installations techniques du navire, et finirent par déboucher dans un couloir rempli d'employés. Des membres du personnel hôtelier vêtus d'uniformes divers regagnaient leur poste pour attendre le retour des passagers, et les techniciens se dirigeaient vers la salle des machines en prévision de l'appareillage.

Linda lança par hasard un coup d'œil dans l'embrasure d'une porte proche de la blanchisserie du bord, et s'arrêta net. Un homme d'une trentaine d'années, vêtu d'un bleu presque identique au sien, se tenait juste à l'extérieur des ateliers de blanchissage. Ce n'était pas l'homme lui-même, ni la position détendue dans laquelle il se tenait, qui retint l'attention de Linda, mais la manière dont il détourna les yeux lorsqu'elle le vit. Il avait évité son regard, tout comme elle avait évité celui du chef rencontré plus tôt dans les cuisines. C'était l'attitude de quelqu'un qui se trouve dans un lieu où il n'est pas censé être.

L'homme se détourna légèrement, mais lui lança un autre coup d'œil par-dessus son épaule. Dès qu'il vit que Linda l'observait, il partit en courant dans la direction opposée.

— Hé, cria Linda, arrêtez !

Elle se mit à courir elle aussi, Mark à deux pas derrière elle.

— Non, lui ordonna-t-elle brusquement. Va voir s'il y a d'autres gens au comportement suspect.

Mark fit demi-tour et laissa Linda continuer sa poursuite.

L'homme avait six ou sept mètres d'avance et quinze centimètres de longueur de jambes en plus, mais ces avantages ne semblaient guère peser en sa faveur, car la détermination de Linda était plus forte que sa capacité physique à fuir. Elle réduisit son avance, prenant les courbes sans ralentir une seconde, avançant avec la légèreté d'une gazelle et la férocité d'un guépard fondant sur sa proie.

L'homme reprit un peu d'avance pendant l'ascension d'un nouvel escalier, car il grimpait les marches trois par trois, alors que Linda n'en gravissait que deux à la fois. Ils passèrent en coup de vent devant des employés médusés. Linda aurait donné beaucoup pour pouvoir appeler à l'aide, mais il lui aurait alors fallu expliquer les raisons de sa présence illégale à bord du navire.

Le fugitif s'engouffra par une embrasure de porte, et lorsque Linda le rattrapa un instant plus tard, prit son virage trop court et s'érafla le bras.

Elle ne vit pas arriver son poing. Il la frappa au bout du menton. Le fugitif n'était pas un homme entraîné au combat, mais le coup fut assez sévère pour envoyer la tête de la jeune femme rebondir contre le mur. Il l'observa un instant, la dominant de toute sa taille, puis se remit à courir tandis que Linda luttait pour reprendre ses esprits.

Sans plus se poser de questions, elle se releva et s'élança derrière lui d'une foulée chancelante.

— Je vais t'apprendre à frapper une femme, grommela-t-elle.

Ils arrivèrent brusquement sur « Broadway », la coursive centrale qui parcourait toute la longueur du navire et qu'empruntait le personnel pour se rendre de leurs quartiers à leurs postes de travail.

— Laissez passer ! Urgence !

Linda entendit l'homme crier pendant qu'il se frayait un chemin parmi la cohorte d'employés qui se préparaient à prendre leur service ou flânaient en discutant. Il zigzaguait dans la foule tandis que Linda, la tête proche de l'explosion, peinait à le suivre.

L'homme ouvrit une autre porte qui donnait sur un escalier dans lequel il s'engagea précipitamment. Linda passa cinq secondes après lui. Elle prit appui sur la rampe pour grimper les marches quatre à quatre, projetant son corps en avant à chaque tournant, car elle savait qu'ils allaient très vite arriver dans l'espace passagers. Si l'homme était malin et s'il connaissait bien le navire, ils arriveraient peut-être près de sa cabine. Et si Linda ne parvenait pas à la repérer, elle ne pourrait sans doute jamais retrouver son fugitif.

Au sommet de l'escalier, il s'élança dans le couloir, bouscula une femme âgée et renversa le fauteuil roulant sur lequel son mari était assis. Il perdit plusieurs précieuses secondes à se dépêtrer du couple. Linda franchit la porte avant que le système automatique de retour n'ait achevé de la fermer. Ses lèvres formèrent un sourire carnassier. Ils étaient arrivés au niveau supérieur, près de l'atrium.

L'homme se retourna et constata que Linda n'était qu'à quelques pas derrière lui. Il força l'allure et se dirigea vers l'élégant escalier qui s'enroulait autour des doubles ascenseurs de verre. A ce niveau, peu d'aménagements étaient prévus pour les passagers. Les magasins se trouvaient un pont plus bas, et il y avait probablement beaucoup plus de monde aux étages inférieurs. Linda avait remarqué des gardes postés devant l'opulente bijouterie du navire, et elle ne pouvait pas prendre le risque d'être arrêtée par les services de sécurité.

Ils étaient presque arrivés à l'escalier lorsqu'elle se lança en avant, bras tendus. Ses doigts agrippèrent les manches du bleu de travail du fugitif, ce qui suffit à le faire trébucher. Compte tenu de la vitesse de la poursuite, son élan le fit glisser tête la première vers un des panneaux de verre de la balustrade. Celui-ci était conçu pour supporter un tel impact, mais une des soudures qui le maintenaient en place lâcha brusquement et le panneau tout entier céda. Il dégringola sur quatre étages avant de se fracasser sur le sol dans une explosion qui fit voler des éclats dans toutes les directions. Des cris jaillirent dans l'atrium.

Linda dut lâcher la manche ; elle s'affala sur le ventre et partit en glissade sur les traces du Responsiviste. Au moment où celui-ci allait tomber par-dessus le rebord, il réussit à saisir un des montants de la rampe de laiton. Pendant un moment, il regarda Linda qui cherchait à saisir sa main. Son regard évoquait celui d'un fanatique sur le point de commettre un attentat-suicide ; on y lisait la résignation, la peur, la fierté et, surtout, une rage provocatrice.

Il se laissa tomber avant que Linda ait pu agripper son poignet. Tout au long de sa chute, il ne détourna pas son regard de celui de la jeune femme. Il chuta sur plus de douze mètres, s'aplatit avant de heurter le sol carrelé sur le dos, et tourna la tête de côté à la dernière seconde. On entendit un claquement mouillé, et des éclats d'os transpercèrent ses vêtements, formant sur son corps une douzaine de taches sanguinolentes. Malgré la distance, Linda put constater que son crâne avait perdu la moitié de sa largeur.

Elle ne se donna pas le temps de digérer l'atroce spectacle et se releva aussitôt. Le couple âgé, qui se débattait toujours pour réinstaller le mari sur son fauteuil, n'avait rien vu de la scène. Elle se glissa derrière un énorme palmier en pot, ôta son bleu de travail qu'elle fourra hâtivement dans son sac. Quant aux taches humides sous les manches de son corsage, elle n'y pouvait tout simplement rien.

La bibliothèque se situait plus loin sur l'avant, près du théâtre du bord, mais Linda retourna en arrière. Un bar dominait la piscine près de la poupe, et elle savait que si elle n'avalait pas un cognac dans les deux minutes, son petit déjeuner allait faire un retour en force.

Elle était toujours assise au bar une heure plus tard lorsqu'une ambulance turque s'éloigna du navire, feux éteints et sirène silencieuse. Un instant plus tard, la corne du navire émit un son claironnant. Le *Golden Sky* levait l'ancre.

Chapitre 27

Chaque fois que Juan ouvrait ou fermait les paupières, il avait l'impression de se frotter les yeux avec du papier de verre. Il avait bu tellement de café qu'il en avait mal à l'estomac, et les antalgiques n'avaient pas eu le moindre effet sur son mal de tête. Il n'avait pas besoin de miroir pour savoir qu'il était d'une pâleur terreuse, comme si son corps était vidé de son sang. Il passa une main sur sa tête, et eut l'impression que même ses cheveux le faisaient souffrir.

Au lieu de le rafraîchir, le vent qui passait par-dessus le pare-brise du taxi maritime le faisait frissonner malgré la douceur de la température. Franklin Lincoln était étalé à côté de lui sur la banquette arrière, la bouche entrouverte, et un ronflement occasionnel couvrait par moments le bruit du moteur. La jolie jeune femme qui les avait conduits de l'*Oregon* à Monte-Carlo quarante-huit heures plus tôt était en congé, et Linc ne s'intéressait pas le moins du monde à sa remplaçante.

La seule chose qui gardait encore Juan éveillé, c'était sa colère contre Linda et Mark, qui avaient désobéi aux ordres en restant à bord du *Golden Sky* après son appareillage d'Istanbul. Les deux passagers clandestins continuaient à rechercher la preuve que les

Responsivistes prévoyaient de répandre leur virus à bord du navire.

Lorsque Juan les verrait, il les mettrait aux arrêts, puis leur accorderait une augmentation immédiate pour leur sens du devoir. Il était toujours fier de l'équipe qu'il avait rassemblée, et ce jour-là plus que jamais.

Ses pensées revinrent à Max Hanley, et son humeur empira brusquement. Lui et son équipe n'avaient toujours pas obtenu le moindre signe de Thom Severance et à chaque minute qui passait, Juan se persuadait un peu plus que le responsable responsiviste ne répondrait jamais, car Max devait déjà être mort. Juan ne s'autorisait pas à formuler à haute voix une telle idée, et se sentait coupable d'y avoir seulement pensé, mais il ne parvenait pas à se défaire du pessimisme qui l'emprisonnait comme un étau.

Lorsque le *Matriochka*, l'immense yacht d'Ivan Kerikov, revint vers l'intérieur du port, l'*Oregon* alla mouiller à un mile au large. Lorsqu'il examinait son navire, Juan parvenait parfois à le voir dans toute la grâce de sa jeunesse. Il était bien proportionné, avec juste une légère inclinaison à la proue et à la poupe, et la forêt de mâts de charge lui donnait une allure de dynamisme et de prospérité. Il l'imaginait, avec une peinture toute fraîche, ses ponts débarrassés des débris qui l'encombraient, en train de voguer sur les flots du Pacifique Nord-Ouest, où s'était déroulée la plus grande partie de sa carrière de transporteur de bois de construction.

Mais tandis que le taxi maritime s'en approchait, il ne voyait plus que la coque striée de rouille, les taches de peinture mal raccordées, les câbles pendant des grues comme des toiles d'araignée disloquées. Il paraissait hanté et donnait une impression de désolation. Rien ne brillait à bord, pas même l'hélice du canot de sauvetage suspendu à son bossoir au centre du navire.

Le taxi maritime aux lignes harmonieuses vint aborder l'*Oregon* sous l'échelle d'embarquement. Les eaux étaient si calmes que l'habile jeune femme aux commandes ne prit même pas la peine d'installer les pare-chocs en caoutchouc.

Juan donna une tape sur la cheville de Linc, qui s'éveilla en poussant un grognement.

— J'espère que je vais vite retrouver ce rêve, et à l'endroit où je l'ai laissé, dit-il dans un bâillement. Les choses commençaient tout juste à devenir intéressantes entre Angelina Jolie et moi…

Juan lui tendit la main pour l'aider à se lever.

— Je suis tellement épuisé que je crois bien que je n'aurai plus la moindre pensée de ce genre jusqu'à la fin de ma vie !

Ils prirent leurs sacs, remercièrent la jeune femme et gravirent l'échelle d'embarquement. Lorsqu'ils atteignirent le niveau du pont, Juan avait l'impression d'avoir escaladé l'Everest.

Julia Huxley était là pour les accueillir, ainsi qu'Eric Stone et Eddie Seng. Julia rayonnait en regardant le Président, à qui elle adressa un sourire radieux ; elle semblait à peine contenir sa joie. Eddie et Eric souriaient eux aussi. L'espace d'un instant, Juan crut qu'ils avaient eu des nouvelles de Max, mais si tel avait été le cas, ils le lui auraient dit lorsqu'il avait appelé de l'aéroport à l'arrivée du vol de Manille.

Dès que Juan posa le pied sur le pont, Julia le serra dans ses bras.

— Juan Rodriguez Cabrillo, vous êtes un génie !

— C'est un compliment qui me convient parfaitement, mais quel exploit ai-je bien pu accomplir pour le mériter ?

— Eric a fait des recherches sur une base de données universitaire anglaise consacrée aux écritures cunéiformes. Il a pu traduire les tablettes à partir des photos que vous aviez envoyées par téléphone.

Juan les avait en effet expédiées par mail de son mobile dès son arrivée à l'aéroport de Manille.

— C'est l'ordinateur qui s'est chargé de la traduction, corrigea Eric. Je ne maîtrise absolument pas le sanscrit.

— Finalement, c'est bien un virus, coupa Julia avec enthousiasme. Selon mes déductions, il s'agirait d'une forme de grippe totalement inconnue de la science. Le virus possède une composante hémorragique, comme Ebola ou Marburg. Et le bouquet, c'est que Jannike Dahl paraît être immunisée, car le navire où le virus originel s'est répandu a accosté près de l'endroit où elle a grandi, et je pense qu'elle descend directement d'un membre de l'équipage.

Juan essayait de comprendre, noyé sous le flot verbal de Julia.

— De quoi parlez-vous ? Le navire ? Quel navire ?

— L'arche de Noé, bien sûr !

Juan dévisagea Julia un moment en battant de paupières avant de réagir. Il leva les mains comme un boxeur suppliant son adversaire d'arrêter le combat.

— Il va falloir me raconter tout ça de A jusqu'à Z, mais je dois prendre une douche, et puis boire et manger quelque chose. Donnez-moi vingt minutes et retrouvons-nous dans la salle de conférences. Dites à Maurice de me préparer un jus d'orange, un demi-pamplemousse, des œufs Bénédicte, des toasts et ces pommes de terre à l'estragon dont il a le secret. L'arche de Noé, c'est bien ça ?

Julia hocha la tête comme une petite fille mourant d'envie de dévoiler un secret.

— Il me tarde d'en savoir plus, conclut Juan.

Une demi-heure plus tard, une fois son repas avalé, la douleur de son estomac avait cédé la place à une agréable sensation de satiété, et il se sentait juste assez d'énergie pour entendre le rapport de Julia.

Il tourna d'abord son regard vers Eric, puisque c'était lui le responsable de la traduction.

— Eh bien, allons-y, dites-moi tout, et depuis le début.

— Je ne vais pas vous ennuyer en vous racontant comment j'ai pu améliorer la qualité des images ou trouver des archives de caractères cunéiformes en ligne, mais en tout cas, c'est ce que j'ai fait. L'écriture des tablettes que vous avez découvertes est particulièrement ancienne, d'après les renseignements que j'ai pu collecter.

Juan se souvint avoir pensé la même chose. D'un geste, il fit signe à Eric de poursuivre.

— J'ai alors tenté de résoudre le problème par l'informatique. Il a fallu à peu près cinq heures de bricolages de programmes pour commencer à obtenir quelque chose de cohérent. Les algorithmes étaient plutôt complexes. Lorsque l'ordinateur a enfin pu commencer à distinguer les nuances, c'est devenu un peu plus facile, et après quelques nouveaux essais et divers ajustements, il a réussi à retracer toute l'histoire.

— L'histoire de l'arche de Noé ?

— Vous l'ignorez peut-être, mais *L'Epopée de Gilgamesh*, traduite de l'écriture cunéiforme par un Anglais au XIXe siècle, retrace l'histoire d'une inondation un millier d'années avant que des textes hébreux en fassent mention. On retrouve le mythe des inondations dans les anciennes traditions de nombreuses cultures du monde entier. Les civilisations humaines se sont développées le long des côtes, des rivières et des fleuves, et les anthropologues pensent que la menace, bien réelle, des inondations a été utilisée par les rois et les prêtres comme des avertissements afin d'assurer leur pouvoir sur les peuples. Personnellement, je croirais volontiers que ce sont des tsunamis qui ont été à l'origine de beaucoup de ces récits. En l'absence de langage écrit, ils se sont transmis oralement, avec des variantes et des embellissements. Ainsi, après une ou deux générations, ce n'était plus une vague géante qui avait balayé le village, mais une immense inondation qui avait recouvert la terre tout entière. D'ailleurs…

— Gardons le cours magistral pour plus tard, le coupa Juan, et pour l'instant, tenons-nous-en à vos découvertes.

— Oh, bien sûr. Désolé. L'histoire commence avec une inondation, mais il ne s'agit pas d'une grande vague ni d'une pluie particulièrement importante. Les gens qui ont rédigé ces tablettes racontent comment le niveau de la mer, là où ils vivaient, s'est élevé. En me basant sur leurs descriptions, je dirais que le niveau s'élevait d'une trentaine de centimètres chaque jour. Alors que les habitants d'autres villages proches allaient s'installer plus en hauteur, ceux-ci ont pensé que le phénomène ne s'arrêterait jamais et que le seul moyen de survivre consistait à construire une grande embarcation. Cependant, ses dimensions n'étaient en rien comparables à celles mentionnées dans la Bible. Ils ne maîtrisaient pas ce genre de technologies.

— Nous ne parlons donc pas de Noé et de son arche ?

— Non, même si les parallèles sont frappants. Il est possible que les gens restés à terre, grâce à leurs récits, aient posé les fondements de ce qui allait devenir *L'Epopée de Gilgamesh* et le récit biblique de l'arche de Noé.

— Pouvons-nous dater ces événements ?

— Ils remonteraient à cinq mille cinq cents ans avant Jésus-Christ.

— C'est une datation plutôt précise !

— Oui, parce que nous possédons les preuves d'une inondation semblable à celle décrite sur ces tablettes. Elle est survenue lorsque la bande de terre du Bosphore s'est affaissée et que les flots ont envahi ce qui était alors une mer intérieure, à cent cinquante mètres en dessous du niveau de la Méditerranée. Aujourd'hui, cet endroit s'appelle la mer Noire. Des spécialistes en archéologie maritime, grâce à des submersibles guidés, ont pu confirmer que des êtres humains vivaient autrefois le long de l'ancien littoral. Il a fallu plus d'un an pour que le bassin se remplisse, et les archéologues estiment que les chutes du Bosphore, si on pouvait les voir aujourd'hui, feraient ressembler celles du Niagara à un minuscule torrent.

— Je n'avais pas la moindre idée de tout cela, commenta Juan, impressionné.

— Cette histoire a été confirmée il y a quelques années seulement. A l'époque, on a beaucoup discuté pour savoir si cet événement catastrophique pouvait être à l'origine du Déluge de la Bible, mais les scientifiques et les théologiens étaient d'un avis contraire.

— Compte tenu de ce que nous avons découvert, il semblerait que le débat ne soit pas clos, intervint Juan. Mais attendez une minute… ces tablettes étaient rédigées en écriture cunéiforme. C'est un langage qui vient de Mésopotamie et de Samarie, pas de la région de la mer Noire.

— Comme je le disais, il s'agit là d'une forme très ancienne d'écriture cunéiforme, et qui a probablement été apportée plus au sud par des gens qui quittaient la région de la mer Noire, avant d'être « empruntée » par ces autres civilisations. Croyez-moi, Président : ces tablettes vont bouleverser notre compréhension de l'histoire de l'Antiquité.

— Je vous crois volontiers. Mais poursuivez…

— Bien. Ainsi, les habitants de ce village étaient persuadés que le déluge ne cesserait jamais. Comme je le précisais tout à l'heure, il a fallu un an d'inondation pour que le bassin soit plein ; on peut donc facilement comprendre comment ils sont parvenus à une telle conclusion. Et selon le récit des tablettes, d'innombrables maladies se sont répandues en raison de la présence de nombreux réfugiés.

— C'est le phénomène auquel nous assistons aujourd'hui dans des lieux de concentration importante de réfugiés, intervint Julia Huxley. Dysenterie, typhus, choléra.

Eric reprit le fil de son histoire.

— Au lieu de se joindre à l'exode, ces villageois ont démantelé leurs habitations pour construire un navire capable d'abriter toute la population, c'est-à-dire environ quatre cents personnes. Ils ne mentionnent pas les dimensions du bâtiment, mais précisent que la coque en bois a été calfatée avec du bitume et gainée de cuivre.

« C'était le tout début de l'âge du cuivre, et la région était sans doute assez prospère pour fournir assez de métal pour recouvrir la coque d'un navire de grande taille. Ils ont emmené des animaux et du bétail, des bovins, des porcs, des moutons, des volailles, et de quoi les nourrir pendant un mois. Selon moi, pour transporter autant de passagers et d'animaux, le navire devait mesurer une centaine de mètres de long.

« C'est également l'avis de l'ordinateur. Selon lui, l'embarcation mesurait quatre-vingt-dix-sept mètres de long et treize de large. Elle devait avoir trois ponts, avec les animaux au niveau inférieur, les vivres au milieu et les villageois sur le pont supérieur.

— Et pour le mode de propulsion ?

— Des voiles.

Juan leva la main.

— La navigation à voile n'est apparue que deux mille ans plus tard, objecta-t-il.

Eric fit défiler un texte sur l'écran de l'ordinateur portable posé devant lui.

— Voici la traduction : « Pour attraper le vent, une toile faite de peaux d'animaux a été tendue entre deux mâts épais arrimés au pont. » Cela ressemble bien à une voile, non ?

— Je n'en crois pas mes oreilles. Continuez.

— Le niveau de l'eau a fini par monter suffisamment pour mettre le navire à flot, et les villageois sont partis. Il y a une certaine ironie dans cette histoire, car ils ont débuté leur voyage peu de temps avant que le niveau de l'eau se stabilise. Sinon, ils n'auraient jamais pu quitter la mer Noire. Quoi qu'il en soit, leur périple a duré beaucoup plus d'un mois. Lorsqu'ils tentaient d'accoster quelque part, ils ne trouvaient pas d'eau potable, ou alors ils étaient attaqués et repoussés par les gens qui vivaient là.

« Après cinq mois lunaires, de nombreuses tempêtes et la mort d'une vingtaine de villageois, le navire s'est finalement échoué, et tous les efforts des villageois n'ont pas permis de le remettre à flot.

— Où cela s'est-il passé ?

— Dans un lieu décrit comme « un monde de pierre et de glace ».

Julia se pencha en avant pour croiser le regard de Juan.

— C'est ce qui nous a amenés, Eric et moi, à tirer quelques conclusions de notre raisonnement déductif.

— Très bien. Où était-ce ?

— Au nord de la Norvège.

— Pourquoi la Norvège ?

Ce fut Eric qui répondit.

— Vous avez découvert les tablettes dans une installation que les Japonais de l'Unité 731 utilisaient pour perfectionner leurs armes biologiques. Les Japonais étaient très portés sur ce type de recherches, contrairement à l'un de leurs alliés, qui préférait les agents chimiques pour perpétrer ses tueries de masse.

— Vous voulez parler des nazis ?

— Qui d'autre aurait pu donner les tablettes aux Japonais ?

Juan se frotta les yeux.

— Attendez. Quelque chose a dû m'échapper. Pour quelle raison l'Unité 731 se serait-elle intéressée à un vieux récit parlant d'un navire antique ?

— La maladie, répondit Julia. Celle qui a éclaté après le naufrage du bateau. Le scribe qui a rédigé les tablettes la décrit en détail. Pour autant que je puisse en juger, il s'agirait d'une fièvre hémorragique transmise par l'air, avec un niveau de contagion équivalent à celui de la grippe. Elle aurait tué la moitié de leur population avant de disparaître. Ce qui est vraiment intéressant, c'est que seuls quelques survivants ont pu donner naissance à des enfants après leur guérison. Quelques-uns ont pu avoir des enfants avec les indigènes qui vivaient à proximité, mais la plupart avaient été rendus stériles par le virus.

— Si les Japonais cherchaient un moyen de « pacifier » la Chine continentale, ajouta Eric, ce genre de pathologie devait vivement les intéresser. Julia et moi pensons qu'en plus des tablettes, les nazis ont pu remettre aux Japonais les corps momifiés découverts en même temps que le navire.

— Oui, je comprends mieux. Si les Japonais ont obtenu les tablettes des nazis, vous en concluez que ceux-ci les ont trouvées en Norvège lors de l'occupation allemande, à partir de 1940 ?

— Exactement. L'expression « un monde de terre et de glace » pourrait désigner la Finlande, ou certaines régions du Groenland, mais les Allemands n'ont pas occupé ces pays. La Finlande est tombée aux mains des Russes, et la Suède est restée neutre pendant tout le conflit. C'est pourquoi nous avons retenu l'hypothèse de la Norvège, probablement un fjord sur la côte septentrionale, peu peuplée et largement inexplorée.

— Attendez… Julia, sur le pont, tout à l'heure, vous me disiez que Jannike était immunisée ?

— Plus j'y pensais, et moins je parvenais à trouver une explication satisfaisante au fait qu'elle était la seule à ne pas avoir été affectée, alors que tous les membres d'équipage et les passagers du *Golden Dawn* étaient morts. La maladie mentionnée par les tablettes était transmise par l'air, et si c'est cette maladie qui est à la base d'un nouveau virus développé par les Responsivistes, Jannike aurait dû être contaminée : elle a tout de même respiré l'air contaminé, même en tenant compte de son respirateur à oxygène.

« Mais si un de ses ancêtres a été exposé au virus et a survécu, il est possible qu'elle possède les anticorps encodés dans son ADN. Le fait qu'elle soit originaire d'une petite ville du nord de la Norvège tendrait à étayer notre hypothèse.

— Existe-t-il un moyen de vérifier cela ?

— Bien sûr, mais il me faudrait un échantillon du virus.

Juan tenta d'étouffer un bâillement.

— Désolé ! J'ai besoin de sommeil. Je crois qu'il nous manque encore une pièce du puzzle. Admettons que les nazis aient trouvé le navire et déchiffré les tablettes. Ils apprennent ce que cette horrible maladie a provoqué. Cette découverte ne leur est pas particulièrement utile, mais leurs alliés japonais sont très intéressés. Les Allemands envoient les tablettes au Japon, ou plutôt dans l'île des Philippines où les occupants se livrent à leurs expérimentations. Nous ne savons pas s'ils ont réussi à perfectionner ce virus, mais on peut supposer que non, car aucun historien n'a jamais mentionné ce type de maladie.

Julia et Eric hochèrent la tête.

— Mais quel est le lien avec les Responsivistes ? Comment ont-ils mis la main sur ces tablettes ? Et comment Severance et sa bande ont-ils pu réussir là où les Japonais ont échoué il y a soixante ans ?

— Nous avons pensé à tout cela, reconnut Eric, mais nous n'avons pas pu établir de lien précis, à part le fait que le fondateur du Responsivisme, Lydell Cooper, était un chercheur renommé dans ce domaine. Ils se sont servis des installations que les Japonais avaient utilisées pendant la guerre ; il est donc évident qu'ils connaissaient la nature de leurs recherches sur le virus. Mais comment l'ont-ils su ? Nous l'ignorons.

— La question suivante est : pourquoi ? dit Juan. Ils se sont servis du virus ou d'un dérivé pour assassiner tout le monde à bord du *Golden Dawn*. Mais maintenant, que comptent-ils en faire ? Je sais qu'ils considèrent la surpopulation comme la plus grande menace qui pèse sur l'humanité, poursuivit-il sans laisser à Eric le temps de répondre, mais un virus qui éliminerait l'humanité en totalité ou en grande partie laisserait le monde dans un tel chaos que la civilisation ne s'en remettrait jamais. Ce virus est une arme diabolique.

— Et s'ils s'en moquaient ? demanda Eric. Je veux dire, s'ils souhaitaient l'effondrement de la civilisation ? Je me suis renseigné sur ces gens. Ils ne sont pas rationnels. Dans leurs écrits, ils ne demandent pas à revenir au Moyen Age, mais c'est peut-être ce qu'ils veulent : la fin de l'industrialisation et le retour aux racines agraires de l'humanité.

— Pourquoi s'en prendre à des navires ? interrogea Juan. Ils pourraient tout aussi bien répandre le virus dans toutes les grandes villes du monde, et leur but serait atteint.

Eric ouvrit la bouche pour répondre, puis la ferma aussitôt. Il n'avait aucune réponse à offrir.

Juan se leva de son siège.

— Ecoutez. J'apprécie le travail que vous avez fait, et je sais que cela nous aidera à comprendre le jeu des Responsivistes et leurs véritables buts, mais si je ne me repose pas maintenant, je vais m'endormir sur place. Vous avez expliqué tout ça à Eddie ?

— Bien sûr, confirma Julia.

— Parfait. Demandez-lui d'appeler Overholt et de tout lui raconter. Je ne vois pas très bien ce qu'il pourra faire, au point où nous en sommes, mais je tiens à ce que la CIA soit mise au courant. Quand Mark et Linda doivent-ils faire leur rapport ?

— Ils n'ont pas pris de téléphone satellite, répondit Eric, et ils doivent se contenter de la liaison téléphone normale vers la côte. Linda a promis d'appeler dans trois heures.

— Dites-lui que je veux qu'ils quittent immédiatement ce navire par tous les moyens, même s'ils doivent pour cela voler un canot de sauvetage ou sauter par-dessus bord.

— Bien, Président.

*

Lorsque le téléphone sonna, Juan était persuadé qu'il venait de poser la tête sur l'oreiller.

— Cabrillo.

Il avait la langue pâteuse, et la faible lueur du crépuscule qui filtrait à travers les rideaux évoquait celle d'une lampe à arc.

— Ici Kasim, Président. Il y a quelque chose que

vous devriez voir. Pouvez-vous me rejoindre au centre opérationnel ?

— De quoi s'agit-il ?

Juan sortit ses jambes de sous les couvertures et bloqua le combiné entre son cou et son épaule pour pouvoir atteindre sa prothèse.

— Je crois qu'on nous fait signe sur les fréquences ELF.

— Ce sont bien les fréquences dont se sert la Navy pour communiquer avec les sous-marins ?

— Plus maintenant. Ils ont démantelé leurs deux émetteurs il y a deux ans de cela. D'ailleurs, ils ne transmettaient que sur soixante-seize hertz. Dans le cas présent, c'est cent cinquante.

— Quelle est la source ? demanda Juan en mettant son pantalon.

— Nous n'avons pas reçu assez de données pour pouvoir localiser la source, et compte tenu de la nature des transmissions ELF, il est possible qu'on n'y parvienne jamais.

— Vous commencez à m'intéresser… Je vous rejoins dans quelques minutes.

Juan s'habilla sans même prendre le temps d'enfiler ses chaussettes, puis se brossa les dents. D'après sa montre, il avait dormi trois heures. Il avait l'impression de s'être assoupi à peine trois minutes.

Il n'entrait jamais dans le centre opérationnel sans ressentir une émotion particulière, due à la fois à l'agencement élégant de la pièce, au bourdonnement tranquille des ordinateurs et à la pensée de toute la puissance contrôlée depuis cette pièce – non seulement celle des moteurs révolutionnaires de l'*Oregon*, mais aussi sa puissance de feu, qui pouvait se déchaîner en l'espace d'un instant.

Hali Kasim lui tendit une tasse de café brûlant qu'il venait de préparer à son intention.

Juan grommela un remerciement et but une gorgée.

— Ça va déjà mieux, dit-il en posant la tasse près de l'écran de Kasim. Racontez-moi ça.

— Comme vous le savez, l'ordinateur balaye toutes les fréquences du spectre radio. Lorsqu'il a repéré une transmission sur les fréquences ELF, il a enregistré le signal et m'a alerté dès qu'il a pu reconnaître le début d'un mot. Je suis arrivé aussitôt, et voilà ce qui a été transmis jusqu'à présent.

Il déplaça son écran plat pour que Juan puisse voir le mot qui y était inscrit : OREGON.

— C'est tout ? demanda Juan sans chercher à masquer sa déception.

— Les ondes ELF sont incroyablement longues, jusqu'à plus de trois mille cinq cents kilomètres. C'est justement leur longueur qui leur permet de circuler autour du globe et de s'enfoncer dans les océans. Pour simplifier, je dirais qu'un émetteur ELF se sert de la Terre comme d'une antenne géante. L'inconvénient, c'est qu'il faut très longtemps pour envoyer la moindre donnée, et les sous-marins ne peuvent pas répondre, parce qu'ils ne disposent pas d'émetteurs. C'est la raison pour laquelle la Navy a abandonné ce système.

— Rappelez-moi pourquoi un sous-marin ne peut pas être équipé d'un émetteur ELF…

— L'antenne à elle seule mesure près d'une cinquantaine de kilomètres. Et même s'il ne s'agit que d'un signal de huit watts, il faudrait plus d'énergie électrique que ne peut en fournir le réacteur d'un sous-marin. Mais la raison principale, c'est qu'un émetteur doit obligatoirement être installé dans une zone où la conductivité du sol est extrêmement basse, afin d'éviter l'absorption des ondes radio. Il n'existe dans le monde entier qu'une poignée d'endroits d'où l'on puisse émettre des ondes ELF, et les sous-marins n'en font pas partie.

« En consultant le rapport de données, poursuivit Kasim, j'ai découvert qu'il y avait eu une autre transmission ELF, sur la même fréquence, hier à vingt-deux heures. Ce n'était qu'un mélange incompréhensible de chiffres “un” et “zéro”. J'ai fait plancher l'ordinateur central dessus, au cas où il s'agirait d'un code, mais je ne suis pas très optimiste.

La lettre « I » apparut sur l'écran, suivie une minute plus tard par un « T ».

— Voilà qui est plutôt laborieux, commenta Juan. A part nous, qui a construit des antennes ELF ?

— Uniquement les Soviétiques. Ils ne s'en servent que pour contacter des sous-marins en eaux profondes, sur de grandes distances. Il n'existe aucune raison d'en construire d'autres maintenant.

— Si les nôtres ont été démantelées, il doit donc s'agir des Russes. Je me demande si tout ça pourrait avoir un rapport avec notre mission d'écoute de Kerikov ?

— Nous le saurons dans une minute, dit Kasim. Enfin, je devrais plutôt dire dans dix ou quinze minutes.

Les deux hommes attendirent. Une nouvelle lettre apparaissait à l'écran à chaque minute. Le résultat obtenu jusque-là tenait en deux mots : OREGON ITS MA. Lorsque la lettre suivante s'inscrivit sur l'écran, Juan la fixa une seconde avant de pousser un cri triomphal. C'était la lettre « X ».

— Qu'est-ce que ça signifie ? demanda Kasim.

— C'est Max. Il est fort, ce gaillard ! Il a trouvé le moyen d'entrer en contact avec nous sur les fréquences ELF.

Kasim étouffa soudain un juron. Il ouvrit une nouvelle fenêtre sur l'écran et l'enregistrement du mouchard installé dans le bureau de Gil Martell s'afficha aussitôt.

— Pourquoi n'y ai-je pas pensé tout de suite ? marmonna-t-il à voix basse, l'air mécontent.

Une séquence de mots apparut :

JE NE… (1 :23) OUI… (3 :57) SUJET DE DAWN ET SKY… (1 :17) (ACT)IVER EEL LEF… (:24) CLÉ… (1 :12) DEM(AIN)… (3 :38) NE SERA PAS… (:43) UNE MIN(UTE)… (6 :50) REVOIR. (1 :12)

— Il y a sûrement quelque chose qui m'échappe, constata Juan.

— Le quatrième groupe de mots. Activer « EEL LEF ». Ce n'est pas « EEL LEF », c'est « ELF ». Activer ELF ! Les Responsivistes disposent de leur propre émetteur ELF !

— Bon Dieu, mais pour quoi faire ? lança Juan avant de trouver aussitôt la réponse. S'ils répandent un virus sur des navires de croisière, un émetteur ELF peut leur permettre de synchroniser une attaque couvrant la planète entière.

Juan trépignait d'impatience en constatant la lenteur avec laquelle s'affichait le message de Max, mais il avait trop peu dormi, et le sommeil réclamait son dû.

— Kasim, je suis désolé, mais tout cela prend un temps fou. Je vais regagner ma cabine. Réveillez-moi dès que vous avez l'ensemble du message. Et je veux que vous me localisiez le site de transmission. Cette tâche est la priorité numéro un. Demandez de l'aide à Eric si besoin. Max, je ne sais pas comment tu t'es débrouillé, mais je te tire mon chapeau !

Chapitre 28

C'était une entourloupe usée jusqu'à la corde, mais elle avait fonctionné sans le moindre accroc.

Max avait repéré la falaise très peu de temps après s'être échappé du bunker souterrain. Il avait poussé l'accélérateur à fond avant de sauter du quad qui avait basculé par-dessus la crête. Il faisait alors trop sombre pour distinguer le point de chute de l'engin, mais Max savait que Kovac explorerait les environs à la recherche de son prisonnier et que le quad finirait par être découvert.

Il était revenu vers l'entrée du bunker, et pendant que les équipes de recherche se lançaient à sa poursuite et que le personnel médical s'occupait des mécaniciens blessés, il avait profité de la confusion pour rentrer à l'intérieur. Kovac ne s'attendrait certainement pas à ce qu'il retourne sur les lieux du crime et négligerait sans doute de faire fouiller le bunker.

Le complexe souterrain ne manquait pas d'endroits où se cacher. Max se sentait plus sûr de lui habillé en mécanicien, et il n'hésita pas à ouvrir certaines des portes qu'ils avaient déjà franchies dans l'autre sens. De nombreuses pièces étaient aménagées en dortoirs, avec d'innombrables lits superposés entourés de rideaux et des douches comme on en trouve dans les vestiaires des salles de sport. Max estima que les installations pouvaient accueillir plusieurs centaines de personnes, même si les résidents actuels paraissaient beaucoup moins nombreux. Une des portes donnait sur une immense cafétéria. Un examen des gazinières lui permit de constater que l'endroit n'avait encore jamais été utilisé. Les imposantes chambres froides étaient remplies de victuailles, et il trouva un local de stockage rempli, du sol au plafond, de palettes de bouteilles d'eau minérale et de boîtes de conserve.

Le complexe ressemblait à une sorte d'abri antiatomique de l'époque de la guerre froide, équipé pour fonctionner en autarcie, avec assez de vivres, d'eau, d'électricité et d'espace pour que des gens puissent s'abriter d'une catastrophe dans des conditions acceptables de confort, sinon de luxe. Cependant, le fait que l'endroit était neuf, et construit par les Responsivistes eux-mêmes, amenait Max à penser que si catastrophe il y avait, ils en seraient les premiers et uniques responsables. Le souvenir de l'horreur découverte par Juan et son équipe à bord du *Golden Dawn* lui revint en mémoire, et il ne put réprimer un frisson.

Il s'empara de deux bouteilles d'eau et d'une grande boîte de poires en conserve. Le sirop coulait sur son menton blessé tandis qu'il mangeait les fruits avec les doigts. Il prit aussi du film alimentaire dont il se banda le torse, tout en sachant que la médecine moderne préconisait de ne pas entraver les côtes cassées ou fêlées. La pression du plastique soulagea une bonne partie de sa douleur, tandis que l'eau et les fruits lui permettaient de reprendre un peu de forces.

Il enfouit deux bouteilles supplémentaires dans les poches de son bleu de travail et poursuivit son exploration. En suivant les méandres des couloirs, il croisa plusieurs personnes, qui regardèrent d'abord ses blessures d'un air soupçonneux avant de hocher la tête d'un air compatissant lorsqu'il leur expliqua qu'il avait été agressé par le prisonnier en fuite.

Il se trouvait à un niveau au-dessus de celui où il avait été détenu lorsqu'il s'aperçut que certains Responsivistes avaient droit à des installations plus sophistiquées que le dédale bétonné du reste du complexe. Il se retrouva devant une série de doubles portes équipées d'un clavier de sécurité. Visiblement, quelqu'un devait être occupé à démonter les installations électroniques, car des outils étaient posés sur le sol, à côté d'un petit tabouret. Le technicien avait dû s'absenter un moment.

Max pénétra dans la zone sécurisée sans perdre de temps. Le sol était couvert d'un épais tapis vert et les murs étaient garnis de panneaux de plâtre et de lambris récemment appliqués, à en juger par l'odeur acide de peinture qui régnait dans la pièce. L'éclairage provenait d'ampoules fluorescentes, mais l'installation était de meilleure qualité que dans le reste du complexe, et il y avait même quelques appliques. Les tableaux aux couleurs vives accrochés aux murs, sans âme, rappelèrent à Max le cabinet d'un avocat auquel il s'était adressé lors de son divorce. L'ensemble donnait une impression d'élégance froide et officielle, mais de fort bon goût. La salle à manger faisait penser à un restaurant de luxe, où des écrans plats remplaçaient les fenêtres absentes. Les sièges lourds étaient revêtus de cuir souple, et le bar était recouvert d'un comptoir d'acajou.

Il trouva un grand espace divisé en petits box pour des secrétaires, à côté d'une suite de bureaux et d'un centre de communications qui aurait fait baver Hali

Kasim d'envie. Il y entra et se mit à la recherche d'un téléphone ou d'un émetteur radio, mais le système de communications ne ressemblait à rien de ce qu'il connaissait. Un peu trop exposé à son goût dans cette pièce aux dimensions réduites, il décida de revenir plus tard et de continuer à explorer les lieux.

A l'écart de l'« aile directoriale », ainsi qu'il la baptisa, étaient installées des chambres dignes d'un palace, équipées chacune d'un minibar. Un livre était posé sur chaque table de chevet ; il ne s'agissait pas de la Bible, mais de l'ouvrage de Lydell Cooper, *La natalité nous tuera*. Les chambres étaient assez nombreuses pour accueillir une quarantaine de personnes ou de couples, selon l'occupation des lits. Max comprit que ces lieux étaient réservés à la crème du mouvement responsiviste, aux membres des instances dirigeantes et aux adeptes les plus fortunés. Tout au bout de l'aile directoriale, une suite était selon toute vraisemblance réservée à Thom Severance et à son épouse. Les pièces qui la composaient étaient de loin les plus luxueuses de toutes. La salle de bains était aussi vaste qu'un studio, et au vu des dimensions de la baignoire, on se serait presque attendu à y voir apparaître un maître nageur.

Max passa la nuit sur le lit de Thom Severance et au matin, il se lava les dents avec la brosse réservée au dirigeant responsiviste. Soudain, il éprouva un choc brutal en entendant des voix dans le salon tandis qu'il se rinçait la bouche. Il reconnut l'accent prononcé et la diction précise de Kovac. Une autre voix s'éleva, plus douce, qu'il attribua à Thom Severance, puis une troisième, qui fit bondir son cœur dans sa poitrine. C'était celle du docteur Jenner, le déconditionneur.

Max, horrifié, écouta leur conversation. Chaque nouvelle révélation lui paraissait plus épouvantable que la précédente. Jenner était Lydell Cooper en personne, un coup de génie que Max ne put s'empêcher d'admirer, bien qu'à contrecœur. Le dévouement de ces gens à leur cause était encore plus profond que quiconque aurait pu l'imaginer. Il s'agissait, ni plus ni moins, d'une religion, avec ses prophètes et ses martyrs, et une suite de fidèles prêts à tout au nom de leur foi.

Severance évoqua le suicide de Martell sur un ton tel que Max comprit qu'il s'agissait d'un meurtre perpétré par Kovac. Il apprit ensuite la terrifiante vérité sur le projet de propager un virus dans le monde entier afin de stériliser la moitié de l'humanité.

Max ne ressentait plus la moindre admiration, mais le plan de Cooper n'en était pas moins génial, à sa manière. La civilisation ne pourrait en aucun cas survivre à une attaque biologique qui tuerait la moitié de l'humanité, pourtant leur plan était différent. L'humanité ferait un bond en arrière d'une génération, mais en sortirait plus prospère. Max s'était renseigné sur le mouvement de Cooper lorsque son ex-épouse lui avait annoncé que Kyle en faisait partie. Selon Cooper, le Moyen Age ne se serait jamais terminé si la peste n'avait pas ravagé la moitié de l'Europe, ouvrant la voie à une ère nouvelle.

Il savait que tout n'était pas aussi simple que le prétendaient les Responsivistes, mais il ne put s'empêcher de se demander comment le monde actuel, avec ses voyages à grande vitesse et ses informations relayées vingt-quatre heures sur vingt-quatre, réagirait face à une telle crise. Cinquante ans après l'épidémie, les gens auraient occupé les espaces restés libres en raison de la diminution de la population, et le monde serait peut-être, en effet, plus agréable à vivre.

Mais c'était un monde dont Max ne voulait à aucun prix faire partie. A ses yeux, Cooper, Severance et Kovac n'avaient aucun droit de décider de ce qui était bon pour l'humanité, pas plus que Pierre, Paul, Jacques.

L'envie le prit de jaillir de la salle de bains et de les combattre, seul contre trois. Il pourrait faire cinq, voire six enjambées avant que Kovac l'abatte. Par la seule force de sa volonté, Max se contraignit à détendre son corps. Une meilleure occasion finirait par se présenter. Il suffisait d'être patient.

Après le départ des trois hommes, Max se glissa hors de la suite et alla se réfugier dans la penderie de l'une des autres chambres de l'aile directoriale, qui lui parut assez sûre pour y passer un moment. Il ne pouvait s'empêcher de songer à l'enfer que Severance et ses acolytes menaçaient de déchaîner, mais il fallait avant tout se concentrer sur la manière dont ils comptaient s'y prendre.

Les trois hommes avaient parlé d'un émetteur. Ils avaient l'intention de coordonner la propagation du virus en transmettant une sorte de code d'activation. Max comprit très vite les données du problème. Une antenne aérienne, même sur ondes courtes, ne pourrait couvrir toute la planète de façon satisfaisante. Il existait trop de variables, des conditions atmosphériques à l'activité des taches solaires qui pouvaient provoquer un dysfonctionnement du signal.

Il ne s'agissait donc pas d'ondes courtes.

Il se souvint alors du tunnel, des épais fils de cuivre et des énormes capacités de production énergétique du complexe responsiviste.

— C'est une fichue antenne ELF, murmura-t-il.

Au même instant, il sut comment s'y prendre pour avertir Juan.

Il attendit un moment avant de pénétrer dans ce qu'il avait pris plus tôt pour une salle de communications. Il lui fallut presque vingt minutes angoissantes pour comprendre comment se servir de l'émetteur ELF. Il ajusta la fréquence et envoya son message :

OREGON ICI MAX ATTAQUE VIRUS 50 NAVIRES CROISIÈRE

PAS TUER PIRE ELF EST LA CLEF ENVOYEZ BOMBE ATOMIQUE > 72 H.

Max aurait bien voulu pouvoir indiquer la localisation de l'émetteur, mais il n'avait aucune idée de l'endroit où il se trouvait. Il fallait juste espérer que Kasim puisse remonter jusqu'à la source du signal. Il avait délibérément utilisé l'expression « bombe atomique », car le complexe semblait être un bunker imprenable, et il espérait que Juan trouverait un moyen de le détruire.

Il revint à sa cachette après avoir pris deux ou trois barres protéinées et une bière dans le minibar de la chambre. La date de l'attaque approchait, et il était certain que Severance ordonnerait à Kovac de poster des gardes vers la sortie du complexe. Max ne pourrait donc pas sortir de ce côté. Comme il n'avait pas la moindre intention de sacrifier sa vie, il lui restait moins de trois jours pour trouver une autre issue.

*

Thom Severance était en train de discuter avec Lydell Cooper dans son bureau lorsque quelqu'un frappa à la porte. Il leva les yeux de son bureau et ôta les lunettes qu'il était obligé de porter depuis quelque temps. Il aperçut Kovac dans l'encadrement de la porte. Le Serbe, généralement maussade, paraissait cette fois franchement contrarié. Quoi qu'il ait pu arriver, Kovac n'était certainement pas porteur de bonnes nouvelles.

— Que se passe-t-il ? demanda Thom.

— Je viens de l'apprendre à la radio. Un mort sur un navire de croisière à Istanbul. C'était Zach Raymond, l'un de nos hommes à bord du *Golden Sky*.

— C'est lui qui dirigeait notre cellule à bord, n'est-ce pas ?

— En effet.

— Nous avons des détails sur ce qui est arrivé ?

— Apparemment, il est tombé du balcon de l'atrium du navire et il est mort sur le coup.

— C'était donc un accident ?

— C'est ce qu'ils disent aux nouvelles, mais je n'y crois pas. La mort accidentelle du chef de notre cellule, c'est une coïncidence un peu troublante.

— Vous pensez que ceux qui ont manigancé l'enlèvement de Kyle Hanley ont des gens à eux à bord du *Golden Sky* ? demanda Severance, sarcastique. Ne soyez pas ridicule. Comment auraient-ils pu établir un lien entre toutes nos activités ?

— Il y a autre chose. Je viens d'avoir des nouvelles de notre équipe aux Philippines. Ils m'ont informé que deux hommes étaient arrivés jusqu'à l'ancien laboratoire des virus et qu'ils avaient découvert les catacombes japonaises. A la suite d'une explosion, ils ont été enfouis sous les décombres, mais le fait qu'ils soient parvenus jusque-là est un signe inquiétant.

Severance posa le bout d'un doigt sous son menton soigneusement entretenu par la chirurgie plastique et marqué d'un sillon vertical.

— Si quelqu'un a décidé de s'intéresser à nous, il n'était pas très difficile de savoir que nous disposions d'installations aux Philippines. Je me demande tout de même comment ils ont eu connaissance du système de tunnel installé par les Japonais. Peut-être ont-ils fait plus que de simples recherches. Cela n'a d'ailleurs plus d'importance ; ils sont morts, et nous n'avons rien laissé derrière nous qui puisse nous incriminer.

— Je n'aime pas beaucoup ça, Thom, intervint Cooper. Les enjeux sont trop importants pour que nous prenions le risque d'être exposés, et je ne crois pas aux coïncidences. L'opération d'enlèvement du gosse Hanley n'était pas une menace très sérieuse contre nos opérations, mais maintenant, nous sommes confrontés à deux incidents : l'incursion de ces deux hommes aux Philippines et la mort de Zach Raymond. Quelqu'un est après nous.

— Si c'était le cas, le FBI aurait déjà fouillé de fond en comble notre base californienne et mis la pression sur les autorités grecques pour qu'ils agissent de même.

Le fondateur du mouvement ne trouva rien à répondre.

— Et si c'était la compagnie à laquelle s'est adressé Hanley pour récupérer son fils ? suggéra Kovac. Ils se conforment peut-être à leurs instructions de départ, et testent nos défenses en vue d'exfiltrer à la fois le père et le fils ?

— C'est parfaitement logique, approuva aussitôt Cooper.

— Et vous pensez qu'ils sont au courant de nos projets ? demanda Thom Severance.

— Probablement pas, répondit Kovac. Mais s'ils ont eu le temps d'interroger Zach Raymond, ils ont sans doute prévenu le FBI, et la perquisition musclée dont parlait Thom est peut-être imminente.

— Vous avez une suggestion ?

— Oui, monsieur. Il faut que je me rende à bord du *Golden Sky* pour m'assurer que le virus n'a pas été découvert. Si c'est le cas et s'il a été remis aux autorités, cela leur donnera un avantage considérable, en leur laissant assez de temps pour développer un remède avant que les premiers symptômes apparaissent. Je suggérerais aussi un black-out complet des communications du *Golden Sky*. Personne ne doit être autorisé à utiliser Internet ou les liaisons téléphoniques vers la côte. Ainsi, les responsables du bord seront dans l'impossibilité de contacter leurs supérieurs.

— Vers où le navire se dirige-t-il actuellement ?

— Il est en route pour Héraklion, en Crète. Je pourrai facilement monter à bord lorsqu'il passera entre les îles grecques.

En dehors de l'organisation, peu de gens savaient que le propriétaire de la Golden Lines, la compagnie dont dépendaient le *Golden Sky* et son « frère » au destin tragique, le *Golden Dawn*, était un Responsiviste. Lui et son épouse n'avaient jamais pu avoir d'enfants, et l'enseignement de Lydell Cooper les avait convaincus d'accepter le fait, et même de s'en réjouir. Le magnat des croisières touristiques versait de substantielles contributions au mouvement, qu'il autorisait également à affréter ses navires à prix d'ami, mais il ne faisait pas partie du premier cercle, et ignorait tout du projet de propagation d'un virus génétiquement modifié à bord des bâtiments de sa compagnie.

— Vous pouvez appeler le président de la Golden Lines, poursuivit Kovac, et lui expliquer que le groupe qui s'en est pris au *Golden Dawn* se prépare à une opération du même type à bord du *Golden Sky*. Faites-moi monter à bord, et veillez à ce que le navire reste en mer jusqu'à ce que le virus se soit propagé. Ainsi, même s'ils apprennent ce qui se passe, ils ne pourront prévenir personne.

— Si je lui dis cela, il va vouloir annuler la croisière.

— Demandez-le-lui comme un service. Il y a à bord cinquante Responsivistes qui sont là dans le cadre d'une Retraite Marine. La plupart d'entre eux n'ont aucune idée de ce qui va se passer, mais ainsi, nous disposons d'effectifs supplémentaires pour démasquer toute personne au comportement suspect.

Severance se tourna brièvement vers Cooper. L'ancien scientifique devait peut-être son apparence juvénile à d'innombrables opérations de chirurgie plastique, mais le feu qui brûlait dans son regard n'appartenait qu'à lui. C'était la flamme d'une conviction inébranlable et d'un dévouement absolu à sa cause.

— Thom, dit-il, l'espèce humaine est au bord du désastre. Il y a trop de bouches à nourrir, et les ressources naturelles ne cessent de s'appauvrir. Nous savons tous les deux que notre plan est le seul moyen humainement acceptable d'empêcher l'effondrement de cinq mille ans de civilisation. Et le moyen que nous avons trouvé nous vient de l'aube de cette civilisation. Tout cela est juste et nécessaire, et nous devons tout faire pour garantir le succès de notre entreprise.

« L'idée de modifier nos plans ne me plaît guère, mais je crois que monsieur Kovac a raison. Quelqu'un est au courant de quelque chose. Je sais que c'est bien vague, mais nous ne pouvons nous permettre de prendre des risques supplémentaires. Nous sommes trop proches du but. Il ne s'agit plus de semaines, mais de jours. Si ces gens sont à la recherche de notre virus à bord du *Golden Sky*, s'ils le trouvent, ils seront en mesure d'expliquer aux autorités maritimes comment il va être propagé et tous nos efforts auront été vains.

Thom Severance hocha la tête.

— Oui, bien sûr, vous avez raison. C'était très prétentieux de ma part d'imaginer que nous étions invincibles. Zelimir, je parlerai au responsable de la compagnie maritime. Prenez toutes les dispositions utiles, et emmenez autant d'hommes et de matériel que vous le jugerez nécessaire. Je vais m'assurer que le capitaine vous offre son entière coopération. Et n'oubliez pas ceci : à aucun prix le virus ne doit quitter le bord. A aucun prix. Vous comprenez ?

— Oui, monsieur. A aucun prix.

— Ressentez-vous aussi cette sensation ? demanda Cooper. Nous combattons la ténébreuse influence de ces entités qui viennent d'au-delà de notre membrane dimensionnelle. Depuis quatre mille ans, ils ont formé et modelé l'homme pour en faire la créature suicidaire qu'elle est aujourd'hui. Leurs forces ont abaissé l'humanité à un point tel qu'elle est maintenant prête à se détruire. Mais aujourd'hui, nous réagissons, et nous reprenons le contrôle de notre destinée. Je le sens. Je sens leur désarroi. Ils constatent que nous refusons de plier, que nous commençons enfin à suivre un chemin que nous avons nous-mêmes tracé.

« Lorsque nous aurons réussi, ils n'auront plus aucune emprise sur nous. Nous prospérerons dans un monde nouveau où ils ne pourront plus nous atteindre. Nous briserons les chaînes invisibles d'un esclavage que la plupart des humains ignorent, mais sous le joug duquel ils souffrent depuis des millénaires. Ils nous ont rendus incapables de résister à nos instincts les plus vils, et voyez le résultat ! C'est leur contrôle insidieux, au fil des générations, qui nous a amenés là où nous en sommes.

« J'ai fini par comprendre qu'aucune société rationnelle ne pouvait choisir de vivre comme nous vivions, que nous étions dépossédés de tout contrôle au profit d'influences venues d'au-delà de l'univers. Ils dominaient nos pensées et nous menaient tout droit vers Armageddon, pour des raisons que même moi, je suis incapable d'expliquer. J'ai été le premier à les voir tels qu'ils sont, et des gens comme vous ont eux aussi compris que le monde ne serait pas tel qu'il est sans ce terrible complot.

« Un terme va très bientôt être mis à leurs machinations. Dans cette nouvelle ère de notre évolution, ils n'auront plus leur mot à dire, car nous allons nous assurer que tout le monde comprenne qui ils sont vraiment et ce qu'ils ont fait. Oh, messieurs, comment exprimer l'exaltation que je ressens en ce moment ? L'aube arrive, et c'est ensemble que nous la verrons se lever.

Kovac ne s'était jamais senti très à l'aise avec le discours de Cooper sur le contrôle transdimensionnel des esprits. Il pouvait comprendre les données chiffrées de la surpopulation, le problème des ressources naturelles et les conséquences de la convergence entre ces deux problèmes, et il s'en contentait ; aussi n'émit-il aucun commentaire. Il contribuait à sauver l'humanité d'elle-même, et il en était satisfait. La perspective de traquer des ennemis potentiels à bord du *Golden Sky* lui semblait beaucoup plus gratifiante que celle d'une hypothétique nouvelle aube de l'humanité.

Chapitre 29

Juan Cabrillo, installé sur son siège habituel au centre opérationnel, écoutait l'exposé de Kasim avec la plus grande attention. Au fond de la pièce, Eddie Seng discutait avec Linc et deux de ses « chiens armés », Mike Trono et Jerry Pulaski. Avec l'aide d'Eric Stone, Hali Kasim avait accompli des prodiges.

— Pendant que Max continuait à émettre, j'ai contacté quelques mordus de radio que j'ai eu l'occasion de rencontrer au fil des années, et nous nous sommes connectés sur sa fréquence d'émission. Nous avons bricolé les horloges qui régulent nos satellites GPS afin d'être synchronisés à cent pour cent. Je leur ai demandé de noter l'heure exacte à chaque fois qu'un caractère apparaissait à l'écran. Les ondes radio se propagent à des vitesses variables selon les matériaux, aussi nous avons dû extrapoler un peu. Et c'est là qu'Eric est intervenu. Il a soumis ces variations à son ordinateur pour pouvoir travailler sur des données temps-distance claires, de telle sorte que nous avons pu obtenir la localisation de l'émetteur par triangulation.

Il pianota un instant sur les touches de son clavier, et l'image aérienne d'une île aride apparut sur l'écran principal. Elle avait la forme d'une goutte d'eau et était bordée de falaises, sauf au sud où l'on distinguait une plage rocheuse d'aspect inhospitalier. Le sol s'élevait et redescendait en collines escarpées, et toute végétation semblait absente, à part quelques taches herbeuses et une poignée d'arbres noueux auxquels un vent perpétuel avait donné des formes étranges. Selon l'échelle indiquée au bas de l'image, l'île s'étendait sur treize kilomètres, et mesurait un peu plus de trois kilomètres à son point le plus large.

— C'est l'île d'Eos. Elle se trouve dans le golfe de Mandalay, à quatre miles marins de la côte turque. Les Turcs et les Grecs se la sont disputée pendant deux ou trois siècles, même si j'ai un peu de mal à comprendre pourquoi. Elle présente un intérêt sur le plan géologique, car c'est un exemple de substrat rocheux précambrien dans une zone par ailleurs volcanique, mais sinon, elle est inhabitable. Cette image date de quatre ans.

Voir l'endroit où Max était retenu agit comme un électrochoc. Juan avait envie de hurler à l'équipage de cingler droit vers l'île, prêt à déchaîner tout l'armement de l'*Oregon*.

Kasim afficha une autre vue de l'île.

— Et voici l'île d'Eos l'an dernier.

Une douzaine d'engins de terrassement étaient rassemblés vers le sud de l'île, facilement reconnaissables grâce à leur peinture jaune. Un chantier de fabrication de béton avait été installé là, et une immense fosse était en cours d'excavation. Un quai s'étendait à partir de la plage et une route menait jusqu'au chantier.

— Les travaux ont été entrepris par une grande boîte de BTP italienne, et payés via un compte suisse numéroté, même si je n'ai aucun doute quant à l'identité des donneurs d'ordre. Ils ont dit aux autorités turques qu'ils comptaient y installer les plus grands studios de cinéma jamais construits.

Une nouvelle image apparut.

— Le même site quelques mois plus tard.

— Comme vous pouvez le constater, intervint Eric, ils ont bâti des structures de béton à l'intérieur de l'excavation. En se basant sur l'équipement utilisé pour établir l'échelle, on peut conclure que leur complexe s'étend sur une surface de plus de quatre mille cinq cents mètres carrés. A ce stade de la construction, il comporte trois niveaux.

— Après huit mois de travaux, reprit Kasim, la compagnie de cinéma bidon a annoncé que, faute de crédits, elle abandonnait son projet. Le contrat signé avec les Turcs stipulait que l'île devait être rendue dans son état originel. C'est ce qui s'est passé… plus ou moins.

Il afficha une troisième image à l'écran. On ne voyait plus aucune trace de l'énorme excavation, comme si les travaux n'avaient jamais eu lieu. Tout était remblayé, et la surface, à l'emplacement de la fosse, avait été reconfigurée pour ne laisser apparaître que la pierre naturelle. Il ne restait que le quai et une route goudronnée qui semblait ne mener nulle part.

— Cette image provient d'un rapport officiel du gouvernement turc relatif à l'impact des travaux sur l'environnement, poursuivit Kasim. De l'argent a sans doute changé de mains pour que le rapport indique que l'île d'Eos avait bien retrouvé son état d'origine.

— Où est l'antenne ELF ? demanda Juan.

— Elle est enterrée sous le bunker souterrain, répondit Eric. Max s'est montré très explicite lorsqu'il a parlé de bombe atomique. Il aurait pu simplement dire bombe ou bombarder, cela aurait même été plus court, mais il l'a précisé délibérément.

« J'aurais bien voulu consulter Mark à ce sujet, mais à défaut, je me suis livré à une simulation informatique ; s'ils ont versé du béton dans la fosse et remblayé les débris par-dessus, j'estime qu'il faudrait une puissance de deux kilotonnes pour en venir à bout.

— Et les bombes antibunkers de l'Air Force ? objecta Juan.

— Cela pourrait fonctionner si l'antenne ou les générateurs d'énergie étaient touchés. Mais vous pensez vraiment qu'on va trouver ce genre de bombe aussi facilement ?

— Aussi facilement que deux mille tonnes de TNT, répliqua Juan, qui regretta aussitôt sa réponse, car Eric n'était pas connu pour apprécier les sarcasmes.

Il n'était pas non plus dans les habitudes de Juan de se défouler de sa frustration sur ses hommes.

— Désolé…

— Une opération commando me semble être la seule solution envisageable, suggéra Eddie. On pourrait arriver sur la plage, au sud, ou bien escalader une des falaises.

— Sur le plan statistique, les chances de succès seraient égales à zéro, répondit Eric. Il est plus que probable que l'entrée du bunker soit défendue. Au premier signe d'agression, les défenses extérieures seront hermétiquement closes et toute une série de barricades successives seront installées à l'intérieur.

— Nous devons donc trouver une entrée secondaire, suggéra Juan. Il doit y avoir des prises d'air pour le système de ventilation, ainsi que des conduits d'évacuation pour leur centrale énergétique.

— Je pense que les deux se trouvent sous le quai, dit Eric avec un hochement de tête en direction de Kasim, qui fit revenir à l'écran la première image montrant les travaux. Regardez bien l'endroit où ils travaillent, sur la route.

Hali fit un zoom et Juan aperçut une asphalteuse qui étalait son ruban de goudron. Devant l'engin, des niveleuses égalisaient le terrain et, un peu plus loin, des excavateurs repoussaient des gravats dans une profonde tranchée.

— Ils ont creusé sous l'emplacement futur de la route, afin de pouvoir enterrer les conduits d'évacuation, et puis ils ont tout recouvert de bitume. Là encore, on peut supposer que les prises d'air et les conduits sont bien gardés, et qu'au premier signe d'intrusion, tout le complexe se refermera. Une équipe pourrait éventuellement accéder aux conduits, mais une fois à l'intérieur, elle y serait coincée.

Juan lança un regard vers Eddie pour avoir son avis sur le sombre constat dressé par Eric.

— Un seul faux pas et nous ne vaudrons pas mieux que les cibles d'un stand de tir dans une fête foraine, jugea Eddie. Et même si nous réussissons à pénétrer à l'intérieur, il faudra avancer dans ces conduits avec des lampes, sans avoir la moindre idée de ce qui nous attend un peu plus loin.

— Très bien. Une autre solution ?

— Désolé, Président, mais Eric a raison. Comme nous ignorons tout de l'agencement du complexe – systèmes de sécurité, importance et fréquence des patrouilles de garde, entre mille autres choses –, on ne pourra jamais entrer.

— Il y a deux semaines de cela, nous avons réussi à voler deux torpilles à systèmes de fusée à la marine iranienne. On doit tout de même bien trouver un moyen de faire sortir Max de là !

— Avec tout le respect que je vous dois – la voix d'Eric était hésitante, et cependant déterminée –, nous devrions d'abord tout faire pour neutraliser cet émetteur, avant de secourir Max. Si les Responsivistes coordonnent leur attaque en envoyant un signal ELF à différents navires de croisière disséminés dans toutes les mers du monde, la destruction de l'émetteur est une priorité absolue.

Sa remarque fut accueillie par un silence prolongé et pesant.

— Vous avez une suggestion ? demanda finalement Juan, non sans raideur.

— Eh bien oui, monsieur. On l'appelle le Poing de Staline.

Le nom de code fit réagir Juan, qui se renfonça dans son siège.

— Comment pouvez-vous être au courant de cela ?

— J'ai lu les transcriptions des conversations interceptées entre Kerikov et Ibn al-Asim.

Ces transcriptions se trouvaient sur l'ordinateur de Juan, mais il n'avait pas eu le temps de les parcourir, et encore moins de les lire. En ce qui le concernait, elles appartenaient au domaine réservé de la CIA. On s'était adressé à lui et à son équipe pour espionner des conversations, et non pour prendre connaissance de leur teneur exacte.

— Kerikov a mentionné le fait qu'il avait accès à ce qu'il appelait le Poing de Staline. J'ai effectué quelques recherches à ce sujet. Vous connaissez bien ce genre d'armement ?

— A votre avis, pourquoi cette arme n'a-t-elle jamais fonctionné ? demanda Juan avec un sourire malicieux.

— Dites, vous voulez bien nous éclairer un peu ? lança Linc.

Eric pianota à nouveau sur son clavier et fit apparaître le dessin, exécuté par un artiste, d'un satellite qui ne ressemblait à rien de connu. Le corps de l'engin formait un long cylindre, encerclé par cinq objets semblables à des tubes longs de plus de dix mètres. Sans même voir le marteau et la faucille qui ornaient son flanc, on devinait sans peine l'origine de l'engin, car le dessin était réalisé dans ce style soviétique si particulier, à la fois pompeux et approximatif.

— Son véritable nom de code était Ciel de Novembre, commenta Eric, mais ce satellite a toujours été connu sous le nom de Poing de Staline. Il a été lancé en 1989, pendant l'une des périodes les plus critiques de l'histoire contemporaine, et en violation directe d'une douzaine de traités.

— Tout cela est parfait, grommela Linc, mais dis-nous plutôt ce qu'est réellement cet engin.

— Le Poing de Staline est un PBO, ou projectile balistique orbital. Nos militaires ont eux aussi joué avec la même idée, sous le nom de code de Bâton des Dieux. Le système est basé sur une théorie très simple. A l'intérieur de ces tubes se trouvent des bâtons de tungstène, qui pèsent chacun un peu plus de huit cents kilos. Lors d'un tir, ils tombent et traversent l'atmosphère pour atteindre leur cible. Avec une vélocité orbitale de presque trente mille kilomètres à l'heure, multipliée par leur masse, ils frappent la cible avec l'énergie cinétique d'une bombe atomique, mais il n'y a pas de retombées radioactives, et lorsque l'on est confronté à une arme de ce type, le temps de réaction défensive est divisé par deux, car il n'y a pas de phase ascensionnelle comme c'est le cas avec un missile balistique conventionnel. On peut éventuellement détecter un objet enflammé dans le ciel pendant un instant, mais c'est tout. Aucun avertissement et aucune chance d'y échapper.

— Les Soviétiques l'ont conçu comme arme de première frappe, ajouta Juan. L'idée était de viser plusieurs grandes villes occidentales situées sur le même axe longitudinal et de rejeter la responsabilité des dommages sur une monstrueuse et soudaine pluie de météorites. En l'absence de radioactivité, et avec les bâtons de tungstène réduits à néant au moment de l'impact, impossible de prouver le contraire. Ils avaient même des astronomes prêts à produire des photographies modifiées montrant les météorites quelques instants avant leur entrée dans notre atmosphère. Pendant que le monde occidental se serait remis tant bien que mal de la perte de cinq villes, les Russes auraient pu tranquillement franchir les frontières et s'emparer de l'Europe.

— Comment savez-vous que leur système n'a pas pu fonctionner ? demanda Eric à Juan.

— Mon premier job à haut risque pour l'agence consistait à infiltrer le cosmodrome de Baïkonour, où le Poing de Staline devait être lancé à partir d'une fusée Energia. Je devais neutraliser l'arme. Je l'ai bricolée de telle sorte que le satellite ne puisse plus recevoir de signaux du sol, en raison du champ magnétique terrestre. L'engin ne pouvait réagir que si l'ordre lui venait de par-delà l'atmosphère.

— Pourquoi ne pas avoir fait sauter l'engin sur place ?

— Il s'agissait d'une mission habitée. Deux cosmonautes devaient y participer pour déployer les panneaux solaires. La mission avait déjà commencé depuis trois jours lorsqu'ils se sont aperçus que l'oiseau avait été saboté.

— Ils ne pouvaient pas envoyer un signal terrestre plus puissant ? demanda Kasim.

— Le système électronique de l'engin n'y aurait pas résisté.

— Et s'ils avaient envoyé un signal depuis *Mir*, leur station spatiale ?

— Ils savaient que c'était cuit, et ils l'ont laissé flotter là-haut en orbite polaire.

— Vous pensez qu'il fonctionne encore ? demanda Eric.

— Oui, à moins qu'il n'ait été heurté par des débris spatiaux, répondit Juan, que l'idée commençait à tenter. Très bien, le surdoué, vous avez réussi à nous trouver une alternative à la frappe atomique. Mais il nous faudra envoyer un émetteur à plus de cent kilomètres dans l'espace pour que nous puissions contrôler le satellite. Que suggérez-vous ?

— Si vous pouvez m'obtenir les codes de Kerikov, j'y parviendrai en utilisant ceci, répondit Eric en tapant sur les touches de son clavier pour afficher une nouvelle image.

Juan et ses hommes se regardèrent un moment, comme pétrifiés par l'audace de leur plan. Juan fut le premier à reprendre ses esprits.

— Eric, c'est une affaire entendue. Je vais appeler Overholt pour qu'il organise votre transport. Eddie et Linc, débrouillez-vous pour obtenir les codes de Kerikov cette nuit. Nous appareillerons ensuite.

— Vous voulez toujours faire route vers l'île d'Eos ? l'interrogea Eric.

— Je ne laisserai pas tomber Max.

Chapitre 30

En regardant son reflet dans le miroir, Juan fut incapable de dire où finissait son visage et où commençait le maquillage créé par Kevin Nixon. Il jeta un coup d'œil aux images agrandies que Kevin avait accrochées à la glace pour lui servir de modèle, puis se contempla à nouveau. La similitude était parfaite. La teinte de la perruque, le style, tout était conforme.

— Kevin, vous vous êtes surpassé, commenta-t-il en ôtant le col de papier dont Nixon avait ceint son cou pour protéger sa chemise de smoking.

— Ce n'était pas très difficile de vous faire ressembler à un terroriste arabe comme Ibn al-Asim. Si j'avais dû vous faire passer pour une de ces poules qui traînent toujours à la remorque de ce genre de crapule, là, vous auriez pu parler de miracle !

Juan attacha adroitement son nœud papillon et glissa ses larges épaules dans une veste de soirée. Le smoking est généralement flatteur pour les hommes, mais Juan le portait avec une particulière élégance, en dépit du rembourrage disposé au niveau de l'abdomen pour parfaire sa ressemblance avec al-Asim. La mission de surveillance avait permis, entre autres choses, de constater que le terroriste appréciait beaucoup les costumes Armani, ce qui convenait très bien à Juan. Un holster plat, placé à la base de sa colonne vertébrale, lui permettrait de garder son arme préférée, un pistolet Five-seveN, à portée de main.

— On croirait voir James Bond, mais avec un peu plus de ventre, commenta Mike Trono depuis l'autre bout de l'atelier.

— Le personnel d'entretien doit être visible quand on le cherche, mais toujours rester discret, rétorqua Juan en imitant de son mieux la diction de Sean Connery.

Mike Trono et Jerry Pulaski portaient tous deux des uniformes semblables à ceux du personnel de maintenance et d'entretien du casino de Monte-Carlo, dont ils avaient pu étudier le style à l'occasion d'un après-midi de reconnaissance. Kevin et son équipe disposaient de centaines d'uniformes et il ne leur fallait que quelques minutes pour modifier à leur guise un bleu de travail ordinaire.

Mike et Jerry étaient également équipés d'une grosse poubelle sur roues, d'un seau à roulettes, de balais à franges et d'une pancarte en plastique qui affichait SOL GLISSANT.

Le chef steward apparut à la porte, silencieux et discret comme à son habitude. Il portait sur son costume un tablier blanc impeccable, éternel sujet de débat entre les membres de l'équipage, qui se demandaient s'il changeait de tablier avant de quitter l'office ou s'il parvenait à ne jamais le salir. La grande majorité des hommes penchait pour la seconde hypothèse. Maurice tenait un récipient de plastique bien fermé d'une main, avec les mêmes précautions que s'il était rempli de serpents vivants, et son front était creusé d'un pli soucieux.

— Pour l'amour du ciel, Maurice, le taquina Juan, ce n'est tout de même qu'une imitation !

— C'est moi qui l'ai préparée, et je peux vous assurer qu'elle est bien assez réaliste à mon goût.

— Voyons cela…

Maurice posa le récipient sur le comptoir à maquillage de Kevin et fit un pas en arrière, refusant obstinément de l'ouvrir. Juan s'en chargea et détourna aussitôt la tête.

— Mon Dieu ! Il fallait vraiment que ce soit aussi puissant que ça ?

— Vous m'avez demandé de vous préparer du faux vomi, et c'est ce que j'ai fait, avec le soin que j'apporte à la confection de tous mes plats. L'odeur est aussi importante que l'apparence et la consistance.

— Cela me rappelle ce plat de poisson que vous aviez préparé en l'honneur de Jannike, le railla Mike Trono en remettant le couvercle avant de placer le récipient dans son seau de nettoyage.

Maurice lui lança un regard comparable à celui d'un directeur d'école réprimandant un élève turbulent.

— Monsieur Trono, je vous suggérerais de vous excuser, à moins que vous souhaitiez vous contenter de pain et d'eau à l'avenir.

— Mais j'ai adoré ce plat ! s'écria Mike, battant en retraite, car personne à bord ne prenait les menaces de Maurice à la légère. Quels sont les ingrédients de cette… préparation ?

— A la base, il s'agit d'une soupe de pois. Pour le reste, c'est un secret de fabrication.

Juan tourna son regard vers Maurice d'un air suspicieux.

— Ce n'est donc pas la première fois ?

— C'était dans ma jeunesse un bon tour que j'ai joué à Charles Wright, le capitaine du destroyer à bord duquel j'étais affecté. Comparé à lui, Barbe-Bleue aurait pu passer pour un émule de Mère Teresa. Ce donneur de leçons se vantait d'avoir un estomac d'acier ; un jour, avec quelques camarades, nous avons versé un peu de cette mixture dans la cuvette de ses toilettes, juste avant qu'un amiral en visite s'en serve lui aussi. Le surnom de « Charlie le Vomisseur » lui est resté jusqu'à la fin de sa carrière.

Tous éclatèrent de rire, d'ailleurs plus fort que l'histoire ne le justifiait, mais la plaisanterie leur permettait de relâcher un peu leur tension nerveuse. Les membres de la Corporation ne manifestaient guère leurs émotions, surtout avant une opération, et ils saisissaient la moindre occasion de faire baisser la pression.

— Ce sera tout, capitaine ?

— Oui, Maurice, je vous remercie.

— A votre service, capitaine.

Le chef steward inclina la tête et sortit en croisant Julia Huxley qui s'apprêtait à entrer dans la Boutique Magique.

Les hommes présents l'accueillirent par un concert de cris et de sifflets. Julia portait une robe sans bretelles en soie magenta qui épousait ses courbes comme une seconde peau. Sa coiffure était métamorphosée, passant de l'habituelle queue-de-cheval à une élégante composition de boucles et d'anglaises qui entourait son visage comme une auréole. Son maquillage mettait en valeur ses yeux et sa bouche et donnait à sa peau un éclat resplendissant.

— Voilà pour vous, dit-elle à Juan en lui tendant un mince attaché-case en cuir.

Juan l'ouvrit ; à l'intérieur étaient disposées trois seringues hypodermiques, chacune bien rangée dans son compartiment de protection.

— Injectez ce produit dans une veine, et le Marchand de sable passera en moins de quinze secondes.

— Les capsules ? demanda Juan.

Julia sortit un très ordinaire flacon de pharmacie de son sac à main assorti à l'attaché-case et secoua les deux capsules qui se trouvaient à l'intérieur.

— Si Ibn al-Asim souffre de problèmes rénaux, il finira à l'hôpital avant même d'avoir pu aller aux toilettes.

— Combien de temps avant qu'elles commencent à faire effet ?

— Dix minutes, quinze au maximum.

— Vous êtes certaine qu'il ne se méfiera pas du goût ?

Julia Huxley se tourna vers Juan d'un air faussement excédé. Ils avaient déjà évoqué le sujet à de multiples reprises.

— Totalement indétectable.

— Vous avez tous vos téléphones ? demanda Juan à la cantonade.

Après réflexion, l'équipe avait décidé d'utiliser la fonction talkie-walkie des téléphones mobiles plutôt que de risquer d'attirer l'attention avec des oreillettes ou des micros accrochés au revers de leurs vêtements. Tout le monde hocha la tête.

— Parfait. Eh bien, maintenant, à terre, et au travail.

*

Conçu par Charles Garnier, l'architecte de l'ancien Opéra de Paris, aujourd'hui connu sous le nom de palais Garnier, le casino de Monte-Carlo était une véritable cathédrale du jeu, typique de ce somptueux style Napoléon III créé en partie par Garnier lui-même, avec ses superbes fontaines à l'entrée, ses deux tours et sa toiture de cuivre patiné. L'élégant atrium était bordé de vingt-huit colonnes d'onyx, et le marbre et les vitraux étaient présents en abondance dans toutes les pièces. Lorsque Juan arriva, trois Ferrari et deux Bentley étaient alignées devant le bâtiment. Tous les hommes portaient le smoking, et les femmes, vêtues de leurs plus belles robes, étincelaient comme des diamants.

Juan jeta un coup d'œil vers sa manche pour vérifier l'heure. Kerikov et Ibn al-Asim n'arrivaient jamais avant vingt-deux heures, il avait donc trente minutes d'avance, plus qu'assez pour trouver un endroit tranquille et tuer le temps. Il n'était pas question qu'al-Asim croise son sosie devant une table de jeu.

Son téléphone mobile se mit à sonner discrètement.

— Président, nous sommes en position, Pulaski et moi.

— Rien d'anormal ?

— Avec nos uniformes d'agents de service, nous sommes pour ainsi dire invisibles.

— Où êtes-vous ?

— Près de la plate-forme de chargement des approvisionnements. On s'occupe en nettoyant l'huile que Pulaski a renversée accidentellement…

— Parfait. Je vous tiens au courant. Attendez mon signal.

Juan montra son passeport et régla son billet d'entrée. La plupart des clients se dirigeaient vers la droite, où se trouvaient les élégantes salles de jeu, et Juan suivit le mouvement. Il se fraya un chemin vers le bar installé à l'étage, commanda un Martini qu'il n'avait pas l'intention de boire, mais qu'il jugeait approprié dans un tel cadre, puis s'installa dans un coin sombre.

Julia l'appela quelques instants plus tard pour lui dire qu'elle venait d'arriver et se trouvait dans la salle Europe, le principal salon de jeu du casino.

Juan réfléchit à la manière dont il pourrait secourir Max avant que le projectile balistique orbital ne ravage l'île d'Eos. Quant à la destruction du complexe responsiviste, elle était indispensable, même s'il ne parvenait pas à en faire sortir Max. Juan savait que son ami lui-même l'approuverait, compte tenu des enjeux.

Si seulement il avait pu communiquer avec lui en utilisant les fréquences ELF ! Malheureusement, Max s'était servi d'un émetteur, et non d'un émetteur-récepteur. Juan passa en revue une dizaine de solutions, les étudia en détail, mais il dut les rejeter les unes après les autres, car elles étaient inenvisageables.

— Les voici, annonça Julia au téléphone alors que Juan était au bar depuis vingt minutes. Ils se dirigent vers une table de chemin de fer.

— Laissons-les s'installer et boire un verre ou deux.

Au rez-de-chaussée, Julia partagea son attention entre ses cibles et la roulette. Sa pile de jetons augmentait ou rétrécissait au fur et à mesure que le temps passait ; de l'autre côté de la pièce, Ibn al-Asim buvait son troisième verre.

Il était assez ironique de voir cet homme financer l'armement de groupes de terroristes fondamentalistes musulmans et, en même temps, bafouer les règles les plus évidentes de l'islam en buvant de l'alcool. Sans doute se prenait-il pour un *takfir*, songea-t-elle, un vrai croyant habilité à ignorer les dogmes dans le but d'infiltrer la société occidentale. Mais bien entendu, il suffisait pour cela d'éviter les vêtements traditionnels et la barbe des fondamentalistes. La boisson et les relations avec les femmes n'étaient pas indispensables. Mais c'étaient des activités qu'Ibn al-Asim appréciait, de toute évidence.

— Je pense qu'il est temps, Juan, lui dit-elle au téléphone.

— Très bien. Allez-y. Mike, préparez-vous pour l'Opération V.

Julia attendit jusqu'à ce que la bille de la roulette s'arrête sur le numéro six. Le croupier ratissa les jetons perdants, dont les siens, sur la table, puis elle lui glissa un pourboire et ramassa ses autres jetons. Elle sortit les deux capsules de son sac à main et traversa la pièce. Quelques hommes l'observèrent au passage, mais la plupart des joueurs se concentraient sur leurs cartes.

Il n'y avait aucun siège de libre à la table de Kerikov et d'Ibn al-Asim, aussi resta-t-elle légèrement en retrait, attendant qu'une occasion se présente. Lorsque le Russe remporta une main particulièrement intéressante, elle se pencha vers lui.

— Félicitations, lui glissa-t-elle à l'oreille.

Kerikov parut d'abord surpris, puis il sourit en découvrant la séduisante jeune femme.

Elle répéta l'opération avec un autre joueur lorsque celui-ci remporta une belle mise, et soudain, elle ne fut plus une étrangère, mais se trouva naturellement intégrée au cercle des joueurs. Elle déposa quelques jetons sur le tas du second joueur. S'il gagnait, elle gagnerait aussi.

L'homme perdit et s'excusa. Julia se contenta de hausser les épaules, comme pour dire que tout cela n'avait aucune importance.

Elle adressa alors un signe à al-Asim, pour lui demander la permission d'accompagner sa mise. Il approuva d'un signe de tête et, lorsqu'elle se pencha au-dessus de la table pour poser ses jetons, elle posa la main près du verre du Saoudien pour maintenir son équilibre. En se redressant, elle faillit le renverser. Elle le rattrapa à temps, y versa les deux capsules et le reposa sur son dessous de verre.

Les capsules étaient remplies d'un composé homéopathique dont se servaient les drogués en liberté conditionnelle pour évacuer toute trace de stupéfiants de leur organisme avant de se soumettre à des analyses et ainsi éviter de retourner en prison. Julia avait étudié le produit de près, et constaté qu'il n'était guère efficace, mais qu'il provoquait de pressantes envies d'uriner. Elle espérait ainsi attirer Ibn al-Asim vers les toilettes du casino à un moment adéquat pour elle, et non pour lui.

Al-Asim ne se méfia pas une seule seconde. Il joua sa main, gagna et eut un sourire carnassier en tendant ses gains à Julia.

— Merci, monsieur, dit-elle avant de miser une nouvelle fois avec un autre joueur.

Elle perdit sa mise, s'éloigna de la table, sortit de la pièce pour rejoindre l'imposant atrium et appela Juan pour le prévenir qu'al-Asim avait avalé le contenu des capsules.

— Très bien. Trouvez un endroit d'où vous pourrez l'observer, et avertissez-nous lorsqu'il se dirigera vers les toilettes. Retournez ensuite à la marina. Mike, mettez-vous en position, vous et Pulaski.

— On y va.

Non loin des lavabos se trouvait une porte qui menait aux couloirs de service du bâtiment, évitant aux clients d'être dérangés par les membres du service d'entretien ou par les serveurs et serveuses allant chercher les boissons des clients. Juan rôda un instant à proximité, puis la porte s'entrouvrit et Mike lui tendit le récipient contenant la peu appétissante mixture de Maurice. Avant d'entrer, il attendit encore quelques minutes pour laisser au produit le temps de faire son effet sur al-Asim.

Comme toutes les autres parties du casino, celle-ci regorgeait de marbre et de dorures. Un homme se lavait les mains, mais il quitta les lieux avant même que Juan parvienne à la rangée de cabines. Plus personne n'étant là pour l'entendre, le président de la Corporation n'eut pas besoin de feindre la nausée, et se contenta de verser l'immonde mélange sur le sol avant de se réfugier dans une cabine.

Le premier client, dès son arrivée, appela à grands cris un employé du casino. Juan ne comprenait guère le français, mais le ton rassurant de l'employé indiquait qu'il comptait prévenir le service d'entretien séance tenante. Il imaginait déjà l'homme se hâter vers la première entrée de service et découvrir que deux membres du personnel d'entretien l'attendaient dans le couloir, comme s'ils étaient déjà au courant du désastre.

La porte des toilettes s'ouvrit à nouveau, et Juan entendit gémir les roues de l'imposante poubelle lorsque Mike et Jerry entrèrent à leur tour.

— Salut, les gars ! lança-t-il en sortant de sa cabine.

— Pourquoi est-ce qu'on nous réserve toujours des boulots aussi raffinés que celui-là ? se plaignit Mike d'un ton sarcastique.

— Parce que vous au moins, vous savez faire briller les sols !

La porte s'ouvrit une nouvelle fois. Pulaski, affairé à son nettoyage, chassa poliment le client avec un hochement de tête navré en direction de la répugnante flaque répandue sur le sol.

— Il vient de se lever de table, le prévint Julia au téléphone. Ce sera le prochain client à entrer.

— Bien reçu. A plus tard, lui répondit Juan avant de se retirer dans sa cabine.

Lorsque la porte s'ouvrit, Pulaski laissa entrer al-Asim, qui fit une grimace en sentant l'odeur, mais courut néanmoins vers les urinoirs.

Juan attendit qu'il ait terminé avant de s'approcher de lui par-derrière. Al-Asim sentit sa présence au dernier moment et se retourna. Ses yeux s'agrandirent lorsqu'il se retrouva confronté à son double, mais avant qu'il puisse comprendre ce qui lui arrivait, Juan plongea la seringue dans son cou et enfonça le piston. Voyant qu'Al-Asim allait crier, il plaqua une main contre sa bouche et la maintint jusqu'à ce que le financier saoudien perde conscience.

Pendant que Juan et Terry poussaient Ibn al-Asim dans la poubelle, Pulaski dut refuser l'entrée à un autre client. Juan remplaça sa montre par le fin modèle que portait al-Asim et glissa la large bague de l'Arabe à son doigt.

— Quand il retrouvera ses esprits, je devrais en avoir terminé avec Kerikov, dit Juan en observant son reflet dans le miroir. Mettez-le quelque part où on ne risque pas de le trouver avant quelques heures et regagnez l'*Oregon* avec Julia.

— Il y a une remise près du quai de chargement, personne ne doit l'utiliser à cette heure-ci, dit Mike, qui termina de lustrer le sol avant de replonger le balai à franges dans le seau.

— A plus tard, les enfants.

Juan reprit le chemin de la table de chemin de fer où Kerikov tirait des cartes du sabot et procédait à la distribution.

— Tout va bien, mon ami ? s'enquit le Russe en anglais, seule langue dans laquelle il pouvait communiquer avec al-Asim.

— Quelques maux d'estomac, Ivan, rien de bien sérieux.

Juan avait pris la peine d'écouter des heures d'enregistrements de conversations entre les deux hommes et il savait comment ils s'adressaient l'un à l'autre. Le marchand d'armes n'avait pas réagi à son apparence. Le déguisement et le maquillage étaient au point.

Ils jouèrent encore quarante-cinq minutes, pendant lesquelles Juan prétendit souffrir de plus en plus de ses maux d'estomac. Son jeu paraissait d'ailleurs s'en ressentir ; il paria sans discernement et la pile de jetons d'al-Asim, d'une valeur de cinquante mille dollars, s'en trouva réduite de moitié.

— Je suis désolé, Ivan, dit-il en se tenant l'abdomen d'une main. Je crois que je devrais rentrer à bord.

— Il vous faut un médecin ?

— Non, ce n'est rien de grave, il faut simplement que je m'étende. Continuez à jouer, je vous en prie.

L'offre était risquée, mais Juan était certain qu'al-Asim aurait agi de la sorte.

Kerikov sembla tenté par la suggestion. Il avait gagné environ trente mille dollars depuis le début et détestait arrêter de jouer lorsque la chance lui souriait. D'un autre côté, compte tenu de la manière dont les choses évoluaient avec al-Asim, celui-ci était en passe de devenir l'un de ses meilleurs clients.

— Je crois que je leur ai soutiré assez d'argent pour ce soir.

Ils rendirent leurs jetons et laissèrent leur argent en compte pour rejouer le lendemain. Pendant qu'ils traversaient l'atrium richement décoré, Kerikov appela son chauffeur au téléphone pour que la limousine les attende à la sortie.

Le chauffeur s'arrêta juste devant l'entrée, mais resta au volant. Ce fut le garde du corps de Kerikov qui quitta le siège du passager avant pour ouvrir la portière. Il mesurait une bonne dizaine de centimètres de plus que Juan et ses yeux étaient sombres et méfiants. Il examina la foule pendant que Kerikov s'installait dans la limousine et jaugea Juan d'un air dur.

L'instinct dictait à celui-ci de détourner les yeux. S'il l'avait suivi, le garde aurait compris qu'il se passait quelque chose d'anormal, mais Juan était justement entraîné depuis des années à ignorer cet instinct. Au lieu de baisser les yeux, il rendit son regard au garde.

— Il y a un souci ?

— *Niet*, répondit le garde d'un ton adouci.

Juan monta en voiture et la portière se referma derrière lui. La marina n'était qu'à une courte distance de là. Juan continua à jouer la comédie de la douleur pour ne pas avoir à faire la conversation tandis que la limousine traçait sa route jusqu'au front de mer.

Le canot du *Matriochka*, le yacht de Kerikov, les attendait à la marina. Le garde bondit hors de la voiture dès son arrêt pour ouvrir la portière arrière.

— Nous avons bien fait de ne pas gaspiller d'argent ce soir pour des filles, commenta Kerikov en marchant vers l'endroit où le canot d'un blanc éclatant était amarré.

— Je me sens si mal que je serais incapable de prendre plaisir à seulement regarder une femme. Et cette balade en canot ne me tente guère.

Kerikov posa une main massive sur l'épaule de Juan.

— Cela ne prendra pas longtemps, et les eaux du port sont aussi lisses qu'un miroir. Tout ira bien.

Le garde du corps fit démarrer le moteur du canot tandis que le chauffeur de la limousine donnait un coup de main pour les cordages de proue et de poupe. Cinq minutes plus tard, ils approchaient du large tableau arrière du *Matriochka*, où une plate-forme de plongée en teck était abaissée ; un escalier donnait accès au pont principal de l'imposant bâtiment.

— Vous devriez tout de suite regagner votre cabine, dit Kerikov dès leur arrivée.

Un membre du personnel de bord attendait au sommet des escaliers pour le cas où Kerikov aurait besoin de quoi que ce soit, et Juan compta deux gardes, l'un près du pont supérieur, derrière la passerelle, et l'autre qui patrouillait près de la piscine du yacht.

Selon les estimations des hommes de la Corporation, il devait y avoir dix-huit hommes d'équipage et dix autres pour la sécurité.

— Si cela ne vous ennuie pas, j'aimerais d'abord vous parler en privé dans votre bureau.

— Rien de trop confidentiel ? demanda aussitôt Kerikov, conscient du risque d'être sous écoute si près de la côte.

— Non, non, le rassura Juan. Il m'est arrivé quelque chose ce soir dont je voudrais vous parler.

Kerikov et Juan traversèrent le luxueux navire en passant devant une salle à manger assez grande pour accueillir vingt convives et une salle de cinéma d'une capacité deux fois supérieure. L'ancien espion soviétique avait su profiter au mieux des avantages du capitalisme.

Ils arrivèrent au bureau de Kerikov, et dès que le Russe eut fermé la porte derrière eux, Juan sortit son pistolet et le pressa sur sa gorge, assez durement pour entailler la peau.

— Un bruit, et vous êtes mort, avertit Juan en russe, sans le moindre accent arabe.

Kerikov eut l'intelligence de ne pas bouger. Il s'était sans doute déjà trouvé plusieurs fois dans la même situation, mais avec des rôles inversés, et il savait que si le but de son agresseur avait été de le tuer, il serait déjà mort.

— Qui êtes-vous ?

Juan ne prit pas la peine de répondre, et attacha des menottes souples aux poignets du Russe.

— Vous parlez le russe, mais je pense que vous faites partie de la CIA, et non du FSB. Je dois vous féliciter. Je m'étais bien renseigné sur Ibn al-Asim, il paraissait inattaquable. Vous avez dû beaucoup travailler pour arriver à ce résultat. Beaucoup de gens fiables m'ont donné les meilleures assurances quant à votre légitimité.

— Je ne suis pas Ibn al-Asim.

— Non, apparemment pas, répliqua Kerikov avec un sourire en coin.

— Al-Asim est toujours au casino, dans une poubelle, près de la plate-forme des livraisons. Il devrait revenir à lui d'ici deux ou trois heures.

Kerikov plissa les yeux en essayant de se faire une idée plus précise de la situation.

Juan décida de le laisser un peu plus longtemps dans le vague.

— En ce qui me concerne, al-Asim et vous, vous pouvez aussi bien être de vieux camarades d'université qui aiment prendre du bon temps ensemble à Monte-Carlo, cela m'est égal. Je ne m'intéresse pas à vos trafics. Ce qui m'amène ici, c'est une chose que vous avez volée à vos anciens employeurs.

— Je leur ai volé pas mal de choses, à vrai dire, répondit Kerikov avec une fierté non déguisée.

Juan avait fouillé dans le passé de Kerikov, et ce qu'il avait découvert lui donnait une forte envie de lui tirer une balle dans la tête et de débarrasser ainsi le monde d'une parfaite crapule. C'était facile, il suffisait d'appuyer sur la détente.

— Je veux les codes du Poing de Staline.

Kerikov avait parlé de l'arme secrète peu de temps auparavant à Ibn al-Asim, et la troublante coïncidence ne lui échappa pas. Il demanda à nouveau à Juan qui il était.

— Votre assassin, si vous ne me donnez pas ce que je veux.

— Vous m'avez placé sous surveillance, je ne me trompe pas ?

— Mon organisation vous surveille depuis un moment, répliqua Juan, se contentant d'un demi-mensonge. Ce qui nous intéresse, ce sont les codes du satellite pour le lancement du projectile balistique orbital. Si vous me donnez ce que je veux, vous et al-Asim pourrez continuer vos trafics en toute impunité. Sinon, vous mourrez ce soir.

Lorsque Juan avait informé Langston Overholt de l'opération, l'homme de la CIA avait insisté pour que rien ne vienne compromettre ses efforts pour mettre un terme aux agissements d'Ibn al-Asim.

Juan pressa son arme un peu plus fort pour souligner ses propos.

Kerikov tenta de lui faire baisser les yeux, et il ne broncha pas lorsqu'il vit le doigt de Juan commencer à presser la détente.

— Tirez et mes gardes seront ici en moins de vingt secondes, menaça-t-il.

— Mon âme est prête au martyre, rétorqua Juan, entretenant le flou sur son rôle réel et laissant entendre que ses motivations étaient d'ordre religieux. Et la vôtre ?

Kerikov laissa échapper un long soupir.

— Mon Dieu, la guerre froide me manque… Vous êtes tchétchène, c'est bien cela ?

— Si cela peut apaiser les tourments de ce qui vous reste de conscience, non, je ne suis pas tchétchène, et l'arme ne sera utilisée nulle part à l'intérieur des anciennes frontières de l'URSS.

— Les codes sont dans le coffre dissimulé derrière ce tableau, dit-il avec un mouvement de tête en direction d'un nu suspendu à une cloison.

Juan se servit du canon de son arme pour déplacer le tableau sur son long support, pour le cas où il serait piégé. Le coffre formait un carré de soixante centimètres de côté, et était équipé d'un clavier électronique à dix chiffres.

— La combinaison ?

— Zéro cinq, un zéro, un, neuf, un, sept.

— La date de la révolution d'Octobre. Bien choisi.

Juan tapa la combinaison sur le clavier, maintenant Kerikov juste en face du coffre en tirant la poignée. Il connaissait ce modèle, et savait que si le code était faux, une grenade paralysante éclaterait aussitôt. Mais le code était correct.

A l'intérieur du coffre se trouvaient des liasses de billets de divers pays, un pistolet, que Juan fourra dans sa poche, et d'innombrables classeurs et dossiers.

— Il doit être vers le fond, suggéra Kerikov, soucieux de ne pas prolonger inutilement la pénible épreuve.

Au passage, Juan jeta un coup d'œil rapide à certains documents. Le Russe était impliqué dans certains trafics de grande envergure, y compris avec Saddam Hussein avant l'invasion de l'Irak, et dans un commerce triangulaire d'opium afghan, d'armes russes et de diamants servant à financer un conflit interafricain.

Vers le bas de la pile, Juan découvrit un dossier portant l'étiquette CIEL DE NOVEMBRE rédigée en écriture cyrillique. Juan parcourut en hâte quelques pages pour s'assurer que c'était bien le document qui l'intéressait. Une fois que l'ordinateur de l'*Oregon* l'aurait traduit en anglais, Eric et Hali parviendraient sans doute à en démêler le jargon technique.

Il glissa le dossier dans un sac étanche et se tourna vers Kerikov. Il aurait aimé dire au Russe ce qu'il pensait de lui et de ses agissements, mais il parvint à se contenir.

— Lorsque vous reverrez al-Asim, dites-lui que ce qui s'est passé ce soir n'a rien avoir avec vos affaires. Racontez-lui simplement qu'un fantôme de votre passé est revenu vous hanter, mais que la situation est sous contrôle. Maintenant, veuillez vous retourner et vous agenouiller.

Pour la première fois depuis que Juan l'avait menacé de son arme, Kerikov montrait sa peur, malgré lui. Elle se lisait dans ses yeux, même s'il parvenait à contrôler sa voix.

— Vous avez obtenu ce que vous vouliez.

— Je ne vais pas vous tuer, répondit Juan en tirant de sa poche l'étui de la seringue et en prenant une aiguille. Il s'agit du produit que j'ai injecté à al-Asim. Vous resterez inconscient pendant quelques heures, c'est tout.

— Je déteste les piqûres. Je préférerais que vous me frappiez à la tête.

Juan abattit son FN si durement sur la tempe de Kerikov qu'une pression supplémentaire d'une ou deux livres aurait suffi à briser l'os et à tuer le trafiquant, qui s'effondra comme une poupée de chiffon.

— Comme vous voudrez, dit Juan, ce qui ne l'empêcha pas d'enfoncer l'aiguille et de presser le piston.

La cloison extérieure du bureau était faite de panneaux de verre incurvés qui formaient un arc à partir de la coque. Juan ouvrit un des panneaux et jeta un coup d'œil au-dehors, vers le haut. Il n'y avait personne près du bastingage, au-dessus de lui. Il se débarrassa de sa veste de smoking, de sa chemise et du rembourrage conçu par Kevin Nixon. Dessous, il portait un T-shirt noir moulant à manches longues. Il fourra le sac étanche sous le T-shirt, jeta le pistolet de Kerikov par la fenêtre, ôta ses chaussures et se laissa tomber à l'eau.

Tant qu'il restait silencieux, sans regarder vers le haut, afin de garder son visage à couvert, sa perruque noire se fondait parfaitement dans les eaux d'encre de la Méditerranée. Il nagea le long de la coque du *Matriochka*, jusqu'à la chaîne d'ancre. Là, il plongea sous la surface, descendant maillon par maillon le long de la chaîne jusqu'à ce qu'il atteigne le matériel de plongée qu'Eddie et Linc avaient secrètement disposé là à son intention.

Il s'équipa aussitôt du détendeur Braeger, de la ceinture plombée, des palmes et du masque, et consulta sa position sur la boussole lumineuse. L'*Oregon* n'était qu'à un mile de là, et la mer était étale, ce qui faciliterait sa progression.

Tout en nageant, Juan se promit que cette visite à Kerikov ne serait pas la dernière, et que les choses se passeraient beaucoup plus mal pour le Russe lors de leur prochaine rencontre.

Chapitre 31

Mark et Linda n'avaient guère éprouvé de difficultés à dissimuler le fait qu'ils n'avaient pas de cabine. Ils achetèrent des vêtements et des articles de toilette dans les boutiques du bord et prirent leurs douches dans les vestiaires de la salle de sport. Ils dormaient chacun leur tour sur des transats près de la piscine et passaient leurs nuits au casino. Grâce à sa mémoire photographique, Mark se souvenait de toutes les cartes, et les quatre cents dollars qu'ils avaient sur eux en embarquant s'étaient métamorphosés en un joli magot. Mark aurait pu amasser une fortune s'il l'avait voulu, mais il préféra modérer ses gains dans un souci de discrétion.

La situation changea radicalement dès le deuxième jour.

Pour les autres passagers, la fermeture de la salle des liaisons téléphoniques vers la côte n'était qu'un simple désagrément. Quelques hommes d'affaires protestèrent, mais la plupart des gens ne s'en soucièrent pas, et certains ne le remarquèrent même pas.

Pour Mark et Linda, le fait était autrement significatif. D'autres signes subtils étaient aussi apparus. Des hommes d'équipage plus nombreux arpentaient les ponts, en principe pour assurer l'entretien, mais ils passaient beaucoup de temps à observer les passagers.

Personne ne demanda à voir leur clé de cabine, mais Mark et Linda savaient que ce n'était qu'une question de temps.

Une chose était certaine : la compagnie était avertie de la présence de passagers clandestins, et entendait tout mettre en œuvre pour les découvrir.

Plus inquiétante encore était l'apparition de symptômes de rhume parmi les passagers.

Au matin de leur second jour à bord, un certain nombre de passagers et de membres d'équipage se plaignirent d'avoir le nez qui coule et de souffrir de crises d'éternuements. D'après les conversations écoutées autour de la piscine et dans la salle à manger du bord, tout allait bien la veille au soir, jusqu'au buffet de minuit. Tous ceux qui présentaient les symptômes de la maladie s'y étaient rendus, et le personnel et les cuisiniers qui s'en étaient occupés étaient touchés eux aussi.

— C'est sûrement un test, suggéra Mark tandis qu'ils terminaient leur petit déjeuner dans un recoin de l'immense salle à manger.

— Comment peux-tu en être aussi sûr ?

— Pour deux raisons. Tout d'abord, la plupart des virus qui se propagent naturellement à bord d'un navire sont de nature gastro-intestinale. Celui-ci serait plutôt un rhinovirus. Deuxièmement, si c'était l'attaque principale, nous serions déjà morts.

— A ton avis, que devons-nous faire ? demanda Linda qui, malgré son appétit légendaire, chipotait dans son assiette.

— Ne serre la main à personne, ne touche pas le bastingage ou les rampes d'escalier et surtout – c'est vital – évite de te toucher les yeux. C'est souvent ainsi que ce genre de maladie parvient à pénétrer dans le corps humain. Nous allons nous laver les mains toutes les demi-heures, immédiatement si nous avons enfreint l'une des autres règles. Et enfin, nous allons tout faire pour savoir comment ils entendent propager le virus mortel utilisé à bord du *Golden Dawn*.

— Nous avons fait une bêtise en embarquant ? demanda Linda, qui s'essuya la bouche et posa sa serviette de table à côté de son assiette.

— Non, car nous allons découvrir leur mode opératoire avant l'attaque principale.

— Sois raisonnable, Mark. Nous avons déjà vérifié le système de distribution d'eau, celui d'air conditionné, et même les machines à glaçons ! Est-ce que nous avons la moindre chance de trouver quelque chose ?

— Nos chances augmentent chaque fois que nous éliminons une possible source vectorielle, rétorqua Mark. T'es-tu déjà demandé pourquoi, lorsque l'on perd un objet, on le retrouve toujours dans le dernier endroit où l'on regarde ?

— Eh bien, pourquoi ?

— Parce qu'on arrête de chercher lorsqu'on a trouvé. Donc, l'objet ne peut être que dans le dernier endroit où on l'a cherché.

— Où veux-tu en venir ?

— Ce fameux dernier endroit, nous ne l'avons pas encore exploré !

En dépit de l'efficace isolation des murs de la salle à manger, ils entendirent distinctement la pulsation du rotor d'un hélicoptère. Ils se levèrent de table et se dirigèrent vers l'arrière du navire. Une piscine était aménagée sur la plage arrière. Un panneau rigide recouvrait maintenant la surface du bassin et des marins avaient délimité un périmètre avec des cordages pour tenir les passagers à l'écart.

L'hélicoptère, un Bell JetRanger, portait sur son flanc l'inscription POSEIDON TOURS. Depuis leur point d'observation, trois ponts plus haut, Linda et Mark distinguèrent le pilote et trois passagers dans la cabine.

— Ce n'est pas bon signe, commenta Linda par-dessus le vacarme des pales et du rotor.

— Tu crois qu'ils sont là pour nous ?

— Les gens meurent rarement au cours d'une croisière, et quand un de ses adeptes a été tué à Istanbul, Thom Severance a dû décider d'agir au plus vite. Je me demande comment il a fait pour obtenir une telle faveur de la compagnie maritime. Quand on voit piloter Adam Gomez, on s'imagine que c'est facile, mais faire atterrir un hélico à bord d'un navire en mouvement est une opération dangereuse.

— Ils ont sans doute les poches bien remplies.

L'hélico passa au-dessus du mât de pavillon, le souffle de ses pales envoyant voler un peu d'écume là où les hommes d'équipage avaient lavé le pont un peu plus tôt. Il resta suspendu comme un gros insecte pendant que le pilote évaluait la vitesse et la force du vent avant de faire atterrir l'engin sur le panneau rigide. Il laissa le moteur en marche pour que les patins exercent un minimum de pression sur le panneau, puis trois portières s'ouvrirent en même temps. Trois hommes sautèrent de l'hélicoptère, leur sac à dos en nylon à l'épaule. Le pilote dut ajuster la puissance pour compenser le brusque allègement de l'engin. Dès que les portières furent refermées, l'appareil se souleva et s'éloigna du *Golden Sky*.

— D'après Eddie, Zelimir Kovac ressemble à Boris Karlov dans l'un de ses mauvais jours, dit Mark avec un mouvement du menton vers l'un des hommes.

— Le grand type au milieu ?

— Je suis certain que c'est lui.

Les trois hommes furent accueillis par un officier du bord, mais ne firent pas mine de lui serrer la main. A voir leurs tenues, d'allure pourtant décontractée – pantalons de toile, polos, coupe-vent légers –, on ne pouvait s'empêcher de penser à des uniformes. Peut-être à cause des sacs à dos identiques, songea Linda.

— Que transportent-ils dans ces sacs, à ton avis ? demanda-t-elle.

— Des slips et des chaussettes de rechange, un rasoir… ah oui, et des armes, bien sûr !

Jusqu'alors, les risques étaient limités pour Mark et Linda. S'ils étaient découverts, ils risquaient simplement de finir le voyage dans la cale du navire, ou ce qui en tenait lieu, et de devoir fournir quelques explications une fois à terre. Les choses étaient désormais bien différentes. Kovac et ses sbires étaient là pour les débusquer, et s'ils y parvenaient, leur sort à tous les deux ne faisait aucun doute. Mark et Linda disposaient d'un unique avantage : Kovac ignorait leur nombre. Cependant, compte tenu de la vigilance sans cesse accrue des officiers et des hommes d'équipage, ils pouvaient être démasqués à tout moment.

— Je viens de penser à quelque chose, observa Mark alors qu'ils se détournaient du bastingage.

— De quoi s'agit-il ?

— Est-ce que Kovac prendrait le risque d'embarquer si les Responsivistes avaient l'intention de lancer le virus qui a tué les passagers et les membres d'équipage du *Golden Dawn* ?

— Peut-être, s'il a été vacciné.

Vers midi, près des trois quarts des gens présents à bord, équipage compris, présentaient des symptômes de rhume et, en dépit de toutes leurs précautions, Linda et Mark étaient du nombre.

Chapitre 32

Le vent du désert hurlait en balayant la piste d'atterrissage et faisait voler des nuages de poussière tourbillonnants qui menaçaient de masquer jusqu'au ciel lui-même. Le pilote du jet Citation de louage posa l'appareil sur la piste avec un écart de dix mètres sur la gauche afin de tenir compte du vent latéral qui frappait sans relâche le fuselage.

Le train d'atterrissage sortit avec un gémissement mécanique et un bruit sourd, et les ailerons se déployèrent. Les turboréacteurs rugirent pour maintenir l'avion en suspension quelques secondes de plus.

L'unique passager installé dans la cabine ne s'intéressait aucunement aux conditions météo ou aux péripéties de l'atterrissage. Il avait pris un vol commercial de Nice à Londres, puis un autre jusqu'à Dallas, où l'attendait le luxueux jet de location ; depuis, il était resté assis à pianoter sur les touches de son ordinateur portable.

Lorsque Eric avait soumis à Juan son projet d'utiliser le projectile balistique orbital russe, l'idée n'était encore qu'au stade d'une ébauche. Il ne s'était pas rendu compte de l'énorme quantité de données qu'il allait devoir traiter pour se donner les meilleures chances de réussite. Vitesses et vecteurs orbitaux, rotation de la Terre, masse des bâtons de tungstène et autres paramètres par centaines – tout devait être pris en compte dans ses calculs informatiques.

Grâce à son passé naval, il se sentait capable de traiter la partie mathématique de la mission, mais l'aide de Murph aurait cependant été la bienvenue. Celui-ci possédait une maîtrise naturelle de la trigonométrie et du calcul qui lui aurait facilité la tâche. Mais il aurait insisté pour assurer la direction des opérations, et le Président lui aurait à juste titre donné raison sur ce point, car Mark était tout simplement mieux qualifié que lui.

Le problème pouvant se résumer à un exercice de communication entre un satellite et un ordinateur, il eût été logique de s'en remettre à Hali Kasim. Malheureusement, celui-ci ne supportait pas les déplacements mouvementés – un tour dans un manège de fête foraine suffisait à le rendre malade –, et dans ces conditions, il lui aurait été impossible de mener son travail à bien.

Eric avait donc dû s'atteler à une tâche à laquelle fort peu de gens s'étaient attaqués avant lui. Il s'autoriserait un peu plus tard à jouir de l'excitation du vol, mais dans l'immédiat, il devait se concentrer sur les chiffres. Il avait parlé à Jannike Dahl de cette indispensable mission, non sans en embellir au passage les dangers, mais sans lui en révéler la raison. Mark piégé à bord du *Golden Sky*, il en avait profité pour pousser son avantage avec la jolie Norvégienne. Il en était arrivé au dixième point de son plan de séduction et en passe d'atteindre le onzième lorsqu'il avait tenté de lui prendre la main en lui expliquant pourquoi il allait devoir quitter l'*Oregon*. A l'infirmerie, juste avant son départ, elle avait penché la tête de côté et entrouvert les lèvres. Quelles conclusions en tirer ? Il regrettait de ne pas avoir posé la question au Dr Julia Huxley.

L'avion se balança sur deux roues avant que le pilote ne parvienne à redresser la gouverne et rétablir son assiette. Ils roulèrent longtemps – la piste s'étendait sur plus de cinq kilomètres – avant de s'arrêter enfin près d'un imposant hangar, à côté d'un autre jet de luxe, sans aucun signe distinctif. Le nom d'une compagnie depuis longtemps disparue s'affichait au-dessus de la porte du hangar. Les moteurs se turent, et le copilote émergea du cockpit.

— Désolé, monsieur Stone, avec cette tempête de sable, nous ne pouvons faire entrer l'appareil, mais ne vous inquiétez pas, la tempête se calmera d'ici ce soir.

Eric avait déjà consulté une dizaine de sites météo sur Internet, et il savait presque à la minute près quand le front de froid allait se dissiper. A minuit, c'est à peine s'il y aurait un souffle de vent.

Il referma son ordinateur et attrapa le vieux sac de marin dont il ne s'était jamais séparé depuis ses études à l'Académie navale d'Annapolis.

Le copilote ouvrit la porte et Eric descendit les marches en plissant les yeux pour se protéger du vent de sable qui fouettait le tarmac. Un homme se tenait près d'une petite ouverture pratiquée dans le grand portail du hangar et lui adressait des signes. Eric parcourut en courant les quinze mètres qui les séparaient et entra en courbant la tête. L'étranger referma aussitôt derrière lui. Un gros appareil était installé au milieu du hangar, recouvert de bâches de toile. Il était difficile d'en discerner les contours, mais la silhouette de l'engin n'évoquait rien de familier.

— Cette fichue poussière ne vaut rien aux avions, maugréa l'homme. Vous êtes sans doute Eric Stone. Je suis Jack Taggart.

— C'est un honneur de faire votre connaissance, mon colonel, dit Eric avec une certaine vénération dans la voix. J'ai lu des livres à votre sujet quand j'étais gosse.

Taggart était âgé d'une soixantaine d'années, avec un visage buriné et des yeux bleu clair. A sa façon rude, il ne manquait pas de charme, et évoquait le portrait d'un cow-boy idéalisé, avec sa mâchoire carrée et sa barbe de deux jours grisonnante. Il portait un pantalon de toile, une chemise et un blouson d'aviateur, en dépit de la chaleur. Sa poignée de main était puissante comme un étau, et sa casquette de base-ball arborait le logo d'une des premières missions des navettes spatiales américaines. Il en avait été le pilote à l'époque.

— Prêt pour le vol de votre vie ? demanda-t-il avec un fort accent texan tout en conduisant Eric vers un bureau aménagé dans un coin du hangar.

— Oui, monsieur, prêt, répondit Eric avec un sourire.

Deux hommes les attendaient dans le bureau. Eric reconnut immédiatement l'un d'eux à ses épaisses rouflaquettes. C'était le célèbre ingénieur aéronautique Rick Butterfield. Son compagnon était un homme de grande taille, à l'allure patricienne, le crâne surmonté d'une tignasse blanche. Il portait un costume trois pièces d'homme d'affaires, et une chaîne portant l'insigne « Phi Beta Kappa[1] » barrait sa poitrine. Il paraissait avoir largement dépassé les soixante-dix ans.

---

1. Le Phi Beta Kappa (OAE) est un club estudiantin des Etats-Unis regroupant les élèves les plus brillants élus au cours de leur

— Monsieur Stone, dit-il en tendant la main, j'ai rarement le plaisir de rencontrer des membres de l'équipe de Juan.

— Vous êtes Langston Overholt ? demanda Eric d'un ton à la fois respectueux et admiratif.

— C'est exact, mon garçon, c'est exact. Même si vous ne m'avez jamais rencontré, et ne me rencontrerez jamais… Je me fais bien comprendre ?

Eric hocha la tête.

— Je n'aurais d'ailleurs pas dû venir. Il s'agit d'un accord privé entre la Corporation et l'entreprise de monsieur Butterfield, après tout.

— Accord auquel je n'aurais pas souscrit si vous ne m'aviez pas menacé de torpiller mes demandes de certification auprès de l'Administration Fédérale de l'Aviation et de la NASA, répliqua Butterfield d'une voix haut perchée.

Overholt se tourna vers lui.

— Mon cher Rick, ce n'était pas une menace. Je voulais seulement vous rappeler que votre avion n'a pas encore été certifié apte au vol, et qu'un mot de ma part peut avoir un certain poids.

— J'espère que vous ne me faites pas marcher…

— Le fait que j'aie réussi à vous procurer une certification provisoire devrait suffire à vous convaincre.

Butterfield conserva une expression maussade, mais sembla cependant s'apaiser.

---

troisième ou quatrième année d'études universitaires ; un membre du club est un *Phi Beta Kappa*. Fondé le 5 décembre 1776 au College of William and Mary, il s'agit aujourd'hui du plus ancien et prestigieux club d'étudiants des USA *(NdT)*.

— A quelle heure devrons-nous agir ? demanda-t-il à Eric.

— J'ai calculé que pour procéder à une interception, je dois être en position à exactement huit heures quatorze et trente-six secondes six dixièmes demain matin.

— Il m'est impossible de vous garantir un horaire aussi précis. Il nous faudra une heure ne serait-ce que pour atteindre l'altitude voulue, et six minutes de plus pour la combustion.

— A une minute près, cela ne devrait pas poser de problème, le rassura Eric. Monsieur Butterfield, je tiens à ce que vous compreniez la gravité de la situation. Des millions de vies, au sens le plus littéral du terme, dépendent de nous. Je me rends compte que je parle comme dans un mauvais roman d'espionnage, mais c'est la vérité. Si nous échouons, cela représentera une immense somme de souffrances pour le monde entier.

Il ouvrit son ordinateur portable pour montrer à l'ingénieur aéronautique, sans commentaires, certaines des images prises à bord du *Golden Dawn*, qui valaient mieux que mille discours.

— Parmi les gens qui ont été tués, certains étaient eux-mêmes responsables de l'élaboration du virus. Les responsables de cette tuerie ont assassiné des membres de leur propre organisation afin de les réduire au silence, commenta-t-il lorsque l'ingénieur eut pris connaissance des terribles images.

Butterfield leva la tête de l'écran. Sous son teint hâlé de paysan, il était blême.

— Comptez sur moi, mon garçon. A cent pour cent.

— Merci.

— Vous avez déjà subi une accélération de plusieurs G ? lui demanda Taggart.

— Lorsque j'étais dans la Navy, j'ai été catapulté d'un porte-avions. L'accélération devait être de 3 G, ou trois et demi.

— Vous vomissez facilement ?

— Non, et c'est pour cela que je suis ici, et non l'un de mes collègues. Je suis membre de l'Association des Amis des Montagnes Russes, et j'y passe le plus clair de mon temps quand je suis en vacances. Je n'ai pas été malade une seule fois.

— Cela me convient. Rick ?

— Je ne vais pas m'amuser à vous demander un certificat d'assurance ou une décharge de responsabilité civile. Si vous êtes sûr de votre état de santé, je suis sûr de mon coucou.

— La compagnie pour laquelle je travaille nous fait régulièrement passer des tests d'aptitude. A part le port des lunettes, rien à signaler.

— Très bien. Nous aurons pas mal de préparatifs à faire d'ici demain matin. Mes gars devraient arriver dans une vingtaine de minutes. Il faut que je vous pèse, vous et votre matos, que je fasse des calculs de poids et d'équilibrage, et puis vous resterez à bord de votre jet jusqu'à l'heure du vol. Vos pilotes peuvent coucher à l'hôtel en ville. Un de mes gars les conduira.

— C'est parfait en ce qui me concerne. Ah, à propos, monsieur Butterfield, j'aurais une faveur à vous demander.

— Je vous écoute.

— J'aimerais beaucoup voir l'avion.

Butterfield hocha la tête et sortit du bureau d'un pas nonchalant, suivi d'Eric, de Taggart et d'Overholt. Une télécommande se balançait au bout d'un cordon près de l'appareil masqué par les bâches. Butterfield appuya sur un bouton, et un treuil souleva la toile.

Peint en blanc brillant avec de petites étoiles bleues, le prototype, baptisé le *Kanga*, ne ressemblait à rien de connu. Il avait des ailes en mouette inversée, comme le vénérable Corsair de la Seconde Guerre mondiale, mais elles commençaient haut sur le fuselage avant de redescendre vers le sol, et la cellule reposait sur un train d'atterrissage de grandes dimensions. L'avion possédait deux réacteurs placés au-dessus du cockpit équipé d'un seul siège, et deux longerons sous les ailes qui allaient en s'effilant vers le double empennage de queue en delta.

Mais ce fut surtout l'engin niché sous le *Kanga* qui retint l'attention d'Eric. Le *Roo* était un planeur propulsé par fusée, avec une aile plate unique qui pouvait s'articuler vers le haut pour assurer la force de traînée lorsque l'appareil avait épuisé ses réserves de carburant. Capable de vitesses supérieures à trois mille deux cents kilomètres à l'heure, le *Roo* était un avion spatial suborbital et, s'il n'était pas le premier à avoir été construit grâce à des fonds privés, il détenait déjà le record d'altitude, à presque cent vingt kilomètres au-dessus de la Terre.

Le *Roo* était emmené jusqu'à onze kilomètres d'altitude par le *Kanga*, et les deux engins se séparaient ; la propulsion par fusée permettait alors au *Roo* de s'élancer à travers le ciel, en une trajectoire balistique parabolique, jusqu'à une centaine de kilomètres de hauteur, après quoi il redescendait en planant jusqu'à sa base pour se ravitailler en carburant.

L'intention de Butterfield et de ses investisseurs était d'offrir à des clients assoiffés d'aventure un vol suborbital afin qu'ils puissent éprouver, tout au bord des frontières de l'espace, le sentiment de liberté que procure l'apesanteur. Eric Stone s'apprêtait à jouer le rôle de premier passager payant, même s'il n'était pas à la recherche de sensations fortes. Son but était de planifier le vol de telle sorte qu'à son apogée, il se trouve à portée de l'antenne endommagée de la plate-forme d'armement russe. Grâce aux codes soutirés à Kerikov, Eric repositionnerait le satellite pour qu'il puisse lancer l'un de ses projectiles sur l'île d'Eos. L'énergie cinétique du bâton de tungstène de huit cents kilos, quel que soit le point d'impact sur l'île, suffirait à anéantir l'émetteur ELF.

— Il est affreux, n'est-ce pas ? demanda Butterfield avec fierté, tout en caressant amoureusement le fuselage en matériaux composites.

— Je me demande quelles sensations on peut éprouver en vol ? demanda Eric.

— Je n'en ai pas la moindre idée, dit Butterfield en se tapotant la poitrine. J'ai le palpitant fragile.

— Fiston, ce truc va vous faire passer le goût des montagnes russes. Avec ça, on passe au niveau supérieur, je vous le garantis, intervint Taggart, qui était le pilote d'essai.

Overholt toussa pour s'éclaircir la voix.

— Messieurs, je préfère m'effacer avant l'arrivée des hommes de monsieur Butterfield, aussi vais-je prendre congé. Monsieur Stone, puis-je vous demander de me reconduire jusqu'à mon avion ?

— Bien sûr, monsieur.

Eric dut faire des efforts pour ne pas se laisser distancer par le vieil homme.

— La prochaine fois que vous verrez le président de la Corporation, pouvez-vous lui dire que j'ai eu l'occasion de discuter avec nos amis de la National Security Agency ? Eux aussi ont détecté les transmissions ELF, celle de votre monsieur Hanley, je crois, et une autre, un peu plus tôt. Le seul fait que quelqu'un ait pu financer la construction d'un tel émetteur a suscité un certain émoi, comme vous l'imaginez certainement. Surtout si l'on prend en compte les conclusions, pour la plupart non corroborées, que vous et vos collègues en avez tirées. Je sais que vous n'avez pas à vous conformer aux règles du ministère de la Justice, mais certaines procédures légales doivent être respectées si nous voulons poursuivre Thom Severance et son mouvement.

« J'ai contribué à huiler les rouages pour rendre possible votre petite aventure de demain, vous voyez donc bien que je prends cette menace au sérieux. Mais vous devez comprendre que si nous devons présenter les Responsivistes à la face du monde comme ce qu'ils sont, c'est-à-dire des assassins de la pire espèce, il nous faut des faits, et non des comptes rendus ou interprétations de deuxième ou de troisième main. Vous me saisissez bien ?

— Bien entendu, monsieur Overholt. Mais vous comprenez, j'en suis sûr, que si nous n'agissions pas comme nous le faisons actuellement, des millions de gens seront exposés au virus avant que vous n'ayez trouvé les preuves suffisantes pour engager des poursuites.

Eric ne se serait jamais cru capable de s'adresser avec une telle franchise à un vétéran de la CIA.

— Je commence à comprendre pourquoi Juan vous a engagé, répondit Overholt avec un sourire en coin.

Du courage et de l'intelligence. Dites à Juan que nous ne restons pas les mains dans les poches ; nous agissons pour contribuer à neutraliser Severance une fois son émetteur détruit. J'ignore toujours qui a eu la folle idée d'utiliser cette relique de la guerre froide que les Russes ont abandonnée dans l'espace comme si c'était une poubelle…

— C'est moi, répondit Eric. Je voulais au départ vous demander de nous procurer une arme nucléaire, mais je savais que Juan Cabrillo y mettrait son veto.

Overholt ne put s'empêcher de blêmir.

— A juste titre.

— Il me fallait une solution alternative, et lorsque Ivan Kerikov a mentionné le Poing de Staline, j'ai procédé à des recherches, dont les résultats m'ont paru satisfaisants.

— Vous saviez que c'était Juan qui avait saboté le satellite ?

— Il l'a brièvement mentionné, en effet.

— Je connais bien Juan ; il ne vous a pas raconté toute l'histoire. Il a passé plusieurs mois derrière le rideau de fer, sous l'identité d'un certain Yuri Markov, technicien à Baïkonour. Avec la pression que suppose une opération sous couverture d'une telle durée, et compte tenu des conditions de sécurité imposées par les Russes dans la base, il a dû vivre l'enfer.

« Lorsqu'il en est sorti, il était déjà courant pour les agents de retour de mission de consulter un psy de l'agence. Avec Juan, cela n'a pas duré longtemps. J'ai pu lire les notes du thérapeute. La conclusion tenait en une ligne : “Le patient le plus calme qui soit jamais venu me consulter.” Une indéniable vérité, si vous voulez mon avis.

— Juste une question, par pure curiosité. Qu'est-il arrivé au vrai Markov ? Juan a-t-il dû…

— Le tuer ? Grands dieux, non ! Il nous avait informés du projet de projectile balistique orbital, et nous l'avons exfiltré. Aux dernières nouvelles, il travaille chez Boeing pour le service spatial. Mais je suis sûr d'une chose : si on lui avait ordonné de sanctionner Markov, Juan aurait obéi. De tous ceux que je connais, c'est celui dont le code moral est le plus rigoureux.

« Pour des gens comme Juan Cabrillo, la fin justifie les moyens. Je sais que cela peut choquer, dans notre monde du politiquement correct, mais si les gens vivent libres, ils le doivent à des hommes comme lui. Ce n'est pas leur conscience qui porte ce poids. C'est Juan. Eux éprouvent simplement un faux sentiment de supériorité morale, sans comprendre les enjeux ni les sacrifices nécessaires.

« Enfermez un homme qui aime les bêtes avec un animal familier atteint de la rage, et il le tuera. Il aura de la peine, et en éprouvera même du remords, mais croyez-vous qu'il songera à la réprobation de ses semblables pour avoir commis un tel acte ? Non, bien sûr, pas une seconde, car la seule question, c'est tuer ou être tué. Notre monde en est là, je le crains, mais les gens sont trop horrifiés par un tel concept pour pouvoir l'accepter.

— Ça n'a pas la moindre importance pour les forces liguées contre nous, fit remarquer Eric.

— C'est ce qui rend notre mission encore plus difficile, acquiesça Overholt. J'ai mené la plus grande partie de mon combat à une époque où l'on savait ce que noir et blanc voulaient dire. Depuis, on a cherché à nous convaincre qu'il y avait aussi le gris. Je vais vous dire une bonne chose, mon garçon : quoi que l'on vous dise, le gris n'existe pas. C'est un plaisir de vous connaître, monsieur Stone. Bonne chance pour demain.

*

Comme une lame de couteau sur une soie bleue, l'*Oregon* s'élançait à vive allure sur les eaux de la Méditerranée. Le navire évitait autant que possible les voies de navigation trop fréquentées afin de pouvoir utiliser à plein la puissance de ses moteurs magnéto-hydrodynamiques, sans attirer l'attention par sa vitesse prodigieuse. Il ne ralentit qu'une seule fois, pour franchir le détroit de Messine qui sépare la pointe de la botte italienne de la Sicile. Par bonheur, la nature était d'humeur coopérative. La mer était calme, et il n'y avait pas un souffle de vent au moment où l'*Oregon* quitta la mer Ionienne pour s'enfoncer dans la mer Egée.

Juan passait toutes ses heures de veille au centre opérationnel, enfoncé dans son fauteuil avec à la main une tasse de café remplie à intervalles réguliers. Sur un coin de l'écran principal, une horloge numérique égrenait un compte à rebours inexorable. Dans un peu plus de dix-huit heures, l'île d'Eos disparaîtrait de la surface du globe.

Et il en serait de même pour Max Hanley si Juan ne trouvait pas une solution.

Il se sentait mal à l'aise à bord. Eric et Mark auraient dû être là, installés devant leurs consoles pour calculer les données de navigation et préparer les systèmes d'armement du navire, et Max à son poste à l'arrière de la salle, en train de surveiller de façon presque maternelle le bon fonctionnement des moteurs. Linda aurait dû être présente elle aussi, prête à intervenir à la moindre sollicitation. Eddie et Linc éprouvaient sans doute la même sensation. En temps normal, ils ne passaient guère de temps dans le centre opérationnel, mais avec tant d'amis et collègues en danger, c'était là qu'ils se retrouvaient d'instinct.

— Rien, Président, lança Kasim depuis son poste sur le côté tribord de la pièce.

C'était la troisième fois que Linda et Mark manquaient le rendez-vous fixé pour le rapport. Kasim avait contacté la compagnie maritime, et on l'avait assuré qu'il n'y avait aucun problème de communication avec le *Golden Sky*. Il avait même téléphoné au centre de communication du bord, prétendant être le frère d'un passager, porteur d'une mauvaise nouvelle, le décès d'un parent malade. Une secrétaire fort serviable avait promis de transmettre le message à la chambre B123, numéro choisi au hasard par Kasim. Le passager n'avait pas rappelé, mais cela ne prouvait rien, car il avait peut-être pris le message pour un canular de mauvais goût. Juan s'était opposé à d'autres tentatives du même genre, afin de ne pas susciter la méfiance de la secrétaire.

En dépit de l'imposant arsenal de l'*Oregon* et de son système de communication sans égal, il ne restait plus qu'à attendre que le navire se trouve enfin à portée de l'île d'Eos et qu'une opportunité se présente d'elle-même. Max était parvenu à échapper à la vigilance de ses ravisseurs assez longtemps pour pouvoir envoyer un message, et Juan savait que le vieux renard avait encore plus d'un tour dans son sac. L'important était de se trouver en position au bon moment pour pouvoir lui prêter main-forte.

Quant à Mark et Linda, c'était une autre affaire. Juan n'avait pas la moindre idée de ce qui se passait à bord du *Golden Sky*. Avaient-ils été démasqués comme passagers clandestins ? Etaient-ils enfermés quelque part sur ce navire qui risquait d'être contaminé à tout moment par les complices de Severance ? Juan ignorait toujours ce que Max voulait dire en évoquant quelque chose de pire que la mort, mais peu importait dans l'immédiat. S'il ne parvenait pas à détruire l'émetteur, deux de ses proches collaborateurs seraient parmi les premiers exposés au virus.

Juan appuya sur une touche du clavier et l'horloge numérique disparut. Les secondes s'enfuyaient trop vite, et Juan ne supportait plus de voir le temps filer à une telle allure. L'affichage des minutes suffisait à lui rappeler que le temps était désormais plus que compté.

Chapitre 33

— Le FBI a perquisitionné notre complexe de Beverly Hills, annonça Severance sur un ton proche de la panique en s'engouffrant dans l'appartement souterrain de Lydell Cooper.

Cooper, qui était étendu sur le sofa, reposa ses pieds sur le sol.

— Quoi ?

— Le FBI a investi ma maison, notre QG. Cela s'est passé il y a quelques minutes seulement. Ma secrétaire a réussi à me prévenir en m'appelant sur le réseau satellite. Ils ont une ordonnance de saisie pour toute notre comptabilité et pour la liste des membres du mouvement. Ils ont aussi lancé un mandat d'arrêt contre moi et Heidi, pour présomption de fraude fiscale. Dieu merci, Heidi est avec sa sœur dans notre chalet de Big Bear, mais ce n'est qu'une question de temps avant qu'ils la retrouvent. Qu'allons-nous faire ? Ils nous tiennent, Lydell, ils savent tout.

— Du calme ! Ils ne savent pas tout. Le FBI utilise des méthodes dignes de la Gestapo pour nous intimider. S'ils connaissaient notre projet, ils auraient arrêté tout le monde en Californie et ils auraient pris contact avec les autorités turques pour venir fouiner ici.

— Tout notre projet se délite, je le sens, gémit Severance, qui se laissa tomber sur un siège et enfouit sa tête entre ses mains.

— Ressaisissez-vous, ce n'est pas si grave.

— C'est facile à dire, cracha Severance, tel un enfant irascible. Ce n'est pas vous qui êtes sous le coup d'un mandat d'arrêt. C'est moi qui plongerai pendant que vous disparaîtrez dans la nature.

— Allons, Thom ! Ecoutez-moi. Le FBI n'a pas la moindre idée de ce que nous allons accomplir. Ils soupçonnent peut-être que nous préparons quelque chose, mais ils ignorent quoi. Ils tâtonnent. Avec leur ordonnance de saisie, ils espèrent découvrir dans nos dossiers quelque chose qui puisse nous incriminer. Et nous savons tous les deux qu'ils ne trouveront rien.

« Dès le départ, nous nous sommes assurés que notre comptabilité et nos archives étaient propres. Le mouvement responsiviste est une association à but non lucratif, qui ne paie donc pas d'impôts, mais tous nos comptes sont parfaitement en règle avec l'administration. A moins que vous n'ayez fait une bêtise, vous ou Heidi, comme oublier de payer l'impôt sur vos salaires versés par le mouvement, ils ne peuvent rien contre nous. Vous avez bien payé vos impôts sur le revenu ?

— Oui, bien sûr !

— Alors, cessez de vous inquiéter. Il n'y a rien à Berverly Hills qui puisse les conduire jusqu'ici. Même s'ils s'aperçoivent que nous avons mené une opération aux Philippines, nous pourrons toujours prétendre qu'il s'agissait d'une clinique de planning familial que nous avons fermée parce qu'elle n'attirait pas assez de patientes. Ce serait vraisemblable, après tout, les Philippines sont un pays à dominante catholique.

— Mais cette perquisition, précisément au moment où nous allons propager le virus ?

— Simple coïncidence.

— Je pensais que vous ne croyiez pas aux coïncidences ?

— En général, non, mais dans le cas présent, cela ne fait aucun doute. Le FBI ne sait rien, croyez-moi.

« Ecoutez, Thom, poursuivit Cooper en constatant que ses propos restaient sans effet, voilà ce que nous allons faire. Vous allez publier un communiqué de presse exigeant que les accusations scandaleuses portées contre nous soient abandonnées sur-le-champ. Vous qualifierez ces accusations et la perquisition du FBI de violations flagrantes de vos droits personnels et civils. Vous insisterez sur le fait qu'il s'agit de harcèlement pur et simple, et vous annoncerez un recours auprès du ministère de la Justice. Vous connaissez ce genre de parade. L'hélicoptère qui nous a servi à convoyer le personnel est toujours sur l'île. Je vais aller à Izmir, où le jet m'attendra. Dites à Heidi qu'elle quitte la Californie au plus vite. Je les retrouverai à Phoenix, elle et sa sœur, et je les ramènerai ici. Nous avions prévu de nous installer dans le bunker peu de temps avant que les effets du virus se manifestent, mais à quelques mois près, cela n'a pas grande importance. Et ensuite, je peux vous garantir que ces absurdes accusations ne figureront plus parmi les priorités du gouvernement, qui aura bien d'autres chats à fouetter.

— Et pour la transmission ELF ?

— C'est un honneur que je vous laisse, répondit Cooper, qui traversa la pièce et vint poser une main noueuse sur l'épaule de son gendre. Tout se passera bien, Thom. Kovac se chargera d'éliminer celui qui a tué Zach Raymond à bord du *Golden Sky* et, d'ici quelques heures, nos équipes seront prêtes à propager le virus. Notre temps est venu. Ne laissez pas cette ridicule perquisition vous inquiéter, d'accord ? Et puis, même s'ils saisissaient la maison et tout ce qu'elle contient, notre mouvement aura tout de même remporté son plus éclatant succès. Et cela, ils ne peuvent pas nous l'enlever, et ils ne peuvent plus nous arrêter.

Severance leva les yeux vers Cooper ; il trouvait parfois déconcertant de contempler ce visage d'homme d'âge moyen tout en le sachant âgé de plus de quatre-vingts ans. Pour lui, Cooper était plus qu'un beau-père, c'était un mentor, et la force vive à l'origine de tous ses succès. A l'apogée de sa carrière, cet homme avait tiré sa révérence afin de protéger son œuvre, et fait le sacrifice de sa propre identité pour parvenir à son but ultime.

Severance ne s'était jamais permis de douter de Cooper, et même si certaines pensées insidieuses venaient parfois le tracasser, il choisissait toujours de croire son beau-père plutôt que son propre instinct. Il se releva, et posa sa main sur la griffe gantée, rongée par l'arthrite, de Lydell Cooper.

— Je suis désolé. Je fais passer mes petites craintes mesquines avant notre but. Et même si j'étais arrêté ! Le virus va bientôt se répandre sur la Terre entière. Le fléau de la surpopulation sera enfin anéanti et, ainsi que vous l'avez annoncé, l'humanité connaîtra un nouvel âge d'or.

— Un jour, on nous considérera comme des héros, approuva Lydell Cooper. Ils érigeront des statues en hommage au courage dont nous avons fait preuve pour trouver des solutions justes aux maux de l'humanité.

— Vous êtes-vous parfois demandé s'ils n'allaient pas, au contraire, nous haïr pour les avoir rendus stériles ?

— Certains individus nous haïront, bien sûr, mais l'humanité en tant que telle comprendra que des changements radicaux étaient inévitables. Grâce au débat sur le réchauffement climatique, ils commencent déjà à le comprendre. La situation actuelle ne peut perdurer. Vous vous demandez peut-être de quel droit nous agissons ainsi ? Je vous réponds, au nom du droit à la raison, contre le droit à l'émotion.

« Nous en avons le droit parce que nous avons raison. Il n'existe pas d'alternative. Je me demande parfois si la *Modeste proposition* que Jonathan Swift rédigea en 1729 était vraiment un pamphlet satirique. Le pays, envahi de gamins sans abri et sans famille, courait à la ruine. Il suggéra que si l'on mangeait les enfants, le problème s'en trouverait résolu. Quatre-vingts ans plus tard, Thomas Malthus publiait son célèbre *Essai sur le principe de population*. Il prônait la “restriction morale”, entendant par là l'abstinence volontaire, dans le but de limiter la croissance démographique galopante.

« Bien entendu, ses idées restèrent sans effet, et maintenant, après des décennies de soi-disant contrôle des naissances, la démographie s'emballe de plus belle. J'ai affirmé qu'un changement était nécessaire, mais les hommes ne changent pas. Ils n'ont pas changé, alors qu'ils aillent au diable ! S'ils ne peuvent contrôler leur instinct de reproduction, je leur imposerai mon instinct de survie, et je sauverai la planète en la débarrassant de la moitié de la génération à venir.

La voix de Lydell Cooper se transforma en un sifflement strident.

— Et en vérité, quelle importance si l'immense troupeau de la populace nous maudit ? S'ils sont trop stupides pour comprendre qu'ils courent à leur destruction, alors pourquoi devrions-nous prendre leur opinion en compte ? Nous sommes comme un berger qui guide son troupeau. Le berger se soucie-t-il de ce que pensent ses moutons ? Il a mieux à faire. Nous avons mieux à faire.

Chapitre 34

Eric Stone avait l'estomac bien trop noué pour faire honneur au traditionnel petit déjeuner des astronautes, composé d'un steak et d'œufs au plat. Ce n'était pas la perspective du vol suborbital qui le tracassait, bien au contraire, car il l'attendait avec impatience, mais la crainte de l'échec, qui crispait son corps et rendait sa bouche aussi sèche que le désert à l'extérieur du hangar. Cette mission, il ne le comprenait que trop bien, était la plus importante de toute sa vie, quoi qu'il puisse advenir dans le futur. Il était confronté à l'un de ces moments qui façonnent et marquent la vie d'un homme ; le destin de l'humanité reposait entre ses mains.

Pour couronner le tout, il était obsédé à l'idée que Max Hanley était toujours piégé sur l'île d'Eos.

Tout comme Mark Murphy, Eric avait connu des succès précoces grâce à sa vive intelligence, mais sans avoir le temps de mûrir. Mark parvenait à le masquer en jouant au rebelle ; il arborait des cheveux longs, écoutait de la musique à plein volume et faisait semblant de mépriser toute autorité. Eric ne disposait quant à lui d'aucun personnage derrière lequel se réfugier. Il était timide, se comportait avec maladresse en société, et son constant besoin d'un mentor n'était guère surprenant. Au lycée, son professeur de physique avait joué ce rôle. Plus tard, à l'Académie navale d'Annapolis, un instructeur britannique l'avait remplacé. Ironie du sort, Eric ne faisait même pas partie de ses élèves. Après sa première affectation, l'organisation militaire étant ce qu'elle est, il ne se trouva personne pour prendre Eric sous son aile, et au bout de ses cinq ans d'engagement obligatoire, il envisageait son retour à la vie civile.

Ce qu'il ignorait, c'est que son dernier commandant avait glissé un mot à son sujet à un vieil ami, Max Hanley, précisant que Stone serait sans doute une recrue de choix pour la Corporation. Lorsque Max l'approcha, Eric accepta presque aussitôt sa proposition. Il reconnaissait en la personne de l'ancien commandant de *swift boat* les qualités qu'il avait admirées chez ses professeurs. Max se distinguait par son calme, son comportement équilibré et sa patience infinie ; il savait encourager le développement du talent. Il forma Eric, modela son caractère pour en faire l'homme qu'il souhaitait devenir.

C'était l'autre raison qui expliquait le manque d'appétit d'Eric et son sommeil intermittent de la nuit précédente. Si la mission réussissait, s'ensuivrait la mort d'un homme qui avait été pour lui un véritable père.

— Tout va bien, fils ? lui demanda Jack Taggart tandis qu'ils enfilaient leurs combinaisons de vol dans le vestiaire aménagé derrière le hangar.

La cabine de l'engin spatial était pressurisée, et les combinaisons vert olive n'étaient guère plus que des vêtements de travail améliorés.

— Vous n'avez pas l'air dans votre assiette, insista Taggart.

— J'ai quelques soucis en tête, admit Eric.

— En tout cas, pas d'inquiétude en ce qui concerne le vol, le rassura d'une voix traînante l'ancien pilote de navette spatiale. Je vous garantis l'aller et le retour, pas de souci.

— Honnêtement, ce n'est pas le vol qui m'inquiète.

Un technicien passa la tête par la porte.

— Messieurs, je crois qu'il faut y aller. Le directeur de vol veut que le *Kanga* soit prêt au décollage dans vingt minutes.

— Eh bien, il ne nous reste plus qu'à aller mettre le feu à ce fichu pétard, commenta Taggart.

*

Derrière l'espace réservé au pilote dans le *Roo*, l'avion spatial aux lignes épurées, se trouvaient deux sièges à dossier incliné. Eric avait passé plusieurs heures, très tôt le matin, à installer l'émetteur et son ordinateur sur l'un d'eux. Il s'installa dans le second et garda ses mains éloignées de sa poitrine tandis que des techniciens le sanglaient comme un pilote de Formule 1. De petits hublots étaient aménagés de chaque côté du fuselage. Taggart était devant lui, en pleine conversation avec le directeur de vol, Rick Butterfield.

Eric brancha son casque sur un port de communication et attendit une pause dans la conversation entre Taggart et Butterfield pour procéder à un test radio sur la fréquence de vol, avant de passer à une autre fréquence, tout en continuant à entendre le pilote dans une oreille.

— Elton, ici John, tu me reçois ? Terminé.

C'était la voix de Kasim, qui avait emprunté les noms de code à une chanson de circonstance, *Rocket Man*, d'Elton John.

— Elton, prépare-toi à la réception des données télémétriques, à mon signal. Trois, deux, un, go !

Eric appuya sur une touche pour que Kasim puisse surveiller le vol et le satellite russe en temps réel à bord de l'*Oregon*. Une Webcam avait été installée pour que ses camarades de bord puissent eux aussi assister à l'aventure.

— John, signal correct. Terminé.

— Très bien. Il nous reste environ dix minutes avant le décollage. Je te tiens au courant. Terminé.

— Bien reçu. Bonne chance. Terminé.

Le grand portail s'ouvrit dans un grincement de ferraille, et inonda l'immense hangar de la clarté rose du matin. Les employés de service poussèrent le *Kanga* sur l'aire de décollage. Au bord de la piste, un mobile home délabré servait de centre de contrôle au directeur de vol. Son toit était hérissé d'antennes et surmonté d'ailerons radar qui tournoyaient en permanence.

— Comment ça va, là-derrière ? demanda Taggart par-dessus son épaule.

Avant qu'Eric puisse répondre, les deux turboréacteurs montés au sommet du fuselage du *Kanga* se mirent à rugir. Taggart répéta la question à la radio.

— Cela commence à devenir intéressant, admit Eric.

— N'oubliez pas, je ferai clignoter une lumière rouge sur votre console lorsque nous serons à dix secondes de la fin de la combustion. Elle virera au jaune à cinq secondes et au vert lorsque le moteur de la fusée s'arrêtera. A ce moment-là, notre altitude sera d'environ cent vingt kilomètres, mais une fois le moteur coupé, nous commencerons à redescendre. Vous devrez agir vite.

— En effet.

— C'est parti, annonça Taggart alors que le *Kanga* commençait à rouler.

Le lourd appareil aux ailes pendantes roula sur la piste et prit un virage serré pour s'aligner sur la bande centrale de signalisation. Il commença aussitôt à accélérer, ses moteurs gémissant à pleine puissance. Conçu dans le seul but d'emmener le *Roo* à son altitude de lancement de onze kilomètres, le *Kanga* ne se distinguait pas par des performances d'exception. Ce ne fut qu'une fois arrivé presque en bout de piste qu'il entama enfin sa lente ascension. Par le hublot latéral, Eric apercevait son ombre aux contours étranges sur la surface du désert. Il se serait cru plongé dans un film de science-fiction.

L'appareil mit une heure à atteindre l'altitude voulue. Eric en profita pour vérifier une dernière fois son matériel. Taggart, installé sur son siège, jouait à un jeu de simulation de vol sur une petite console électronique.

Ils avaient dix minutes d'avance, selon l'horaire d'Eric, et l'appareil dessina des huit dans les hauteurs du ciel. Au-dessus d'eux, le satellite soviétique approchait rapidement. Contrairement aux navettes américaines ou à la Station Spatiale Internationale, le projectile balistique orbital se déplaçait au-dessus du globe d'un pôle à l'autre. Il survolait ainsi chaque centimètre carré de la Terre en quatorze jours, au fur et à mesure que la planète tournait sur son axe au-dessous de lui. Il était au-dessus du Wyoming et s'approchait à une vitesse de presque huit kilomètres par seconde. Sur son orbite actuelle, il n'arriverait pas au-dessus de l'île d'Eos avant une semaine ; c'était pour cette raison qu'Eric devait envoyer un signal qui permettrait la mise à feu de ses fusées de manœuvre et la modification des vecteurs de trajectoire. Si tout se passait comme prévu, le satellite serait en position pour lancer un de ses bâtons de tungstène dans moins de huit heures.

— Arrivée en position, T moins une minute, annonça Butterfield. Tous les voyants sont au vert.

— Bien reçu. Soixante secondes.

Un compte à rebours s'afficha sur la console d'Eric, tandis que le compteur numérique de vitesse installé sur le tableau de contrôle restait bloqué sur six cent quarante kilomètres à l'heure.

— Trente secondes… Dix… Cinq, quatre, trois, deux, un. Séparation.

Le pilote du *Kanga* actionna la manette qui retenait le *Roo* au ventre de l'engin. L'avion spatial se laissa tomber un moment pour s'éloigner du *Kanga*, avant que Taggart déclenche la fusée à ergols liquides.

Eric eut la sensation que tous ses sens étaient agressés simultanément. Le rugissement de la fusée lui donnait l'impression de se trouver au pied d'une cascade qui lui martelait la poitrine. Les vibrations du fuselage le forcèrent à s'agripper aux accoudoirs, tandis qu'il se retrouvait projeté sur son dossier comme par un poing géant. Sous son épiderme, il sentait son corps secoué comme si quelqu'un le frottait avec du papier de verre. L'adrénaline propulsée dans ses veines lui asséchait la bouche. Il parvint à se concentrer un instant sur l'indicateur de vitesse et constata qu'ils approchaient du mur du son.

La poussée le maintenait plaqué contre son siège incliné tandis que Taggart pointait le museau de l'engin encore plus haut, et les vibrations ne cessaient d'augmenter, au point qu'il craignit que le fuselage ne vole en morceaux en plein espace. Et soudain, ils franchirent le mur du son. Les vibrations décrurent ; Eric continuait à sentir la poussée de la fusée, mais la vitesse était supérieure à ce que le laissait croire son grondement rauque, qui finit par se calmer.

Une minute après le démarrage du moteur, ils atteignirent trente kilomètres d'altitude ; Eric commençait à maîtriser ses sensations. Son rythme cardiaque ralentit et, pendant un moment, il s'autorisa à profiter de l'incroyable puissance de l'avion spatial.

La vitesse atteignit trois mille deux cents kilomètres à l'heure et le *Roo* accélérait toujours. En regardant au-dessus de sa tête, Eric vit le ciel s'obscurcir rapidement tandis que l'engin traversait l'atmosphère. Comme par magie, des étoiles apparurent, à peine visibles au début, puis de plus en plus brillantes. C'était la première fois qu'il en voyait autant, et aussi clairement. Le scintillement provoqué par le passage de leur lumière dans l'atmosphère terrestre disparaissait. De plus en plus nombreuses, elles lançaient un éclat régulier et constant, et les ténèbres de l'espace semblaient céder la place à un océan de lumière. Eric crut un instant qu'en étendant la main, il parviendrait à toucher les étoiles.

Devant lui, le témoin lumineux passa soudain au rouge. Il ne parvenait pas à croire que ces quatre minutes s'étaient écoulées aussi vite. Luttant contre la puissance de la poussée, il avança la main vers son ordinateur.

— Dix secondes, annonça-t-il sur la fréquence captée par l'*Oregon*.

S'il y eut une réponse, elle se perdit dans le vacarme de la fusée.

Sur l'altimètre, les chiffres défilaient dans un halo flou. Ils atteignirent cent vingt kilomètres d'altitude lorsque l'indicateur lumineux vira au vert, et ils s'élevèrent encore de plus d'un kilomètre dans les cinq dernières secondes. L'indicateur vira au vert juste au moment où l'altimètre indiquait cent vingt-deux kilomètres.

Alors que le moteur de la fusée engloutissait ses dernières réserves de carburant et que les pompes cycloniques qui l'alimentaient étaient réduites au silence, Eric tapa un ordre sur le clavier. La force de poussée qui le plaquait sur son siège se relâcha soudain. Son poids semblait avoir disparu. Il avait souvent éprouvé cette sensation sur les montagnes russes et au cours de quelques vols avec Tiny Gunderson, lorsque ce dernier s'autorisait quelques fantaisies, mais cette fois-ci, c'était différent. Ils se trouvaient tout au bord de l'espace ; ils ne jouaient pas avec les lois de la gravité, mais parvenaient presque à y échapper.

Dans le cockpit, Taggart actionnait déjà les armatures qui permettaient de soulever les ailes pour les disposer à l'angle adéquat par rapport au fuselage. La force de traînée supplémentaire et la nouvelle configuration de vol de l'engin le rendaient incroyablement stable tandis qu'il amorçait sa longue descente vers un aérodrome proche de Monahans, au Texas.

— Qu'en dites-vous ? demanda Taggart.

— Juste une minute.

Taggart pensa sans doute qu'Eric était malade, et il se retourna vers lui, mais le jeune homme paraissait concentré sur son écran d'ordinateur. Ce gamin venait de faire le vol de sa vie, et déjà, il se remettait au travail ! Taggart se souvint de sa première mission à bord d'une navette, et ne put s'empêcher d'admirer sa conscience professionnelle. Lors de sa première excursion dans l'espace, il était resté une heure à regarder par le hublot, sans pouvoir se concentrer sur quoi que ce soit d'autre.

— Répétez ça, Elton. Terminé.

— Je disais que nous avons reçu une confirmation par le système télémétrique embarqué du satellite, annonça la voix de Kasim. Il a mis en route ses propulseurs de manœuvre et est en train de changer d'orbite. Les ordinateurs de ciblée sont opérationnels, et traitent le processus de mise à feu. Bravo ! Tu as réussi !

Eric ne savait plus s'il devait crier de joie ou pleurer. Il se contenta de savourer la satisfaction de savoir que son plan fonctionnait comme prévu. Il fallait tout de même rendre un hommage mérité aux Russes. Pour ce qui était des programmes spatiaux, ils savaient ce qu'ils faisaient. Là où la NASA travaillait tout en finesse et en élégance, les Soviétiques avaient opté pour la simplicité et la puissance, et le résultat était là : du matériel capable de subir avec succès l'épreuve du temps. Leur station *Mir* était restée en orbite deux fois plus longtemps que prévu. Elle serait sans doute toujours là-haut dans l'espace si les crédits avaient suivi.

— Bien reçu. Terminé.

— Eh bien ? l'interrogea Taggart.

— Tout a fonctionné. Nous contrôlons le satellite russe.

— Ce n'est pas ça que je vous demandais. Je voulais connaître vos impressions de vol.

— Mon colonel, c'était l'expérience la plus extraordinaire que j'aie jamais vécue, répondit Eric, qui sentait son poids réintégrer peu à peu son corps et son estomac retrouver sa position habituelle.

— Je sais que ce ne sera jamais homologué, mais nous avons établi un nouveau record d'altitude. Et comme nous avons l'intention de limiter nos vols payants à une altitude de cent kilomètres, il ne sera pas battu de sitôt.

Eric s'accorda un sourire en pensant au sentiment de jalousie qu'allait éprouver Murph – et au fait que son exploit ne manquerait pas d'impressionner Jannike Dahl. Mais à peine l'idée lui avait-elle traversé l'esprit que son sourire s'effaça, tandis qu'il songeait au sort de Max Hanley.

Chapitre 35

Max s'était creusé la tête pour envisager un moyen de quitter la forteresse souterraine, et il n'avait jusqu'à présent trouvé qu'une seule solution. Lors d'une tardive expédition nocturne, il s'était rendu compte qu'une triple garde était positionnée dans la cage d'escalier qui menait au garage. Aucun bluff ne lui permettrait de la franchir. Son visage était meurtri et enflé depuis son tabassage par Kovac, et les gardes se méfieraient dès qu'ils l'apercevraient.

S'il ne pouvait franchir la porte principale, il lui fallait forcément passer par-derrière.

Il quitta sa penderie de l'aile directoriale et se dirigea vers les locaux où étaient installés les générateurs. Il prit garde de bien masquer son visage en passant près des quelques personnes qu'il croisa dans les couloirs. En arrivant tout près de la pièce où les moteurs à réaction actionnaient les turbines qui alimentaient le complexe en énergie, il constata que Kovac y avait également posté un garde. Il continua à marcher d'un pas régulier et mesuré. Le garde, un jeune homme d'une vingtaine d'années vêtu d'un uniforme bleu évoquant celui d'un policier et portant une matraque à la ceinture, l'examina pendant qu'il approchait.

— Comment ça va ? lança Max d'un ton jovial, alors qu'il se trouvait à trois mètres du jeune homme. Oh, oui, je sais bien, j'ai plutôt une tête de hamburger, en ce moment ! Une bande d'excités d'une ligue anti-avortement m'est tombée dessus hier, pendant le rassemblement de Seattle. Je viens d'arriver. Incroyable, cet endroit, pas vrai ?

— Nous sommes dans une zone à accès réservé, vous devez avoir un badge pour y circuler.

Le gamin prenait une voix grave pour donner une impression d'autorité, mais il ne paraissait pas particulièrement méfiant.

— Ah bon ? Tout ce qu'on m'a donné jusqu'à présent, c'est ça, répondit Max en sortant des poches de son bleu de travail ses deux dernières bouteilles d'eau.

Plutôt que de proposer une bouteille au garde, et lui laisser la possibilité de refuser, Max lui en lança une. Le gamin l'attrapa au vol et adressa un regard furieux à Max. Celui-ci se contenta de sourire stupidement en dévissant le bouchon de sa bouteille, qu'il leva en l'air comme pour trinquer.

La politesse et la soif eurent raison de l'entraînement sans doute limité auquel le gosse avait eu droit au cours de sa formation. Il ouvrit sa bouteille et rendit son salut à Max, puis il leva le goulot à ses lèvres et renversa la tête pour boire. Max s'élança en avant en un mouvement digne d'un champion d'escrime, et enfonça les doigts raidis de sa main droite à l'endroit le plus vulnérable, à la base de la gorge du gamin.

Celui-ci recracha l'eau qu'il venait d'avaler et ses voies respiratoires se bloquèrent. Il ne parvenait même plus à tousser. Il émit un gargouillis, tandis que ses yeux semblaient vouloir sortir de sa tête et que ses mains agrippaient sa gorge dans le vain espoir de reprendre haleine. Max l'acheva par un uppercut sur le côté de la mâchoire, et le gosse tomba à ses pieds. Il se pencha pour vérifier sa respiration. Maintenant inconscient, le garde avait cessé d'hyperventiler et parvenait à aspirer un peu d'air par son larynx endommagé. Il parlerait pour le restant de ses jours dans un chuchotement enroué, mais il survivrait.

— A votre place, j'irais voir les responsables de votre entraînement et j'exigerais un remboursement.

Max ouvrit la porte de la centrale énergétique. La salle de contrôle était déserte et, à en juger par les divers indicateurs et tableaux de commande, un seul des moteurs à réaction fonctionnait. Il poussa le jeune garde sous un bureau métallique et attacha ses poignets aux pieds du meuble avec des menottes souples. Il était inutile de le bâillonner.

Max avait déjà envisagé de saboter les moteurs pour priver les Responsivistes des moyens d'envoyer leur signal par l'émetteur ELF, mais il était arrivé à la conclusion que ce serait une perte de temps, car ils disposaient sans doute d'une batterie de secours chargée à bloc, quelque part dans le complexe. S'il parvenait à trouver et à neutraliser cette batterie, il n'en résulterait pour eux qu'un léger retard. Il ne gagnerait que quelques heures, quelques jours tout au plus, et trahirait sa présence. S'ils ne l'avaient pas encore découvert, c'est qu'ils le pensaient mort ou en fuite. Dès qu'ils sauraient qu'un saboteur se trouvait à l'intérieur de leur bunker, ils en fouilleraient chaque centimètre carré pour le trouver.

Il ne pouvait qu'imaginer la mort douloureuse que Kovac lui réserverait alors.

Max était convaincu que Juan avait reçu son message et imaginé un plan pour détruire l'émetteur avant que Severance puisse envoyer son signal. C'est la raison pour laquelle il avait écarté l'idée d'un sabotage et s'était concentré sur ses possibilités d'évasion.

Les quatre moteurs étaient alignés en rang ; de gros conduits les alimentaient en air d'un côté tandis que d'épais tuyaux évacuaient les gaz usés de l'autre. Juste avant de ressortir par le mur, à l'autre bout de la pièce, les quatre tuyaux se rassemblaient en un collecteur, de telle sorte qu'une seule canalisation conduisait vers l'extérieur. Un échangeur de chaleur était installé juste après le collecteur afin de refroidir les gaz avant leur évacuation. L'arrivée d'air fonctionnait de façon similaire, mais en mode inversé, avec un conduit unique qui pénétrait à l'intérieur avant de se séparer pour se relier à chacune des turbines. Max aurait préféré emprunter ce second chemin, mais l'installation se trouvait à plus de trois mètres du sol, inaccessible sans échafaudage.

— Si Juan y est parvenu, pourquoi pas moi ? songea Max en se souvenant de la façon dont le Président s'était échappé du *Golden Dawn*.

Au fond de la pièce, sur un établi, il trouva des outils et un casque antibruit. Il entrouvrit la porte qui donnait sur l'installation centrale. Avec le casque, le bruit des moteurs restait à un niveau tolérable. Avant de se mettre au travail, il vérifia le contenu d'une armoire métallique rouge placée à proximité. Sans le matériel qu'elle contenait, sa tentative d'évasion risquait de lui coûter la vie.

Une écoutille d'accès, fermée par un cercle de boulons, était aménagée de chaque côté des quatre conduits d'évacuation. Il commença par ôter chacun des boulons, longs de plus de sept centimètres, en prenant soin de ne pas les laisser rouler et se perdre. Max avait démonté son premier moteur à l'âge de dix ans, et son amour des machines ne s'était jamais démenti ; ses gestes étaient vifs, efficaces. Il laissa un boulon en place, mais desserré, de telle sorte que l'écoutille d'inspection puisse pivoter. Le moteur relié au conduit était silencieux, mais les vapeurs qui s'en échappaient lui firent monter les larmes aux yeux.

Il regagna alors la salle de contrôle et prit une poignée de boulons courts et épais dans un tiroir de pièces détachées. Quoiqu'un peu trop petits pour les pas de vis, ils feraient illusion dans l'éventualité d'une inspection de routine. Une fois la turbine en marche, la pression les ferait jaillir de l'écoutille comme des balles de fusil, mais ce ne serait plus le problème de Max. Il remit les outils en place et vérifia que le garde inconscient respirait encore.

L'armoire métallique rouge contenait du matériel anti-incendie. Si un incendie éclatait dans la centrale, il serait probablement alimenté par le kérosène des moteurs à réaction, ce qui expliquait la présence de deux combinaisons métalliques à capuchons rigides couleur argent, d'une seule pièce, destinées à protéger ceux qui les portaient de l'effroyable chaleur d'un tel brasier.

Max avait repéré ce matériel dès sa première visite de la centrale, et c'est cette découverte qui était à l'origine de son plan d'évasion. Il ouvrit le capuchon de l'une des combinaisons avant de s'y glisser, et enfila la seconde afin d'assurer une double protection à l'ensemble de son corps, à l'exception de sa tête. Il y avait à peine assez d'espace dans les bottes pour qu'il y glisse ses pieds. Ses mouvements étaient maladroits, comme ceux des robots dans les vieux films de science-fiction. Les réservoirs d'air étaient équipés de tuyaux blindés qui se branchaient directement sur la combinaison par une valve, au niveau des hanches. Il aurait aimé emmener avec lui une provision d'air supplémentaire, mais il n'était pas sûr que son corps meurtri puisse en supporter le poids.

Il poussa les réservoirs dans le conduit et y grimpa à leur suite. L'espace était plus que confiné, mais une fois qu'il aurait dépassé le collecteur, il parviendrait à se mouvoir plus facilement. Couché sur le dos, il réussit à refermer l'écoutille et à revisser l'un des boulons dans son pas pour la maintenir en position.

Après avoir remis le capuchon de sa combinaison extérieure, il ouvrit le réservoir d'air et en aspira une goulée. Un goût métallique et vicié lui envahit la bouche. Max ignorait quelle distance parcourait le conduit avant d'atteindre la surface, et il n'avait pas la moindre idée de ce qu'il allait trouver une fois sur place, mais il n'avait pas le choix, aussi entama-t-il son ascension.

Il poussa les réservoirs et réussit à avancer de quelques centimètres. Le conduit était d'un noir si intense qu'il lui donnait presque l'illusion d'une présence à ses côtés, tandis que le rugissement de la turbine remplissait son crâne d'échos assourdissants.

La douleur dans sa poitrine était supportable, comme une souffrance lancinante qui lui rappelait son passage à tabac. Cela ne durerait pas, Max le savait bien, et la torture serait très vite intolérable. Linc lui avait un jour confié ce qu'il avait appris lors de son entraînement avec les Navy Seals : la douleur cherche à vous distraire. C'est par elle que le corps vous dit d'arrêter ce que vous êtes en train de faire. Mais ce n'est pas parce que votre corps vous envoie un message que vous devez l'écouter. On peut ignorer la douleur.

Max passa de justesse par-dessus les ailerons de l'échangeur de chaleur et s'engagea dans le collecteur. Malgré la protection des combinaisons, il ressentit aussitôt un énorme souffle de chaleur, comme s'il s'était trouvé près de la porte ouverte d'un four de souffleur de verre. Ce serait encore pire une fois qu'il aurait pénétré dans le conduit principal. Les gaz d'échappement venaient de dix mètres en amont, après être passés par un appareil de refroidissement, mais Max ressentait la chaleur comme s'il avait le dos plaqué contre le moteur.

La puissance de l'échappement était celle d'un véritable ouragan. Sans les combinaisons et l'oxygène, Max aurait vite été empoisonné par le monoxyde de carbone et son corps carbonisé. En dépit de sa double protection thermique, de la sueur jaillissait par tous les pores de sa peau et il aurait pu croire que quelqu'un lui brûlait les pieds au fer rouge.

Le conduit principal mesurait presque deux mètres de diamètre et s'élevait en pente douce. Max se débattait avec le harnais retardateur de flammes du réservoir d'air, tout en restant bien à plat pour éviter que ses pieds ne lâchent prise. Alors qu'il tentait de faire passer les bretelles par-dessus ses épaules, le pied qu'il avait posé sur le réservoir de rechange glissa. Le réservoir se trouva pris dans le flux torrentiel des gaz d'évacuation et partit le long du conduit comme un boulet de canon. Par-dessus les hurlements démentiels du moteur à réaction, il l'entendit cogner contre les flancs de la canalisation.

Max essaya de marcher, mais la pression contre son dos était trop forte. Chaque pas était un périlleux exercice d'équilibre qui menaçait à tout instant de l'envoyer voler dans le conduit à la suite du réservoir d'air. Il se mit à quatre pattes pour ramper à l'aveuglette vers la sortie du bunker. La chaleur féroce provoquait, à travers la combinaison et les gants, des éruptions de cloques sur ses mains et ses genoux, et avec le poids du réservoir sur son dos, il avait l'impression que l'intérieur de son thorax se transformait en verre pilé. Tandis qu'il progressait à grand-peine, la terre qui entourait le conduit commençait à absorber la fournaise. La poussée des gaz d'évacuation était toujours aussi forte, mais au moins, les cloques cessaient de se multiplier pour éclater aussitôt.

— On… peut… ignorer… la douleur, répétait-il sans fin.

*

Juan avait ordonné qu'un drone aérien soit lancé dès que l'*Oregon* se trouverait à portée de l'île d'Eos. George « Gomez » Adams pilotait l'engin depuis une console, juste derrière le siège du Président. Juan et Kasim assuraient le premier quart, celui que Juan choisissait toujours lorsqu'une situation critique se présentait. Ce n'était pas parce que ses remplaçants possibles étaient moins qualifiés, bien au contraire, car il aimait en temps habituel avoir à ses côtés des hommes comme Mark, Eric et les autres, capables d'anticiper ses ordres comme s'ils lisaient dans son esprit et de gagner de précieuses secondes sur leur temps de réaction, des secondes qui pouvaient faire la différence entre la vie et la mort.

Eddie était dans le garage à bateaux en train de préparer le canot gonflable rigide en compagnie de Linc et de ses « chiens armés ». Il n'existait qu'un seul quai sur l'île d'Eos, sans doute puissamment défendu, et c'était peut-être la seule voie d'accès possible. Les images vidéo transmises en temps réel par le drone leur donneraient une idée des défenses auxquelles ils allaient se trouver confrontés. En bas, dans le *moon pool*, l'équipe de plongée apprêtait, pour le cas où ils en auraient besoin, le plus gros des submersibles du bord, le Nomad 1000, ainsi que le matériel et les bouteilles pour une équipe de dix plongeurs d'assaut. Les responsables de l'armurerie venaient de vérifier toutes les armes du bord et s'étaient assurés qu'elles étaient nettoyées et que les magasins de munitions étaient pleins. L'équipe de surveillance des avaries était prête elle aussi, tout comme Julia Huxley dans les locaux médicaux du bord, si le pire arrivait et si ses services devaient être requis.

Gomez et son équipe avaient doublé, voire triplé les quarts, depuis le sauvetage de Kyle Hanley, afin de remettre d'aplomb le vaillant petit hélico Robinson. Gomez n'était guère satisfait des résultats. Sans test de vol correctement effectué selon des paramètres précis, il ne pouvait garantir sa capacité à voler. Tous les systèmes mécaniques de l'appareil étaient en état de marche, mais quant à savoir s'ils fonctionneraient en synchronisation, c'était une tout autre affaire. L'hélico avait été hissé sur l'élévateur jusqu'au pont principal, et un technicien maintenait le moteur à température de vol. L'engin pouvait donc décoller dans un délai de cinq minutes, mais Gomez avait supplié Juan de ne l'utiliser qu'en tout dernier recours.

Le Président jeta un coup d'œil à l'affichage du compte à rebours sur l'écran principal. Ils avaient une heure et onze minutes pour trouver Max et l'évacuer. Pour être précis, ils disposaient d'encore moins de temps que cela, car lorsque le projectile balistique orbital s'écraserait sur Eos, il engendrerait une énorme vague. Selon les calculs d'Eric, elle demeurerait localement circonscrite, et la topographie du golfe de Mandalay en diminuerait sensiblement les effets, mais elle resterait assez puissante pour malmener tout navire dans un rayon de vingt miles nautiques.

L'*Oregon* se trouvait à quinze miles lorsque l'image de l'île relayée par les caméras du drone se précisa sur l'écran principal, comme un bloc gris sur une mer d'une teinte brillante qui valait à la région son appellation de Côte Turquoise.

George fit voler le drone à une altitude de mille mètres au-dessus de l'île, longue de treize kilomètres, afin que le bruit du moteur demeure indétectable. Avec le soleil qui glissait vers l'ouest, le petit appareil serait presque invisible. L'île n'était qu'un conglomérat de roches nues, avec quelques buissons épars. Il concentra les caméras du drone sur l'endroit où les Responsivistes avaient construit leur bunker, mais il n'y avait là rien à observer. A cette altitude, il était impossible de distinguer la moindre entrée. Seule la route pavée qui se terminait à la base d'une petite colline impliquait la présence d'une construction ou d'une ouverture par ailleurs invisible.

— Hali, si vous pouviez extraire quelques images fixes de la vidéo et les améliorer, on pourrait peut-être distinguer une entrée quelconque au bout de la route.

— J'y travaille.

— Parfait. George, faites le tour de l'île, je voudrais vérifier la plage et le quai.

A l'aide du joystick, Adams fit revenir le drone au-dessus de la mer afin qu'il puisse approcher du quai avec le soleil derrière lui. La plage, qui ne dépassait guère les cent cinquante mètres de long, était formée d'éclats de rochers érodés, et cernée de chaque côté par des falaises abruptes qui s'élançaient à plus de trente mètres de hauteur. Quant aux falaises elles-mêmes, il aurait fallu plusieurs heures et du matériel d'escalade pour s'y attaquer avec quelque chance de succès.

Le quai était situé en plein milieu de la plage, sorte de jetée en forme de L qui s'élançait dans la mer jusqu'à une vingtaine de mètres du rivage pour permettre l'accès aux petits cargos qui avaient fourni le matériel nécessaire à la construction du bunker. La chaussée paraissait robuste et assez large pour supporter le poids de bétonneuses et d'excavateurs. Une construction en tôle ondulée était placée à l'endroit où la jetée rejoignait la route. Un parapet entourait son toit plat, formant une aire de tir idéale, avec un champ de visée parfaitement dégagé. Toute approche par la mer serait aussitôt repérée. Un pick-up était garé derrière le bâtiment.

Deux gardes équipés de puissantes jumelles étaient postés sur le toit, leurs armes automatiques à la ceinture. Deux autres patrouillaient sur l'appontement, et deux autres encore sur la plage.

Leurs lignes de communications avec le complexe devaient être enterrées, aussi était-il inutile de songer à les neutraliser pour isoler la baraque des gardiens. Juan se doutait bien que Kovac avait étendu les mesures de sécurité, et qu'ordre avait été donné de prévenir le bunker au moindre signe suspect pour que tout accès soit bloqué.

— Passez à l'imagerie thermique, ordonna-t-il.

La scène relayée à l'écran se modifia soudain ; les détails s'effacèrent, et ne restèrent que les taches formées par la chaleur corporelle des gardes, ce qui permit à Juan de constater la présence de deux équipes supplémentaires de deux gardes, chacune postée au sommet d'une falaise.

— Que pensez-vous de ces signaux, tout près des gardes qui sont sur les falaises ? demanda George.

— Des petits moteurs en cours de refroidissement. Sans doute des quads semblables à ceux qu'ils avaient en Corinthe. Assez amusants pour se balader, si personne ne vous tire dessus.

Juan s'intéressait plutôt aux signaux émanant de la route. Comme l'avait compris plus tôt Eric, il s'agissait de la chaleur provenant de la centrale énergétique du bunker. Les Responsivistes avaient fort bien réussi à masquer leur signature calorifique. L'observateur le mieux entraîné n'y aurait vu que la chaleur emmagasinée par la route après une journée de soleil. La ligne d'un orange terne affichée par le scan thermique se poursuivait le long de l'appontement avant de s'étendre sur toute la largeur du quai.

Ils disposaient sans doute d'un diffuseur pour déguiser ainsi leur signature thermique, songea Juan, qui ne distingua en revanche aucun signe de collecteur de prises d'air.

Il appuya sur le bouton de l'interphone pour joindre Linc et Eddie, qui assistaient à la reconnaissance aérienne depuis le garage à bateaux.

— Qu'en pensez-vous ?

Il connaissait déjà la réponse avant qu'Eddie prononce le moindre mot.

— Nous allons en baver des ronds de chapeau, et sans aucune garantie de succès. Vous avez des images détaillées de l'endroit où se termine la route ?

— Hali y travaille.

— Elles vont apparaître tout de suite à l'écran, confirma Hali.

Les images fixes améliorées s'affichèrent au même moment, et chacun les examina avec soin. La route s'arrêtait une fois arrivée à la colline. Des portes devaient être aménagées pour donner accès au bunker, mais si tel était le cas, elles étaient bien cachées.

— Cela dépend bien sûr du blindage, mais il serait peut-être possible de pénétrer à l'intérieur en faisant exploser une porte, suggéra Eddie d'un ton peu enthousiaste.

— Impossible de savoir s'il suffirait de deux ou trois livres de C-4, ou s'il faudrait recourir à un missile de croisière.

— Dans ce cas, il vaut mieux utiliser le Nomad, qui nous permettra de nous approcher au plus près, et essayer de trouver les prises d'air. Ensuite, il nous faudra un chalumeau pour nous frayer un passage dans le conduit, ajouta Eddie. Si seulement nous avions plus de temps, on pourrait attendre le coucher du soleil.

L'heure de l'assaut était malheureusement dictée par la trajectoire orbitale du satellite russe, et personne n'y pouvait rien. Juan leva les yeux vers le compte à rebours juste au moment où l'affichage des heures passait à zéro.

— Que font ces gardes sur le quai ? demanda George après avoir à nouveau réglé les images de la caméra sur le mode visuel standard.

— Ils n'ont pas l'air de faire grand-chose, commenta Juan d'un air absent.

— Il y a peut-être quelque chose dans l'eau. Je vais approcher le drone pour vérifier.

*

Sans lumière, Max ne pouvait savoir combien d'air il lui restait dans le réservoir, mais selon ses estimations, il rampait depuis environ vingt minutes. Il essayait de respirer aussi peu que possible, mais se rendait bien compte que ses précieuses réserves fondaient à vue d'œil. La sortie n'était toujours pas en vue. Devant lui, le tunnel était aussi sombre que l'étendue qu'il venait de parcourir.

Dix minutes plus tard, il éprouvait de sérieuses difficultés à respirer. Le réservoir était presque vide. Bientôt, il aspirerait le peu d'air retenu par sa combinaison, après quoi il commencerait à suffoquer. Après tant d'années passées en mer, Max s'était persuadé qu'il mourrait un jour noyé. Jamais il n'avait envisagé de terminer sa carrière dans un vortex de gaz d'échappement empoisonnés.

Il continua à avancer avec obstination. La combinaison extérieure s'était changée en une loque carbonisée, dont certains morceaux, particulièrement aux genoux, partaient en lambeaux. Heureusement, la couche de protection restante était plus que suffisante.

Tout ira bien pour Kyle, se répétait-il. Il savait que Juan secourrait son fils, quoi qu'il arrive. En raison du fiasco précédent, il s'adresserait bien sûr à un autre psychothérapeute pour déconditionner Kyle. Le Président ne commettait jamais deux fois la même erreur, même lorsqu'il ignorait les raisons de l'échec initial. Juan découvrirait que Jenner les avait trahis, Max en était persuadé ; mais bien entendu, il ne pourrait deviner la véritable identité du médecin. Lui-même avait encore du mal à le croire.

Mourir pour porter secours à son fils, songea-t-il. Existait-il une meilleure cause ? Il espérait qu'un jour, Kyle reconnaîtrait son sacrifice, et il priait pour que sa sœur lui pardonne la mort de leur père.

Il avait l'impression de grimper à l'assaut d'une montagne. Il lui fallait respirer aussi profondément que possible pour emmagasiner assez d'air, mais chaque fois, la douleur de ses côtes manquait le faire défaillir. Et quelle que soit la souffrance, quelle que soit la profondeur de ses inspirations, ses poumons réclamaient toujours plus d'air.

Sa main heurta quelque chose dans l'obscurité. Son instinct d'ingénieur le fit aussitôt réagir. Un conduit comme celui-ci aurait dû être dégagé de tout obstacle, afin d'assurer aux turbines une efficacité optimale. Il chercha l'objet à tâtons et ne put retenir un petit rire de satisfaction et de surprise. C'était le réservoir d'air de secours qui avait été emporté par le flux des gaz. Au cours de son vol chaotique, il s'était retourné pour présenter sa partie la plus aérodynamique à la poussée du courant.

Max débrancha en hâte son réservoir presque vide et le remplaça par le second. La saveur de l'air était toujours aussi fétide et métallique, mais c'était là le dernier de ses soucis.

Quinze minutes plus tard, la lumière apparut au bout du tunnel. Le conduit s'élargissait et s'aplatissait pour former un diffuseur destiné à masquer, sur des images thermiques, la chaleur provoquée par la sortie des gaz. C'était le procédé qu'utilisaient, par exemple, les avions furtifs. La pression des gaz brûlants diminua lorsqu'il ôta son réservoir et se mit à plat ventre pour progresser à l'intérieur du diffuseur. De minces barreaux de fer verticaux en bloquaient l'entrée pour empêcher toute intrusion dans le conduit.

Max apercevait l'océan, deux mètres cinquante plus bas. La marée devait être haute, car sinon, l'eau se déverserait chaque fois dans le conduit. Un système de fermeture permettait sans doute de boucher l'entrée en cas de tempête. Comme il ne pouvait passer le volumineux casque de la combinaison entre les barreaux, il lui était impossible de distinguer ce qui se trouvait à la droite et à la gauche de sa position. Il en était réduit à se fier à sa chance.

Il se retourna pour pouvoir enfoncer l'un des barreaux avec son réservoir d'air. Etendu de côté, il ne disposait pas d'assez d'élan, aussi se recula-t-il pour une nouvelle tentative. Il sentait la vibration de l'impact remonter dans ses mains. Fragilisée par les effets combinés de la salinité de l'eau de mer et de la corrosion provoquée par les gaz, une soudure lâcha sur l'un des barreaux à la cinquième tentative. Max répéta l'opération sur un second, puis un troisième barreau.

Il disposait désormais de suffisamment d'espace. Il agrippa chacun des barreaux pour le tordre vers l'extérieur, et se pencha au-dehors. Il y avait une petite plate-forme juste sous le diffuseur, et à sa droite, une échelle dirigée vers le haut. Il s'apprêtait à jeter un coup d'œil sur sa gauche lorsqu'il fut soudain attrapé par les épaules et extrait du conduit. Tout cela arriva si vite qu'il n'eut pas le temps de réagir avant de se retrouver jeté sur un quai. Deux gardes le dominaient, mitraillette sous le bras. Contrairement au gamin que Max avait neutralisé un peu plus tôt, ces deux-là avaient tout l'air d'être de vrais professionnels.

— Vous pouvez nous expliquer ce que vous comptiez faire ? lui demanda l'un des deux hommes avec un fort accent cockney.

Sa capuche rigide sur la tête, les oreilles bourdonnantes après tout le temps passé dans le conduit, Max vit les lèvres du garde bouger, mais ne comprit pas un mot de la question. Lorsqu'il fit mine d'ôter son capuchon, les doigts des gardes se crispèrent sur leurs détentes. L'un d'eux fit un pas en arrière pour couvrir son collègue, qui arracha le capuchon rigide de Max.

— Qui êtes-vous ?

— Eh bien, je suis le petit ramoneur venu préparer les cheminées pour Noël !

Chapitre 36

C'est Max ! s'écria Kasim en voyant les gardes hisser une silhouette vêtue d'une combinaison argent hors de la bouche d'évacuation des gaz.

Juan se retourna vers George Adams.

— Dernier recours, comme promis. On y va !

George appuya sur une touche de sa console pour que le drone décrive en continu un cercle de sept cent cinquante mètres de rayon. L'appareil conserverait sa trajectoire jusqu'à ce que quelqu'un en reprenne les commandes ou qu'il soit à court de carburant. Il régla la caméra de telle sorte qu'elle soit braquée sur le quai et pressa une autre touche pour synchroniser en permanence sa position sur celle de l'avion.

— C'est parti !

Juan s'élança à travers la pièce vers l'escalier qui menait au pont arrière, George Adams à sa remorque, peinant à le suivre malgré ses longues jambes. La bouche du Président formait une ligne mince, mais son corps était détendu. Il était vêtu d'un treillis noir, avec un écran flexible cousu sur une manche, et portait deux pistolets Five-seveN automatiques dans des holsters derrière son dos, et deux autres suspendus à ses hanches. La stabilité de l'hélico menaçait d'être problématique, et il ne tenait pas à risquer d'autres vies que la sienne, aussi s'était-il équipé d'une armurerie conséquente pour faire face à toute éventualité. Ses poches de cuisse contenaient des magasins de munitions pour le pistolet-mitrailleur Heckler & Koch MP-5 qui se trouvait déjà à bord du Robinson.

— Comment a-t-il réussi à sortir de là ? s'écria George.

— Je n'arrête pas de vous le répéter, c'est un homme plein de ressources. Check-up communications. Vous m'entendez ?

— Bien reçu, dit Kasim.

— Poste de barre, poste de tir, vous m'entendez ?

Ses hommes lui répondirent aussitôt par l'affirmative.

— Vous, aux armements, je veux que vous preniez le contrôle du drone depuis votre console et que vous actionniez son système de pointage laser. Nous allons nous servir de ses caméras pour désigner les cibles. Dès que le pointeur sera dessus, ouvrez le feu avec le 120 mm.

Le système de contrôle des armes était presque aussi sophistiqué que l'ordinateur Aegis qui équipait les croiseurs de la Navy. Le rayon laser installé sur le museau du drone éclairerait la cible, l'ordinateur calculerait ses coordonnées GPS exactes et élèverait ou abaisserait le canon de 120 mm, qui serait alors prêt à tirer la quantité et le type de munitions voulues selon la trajectoire calculée.

— Nous devons approcher de l'île. Le poste de barre a commencé la manœuvre.

Juan activa l'écran souple de sa manche. Max était toujours étendu sur le quai, mais les gardes ne tarderaient pas à l'embarquer à l'arrière du pick-up pour l'emmener dans le bunker.

L'*Oregon* creusait son sillon à pleine vitesse, et le vent qui soufflait sur le pont se changea en ouragan. Juan et George coururent jusqu'à l'hélico, où un marin maintenait la porte de George ouverte. Celle de Juan avait été ôtée. Par chance, le moteur venait seulement d'être arrêté, et lorsque George démarra à nouveau, il put immédiatement engager la transmission et mettre en marche le rotor. Il attendit que les pales tournent pour s'attacher et coiffer un micro-casque.

— Poste de barre, ici Gomez. Prêts à voler. Décélérez, maintenant.

Les pompes des tubes de propulsion de l'*Oregon* stoppèrent aussitôt, avant d'être relancées en marche arrière. C'était comme si une torpille avait frappé la proue ; un monstrueux maelström d'eau jaillit au-devant des tubes, et le navire s'arrêta. Contrairement à la plupart des bâtiments de sa taille, qui devaient ralentir sur plusieurs miles avant de s'immobiliser, l'*Oregon*, grâce à son système de propulsion révolutionnaire, avait des qualités de freinage et de braquage similaires à celles d'une voiture de sport.

Lorsque l'anémomètre électronique disposé au coin de la plate-forme de l'élévateur indiqua que le vent était tombé à trente kilomètres à l'heure, George engagea toute la puissance du moteur et le Robinson se souleva du pont.

— Hélico en vol, annonça-t-il à la radio tandis que les patins de l'appareil passaient au-dessus du bastingage arrière.

Les propulseurs furent à nouveau inversés, et l'*Oregon* accéléra de toute sa puissance. La manœuvre avait été programmée avec une précision telle qu'elle prit à peine une minute.

— Bien joué, commenta Juan.

— On dit que la perfection s'acquiert avec la pratique, mais j'ai toujours pensé que ça ne faisait pas de mal d'être parfait dès le départ.

— Votre modestie vous fait honneur, Gomez, répondit Juan en souriant.

— Président, ici le contrôle des armements. Selon l'ordinateur, le 120 mm sera en position de tir dans huit minutes.

— Vous enverrez une triple salve de fusées éclairantes, ordonna Juan. Il faut avertir Max que la cavalerie arrive. Quelle est l'heure d'arrivée estimée ?

— Je n'ai pas établi de plan de vol. Je ne sais pas, peut-être cinq minutes.

Juan avait synchronisé sa montre de combat avec le compte à rebours de l'impact du projectile balistique orbital. Il ne restait que cinquante-cinq minutes pour secourir Max et sortir l'*Oregon* de la zone critique.

*

— Debout ! aboya le garde, qui frappa Max, trop lent à obéir à son goût, à la hanche.

Max tendit les mains dans un geste feint de supplication.

— Doucement, les gars. Vous m'avez eu, je n'ai rien à dire. Je ne vais aller nulle part. Laissez-moi seulement me débarrasser de ce réservoir et de cette combinaison.

S'il avait eu le temps de réfléchir, Max se serait laisser rouler et tomber à l'eau. La combinaison était étanche, et le poids du réservoir l'aurait fait couler comme une pierre. Quelque chose, en direction de la mer, attira soudain son attention. Il plissa les yeux pour regarder vers le soleil couchant et vit voler une petite sphère blanche. Puis une autre, juste en dessous. Et une troisième.

Lorsqu'un chasseur se perd dans les bois, le signal consiste à effectuer trois tirs, à intervalles réguliers, pour attirer l'attention des équipes de recherche. Les fusées de détresse ne venaient pas d'un navire en perdition ; c'était Juan qui le prévenait que l'*Oregon* était là pour le secourir.

Jamais Max n'avait perdu espoir, aussi ne fut-il que modérément surpris, mais il eut cependant du mal à masquer sa joie.

Il déposa sur le côté son réservoir d'air et arracha les lambeaux de ses combinaisons de protection thermique. Le devant de la combinaison extérieure conservait encore sa couleur argentée, mais le dos était noirci par la chaleur et la suie.

L'un des gardes, équipé d'un talkie-walkie, recevait des ordres d'un supérieur.

— Nigel, monsieur Severance veut voir ce gars tout de suite. Ils n'ouvriront les portes extérieures qu'à notre arrivée. Allez, en route.

Max fit un pas hésitant et s'écroula sur le quai.

— Je n'y arrive pas. Ma jambe est ankylosée d'avoir rampé là-dedans, je ne la sens même plus, se plaignit-il en se tenant le genou.

Le garde tira une balle sur le quai, à quelques centimètres de la tête de Max.

— Voilà, et comme ça, ça va déjà mieux, non ?

Max reçut le message cinq sur cinq et se releva aussitôt. Il fit semblant de boiter tandis qu'ils se dirigeaient vers le rivage, mais les gardes le poussèrent dans le dos sans ménagement dès qu'il fit mine de ralentir l'allure.

Le Robinson apparut soudain en rugissant au-dessus des falaises, comme un rapace à la poursuite de sa proie, et fonça vers le quai. George gardait le nez de l'appareil plongé en avant, et les pales hachaient l'air à moins de deux mètres de la jetée de bois. Max, déjà à plat ventre après le coup reçu, fut aussitôt rejoint par les deux gardes qui s'aplatirent sur le sol pendant que l'hélico vrombissait au-dessus de leurs têtes.

Les hommes en faction au sommet des deux falaises ouvrirent le feu, mais George Adams faisait danser le Robinson comme un boxeur parant les coups de son adversaire. Les gardes, qui ne disposaient pas de balles traçantes, étaient incapables de corriger à temps leur visée pour atteindre leur cible.

— Il faut attendre qu'ils l'aient emmené sur la plage, dit Juan, sinon, ils nous descendront avec leur feu croisé.

Le soir tombait, et les ombres s'allongeaient. Les gardes qui patrouillaient sur la plage se joignirent à la mêlée ; Juan et George ne pouvaient les repérer que par l'éclair qui jaillissait du canon de leurs armes automatiques.

Sur le quai, les deux gardes empoignèrent Max par les bras et le traînèrent vers la rive, laissant le soin à leurs collègues de la baraque et de la plage de tenir l'hélicoptère à distance. Max, affaibli par les épreuves subies, tenta sans succès de se débattre.

*

Poursuivant sa course folle au-dessus du Groenland, tel un démon vengeur, le projectile balistique orbital soviétique procédait à la dernière vérification de ses systèmes avant le lancement de l'un de ses bâtons de tungstène de plus de huit cents kilos. Dans son conteneur attaché au satellite, le projectile, de la taille d'un pylône de câbles téléphoniques, tournait à mille tours-minute, afin de lui donner la stabilité indispensable pour pénétrer dans l'atmosphère. L'ordinateur de ciblée, archaïque selon les critères modernes, mais largement suffisant pour la mission qu'il avait à accomplir, attendait, concentré sur sa tâche, tandis que le satellite fendait l'espace pour rejoindre les coordonnées de visée de sa cible.

Un minuscule souffle de gaz compressé s'échappa de l'une des fusées de manœuvre au moment où l'ordinateur perçut la nécessité d'une infime correction de trajectoire. Le capot qui recouvrait le tube de lancement s'ouvrit et, pour la première fois de son existence, le cœur de tungstène se trouva exposé au vide de l'espace.

Le satellite continuait sa course, indifférent au sort de la planète qui tournait imperturbablement sur son axe, et s'approchait à chaque seconde de sa position de tir.

*

— Président, ici le contrôle des armements. Sommes en position.

— Lancez un tir antipersonnel sur la falaise est, ordonna Juan.

A huit miles au large, le dispositif d'armement du canon L44 de 120 mm sélectionna automatiquement le projectile et le chargea dans le tube du canon. Celui-ci était situé à la proue de l'*Oregon*, dans un réduit caché, ce qui lui donnait un angle de mobilité de presque cent quatre-vingts degrés lorsqu'il était déployé. Les portes extérieures du réduit étaient déjà abaissées et le canon apparut. Dans les profondeurs du navire, l'ordinateur de visée reconnut l'impact laser ciblé sur le sommet de la falaise par le drone et calcula sa position. Le canon s'éleva à l'angle voulu et, lorsque la proue se hissa à la crête d'une vague, il fit feu.

L'ordinateur était si précis qu'il déclencha le tir avec un peu d'avance pour tenir compte des microsecondes nécessaires afin que le projectile quitte le tube et de la rotation de la Terre pendant son vol.

Dix secondes après avoir quitté le tube, l'obus s'ouvrit et libéra une tornade de projectiles de métal durci qui mitraillèrent la falaise. Des nuages de poussière jaillirent du sol. Quelque part au milieu de l'étouffante nuée gisaient les restes hachés des deux gardes responsivistes.

— Joli tir, approuva Juan. A l'ouest, maintenant.

Les hommes qui portaient Max le lâchèrent lorsque le promontoire de la falaise se désintégra. Il se remit debout et commença à courir. Il parcourut quelques pas avant d'être heurté par un débris projeté par l'explosion, et s'effondra sur le dur ruban d'asphalte de la route. En poussant des jurons incohérents, un des gardes le frappa à la tête et, pendant un moment, Max crut que le soleil venait de disparaître ; il lutta pour repousser le rideau de ténèbres qui envahissait son esprit et se força à maintenir sa conscience en éveil.

Une seconde explosion déferla en travers de la plage. Elle frappa d'abord un point situé juste en dessous du repaire des snipers sur l'autre falaise et n'eut d'autre résultat que de cribler la pierre de centaines de trous minuscules.

— Oui, oui, je sais, peut mieux faire... lança le poste de tir à la radio.

Dix secondes plus tard, la falaise ouest était à son tour ravagée par un tir dévastateur.

Les gardes jetèrent Max à l'arrière du pick-up ; Nigel sauta derrière le volant tandis que son acolyte maintenait la tête de Max contre le plancher avec le canon de sa mitraillette. Ils avaient à peine parcouru quinze mètres lorsque la baraque des gardes fut frappée de plein fouet par un obus explosif. La construction en tôle vola en éclats par toutes ses jointures et se transforma en une fournaise orange, telle une fleur vénéneuse. Le souffle projeta le pick-up en avant ; l'espace d'un instant, Nigel perdit le contrôle du véhicule, mais il parvint à le maintenir sur la route en se cramponnant au volant.

Les deux gardes restés sur la plage durent croire qu'une retraite stratégique avait été ordonnée, car ils sautèrent sur leurs quads et se lancèrent à la poursuite du pick-up.

George fit brusquement virer le Robinson pour arriver derrière les trois véhicules, et maintint l'appareil sur leur droite pour laisser à Juan une ligne de vision dégagée.

— Poste de tir, lancez un tir antipersonnel sur la route devant ce pick-up, et continuez à tirer en rafales pour les ralentir.

La réponse se perdit dans le tir saccadé du pistolet-mitrailleur MP-5 de Juan.

Le conducteur du quad visé par le Président fit un écart, mais poursuivit sur sa lancée. Juan était un tireur émérite, mais atteindre une cible mouvante d'un hélicoptère en vol était une tâche quasi impossible. Le conducteur répliqua, et la rafale passa assez près du Robinson pour que George choisisse de renoncer momentanément à la poursuite.

La route disparut soudain une trentaine de mètres devant le pick-up lancé à pleine vitesse, alors que le cœur d'uranium appauvri des projectiles antiblindage s'écrasait dans la terre. Juan avait précisé qu'il voulait un tir antipersonnel, car tout autre type de munition aurait réduit le pick-up en morceaux.

Le chauffeur écrasa la pédale de frein et braqua. La route formait un étroit défilé, et les pneus hurlèrent lorsqu'il tenta de s'écarter de la pluie de projectiles.

Juan Cabrillo vit aussitôt l'opportunité qui se présentait à lui.

— Maintenant, George !

Le pilote fit tournoyer l'hélico et plongea sur le pick-up. Le garde qui tenait Max leva son arme, mais Max lui envoya des coups de pied, le forçant à se défendre. Juan n'avait plus le temps de recharger son pistolet-mitrailleur ; il le lança à l'arrière du Robinson et défit son harnais de sécurité.

La poussière soulevée par les pales de l'appareil masquait partiellement sa cible, mais il y voyait assez clair pour agir, tandis que George réglait sa vitesse sur celle du pick-up, qui approchait de la crête de la colline.

Juan n'hésita pas. Il bondit alors que le Robinson était à trois mètres au-dessus du véhicule. Le second garde se mit à tambouriner sur le toit de l'habitacle dès qu'il vit une silhouette se pencher hors de l'hélico. Nigel fit un brusque écart.

Juan atterrit au bord du plateau du pick-up, et plia les genoux pour absorber l'impact ; l'élan donné par le soudain virage du véhicule menaçait de l'éjecter. Il se démena en vain pour saisir le garde, mais ne réussit qu'à agripper le rebord du plateau au moment où il retombait en arrière. Ses jambes traînaient sur le sol tandis qu'il se démenait pour réintégrer le véhicule.

Le visage du garde apparut soudain au-dessus de lui. Juan lâcha prise de la main droite pour saisir l'un de ses pistolets automatiques, mais pas assez vite. Il allait prendre l'arme lorsque le garde lui écrasa les doigts de la main gauche avec une force telle qu'il l'ouvrit par réflexe.

Juan heurta durement le sol et l'impact l'envoya rouler ; il se recroquevilla pour se protéger la tête, et s'immobilisa au moment où le pick-up atteignait le sommet de la colline et s'éloignait en prenant de la vitesse.

Il se releva avec un juron, étourdi par le choc reçu derrière la nuque. Il se concentra pour s'éclaircir l'esprit, leva les yeux et adressa de grands signes à George pour qu'il vienne le récupérer. Les deux quads arrivaient, et leurs pilotes n'avaient pas trop de leurs deux mains sur le guidon pour maintenir leurs engins sur la surface rocailleuse de la colline.

Juan était trop éloigné pour un tir efficace, mais il ne pouvait pas se permettre de les laisser tirer en premier. Il dégaina ses deux Five-seveN et lâcha un tir de barrage en direction du pilote qui arrivait sur la droite. Les deux armes lâchèrent vingt balles en moins de six secondes. Six atteignirent le pilote du quad, réduisant ses organes en bouillie et arrachant la moitié de son crâne.

Juan abaissa ses deux armes encore fumantes, dégaina la seconde paire de derrière ses reins et reprit le tir avant même que le corps du premier garde ne dégringole de sa monture.

L'autre conduisait d'une main et essayait d'atteindre l'AK-47 derrière son dos. Il ne ralentit pas une seconde, alors qu'une pluie de balles balayait l'espace autour de lui. Il parvint à tirer quelques rafales avant de recevoir une balle, un tir oblique qui lui déchira l'extérieur de la cuisse. Il fit feu à nouveau, mais sa cible ne semblait plus s'en soucier.

Juan ne broncha pas tandis que les balles sifflaient près de lui, et continua à tirer jusqu'à ce qu'il parvienne à ajuster sa cible. Deux balles envoyées en une fraction de seconde s'enfoncèrent dans la gorge du conducteur. L'impact cinétique arracha les derniers tissus des tendons et la tête du garde s'affaissa, inerte. Le quad continua à grimper sur la colline, version moderne du cavalier sans tête de Washington Irving. Lorsqu'il arriva près de Juan, celui-ci lança son pied pour désarçonner le corps et l'éjecter de la selle. Les doigts du cadavre, toujours agrippés à la poignée des gaz, se relâchèrent, et l'engin s'immobilisa peu à peu.

Juan grimpa sur le quad et se lança à la poursuite de Max si vite qu'il décolla du sol à la crête de la colline. Le pick-up avait maintenant quatre cents mètres d'avance sur lui, mais lorsqu'un nouveau tir antiblindage laboura le sol devant lui, le chauffeur vira soudain, donnant à Juan une chance de rattraper son retard.

Chapitre 37

Mark Murphy s'était rarement senti aussi mal. Son nez était rouge et douloureux au toucher, mais comme il lui fallait se moucher sans cesse, il ne voyait pas la fin de son calvaire. Par malheur pour lui, il avait toujours éternué de façon compulsive, quatre ou cinq fois d'affilée. Il avait la tête gonflée au point d'éclater et à chaque inspiration, il avait la sensation que des billes s'entrechoquaient dans sa poitrine.

Une seule pensée parvenait à le réconforter quelque peu : tout le monde ou presque, à bord du *Golden Sky*, était aussi mal en point que lui. Les symptômes que présentait Linda étaient à peine moins sévères que les siens, mais elle n'échappait pas pour autant à l'infection virale qui balayait le navire à la vitesse d'un feu de broussaille. Il ne se passait pas cinq secondes sans qu'elle se mette à frissonner. La plupart des passagers restaient calfeutrés dans leur cabine, les cuisines chauffaient en permanence des litres de bouillon de volaille et le personnel médical distribuait des cachets contre le rhume par poignées entières.

Mark et Linda étaient seuls dans la bibliothèque, assis l'un en face de l'autre, un livre sur les genoux pour le cas improbable où quelqu'un entrerait. Des piles de mouchoirs en papier étaient posées à côté d'eux.

— Maintenant, je comprends pourquoi ils ont choisi de propager le virus à bord d'un vaisseau de croisière.

— Eh bien, pourquoi ?

— Considère notre situation. Nous sommes piégés ici comme des rats, à mariner dans notre jus. Tout le monde est exposé et le restera, jusqu'à ce que tous les passagers et membres d'équipage attrapent le virus. Deuxièmement, il n'y a à bord qu'un médecin et une infirmière. Avec tous ces gens malades en même temps, ils seront très vite débordés. Dans une grande ville, il y a des hôpitaux, les gens sont exposés moins longtemps au virus et ont donc moins de chances de contaminer d'autres personnes. En cas d'épidémie, on peut isoler les victimes, et les mettre en quarantaine assez rapidement.

— Tu as raison, commenta Linda, trop abattue pour souhaiter s'engager dans une conversation sérieuse.

— Revoyons encore une fois toutes les données du problème, reprit Mark après quelques minutes de silence.

— Mark, je t'en prie, nous avons déjà tout passé en revue un millier de fois. Ce n'est pas le système d'air conditionné ou de distribution d'eau, ce n'est pas la nourriture, et nous avons vérifié et revérifié des dizaines d'autres possibilités. Il faudrait une équipe d'ingénieurs pour passer tout ce navire au peigne fin et trouver leur dispositif de contamination.

Affaibli par son rhume, Mark n'était pas parvenu à imaginer la solution, et il ne se berçait pas d'illusions quant à la possibilité de la découvrir sous peu, mais n'entendait pas pour autant rester sur un échec.

— Allons, Linda. Réfléchis. Pour résumer, on pourrait dire que nous sommes sur une ville flottante, d'accord ? De quoi a besoin une ville ? De nourriture, d'eau, d'installations sanitaires, d'un système de ramassage des déchets, et d'électricité.

— C'est sûr, ils ont dû empoisonner les déchets…

Mark ignora le sarcasme.

— Voyons les choses sous un angle différent. Un navire de croisière, c'est comme un hôtel. Que faut-il pour faire fonctionner un hôtel ?

— Les mêmes choses, répondit Linda, plus quelques bonbons posés sur l'oreiller le soir.

— Tu ne m'aides pas beaucoup…

— Je n'essaye même pas.

Mark fit un brusque mouvement en avant sur son siège.

— Tu as trouvé !

— Des bonbons empoisonnés ?

— Qui amène les bonbons ?

— Une femme de chambre.

— Et que fait-elle lorsqu'elle entre le matin dans une cabine ?

— Le ménage, et puis elle change les… Oh, mon Dieu !

— Je me souviens, en Grèce, quand nous sommes allés chercher le gosse de Max. Ils avaient tout un tas de machines à laver industrielles, mais pas de séchoirs. Ils s'entraînaient. Le virus a été introduit dans la blanchisserie. Les draps des passagers sont changés tous les jours. Et au cas où cela ne suffirait pas, on change également chaque jour les serviettes du restaurant et du réfectoire du personnel. Amener les gens à s'essuyer la bouche avec une serviette contaminée, c'est aussi efficace que de leur faire directement une piqûre. Pourquoi n'y ai-je pas pensé plus tôt ? C'était tellement évident !

— C'est évident une fois que tu y as pensé, c'est comme quand on cherche un objet, et qu'on le retrouve dans le dernier endroit où on l'a cherché, comme tu le disais si bien ! le taquina Linda. Eh bien, allons vérifier !

*

Avec ses suspensions et ses amortisseurs renforcés, le quad était conçu pour le tout-terrain, ce qui n'empêchait pas Juan, toujours à la poursuite du pick-up, de le pousser jusqu'aux limites les plus extrêmes de son endurance. Il rattrapait rapidement son retard, car des projectiles éclataient à chaque instant devant les roues de la camionnette, et son chauffeur devait sans cesse louvoyer pour les éviter.

— Président, ici Hali. Avertissement des quarante-cinq minutes. Je répète, impact dans quarante-cinq minutes.

— Je vous entends, dit Juan, inquiet à l'idée qu'ils commençaient à entamer sérieusement la marge de sécurité indispensable pour quitter la zone à temps. Mais j'aurais préféré être sourd ! Contrôle des armements, poursuivez les tirs. George, essayez de distraire les gars à l'arrière du pick-up pour que je puisse approcher. Rasez-les de près !

— Bien reçu.

Un genou pressé contre le plateau du pick-up et le canon d'un fusil d'assaut enfoncé dans son cou, Max n'avait pas la moindre idée de ce qui se passait autour de lui. Le fusil se leva soudain et le garde tira une courte rafale. Max put alors constater que l'homme tirait en direction du ciel. Le Robinson apparut soudain au-dessus du véhicule, si bas que le garde dut baisser la tête.

Max en profita pour lui asséner un coup de coude à l'aine. Le mouvement, maladroit et mal ajusté, ne sembla produire aucun effet. L'homme retourna aussitôt son arme vers Max, qui parvint à la bloquer de son bras ; les balles fusèrent, inoffensives, vers le ciel qui commençait à s'assombrir. Malgré la poudre qui lui brûlait les yeux, Max saisit sa chance et frappa le flanc exposé du garde, qui répliqua par un coup au visage. Ce retour des douleurs endurées avec Kovac mit Max dans une rage folle ; il se retourna brusquement, et chercha à se relever pour donner plus d'impact à ses coups.

Le plateau du véhicule était trop petit pour que le garde puisse braquer son arme sur Max, aussi essaya-t-il de s'en servir comme d'un gourdin pour tenter de se débarrasser de lui. Max replongea au sol et projeta sa jambe pour frapper l'homme à l'arrière-train, puis il se releva, chancelant, et se retint aux montants du plateau.

Juan n'était plus qu'à soixante centimètres du pare-chocs arrière du pick-up, courbé sur le guidon de telle sorte que le garde ne pouvait le voir. Max vit les lèvres du Président bouger, sans doute pour parler à George, qui tournoyait au-dessus d'eux à bord de l'hélico, ou à un membre de l'équipage de l'*Oregon*.

Max repartit à l'assaut du garde, semblable à un catcheur professionnel, mais le coup de coude qu'il porta au ventre de l'homme n'avait rien d'une feinte. Les yeux du garde semblèrent jaillir de leurs orbites, et ses joues se gonflèrent pendant qu'il expulsait la moindre particule d'air de ses poumons.

Quelques secondes plus tard, une nouvelle salve tirée du canon de l'*Oregon* éclata juste devant la camionnette découverte. Le chauffeur freina et vira à gauche, et Juan put s'aligner sur le flanc du véhicule.

— Max, arrête ça et saute ! hurla-t-il en se glissant en avant sur la selle pour laisser autant de place que possible à son ami.

Max rampa par-dessus le hayon arrière pour s'accroupir sur le pare-chocs. Il étendit une jambe, qu'il posa sur la selle du quad avant de lancer tout son poids. Il atterrit bien en position et passa les bras autour de la taille de Juan pour maintenir son assise.

Nigel, le garde anglais qui conduisait le pick-up, choisit ce moment précis pour jeter un coup d'œil dans son rétroviseur. Lorsqu'il vit que son prisonnier s'échappait, il fit un écart pour bloquer le quad, forçant Juan à freiner. Il dut lui aussi ralentir au plus vite, et lorsque le quad commença à s'éloigner, il se lança à ses trousses.

Avec deux hommes de bonne taille sur le quad, les deux véhicules étaient à peu près de force égale. Juan parvenait à peine à conserver une avance de quelques mètres, et même s'il prenait de brusques virages, Nigel ne perdait pas de terrain. Le garde responsiviste avait compris que s'il réussissait à se maintenir à très courte distance derrière Juan et Max, le canon éviterait de le prendre pour cible.

— Il joue avec nous, cracha Juan en jetant un coup d'œil par-dessus son épaule pour voir la calandre plate du pick-up à moins de cinq mètres des roues arrière du quad. Et nous n'avons pas le temps de nous amuser. A propos, je suis content de te retrouver. Mais bon Dieu, ils ne t'ont pas arrangé la figure.

— Content de te voir aussi, hurla Max pour couvrir le bruit du vent. Et ça fait plus mal que ça en a l'air.

— Accroche-toi, l'avertit Juan en se lançant sur le versant de la colline qui ramenait à la route.

Ils redescendirent à une vitesse folle, Juan accélérait à fond, tandis que le pick-up chassait dans tous les sens derrière eux.

Le quad gagna un peu moins de vingt mètres, et Juan envisagea un instant de demander une nouvelle salve à l'*Oregon*, mais le pick-up était beaucoup plus rapide que le quad sur route lisse, et il finit par rattraper son retard avant que le Président ait eu le temps de transmettre ses ordres au navire.

— Poste de tir, préparez-vous à lancer une salve HE tout au bout du quai.

— Compris. Nous attendons.

— Qu'est-ce que tu fais ? l'interrogea Max.

— Plan C.

Ils continuaient à dévaler la colline, mais sans pousser le moteur du quad à fond, car Juan avait besoin d'une petite réserve de puissance. Ils passèrent en trombe devant les ruines en flammes de la baraque de tôle ondulée, zigzaguant entre des débris de métal encore chauffés au rouge. Juan, arrivé sur le quai, tourna à bloc la poignée d'accélération, jaugeant d'un œil expert la vitesse, la distance et le temps.

— Go !

Le chauffeur du pick-up ralentit pour rester en retrait, incapable de comprendre pourquoi Juan s'élançait sur une voie sans issue, mais lorsqu'il constata qu'il ne ralentissait pas, il accéléra à son tour pour ne pas se laisser distancer.

— George, cria Juan à la radio, préparez-vous à nous récupérer dans l'eau.

La réponse du pilote se perdit dans le vent.

Juan s'élança sur le quai à près de quatre-vingts kilomètres à l'heure.

Max finit par comprendre les intentions de son ami.

— Mais tu es complètement…

Ils décollèrent du quai sur plus de six mètres avant de s'écraser dans la mer. Un instant plus tard, le pick-up tenta de s'arrêter dans un dérapage sur quatre roues qui faillit le faire verser sur le flanc. A peine se fut-il stabilisé sur ses suspensions que la portière s'ouvrit et que le garde apparut en levant son fusil d'assaut, prêt à abattre ses deux ennemis dès qu'ils apparaîtraient à la surface.

Le sifflement aigu, qui dura moins d'une seconde, ne lui laissa pas le temps de réagir.

L'obus explosif atteignit le quai au lieu du pick-up, mais le résultat fut le même. L'un comme l'autre furent soufflés par l'explosion.

Juan aida Max à retrouver la surface. Il cracha un peu d'eau, puis observa l'étendue des dégâts. La moitié du quai avait purement et simplement disparu, et il ne restait plus de l'autre que des débris de planches et des poteaux éclatés.

— Etait-ce vraiment nécessaire ? grommela Max.

— Tu te souviens de ce que je t'ai dit de ma première mission pour l'agence ?

— Quelque chose au sujet d'un satellite russe ?

— Un projectile balistique orbital, précisa Juan en sortant son bras de l'eau pour consulter sa montre. Et ce projectile va pulvériser l'île d'Eos dans exactement trente-huit minutes. Personnellement, je préférerais être aussi loin d'ici que possible.

Lorsque le Robinson R44 apparut au-dessus de la falaise et fonça vers les ruines du quai, il traînait de la fumée dans son sillage.

Voilà pourquoi George me suppliait de ne l'utiliser qu'en dernier recours, songea Juan.

Adams plaça l'appareil juste au-dessus des deux hommes et resta en vol stationnaire. La poussée d'air des pales soulevait un étouffant brouillard de particules d'eau de mer bouillonnantes. Juan leva un bras pour ouvrir la portière et aida Max à grimper dans l'hélico. Le Président allait suivre Max lorsqu'un tir d'armes automatiques encadra l'appareil.

— On y va, vite ! hurla-t-il en agrippant l'un des patins.

George ne se le fit pas dire deux fois. Il fit monter le régime du moteur et s'éloigna du quai, où un autre pick-up venait d'apparaître. Sur son plateau arrière, deux hommes armés d'AK-47 tiraient rafale sur rafale.

Suspendu comme un singe par les bras et les jambes, Juan n'avait d'autre ressource que de s'accrocher du mieux qu'il le pouvait au patin du Robinson. Un vent brutal le secouait et ses vêtements trempés étaient comme de la glace, mais il ne pouvait rien y faire. L'*Oregon* n'était qu'à deux miles de là, et il était hors de question que George ralentisse pour qu'il puisse à son tour rejoindre la cabine.

Le pilote du Robinson avait rendu compte de la situation au navire, et toutes les lumières de l'*Oregon* étaient allumées et tous les hommes disponibles rassemblés sur le pont en prévision de l'atterrissage de l'hélico. La proue s'était déjà détournée de l'île d'Eos, et le navire était prêt à appareiller.

Arrivé au-dessus de la plage arrière, George se donna le maximum de champ pour atterrir dans les meilleures conditions possibles. Il ignora les voyants d'alarme qui clignotaient et les signaux sonores qui résonnaient à l'intérieur du cockpit pour l'avertir que son hélico adoré était à l'agonie. Il imagina un instant l'huile qui brûlait dans la transmission surchauffée, et réduisit doucement l'altitude.

Juan lâcha le patin pour atterrir dans les bras secourables des marins du bord, qui l'attrapèrent sans difficulté, le remirent sur pied et s'écartèrent pour laisser à George assez d'espace pour poser l'engin sur le pont.

— Pleine vitesse, ordonna Juan à l'instant même où les patins touchaient le pont. Tout le monde à son poste. Parez le navire comme pour une collision.

George Adams coupa le moteur dès qu'il sentit les patins toucher le sol, mais le mal était fait. Des flammes jaillirent du capot moteur et du mât de rotor. Des marins arrosaient déjà l'appareil de leurs lances ; George et Max sautèrent de l'hélico dans un torrent d'écume.

Une fois arrivé à bonne distance, George jeta un coup d'œil en arrière. Les traits de son visage avenant étaient tirés. Il savait que son Robinson était réduit à l'état d'épave.

— Nous t'en achèterons un autre, tout neuf, lui dit Juan en posant la main sur son épaule.

Ils entrèrent à l'intérieur du navire avant que le vent ne se mette à souffler trop fort. Derrière la poupe de l'*Oregon*, l'île d'Eos semblait tapie à la surface de l'eau, sinistre amoncellement de roches bientôt voué à disparaître de la surface du globe.

Chapitre 38

Thom Severance hésitait sur la conduite à suivre. Les gardes du quai lui avaient annoncé la capture de Max Hanley au moment où celui-ci tentait de s'échapper par les conduits d'évacuation des gaz. Un peu plus tard, ils avaient été attaqués, selon eux, par un hélicoptère de couleur sombre. Pendant un bref instant, il craignit que l'assaut ne soit venu des Nations unies, car il avait entendu parler de leurs escadrons d'hélicoptères noirs. Il put saisir quelques bribes de conversation marmonnées par les gardes au talkie-walkie, puis ce fut le silence. Les caméras installées sur le toit de la baraque en tôle cessèrent d'envoyer des images, aussi ordonna-t-il à un véhicule de se rendre vers le quai pour comprendre ce qu'il s'y passait.

— Ils se sont échappés, monsieur Severance, annonça le capitaine des gardes à son retour. Hanley et un autre homme, à bord de l'hélicoptère. Le poste de garde a été détruit, ainsi que le quai. Beaucoup de mes gars sont portés manquants.

— Y a-t-il d'autres intrus ?

— Des patrouilles fouillent les alentours. Apparemment, il n'y avait qu'un seul homme.

— Un homme seul a tué vos gardes et détruit le quai ? demanda Severance d'un air sceptique.

— Je n'ai pas d'autre explication.

— Très bien, continuez à fouiller, et si vous voyez autre chose d'anormal, prévenez-moi immédiatement.

Severance se passa la main dans les cheveux. Les derniers ordres donnés par Lydell Cooper étaient clairs. Il devait encore attendre deux heures pour lancer le signal. Mais si cette attaque n'était que le prélude à un assaut bien plus considérable ? S'il attendait trop longtemps, il risquait de compromettre la réussite de l'opération. En revanche, s'il envoyait le signal trop tôt, le virus ne serait peut-être pas encore fixé aux tuyaux d'alimentation des machines à laver des cinquante navires.

Il aurait voulu pouvoir appeler son mentor, mais il sentait que c'était à lui qu'appartenait la décision. Lydell était en route avec Heidi et sa sœur Hannah. Lorsqu'ils arriveraient, le virus aurait déjà été propagé. Il contrôlait le mouvement responsiviste depuis des années et pourtant, comme un fils qui reprend l'affaire familiale, il se sentait sous surveillance ; le pouvoir réel lui échappait. Il n'oubliait jamais que Lydell Cooper pouvait à tout moment passer outre à ses décisions, sans avoir à le prévenir ni à fournir la moindre explication.

Cette situation l'avait souvent irrité par le passé, même si Cooper intervenait somme toute assez peu. Mais à présent, les enjeux étaient élevés, et il aurait aimé que quelqu'un lui dise quoi faire.

Quelle importance si deux ou trois navires ne recevaient pas le signal ? Les calculs des vecteurs de propagation établis par Lydell Cooper montraient qu'une quarantaine de bâtiments suffiraient à infecter la planète entière. Les dix autres constituaient seulement une marge de manœuvre. Si Cooper lui demandait pourquoi certains bâtiments avaient échappé à l'infection, il pourrait toujours répondre que les dispositifs de contamination avaient mal fonctionné. Qui allait vérifier ?

— Allons, c'est décidé, dit-il en se frappant les cuisses du plat de la main et en se levant.

Il entra dans la salle de transmission ELF. Un technicien en blouse était penché sur les boutons de contrôle.

— Peut-on envoyer le signal maintenant ?

— Nous n'avons pas prévu de l'envoyer avant deux heures.

— Ce n'est pas ce que je vous ai demandé.

Maintenant que son choix était arrêté, Thom Severance retrouvait toute sa morgue.

— Il me faut quelques minutes pour vérifier une dernière fois les batteries. Le générateur est hors circuit en raison des dommages infligés au système d'évacuation.

— Eh bien, faites, vérifiez.

L'homme s'entretint un moment à l'interphone avec un collègue installé dans les profondeurs du complexe. Severance ne comprit pas un mot de leur jargon scientifique.

— Juste un moment, monsieur Severance.

*

Le cerveau électronique du satellite russe rythmait le temps en fractions infinitésimales tout en survolant l'Europe à plus de vingt-sept mille kilomètres à l'heure. La trajectoire était calculée au centième de seconde angulaire près, et lorsque le satellite atteignit le point prévu, un signal fut envoyé du processeur central au lanceur de tube. Dans le vide de l'espace, l'explosion de gaz compressé qui éjecta le bâton de tungstène du tube ne produisit aucun son. Le tir était dirigé presque à la verticale, et le bâton entama aussitôt sa descente vertigineuse vers la Terre selon un angle très léger, ainsi que ses concepteurs l'avaient voulu, afin que d'éventuels observateurs le confondent avec une météorite. Le contact avec les premières molécules des couches supérieures de l'atmosphère provoqua une friction qui chauffa le tungstène. Plus le bâton tombait, plus la chaleur s'emmagasinait ; sur toute sa longueur, il passa au rouge brillant, puis au jaune, et prit enfin une éclatante teinte blanche.

L'accumulation de chaleur était phénoménale, mais n'approcha jamais le point de fusion du tungstène, supérieur à trois mille degrés Celsius. Sur Terre, les observateurs voyaient clairement le bâton traverser le ciel au-dessus de la Macédoine et de la Grèce en émettant des détonations soniques sur son passage.

*

Sur l'horloge numérique de l'écran de contrôle principal, les minutes ne s'affichaient désormais plus qu'en unités. Avant le sauvetage de Max, Juan évitait de la regarder, mais maintenant, il ne parvenait plus à en détacher son regard. Max avait refusé tout soin au dispensaire avant l'impact du projectile balistique orbital, aussi Julia était-elle montée jusqu'au centre opérationnel avec son matériel d'urgence pour panser ses blessures. L'*Oregon* avait mis le cap vers l'est à pleine vitesse, mais la mer était assez calme pour qu'elle puisse travailler dans des conditions convenables.

Depuis longtemps, Max aimait taquiner Juan au sujet de sa tendance à pousser les moteurs de l'*Oregon* au-delà de leurs limites, mais en l'occurrence, il connaissait les enjeux et garda ses réflexions pour lui. Ils n'avaient pas encore parcouru la distance minimum de sécurité qui les séparerait de l'impact, et si le Président pensait qu'il fallait pour y arriver utiliser toute la puissance des machines, il l'y aiderait de son mieux.

Hali Kasim arracha ses oreillettes de sa tête en poussant un juron.

— Que se passe-t-il ? demanda Juan d'un ton anxieux.

— Je reçois un signal sur la fréquence ELF. Il vient d'Eos. Ils envoient le code de déclenchement.

Juan blêmit.

— Tout va bien se passer, intervint Max d'une voix rendue nasillarde par les morceaux de coton que Julia avait enfoncés dans ses narines. Avec la longueur des ondes, il leur faudra du temps pour transmettre le code en entier.

— A moins qu'ils ne propagent le virus dès le premier signe de transmission, objecta Kasim.

Les paumes de Juan étaient moites. Il se révoltait à la pensée qu'ils aient pu parcourir tant de chemin pour échouer si près du but. Il s'essuya les mains sur son pantalon. Il ne restait plus qu'à attendre.

Et il détestait attendre.

*

Vêtus de leur uniforme du personnel de maintenance, Linda et Mark rôdaient une fois de plus sur les ponts inférieurs du *Golden Sky*, et essayaient de se souvenir de la localisation exacte de la blanchisserie du bord. Seuls quelques membres d'équipage étaient présents aux alentours, trop préoccupés par leur santé chancelante pour s'intéresser de près à deux visages inconnus.

Le gémissement des tambours des sèche-linge conduisit enfin Linda et Mark vers leur destination. Lorsqu'ils pénétrèrent à l'intérieur de la blanchisserie, aucun des Chinois qui y travaillaient ne leva le nez de son ouvrage.

Un homme qu'ils n'avaient pas vu, penché juste derrière la porte, agrippa soudain Linda par le bras.

— Qu'est-ce que vous faites ici ?

Linda tenta de se dégager. Mark reconnut l'homme, un des passagers de l'hélicoptère qui avait amené Kovac à bord du *Golden Sky*. Il aurait dû se douter qu'un garde serait posté près de la blanchisserie. Il s'approcha pour intervenir, mais l'homme sortit un pistolet qu'il braqua contre la tempe de Linda.

— Un pas de plus, et elle est morte.

Les employés comprenaient bien ce qui se passait, mais ils continuèrent à porter le linge, à plier les draps et à repasser les chemises comme si de rien n'était.

— Calmons-nous, plaida Mark, qui avait reculé de deux ou trois pas. Une presse à repasser est en panne, et nous sommes là pour la réparer.

— Montrez-moi vos badges d'identification.

Mark extirpa son badge de la poche de poitrine de son bleu de travail. Lorsqu'il l'avait fabriqué, Kevin Nixon ignorait le modèle exact utilisé par la Golden

Lines, mais c'était du beau travail, et les sbires de Kovac seraient probablement incapables de voir qu'il s'agissait d'un faux.

— Vous voyez bien… ici. Je m'appelle Mark Murphy.

Kovac apparut soudain. Son corps massif remplissait tout l'encadrement de la porte.

— Qu'y a-t-il ?

— Ces deux-là prétendent venir réparer une machine.

Le Serbe sortit un pistolet automatique de sous son coupe-vent.

— J'ai donné au capitaine des ordres très clairs. A part les employés, personne n'est autorisé à pénétrer dans cette pièce. Qui êtes-vous ?

— C'est terminé, Kovac, répondit Linda.

La voix presque enfantine de Linda avait pris un ton dur et glacial. Elle comprit que le Serbe avait été pris au dépourvu en l'entendant prononcer son nom.

— Nous sommes au courant pour le virus, poursuivit Linda. Nous savons que vous comptez le propager en vous servant des machines à laver des navires. En ce moment même, on est en train d'arrêter vos hommes sur tous ces bâtiments. Abandonnez, et vous aurez peut-être une chance de voir autre chose que les murs d'une prison pour le restant de vos jours.

— J'en doute, ma jeune dame. Kovac n'est pas mon vrai nom et j'ai en réalité fait la une des journaux à l'époque de la guerre en Yougoslavie. Vous voyez, si j'étais incarcéré, je n'aurais pas la moindre chance de recouvrer un jour la liberté.

— Mais vous êtes totalement cinglé ? s'écria Mark. Vous tenez à mourir pour cette cause absurde ? J'étais à bord du *Golden Dawn*. J'ai vu ce que le virus faisait aux gens. Vous êtes un monstre !

— Si c'est ce que vous pensez, alors vous ne savez rien. Je crois d'ailleurs que vous bluffez tous les deux. Le virus qui est là-dedans n'est pas celui qui a servi à bord du *Golden Dawn*. Il a été créé à partir de la même souche, mais il n'est pas mortel. Nous ne sommes pas des monstres.

— Vous venez d'admettre avoir tué presque huit cents personnes, et vous prétendez ne pas être un monstre ?

— Très bien, dit Kovac en souriant. Le Dr Lydell Cooper n'est pas un monstre. Le virus que nous allons propager ne cause rien de plus qu'une mauvaise fièvre. Seulement, il a un petit effet secondaire. La stérilité. D'ici quelques mois, la moitié de la population mondiale s'apercevra qu'elle est devenue stérile.

Linda crut qu'elle allait être prise de nausée. Mark vacilla sur ses pieds en prenant conscience de la véritable nature du complot. Les Responsivistes ne cessaient de déblatérer sur les conséquences de la surpopulation. Et maintenant, ils s'apprêtaient à passer à l'acte.

— Vous ne pouvez pas faire une chose pareille ! s'indigna Linda.

Kovac se pencha et approcha son visage à quelques centimètres du sien.

— C'est déjà fait.

*

Les gardes qui fouillaient l'île d'Eos s'arrêtèrent sur place et levèrent les yeux vers le ciel. Ce qui, un peu plus tôt, ressemblait à une étoile particulièrement brillante, grossissait en taille et rayonnait d'un éclat de plus en plus vif. Leur sensation d'inquiétude diffuse céda la place à la panique. L'objet qui plongeait de l'espace semblait viser l'île. Ils se mirent à courir, premier réflexe de l'homme confronté à un danger, mais il n'existait pas d'échappatoire.

Dans la salle de l'émetteur, Thom Severance tapait impatiemment sa chaussure contre un pied de table tandis que l'écran qu'il avait devant les yeux affichait, avec une lenteur désespérante, la progression du signal ELF envoyé aux quatre coins du monde. D'ici quelques minutes, ce serait terminé. Le premier lot de virus se répandrait hors de son enveloppe sous vide, et se disséminerait à l'intérieur des machines à laver, d'où il contaminerait les serviettes de table, de bain et les draps.

Un léger sourire flotta sur ses lèvres.

Le projectile de tungstène atteignit l'île d'Eos presque en plein centre, à cinq kilomètres de la base souterraine. Sa vitesse et son poids transformèrent l'énergie potentielle amassée au cours de sa chute de plus de trois cents kilomètres en une énergie cinétique qui donna naissance à une monstrueuse explosion.

Le centre de l'île disparut en l'espace d'une seconde. Les roches furent déchiquetées au niveau moléculaire, au point qu'il n'en resta presque aucune trace. L'explosion envoya dans toute l'île une onde de choc qui souleva des tonnes de débris dans l'air. Une grande partie de la roche fondit pour former des gouttes de lave incandescente qui claquaient et sifflaient en plongeant dans l'eau froide de l'océan.

Les gardes paniqués furent carbonisés, et leurs cendres se mêlèrent aux poussières et aux débris minéraux.

Lorsque l'onde de choc atteignit le complexe, le béton armé utilisé pour sa construction se fendilla comme une fragile porcelaine. Le bâtiment ne s'effondra pas, mais fut en quelque sorte déraciné et se souleva de terre. Les murs, les plafonds et les sols se plaquèrent les uns sur les autres, écrasant tous ceux qui se trouvaient à l'intérieur. La destruction fut totale. Les kilomètres d'épais fils de cuivre de l'antenne ELF furent arrachés du sol et coulèrent en torrents de métal liquide jusqu'à l'océan.

La terre trembla si fort que des plaques entières se détachèrent des falaises et qu'à partir de l'épicentre de l'impact, elle se craquela pour former de nouvelles îles minuscules.

Un gigantesque raz de marée jaillit d'Eos. Contrairement à un tsunami, qui évolue sous la surface et ne s'élève qu'une fois arrivé sur les hauts-fonds, c'était un mur d'eau solide avec une crête écumante qui semblait se renouveler à l'infini. Il rugissait comme si les portes de l'enfer venaient de s'ouvrir et s'élançait sur la mer à une vitesse astronomique. Mais il ne durerait pas. La force de friction allait finir par réduire sa taille jusqu'à ce qu'il ne reste plus qu'une ondulation à la surface.

A quarante miles nautiques de là, l'*Oregon* traçait son sillage de toute la puissance de ses moteurs. Toutes les écoutilles avaient été renforcées. Les deux submersibles avaient été abaissés sur leurs bers et solidement arrimés. L'équipage avait rangé dans des coffres, casiers ou placards tous les objets qui n'étaient pas fixés ou attachés à une surface solide. Tout le monde savait que le navire subirait des avaries ; il s'agissait de les limiter du mieux possible.

— Combien de temps avant l'impact ? demanda Juan.

— Estimation, cinq minutes, répondit le poste de barre.

Juan appuya sur le bouton qui commandait les haut-parleurs sur l'ensemble du bâtiment.

— Ici le Président. Accrochez-vous. Ça va danser. Cinq minutes.

La caméra montée sur le mât fut orientée vers l'arrière et réglée en mode de vision nocturne afin de pouvoir surveiller l'avancée de la vague. Celle-ci remplissait la mer sur tout l'horizon, impénétrable, implacable. Sa surface était veinée de lignes de phosphore d'une teinte d'émeraude, et sa crête semblait illuminée de flammes vertes.

— J'ai la connexion images, elle arrive, annonça Juan, qui prit aussitôt les commandes du navire.

Il venait de remarquer que l'*Oregon* fuyait légèrement de travers, et corrigea la trajectoire. Pour avoir les meilleures chances de s'en sortir, il fallait que le choc frappe la poupe. A la moindre déviation, le navire s'enfoncerait en vrille dans la vague, qui le ferait rouler sur lui-même une douzaine de fois avant de le libérer de son étreinte.

— Ça y est !

Ce fut comme si l'*Oregon* s'était changé en un énorme ascenseur fou. La poupe se souleva si vite que, pendant un instant, le milieu du bâtiment se trouva hors de l'eau. Le gémissement de la coque se perdit dans le rugissement sauvage de la gigantesque lame. A bord, tout le monde fut propulsé en avant par l'accélération. Le navire escalada le mur d'eau, et sa proue pointa vers le bas à un angle vertigineux. Juan vérifia la vitesse. Celle du déplacement dans la mer était descendue à quatre nœuds, mais leur allure réelle à la crête des flots dépassait les cent dix kilomètres à l'heure.

La poupe heurta la crête dans une explosion d'écume qui inonda tous les ponts. L'eau ruisselait en nappes des dalots et jaillissait des tubes de propulsion en jets blancs solides. Dix, quinze, vingt mètres de la poupe de l'*Oregon* restèrent suspendus au-dessus du dos de la vague avant que le navire commence à s'incliner, puis à retomber avec plus de brutalité encore que lorsqu'il avait été soulevé de la surface.

Juan isola les compartiments moteurs et fit en sorte de tirer de son navire tout ce qu'il pouvait donner. Lorsqu'ils atteindraient le creux, la poupe fendrait les flots pour remonter à la surface, et si l'*Oregon* ne disposait pas d'assez de puissance, alors la proue s'enfoncerait et l'océan se refermerait à jamais sur le bâtiment.

Celui-ci était positionné à un angle de presque soixante degrés ; la plage arrière plongea dans l'eau bouillonnante du sillage de la vague, puis sembla disparaître. La mer grimpa jusqu'à recouvrir l'écoutille de chargement située la plus en arrière du bâtiment et, s'il n'avait été protégé par d'épais joints étanches, le hangar de l'hélicoptère eût été aussitôt inondé.

— Allez, mon vieux rafiot, accroche-toi, murmura Juan, effaré par le tribut que l'océan exigeait de son navire. Tu peux y arriver.

L'angle commença à se réduire lorsque la proue émergea enfin, et la plongée dans les abysses parut enfin évitable. Pendant un long moment, l'*Oregon* sembla suspendu, comme s'il hésitait entre sombrer et se stabiliser à la surface. Il tremblait sous l'effort de ses moteurs pour hisser ses onze mille tonnes hors de l'étreinte mortelle. Lentement, si lentement que tout d'abord, Juan ne sut s'il devait croire ce qu'il observait sur l'écran de surveillance, le pont refit surface. Le bord de l'écoutille arrière apparut au moment où les moteurs magnétohydrodynamiques éloignaient l'*Oregon* de la tombe marine qui, un instant plus tôt, lui semblait encore promise.

Lorsque les couleurs iraniennes détrempées apparurent enfin, flottant au mât de pavillon, Juan se joignit enfin au concert de cris et de sifflets de l'équipage. Il ralentit le régime des moteurs et confia les commandes à l'homme de barre.

Max s'approcha de son siège.

— Et dire que je te croyais déjà cinglé quand tu as fait sauter ce quad du quai ! N'importe quel autre navire aurait chaviré sur une vague comme celle-là.

— Ce n'est pas n'importe quel navire, répliqua Juan en tapotant l'épaule de Max. Et pas n'importe quel équipage non plus…

— Merci, se contenta de répondre Max.

— Eh bien, j'ai fait rentrer l'un de mes enfants prodigues au bercail. Il m'en reste encore deux à récupérer.

Chapitre 39

Lorsqu'il tenta en vain de joindre Severance depuis la salle de radio du *Golden Sky*, Kovac comprit que quelque chose allait de travers. Il ne parvint même pas à obtenir une sonnerie.

Les radios avaient été déconnectées sur ses ordres et ce fut seulement vingt minutes plus tard qu'un bulletin d'actualités parvint au navire par satellite. Une météorite avait été repérée ; elle traversait le ciel au-dessus de l'Europe méridionale. On estimait qu'elle pesait une tonne et qu'elle était tombée sur une île au large de la Turquie. Une alerte au tsunami avait été lancée, mais seul un ferry grec mentionnait une vague, dont on disait qu'elle ne dépassait pas un ou deux mètres et ne présentait aucun réel danger.

Kovac ne crut pas à la fable de la météorite. Il devait s'agir d'une bombe atomique. Ses deux prisonniers ne mentaient pas, après tout. Les autorités américaines, ayant eu vent du projet responsiviste, avaient décidé d'utiliser la force nucléaire. La lumière que les gens avaient aperçue au sud de l'Europe devait provenir du missile de croisière porteur de la charge.

Pour mettre un terme aux extrapolations de la présentatrice, Kovac coupa le son de la télévision. Il allait devoir reconsidérer les options possibles. Si ces gens avaient envoyé quelqu'un à bord du *Golden Sky*, ils devaient être au courant de sa présence. Mais non, ce n'était pas logique… C'est au contraire parce qu'il suspectait la présence d'intrus qu'il était lui-même venu à bord. Ils ignoraient donc où il se trouvait. La solution, dès lors, était simple : tuer ses deux captifs et débarquer lors de l'escale prévue à Héraklion, la capitale crétoise.

— Mais ils attendront, murmura-t-il.

Quels que soient les commanditaires des deux Américains, ils enverraient des agents au port d'Héraklion. Parviendrait-il à échapper à leur coup de filet ? Il se demanda aussitôt si cela en valait la peine, et le risque. Il pourrait tout aussi bien faire stopper le navire et s'enfuir à bord d'un des canots de sauvetage. La mer Egée regorgeait d'îles où il pourrait se cacher tranquillement pour planifier la suite.

Il fallait cependant régler la question des prisonniers. Devait-il les tuer ou les prendre comme otages ? Il se souciait peu de l'homme, mais il décelait chez la femme quelque chose de dangereux. Autant les liquider plutôt que de s'en encombrer lors de sa fuite.

Une question demeurait en suspens. Le virus.

A l'intérieur de son conteneur, le virus avait une durée de vie de seulement deux à trois semaines, et ne lui servirait donc pas à grand-chose après son départ du *Golden Sky*. S'il déclenchait sa propagation, les passagers, le personnel et les membres d'équipage, environ un millier de personnes, seraient infectés et, avec un peu de chance, répandraient l'épidémie à leur retour chez eux. Mais Kovac n'aurait pas parié lourd sur cette possibilité. Le navire allait être mis en quarantaine, et les passagers isolés jusqu'à ce que tout danger soit écarté.

Mais c'était mieux que rien.

Kovac se leva de son siège et se dirigea vers le pont. Il faisait nuit, et les seules lumières provenaient des consoles et des répétiteurs radar. Deux officiers et deux hommes de barre étaient de quart. Laird Bergman, l'assistant de Kovac, profitait de la clarté des étoiles pour fumer une cigarette sur l'aileron de passerelle.

— Je veux que tu ailles tout de suite à la blanchisserie du bord et que tu actives le virus manuellement.

— Il y a un problème avec l'émetteur ?

— Rien qui te concerne dans l'immédiat. Va à la blanchisserie et fais ce que je te dis. Ensuite, va trouver Rolph et revenez tous les deux ici. Nous quittons le navire.

— Que se passe-t-il ?

— Fais-moi confiance. Nous risquons d'être arrêtés dès que nous atteindrons la Crète. Il n'y a pas d'autre solution.

Ils entendirent soudain crier l'un des officiers de quart.

— Bon Dieu, mais d'où sortent ces abrutis ? A quoi est-ce qu'ils jouent ? Prévenez le commandant et lancez l'alerte collision !

L'officier se précipita vers l'autre aileron de passerelle.

— Reste avec moi, dit Kovac.

Les deux hommes suivirent l'officier. Un imposant cargo, toutes lumières éteintes, fonçait droit sur le *Golden Sky*. On aurait cru voir un vaisseau fantôme, mais le bâtiment filait à plus de vingt nœuds.

— Vous ne l'aviez pas repéré au radar ? cria le premier officier.

— Il était à dix miles la dernière fois que je l'ai vu, et c'était il y a quelques minutes seulement, je vous le jure, répondit l'officier le moins gradé.

— Donnez l'alerte.

Les sirènes du *Golden Sky* ne produisirent pas le moindre effet. Le nouveau venu poursuivait sa course comme s'il avait l'intention de couper le navire de croisière en deux. Au dernier moment, alors que la collision semblait inévitable, sa proue vira à une vitesse dont l'officier aurait cru n'importe quel navire incapable, puis il vint se ranger le long de la coque du *Golden Sky*. Quinze ou vingt mètres à peine séparaient les deux bâtiments. La manœuvre avait été menée de main de maître, et seule la colère empêcha l'officier de laisser libre cours à son admiration.

Kovac se souvint alors avoir entendu parler du passage illégal du canal de Corinthe par un bâtiment de grande taille, la nuit de l'enlèvement de Kyle Hanley. Les deux événements étaient liés, il en était convaincu, et voilà qu'apparaissait soudain ce cargo… Avec l'instinct primitif d'un rat, Kovac comprit qu'ils étaient là pour lui.

Il quitta l'aileron, regagna la passerelle où il se tint à l'écart des officiers. Les talkies-walkies n'étaient pas très efficaces, avec tout ce métal autour d'eux, mais il parvint à joindre Rolph Strong, le troisième homme embarqué à bord avec lui.

Contrairement à Bergman, Strong ne discutait jamais ses ordres.

— Fais évacuer la salle des machines et ne laisse entrer personne. Terminé.

Kovac sortit un pistolet de sous son coupe-vent et se tourna vers Bergman.

— Rassemble six femmes, passagères ou membres d'équipage, peu importe. Amène-les ici aussi vite que possible. Passe aussi par ma cabine et prends le reste de nos armes. Thom Severance est mort. Notre plan est à l'eau, et les responsables sont à bord de ce cargo. Allez, vite !

— Bien, monsieur !

Le Serbe verrouilla la porte de la passerelle avant de visser un silencieux au canon de son pistolet automatique, puis il abattit froidement les deux marins et l'un des officiers de pont. Les détonations assourdies furent étouffées par les sirènes, et le deuxième officier ne comprit ce qui se passait qu'en quittant l'aileron pour regagner la passerelle et en voyant les corps. Il eut juste le temps de lever les yeux vers Kovac avant que deux fleurs rouges éclosent sur sa chemise d'uniforme immaculée. Ses lèvres bougèrent en silence, puis il s'affaissa contre une cloison et s'effondra sur le sol.

Kovac s'attendait à ce que des hommes du cargo lancent des cordages en vue d'un abordage, aussi s'approcha-t-il du poste de contrôle du navire. Un levier permettait de contrôler la vitesse à la salle des machines, et un simple joystick le gouvernail. La manœuvre d'un tel géant semblait aussi aisée que celle d'une barque de pêche.

Il fit donner le maximum de vitesse et le bâtiment commença à s'éloigner du navire rouillé. Le *Golden Sky* n'avait que quelques années d'existence, et même s'il était plus conçu pour le luxe que pour la vitesse, Kovac ne doutait pas de ses capacités à distancer le rafiot intrus.

Le *Golden Sky* filait et laissa sans difficulté l'*Oregon* derrière lui, mais cela ne dura que quelques instants, car celui-ci imita sa manœuvre et s'élança à son tour. Kovac n'en revenait pas de voir un tel tas de rouille se mouvoir à une allure aussi vive. Il vérifia les commandes et remarqua qu'en tirant le levier au maximum vers le haut, il pouvait commander ce qui était indiqué comme la VITESSE D'URGENCE.

Il tira le levier et le navire accéléra aussitôt. Il jeta un coup d'œil par la vitre de la timonerie et vit que le transporteur se laissait dépasser. Il émit un grognement de satisfaction. Il faudrait une heure ou deux avant que la distance entre les deux navires soit suffisante pour qu'il puisse stopper le *Sky* et mouiller un canot, mais peu lui importait.

Comme s'il essayait de jouer avec lui, le gros navire accéléra et reprit sa position initiale à moins de dix mètres du flanc du *Golden Sky*. Un coup d'œil rapide confirma à Kovac sa vitesse de trente-six nœuds. Il n'aurait jamais dû pouvoir atteindre une telle allure, et encore moins la conserver.

La frustration de Kovac se mua vite en rage. Une brève détonation d'arme automatique lui parvint de la coursive, derrière la passerelle, suivie de cris aigus. Il s'élança vers l'unique entrée de la timonerie, déverrouilla la porte, son arme à la main. Le capitaine gisait dans une mare de sang qui continuait à s'étendre sur la moquette du sol, et quatre autres officiers, qui s'étaient sans doute lancés à la poursuite de Bergman, étaient recroquevillés dans le passage. Derrière eux, l'assistant de Kovac tenait en respect sept femmes blotties les unes contre les autres, en proie à une terreur sans nom.

— Entrez ! Vite ! aboya Kovac en agitant le canon de son arme vers l'intérieur de la passerelle.

Les sept femmes se déplacèrent en groupe serré sous l'œil vigilant de Bergman. Des larmes ruisselaient le long de leurs joues.

— Arrêtez ça tout de suite ! lança l'officier le plus gradé.

Kovac l'abattit d'une balle en plein visage et referma l'épaisse porte métallique.

Il agrippa l'une des femmes, une beauté aux cheveux sombres qu'il reconnut comme l'une des serveuses du restaurant du bord, et la ramena avec lui à la barre. Il la plaça entre lui et le cargo, pour le cas où ses ennemis auraient positionné des snipers. Il remarqua que l'écart s'était encore réduit entre les deux navires.

— On va voir qui va céder, marmonna-t-il sans s'adresser à personne en particulier.

Il écrasa le joystick pour faire virer le navire à bâbord.

Lancé à pleine vitesse, le *Golden Sky* réagit avec vivacité, et sa proue se souleva. Il vint heurter le flanc du cargo dans un hurlement strident de métal déchiré. L'impact fit retomber le *Sky* sur tribord, et chanceler Kovac, qui s'était cependant préparé au choc. Le bastingage de proue était enfoncé, et les deux coques raclaient l'une contre l'autre. Les balcons d'une dizaine des cabines les plus luxueuses furent arrachés tandis que partout à bord, des passagers et des membres d'équipage étaient projetés au sol. Il y eut de nombreuses blessures, mais rien de plus grave que quelques os brisés.

Kovac détourna le navire de la scène de l'impact.

Le cargo vira lui aussi, mais conserva entre eux un espace plus important. Son commandant tenait à éviter une nouvelle collision.

Kovac eut soudain une idée, sans qu'il sache vraiment d'où lui venait son inspiration. Il quitta sa position à la barre, souleva le corps d'un des officiers morts et le poussa debout à l'extérieur, une main dans le dos, sur la ceinture, et l'autre derrière le cou, comme si le malheureux marchait, mû par ses propres forces. Il marqua une pause d'une seconde, afin de s'assurer que les hommes de l'autre bâtiment pouvaient le voir, puis s'avança vers le bastingage et fit passer le corps pardessus bord.

Il se baissa ensuite derrière le bastingage ; il ne vit pas le corps tomber d'une trentaine de mètres jusqu'à la surface de l'eau, mais il était certain que ses ennemis avaient assisté au spectacle. Ces hommes ne laisseraient pas un innocent se noyer, et il leur faudrait au moins une heure pour le secourir. Kovac jouissait de l'ironie de la situation : les obliger à cesser leur poursuite pour se porter au secours d'un homme mort.

*

— Rapport d'avaries, ordonna Juan dès que les deux navires s'éloignèrent l'un de l'autre.

— Les équipes sont en route, répondit aussitôt Max.

Après avoir constaté l'impossibilité de joindre le navire de croisière par radio, les hommes de l'*Oregon* avaient envisagé de s'adresser à l'équipage à l'aide de haut-parleurs. Le propriétaire de la Golden Lines était sans doute complice des Responsivistes, mais il ne pouvait en être de même pour tous les officiers et membres d'équipage. S'ils les informaient de la vraie raison de la présence à bord de Zelimir Kovac, il serait peut-être possible de mettre un terme définitif à la tragédie.

La manœuvre du navire de croisière pour s'écarter du cargo n'avait pas surpris Juan, mais à aucun moment il ne s'était attendu à être éperonné de la sorte. Aucun commandant au monde ne mettrait son bâtiment et son équipage en danger.

La conclusion s'imposait d'elle-même.

— Kovac a pris le contrôle du *Golden Sky*.

Max croisa son regard et hocha la tête.

— C'est la seule explication, en effet. Comment comptes-tu procéder ?

— Nous allons l'accoster à nouveau et lancer des grappins d'abordage. J'ignore de combien d'hommes il dispose, mais avec une douzaine de gars, nous devrions y arriver.

— J'aime bien ton côté Captain Blood…

— Yohoo, tenez bon, marins d'eau douce !

— Mais s'il essaie de nous rejouer le même tour, tes gars seront en mauvaise posture.

— A toi de faire en sorte que cela n'arrive pas.

— Un homme vient d'être passé par-dessus bord sur l'aileron de passerelle du *Sky* ! s'écria Kasim juste au moment où Juan allait ordonner à Eddie de préparer une équipe d'abordage.

— Quoi ? lancèrent Juan et Max d'une seule voix.

— Un gars en coupe-vent noir vient de jeter un officier de l'aileron de passerelle.

— Poste de barre, arrière toute ! aboya Juan à l'interphone. Un homme à la mer ! Un homme à la mer ! Ceci n'est pas un exercice. Equipe de secours au garage à bateaux ! Préparez-vous à lancer un canot gonflable rigide.

— Ce type a vraiment des méthodes de pourri, commenta Max.

— On va lui montrer qu'on peut être encore plus pourris que lui. Contrôle des armements, pointez les caméras de visée aussi vite que possible sur la passerelle du *Golden Sky*, et envoyez les images sur l'écran principal.

Un instant plus tard, les images apparurent à l'écran. Le navire de croisière était beaucoup plus imposant que l'*Oregon*, et le meilleur angle de vision était celui qu'offrait la caméra montée sur le mât de charge. Une fois celle-ci réglée en mode basse luminosité, la passerelle fut clairement visible. Des femmes se tenaient debout derrière les vitres à bâbord, otages disposés là pour empêcher un tireur d'élite d'abattre Kovac ou ses hommes. Une silhouette était tapie à la barre, sans doute Kovac lui-même, une autre femme pressée tout contre lui.

— Il n'est pas fou, Juan, nous ne pouvons pas prendre le risque de tirer s'il se sert de ces gens comme boucliers humains.

— Président, ici Mike. Les portes sont ouvertes, sommes prêts au lancement.

Juan vérifia la vitesse de l'*Oregon*, attendit un moment pour que le navire décélère tout en gardant une marge de sécurité suffisante, puis il ordonna à Mike Trono de lancer le canot.

L'embarcation glissa le long de la rampe recouverte de Téflon et heurta la surface de l'eau. A bord du canot, Mike vira sur bâbord pour accompagner en souplesse le mouvement des flots.

— Lancement réussi.

Grâce au matériel de détection thermique, l'officier ne serait sans doute pas trop difficile à repérer. Avant de rejoindre la Corporation, Mike Trono avait accompli des missions de sauvetage en parachute, et c'était un auxiliaire médical bien entraîné. Lui et ses hommes pourraient se débrouiller seuls, et l'*Oregon* était libre de manœuvrer à sa guise.

— Poste de barre, ramenez-nous à quatre-vingt-dix pour cent de notre vitesse antérieure. S'il vire, faites de même, et s'il ralentit, conservez l'écart entre les deux bâtiments. Il nous faut un peu de temps pour organiser une équipe d'abordage. Je ne veux pas trop lui mettre la pression. Pas question qu'il continue à jeter des gens par-dessus bord.

Juan se changeait dans sa cabine lorsque Kasim l'avertit que l'officier venait d'être retrouvé. L'homme avait été abattu de deux balles dans la poitrine. Juan ordonna que le canot reste à l'eau, pour le cas où Kovac répéterait le même scénario avec un passager ou un marin vivant. Mais au plus profond de lui-même, il était en proie à une rage bouillonnante. Peu importaient les quelques minutes perdues à rechercher un cadavre. L'*Oregon* disposait d'une supériorité évidente quant à la vitesse, et le *Golden Sky* ne pouvait leur échapper.

Sa colère était dirigée contre lui-même. Un innocent avait perdu la vie parce qu'il avait décidé de foncer sans réfléchir. Il devait exister un autre moyen de capturer Kovac et de secourir tous ces gens. Il aurait dû prévoir un meilleur plan.

La sonnerie du téléphone retentit.

— Cabrillo, aboya-t-il.

— Vous allez cesser ça tout de suite, Juan, dit le Dr Julia Huxley.

— De quoi parlez-vous ?

— Je viens d'apprendre ce qui s'est passé. Je sais que vous vous sentez responsable, et je veux que vous arrêtiez, tout de suite. Dès qu'il a appris la destruction de l'île d'Eos, Kovac a réagi comme un rat pris au piège. Il est coincé, paniqué. C'est pour cela que cet officier est mort. Ce n'est pas à cause de nous. Nous avons souvent parlé de ce genre de situation. Ne vous chargez pas les épaules d'une culpabilité qui n'est pas la vôtre. D'accord ?

Juan laissa échapper un soupir.

— Et dire que je m'apprêtais à battre le record mondial d'autoflagellation…

— Je le savais. C'est pour cela que je vous ai appelé.

— Merci, Julia.

— Neutralisez ce type avant qu'il en tue d'autres, et vous vous sentirez beaucoup mieux.

— Ordre de la Faculté ?

— Affirmatif.

Quinze minutes plus tard, Juan était sur le pont avec son équipe. Il divisa ses hommes en deux groupes de six. Eddie dirigerait le premier groupe et lui le second. Pour contrôler le *Golden Sky*, Kovac aurait besoin d'hommes sur la passerelle et dans la salle des machines, pour empêcher les hommes d'équipage d'arrêter les moteurs. Eddie s'en chargerait. Quant à Kovac, Juan tenait à s'en occuper personnellement.

Tous portaient par-dessus leurs gilets pare-balles en Kevlar des tenues noires moulantes qui ne s'accrocheraient pas aux obstacles et ne ralentiraient pas leurs mouvements. Ils étaient chaussés de bottes à semelles en caoutchouc souple et portaient des masques à gaz pour le cas où ils devraient faire usage de leurs grenades lacrymogènes. L'intérieur du *Golden Sky* serait brillamment éclairé, et un seul homme par équipe serait équipé de matériel de vision nocturne.

Compte tenu du nombre de civils présents à bord, Juan ordonna que les munitions ne reçoivent qu'une demi-charge de poudre afin d'éviter qu'une force de pénétration trop importante puisse tuer des innocents placés derrière leurs cibles. Pour sa part, il avait pris son Glock plutôt que ses FN habituels, car même avec une charge de poudre réduite, la puissance des petits projectiles était assez forte pour traverser un corps de part en part.

Les grappins d'abordage seraient lancés à l'aide de fusils spéciaux. Les lignes étaient longues et fines, ce qui rendrait l'ascension difficile. C'est pour cette raison que les hommes portaient des gants munis de tenailles mécaniques qui leur permettraient de s'accrocher au monofilament.

— Max, tu m'entends ? demanda Juan dans son micro-gorge.

— Cinq sur cinq.

— Parfait. Vitesse maximum. N'oublie pas d'avertir Mike.

L'accélération fut presque instantanée. Juan plissa les paupières pour se protéger du vent brutal. Le *Golden Sky* avait quatre miles d'avance. Illuminé comme il l'était, il ressemblait à un bijou étincelant posé sur les eaux sombres et son sillage luisait comme une traîne phosphorescente.

La vitesse de l'*Oregon* était supérieure de vingt nœuds à celle du *Golden Sky*, et l'écart se réduisit bientôt.

— Nous allons rendre Kovac cinglé à ce jeu-là, fit remarquer Eddie. On disparaît, et puis on revient… comme la mauvaise herbe !

— Président ! Il a jeté quelqu'un d'autre par-dessus bord ! cria Kasim à la radio. Une femme, et cette fois, elle est vivante.

— Prévenez Mike. Poste des armements, lancez une salve du Gatling aussi près que possible de l'aileron de passerelle. Kovac comprendra que la prochaine fois qu'il y mettra les pieds, nous le réduirons en charpie.

Le panneau blindé qui recouvrait la mitrailleuse Gatling de tribord se souleva et l'arme émergea de son réduit tandis que son moteur mettait les six canons rotatifs en mouvement. Lorsqu'elle tira, on crut entendre le son d'une scie circulaire hachant du métal. Une langue de feu s'élança jusqu'à sept ou huit mètres du flanc de l'*Oregon* et deux cents projectiles en uranium appauvri tracèrent un arc à travers le ciel. Ils passèrent si près de l'aileron de passerelle que des éclats de peinture s'arrachèrent du bastingage métallique. Les balles tombèrent en pluie en avant du navire, formant une multitude d'éruptions minuscules.

Le *Golden Sky* se détourna de l'attaque.

— Je pense qu'il n'aura pas aimé ça, sourit Eddie.

Max maintint l'*Oregon* à une trentaine de mètres du *Golden Sky* tandis qu'ils arrivaient par le travers, et lorsque Kovac tenta un nouvel éperonnage, il manœuvra, à l'aide des propulseurs de proue, pour faire virer l'*Oregon* plus court que son assaillant.

— Tiens-toi prêt, Max, l'avertit Juan. Poste de tir, préparez-vous à faire feu à mon commandement, mais sans toucher le navire. Visez le pont principal. Fonce, Max !

L'*Oregon* s'élança derrière le navire de croisière, et combla l'écart en quelques secondes.

— Feu ! ordonna Juan.

La mitrailleuse Gatling poussa à nouveau son cri déchirant tandis que lui et ses hommes lançaient leurs grappins.

Les douze crochets volèrent au-dessus du bastingage et lorsque les hommes tirèrent sur les lignes, ils purent constater que tous les grappins s'étaient bien accrochés au *Golden Sky*. L'*Oregon* se rapprocha encore, jusqu'à frôler le navire de croisière, afin que les hommes évitent de se blesser en passant d'un bord à l'autre. La mitrailleuse Gatling crachait un torrent continu de balles autour de la passerelle du *Sky*.

— On y va !

Juan agrippa la ligne d'acier, bondit par-dessus le bastingage et commença à progresser vers le *Golden Sky*. L'*Oregon* fit un brusque écart pour tendre les lignes. Juan avait visé intentionnellement une rangée de vitrages, et il avait parfaitement évalué la distance. Ses pieds brisèrent le verre et il se propulsa à l'intérieur de la salle à manger déserte. Ses hommes savaient qu'ils devaient s'accrocher à l'extérieur de la passerelle et s'y retrouver s'ils venaient à être séparés.

Il tira son MP-5 de derrière son dos. Il se déplaçait avec prudence, son arme placée haut sous son épaule afin de conserver une vue dégagée. Il louvoya entre les tables pour gagner la porte de sortie.

Il arriva sur la mezzanine de l'atrium. Des passagers erraient sans but, encore sous le choc après la collision avec l'*Oregon*. Deux femmes s'occupaient d'un homme étendu au pied d'un escalier. Une femme âgée poussa un hurlement lorsqu'elle l'aperçut.

Juan leva le canon de son arme en un geste aussi peu menaçant que possible.

— Mesdames, messieurs, ce bâtiment a été détourné, annonça-t-il. Je fais partie d'une équipe de secours des Nations unies. Veuillez retourner à vos cabines. Dites aux autres passagers qu'ils doivent rester enfermés, jusqu'à ce que nous ayons sécurisé le navire.

Un civil, qui avait l'allure d'un homme habitué au commandement, s'approcha de lui.

— Je suis Greg Turner, second ingénieur assistant. En quoi puis-je être utile ?

— Indiquez-moi le plus court chemin vers la passerelle, et veillez à ce que ces gens regagnent leur cabine.

— La situation est-elle grave ?

— Vous avez déjà vu des actes de piraterie qui se déroulent sans accrocs ?

— Désolé, ma question était idiote.

— Pas de problème, mais restez calme.

Turner indiqua à Juan la direction de la passerelle et lui donna un passe magnétique pour accéder aux zones interdites aux passagers. Le Président repartit aussitôt au petit trot. Lorsqu'il arriva devant une porte marquée ENTRÉE INTERDITE, il passa la carte dans le lecteur et garda la porte ouverte pour ses coéquipiers en la bloquant avec une fougère en pot qui se trouvait à proximité. Selon ses estimations, ils ne devaient être qu'à une minute derrière lui.

Il passa en courant devant d'innombrables cabines et grimpa deux volées de marches avant d'arriver dans un hall qui donnait accès à la passerelle. Il activa la vision laser en approchant de la porte, puis marqua un temps d'arrêt lorsqu'il entendit des murmures de voix dans une cabine située un peu plus loin en arrière.

— Commandant ? demanda-t-il d'une voix étouffée.

Les voix se turent et quelqu'un passa la tête par l'entrebâillement de la porte. L'unique œil que vit Juan s'agrandit d'horreur en croisant son regard.

— Tout va bien, murmura-t-il. Je suis ici pour neutraliser cet homme. Puis-je parler à votre commandant ?

La personne sortit de l'encadrement de porte. C'était une femme. Elle portait un uniforme et, à en juger par le nombre de bandes sur ses épaulettes, c'était le second du *Golden Sky*. Ses cheveux sombres s'arrêtaient juste sous ses mâchoires et sa peau au bronzage parfait faisait ressortir l'éclat de ses yeux marron doré.

— Ce boucher a abattu le commandant et le troisième commissaire de bord. Je suis Leah Voorhees, officier en second du *Golden Sky*.

— Entrons pour parler, dit Juan en désignant la cabine derrière elle.

Il la suivit à l'intérieur. Deux formes humaines étaient étendues sur le lit, recouvertes d'un drap. On voyait une tache de sang sombre sur la poitrine de l'une d'elles, et sur l'autre au niveau de la tête.

Leah Voorhees s'apprêtait à lui présenter les autres officiers présents, mais Juan coupa court.

— Plus tard. Dites-moi tout ce que vous savez sur ce qui s'est passé sur la passerelle.

— Ils sont deux, répondit aussitôt la jeune femme. L'un d'eux s'appelle Kovac, quant à l'autre, je n'en suis pas sûre. Un troisième est barricadé dans la salle des machines.

— Vous êtes sûre qu'il n'y a qu'un seul homme en bas ?

— Oui. Ils sont arrivés à bord d'un hélicoptère peu de temps après notre appareillage d'Istanbul. Le siège de la compagnie nous avait ordonné de nous conformer aux directives de Kovac. Lui et ses hommes étaient censés rechercher des clandestins coupables du meurtre d'un passager.

— Les passagers clandestins en question sont des membres de mon équipe, lui répondit Juan. Et ils n'ont assassiné personne. Vous savez où ils sont ?

Compte tenu des circonstances, Leah Voorhees accepta les explications du Président sans poser de questions.

— On les a trouvés il y a peu de temps. Ils sont enfermés dans le bureau du commandant, juste derrière la passerelle.

— Très bien. Autre chose ?

— Lorsqu'il s'est emparé du navire, il y avait deux marins et deux officiers de quart. Ils ont également pris des femmes en otages. Mais qui êtes-vous ? D'où venez-vous ?

— Nous sommes en mission pour les Nations unies. Il s'agit d'une cellule terroriste que nous filons depuis un moment déjà. Kovac nous a pris par surprise, et nous avons dû agir vite. Je suis navré que nous n'ayons pas pu vous informer, et pour le danger que nous vous avons fait courir. Nous comptions neutraliser Kovac plus tôt, mais la bureaucratie des Nations unies est parfois bien lourde.

Le reste de l'équipe de Juan apparut soudain, et les points lumineux des lampes laser balayèrent la cabine.

— Tout va bien, les gars, lança Juan.

Les armes s'abaissèrent. Pendant qu'il expliquait à ses hommes ce qu'il venait d'apprendre, il demanda à Leah Voorhees de lui dessiner un plan de la passerelle, puis il appela Max.

— Fais-moi un rapport de situation.

— Mike a repêché la femme que Kovac avait jetée par-dessus bord. Tout va bien, elle est juste un peu hystérique. Kovac est toujours à la barre, entouré par trois de ses otages. Nous avons repéré un second tireur, mais il n'est pas dans notre champ de vision. Les trois autres femmes sont contre le vitrage de la passerelle.

— Eloigne l'*Oregon* du *Sky* et va te positionner devant lui pour que l'on puisse avoir une vision claire de tout ce qui se passe. Mark et Linda sont enfermés dans un bureau derrière la passerelle. Vois si tu arrives à les repérer.

— Entendu.

Eddie appela pour avertir Juan que lui et ses hommes étaient en position et qu'ils allaient devoir faire exploser la porte pour pénétrer dans la salle des machines. Juan lui demanda d'attendre pour qu'ils puissent synchroniser leurs attaques.

— Je vois une porte sur la cloison du fond de la passerelle, annonça Max à la radio. Elle est fermée, mais c'est sans doute là que sont Linda et Mark. Kovac a déplacé ses boucliers humains. Ils sont maintenant devant la grande vitre de la passerelle. Son acolyte est dans une coursive à tribord, devant ce qui semble être l'entrée principale.

Juan indiqua à ses hommes la position qu'ils devaient occuper. Ils savaient tous à quoi s'attendre. Jusqu'alors, ils n'avaient jamais causé en opération ce que l'on a coutume d'appeler des « dommages collatéraux ». C'était un exploit dont Juan n'était pas peu fier, et il s'était juré de tout faire pour qu'il en soit toujours ainsi.

A la suite des attaques terroristes du 11 Septembre, les portes d'accès au cockpit avaient été renforcées sur les avions de ligne, mais un grand nombre de compagnies maritimes avaient fait de même sur leurs navires de croisière afin de protéger les passerelles. Juan alla lui-même placer l'explosif, puis il regagna l'abri de la cabine. Il appela Eddie et Max pour les prévenir que l'explosion aurait lieu d'ici trente secondes.

Il garda les yeux rivés sur sa montre et leva sa main, les doigts écartés, lorsqu'il ne resta plus que cinq secondes. Il les abaissa un par un au fur et à mesure que les secondes passaient, puis de l'index de l'autre main, il appuya sur le bouton de la télécommande.

L'explosion remplit le hall d'une étouffante fumée blanche. Juan s'élança moins d'une seconde après que l'onde de choc eut dépassé la porte de la cabine. Le rayon de son laser traça une ligne rouge rubis à travers la brume bouillonnante.

Il se précipita vers la passerelle, ses hommes derrière lui ; ils traversèrent les débris chauffés au rouge de la porte, ignorant les restes atrocement mutilés de Laird Bergman.

— A plat ventre. Tout le monde à plat ventre ! hurlèrent les hommes de Juan en balayant la pièce du canon de leurs armes.

Kovac avait réagi plus vite que Juan ne l'aurait cru possible. Alors qu'il venait de pointer son rayon laser sur le Serbe, celui-ci plaqua une femme contre lui et lui braqua son arme sur l'oreille.

— Un pas de plus et elle est morte, rugit-il.

Juan fut atterré de constater que l'otage de Kovac n'était pas une inconnue. Kovac devait avoir compris qu'elle faisait partie de son équipe, car c'était Linda Ross qu'il avait traînée hors du bureau du commandant pour en faire son bouclier humain.

— C'est terminé, Kovac. Laissez-la partir.

— C'est terminé pour elle si vous faites le moindre geste. Lâchez vos armes ou elle est morte.

— Si vous faites cela, vous serez mort vous aussi une seconde plus tard.

— Je sais très bien que je suis un homme mort, alors que m'importe ? Mais je suis sûr que vous seriez peiné de voir cette jeune vie prendre fin sans nécessité, n'est-ce pas ? Vous avez cinq secondes.

— Abattez-le ! cria Linda.

— Je suis désolé, dit Juan en laissant son arme s'échapper de ses doigts, le cœur serré devant le regard incrédule de Linda. Déposez tous vos armes.

Les hommes de Juan obéirent.

Kovac retira le canon de la tête de Linda pour le braquer sur Juan.

— Bien raisonné. Maintenant, vous allez gentiment enjamber le bastingage et regagner votre navire. Si vous persistez à nous suivre, je continuerai à faire passer d'autres passagers par-dessus bord, mais cette fois, je leur lierai les mains.

Il poussa Linda dans les bras de Juan.

A neuf cents mètres du *Golden Sky*, Franklin Lincoln assistait à la scène depuis le bastingage arrière de l'*Oregon*, à travers la jumelle télescopique de son arme favorite, le fusil de précision Barrett calibre .50.

Pendant que Kovac se concentrait sur Juan, l'un des hommes du Président avait encouragé, par de discrets mouvements de la main, les femmes pressées contre la vitre à se laisser tomber au sol, laissant ainsi à Linc un angle de tir bien dégagé.

— Bye-bye…

Sur la passerelle, on n'entendit qu'un petit claquement au moment où la balle traversait la vitre de sûreté, mais lorsque le projectile atteignit Kovac entre les épaules, il produisit un son épais et sourd. Du sang ruissela de la poitrine du Serbe tandis que la balle traversait son corps.

— Vous avez douté de moi ? demanda Juan à Linda en souriant.

— J'aurais dû comprendre, en ne voyant pas Linc, répondit Linda, qui avait retrouvé tout son calme, avec un sourire impertinent. Je suppose que c'est lui qui a tiré ?

— Quand j'ai besoin d'un tir à un million de dollars, c'est toujours à lui que je m'adresse.

— Alors ? demanda Max à la radio.

— Tu peux féliciter Linc. Un tir impeccable. Linda va bien.

Juan ôta son oreillette et mit l'appareil sur mode haut-parleur.

— Salut, Max, lança Linda.

— Comment ça va, ma chérie ?

— A part ce fichu rhume, tout va bien.

Mark fut rapidement délivré du bureau où il était enfermé. On lui ôta les menottes souples qui lui entravaient les poignets et les chevilles. Il serra la main de Juan avec un large sourire.

— A propos, reprit Max, vous devriez aller voir la blanchisserie du bord. Je crois que c'est de là qu'ils comptaient propager le virus.

Le sourire de Mark s'évanouit pour laisser place à une moue désabusée. Max venait de lui voler son heure de gloire.

Juan comprit son trouble. Mark lui aussi avait trouvé le fin mot de l'énigme, et il comptait sans doute en profiter pour impressionner Jannike Dahl. Juan n'avait pas le cœur de lui annoncer que son rival pouvait désormais s'enorgueillir du titre d'astronaute, argument imparable lorsque l'on cherche à séduire une jeune femme.

Épilogue

Au cours des semaines qui suivirent le cataclysme sur l'île d'Eos, les années finirent par rattraper Lydell Cooper. Il avait passé des décennies et dépensé des millions à lutter contre le vieillissement, sans hésiter à recourir à la chirurgie plastique et aux transplantations illégales d'organes. Mais c'était son esprit qui le lâchait, et non son corps.

Incapable d'accepter cet échec absolu, il évoluait dans un état d'hébétude constante.

Sa fille Heidi avait pris les choses en main lors du vol vers la Turquie. Elle avait demandé au pilote de modifier son plan de vol pour se diriger vers Zurich. Là, elle s'était mise en devoir de vider plusieurs comptes du mouvement responsiviste et de convertir les liquidités en actions, aussitôt achetées par une compagnie fictive que la banque monta de toutes pièces à son intention. Elle comprenait fort bien qu'après la destruction d'Eos, les autorités ne manqueraient pas d'arrêter tous les dirigeants du mouvement ; sa seule chance de rester en liberté consistait à se cacher en compagnie de sa sœur.

Cooper tenait à les accompagner, mais elle lui répondit qu'il lui restait quelques détails à régler aux Etats-Unis, et qu'il pourrait s'en charger, car le personnage du Dr Adam Jenner, en tant que pourfendeur bien connu du Responsivisme, était au-dessus de tout soupçon.

Cooper était donc rentré à Los Angeles afin de vider quelques coffres dont le FBI ignorait l'existence. En passant devant la grande villa de Beverly Hills, il vit qu'elle avait déjà été perquisitionnée.

Le rêve était bel et bien terminé.

Le complexe de Corinthe était fermé sur ordre des autorités grecques et de nombreux pays exigeaient le démantèlement des cliniques responsivistes installées sur leur territoire. Le complot visant à rendre stérile la moitié de la population mondiale n'était jamais publiquement évoqué, mais les accusations de corruption portées contre le mouvement soulevaient une tempête dont les répercussions allaient encore longtemps se faire sentir. Des adeptes célèbres comme Donna Sky tournaient le dos à leur foi et prétendaient avoir été victimes d'un lavage de cerveau destiné à leur soutirer un soutien financier.

En l'espace de deux semaines, Lydell Cooper avait vu son œuvre réduite à néant, tout juste bonne à alimenter les plaisanteries de médiocres talk-shows télévisés de fin de soirée. Il mit définitivement fin à ses activités de psychologue. Sur un ton de feinte bonne humeur, il déclara aux psychothérapeutes avec qui il partageait son cabinet que son travail ayant été couronné de succès, il ne lui restait plus qu'à prendre une retraite bien méritée, alors qu'au fond de lui-même, il se sentait mourir à petit feu. Il mit sa maison en vente et demanda à son agent immobilier d'accepter la première offre qui se présenterait.

Tel était le destin de Lydell Cooper : vivre dans l'isolement et le secret sous le nom obscur d'Adam Jenner, lui qui rêvait de terminer sa carrière en pleine gloire, dans un monde qui lui devrait tout.

La veille de son départ pour le Brésil, où les traités d'extradition avec les USA, notoirement laxistes, le mettaient à l'abri de tout désagrément, il passa par chez lui. Une entreprise de déménagement s'était chargée d'empaqueter les quelques affaires qu'il souhaitait conserver. Le reste serait vendu avec la maison.

Il traversa le hall d'entrée et se dirigea vers son bureau dans l'intention de consulter les dernières nouvelles sur son ordinateur portable. La lourde porte en bois se referma derrière lui lorsqu'il entra dans la pièce. Un étranger s'était caché là pour l'attendre.

S'il s'était trouvé en pleine possession de ses moyens, Cooper aurait exigé le départ de l'intrus, mais il se contenta de rester immobile et muet, les yeux fixés sur l'homme qui venait d'envahir son intimité.

— Docteur Jenner, je suppose ?

— Oui. Qui êtes-vous ? Que voulez-vous ?

— Je vous ai donné beaucoup d'argent, il n'y a pas si longtemps, pour que vous veniez en aide à un ami.

— J'ai pris ma retraite. Tout cela est terminé. Je vous demande de quitter cette maison.

— Et comment réagissez-vous à tous ces événements ? demanda l'étranger. Le Responsivisme est mort. Vous avez gagné. Voilà qui prouve le bien-fondé de votre combat.

Cooper ne put se forcer à répondre. Ses identités se brouillaient dans son esprit. Il ne savait plus que penser ni comment réagir.

— Vous savez quoi ? poursuivit l'homme. Je ne crois pas que vous soyez satisfait. Je crois que vous êtes déstabilisé parce que je sais quelque chose… qui surprendrait beaucoup de monde.

Quelque part au fond de lui, Cooper savait ce qui allait suivre. Il se laissa tomber sur le canapé, son visage faussement juvénile maintenant terreux.

— J'aurais fini par comprendre, même si je n'avais pas eu connaissance de vos conversations avec Kovac sur l'île d'Eos. A Rome, vous étiez la seule personne à avoir pu nous trahir. Nous avons pensé que Kyle avait peut-être une puce radio implantée sous la peau, mais ce n'était pas le cas. Il n'avait aucune idée de l'endroit où nous allions l'emmener, et il ne pouvait donc pas avertir Kovac pour qu'il vienne le récupérer.

La vérité éclatait enfin au grand jour ; Lydell Cooper se redressa sur le canapé.

— C'est exact. C'est moi qui ai appelé, j'ai fait venir Kovac à Rome. Une fois seul avec le gamin, je lui ai indiqué l'hôtel et la chambre. C'est vous qui avez manigancé l'attaque de l'île d'Eos ?

L'étranger hocha la tête.

— Nous avons découvert le virus dans les blanchisseries du *Golden Sky* et des quarante-neuf autres navires. Les cinquante conteneurs se trouvent à l'heure actuelle dans un laboratoire d'analyses biochimiques du Maryland, avec une sécurité de niveau quatre.

— Vous ne comprenez donc pas que le monde court à sa perte ? J'aurais pu sauver l'humanité tout entière !

L'étranger éclata de rire.

— Est-ce que vous savez combien de cinglés ont prédit la fin du monde et l'apocalypse depuis deux siècles ? Dans les années quatre-vingt, nous étions censés mourir de faim. Dans les années quatre-vingt-dix, c'était l'épuisement des réserves de pétrole. L'an 2000 allait voir la population mondiale grimper jusqu'à dépasser les dix milliards d'individus. Toutes ces prévisions étaient fausses. En 1900, certains voulaient fermer le Bureau fédéral des brevets, parce qu'ils pensaient que tout ce qui pouvait être inventé l'était déjà. Je vais vous confier un petit secret : il est impossible de prédire l'avenir.

— Vous avez tort. Je sais ce qui va se passer. Toute personne avec un minimum de cervelle le sait. D'ici cinquante ans, la civilisation sera balayée par une lame de fond de violence, lorsque les nations comprendront qu'elles ne peuvent plus faire face à l'accroissement de leur population. L'anarchie régnera à une échelle biblique.

— A ce propos, c'est curieux de vous entendre mentionner la Bible, rétorqua l'étranger en sortant un pistolet de derrière son dos. J'ai toujours apprécié la justice biblique. Œil pour œil, dent pour dent, par exemple.

— Vous ne pouvez pas me tuer. Arrêtez-moi. Poursuivez-moi en justice.

— Vous fournir une tribune pour répandre vos idées démentielles ? C'est hors de question.

— Je vous en prie !

Le pistolet claqua. Cooper sentit l'impact, et lorsqu'il leva la main pour toucher son cou, il sentit un objet planté dans sa chair, mais ses mains handicapées, semblables à des pinces, n'étaient pas assez adroites pour l'en ôter.

Juan Cabrillo l'observa pendant une dizaine de secondes alors que le sédatif parcourait ses veines.

Lorsque Cooper ferma les yeux et s'affaissa, il porta la radio à ses lèvres. Quelques instants plus tard, une grosse ambulance remonta l'allée de la maison, et deux infirmiers firent irruption par la porte de derrière en poussant un brancard à roulettes.

— Pas de problèmes ? demanda Eddie.

— Non, mais après cette conversation avec lui, je n'ai qu'une envie : prendre une douche. J'ai déjà vu des cinglés dans ma vie, mais celui-là bat tous les records.

Avec précaution, Linc souleva Cooper du canapé et l'installa sur le brancard. Dès que Juan trouva le passeport et le billet d'avion pour Rio de Janeiro dans un tiroir, ils quittèrent la maison. Une voisine était sortie de chez elle pour voir ce qui se passait.

— Il vient d'avoir une crise cardiaque, lui expliqua Juan en maintenant la porte arrière de l'ambulance ouverte pour que Linc puisse y glisser le brancard.

Quarante-cinq minutes plus tard, l'ambulance arrivait à l'aéroport international de Los Angeles. Dix heures plus tard, le jet Gulfstream de la Corporation se posait sur le tarmac de l'aéroport norvégien de Gardermoen, à une cinquantaine de kilomètres au nord d'Oslo.

Une brève réunion eut lieu dans un des salons, en présence de Jannike Dahl. La jeune femme avait autorisé Eric Stone à la raccompagner chez elle. Lorsque Eric déclina son invitation sous prétexte qu'il devait retourner à bord de l'*Oregon*, Juan dut le prendre à part. Il lui expliqua qu'il ne fallait pas prendre au pied de la lettre la proposition de la jeune femme, qui ne tenait sans doute pas tant que cela à lui faire visiter la ville. Eric lui demanda ce que voulait réellement

Jannike, et Juan dut lui fournir les explications appropriées. Après quoi, rouge comme une pivoine, au comble de la confusion et de l'enthousiasme, Eric s'empressa d'accepter l'invitation de la jolie Norvégienne.

Pour atteindre leur destination finale, il fallut encore un vol jusqu'à Tromsø, à l'extrême nord du pays, puis un trajet en hélicoptère. Lydell Cooper était en permanence sous tranquillisants, et sous la surveillance constante de Julia Huxley.

Avec autant d'éclat que s'il était fait du cristal le plus pur, le glacier scintillait sous le soleil vif de l'après-midi estival. A l'écart de la vallée, la température avoisinait les dix ou douze degrés, mais sur la glace, elle ne se maintenait qu'à peine au-dessus de zéro.

George Adams les avait conduits jusqu'au glacier à bord d'un hélicoptère MD-520N, remplaçant du petit Robinson. L'appareil était plus grand que le précédent, et il avait fallu modifier l'élévateur du hangar de l'*Oregon*, mais il était beaucoup plus rapide et puissant. L'*Oregon* mouillait non loin de la côte, et Adams les ramènerait à bord une fois que tout serait terminé.

Lorsque l'hélico se posa, Lydell Cooper était à demi conscient, mais il fallut attendre encore une quinzaine de minutes avant qu'il comprenne où il se trouvait.

— Où sommes-nous ? Qu'avez-vous fait ?

— Vous reconnaissez sûrement cet endroit, docteur Cooper, répondit Juan d'un air innocent. Ou peut-être pas. Après tout, votre dernière visite remonte à plus de soixante ans.

Cooper gardait les yeux dans le vide.

— Ce qui n'a pas cessé de me tracasser, poursuivit Juan, c'est la question de savoir comment un virus découvert par les nazis et donné un peu plus tard aux Japonais avait pu tomber entre vos mains. Il n'existe aucune trace de sa découverte, ni de son transfert aux Philippines, ni aucune indication de ce qui a été découvert ici.

« Une seule conclusion s'imposait. C'est vous qui l'aviez découvert. Il existe des documents détaillés sur l'occupation de la Norvège par les nazis, et mon équipe y a trouvé quelque chose d'assez intéressant. Un quadrimoteur *Kondor* de reconnaissance a été abattu ici, sur ce glacier, dans la nuit du 29 avril 1943. Tous les membres de l'équipage ont été tués, sauf un. C'était un mitrailleur. Il s'appelait Ernst Kessler.

Cooper tressaillit en entendant ce nom.

— Curieusement, « Kessler » est le mot allemand pour « Cooper » – Tonnelier. Quelle ironie, vous ne trouvez pas ? Quant à la maison d'éditions que vous avez fondée pour publier vos livres, quel est son nom ? Raptor Press. Raptor – Rapace. Est-ce une coïncidence si le condor est un rapace ? Je ne le pense pas.

Juan Cabrillo ouvrit la portière de l'hélicoptère et poussa Cooper-Kessler sur la glace. Chaque fois qu'il s'était entretenu avec lui, Juan s'était efforcé de garder un ton courtois, presque léger. Mais sa colère bouillonna soudain.

— Nous avons également découvert qu'après cette fameuse nuit de 1943, Kessler avait été enrôlé au sein de la Gestapo. Il a reçu une formation médicale au camp d'Auschwitz. Et sa dernière mission avant la fin de la guerre l'a conduit à l'ambassade d'Allemagne au Japon. Je suppose que c'était une couverture pour votre collaboration avec l'Unité 731 aux Philippines ?

« Si vous étiez mort ici, cette nuit de 1943, vous auriez épargné au monde bien des malheurs. J'ai rencontré des assassins d'al-Qaïda, des tortionnaires soviétiques et toutes sortes de rebuts de l'humanité, mais vous êtes l'être le plus vil et le plus pervers que j'aie jamais vu. Vous auriez pu faire profiter le monde d'une des plus grandes découvertes de tous les temps, peut-être à l'origine de certaines des plus belles pages de la Bible, mais au lieu de cela, vous avez préféré répandre la mort autour de vous.

« Eh bien, maintenant, Kessler, il est temps de récolter ce que vous avez semé. Ce soir, quand je serai attablé devant mon repas, je penserai à vous, en train de geler petit à petit, et je sourirai de contentement, conclut Juan en refermant la porte de l'hélicoptère.

— Que va-t-il se passer maintenant ? demanda Julia tandis que l'hélico passait au-dessus du bord du glacier pour rejoindre la mer.

— Il va mourir.

— Je veux dire, que va devenir l'arche ?

— Oh, l'arche ? J'ai déjà contacté Kurt Austin à la NUMA. Il va s'arranger pour convaincre le gouvernement norvégien de le laisser procéder à une étude détaillée du glacier. La coque de l'épave est gainée de cuivre, et ils n'éprouveront aucune difficulté à la localiser.

— Je me demande ce qu'ils vont y découvrir…

Juan lui lança un regard rêveur.

— Qui sait ? Peut-être toutes les créatures du monde, embarquées deux par deux…

*

Max Hanley était assis sur un banc près de l'Observatoire de Griffith Park et contemplait la ville de Los Angeles en contrebas. Une ombre passa devant son visage. Lorsqu'il leva les yeux, son fils Kyle se tenait devant lui. Max lui fit signe de s'asseoir. Il sentait la colère qui irradiait de son enfant comme une vague de chaleur.

Kyle avait le regard perdu dans le lointain, et Max observa son profil. Par certains côtés, son fils tenait beaucoup de sa mère, mais il reconnut cependant des traits qui lui étaient propres. Une unique larme roula le long de la joue de Kyle et soudain, les digues se rompirent, et le jeune homme se mit à pleurer – de longs sanglots profonds. Il se serra contre son père, qui le prit dans ses bras.

— Je suis tellement désolé, papa.

— Et je te pardonne.

Car c'est toujours ce que font les pères.

Du même auteur
aux Éditions Grasset :

Série Dirk Pitt

VENT MORTEL, 2007.
ODYSSÉE, 2004.
WALHALLA, 2003.
ATLANTIDE, 2001.
RAZ DE MARÉE, 1999.
ONDE DE CHOC, 1997.
L'OR DES INCAS, 1995.
SAHARA, 1992.
DRAGON, 1991.
TRÉSOR, 1989.

Avec Dirk Cussler

DÉRIVE ARCTIQUE, 2011.
LE TRÉSOR DU KHAN, 2009.

Série Numa

Avec Paul Kemprecos

MÉDUSE BLEUE, 2012.
LE NAVIGATEUR, 2010.
TEMPÊTE POLAIRE, 2009.
À LA RECHERCHE DE LA CITÉ PERDUE, 2007.
MORT BLANCHE, 2006.
GLACE DE FEU, 2005.
L'OR BLEU, 2002.
SERPENT, 2000.

Série Oregon

Avec Jack Du Brul

CORSAIRE, 2011.
RIVAGE MORTEL, 2010.
QUART MORTEL, 2008.

Avec Craig Dirgo

PIERRE SACRÉE, 2007.
BOUDDHA, 2005.

Série Chasseurs d'épaves

CHASSEURS D'ÉPAVES, NOUVELLES AVENTURES, 2006.
CHASSEURS D'ÉPAVES, 1996.

PAPIER À BASE DE FIBRES CERTIFIÉES

Le Livre de Poche s'engage pour l'environnement en réduisant l'empreinte carbone de ses livres. Celle de cet exemplaire est de :
650 g éq. CO_2
Rendez-vous sur www.livredepoche-durable.fr

Composition réalisée par PCA

Achevé d'imprimer en juin 2013 en France par
CPI BRODARD ET TAUPIN
La Flèche (Sarthe)
N° d'impression : 3001031
Dépôt légal 1re publication : juillet 2013
Librairie Générale Française
31, rue de Fleurus – 75278 Paris Cedex 06

31/6268/2